中国现当代小说理论编年史

1949—2019

ZHONGGUO XIANDANGDAI
XIAOSHUO LILUN BIANNIANSHI

总主编／周新民

第三卷（1980—1985）

本卷主编／朱 旭

武汉出版社
WUHAN PUBLISHING HOUSE

(鄂)新登字08号

图书在版编目(CIP)数据

中国现当代小说理论编年史 . 1949—2019. 第三卷，1980-1985 / 周新民总主编 . -- 武汉：武汉出版社，2024. 12. -- ISBN 978-7-5582-7214-1

Ⅰ. I207.409

中国国家版本馆CIP数据核字第2024FJ1654号

中国现当代小说理论编年史（1949—2019）第三卷（1980—1985）

总 主 编：	周新民
本卷主编：	朱　旭
责任编辑：	管一凡　李晗钰
封面设计：	黄子修
出　　版：	武汉出版社
社　　址：	武汉市江岸区兴业路136号　　邮　编：430014
电　　话：	（027）85606403　　85600625
	http://www.whcbs.com　E-mail: whcbszbs@163.com
印　　刷：	湖北新华印务有限公司　　经　销：新华书店
开　　本：	787 mm×1092 mm　　1/16
印　　张：	36.75　　字　数：600千字
版　　次：	2024年12月第1版
印　　次：	2025年2月第1次印刷
定　　价：	1280.00元（全8卷）

版权所有・翻印必究
如有质量问题，由本社负责调换。

第三卷（1980—1985）

目　录

1980 年 ·· 1
1981 年 ·· 68
1982 年 ·· 133
1983 年 ·· 206
1984 年 ·· 297
1985 年 ·· 404

1980年

一月

1日 周稼骏的《"无巧不成书"》发表于《光明日报》。周稼骏认为："恩格斯要求文学作品要有'情节的巧妙的安排'；鲁迅也曾将构思的'巧'列入创作的经验之一。古今中外，无论写戏、写小说，没有一点'巧'的因素，恐怕很少见的。……在文艺创作中，所谓'巧'就是偶然性。但是，这种偶然性却又非'乔太守乱点鸳鸯谱'。'无巧不成书'，蕴藏着'必然性必须通过偶然性来表现'的艺术辩证法。文艺作品中的'巧'就有这样的特点：'出乎意料之外，合乎情理之中。'意料之外，就是矛盾发展，情节安排，非同一般，常常有许多观众、读者意想不到的事情发生，它是吸引观众，引人入胜的一种手段。'情理之中'就是冲突的产生、发展、解决得合乎逻辑，揭示出客观事物发展的必然性。这种'必然性'反映在人们思想中就是'合情合理'。"

2日 刘绍棠的《惜别与前行》发表于《光明日报》。刘绍棠认为："作家的思想解放归根结蒂要表现在按照艺术规律进行创作上；因此，正确认识文学的任务、功能和作用，使自己的创作符合于艺术规律，却是作家自己为自己应该提供的写得好的必要条件。"

刘心武的《莫辜负大好春光》发表于同期《光明日报》。刘心武提出："最近一个阶段我们常常讨论歌颂和暴露的问题，我对那种只许歌颂光明不许暴露黑暗的观点是坚决反对的，但是必须说明，我以为暴露黑暗不是展览黑暗，暴露意味着否定与鞭挞，意味着分析与批判；我是主张作者在创作时应顾及作品的社会效果的，暴露黑暗的作品应力求收到向往光明的正面效果，倘不如此，即使作品达到了真，因为失却了善，我认为也不是好的作品。"

罗荪的《今年花胜去年红》发表于同期《光明日报》。罗荪认为："一九七九年的小说创作，有着极大的发展，不仅在题材的多样化方面，突破了许多框框，更重要的是作者的笔力集中到刻画人物性格方面来，写出了我们这个时代的新人。这是一个很大的突破，长时期来不少作者被'重大题材'的说法束缚了手脚，往往热衷于写重大的事件，而人却被淹没在时间叙述的过程中了。"

同日，舒新的《带着"含泪微笑"的回顾——读高晓声的短篇小说〈李顺大造屋〉》发表于《人民日报》。舒新认为："在叙述方式上，相应地采用了纵的夹叙夹议的方法，轻易不展开场面描写，有时甚至以议论来交代情节，代替叙述或描写，这样做，不仅节约了文字，也为作者在讲故事时，直接对历史事件进行评介，提供了极大方便。如此，通篇呈现出速写画的风格，虽然不能精细，却线条清晰；似乎并不详尽，但重点突出。再配之以农民式的诙谐、机智的语言，更显得议论横生，幽默风趣。"

9日 程代熙的《人学·人性·文学》发表于《光明日报》。程代熙指出："过去，我们曾不加分析地批判了人性爱是文艺的永恒主题的说法。现在细想起来，那种批判是失之偏颇和慎重的。中国文学从《诗经》起，西方文学从希腊神话和荷马的史诗起，文艺作品中表现人性爱的就不知有多少，而且其中有很多早已成了脍炙人口的典范作品。""既然凡人都有人性，而文学又是离不开对人的描写，因此文艺创作和文艺批评根本没有必要象逃避瘟疫那样避免接触人性。关键在于须对人性作出具体的刻画和具体的分析。"

金梅的《"专用一个人"和"杂取种种人"——人物典型化小议》发表于同期《光明日报》。金梅认为，"在文艺创作的典型化过程中，最重要的，莫过于塑造出既体现着共性，而又个性异常鲜明的人物形象了"，"在'杂取种种人，合成一个'典型人物的形象时，应该有个模特儿作骨干、作基础；而并不是要用一个模特儿去替代典型形象的复杂的创造过程"。

10日 蒋守谦、张韧的《读〈北京短篇小说选〉》发表于《北京文艺》第1期。蒋守谦、张韧认为："林斤澜的语言简短，铿锵有力，富有节奏感，在抒情性的语句中，时而闪烁着奇幻的色彩。骆宾基的语言看来平易，但仔细品味起来，自然会感到它的醇厚、凝炼的特点。浩然和刘绍棠同是来自运河岸畔的作家，但如果把他们的小说对照起来品尝，我们就会发现刘绍棠的语言在朴实中透出一股清新的气息，浩然从通俗中显出明丽。"

12日 雷达的《画出灵魂来——读〈小镇上的将军〉》发表于《文艺报》第1期。雷达谈道："这篇小说使用的是白描手法，毫无夸饰造作之感。你看，小镇上的人物，寥寥几笔，各显神态。……这些人物的言谈举止和周围景物的素描，构成了一幅'古旧的、嘈杂的、灰蒙蒙的'江南小镇的风俗画。然而，作者的笔意并不在风俗画上，而是透过这些画面，写出时代的风波在小镇上的投影；而这投影是落到了小镇人民与将军的血肉关系上，揭示出这位将军崇高的精神境界。""作者是透过小镇上小百姓们的朴素的眼光，去描写将军的。由表及里，由浅入深，直到让读者完全窥见这个伟大的心胸。……环境氛围与人物命运，人民的情绪和将军的安危，在小说中紧紧交融在一起，相互渗透，使得作品的主题愈益深刻化了。"

石泉的《以情感人——〈湖边〉小议》发表于同期《文艺报》。石泉认为："中篇小说《湖边》（周健明著，人民文学出版社出版）艺术风格上的一个特点，是朴实。读着这篇小说，就象听一个很会讲故事的人，用通俗的语言，娓娓动听地讲述着一九五七年初春成立高级农业生产合作社时，洞庭湖边一个村社发生的事情。这里，没有奇特的情节、激烈的语言、血肉横飞的战斗场面和严酷的政治斗争，但我们很愿读下去，把它读完。那么，它靠什么打动读者、吸引读者呢？是靠那些有着自己感情色彩和政治倾向的人物故事，靠形象的鲜明、生动，是靠形象感人，以情动人。……真正感人的，是显示了各种人物思想感情的那些动人场面……它们都是形象鲜明，有情有景，情景交融，而且气氛很浓，给人以强烈感受的。"

15日 《文学评论》第1期发起"文艺和政治关系问题的讨论"。"编者按"写道："粉碎'四人帮'以后的三年来，我们的文艺工作者在深入揭批林彪、'四人帮'的反革命文艺路线的同时，都在深入地思考我们革命的文学艺术三十年来的经验和教训，提出了一系列具有重大现实意义和理论意义的问题。文艺和政治的关系问题，就是其中一个引起了广泛重视和热烈讨论，同时也是长期以来没有得到解决的问题。……弄清这个重大问题，对进一步促进我们的创作的繁荣发展，促进马克思主义文艺理论研究工作的深入开展，都有莫大的关系。"

这一期参与讨论的文章有：罗荪的《文艺·生活·政治》、梅林的《文艺和政治是上层建筑范畴内的关系》。罗荪从周扬在第四次全国文代会上所作的题为"继往开来、繁荣社会主义新时期的问题"的报告出发，强调："为了正确地解决文艺和政治的关系问题，我们必须对三十年来在文艺界曾占有统治地位的一些口号和提法，认真地进行一次探讨，特别是对于'四人帮'推行极左路线时期，颠倒的是非、搅乱的思想，需要加以澄清和拨乱反正。""现实主义的巨大力量，不仅在于它说明世界，更在于它具有改造世界的力量！这正是一个作家全力表现出来的政治观点，没有一个正确的政治观点，他的作品是不可能发挥出巨大力量的。"梅林则指出："在这个问题（文艺和政治的关系问题——编者注）上，我们应当坚持马克思主义的唯物史观：文艺和政治都是由经济基础决定的，它们都是上层建筑，它们之间的关系是上层建筑范畴内的关系。""既然政治和文艺同是上层建筑，同为经济基础服务，那就应当得出这样的结论：它们之间的关系，不是一者决定和一者被决定的关系；从根本上说来，它们之间的关系，是上层建筑范畴内的关系，是相互影响的关系。但这种关系也不是一种完全平行的关系。政治在整个上层建筑中，不能不占着主要的地位，起着主要的作用，它是经济的集中表现。"

冯健男的《现实主义的新的胜利——谈周立波建国后的创作》发表于同期《文学评论》。冯健男认为："在短篇小说中，立波也是刻意以求地创造艺术形象，并且'根据实际生活创造出各种各样的人物来'。所谓'各种各样的人物'，不但是指社会的人本来隶属于因此也就应该划分为不同的阶级、阶层和类型，而且是指'人心之不同，各如其面'，因此要求作家写出人物的个性，写出他们的面貌和心理的个性特点，果能如此，则即使是同一阶级、阶层和类型的人物，也会表现得'各种各样'。立波正好作到了这一点。"

同日，陈素琰的《来自生活的诗情和美——读菡子的作品》发表于《钟山》第1期。陈素琰认为："一九四五年菡子发表了第一篇小说《纠纷》……这篇小说证明：中国传统小说的写法对菡子影响是深刻的。它故事性强，有头有尾，人物简洁生动。"

以"贯彻'双百'方针　繁荣文艺创作"为总题，邓友梅的《回顾·探索》、戈宝权的《把"窗口"打开得更大些吧！》、林斤澜的《园林猜想》、罗荪的《金陵随笔》、逯斐的《作品不能无主题》、陆文夫的《有朋自远方来》、刘真的《谈一点体会》、王西彦的《写人与造神》发表于同期《钟山》。

邓友梅谈道："经过三年的恢复、调整……文学作品的多种功能（比如美学欣赏，陶冶性情等等），形式、风格的多样化，越来越迫切地提到了作家的工作日程上，即使直接干预生活、以揭露和批判生活阴暗面为特色的作品，也存在着对题材挖掘更深更广、对艺术形式的力求完美、逐步提高的问题，无论在内容上、在形式上，我们都要作新的探索、新的创造，才能使小说创作有进一步的发展与繁荣。""我常想到的问题之一，是我们的小说，在样式上太单调。叙述方法，结构、布局、起承转合，有一个套子，似乎在作家之间互相重复，作者也自己重复自己，很少新意。……为什么会大家用一个套数讲述不同的人物和事件？这可能有许多原因，其中一个原因就是我们常常用逻辑思维的方式，用理论文章的结构方法去结构小说，我们在搞艺术形象创造中的三断论法。凡讲一事，不论大小，一律要有起因、发展和结果。……这种反映，其实是图解，把事物的发生、发展、结果这一顺序拿来作为作品的结构模式。这也是我们作品烦琐、冗长、描写过程多、塑造人物形象少的原因之一。如果从人物出发，从生活出发，用形象思维的特殊手段来观察反映生活，是不该出现这种现象的。"

戈宝权谈道："在不久以前召开的全国第四次文代会上和作家协会代表会上，大家都提出要加强同外国文艺界的交流和联系。不用说，有计划地翻译和介绍外国文学作品，也是当前一项很重要的任务。"

林斤澜谈道："我想起了一位老前辈，谈论小说结构的民族传统的时候，拿园林建筑作比方：层次分明，两边对称，对称中又着力变化，有影壁，有曲径，有豁然开朗等等。我觉着说得好，但主要是针对长篇而言吧。""去看苏州园林，陆文夫是难得的向导。他说苏州园林的特点是小巧精致，好比缩小了尺寸。……又相比之小说，'缩小了尺寸'却是当前的通病。我们的中篇，往往象缩小了尺寸的长篇，短篇又更像是缩小了尺寸的中篇。小说缩小之后，却又看不出小巧了，精致更是不容易找到了。"

逯斐谈道:"我们主张创作应从生活出发,而不是从概念出发,这是不能本末倒置的。我们坚决反对主题先行,但并不等于不要主题。不要主题,或没有主题的作品是很难设想的。"

王西彦谈道:"文学上现实主义的要求,是按照生活的本来面目描写生活,是真实地反映现实,是写出真正的有血有肉的人,写出他们的生活、愿望和斗争。"

吴调公的《革命现实主义在前进》发表于同期《钟山》。吴调公认为:"今天的革命现实主义因为批判地吸收了批判现实主义的艺术特点,在尊重客观法则的前提下,潜心于开掘生活的曲折性和复杂性,因此,在突出人物的内心刻划以激化矛盾、深化主题上,取得了一定成绩。……旧现实主义者没有完全解决歌颂与暴露的关系问题。今天的革命现实主义不仅完全解决了这个问题,而且把人物塑造和内心刻划提到了歌颂与暴露的高度来处理,在倾向性与真实性相统一的基础上,去揭示人物的精神世界。作为歌颂和暴露交织的标志,是性格对比的手法的运用。……今天的革命现实主义内心世界的刻划,一般是通过人物的具体矛盾和外在的行动而开展的,继承和发扬了我国小说的民族传统。"

刘绍棠的《对于长中篇小说创作的一些想法》发表于同期《钟山》。刘绍棠认为:"长篇小说的作者应该学习一下短篇小说的写作方法,这就是精炼和紧凑。……形式当然是为内容所决定,然而形式反转来也会对内容的完整、完善和完美起到促进作用。……中篇小说在题材上、情节上、头绪上,都不要贪大,更不要贪多,最好是小、少、精;要靠把人和事写得丰满,而不是靠追求内容的'丰富'吸引读者。……中篇小说在血缘上跟短篇小说要比跟长篇小说近;因而,在写作时,更要以短篇小说的精炼和紧凑,严格要求中篇小说的剪裁、结构和语言。对于中篇小说的形式美,要十分考究。"

徐兆淮的《贵在真实 勇于突破——评高晓声近作的人物形象》发表于同期《钟山》。徐兆淮认为:"面向人民,忠于生活,乃是作者创造人物的原则。……高晓声这些反映农村题材的作品,在塑造人物上的另一成就,是精彩的细节描写和个性化的语言。"

20日 曹廷华的《典型与百分比》发表于《上海文学》第1期。曹廷华认为:"讨论文学典型,必须从生活出发,必须尊重文艺的客观规律。以百分比大小定典型,虽然简单省事，毫不费力，但因近乎瞎说，所以无助于典型问题的探讨。"

邓友梅的《文艺职能之我见——在一次座谈会上的发言》发表于同期《上海文学》。邓友梅指出："文艺，是以形象思维为手段，通过塑造形象再现生活，来达到感染人、影响人的目的（我不说教育人）。""把文艺变成理性说教、概念演绎的政治宣传品，恰恰是抽去了文艺的特殊功能，从而也就失去了文艺的特殊力量。"

洁泯的《在革命现实主义的道路上——谈一九七九年若干中短篇小说》发表于同期《上海文学》。洁泯指出："最重要的是七九年出现的短篇和中篇小说，在取材和开掘现实土壤的广度和深度上，呈现出一种以往未曾有过的光景，它触及生活的领域相当的广阔，它涉及生活中的问题又是如此的深刻。"

23日 时汉人的《谈艺术风格的发展——喜读茹志鹃近作》发表于《光明日报》。时汉人指出："她（茹志鹃——编者注）的过去的作品有人认为'色彩柔和而不浓烈，调子优美而不高亢'（侯金镜语）。她善于截取生活的横断面，特别是从平凡的生活事件中开掘出具有深刻社会意义的主题；她塑造了许多可亲可爱的普通人的形象，擅长于通过一点显示全身，特别是对人物进行针脚绵密、细致入微的心理刻划，揭示人物内心世界的层层波澜，以展现伟大的时代洪流的冲击力。……《剪辑错了的故事》所用的是别具一格的历史和现实的迭印式的结构，……特别是对老寿在受到打击后神情迷惘的状态下的思想活动的描写，与现代西方'意识流'派小说的某种手法颇为相似。"

25日 陈学昭的《我是怎样写〈工作着是美丽的〉》发表于《收获》第1期。陈学昭谈道："有人认为我写生活太多了，我却觉得写小说总得写人物，写人物离不开生活、思想和感情，难道写一些政治口号就能表达一个人物的生活、思想和感情么？正是从人物的生活、思想和感情里才能反映出人物当时所处的社会环境和时代的背景。"

26日 景清的《别有韵味的"闲笔"》发表于《人民日报》。景清认为，周立波的短篇小说洒脱、明丽而轻俏。景清谈道："在小说中随时可见的那种别有韵味的'闲笔'，则是构成这种风格的不可忽视的因素。"

30日 阎纲的《努力反映时代的真实面貌——评近年来的中篇小说》发表

于《人民日报》。阎纲指出："在情节的布局变幻上，华夏的《被缚的普罗米修斯》、王西彦的《春寒》、俞天白的《现代人》等，都有所探求。作者们吸取了电影的手法，又不照搬电影手法。……《布礼》在写法上有较大的革新。作者打破了故事的自然顺序，追求故事的内在联系，在某种意义上说，使故事的序列更为有机。作者适应艺术构思的需要，时间空间大幅度的跳跃，充满情节结构的全过程，形成一系列鲜明的对比，生发出联翩的浮想，产生了强烈的艺术效果。""艺术的'奇'，是不流于平庸的出奇制胜，是事物的只此一家的特殊性的艺术显现，而不是让读者'听那些早已听厌了的老故事'。"

二月

5日 叶鹏的《谈谈短篇小说的情节》发表于《雨花》第2期。叶鹏指出："有人说，短篇小说可以不要情节，这显然是误解。这种意见，是把情节和离奇的故事，巧遇的场面，紧张的气氛等同了起来。当然，短篇小说可以没有有头有尾的故事，但是，短篇小说必须有真正的艺术情节。""真正的艺术情节，并不是作家事先拟好的故事，而是不断展示性格临事的反应。我们有些短篇小说所以不短，就是因为它的有限的篇幅，塞满了作者原来设计好的与展示性格无关的生活过程。人物的存在，只是事件产生和发展的见证，而不是事件产生和发展的动力。那些小说尽管也叙述了一个完整的故事，但是，它却没有艺术情节。我们看到的只是作者让人物去经历某些事件，而不是人物性格发展导致的独特情节。因此，有故事不一定就有情节，没有故事也不一定就不能出现情节。""故事的生动和独特，是成功的艺术情节的一个条件。我国优秀的古典短篇小说集《聊斋志异》，就是以故事的曲折有味著称的。只是那些波澜起伏的故事，总是和表现独特鲜明的性格结合在一起的；没有鲜明的性格，决计不能使故事成为生动的艺术情节。"

6日 阎纲的《贾平凹和他的短篇小说》发表于《光明日报》。阎纲指出："贾平凹写人物，注重音容笑貌，特别爱写姑娘的笑。""读贾平凹的作品，不会觉得吃力，因为他在生活和父老面前不忘自己是个晚辈，诚实、谦恭。所以，他不会高高在上地、故作精深地、吹胡子瞪眼地教训读者。而且，也不直出直入，简单生硬。他好象很清醒，写小说就是把人民的美和生活的善描绘给人看，而不是把某种理念引证给人们学。"

同日，何孔周的《历史的潮流阻挡不住——谈〈天云山传奇〉中的吴遥形象》发表于《人民日报》。何孔周指出："他（《天云山传奇》的作者鲁彦周——编者注）只是撷取了吴、罗冲突，吴、宋冲突，宋、罗纠葛当中最激动人心的瞬间，加以精雕细镂的描绘，而并没有纵笔描绘广阔的生活画面。但是，他所开掘出来的人物精神世界并不简单，而是很复杂的；他通过人物所显示出来的思想并不肤浅，而是很深刻的；他在字里行间汹涌着的感情并不轻率，而是很深沉的。"

晓梵的《发人深思的农村悲喜剧——读〈许茂和他的女儿们〉》发表于同期《人民日报》。晓梵强调："这部作品（《许茂和他的女儿们》——编者注）善于运用带有哲理性的抒情来刻画人物的心理活动和内心世界，感情浓郁，笔墨细腻；也善于选择和运用典型的细节描写，来展示人物的思想性格。"

12日 王愚的《有益的探索——去年出版的几部长篇小说读后》发表于《文艺报》第2期。王愚认为，长篇小说"冲破了'题材决定'的禁区，通过不同的生活角度，触及到了时代发展的脉搏"。此外，王愚还认为，长篇小说"重视了人物的多样性和复杂性"。

谢永旺的《独树一帜——评高晓声的小说》发表于同期《文艺报》。谢永旺认为："他（高晓声——编者注）总是把他的人物放在社会现实的种种关系之中，放在由人物关系组成的社会环境之中……他不人为地割碎生活，不把人物简单化，不把现实简单化。作品中的生活世界是完整的，就象是在实际生活中是完整的一样。"

张炯的《新时期文学的又一可喜收获——兼评中篇小说的崛起》发表于同期《文艺报》。张炯认为："一九七九年的中篇采取多种形式……许多作品普遍注意表现人物的家庭、爱情和友谊，从'家务事，儿女情'入手，去揭开一定时代背景下人物的相互关系和思想感情的富于历史特征的变化；描写语言的格调，也或朴质、自然，或清新、流丽，或华美、细密，绚烂多采。"

13日 范咏戈的《军事题材短篇小说的新收获——评〈西线轶事〉》发表于《光明日报》。范咏戈认为："作者（《西线轶事》的作者徐怀中——编者注）

力求用轻松乐观的笔调写艰苦的斗争，真实地揭示出军人生活的真相等等。……摒弃了一些战争文学围绕战斗故事转的框框；突破了某些战争文学写人的路子。"范咏戈指出，《西线轶事》"把一组娃娃英雄的群像浮雕般地呈现在读者的眼前，特别是以两位部队新人：男兵刘毛妹和女兵陶珂的命运引起了人们的兴趣"，"它写战场英雄，不是从先入为主的概念出发，赋予人物以某种'英雄举动'。……而是把握住笔下人物的性格从人物出发，去为他们选取典型的行动"。

曾文渊的《探求的成果——读陆文夫最近的几篇小说》发表于同期《光明日报》。曾文渊认为陆文夫在《献身》（载《人民文学》1978年第4期）、《崔大成小记》（载《钟山》1979年第1期）和《特别法庭》（载《上海文学》1979年第6期）三篇小说中"从表面上看每篇都着重写了三个人物（一个主角，两个陪衬），都运用对比的手法刻划人物性格，但仔细分析，各篇的主要人物不同，概括的社会内容不同，艺术风格也殊异"。曾文渊指出："《献身》类似戏剧中的正剧（悲喜剧），语言明快、清新；《特别法庭》近于悲剧，笔调委婉、深沉，间或带有幽默；《崔大成小记》则属于讽刺喜剧，语言尖锐、泼辣，有点嬉笑怒骂的味道。"

20日 蒋国忠的《关于现实主义》发表于《上海文学》第2期。蒋国忠谈到"现实主义的基本特征"时认为："第一，以实际生活所固有的样式，真实而又精确细腻地反映生活的本来面目。……第二，通过典型化的艺术途径，对现实生活中获得的素材，进行选择、提炼、概括，使之更形象、更深刻地揭示社会生活的某些本质特征。……第三，注重描写的客观性，要求通过对现实生活的客观、具体的描写，从作品的场面和情节中，自然地体现出作家的思想倾向和爱憎感情，而毋需作家自己或借人物的口特别地说出来。"

谈到"批判现实主义的特征"时，蒋国忠认为："一，具体、细腻、逼真地描绘生活，达到细节的真实与丰富。细节是艺术的细胞，构成形象具体性和真实性的条件。……二，塑造典型环境中的典型人物，使人物和环境达到高度统一。"

25日 王若望的《文艺与政治不是从属关系》发表于《文艺研究》第1期。王若望认为，尽管党"历来是注重政治斗争的，但并不能由此推论出，我们可以主观随意地拉着文艺，像使唤奴婢一样为当前的政治服务。政治路线决定一切，这政治路线必须是符合辩证唯物论的，而抹杀文艺在意识形态里的本有的功能，违反了辩证唯物论，这正是政治路线里夹杂着极左思潮的一种表现"。王若望谈道："打个比方说，文艺跟政治并不是父子关系，而是兄弟关系。……人们用文艺为手段来反映客观世界，都有他自己的立场观点。而文艺的功能是多方面的……为政治服务的文艺有没有？有。但它不过是文艺百花园中的一种花。……实现'四化'是今后一个历史阶段的政治任务，这也是发展社会主义生产力，而文艺作品的任务，就是推动人类社会向前发展，这也是全体人民所要努力的目标，是反映最广大人民的要求和利益的。作家一分钟也不能脱离人民，无论什么作品，都不能不反映人民的生活和呼声。所以作家为这样的远大目标而奋斗，这是时代赋予作家的光荣使命。"

袁可嘉的《略论西方现代派文学》发表于同期《文艺研究》。袁可嘉认为："在艺术与生活、现实和真实的关系上，他们（现代派作家——编者注）强调表现内心的生活、心理的真实或现实。他们用'心理现实主义'（Psychological realism）来和十九世纪的批判现实主义相抗衡。即使他们有时也着墨外界的现实，也是通过它来表现作者（或人物）的主观感受。现代派文学的主观性、内向性是它的一个重要标志。……在艺术与表现、模仿的关系上，现代派认为艺术是表现，是创造，不是再现，更不是模仿。……在内容与形式的关系上，现代派作家大都是有机形式主义者，认为内容即是形式，形式即是内容，离开了形式无所谓内容。这个理论和认为内容与形式可以分解、内容决定形式的理论是颇有差别的。有机形式主义既使现代派注意艺术形式的重要意义，勇于进行创新，也使他们中的一些人走向形式主义，搞些并无意义的花样翻新。上述现代派的三条基本艺术主张也许可以概括为重主观表现、重艺术想象、重形式创新的艺术观点，它们深刻地影响了现代派的艺术方法。"

本月

王蒙的《关于"意识流"的通信》发表于《鸭绿江》第2期。王蒙谈道："写小说的人也许不那么懂创作方法，多半是人们写了小说，然后由不写小说的人从创作方法上予以分析、鉴别、归纳、划类。写的时候考虑的是题材，是情绪，是所要反映的生活的色泽和调子，当然也要选择能够表现自己的意图和行动的方法。方法对于题材，是第二位的东西（指狭义的题材）。""但是我承认我有意识地用各种不同的手法写小说……我也承认我前些时候读了些外国的'意识流'小说，有许多作品读后和你们的感觉一样，叫人头脑发昏，我当然不能接受和照搬那种病态的、变态的、神秘的或者是孤独的心理状态。但它给我一点启发：写人的感觉。……'意识流'中的写感觉，并非荒诞不经，并非一定就颓废、没落、唯心以至最后发神经病或者出家做洋和尚。""意识流的手法中特别强调联想，这也颇能引起人们的兴趣。联想……反映的是人的心灵的自由想象，纵横驰骋。……看来凌乱，其实有内在的统一性。中国文学一贯很重视联想，'赋、比、兴'中的'兴'，就是联想。'兴'和'比'大有不同，'比'是主题先行，用形象来说明主题，旧称'意中之象'，而'兴'是'象中之意'，即形象先行，从形象中琢磨意义。对我们深受主题先行之苦的创作，强调一下'兴'的手法，恐怕是大有好处的。""至于'流动'，更不可怕。辩证唯物主义者从来认为世界（包括人们的精神世界）是流动的、变化的，充满了内在的差异、矛盾、斗争、转化、过渡、飞跃的。当然，流动中仍然有相对稳定的东西，转瞬即逝的感觉——印象当中仍然包含着历久不逝的、甚至是永恒的东西。""我不是理论家，但我希望对于'意识流'能一分为二地看，能够用辩证唯物主义的世界观予以剖析和扬弃，吸收其合理的东西，使我们的文学创作更丰富、更多样。"

《延河》第 2 期开辟《关于现实主义问题的讨论》专栏，讨论一直持续到 1980 年第 5 期。陈辽、薛瑞生、王愚等纷纷著文表达了自己对这一问题的看法。陈辽在《现实主义——探求的道路》中指出："就艺术地认识生活、反映生活、改造生活的创作方法而言，现实主义是这样一种创作方法：它按照生活的本来面目构造生活的图画和典型人物，并以此推动生活的前进。"

三月

2 日　叶永烈的《科学幻想小说的创作》发表于《科学文艺》第 1 期。叶永烈谈道:"我很同意童恩正同志的意见,科学幻想小说'这类作品一般属于"情节小说"的范畴,除了塑造人物以外,它很讲究紧张的悬念,曲折的故事。它之所以能受到广大读者,特别是青少年读者的欢迎,这不能不说是一重要的原因。'""就文艺小说来说,在创作上主要是两种手法:一种是以情感人,如《罗亭》、《欧也妮·葛兰台》、《复活》等。另一种是以情节取胜,如《基度山伯爵》等。我们当然欢迎创作出以情感人的科学幻想小说,但实践已证明,科学幻想小说更适合于走以情节取胜的道路。运用《福尔摩斯探案集》、《基度山伯爵》的手法,创作科学幻想小说,这是可取的,并是可以走通的道路。"

5日 洁泯的《谈王蒙的近作》发表于《光明日报》。洁泯认为:"中篇小说《布礼》(《当代》一九七九年第三期),着力较大。他的叙事忽前忽后,错落有致,剪辑别具匠心,以蒙太奇之法用之小说,这一独创性的尝试是可取的。"

10日 木令耆的《王蒙的〈海的梦〉》发表于《读书》第3期。木令耆认为:"王蒙的小说不但在形式上突破,在创造精神上也突出……他的小说突破'故事'框框,并不是他学了些什么洋泾浜'意识流',和'超现实主义''象征主义',他没有让他的小说戴帽子,而是在文笔上、文字上、形式上、感情上放松的写去,如海浪海潮的冲打过去。"

同日,王蒙的《短篇小说杂议》发表于《新疆文学》第3期。在谈到"关于短篇小说的'新闻性'"时,王蒙认为:"短篇小说由于篇幅短,'生产周期'短,反映现实快,确实也有具备'新闻性'的可能。……短篇小说的内容往往可以和当时的新闻报道、社论专文、读者来信放在一起,找到互相印证、互相补充、互相影响之处。短篇小说累计起来,变成了活的历史、形象化的历史。……但小说毕竟不是新闻……小说有自己的特长和特殊的功能,这首先在于生动地、深刻地、典型地塑造各式各样的人物,表达人们的命运、悲欢离合、心理、性格、精神世界,因而能打动人心,丰富、充实、提高、振作、震撼或者愉悦人的灵魂。小说的社会性、新闻性不应该脱离开它的文学性,小说的干预生活的作用不应该脱离开它的培养社会主义新人、做人类灵魂的工程师的作用。新闻性是强烈的,但又是相对短暂的……而人物,人的灵魂,则有长得多的甚至是'永久的魅力'。……过分绝对化地追求新闻性,往往造成题材的单调、雷同和艺术质量的降低，造成主题的浅露和欣赏上的乏味。"

在谈到"关于小说不宜过分戏剧化"时，王蒙说道："我总觉得我们许多同志在写小说的时候有点过于戏剧化了。这就是说：一、象戏剧一样地求全，求故事的完整性，要有冲突的双方人物，要有矛盾的发生、发展、转化和解决，要有较多的行动等等。这是造成短篇不短的重要原因。……二、象戏剧一样地组织尖锐、集中、奇巧的矛盾。戏剧由于受演出条件的限制，它的人物和故事是在那种三面是墙的、虚拟的、时间空间都受到要严格限制的场景里展现的。适应这种限制，戏剧里常常需要采取悬念、巧合、爆发性的冲突高潮等手法。把这些手法运用到小说里，好处是可能使小说更吸引人，使读者一捧起来便放不下，但往往给人以人为编造、失真的感觉。……过分戏剧化的结果往往剥夺了我们本来可以更多地使用的属于小说这种文学样式的艺术手段。"

在谈到"关于短篇小说的多样化"时，王蒙称："短篇小说应该多样。主题应该多样，可以是最尖锐最重大的社会政治问题，也可以是不尖锐和不那么重大的一个小问题。以小见大的作品有时比大而无当的作品还好一些。还可以是道德的、心理的、哲学的、感情的主题而不直接涉及社会政治问题。主题思想可以很鲜明，很集中，也可以比较含蓄，比较丰富……篇幅和份量也应该不拘一格，可以是数万字的'长'短篇，也可以是千字甚至数百字的小品。对于篇幅不同的短篇的'份量'应有不同的要求。……结构应该多样，可以着重写故事，也可以着重写人物，也可以着重写某一种氛围、场面、情绪，还可以着重写对话。可以有尖锐的矛盾冲突，可以有淡淡的矛盾冲突，也可以并无什么矛盾冲突（如周立波的《山那边人家》，杲向真的《小胖和小松》）。……风格、情调、手法都应该多样。可以是抒情的、冷峻的、嘲讽的、诙谐的、庄严的、快乐的、悲痛的，也可以是混合的，酸甜苦辣都有的。可以用一般的叙述方法，也可以用夹叙夹议的方法。可以主要写人的行为和命运，也可以主要写人物的心理和感受。可以是白描，也可以是尽情铺染。"

12日 伊默的《"真实"与"理想"——阅读琐记》（讨论《乔厂长上任记》）发表于《人民日报》。伊默认为："艺术的生命是真实，但对于革命文艺作品来说，真实性和社会主义的倾向性应当是一致的，如果完整地讲艺术的构成，也应当是真善美与假恶丑相比较、相斗争而存在的。……所以在英雄形象的典型创造里，真实和理想，决不是对立的两极，而是相互渗透的辩证统一体。"

同日，丹戈的《探索与创新——漫评茹志鹃的新作》发表于《文艺报》第3期。丹戈认为，茹志鹃吸收了西方"意识流"小说的艺术手法，例如在《剪辑错了的故事》中，"作者采取了时序颠倒的手法，将五十年代大跃进时期的现实生活与四十年代解放战争时期的历史回忆，作了相互交织间隔的描写。……意识活动与现实、梦幻互相交织流动也是'意识流'的一种特殊表现手法"。丹戈指出："茹志鹃的这些新作并不能认为就成了'意识流'小说。因为这些作品在人物、情节、细节、环境描写、艺术结构，以及语言运用等方面，都仍然严格坚持了现实主义。茹志鹃新作与'意识流'小说最主要的区别就在于，她是深深扎根在现实生活的土壤之中，通过人物的主观感受，真实地、准确地、深刻地反映了社会生活中的矛盾及其对于人们思想感情上所带来的影响和变化，而不是脱离现实生活的纯主观意识的叙写。"

陆文夫的《为读者想》发表于同期《文艺报》的《作家论坛》栏目。陆文夫说道："人们了解与理解客观世界，不管其是否自觉，其目的都是为了适应和改造客观世界。小说作为一种手段，当然也起这种作用。这就是我们通常所说的教育作用、社会功能、为政治服务等等。"

15日 方浴晓的《赵树理作品中的地方色彩》发表于《汾水》第3期。方浴晓指出：

"以文字为表现工具的文学作品，要把地方色彩表现得鲜明突出，比较音乐、美术、戏曲等，相对地要困难些。赵树理创作地方色彩那么鲜明，我觉得主要是通过作品中的地方风光、风俗人情和语言这三个方面显现出来的。

"首先，赵树理的作品描绘了太行山区的特有风光，没有到过这里的人也可以从他的描写中感受到山区生活特有的韵味。

"赵树理并非为写景而写景，他描绘地方风光是为了给故事一个特定的范围……赵树理的写景，与作品情节紧密相关，二者如经纬交织，不可分解。景物因为与情节的关联而获得生机；情节因为景物的衬托而增强了生活的浓度。

"其次，构成赵树理创作地方色彩的最重要的因素，是他对民俗的精致描写。……文学是反映社会生活的，当作家不是浮面地、而是比较深入地描写某一地区的人民生活时，必然要描绘那里的风俗、习惯、人情、世态。

"第三，文学作品中的地方色彩，也与语言有重要关系。这正如有人用普通话唱山西梆子，那一定唱不出味儿来……赵树理不使用那种其他地区人民无法明白的方言，他所用的农民口语，是经过选择、提炼的。确切的说法应是：他选用了上党地区某些方言词汇，但能为广大的读者所接受，所以也不觉得他在使用方言。"

同日，郭志刚的《写"物"是为了写"人"》发表于《人民日报》。郭志刚表示："文学作品描写的中心是人。怎样才能写好这个'人'呢？正如许多生活经验告诉我们的那样：有时为了向东，却需要向西迂回一下；正面进攻自然威武雄壮，但有时侧面攻击也许更能奏效。有时作家通过很有生活气息的动物描写，进入了人的心灵世界，给读者以奇妙的联想，从而更有力地表现了'人'和'人'的社会。"

25日 胡德培的《描绘农民革命战争的壮丽史诗——谈长篇历史小说〈李自成〉的成就》发表于《齐鲁学刊》第2期。胡德培认为："一部描绘伟大历史事件的成功的艺术史诗，所以能激励和感动千百万读者，从艺术创造方面来说……其中最重要的，是必须以唯物辩证法作指导，在历史事实的基础上，经过艺术的典型概括和适当的夸张、虚构，塑造出比原有历史人物更集中，更理想，而又性格鲜明的艺术典型。历史小说《李自成》取得的另一个重要艺术成就，就是成功地塑造了农民革命领袖李自成的光辉英雄形象。""任何艺术形象的创造，都离不开人物所处的具体历史环境和社会生活条件，特别是人物在错综复杂的阶级关系和阶级斗争中所处的具体地位，对于人物性格的本质特征和血肉丰满的多方面的个性特色的形成具有决定性的作用。"

同日，1979年全国优秀短篇小说评选结果揭晓，颁奖大会在北京举行。大会由《人民文学》副主编葛洛主持，中国作协第一副主席巴金颁奖并致祝辞。高晓声代表获奖作者发言，中宣部副部长、全国文联主席周扬出席大会并作了讲话。陈荒煤、冯牧、秦兆阳等也参加了大会。评选委员会主任委员为茅盾，委员有丁玲、王蒙、巴金、孔罗荪、冯牧、刘白羽、刘剑青、孙犁、沙汀、严文井、李季、张天翼、张光年、陈荒煤、林默涵、欧阳山、草明、贺敬之、唐弢、袁鹰、曹靖华、冰心、葛洛、魏巍等。入选作品为蒋子龙的《乔厂长上任记》(载《人民文学》1979年第7期)、茹志鹃的《剪辑错了的故事》(载《人民文学》1979年第2期)、方之的《内奸》(载《北京文艺》1979年第3期)、高晓声的《李顺大造屋》(载《雨花》1979年第7期)、张弦的《记忆》(载《人民文学》1979年第3期)、王蒙的《悠悠寸草心》(载《上海文学》1979年第9期)、张天民的《战士通过雷区》(载《人民文学》1979年第7期)、陈忠实的《信任》(载《陕西日报》1979年6月3日)、叶蔚林的《蓝蓝的木兰溪》(载《人民文学》1979年第6期)、邓友梅的《话说陶然亭》(载《北京文艺》1979年第2期)、孔捷生的《因为有了她》(载《人民文学》1979年第10期)、刘心武的《我爱每一片绿叶》(载《人民文学》1979年第6期)、冯骥才的《雕花烟斗》(载《当代》1979年第2期)等。《1979年全国优秀短篇小说评选获奖作品集》1980年5月由上海文艺出版社出版。

26日 陈深的《人心向革命 百川归大海——简评长篇小说〈秦川儿女〉》发表于《人民日报》。陈深指出："作品(《秦川儿女》——编者注)对关中农村自然景物、风土人情的描绘相当逼真,语言有一种朴素美。经过严格选择的方言土语,增加了文字的形象性和表现力。腾挪跌宕的故事,颇能吸引读者。作品前一部分较为紧凑,但整个看来有些松弛枝蔓。假如能在艺术结构和剪裁上作进一步的努力,定会产生更强的艺术力量。"

28日 徐民和的《引导孩子们去探奇》发表于《人民日报》。徐民和认为："《云海探奇》果有些新奇之处,小说展现了一个新奇而又有趣的科学世界。""正因为小说对科学考察生活的描绘令人着迷、令人神往的魅力,因此就避免了那种可厌的说教,寓教育于趣味之中。"

本月

陈世旭的《写人民之所爱——〈小镇上的将军〉创作的一点感想》发表于《十月》第2期。陈世旭谈道："如果说《小镇上的将军》有什么感人之处,完全得力于它的原型。……同时,我还确定了基调:一要质朴,平铺直叙,白描。

任何追求情节离奇，结构花哨，噱头的想法，我认为有损庄重；二要悲壮。但在语言上我选择了适当的幽默与夸张。心在哭泣，面部却呈现出一种神经质的笑，它蕴含着深刻的痛苦。至少我力求如此。……我开始从丰富的素材中，挑选最珍贵的细节，从贫乏的语言文字囊中，翻出尽可能适当的词句。"

蓝翎的《飞檐上的单臂倒立——关于形式和风格的续想》发表于同期《十月》。蓝翎谈道："小说的插图是艺术形象的一种再创造，它既要根据原著所提供的情节，体现出原著的精神，以帮助读者进一步加深对原著的感受和理解；又必须突破原著所提供的情节规定范围，充分发挥自己的特长，以独特的形式给读者提供出比原著已经产生的更深入的想象。'火烧翠云楼'的插图在这方面是很有启发作用的。……这幅插图给我们的更加深刻的启示是：艺术创造必须在欣赏者的习惯和心理上找到一个立足点，利用在这个基础上创造出来的艺术形象，去适应并不断提高改变欣赏者的习惯和心理。"

阎纲的《习惯的写法被打破了——谈〈小镇上的将军〉的艺术技巧》发表于同期《十月》。文章写道："他（《小镇上的将军》作者陈世旭——编者注）好象有意同谁作对一样，非打破常规不可。人家直写他侧写，人家正写他反写，人家多写他少写，人家悲写他喜写，人家刚写他柔写，人家写理他写情。……他学会了画眼睛，以少胜多；他学会了同时画其他人物的眼睛，侧面衬托主人公。然后，我们回过头来再对照关于将军的肖像描写（如精瘦、佝偻、跛腿，以及手不离开的茶木拐棍），我们会多么佩服作者的狡黠啊！他倒是毫不费力，把将军'文化大革命'中的受'锻炼'（包括被打伤肢体），他来小镇后的特殊观感与心理活动，甚至他的全部革命历程，都交付读者去补充，去回味了。作者提供了人物的性格特点和一些社会条件，剩下的，读者尽可以运用合理的想象进行填补和再创造。""作者写将军着墨不多而神韵深远，得力于环境描写的成功。作者把人物和环境紧紧结合在一起，在人物与环境彼此作用、交相辉映的衬托和折光中，显现人物与环境。……人物与环境如此水乳交融的写法，免去不少闲笔浪墨，而以它紧凑的格局粘住读者。例如，他不侧重写将军怎样在那棵被轰了顶的老樟树下一站好几个时辰，却侧重写小镇人们对这副好笑神态的各种反应，很有点乐府诗《陌上桑》的味道。"

彭启华的《〈过关〉与"意识流"》发表于《外国文学研究》第1期。彭启华谈道,《过关》的作者乔伊斯·卡罗尔·奥茨,可以认为是流行于欧美所谓的"现代派"中的一员。"现代派"是一个总的称呼,它是一个复杂的文艺现象,而奥茨是这复杂文艺潮流中探索实践"心理现实主义",同时也大量采用"意识流"表现手法不断创新自己艺术及其风格的代表者之一。"《过关》的特点就在于采用了'意识流'手法。从短篇截取生活横断面以展示出纵深发展这点来看,其格局跟别的短篇体制大体上没有什么不同。然而打小说一开头我们就明确地感到,它毕竟已不再沿用传统文学所惯常使用的那些表现方法,而在题材处理、作品构思,特别是人物心理刻划方面建立起了自己的风格。""小说描写的时间是短暂的一阵子……通过这短暂的瞬间能揭示出那么多的内心活动,却是这篇小说的特点。……整个作品是让人物心理自个儿活动,通篇采用内心独白,把小说的观察点紧紧限定在雷尼和那个税务员的身上,也就是说,环境、行动和人物关系,——一句话,作品中一切,都是从女主角雷尼和税务员他们的心目中透视出来、辐射出来、反射出来的。"

王平的《"心理现实主义"与"感伤人道主义"的结合——评〈在冰山里〉及其他》发表于同期《外国文学研究》。王平认为:"奥茨的优秀的小说有一个明显的突出的特点,即'心理现实主义'与'感伤人道主义'的结合。收入《爱的轮回》中的短篇小说《在冰山里》,可以作为这种'结合'的艺术精品。……作者(奥茨——编者注)从心理分析的角度刻划男女主人公的形象,运用巧妙艺术手法反映社会现实生活。小说通过细致地剖析人物内心的思辨发展与如实地描写知识分子彷徨、苦闷、感伤的情绪,深深揭示了日常生活中那种钳制人的狂暴力量,紧紧地扣住读者的心弦。这种'心理现实主义',完全适于表现在物质文明极为发达,而精神生活非常复杂的资产阶级社会中,一部分青年男女的思想状况。"

张宏梁的《讽刺的生命是真实——外国短篇讽刺小说管见》发表于同期《外国文学研究》。张宏梁认为:"作为一种文学形式,讽刺小说也要塑造典型形象,力求通过个别反映一般,通过具体、生动、鲜明的艺术形象表现一定社会集团的本质特征,通过具有独特个性的人物和事物的特殊矛盾冲突,反映特定时代的某一阶级、阶层或集团的人物的共同本质。""讽刺小说的创作艺术大致可以看作两类。一类是漫画式的，它常常借助于奇特的构思，针对被讽刺对象的一种特性进行夸张，将其丑态赤裸裸地暴露出来；一类是近乎白描式的，它一般既不突出什么，也不夸张什么，似乎只是在记录事物的本来面貌，外国短篇讽刺小说中也主要采取这两种形式。""无论是漫画式的讽刺也好，白描式的讽刺也好，作为一种讽刺文学，作者都应用幽默、犀利的语言，使读者领悟到作品所要表达的旨趣，甚至深刻的哲理，使作品不仅具有认识教育作用，而且具有审美和娱乐作用。"

韩映山写给阎纲的《创作通信》发表于《延河》第3期。韩映山谈道："当我问及孙犁同志为什么当前有些作品，只能轰动一时，过后不久，就烟消火灭了……？他笑了笑说：'我多年的经验就是，写东西离政治要远点……'""现在文坛上产生的某些作品，使人看到的，不是生活，而是'政治'，更谈不到生活的美。这样的作品，是没有生命力的。"

四月

2日 袁可嘉的《"意识流"是什么？》发表于《光明日报》。袁可嘉指出："本世纪二十年代起，意识流技巧在小说、诗歌和戏剧等领域得到了很大的发展，在小说方面更形成了一个独立的流派。这个流派的作家认为传统小说里，作者象一个全知全能的神，他控制一切，由他介绍人物的思想感情，编串故事情节，而且往往出头露面评论说教，而不让人物的精神世界——特别是深埋在内心的隐微活动——如实地、自发地展现出来。因此他们提出'作家退出小说'的口号，要求人物直接表白他的思想意识，而不靠作者从旁描述。"

5日 黄毓璜的《为人而呼唤——评陆文夫的〈小贩世家〉》发表于《雨花》第4期。黄毓璜认为："党的三中全会精神贯彻以来……文艺创作特别是短篇创作开始了生命的转机，呈现出复苏的生气。作家们锐利的笔锋忠实地转向现实，转向人生，进行着对人的深刻解剖和出色塑造。陆文夫同志的近作《小贩世家》（载《雨花》一九八〇年第一期），就是在这方面作出了可喜成绩的一篇。……《小贩世家》的可贵之处，正是在于它通过朱源达这样一个活生生的形象，提出了一个长期以来遭到忽略、排斥的重大社会问题：我们应该怎样对待'人'！"

9日 胡德培的《漫谈宗璞创作的艺术特色》发表于《光明日报》。胡德培认为："在宗璞的创作中，充满诗意的抒情和描绘俯拾即是。……宗璞的作品十分注意谋篇布局，讲究意境。作品一开头，往往立即就将读者引入画面，构成一种诗的意境。"

黄海澄的《从〈奥勃洛摩夫〉的艺术特点说起》发表于同期《光明日报》。黄海澄认为："作者（冈察洛夫——编者注）不是让故事情节一环扣一环地紧张地进行下去，而是环绕着粗略而松散的故事间架，把生活本身的完整性和盘托出来，从细节的真实上，展开一个又一个的、丰富多彩的生活画面。……作者艺术构思的重点不在于编织故事，而在于细致地描绘生活。在这一点上，它与中国古代由说话（相当于后世之所谓说书）发展起来的小说大不一样。说话人为了抓住听众的情绪，必须使他所讲的故事有头有尾、脉络清楚、针线紧密、环环相扣，使他的人物处在不停的动作中。如果他离开故事而来一大段景物描写和心理分析，那么他的听众便会立刻走散。故事性强，在不停的行动中塑造人物形象，是中国古典小说的特点和优点。……细节的真实性、生活画面的完整性与典型性的统一，是冈察洛夫的小说在艺术上的最主要的特征。……冈察洛夫与鲁迅不同，他在另一条途径上取得了成功。他不放过生活画面上的一草一木，一枝一叶，如同工笔画家那样，照现实生活的本来的样子，真实地描绘下来，带着它的全部的新鲜性和特殊气氛，而这又不是自然主义的、冗滥的。"

10日 王蒙的《短篇小说创作三题》发表于《北京文艺》第4期。王蒙谈道："谈谈写人的问题。前一段的小说侧重于写社会问题，这是可以理解的。因为我们面临着一大堆社会问题。……作家的那点本事就是舞文弄墨。这点本事主要在人民心灵上发挥作用，靠小说直接解决社会问题是不可能的。……写问题的小说有时间性，有时能起到轰动的效果，但是往往缺乏较久的生命力。因为问题是经常变的。……我希望我们今后的创作在塑造人、研究人的心灵、美化人的心灵、提高人的心灵、开阔人的心灵、锻炼人的心灵、净化人的心灵这些方面起作用。""谈谈短篇小说创作的路子。我想，短篇小说应该是路子最宽的。……我们的能力有大有小，标的新可以大可以小，但是他必须是'新'。……

短篇小说为什么长呢？还是因为我们的路子窄，一般都是按揭露矛盾、发展矛盾、解决矛盾这三段去写的。三段论小说一般都是七千字以上。我们缺少那种一个镜头、一个片断、一点情绪、一点抒发、一个侧面的小说；一声呐喊，也可以组成一篇小说。那样的小说一定会比较短。所以，长短的问题也是我们路子不够宽的反映。"

同日，凌力的《〈星星草〉写作断想》发表于《读书》第4期。凌力认为，"《星星草》基本上是依据历史事实，按照历史发展的顺序写成的"，历史小说"必须在尊重基本史实的前提下，进行大胆地剪裁、熔冶、概括、集中，也就是人们常说的，要进行艺术虚构"。凌力指出："《星星草》里，除了一些具体的描绘、叙述是从史料中联想生发出来的以外，有的重要情节也是虚构的。""费力最大的，莫过于书中历史人物形象的塑造。作为历史小说里的历史人物形象，应当基本尊重历史的本来面目。凡出身、经历、性格、气质、好恶，甚至相貌、体形，都应该有历史依据，并在这个范围内进行典型化。"

同日，李万钧的《西方现代派文学纵横谈》发表于《福建文艺》第4期。李万钧认为："'意识流'小说和传统小说比较，具有明显的不同。第一，传统小说所强调描写的，多是人物'做什么'和'怎么做'，在'做'字上下功夫。'意识流'小说所注重描写的，却是人物'想什么'和'怎么想'，在'想'字上做文章。人物的心理（回忆、联想、闪念、梦境、幻想、幻觉）占主要篇幅，人物的行动、对话退居次要地位。第二，传统小说以情节为结构，多有完整故事（特别是长篇），意识流小说以意识流作结构，有意忽略故事情节的连贯和完整，着重写内心世界的时间和空间，让人物在主观的时空框子中活动。第三，传统小说以叙事、描写、介绍、评论为主要手法，意识流小说以内心独白、自由联想、象征暗示、时序颠倒、过去与现在，现实与虚幻穿插为主要手法。第四，意识流小说很重视剖析性爱心理，这一方面是真实地再现西方社会的风尚，另一方面是受弗洛依德学说的影响。其中也有一些描写是为表现性格服务、服从主题的需要的。"

12日 宋遂良的《坚持从生活的真实出发——长篇小说创作问题探讨》发表于《文艺报》第4期。宋遂良认为："作为反映一个时代的广阔生活画卷的长篇小说,决不能追潮流,赶时髦,急功近利地追求新、奇、快,走图解政策、配合中心的老路。一个和人民的命运息息相关的作家,一定会有坚持真理、忠于生活的勇气。'云飞月走天不动,浪打船移志不移。'永远不去违心地创作。""历史上的伟大作家往往同时是伟大的思想家。古今中外,我们找不出一部在文学史上有影响的作品是配合政治运动、按照一种流行的政治风尚写出来的。因为文艺、特别是长篇小说是通过生动具体的审美艺术形象,帮助人们认识生活,塑造人的灵魂,影响人的精神世界的。它的政治作用,不是那么直接的、立竿见影的,而是深远的、潜移默化的。政治对它只能'遥控',而不应该'近距离操作'。这正是艺术创作的特点所决定的。……由于狭隘地理解'为政治服务',我们长篇小说创作中仍有一种把政治概念当作作品主题的习惯。这类作品……在对描写的生活进行选择、取舍、提炼、升华时,必然受到'先入为主'的政治框框的束缚,作家的个性和识力,敏感和追求,必然受到限制,难于高屋建瓴地向生活的深处开拓主题,驮载着生活哲理和美学理想的艺术翅膀伸张不开,因而作品就缺乏一个新颖的、摇撼心灵的深刻主题。"

殷白的《题材选择作家——评〈许茂和他的女儿们〉》发表于同期《文艺报》。殷白认为:"精心的结构,细腻的笔触,以及语言的优美,风格的清丽,发掘生活的深度和思想的新,表现生活的真实和艺术的美,可以看出作者的认真努力和刻意追求。"

周扬、沙汀的《关于〈许茂和他的女儿们〉的通信》发表于同期《文艺报》。沙汀认为:"这部小说的缺点之一,正在于作者用'哲理性的抒情笔调'来刻画人物的内心世界,至少是太多了!"沙汀表示:"我一向以为,作家应该从所选择、塑造的人物自己的生活、性格和处境出发来刻画人物的内心世界,判断么,让读者去作;更不必担心他们不会了解作者的政治思想倾向。"

15日 南郭生的《漫谈环境描写》发表于《汾水》第4期。南郭生谈道:"我们知道,在文艺作品中,每一个人物都应该是一个具体的社会的人。这个具体的人,是具有一定的思想、感情和行为的,而这个思想、感情和行为,则都是对周围的事和物而产生的。简单地说,这周围的事物就是环境。它不仅仅指风花雪月、鸟兽虫鱼等自然因素,更重要的还指生活习惯、民情风俗、道德观念、政治制度、经济状况和各种人物等等一切围绕着他的社会因素。"

同日,卜合士的《文学的恋歌——谈谈青年作者李潮和他的〈春寒〉》发表于《钟山》第2期。卜合士认为:"质朴、洗炼、明快、论理和抒情相结合,是《春寒》在艺术上的显著特色。整篇故事很单纯,人物只有三个。作者不追求曲折离奇的情节,而是用白描的手法,着力刻划人物,充分揭示人物的内心世界,使作品中的三个人物都写得各具特色。"

禾子的《愤怒的控诉　心灵的呼号》发表于同期《钟山》。禾子认为:"《网》作为青年习作,在艺术上作了可喜的探索。这篇作品可贵之处在于它不是概念的、公式的,而是真实的、艺术的。作者大胆的运用近似意识流的创作手法,冲破一般小说的程式结构,运用人称交替和直抒个人情思的'内心独白'的叙述方法,代替通常讲故事的叙述方法,不但成功地表现了人物的意识流动的情状,细致刻划了人物丰富的内心世界,使人物形象显得非常丰满生动。"

16日　冯健男的《生活·政治·艺术——读贾大山的短篇小说》发表于《光明日报》。冯健男认为:"在文艺与政治的关系、歌颂与暴露的关系等问题上(这些问题也是迫切的),这位青年作家(贾大山——编者注)是解决得比较好的——他尽自己的理解和努力把实际生活中的矛盾与斗争典型化,对正面人物和新生事物热情歌颂之,对反面人物和歪风邪气尽情暴露之……构思新颖,剪裁得当,不落陈套,是其特点。"

楼肇明的《从"悲欢离合"谈起》发表于同期《光明日报》。楼肇明认为:"人物命运的悲欢离合,正是作品矛盾冲突和人物性格成长历史的一种表现形式。作家本人的思想激情和为了引人入胜加以精心设计的悬念,与之互为表里,合二而一。……悲欢离合的故事构架虽然渗透着作家的思想和匠心,但还不是编织社会生活图画的唯一手段,更不是社会生活图画的全部风貌。故事情节是否安排得合乎情理,顺乎人情,取决于作家生活底子的厚薄,形象图画的典型意义与作家思想的深刻程度,关系至为密切。"

19日　萧乾的《湖北人聂华苓》发表于《人民日报》。萧乾指出:"聂华苓更大胆的一个尝试,是她的寓言体小说《桑青与桃红》。在创作方法上,她企图综合中国传统的以及现代西方的技巧。……作品以书简和日记形式,把现在与过去交织起来。"

20日 峻青的《贵在质朴——答一位青年作者的信》发表于《人民文学》第4期。峻青认为:"真正的富有地方特色的作品,对于任何不同地区的人,都是有着强烈的感染力并从而引起赞赏和喜爱的。……应该刻苦地广泛地学习'外来'语言——包括我们的古典文学和外国文学的语言(那些到今天还富有表现能力的语言,都是我们必不可少的营养),而对于冷僻的方言土语,则应尽量少用或不用。但你决不可因此而看不起和抛弃了那些你认为是'土里土气'的家乡语言。"

同日,黄秋耘的《从微笑到沉思——读茹志鹃同志的几篇新作有感》发表于《上海文学》第4期。黄秋耘认为:"《剪辑错了的故事》是一篇表现手法和艺术构思都别开生面的作品,跟作者(茹志鹃——编者注)历来的艺术风格也迥然不同,有点幽默,有点俏皮,但态度是十分严肃的。"

武治纯的《〈台湾小说选〉的乡土特色》发表于同期《上海文学》。武治纯认为:"土生土长的台湾文学所反映的台湾同胞的生活内容,是植根于我们民族的传统文化、风俗习惯、道德情操、生活方式的基础上的,它的地方性和它的民族性是一致的。……台湾乡土作家们在艺术形式上也比较注意吸取和继承我国古典章回体小说的民族传统。多数作品都有一个完整的故事情节,而且是层次分明地逐段展开。有些作品,每一段还有它的标题,有一个相对独立的中心内容,实际又是全篇整体结构的一部分。这是对我国广大读者所喜闻乐见的民族形式的继承和运用。"

23日 郑兴万的《选材好 开掘深——简评〈许茂和他的女儿们〉》发表于《光明日报》。郑兴万认为,《许茂和他的女儿们》(载《红岩》1979年第2期)中的人物,"思想风貌和性格特征都比较鲜明",由于作者周克芹"在写人叙事时正确运用了四川通俗优美的群众语言,使作品具有浓郁的乡土气息"。

30日 章仲锷的《发掘民族的情操美——读〈黄河东流去〉》发表于《光明日报》。章仲锷认为,作者"很注意从塑造人物出发来安排情节。就如《水浒》中专写林冲和武松的'林五回'或'武十回'那样,这部小说里几乎每个主要人物的出场,都有一段生动的、比较集中的、突出其性格特征的故事。这既继承了我国古典小说描写人物的艺术手法，也符合一般读者的欣赏习惯"。

同日，田中全的《评长篇小说〈漩流〉的人物塑造》发表于《人民日报》。田中全指出："他（《漩流》的作者鄢国培——编者注）采纳了现代长篇小说的多头发展、事随人走的结构方式，又汲取了我国古典小说注重故事的完整、生动的传统，乃至比较上乘的言情小说的可取手法：注意写人物的悲欢离合，避平就曲，必要的'卖关子'、造悬念，所以情节的发展经常出人意料。而他的故事、'言情'，都有社会意义，为塑造人物服务，通俗而非庸俗的"。

五月

1日 晏政的《浅谈塑造新时期的新人形象》发表于《星火》第5期。晏政认为："塑造新时期的新人形象，贵在一个'新'字。也就是说，从他们身上应该体现出鲜明的时代色泽，传达出高昂的时代精神的节奏。……我们所要塑造的新人形象首先必须是人，文学作品只有从生活出发，真实地写出凝结着人物血肉、情感的独特生活和命运，描绘人们内在性格的丰富性、多样性和流动性，揭示出社会主义新人们必然具有的革命的人性美，使人物充满革命的人情味，才能真正刻画出性格丰满而又生动鲜明的新人形象，也才能产生撼人心弦的思想艺术力量。"

7日 盛英的《道德与诗情——试评张洁的作品》发表于《光明日报》。盛英认为："张洁喜欢把一种令人神往或含情脉脉的诗情，与活生生的人物性格交织在一起，使性格诗化。""张洁的作品确实以情为重，她甚至不太讲究艺术的章法结构，随着人物感情的流泻组织素材，人物感情的层次、起伏，乃至抑扬顿挫，常常构成作品的感人情节。"

10日 贺光鑫、吴松亭的《尺水要兴波——短篇小说艺术谈片》发表于《北京文艺》第5期。贺光鑫、吴松亭认为："'尺水兴波'的短篇佳作，篇幅虽短，思想容量却可以很大。……要使短篇作品做到'尺水兴波'，作家必须深入、广泛、细致地观察和体验生活。否则，曲折的故事情节只能成为荒诞离奇、矫揉造作的编造。"

12日 阎纲的《小说史上光采的一页——一九七九年全国优秀短篇小说评

奖》发表于《文艺报》第5期。阎纲谈道："七九年短篇小说的题材，无疑是扩大了。""题材的扩大，还表现在作者们对'四人帮'覆亡以来的现实生活相当深切的描写上。这也是七九年短篇的显著特征。……尤其可宝贵的，是这些作品无一例外地塑造了个性鲜明、亲切可爱的新人形象；他们深深留在我们的记忆里，移人性情，促人奋进，社会影响很好。"

15日 雏燕的《让人物说自己的话》发表于《汾水》第5期。雏燕认为："人物语言性格化，是刻划人物很重要的艺术手段之一……在写人物时，对于他们的音容笑貌，性格特征，所处环境，内在感情，有一个透彻的了解，使他们在自己脑子里活起来。就农村讲，大闺女，大嫂子，二大娘，三大爷……说话是决然不同的。一个家庭里，一个院落里，一个村子里，人物说话大抵都有自己的特点。什么身份的人，在什么场合下，会说什么样的话，这都需要认真观察，反复揣摩，凝炼雕琢，方可做到如闻其声，如见其人，有声有色，呼之欲出。"

同日，毛星的《也谈典型》发表于《文学评论》第3期。毛星指出："典型人物来自生活，而不是来自概念。作家塑造典型也是根据他自己所观察和所熟悉的生活，也不是根据自己头脑中的概念，更不是根据别人所给予的概念。因此，不能离开作家的生活积累、生活感受，以及生活感受中所获得的形象、意念和激情，单单抽象地从理论上去讲该写什么和如何去写。"毛星认为，典型人物"决不是用简单的阶级分析的推断而推断出来的"。

杨绛的《事实 故事 真实——读小说漫论之一》发表于同期《文学评论》。杨绛谈道："小说作者在运用'隐身法'的同时，又爱强调他书里写的确是真情实事。……我们研究一部小说，就要研究作者的社会和家庭背景，要读他的传记、书信、日记等等。但读者对作者本人的兴趣，往往侵夺了对他作品的兴趣，以至研究其作品，只成了研究作者生平的一部分或一小部分。……小说终究是创作，是作者头脑里孕育的产物。尽管小说依据真人实事，经过作者头脑的孕育，就改变了原样。便象历史小说《三国演义》，和历史《三国志》就不同；《三国演义》里披发仗剑的诸葛亮，不是历史上的诸葛亮。小说是创造，是虚构。但小说和其它艺术创造一样，总不脱离西方文艺理论所谓'模仿真实'。'真实'不指事实，而是所谓'贴合人生的真相'，就是说，作者按照自己心目中的人生真相——或一点一滴、东鳞西爪的真相来创作。……创造小说，离不开我们所处的真实世界。第一，作者要处在实际生活中，才会有所感受……第二，真人真事是创造人物故事所必不可少的材料……第三，真人真事是衡量人事的尺度。"

杨绛指出："虚构的故事是要表达普遍的真理，真人真事不宜崭露头角，否则会破坏故事的完整，有损故事的真实性。……'凭空捏造，以实其事'就是说，虚构的故事能体现普遍的真实。若是从虚构中推究事实，那就是以假为真了。"

20日 郑文光的《科学文艺小议》发表于《人民文学》第5期。郑文光认为："我国科学文艺包括的门类很广，其中一部分，如科学小品、科学故事，也许可以称之为文艺性的知识读物；但另外一部分，如科学童话和科学幻想小说，却应当是真正的文学作品，而且科学幻想小说也不完全属于儿童文学。……科学幻想小说则是古老的幻想小说（如我国的《封神演义》《西游记》，外国的《一千〇一夜》《格列佛游记》等）在科学技术突飞猛进时代的发展。"

同日，梅朵的《我热爱这颗星——读〈人到中年〉》发表于《上海文学》第5期。梅朵认为："作者（谌容——编者注）是作为一个诗人，在追寻着日常生活中的诗意，她是用诗人的笔触，让人物从感情的海洋中浮现出来。""这种艺术个性，不仅表现在她的诗意葱茏、想象丰富的笔触中，而且也表现在她捕捉人物性格化语言的能力中，她能于通过日常生活中人物的三言两语，就使其神态毕露、心灵具现、性格突出。"

21日 纪怀民的《写人·写神·写英雄》发表于《人民日报》。纪怀民写道："我们反对对英雄人物的神化，但决不能说一写英雄人物就是神化。恩格斯曾经尖锐地批评过十九世纪下半期在西欧流行的一些文学流派，脱离具体现实，专事杜撰一些离奇、怪诞可笑的人物，斥责它们是'恶劣的个性化'和'纯粹低贱的自作聪明'。由此可见，我们在人物塑造问题上，切不可从一个极端发展到另一个极端。"

25日 田野的《好就好在不落套——读祖慰同志的短篇小说》发表于《长江文艺》第5期。田野认为，祖慰的短篇小说有"'不落套'的表现手法，是很有创造性的"，祖慰"并非单纯追求形式上的新鲜，而是，为了更好地把众多的人物、复杂的关系,描写得更为清晰,交代得更为具体,从而,使作品的主题得到更充分、更深刻的表现"。

田野还认为,祖慰在语言的运用上,也是很有特色的。田野指出:"一方面,他善于吸收中国的和外国的、书本的和口头的一些成语、谚语乃至歇后语,典故、传说乃至民间笑话,使他的作品具有那种幽默而又机智的生活气息;一方面,他又大量地采纳了许多现代词汇,科技的,文艺的,军事的,使人感到新鲜而又熟悉,别致而又亲切,具有一种独特的时代风格。"

28日 孙钧政的《艺术中的对比》发表于《光明日报》。孙钧政认为:"对比,可以找出同中之异,使同一类型的人物也能显出自己的独特性。……对比,只要运用得恰当,是行之有效的艺术表现手段之一,可以使形象更显出自身的独特性,能把思想感情表达得更集中更强烈,在场面和情节的对比中,作品的倾向性可以自然地流露出来。"

同日,董健的《对生活和艺术的探求精神——读高晓声的短篇小说》发表于《人民日报》。董健认为:"高晓声笔下人物的性格,不是作者设计的,不是主观赋予的,而是从他们所处的生活环境和他们的必然行动中产生出来的,因此,这种人物的性格象生活一样真实,象生活一样丰富和复杂。"

本月

刘心武的《与林斤澜书》发表于《江城》5、6月号合刊。刘心武谈道:"《铁木前传》作为我国社会主义时期文学创作中出现的一块美玉,它是多么值得认真地、深入地、细致地加以研讨啊!我以为,这是一部彻底地摒弃了任何公式化、概念化的因素,真正地从生活本身出发,从生活中真实的活生生的人物出发,去探求真、善、美的一部精心结撰之作,它虽然只有四万五千字的篇幅,却是以扫荡四万五千部从概念出发,文笔拙劣的'纸砖'。作者在探究农村社会主义改造初期,各种人物的人性,以及人物同人物的人情方面,深入到了多么细微的程度啊!……我们出了某些这样的中、长篇小说呀——其中的每一个人物,都'恰如其分'地体现着其隶属的阶级或阶层的共性,他们的灵魂似乎都经过了一次蒸馏,干净到无时无刻不在体现着阶级性,几乎不再含有任何阶级性以外的'杂质',他们的个性只不过是外在的一些差别:有人粗鲁有人文静,有人莽撞有人精细,有人果断有人迟疑……如此而已;这些小说中的人物全都围着一场作者所设计的'中心事件'转,他们的一言一行、一笑一哭,无不依附于这个'中心事件',仿佛除了为在这个'中心事件'中体现出他们所代表的阶级的阶级性外,竟无别的事情可做……这样的中、长篇小说也可能文笔十分流畅,语言相当波俏,某些场景的渲染也很有生活气息,细节安排上也颇为别致精巧,但这样的作品实在是不能与《铁木前传》相比的,因为那些作者笔下的人物不过是躺在纸上的人物,是由着作者凭主观意志呼来唤去的傀儡,是某种观念和既定主题的绣像图;《铁木前传》中的人物则与其说是由孙犁同志写出来的,莫如说他们实际上是从生活中透过孙犁同志的笔尖跳到读者眼前的,他们带着生活中的真实灵魂的全部复杂性,驱使着孙犁同志带领读者一同去探索、去解释、去爱去憎、去奖去罚……"

马加的《谈文学的语言》发表于《鸭绿江》第5期。马加谈道:"我使用语言尽量要求精炼、能少则少。对于那些花狸狐梢,拖泥带水,空话连篇的词藻,必须把它砍掉。……我的语言是向谁学的呢?是向我的老师学的。我的老师就是农民。在家乡,我接触的都是农民,我下乡工作,接触的也是贫下中农。我观察他们的心理、动作,留心他们的语言。我常常惊叹农民的语言是那么生动、形象、新鲜,它是生活的语言,有生命力。"

六月

4日 陈骏涛的《读〈正红旗下〉随笔》发表于《光明日报》。陈骏涛认为:"老舍擅长描写普通人物,特别是'小人物'的生活和命运,从侧面提出一些发人深省的问题。《正红旗下》就是这样的作品。这里,没有惊心动魄的情节,也没有叱咤风云的人物,所写的都不过是北京旗人(从旗人贵族到下层旗人)和汉人的日常生活,但从中我们却感受到强烈的时代脉搏。……老舍写人物写得活,除了他能够赋予人物以鲜明、丰富的性格特点外,还表现在他能够给各种不同的人物选择最恰当的语言和最合适的动作,即性格化的语言和性格化的动作……"

10日 张梦阳的《托尔斯泰"画"马——读〈安娜·卡列尼娜〉随笔》发表于《北京文艺》第6期。张梦阳谈道:"托尔斯泰'画'马的这种雕刻似的笔触中有哪些地方值得我们学习和借鉴呢?""首先,托尔斯泰善于敏锐地抓住马的特征、并极有法度、严守绳墨地逐层把这一特征艺术地再现出来。……其次,托尔斯泰善于用精铸熟炼、准确、生动的字词语句将马的特征形象地描绘出来。……再次,托尔斯泰善于运用拟人化的方法传出马的神态特征。"

11日 雷达的《高晓声小说的艺术特色》发表于《光明日报》。雷达认为,高晓声"写人善抓特征,善于精选极富个性化的生活细节是其特色。……高晓声很注意对农民的个性剖析。……高晓声的小说,形成一种'中西合璧'式的结构和语言特色。他的小说很难作为首尾完整的故事讲述,侧重于心理描叙,人物的内心独白也不少,但又能以朴实凝炼的语言从容叙来,如与老农晤谈,十分亲切"。

同日,蒋翠林的《〈台湾轶事〉的艺术特色》发表于《人民日报》。蒋翠林认为,聂华苓小说的艺术特色在于"精巧而又饶有韵味的构思""细腻入微地刻画人物的内心世界""善于描绘蕴味高远的意境,烘托寓意深刻的氛围"。

15日 雷达的《灵魂奥秘的揭示——阅读获奖小说笔记之一》发表于《新港》第6期。雷达认为,1979年短篇小说"已经由'写政策''写概念''写问题'的路上比较彻底地挣脱出来,折入'写人的命运''写人情''写灵魂'的正确轨道","从艺术规律的角度看,这是极大的转变"。雷达指出:"要揭示出人的灵魂的奥秘,创造出有生命的性格,是很艰难的。所谓'盖写形不难,写心惟难,写之心尤其难也'。要写人,最重要的途径是要真实深刻地描绘出人物与环境的关系,把环境与人物交融渗透在一起。作者应该……选择最适宜于揭示人物灵魂的特定环境、角度和侧面。"

于长湖的《向古典小小说取点经》发表于同期《新港》。于长湖写道:"古典小小说,这个名称本来没有,这是我的'追赠'。因为,据我看来,故事的某些作品,例如明清或更早年代的笔记小说,最早甚至可上溯到先秦诸子散文中的一些短章,它的确具有我们今天所说的小小说的特色。有些珍品,短小到通篇仅数十字。这固然由于当时的社会生活远不及今天这样复杂。再者,古人运用文字的习惯，一些特殊的语法，也和今天大不相同。但除此之外，笔触的简练，剪裁的巧妙，独创性的构思，等等，也不能不说是重要的原因。对之探索一番，取点经，是不会空手而返的。"

21日 杜萌的《新人新作〈梨园谱〉》发表于《人民日报》。杜萌写道："作者用了一种还不大有人用的写法，即在每章前面，用比较精炼的语言，提纲挈领地写了内容提要。这个提要既可使读者知道这一章的主要内容，又以其艺术的说明吸引读者读下去。有时还特殊地起了联接上下章的作用。这明显地是受了某些外国文学作品的影响，但作者的这种努力和探索也是值得称道的。"

25日 钱谷融的《〈论"文学是人学"〉一文的自我批判提纲》发表于《文艺研究》第3期。本文是钱谷融于1957年10月26日在《论"文学是人学"》受批判后写的自我批判文章的提纲。钱谷融在按语中写道："从《论'文学是人学'》一文的发表并受到批判以来，特别是在林彪、'四人帮'横行的十多年里，'文学是人学'这句话，是绝对不许提的。'四人帮'被粉碎以后，党所一贯倡导的实事求是的优良作风重又得到了发扬，高尔基的这句名言，也被人们重新提了出来。但究竟应该怎样理解并正确阐释这句话，并使它有利于我们社会主义文艺事业的发展，却仍是一个需要大家进行认真探讨的问题。我自受到批判以后，二十多年来，很少再考虑过这个问题，因此一时也谈不出什么意见。现在愿意把当年写的这份《自我批判提纲》中谈自己'当时的想法'的部分公开发表出来，以引起大家的讨论，并求得大家的批评帮助。这里，我只就原来的《自我批判提纲》删去了其中的'原文要点'和'今天的认识'两部分，此外基本上没有作什么改动。这不但是为了保存当时的真实思想，也因为今天我的想法并没有什么根本性的变化。"

《提纲》中介绍："我在《论'文学是人学'》一文里，一共谈到了五个问题，就是：一、关于文学的任务；二、关于作家的世界观与创作方法；三、关于评价文学作品的标准；四、关于各种创作方法的区别；五、关于人物的典型性与阶级性。我认为谈文学最后必然要归结到作家对人的看法、作品对人的影响上。而上面这五个问题，也就是在这一点上统一起来了：文学的任务是在于影响人、教育人；作家对人的看法、作家的美学理想和人道主义精神，就是作家的世界观中对创作起决定作用的部分；就是我们评价文学作品的好坏的一个最基本、最必要的标准；就是区分各种不同的创作方法的主要依据；而一个作家只要写出了人物的真正的个性，写出了他与社会现实的具体联系，也就写出了典型。这就是我那篇文章的内容大要。"

吴组缃的《短篇和长篇小说创作漫谈》发表于同期《文艺研究》。吴组缃认为："《聊斋》的成功之处……一、站在时代前列，关心现实，向人民学习，作人民的代言人；二、对所写主题有真情或激情；三、对所写题材有生活实感；四、有丰富广阔的知识和文学修养，吸取了前人的好经验而有所创新。……至于长篇《醒世姻缘》的不同处，一是用的白话口语，二是写的现实社会平凡人物的生活活动，三是有百回、百万字的篇幅。单就这三点说，比起文言短篇的《聊斋》。首先就需要对现实社会生活和各种人物具有更广阔丰富、更深入细致和更详尽踏实的体察与认识。……其次，有个艺术构思的问题。当时新开创起来的这种近代意义的长篇小说，它的艺术方法跟《聊斋》式的文言小说的构思是大异其趣的。……遗憾的是《姻缘》仍然沿用《聊斋》式的一套狐精复仇、轮回报应的故事，……《聊斋》里那些很高明、很优美的主要成分，到这里好象退居次要的从属地位，这部书就不那么教人喜爱了。……我国近代意义的长篇，刚从文人加工创作的以群众口头文艺为基础的英雄传奇，发展到文人作者独力创作的取材于现实社会平凡人物日常生活的作品的新阶段的初期。这时除《金瓶梅》之外，还没有什么前人的好作品或好经验足资借鉴。这比《聊斋》之有丰富悠久的多方面优良传统就远不能及了。"

本月

刘乐群的《新颖精当的情节结构——契诃夫短篇小说阅读札记》发表于《外国文学研究》第2期。刘乐群指出："在契诃夫的众多的短篇小说中，其情节结构，从来不是'似曾相识'的千篇一律；'耳音面熟'的旧调重弹，总是随着表现主题、刻画人物的需要而量体裁衣，天衣无缝地结构出'新意清词易陈言熟语'的新颖精当的情节，表现了作者熟练的技巧与独特的艺术感觉。""契诃夫善于抓住典型事件，把人物穿插集中在同一时间同一场面上。象独幕剧那样，围绕着体现主题的人物性格,来铺设情节,展开活动。……契诃夫常常根据人物性格,结构一连串让其主人公重现的情节。每次重现,就象对矿藏深掘一层,矿质的精度越来越纯净,人物的每一次再现,性格的光芒,一次比一次明亮,直至跃眼生辉。""契诃夫有些短篇,往往是看来信手摘取的生活片断,单纯得象生活本身那样,毫无修饰。他以这些'个别''特殊'的单纯片断,组成为'没有情节的情节'结构小说,描绘出当时时代的缩影。……在平常的生活插曲构成的情节里,响彻出并不平淡的时代音响,塑造了光彩夺目的典型人物。在这'不以平废奇,不以奇废平'的生活和艺术的辩证关系中,表现了契诃夫艺术手段的高超。"

潘耀瑔的《狄更斯创作的艺术特色》发表于同期《外国文学研究》。潘耀瑔写道:"作者虽然喜爱对环绕人物的生活环境作详尽的细节描绘,但更注意将人物性格同生活于其中的环境有机地联系起来……充分体现了他的现实主义创作的批判力量。""狄更斯作品中虽有连篇累牍的风景画面,但他善于把所描写的自然风景或现实环境变成具体而生动的形象,与人物的情绪,内心境界溶合起来……"

姚雪垠的《论〈圆圆曲〉——〈李自成〉创作余墨》发表于《文学遗产》第1期。姚雪垠谈道:"由于写《李自成》这部小说,我必须将有关的历史问题进行研究,得出我自己的认识。首先求得了对历史事件的认识之后,然后从事小说情节的艺术构思,进行创作。至于小说的情节如何运用或不采用某一史实或传说,是按照小说的主题思想和艺术需要而定。我将这种写历史小说的原则归结为两句话:'深入历史,跳出历史,而深入是基础。没有深入,便无所谓跳出。'"

胡光凡的《"以动写静"和"化静为动"——读周立波短篇小说札记》发表于《湘江文艺》第5、6期合刊。胡光凡认为:

"立波同志运用以动写静的艺术手法,可以说到了炉火纯青的地步。他有时就像一位高超的摄影师,从日常的生活现象中,抓住人物在特定场合下富有特征意义的行动或动作,迅速而灵巧地摄下一两个特写镜头,便把人物此时此地的思想感情、精神风貌,生动、逼真地传达给了读者。……以动写静,有时需要通过一连串有特征意义的行动或动作,从几个侧面加以烘托、渲染,才能突出人物的个性，特别是表现人物性格的发展。在运用这种手法时，作家有时只需要抓住一个人物前后截然不同的行动或动作进行对比，或者是同一动作前后不同的情状进行对比，就把人物思想、性格的变化，'画龙点睛'地描画出来了。

"以动写静，塑造典型人物，也就要有成功的环境描写包括景物描写相配合……立波写景状物是很有功力的。像长篇小说《山乡巨变》一样，他的短篇中的湖南农村景象，也处处饱含着诗情画意，散发着浓郁的生活气息，弥漫着清新的泥土芬芳，呈现出明丽的地方色彩，出色地表现了作家故乡益阳农村的风貌。……立波从不孤立地、静止地大段大段描写景物，他主张'选取的风景最好是跟人物的行为和心理互相配合'。这就是说，把景物的描写融化在故事情节中，借以烘托出生活环境的气氛，有助于表现人物的命运和性格特征。……在塑造人物时要以动写静，在景物描写上也就要善于化静为动。要从人物和情节出发，选取最能烘托人物性格、符合特定情境的景物，并把这种景物描写同人物当时的心理、动作和行动紧密地配合起来，构成一幅统一、和谐、完整的图画，真正做到寓情于景，寓情于物，'象、意并茂'，情景交融。这样，就能有力地衬托人物的性格特征，突出作品的主题思想。"

七月

2日 洁泯的《现实主义的新探索——1979年全国获奖短篇小说读后漫评》发表于《人民日报》。洁泯表示："1979年的短篇小说中，写了不少崭新的人物，有的是先前的文学画廊中少见而可喜的人物。"

9日 陈望衡的《往灵魂深处开掘——评反映土家族生活的中篇小说〈甜甜的刺莓〉》发表于《人民日报》。陈望衡强调："它（《甜甜的刺莓》——编者注）的突出特点，就在于它把题材的开掘与人物灵魂的开掘较好地结合起来，通过对人物精神世界的深刻剖析，展示了那个特定时期我们这个社会、这个时代的风貌。"

10日 何新的《他们象征着未来——试析王蒙短篇新作〈风筝飘带〉》发表于《北京文艺》第7期。何新认为，《风筝飘带》"一反我国小说重叙事（讲故事)、重描写的传统表现方式,大胆地运用了象征主义的暗示、隐喻、微讽的间接表现技巧,使小说意境幽深,含蓄而微妙"。

同日,仲一的《浅谈短篇小说创作中的几个问题》发表于《新疆文学》第7期。仲一谈道:"在目前短篇小说创作中存在的另一个较为突出的问题是人物形象的塑造。……由于人物形象苍白、干瘪,作品也就失败了。还有一些已经发表的短篇小说,也存在单靠故事情节取胜的毛病,看故事,相当惊险离奇、引人入胜,而人物形象则很平庸、一般化。这些,反映了两个方面的问题:一是重故事情节,轻人物形象的塑造;一是缺乏塑造人物形象的本钱,心有余而力不足。""另外,短篇不短的问题也是十分突出的。……短篇小说要写得短,不能单单用数字来限制,而必须根据短篇小说自身的特点来选取生活素材,安排人物命运,结构故事情节。""有很多短篇小说严格说来不是短篇,而是压缩了的中篇,这是短篇小说篇幅过长的原因之一。短篇小说反映的社会生活面同中篇小说相比,规模要小些,故事情节也较单纯,人物也少,一般是截取生活中的一个断片,写一人一事。很多业余作者把握不住短篇小说的这些特点,不知道如何根据这些特点选择素材,结构情节,安排人物,一开场就是中篇小说的架子,情节复杂,场面很大,人物众多。"

12日 陈骏涛的《军事题材文学创作的新突破——评〈西线轶事〉》发表于《文艺报》第7期。陈骏涛认为:"《西线轶事》在塑造人物方面,除了着意刻划人物的心灵美,还特别注意从人物的日常生活当中、特别是他们的琐闻轶事当中,突出人物的性格特点和描绘人物的声音笑貌。这就使这篇小说显得很有声色、富于情趣,不是那种干巴巴、硬梆梆、枯燥乏味的东西。"

胡永年的《人物灵魂的探索——谈〈如意〉中的石大爷》发表于同期《文艺报》的《短作新评》栏目。胡永年认为,作者刘心武刻意刻画的石大爷的形象显示出一种高尚的灵魂美、人性美。胡永年指出:"石大爷的内在的灵魂美,纯真的人性美,是在灭绝人性的典型环境之中大放异彩的,是在几个感人的细节描写之中展示出来的。……每个作家,都有自己的思想和道德倾向;每个作家写人,都要倾注自己对生活的理想,反映自己对生活的追求。《如意》的作者也在石大爷身上涂上了自己的主观色彩。值得称道的是,作者的思想、感情、理想和追求，不是孔雀身上的羽毛，商品上的标签，而是融汇在人物的性格之中，通过人物自己的言行，自然而然地流露出来的。"

15日 孙钊的《读马烽〈结婚现场会〉三题》发表于《汾水》第7期。孙钊认为，《结婚现场会》具有绝妙的对话，《结婚现场会》"没有什么故事性，对人物的刻划主要用了对话的艺术手段。那些对话幽默而无噱头，深刻而不呆板，分寸适当，恰到好处。在生动的对话中，主人公王拴牛被活脱脱地推现在读者面前"。孙钊认为，《结婚现场会》还具有新巧的构思，体现在"角度新颖"的开端和"欲此故彼"的手法。

同日，丁帆的《谈贾平凹作品的描写艺术》发表于《文学评论》第4期。丁帆谈道："把小说当作诗来写，让作品释出意境的美，这是贾平凹在艺术上进行的大胆尝试和探求。他的作品虽不能说是贮满了诗意，但确也给人留下了品尝诗境的韵味。它们没有浓墨重彩的艺术渲染，只是象一幅淡雅恬静，充溢着村俗乡情的水墨画，饶有田园牧歌式的生活情趣。正如作者所说的那样：'我喜欢诗，想以诗写小说，每一篇都想有个诗的意境。给人一种美。'""如果稍微留意的读者就会发现，贾平凹作品中的人物描写总是抒情的。处处表现一种对美的追求。……作者把表面现象——人物对生活中外在美的追求，与精神内核——人物对心灵世界崇高美的热爱融合在一起，把读者领入诗一般的美好艺术境界之中，因而形成了作品独特的格调。……贾平凹的作品总是着力描写充满着生活情趣的细节，十分注意作品缜密的细部构造，以此来镌刻人物形象，增强作品的生活美感。……贾平凹作品的景物描写酷似一幅幅淡雅隽永的水墨画，然而却散发着浓烈的泥土馥香……留心的读者，就不难发现贾平凹往往在作品的结尾上下一番功夫，他刻意追求'结尾要电影式的"淡出"，淡得耐嚼。'在数千篇的创作里，作者几乎在每一篇里都给我们留下了余味无穷、蓄满诗意的'凤尾'。它给人一种昂扬向上的情绪，凝聚着作者的一片诗心。"

同日，宁宗一的《情节的艺术——古典短篇小说艺术札记》发表于《新港》第7期。宁宗一谈道：

"如果拿我国古典小说的传统表现技法来和欧美各国古典短篇小说相比较，人们不难发现，他们的小说是以写人为主，人中见事，擅长于追魂摄魄地刻划人物心灵变化的辩证法；而我们的古典小说则是侧重于记事，事中见人，善于声情并茂地展示事件发展过程的辩证法。所以，中国的古典短篇小说，往往使很多人未读小说，只听情节，就能心动神摇。

"那么，我国古典短篇小说的情节构成到底有哪些艺术特色和艺术经验呢？我的浅陋的看法是：

"首先，我国成功的古典短篇小说很少有一览无余，看头知尾的毛病；很少有板滞枯涩的痕迹，不但故事情节夭矫变幻，摇曳多姿，就是情节的一个片断，也往往笔圆句转，一波三折，极尽曲折之能事。

"同第一个特点密切联系的是，我国的古典小说往往以'巧'取胜，最大限度地运用偶然来暗示必然，而不直接描写必然。这一点充分显示了古代小说家们的巧思。产生于十七世纪初期的现实主义巨著《金瓶梅词话》的作者，在总结我国小说创作特别是'说话'艺术的经验时明确提出了'没巧不成话'的小说美学原理。'话'者，从唐宋以来就当'故事'解，'巧'者，巧合也。就是说：没有巧合就不能构成故事。这就是以后在我国广大读者和观众的口头上流行的一句传统的艺术创作经验谈：'无巧不成书'。'没巧不成话'或'无巧不成书'既肯定了小说需要虚构，又揭示了小说虚构本身的奥秘。小说或戏曲，凡是能够长久吸引着人们，使人百听不烦百看不厌的，除了形式是群众所喜闻乐见的以外，必然都有着一个重要条件：它们所编织和虚构的情节、场景、人物都使人感到'出乎意料之外，而又合乎情理之中'。出乎意料，就是因为有'巧'，而巧就是偶然性，合乎情理，就是偶然中却又显示着必然。因此，'没巧不成话'，蕴藏着'必然性必须通过偶然性来表现'的艺术辩证法。

"成功的小说证明：作家'巧'的艺术表现手法运用得好，就能造成故事情节的回旋跌宕，产生较好的艺术效果。所以我们的古典短篇小说非常讲究'奇'与'巧'的辩证统一。因为'奇'才能传，'巧'才成书。'奇'就是要有前人或别人的笔下没有出现过的故事，敢于出'奇'制胜；'巧'就是要有'山重水复疑无路，柳暗花明又一村'的情节结构，敢于寻找最富有表现力的偶然形式，去揭示作家所企图表现的生活必然性的内容。宋人话本小说《错斩崔宁》和蒲松龄的文言短篇小说《胭脂》等等优秀作品，都是借助于这一艺术表现手法而获得动人的艺术魅力的。

"我国古典短篇小说的第三个情节特色是：有头有尾、脉络分明。我们的古典小说一般地说故事性都很强。但是情节虽复杂，头绪却并不纷繁。作家总是'照顾'到读者的理解能力和审美习惯，总是把故事组织得有头有尾，有始有终，虽有跌宕顿挫，而主线总是清晰单纯，层次分明，结构严谨。中间的纠纷变化，都能一一交代清楚。通观我国古典的短篇小说（包括文言和白话的），在情节发展和布局上都包括着发端、开展、高潮和结局四个基本构成部分。这一点和欧美古典短篇小说又很不一样。比如契诃夫就说他自己的短篇小说是：'只包括开头和结局的短小的小说。'而我们的古典短篇小说则不是半截腰开始，或者无结束的戛然而止。而是让人物有来龙去脉，故事有源头有归宿。所以它没有欧美小说中情节的突变和省略，没有事件发展的中断和飞跃，没有场合环境的陡然转换，而始终是沿着一条线索，有条有理，不枝不蔓，明白清楚地叙述下去，把必须交代清楚的都说了出来，不轻易遗漏一些重要的情节让读者去揣测。

"古典小说作家对于每回书，每个段落，怎么开头，如何结尾，'讲论处'和'敷演处'，'冷淡处'和'热闹处'又怎样处理，都擅长于展示出艺术的辩证法，使之疏密相间，浓淡相衬，时松时紧，时徐时疾，巨细得体，变幻多姿，弛张交乘，跌宕有致。在交代情节时从不作抽象描写，而善于从具体行动中去发展情节。所以'讲论处'总是点到而已，而到'敷演处'就彻底放开。至于'冷淡处'，就重简练，要短而流畅，一带而过，要有惜墨如金的本领，让听众在惊涛骇浪似的情节波澜之前或之后得到艺术上的间歇的审美享受，又在没有沉重的情节发展的负荷下去领略书情的丘壑。而'热闹处'就要求精雕细刻，浓笔重彩，姿意渲染，把书情加以丰富、发展。古代小说家们曾把这概括为一句很精辟的口诀：'有话即长，无话即短'。由此可以看出，有简有繁和虚虚实实的描写方式和布局，都是拥有丰富经验的小说作家们懂得读者和听者的审美经验，兴趣和能力的表现。"

宁宗一认为："在中国小说发展的历史进程中，古典短篇小说编织故事情节的艺术表现手法，曾经融合了中国其它艺术领域，特别是戏曲艺术的丰富经验，并且接受了中国古典美学中崇自然而抑雕饰、求简约而避繁缛的良好影响，使情节构成的艺术发展到了炉火纯青、出神入化的境界。"

同日，郑乃臧、唐再兴的《不灭的火焱——论方之的小说创作》发表于《钟山》第3期。郑乃臧、唐再兴认为："小说创作要注意写人，把人物写活。……方之刻划人物，总是严格地从实际生活出发，进行艺术概括的。可以这样说，他的作品无不来自丰富的生活积累，他的人物几乎都可以从生活中找到原型（有的是一个模特儿，有的是几个模特儿）。这就为他把人物写活提供了坚实的基础。"

20日　马威的《用"我"的语言写"我"——读鲁迅小说札记》发表于《人民文学》第7期。马威谈道："在鲁迅先生的小说创作中（历史小说《故事新编》除外），用第一人称的有十三篇，占《呐喊》《彷徨》两个小说集全部作品的一半以上。在这些第一人称的小说中，有'我'不成其为一个人物，几乎使读者忘记他的存在，在作品中只起贯串故事的一个线索……这类小说中的'我'，不是作为人物形象出现的。本文要探讨的是鲁迅小说中的'我'是作为人物形象出现的，不论是陪衬人物，或者是次要人物，或者是主要人物如何应用'我'的语言表现'我'的思想性格的问题。……用'我'的语言写'我'，不仅要求在对话中'我'的语言要有个性，就是叙述故事、描写景物和抒发感情的语言，也要同'我'的性格、身份、经历和思想教养相符合。……'我'作为文学形象的第一人称的小说中，还有一个特长，就是容易细腻地描写'我'的心理活动，充分抒发'我'的感情，从而，更有利于刻划'我'的思想性格。"

王蒙的《谈短篇小说的创作技巧》发表于同期《人民文学》。王蒙写道："短篇小说的构思主要在两个方面，一个是取材，选择题材。就是说，从广阔的、浩如烟海的生活事件里，选定你要下手的部位。它可能是一个精采的故事，它可能是一个给人留下了深刻印象的人物，它可能是一个美好的画面，它也可能是深深地埋在你的心底的一点回忆、一点情绪、一点印象，而且你自己还一时说不清楚。这个过程叫作从大到小，从面到点，你必须选择这样一个'小'，这样一个'点'，否则，你就无从构思，无从下笔，就会不知道自己写什么。""在这个过程中，我以为最重要的是：第一，它不要太大，不要太包罗万象，否则，很容易写得臃肿、拖沓、芜杂。相反，一般的说，要力求单纯。即使那些长篇幅的短篇，往往也有一个核心，一个聚光点。这一点，其实就是这个短篇的支点，没有这个支点，就没有你的短篇。"王蒙进一步指出，"在经历了由大到小，由面到点的选择过程之后，在你确定了一个短篇的主攻方向以后，往往面临的问题是如何生发、深化、丰富和发展那打动了你的心灵的一点。如何最大限度地挖掘这一点，使之成为一个有意义的、有价值的故事，成为一个有趣的、吸引人的故事。（短篇小说是离不开故事的，所谓散文化的、无故事的小说，多半是用一系列小故事代替通篇的大故事。用没有啥戏剧性的故事代替戏剧性强的故事罢了。）这可以说是由小到大，由点到面。这就叫作构思，这就叫作艺术想象，这就叫作形象思维。你要设想从你的那一点发展下去或追溯上去或引伸开去的成十种、成百种的可能，从里面选择最有思想意义、最美好、最动人的。这里，关键在于你的生活阅历的广度和深度，你的感情、印象、记忆的广度和深度，你的思想的广度和深度。"

23日　邢沅的《历史小说的新收获——读歌颂捻军英雄的〈星星草〉（上卷）》发表于《人民日报》。邢沅指出："它以历史事件的衍变为顺序，继承中国古典历史小说'七分史实，三分虚构'的传统。""《星星草》上卷采用了多头绪的布局结构，于起伏跳跃而巧妙和谐的复式发展中，描写了捻军与清军之间你死我活的激烈搏斗。这是贯穿小说的主线。""《星星草》上卷在塑造众多的历史人物形象时，比较成功地运用了中国古典艺术的白描手法，同时汲取了欧洲小说长于揭示人物内心世界的优点，文字上则熔遒劲古朴与诗情画意于一炉。"

26日　《人民日报》发表社论《文艺为人民服务、为社会主义服务》。社论指出："为人民服务，就是为除一小撮敌对分子外的全体人民群众，包括广大的工人、农民、士兵、知识分子、干部和一切拥护社会主义、热爱祖国的人们服务，首先是为工农兵服务。""为社会主义服务，就是为社会主义的经济、政治、军事、文化等各项事业的根本需要服务，在今天，就是为社会主义现代化建设的伟大事业服务。"社论还指出："为人民服务、为社会主义服务，这个口号概括了文艺工作的总任务和根本目的，它包括了为政治服务，但比孤立地为政治服务更全面，更科学。它不仅能更完整地反映社会主义时代对文艺的历史要求，而且更符合文艺规律。"

30日 姚雪垠的《关于创作〈李自成〉的艺术追求和探索》发表于《华南师院学报（哲学社会科学版）》第3期。姚雪垠写道："……最难的是结构问题，这么一部大的小说，写成三百万至三百五十万字之间，如何才能写得结构完整，做到繁而不乱。采取什么办法呢？我采取的是大开大合、有张有弛这八个字。有些人写中长篇小说一章一章地连下去，写《李自成》不行，因为这部小说不仅不是一个地区，也不仅是几个人……如果一章一章地单独去处理，就会松弛、会乱。所以我采取一个单元一个单元地写，若干章构成一个单元，单元有一条基本线，这条线要过渡到别的一个单元……《李自成》就是一个一个大的单元，中间插进小的单元，联系起来。可能这个单元写到北京，那个单元写到陕西或河南……就是通过一个一个单元把整部小说结合起来，这是大开大合，是我摸索到的一个窍门、一个方法。但单元也不能都紧张，都打仗。都紧张，又打仗，读者也紧张。所以经常有很紧张的，但有时锣鼓也稍微松一下，做到有张有弛有变化。""关于结构方面的一个原则是，单元独立，前后呼应……""过去评点小说和评点文章，有时用横云断岭的手法。我们画山水画，讲究虚实，远山要虚，近山要实，远山也不要划到底，中间一片白云把山腰盖掉，这叫横云断岭。山尽管断了，但在意象上还是连接下来，所谓意在笔外。《李自成》用这个手法很多，看起来这个故事断了，实际上它在发展。""还有一种办法是人隔千里，情节交融……这个手法是比较新的。这种手法现在在电影上还用，还形成一家。可在小说上用得比较少，也比较难，可以说这是继承古代传统，吸收一些优秀手法。这也属结构方面。"

本月

李陀的《现实主义和"意识流"——从两篇小说运用的艺术手法谈起》发表于《十月》第4期。李陀谈道：

"海明威的《乞力马扎罗的雪》和王蒙的《布礼》……在艺术上却有着共同之处，就是它们都吸收和溶和了'意识流'的写作技巧。而这种吸收和融合又因两个作家在创作个性上的巨大差别，呈现出迥然不同的艺术效果。……对'意识流'派的作家来说，他们竭尽全力去加以观察和表现的，不是影响或决定人物行为的、并和人物行为不可分离的那种思想意识，而是思想意识本身。因此，纯粹的'意识流'小说，往往取消传统小说中所必不可少的故事、情节、甚至人物，而把人的从最低级到最高级的各级不同水平上的意识活动当做表现对象。

"《乞力马扎罗的雪》和《布礼》对'意识流'技巧的吸收，有一个共同点是在小说结构上的变革。'意识流'派的小说在叙事方法上摆脱了传统文学的那种由作者出面去介绍、描写、评论，即从外部描写人物性格的办法，而直接去表现人物的自我意识，通过表现自我意识的流动、自我意识中的矛盾来展示人物的感情和思想。因此，它们常常时序颠倒，过去和现在，现实和梦幻，意识和存在，都互相渗透，互相交错，故而章法变化突兀，形成一种在空间、时间上多层次的结构。海明威在《乞力马扎罗的雪》中没有直接生搬照抄，而是巧妙地用'意识流'的手法为自己的主人公哈里安排了一个纷纭繁复、色彩丰富的后景。……《布礼》这篇小说章法变化突兀，它也采取了一个时间、空间相互交错的多层次的结构。但是王蒙既没有象'意识流'派的作家们那样，完全取消故事和情节，也不象海明威在《乞力马扎罗的雪》中那样，把许多东西推向后景。王蒙在《布礼》中大体有一个故事（但这个故事并不很连贯，许多地方'虚'掉了）。这个故事中有一定的人物和情节，可是王蒙在把故事中的种种情节结构起来的时候，并没有按照情节发展的时序和逻辑去组织它们。他好象把本来是一个很完整的故事故意打碎，然后按照新的原则把它重新联结、粘合起来。那么这个原则是什么呢？那就是人物情绪、感情的强烈对比。……《布礼》在结构上吸收和运用了'意识流'技巧，但它又不同于'意识流'派的小说。王蒙并没有为多层次结构的需要而牺牲故事、情节。那么，他是怎样把这两者统一起来的呢？这里的关键还是小说的叙事方法。……《布礼》的叙事中同样巧妙地、不露痕迹地借鉴和吸收了'意识流'的技巧。在《布礼》中，心理描写和情节、人物的描写之间，也是没有什么清楚的界限的。小说里叙述、描写的一切，都有一种'物皆着我之色彩'的主观性。……在《布礼》中，我们常常分不清哪些是王蒙在客观叙述、描写的东西，哪些是主人公钟亦成感受到的东西，它们二者混合在一起，在小说中形成一股感人的、炽热的情绪的流动。"

张炯的《中华民族的壮歌——读长篇小说〈黄河东流去〉》发表于同期《十月》。张炯指出："《黄河东流去》的创造性的民族风格，固然与作品所反映的民族的生活内容分不开；也与李准同志基于他的艺术观念、素质和方法对题材的独特处理，与他从我国传统小说中汲取和发展了的简洁凝炼的叙述形式，与他所加工过的民族的描写语言分不开，全篇都富有革命现实主义的色彩。……李准同志不仅熟悉我国民间的丰富语言，并且善于从中挑选鲜明、生动、准确的词汇，描绘历史现实的图景，刻画出生动的人物形象，表达出作家本人的思想倾向和感情色彩。……叙述的简洁和朴实，这是我国古典小说传统的优点。它有助于情节的迅速推进，让场景和故事去有力地烘托和表现人物的性格。其缺点则往往失之粗放，失之不能细腻地刻画人物复杂微妙的心理状态。李准同志的《黄河东流去》发扬了古典小说传统的优点，又恰到好处地汲取了西方小说状情写物的细腻特色，将之镕铸为一种具有个人鲜明印记的饶有诗意的风格。因而，它是民族的，又是有独创性的。"

八月

12日 方顺景的《创造新的艺术世界——试论王蒙近年来的艺术探索》发表于《文艺报》第8期。方顺景认为："《夜的眼》《布礼》《风筝飘带》和《春之声》这四篇作品具有意识流小说的某些显著的特点，但并不完全是'意识流'的东西。……他们既面向主观世界，也面向客观世界；既探究人的心灵，也描绘现实的生活。因此，这些作品实际上是中西合璧，是在现实主义的基础上，吸取了某些现代派的手法创作出来的。"

13日 潘旭澜的《胆识与艺术创新——评中篇小说〈犯人李铜钟的故事〉》发表于《人民日报》。潘旭澜认为："这部中篇小说所写的人物的事件，无疑是有悲剧色彩的。但是，小说的悲剧性又是和讽刺喜剧性结合起来的。""讽刺喜剧性不但不破坏、削弱悲剧性，恰恰是产生了相反相成的艺术效果。"

27日 李准的《对"本质真实"的一点理解》发表于《人民日报》。李准认为："具体到一个作品，所谓'本质真实'应当包括两个方面的要求：其一，首先要反映出作品所直接描写的那个或那些具体事物的本质。……其二，要通过对这种具体事物及有关现象的描写，从一定角度反映出整个社会制度或时代潮流的某些本质方面。……所以，不管写的是什么事物，只要正确地写出它在整个社会生活中的地位，正确地写出它的发展变化，正确地写出它和其他事物的关系，就自然会从这一特定角度反映出整个社会制度或时代潮流的某些本质方面，从一个特定角度表现出历史的总趋势。"

本月

雷达的《人与情节断想——阅读获奖小说笔记》发表于《长春》第8期。雷达提出："三年多来，现实主义精神正在迅速复苏。文学逐渐回到了'人学'的轨道，创作中的情节因素也开始回到了合乎艺术规律的位置。就以今年获奖的一批短篇小说而论，作家提炼情节的功力，达到了较高的艺术水平。不论是以情节的起伏迭宕、摇曳多姿见长的《彩云归》《内奸》《罗浮山血泪祭》等，还是以情节的平实含蕴、自然流转为特色的《谁生活的更美好》《我们家的炊事员》《话说陶然亭》等，抑或以情节的强烈对比为主要手段的《重逢》《记忆》《剪辑错了的故事》等，它们在情节的处理上，都着力于人物性格的塑造，人物感情世界的揭示。在这些作品里，情节和性格是那样不可分割地联系在一起，情节随着性格的发展而发展，随着性格的改变而改变。这里，情节确如高尔基所说的，是人物性格成长和构成的历史。"

高行健的《文学创作杂记》发表于《随笔》第10辑。高行健谈道：

"叙述者可以是作者自己，也可潜入人物的内心，用人物的眼睛去看，站在人物的角度去思考，去感受。叙述者还可以直接同读者谈心，用第二人称来写。法国新小说派的一位有代表性的作家叫米歇尔·布托尔，就写了本第二人称的小说。刘心武最近有个短篇《楼梯拐弯》，用的也是这类办法。布托尔的书尚未有中译本，刘心武也看不了法文原文。可是对新的小说语言的寻求却是一致的，这种探索算不得形式主义。王蒙的新作《布礼》也用了不少第二人称，叙述的时间顺序还颠倒了。他的短篇《夜的眼》，则潜入人物的内心，用人物的眼睛去看，有点'意识流'的味道。有人说这不是小说，意思大概是说不是故事吧。

"小说不一定要讲个故事，虽然许多好的小说讲的是故事。但生活里并不都是故事。张洁的一个小短篇《拾麦穗》就无意讲故事，只写了生活中的一点感受，却自有动人之处。

"小说不一定要有情节。

"小说不一定非去塑造人物的性格不可。

"小说中还可以免除惯常对人物和环境的描写，而代之以别的手法。

"小说依然是小说。

"小说创作的天地是广阔的，应该鼓励作者去发现，去探索新的有感染的艺术表现手段。在创作实践中，当然也会有成功，也会有失败。从事物质生产时，培育一个新的水稻品种，或是改良收音机的线路和部件，尚需多次试验，在文学创作中不也应该如此？"

九月

12日 以"文学表现手法探索笔谈"为总题，李陀的《打破传统手法》、王蒙的《对一些文学观念的探讨》、张洁的《文学艺术面临着一场突破》、宗璞的《广收博采，推陈出新》发表于《文艺报》第9期。

李陀谈道："我们应该寻找那些最适合于表现今天迅激而深刻地变化着的社会生活新内容的新的形式，以逐步形成与中国四化建设历史时期相适应的文学艺术的新时期、新阶段。""应该打破传统，不仅打破孔孟文艺思想的传统，而且要打破三十年来的一些传统，如苏联美学思想的那一套传统。"

王蒙谈道："我们可以着重写人的命运、遭遇——故事；也可以着重写人的感情、心理；可以写人的幻想、奇想，还可以着重写人生存于其中的自然环境——风景；可以写人的环境氛围，生活节奏；也可以着重写人物——性格。""过去曾把恩格斯的命题译为'典型环境中的典型性格'，后改译为'典型环境中的典型人物'，译法虽然改了，但观念并没有改。即一般仍认为人物即性格。认为塑造典型性格乃是文学的最高要求。""生活是不断发展变化的……表现在结构上，反映这样的生活，就会有复线或者放射线的结构。表现在节奏上就会有跳越，有切入。"

张洁谈道："我也不同意把是否运用'意识流'当作今后文学艺术在内容

和形式上突破的标志,我并不认为它是世界上顶完美的,衡量当代艺术最高成就的标准。它仅仅是一种表现手法。采用什么样的表现手法,是由我们所要表现的内容所决定的。你的题材,适合用什么方法去写,就用什么方法。"

宗璞谈道:"西方战后文学,许多人运用了意识流的手法。……艺术总是要广收博采,推陈出新,西方的意识流手法完全可以为我所用。"

王春元、顾骧、张炯的《怎样反映新时期的社会矛盾——中篇小说〈人到中年〉笔谈》发表于同期《文艺报》。王春元以"陆文婷的悲剧与生活的阴影"为题,谈道:"我认为这样一个人物(陆文婷——编者注)是社会主义时代的新人,她的灵魂里饱含着一个当代普普通通公民的英雄情操。我喜欢这种在日常生活中可以接触到的具有某种魅力的美的性格,而对于那种剑拔弩张、张牙舞爪、自我标榜的所谓'英雄',说来也怪,我总禁不住产生一种滑稽感。……在创造新人的典型方面,《人到中年》开辟了又一条新的途径。"

25日 阎纲的《〈创业史〉是怎样写成的》发表于《晋阳学刊》第2期。阎纲认为:"柳青贵在熟悉农民的灵魂及其变化的契机和脉络,贵在据此创造了不同农民的典型,特别是新人的典型。把握了典型化的人物(包括他们的时代特征、阶级特征、心理特征、个性、气质等),也就把握了作品的轴心,相比之下,其它的都比较容易解决。典型人物之间一旦发生性格冲突,就产生情节;情节的安排,产生了故事;一部小说大厦的设计和建造,无非为此。"

28日 张钟的《王蒙的新探索——谈〈蝴蝶〉等六篇小说表现手法上的特点》发表于《光明日报》。张钟认为:"把对社会现实的反映的焦点,集聚在人物心理的发展过程上,着意于心理描写,剖析人物的精神世界,是这些小说(《布礼》《夜的眼》《春之声》《风筝飘带》《海的梦》《蝴蝶》——编者注)的突出特点。……'心理小说'的人物心理活动主要不是通过叙述者的客观分析,而是以人物自己的主观心理活动的直接袒露,使读者受到直接的感染,作者的叙述或分析,成为辅助形式,退居第二位了。""王蒙这六篇小说在结构上有一个共同的特点,即以心理过程为小说的发展线索,不同于一般小说以故事情节的演进或人物性格的发展作为小说结构的骨架。……节奏快,跨度大,是这些小说的又一特色。……为了加快小说的节奏,作者有意略去了很多一般小说的叙述描写的笔墨，省去了不少人物、事件、行动之间的交待过程，也加快了节奏感。""不拘一格，多种手法并用，这是王蒙小说的长处。……王蒙在他的小说中，既有自由联想的运用，又有象征隐喻的手法；既有讽刺杂文的笔法，又有悲剧喜剧的情调；既有一瞬间意识活动的感觉印象，又有清醒透辟的哲理抒发；既有冷峻严肃的批判，又有奔放激荡的热情。他的作品的思想不是一览无余的，常常是多主题，情节按复线、射线式地延伸。"

本月

靳凡的《彷徨·思考·创造——致〈公开的情书〉的读者》发表于《十月》第5期。靳凡写道："有人说，这部作品没有故事、没有细节、没有高潮。还有的人，随心所欲地挑出几个刺目的字眼，再涂上憎恨的色彩，说它离经叛道。也许，这是由于我们对文学有不同的理解。""文学，也应该是一种探索，一种创造。今天的文学家和科学家有着相同的使命。科学家在发现新的世界、新的自然规律；文学家则应该努力发现新的人、新的生活准则。""我们赤身裸体地站在这个被污染的星球上，为了孩子们，我们开始那纯洁的创造。"

刘梦溪的《王蒙的创作和新时期文学发展的趋向》发表于同期《十月》。刘梦溪谈道："最近一个时期，王蒙在创作中较多地吸收了一些西方'意识流'的表现手法，《夜的眼》《风筝飘带》《春之声》《海的梦》和《蝴蝶》都作了这样的探索。这些作品共同的地方，是大都不很重视故事情节的连贯性，而特别重视心理刻画，重视描摹人的感觉，重视作品的线条、色彩和音响效果，写法上则往往采取时间上的交错、直接或间接的内心独白、联想和幻想相结合等方式。我认为王蒙的尝试基本上是成功的，这有助于交代人物的经历、境遇、关系，起到更好地揭示人物的内心世界，再现人的灵魂的作用。……《蝴蝶》一方面运用了一些意识流的表现手法，又充溢着现实主义的深邃力量。这部中篇小说集中体现了王蒙小说的风格，也是他近三年来创作的艺术成就最高的作品。"

高行健的《文学创作杂记》发表于《随笔》第11辑。高行健说道："首先谈一谈小说作者同叙述语言的关系。""叙述语言可用作者的身分、角度、眼光来写,或者是以一个特定的人物的身分、角度、眼光来写。这往往用在第一人称的小说中。用这种方法来写小说的话,为了取信于读者,造成真实感,把话谈到读者心里去,就必须在叙述语言中严格排除'我'这个叙述人所不可能知道的前因后果,以及'我'不可能感受到的书中其他人物的内心活动。不幸的是,有些第一人称的小说,把叙述人'我'弄成个全知全能,象古典小说中的那位说书人一样,这便使作品立刻失去了真实感。用'我'的这种叙述语言来写小说自然有其局限性,可这种叙述语言用得适当的话,又很容易打动人。因为叙述人尽可以充分抒发自己的感受,以其切身的感受直接打动读者。""这种方法的长处不用多说,还是谈谈如何克服这种叙述语言的局限性。用第一人称的写法,通过听到他人的诉说,依然可以写出非'我'耳闻目睹的人和事,以及他人的感受。比方说:他说,他某时某地如此这般;他说,他当时的感受又如何如何……这种转述自然在叙述者和读者之间会产生一种间离感,而这种间离感在这类小说中有时也是十分必要的。如果,遇到要打消这种间离感的时候,也还可以把听他人转述时的'我'的感受在行文中再加进去。总之,叙述语言时时刻刻不要超越叙述者'我'。即便在写景的时候,也不必作客观的描写,相反,倒可以把'我'的主观感受注入进去。"

关山介绍的西德科幻小说研究论文——米歇尔·布托尔的《科学幻想小说的危机》发表于《外国文学研究》第3期《国外研究动态》专栏。关山指出:"作者又给科学幻想小说下了个定义:'科学幻想小说是这样一种文学,它在可能性的领域中探索,它以科学赐予我们的知识为出发点。科学幻想小说是没有脱离现实领域框框的一种幻想。'""作者认为科学幻想小说的主要形式有三,一是描写未来生活,二是描写未知世界,三是描写不期而来的造访者。"

黎奇的《卡夫卡初探》发表于同期《外国文学研究》。黎奇认为:"卡夫卡表现现实手法主要采取这样两种:一是象征性的隐喻,一是漫画式的描写。""说卡夫卡是'反现实主义'的这种观点是站不住脚的。……可以说他的作品是个独树一帜的混合体。但在其中起着内在的主导作用的仍是现实主义。""在这混合体中,其它各种因素互相遮掩,往往使人视线不清,但这并不能阻止人们去体会那深沉的、移动放大式的(夸张的)现实主义。"

叶永义的《怎样看待西方现代派文学？》发表于同期《外国文学研究》。叶永义写道："他们说：'西方艺术已经堕落了，看它何益？''有时间看这些西方时髦，不如多读点鲁迅的作品，那才是我们的正统。'""我当然不是西方现代派文学的盲目崇拜者，在我读过的作品中，有些也并不怎样好。但我总觉得，怎样正确对待西方现代派文学，确实是个问题。""贵刊是我国研究外国文学的理论刊物，在这方面负有重要的责任，建议你们开展这方面的讨论。"

张德林的《试析小说的艺术结构》发表于《文艺理论研究》第2期。张德林指出："长篇小说艺术结构的第一个要求是分清线索脉络。长篇小说都有分章分节。在结构线索的安排上，有单线发展—中心人物一以贯之；也有'花开一枝，话表两头'的双线发展或多线发展。长篇小说结构中要是有几条线索的话，其中必有一条主线，若干条付线，主线与付线往往密切关联，相互交错。""长篇小说结构上第二个要求，是使部分与整体，部分与部分成为一个有机的整体。长篇小说结构上的困难着重表现在：线索纷繁，但要安排得合情合理；场景变换交替很多，但要衔接得自然、不生硬、恰到好处；人物众多，但要主次分明，个个有鲜明的个性。这种困难还表现在：既要有正面的大场面的描写，也要有烘云托月式的侧面描写；既要写战斗场面，也要写日常生活；既要从行动中刻划人物性格，也要有细致入微的心理描写。长篇小说作家最好能熟练地掌握几套笔墨。笔触还要有动有静，有张有弛，纵横捭阖，虚实结合。时而金戈铁马，雷霆震击；时而吹箫踏月，情意绵绵；时而怒涛奔马，气象万千；时而凤管鸥弦，光风雾月。一般地方，粗线条勾勒，惜墨如金；节骨眼上，精雕细琢，泼墨如画。"

十月

3日 王蒙的《关于〈春之声〉的通信》发表于《小说选刊》第1期。王蒙谈道："有人说《春之声》是意识流手法，我想，我不必否认我从某些现代派小说包括意识流小说中所得到的启发。……因为我写的，确实与某些西方意识流手法所表现的那种朦胧、神秘、孤独、绝望、甚至带有卑劣的兽性味道的纯内向的潜意识完全不同。给手法起什么名称，这不是我的事。但我要说的是，是生活，是我的思想和感受提示我这样写的。重视艺术联想，这是我一贯的思想，早在没有看到过任何意识流小说、甚至不知道意识流这个名词的时候,我就有这个主张了。"

徐怀中的《请不要洗去人物的本色》发表于同期《小说选刊》。徐怀中认为:"我们笔下的人物,包括英雄人物,都应当具有一种率真的美。否则,读者一眼看上去先就产生了隔膜感,排斥感,早丢到一边去了,作者还在得意于为人们提供了一个学习的榜样。我们不妨把自己燃烧的热情贯注到活生生的人物形象塑造中,使作品内在的流泻着革命英雄主义的强烈的激情。"

阎纲的《又一个厂长上任了——谈〈一个工厂秘书的日记〉和蒋子龙的创作》发表于同期《小说选刊》。阎纲认为:"对作品人物的看法产生分歧是很自然的事,这起码说明作者没有一览无余,把人物脸谱化。生活的复杂性使作品人物变得复杂化、生活化。在这两方面,蒋子龙的现实主义明显地在深化着,这是他创作上的一大特色。"

8日 王峻峰的《正确运用方言土语》发表于《汾水》第10期。王峻峰指出:"首先,'太僻的土语,是不必用的','太限于一处的方言'也不可用……其次,方言土语在服务于人民的实际生活时,常常借助手势、表情,表现有的不连贯,有的不精炼,有的含混不清,有的不合语法,少数还有消极或不健康的东西。对于这种方言土语,不能原封照搬,要进行必要的加工提炼,使其准确鲜明,生动传神,健康积极,精炼好懂。""还有认为多用方言土语,是为了通俗化。什么是通俗?通俗是对高雅而言,所谓通俗化,就是大众化,要人人能够看懂听懂。滥用方言土语,恰恰群众看不懂、听不懂,这不是走到通俗化的反面去了吗?这样的通俗化还有什么实际意义呢?毛泽东同志曾经号召我们向人民群众学习语言,指出'人民的语汇是很丰富的,生动活泼的,表现实际生活的'。但是,向人民群众学习语言,并不就是只学方言土语,重要的是在学习那些大量活在人民群众口头的生动活泼、形象具体、刚健清新的语言,以及他们的用语特点、方法和规律,因为这样的语言,是从他们的实际生活和斗争中来的,能够充分表达他们的思想感情,反映他们的实际生活。"

10日 何新的《独运匠心的佳作(评王蒙〈夜的眼〉)》发表于《读书》第10期。何新认为:"它(《夜的眼》——编者注)所要表现的不是什么热闹的情节，而是主人公在一个夜晚的感受和心理过程。通过这种刻划去反映客观世界。从这篇作品的构思和技法中，可以看出对现代欧美文学中'意识流'小说派的借鉴。不论在任何时代，不落俗套总是艺术上有所突破的首要条件。"

12日 林斤澜的《写在读〈蒲柳人家〉之后》发表于《文艺报》第10期。林斤澜谈道："人物的唱、做、念、打，文有谈情说爱，斗嘴吵架，软说合，硬做媒。武有镰刀长鞭，鱼叉铁拳，旱地上的黑旋风，水里边的浪里白条，还有那影影绰绰的地下革命活动。这一大摊子，大体承袭了传统的古采手法。可这样的结构，有脱俗，有借鉴，有创新。""别看转得神，不过一个小小村庄，方圆七八里的河滩。有什么抓人的眼睛？是什么唤人欢喜？怎么不知觉间闹下了醉意？是美丽的大自然吧，是浑厚的方言土语吧，更是说不够摆不完的'连绵起伏'的风俗、'纵横交错'的风情、知音、义气、清高、豪侠、忠贞，七月七半夜乞巧定情、鬼使美人计水底擒贼。更有如数家珍的：打鸟偷瓜，逃学凫水，听房过家家。""读来清新，却是古朴的风俗。原来风俗古朴，永有清新的芬芳。""读来体贴心甜，却是贫穷苦难的乡土。怨不得说穷家难拾，故土难离。不要哭哭啼啼，要喜兴，要欢跳，要热爱，要说贴心的话，拿来主义好不好？好。翻箱底思想好不好？好。尖锐，厚道。清淡，浓重。热情奔放，冷静含蓄。大刀阔斧，小家碧玉。变幻莫测，一条道走到黑……都好都好，都不容易，都有各自的读者，都相互尊重着吧。"

22日 费秉勋的《贾平凹新作浅议》发表于《光明日报》。费秉勋认为："贾平凹的创作在一九八〇年发生了很大的变化，他的笔触已经伸到了社会生活的较深处。他的视线已不单单是停留在社会事物中那些美的部分上了，他开始特别注视到历史和现实投在整个生活背景上的魑魅的暗影。"费秉勋指出，《玉女山的瀑布》《阿娇出浴》这两篇作品都写出了人物思想性格的复杂性，"主要使用了心理分析的写法"，贾平凹"能够借鉴古典的、外国的文学经验，博采众长，熔铸成为自己的一套写法，把交代情节、抒发感情、描写景物等和谐地冶为一炉，统一到人物的内心活动中去进行"。

25日 高晓声的《谈谈文学创作——给青年作者小说讲习班的讲课》发表于《长江文艺》第10期。高晓声指出："《聊斋》作为一本笔记小说，它的语言是有气势的。可能我看得很少，我有这个感觉，一般笔记小说语言不大有气势，它具体地描写一件事情，可以很细致，很风趣，但读起来没气势；……但《聊斋》的文章有这个气势。"

王西彦的《失败者的期望：在青年作者小说讲习班上的发言》发表于同期《长江文艺》。王西彦指出："在接受外国文学遗产时，至少在目前，最好是能采取兼容并蓄的态度。比方说，意识流这种描写手法，在外国已经过时了，但在中国还是新的，有些同志运用这个手法来写。其实，我看这种手法在古典作品里也有的，那就是比较隐秘而细致的心理描写。当然不能在两者中间画等号，但要说怎么新，也不一定。"

同期《长江文艺》发表《培养文学新人的新尝试——记青年作者小说讲习班》一文。该文写道："作家们许多创作经验，归根到底阐明了一条基本原则，就是创作必须从生活出发，从具体的人物出发，要写人，写自己真正熟悉理解的人，写出他们的个性、心灵和命运，这一点也是小说创作的根本出发点。"文章进一步指出："从人物原型出发，对他的思想与命运，能够从感性认识上升到理性认识，这样对人物的理解才会深刻，作品才具有思想深度。但这种理性认识必须回到人物原型的身上，否则取得一些理性认识后，脱离了人物原型，就会写得概念。"

同日，陈光孚的《"魔幻现实主义"评介》发表于《文艺研究》第5期。陈光孚认为，"魔幻现实主义"往往把人变成鬼魂，这是一种异化。陈光孚指出："'魔幻现实主义'中的鬼魂也是人的本质的转移。这些鬼魂大都比人善良，和人一样，有思想。人变成了鬼，鬼作为异己的力量来与人作对比，他们比人善良，这就否定了人的本身。……他们用鬼这种异化手法，实际上在否定着社会，否定着这种社会上的人。""在时间观念上，虽然吸收了西方现代派的一些手法，打破了客观时序，但'魔幻现实主义'又有自己的特点。它强调一个'慢'字和一个'长'字。在这两方面，魔幻现实主义作品一般都作了高度的夸张。为了象征寡头政治的长期性，独裁者被描绘成几百岁。为了强调拉丁美洲社会问题的难以改变，把一些事物的进展时间故意拉得很长。"

31日 沐阳的《话说"意识流"与现实主义——从当前的一种文学现象谈

起》发表于《解放军报》。沐阳认为："自由联想，内心独白，打破时空的跳跃、切入的手法，作为一种技巧，可以为现实主义作家所吸收，用来披露人物心理、情绪的发展与转换。无用则弃，有益则取，为我所用。"

沐阳提出："'意识流'小说派的反理性主义，为我们所不取。这个流派的作家极力抨击文学的现实主义传统，完全否定作家对生活的提炼和概括，主张让人物的精神世界（特别是深埋在内心的隐微活动）如实地、自发地展现出来，要求人物直接表白他的思想意识，而不靠作者从旁描述，但是他们所谓的'自觉地展现'和'直接表白'，不过是空话。人物的'意识流'，毕竟是经过作家的笔（文字）'流'出来公诸于世的，归根结底离不开作家对生活的观察、感受和思维活动。"

本月

以"《长江文艺》《青春》《星火》青年作者小说创作讲习班特辑"为总题，高晓声的《生活、目的和技巧》发表于《星火》第 10 期。高晓声谈道："我是主张写实的，主张现实主义的……我觉得写文章也要在写实的基础上训练学生，将来才能把小说写好，有了写实的本领，才会懂得虚构和写实的关系。才会懂得虚构不是瞎编，而是比写实更高的文艺真实。现在有些年轻人写小说，喜欢编故事。他当然以为自己编得象，没有漏洞，可是比他更有生活经验的人一看，很容易看出漏洞来，这是缺乏写实训练的缘故，从这点出发，我不赞成编故事。小说要在读者中起作用。首先要使读者看了相信。"

在谈到短篇小说的情绪问题时，高晓声指出："情绪很重要，……如果情绪不对头，就写不下去。你是什么样的情绪，你就会用什么样的语言，而一连串的语言就决定一篇作品的意境。……我觉得写文章，最基本的功力是运用语言文字。思想也好、形象也好、气氛也好，靠语言文字来表达。……现在汉语既要发展，也要继承古汉语的好传统，两种语言的语法结构各有长处，合理地揉合在一起，语言就很耐咀嚼，很有味道。……写小说的语言也要有气势。我对自己的小说是多次地读。写不下去了就读，反复地读，一句句磨。同一个短句中，同音字尽量不用，靠近的语句中尽量避免重复使用相同的词。还要注意音节，使读起来好听。我很注意节奏，如《钱包》中有一句：'星罗棋布的村庄就是那不沉的舟。'这句话，本来也可以写成'星罗棋布的村庄是不沉的船'，但读来音节不及前一句，编辑部删掉了那个'那'字，就使我这句话里少了一个高音了。我用'舟'字，不用'船'字，也是从音节考虑的。去年《青春》刊登的我的《也算经验》一文中有这么几句：'我和造屋的李顺大，《漏斗户主》陈奂生，休戚相关，患难与共，我写他们，是写我心。'编辑部把最后一句'是写我心'改成'是写我的心'，加了一个'的'字就把语言的气势夹断了，去年《上海文学》十一期刊了我的小说《系心带》，最后一句我原是这样写的：'原来他想把那块石头带走。''走'字是有拖音的，从那篇小说的内容来说，这拖音也反映出意犹未尽的境界。结果编辑部在'走'字后面加了一个'的'字，就把意义都斩断了，真是煞风景的事。"

十一月

3日　蒋子龙的《关于"日记"的断想》发表于《小说选刊》第2期。关于《一个工厂秘书的日记》，蒋子龙谈道："我采用了日记的办法，就是想有话即长无话则短，尽量写得更象实际的生活。用对自己的心灵可以无话不谈的方式，从平凡的、日常的事物中，表现一些典型的东西。让冲突符合现在社会上人与人之间相互关系的逻辑，符合人物性格发展的逻辑。当然，这种写法也有缺点，铺陈琐碎，刻而不深。""作家应当不断为自己寻找表现新内容的新形式。"

10日　刘绍棠的《创作要有自己的特色》发表于《北京文艺》第11期。刘绍棠指出："相声的语言不但泼辣、幽默、活泼，而且简洁、明快、精炼、通俗易懂，是很值得在小说创作中引进、借鉴、吸收的。""我在创作的情调、语言、手法和韵味上，都力求中国气派；或者，脚踏实地一点，叫做力求具有乡土味儿的个人特色。"

陆钊珑的《艺术地再现生活——略评陈建功的〈谈天说地〉》发表于同期《北京文艺》。陆钊珑表示："我称之为'数家常'的办法，陈建功同志则叫'谈天说地'，都一样。以平淡无奇的题材，借助于一笔一划的描绘，终而画出一幅幅情态俱现的风俗画来，是难能的。""作者好象有意以普通工人为对象，所以极力吸取工人同志所熟悉的说书手法，而又摈弃了它的俗套，使得作品可供雅俗共赏。"

王蒙的《探索断想》发表于同期《北京文艺》。王蒙谈道："要允许有各种探索，这种做法很可能失败，但是我觉得失败也没有关系。现在议论最多的是民族化、民族形式问题。是否民族化，头一条看你生长在什么土壤，如果你是言之有物的，是写的我们的生活、情绪、思想、概念、办法等等，这个就不能说你离开了民族化。……我们对中国诗歌、绘画的传统研究不够，如果我们把这个传统研究够了的话，我们就可以大大突破，就可以大大解放我们的艺术想象力、艺术创造力。"

12日 金宏达的《谈短篇小说的意境创造》发表于《光明日报》。金宏达认为："小说中意境的创造常常使得一、两个细节或物件在作品的结构中突出并上升到显著位置，它们或者成为情节发展的一条基本线索，或者成为'小说之眼'，在关键的地方跃出，引人瞩目。这对于作品的结构关系甚大。由于具有这样一个特点，小说的意境也就表现出一种特殊的凝缩力，能使作品线条单纯，结构紧凑，言约意丰，思想内容的表现达到简洁与强调的统一，而这显然是非常适合于对凝炼、集中有着特殊要求的短篇小说的。……小说主要还是要通过艺术典型化的途径，塑造典型环境和典型性格来反映生活的，但是在描绘具体生活画面的时候，努力于发掘生活内容的诗意的内核，使画面浓缩进更丰富的情采和意想，创造出美好的令人神驰的意境，这不仅与小说反映生活的根本特征并不抵牾，而且能使作品的思想性和艺术性得到更好的统一，使作品具有更高的审美价值。特别从现有的艺术经验看，小说的意境创造能使得作品既有浓郁的抒情意味，又能蕴籍、含蓄，避免直白、浅露之弊。"

同日，方晴的《通向生活深处的艺术途径——从几部中篇小说谈写人物的命运》发表于《文艺报》第11期。方晴认为："善于选择独特的角度展开人与环境的冲突，从而构成人物的独特命运，是若干中篇小说在刻画人物、塑造人物形象方面的一个共同的特点。"

陆贵山的《选材要严开掘要深》发表于同期《文艺报》。陆贵山认为："凡是进入文艺作品的现象，不管是'假象''偶然性的现象'，还是个别的零碎的现象，正面的现象还是反面的现象，都必须具有一定的典型性。……文艺反映社会生活的本质是通过典型化的方法和途径来实现的。主张'选择具有典型意义的现象'，撷取生活中具有一定的典型性的环境、事件、场面、人物、行动、矛盾冲突和细节，正是为了'把其中的矛盾和斗争典型化'，达到尽可能真实地再现'典型环境中的典型人物'的目的。"

15日 茹志鹃的《我写〈百合花〉的经过》发表于《青春》第11期。茹志鹃认为："没有受原有生活素材的诱惑，而且不客气地把它们打碎，重新加以揉和，综合，创造出另一个似有似无，似生活中又非生活中的形象来，然后再根据这个人物形象的需要，再来选择改造原有素材，而未按真实生活去描红。"

同日，吴野的《文艺的革新和意识流》发表于《社会科学研究》第6期。吴野认为："《布礼》是一部成功之作。它的成功之处，不仅在于形式的奇特突兀，气势的大开大阖，主要是表现在对极其复杂的广阔的社会生活所作的强有力的艺术概括。……对生活的大跨度的概括，个人特有的而又富有感染力的深刻印象，丢开对外部事件的客观叙述，直接凸现人物精神活动的高强度的笔触，构成了这部作品（《布礼》——编者注）的独特的艺术风格。……《布礼》以及《蝴蝶》的成功之处，还在于它们准确地抓住了在那些带有特殊性的历史阶段中人物和环境被置于对立或分离状态时，人的精神上出现的异化现象。对这种在特定情势下和特定领域中出现的现象，需要有敏锐的眼力去发现它，有勇气去揭示它，也需要有准确的有节制的手法去驾驭对它的描写。"

同日，克非的《引人注目的探索——评王蒙的近作兼论创作方法的多样性》发表于《学习与探索》第6期。克非认为：

"《布礼》……故事并不复杂，情节也不曲折，人物算不上众多，场面也不算宏伟，但是，值得称道的是，作家却一反传统的小说作法，而是紧紧围绕钟亦成和凌雪的命运，深入而细致地描写他们的内心世界的变化和感觉，特别是这种感觉的流动状态。如果说，这篇作品情节的开展和铺陈有一条什么线索在贯穿着的话，那就是钟亦成的不断发展变化着的意识流动状态。此外，小说中运用了大量的联想、比喻、象征、怪诞和能够深入表现钟亦成受压抑的内在意识的心底独白。这些手法的运用，使得读者不是一般地了解人物的个性特征，而是紧紧贴着人物的心,和人物心心相印。这种艺术手法所塑造的人物,能不具有打动读者心弦的艺术魅力吗？更值得我们指出的是,这个中篇在叙述方式和结构安排上,完全打破了传统的写法,没有按事件发展的时间顺序来叙述故事,而是采取以钟亦成的意识流动为线索,过去、现在、将来彼此颠倒,甚至互相渗透。

"为了自由地展示人物的内心活动,作家在小说中运用内心独白、自由联想和象征的手法来展开故事,推进情节。它完全打破情节以矛盾冲突为基础,按时间序列发展的五个阶段的小说结构的一般写法。过去、现在、将来交互出现,跳跃跌宕,迂回曲折。不仅情节变化多端,异峰突起,而且在容量上也使小说的时间延长、空间加大,把深广的社会生活和丰富的思想内容,浓缩到只有四万字的篇幅里,这不能不说同艺术形式的创新有关。"

16日 曾镇南的《人的尊严的觉醒——评短篇小说〈乡场上〉兼谈文学的真实性问题》发表于《红旗》第22期。曾镇南谈道:"从对《乡场上》的具体分析中,我对文学的真实性有这么一点粗浅的看法:《乡场上》不但以其现实主义的生动细节、人物的描写,使读者觉得真实可信;而且,它以其对我国目前新与旧、明与暗交织、转机纷呈的现实生活的深刻概括,反映了生活的本质方面,经受得住读者对社会生活的科学的分析的印证。这种对社会生活的历史的、哲学的、政治的、甚至经济的分析,总是有形无形地决定着人们对文学作品所描绘的生活现象的评价。"

19日 雷达的《庄稼人的腰杆挺起来了——谈短篇小说〈乡场上〉》发表于《人民日报》。雷达指出:"一出发生在今天农村里的微不足道的笑剧,何以能够产生出如此强烈的艺术力量呢？这是与作者善于'借一斑略窥全豹,以一目尽传精神',不断向生活深处伸展、开掘的本领分不开的。小说没有停留在表面化地描写事件的过程上,而是紧紧抓住冯幺爸的矛盾心理和精神状态,尽力挖掘内心矛盾后面潜藏的社会原因,揭露造成冯幺爸特定精神状态的生活条件和各种因素。这就把艺术的触角从邻里纠纷中伸展开去,触及到了农村生活的许多重要方面。"

26日 方顺景、何镇邦的《谈谌容的中篇小说》发表于《光明日报》。方顺景、何镇邦认为:"谌容的中篇小说(《永远是春天》《白雪》《人到中年》——

编者注）其所以能够这样打动人心，和她善于运用多种多样的艺术手法抒写人物的感情也是很有关系的。在《人到中年》里，她把裴多菲那首爱情诗巧妙地贯穿作品始终，在加强抒情性方面就收到了很好的艺术效果。她还善于捕捉和运用典型的细节抒写人物内心深处那种真挚、炽烈的感情。……在作品的结构方面，……《永远是春天》用的是双重第一人称的写法和序幕回忆的结构形式。序幕和尾声中的'我'是个'写小说的'作家，作品主体中进行回忆叙述的'我'则是男主人公李梦雨。……《人到中年》采用的是'放射性'的结构方法。……《白雪》则采用了散文的结构方法。"

本月

啸埃的《短篇小说情节小议》发表于《江淮文艺》第11期。啸埃谈道："短篇小说的情节有哪些特点呢？首先，情节要简单集中。……短篇小说的简单情节，并非'简单化'。若'化'了，就会导致照搬生活，失去艺术价值。……其次，情节的展开要明快。……短篇小说，事情的来龙去脉、前因后果未必需要一一交待清楚，虽然也有环境描写和气氛渲染，但都是写意式的而不是工笔式的，落墨不多。总之，为的是要尽快地把情节展开。……第三，情节的跳跃式发展。短篇小说情节的发展过程中，情节与情节之间，往往呈现出跳跃的势态，中间省略了许多东西。这种艺术处理方法，固然和作家的艺术风格有关，但更主要的仍旧与短篇小说取材角度、范围分不开。"

高行健的《再谈小说的叙述语言——文学创作杂记》发表于《随笔》第12辑。高行健认为："方志敏的《可爱的中国》不是一本小说，然而在他描述我们可爱的祖国经受的那些苦难的时候，写得那样热情，那样激愤，那样痛切，就创造性地运用了第二人称。《黄河大合唱》中光未然的歌词也是运用第二人称进行语言艺术创作的成功之作。至于在小说的叙述语言中引进了第三人称的也大有人在，只不过人们还没有充分意识到它在小说的叙述语言中的重要地位，还没有把它的巨大的潜力都挖掘出来。""国外有人用第二人称写出了整本的小说。国内新近也有人通篇用'你'写出了短篇小说。这是不是有'现代派'之嫌？其实，第二人称并不是外国传来的，也还是道道地地的民族遗产。我国的古典小说、话本、评弹中，不是动不动就'看官，如此这般'吗？这就直接诉诸读者，只不过第二人称以往只局限在作者对人物和事件的评论中，现代人写小说则扩大到小说的叙述语言中去，这正是小说写作技巧的一个进步。""是不是可以把叙述语言中的'他'和'你'进而摆到一主一次的地位，乃至并列的地位呢？是不是也可以把'我'与'你'两种人称在同一篇小说中轮流交替使用？我以为是完全可以尝试的，这将大大丰富小说叙述语言的手段，并且突破小说创作中那些固定的结构和章法，增强语言艺术的表现能力。"

戴厚英著《人啊，人！》由花城出版社出版。其后记写道："现实主义的方法——按生活的原来样子去反映生活，当然是表现作家对生活的认识和态度的一种方法。但绝对不是唯一的方法，甚至也不是最好的方法。作家所要表达的思想和感情，有些可以通过真实而具体的生活画面表达出来，有些则不能。吴承恩为什么要创造孙悟空等一系列神和妖的荒诞形象？曹雪芹又为什么在现实世界之外还写了一个太虚幻境？都是为了更充分地表达自己的主观吧！在西方，在现实主义思潮之后，兴起了现代派艺术。所谓现代派，派别繁多，见解殊异。但采取较为抽象的、荒诞的方法去对抗现实主义的方法，则是它们的主要倾向或基本倾向。过去，我们对现代派的艺术是一概反对的，现在则开始了科学地分析了，但一提起借鉴来，仍然会有同志摇头不已：'为什么要学习资产阶级的艺术？'我不想说，持这种见解的同志忘记了，我们一直在学习资产阶级的艺术方法，只不过学的是他们的祖宗和古董；我也不想在这里去分析现代派艺术产生和兴起的'时代的、阶级的原因'。我只想说，严肃的现代派艺术家也在追求艺术的真实，他们正是感到现实主义方法束缚了他们对真实的追求，才在艺术上进行革新的。他们要充分地表现自己对世界的真实的主观感觉和认识，而现实主义的方法却强调'客观性'，强调作家把自己隐蔽起来。这种强调走向了极端，就成为客观主义、自然主义。琐细的客观吞没了或压抑了作家的主观，作家当然是要反抗的。所以，单从艺术上说，现代派艺术的兴起，也有它的必然性，它既是现代派作家对现实主义的否定，也是现实主义艺术自己对自己的否定。"

十二月

2日 萧建亨的《试论我国科学幻想小说的发展——兼谈我国科学幻想小说的一些争论》发表于《科学文艺》第4期。萧建亨认为："科学幻想小说或故事，一定有它们自己独特的道路和独特的规律。它们一定既不是纯文艺作品，也不是纯科普作品，也就是说，他们既不是姓'科'，也不是姓'文'，而它只能是自己的姓——'科学幻想'。""'科学'——尤其是科学幻想小说里的'科学'——并不仅仅是指'数理化天地生'这几门单纯的基础科学，它的含意一向要广泛得多。它也包含着心理学、生理学、工程技术科学以及社会学和政治、经济学——人文科学。"

5日 陈学兰的《有感于真实的力量——也谈邢老汉的形象》发表于《朔方》第12期。陈学兰认为《邢老汉和狗的故事》是一篇好小说："作品成功塑造了一个具有时代真实感和生活真实感的艺术形象——邢老汉。这个形象的真实性首先在于他身上真实地体现了中国农民的优秀品质和传统美德，使我们感到异常亲切、熟悉，邢老汉的确就是中国农村大地上甚至就是在宁夏的土地上土生土长的无数农民老汉中的一个。……邢老汉这个形象的真实性还在于他是一个普通的、平凡的老汉。"

8日 李国涛的《剖析人物的灵魂——成一小说的艺术特色》发表于《汾水》第12期。李国涛指出："把成一的艺术特色归纳为三点，即：第一，从平凡的生活场面中表现自己的人物，不追求事件的刺激性，不追求情节的紧张性；第二，刻划人物从容不迫，不急于把人物的性格'突出'出来，贴上标签，填上鉴定表；第三，细致而深刻的心理描写，向人物灵魂深处开掘。……成一在他的几篇小说里是把人物心理描写放在注意的中心的，他也注意刻划行动，不过他不是通过行动表达心理，而是以心理活动支配行动。……成一对人物心理、人物感情的描绘当然不是孤立地、静止地进行，而是在艺术情节、细节和场面中进行的。"

10日 张同吾的《写吧，为了心灵——读短篇小说〈受戒〉》发表于《北京文艺》第12期。张同吾认为："《受戒》这篇小说，尽管缺乏鲜明的时代感，在情节的编排尚欠谨严，但它在题材多样化方面作了新的尝试，表现出新的风貌。"

12日 以"文学表现手法探索笔谈"为总题，李国涛的《新艺术手法和固有的文学观念》、任骋的《不要背离读者——兼和王蒙同志商榷》、小仲的《能这样"打破传统手法"吗？——就"焦点"问题和"继承"问题与李陀同志商榷》发表于《文艺报》第12期。

李国涛谈道："'意识流'乃是作为一种手法，作为一种艺术形式，丰富了文学中的人物描写，而并没有否定了人物和性格在文学作品中的位置。'意识流'着重写人的意识，写人的感觉、联想乃至梦幻。但它也不是写一般的人的意识，而是写个性化的、典型化的人物的意识。……最近王蒙同志采用'意识流'手法写了不少作品，引起了文艺界的注意。这篇小说（《春之声》——编者注）运用'意识流'手法写岳之峰的心理很成功。它的成功之处不在于以心理取代性格的创造，而是以新的手法创造出鲜明的性格。……'意识流'作品有一些很难为读者接受，那原因有多种。不过有的小说离开人物，不注意性格，这却不能不说是它本身的缺陷。……我赞成大胆地吸取新艺术手法，但我不以为固有的文学观念应当改变。'意识流'手法可以吸取并加以创新，但还是要塑造出形象、性格来。"

小仲认为："文学表现手法的探索，也必须坚持一个根本的出发点，这就是生活。探索表现手法离不开研究生活，任何离开了内容而把形式作为'焦点'的探索，都是不符合生活本身的辩证法的，也是违背内容决定形式这一根本原则的。"

15日 宋遂良的《在艺术表现手法革新的潮流面前》发表于《山东文学》第12期。宋遂良谈道："我们应该看到，现代科学技术的发展，不仅为文艺的传播增添了新的媒介，而且扩展了各类艺术自身的表现能力。话剧可以利用声光切割的技术，以多空间、多层次、虚实结合的表现手法，扩大舞台上时间、空间的容量；小说很快就可以改编为配音响、配效果的广播小说，改编成电视剧。广播的普及、电视的兴起，国际文化的交流，扩大了群众的艺术视野，提高了他们的欣赏水平，改变着他们的艺术趣味。科学技术的发展，促进了工作效率的提高，加快了现代生活的节奏。各种艺术表现手法，必然会推陈出新。例如小说创作中冗长的静态的叙述,有头有尾的全过程交代,大量的静止的人物外貌的描绘,用倒叙手法从人物的家史到经历的背景式介绍……这类在过去常见的表现手法在今天就越来越不新鲜了。在我们习惯的文学概念中,故事、情节、典型形象等,是一篇作品不可缺少的要素,但我们今天却可以读到没有故事甚至没有情节,没有典型性格甚至连主题也可以作多种理解的小说。它们通过对人物心理、感情、幻想、奇想、风景、环境氛围、生活节奏等广泛的描绘,仍然能够给读者以鲜明的感受、丰富的联系,深刻的教益。象前面提到的王蒙同志的一些小说就是这样。"

20日 王蒙的《在探索的道路上》发表于《北京师院学报(社会科学版)》第4期。王蒙说道:"《夜的眼》是什么先行呢?是感觉先行,感受先行,是对城市夜景的感受先行。这里头有我个人的感觉,但又不全都是。这个我也要说明一下,因为我最怕有人来考证:你那个作品写的是你自己。我只要承认这个是写我自己,那他就要分析别的。承认是写我自己问题不大,因为我没有把我自己写好。但你只要承认这个是写你自己,那就要承认那个写的是谁,这个人是不是影射攻击某某。《夜的眼》就是写一个长期在农村、在边远地区的人对大城市、对我们生活的感受。这个感受是什么?讲不太清楚,有点朦胧。但是有感受,感受这点毫不含糊,感受是实际的,而且我觉得就是从感受上可以看出人的灵魂的不同。同样是电灯,同样是大街上的公共汽车,同样是理发馆,同样是居民区,住宅,但是不同的人感受会不同。一个真正农村的人,他会是一种感受;一个从来没有离开过这个城市的人,他就会有另外一种感受。从感受上能看出人来,看出思想来,看出灵魂来。但是感受本身不是直接对于思想的图解,所以写感受我觉得满有趣,这里包含着思想,但不直接说破。这个感受包含着深意,对我们生活的深思,这个深思还没有做出明确的结论,但是它充满了深思。如小说里提到的羊腿,这是对生活的一个思索。"

阎纲的《小说出现新写法——谈王蒙近作》发表于同期《北京师院学报(社会科学版)》。阎纲认为,王蒙的小说"同一般常见的写法相比较,都是新的",这主要表现在:"解放了人物的'意识'。……王蒙把人的心灵的勾画看作小说的灵魂,因此,在他的笔下,人的'意识'大解放,人的意识尽情的流动,人的自我感觉，感情变化，心理状态等等，得到充分表现的机会。作者利用小说形式的语言工具，自由出入于人物的心灵，发挖人物心灵深处的奥秘。……这样一来，王蒙就把人物和人物的距离、人物的精神世界和客观现实生活的距离大大的拉近了。""作品的容量增大。……作品不是以时间、空间的顺序进行结构，而是以人的'意识'的流动进行结构。在这里，想象、联想、象征、幻觉、梦境……有了更加广阔的天地，其结果，必然使作品的密度加大，容量加重。""解放了作者的'意识'。人物'意识'的解放和想象力的海阔天空，大大地解放了作者的'意识'，同时解放了作者的才智。读者看得很清楚，王蒙在新作里，完全放开了手脚，全面发挥了他的写作特长。他使出了十八般武艺，拿出来好几付笔墨。'意识'和才能的解放，使王蒙在创作中游刃有余，表现为明显的随意性，随心所欲而不逾矩。他的这些作品，是小说，又是电影；有美术，又有音乐；有政论、杂文，又有相声——幽默和讽刺。他信手拈来，涉笔成趣；喜笑怒骂，皆成文章，生活的艺术和艺术的生活，均在他生花的笔下自然地流动、流动。"

25日 冯牧的《关于文学的创新问题》发表于《文艺研究》第6期。冯牧谈道："说文学史上出现了几种重大的创作方法，一种叫现实主义，一种叫浪漫主义，一种叫意识流，我不同意。第一，意识流只是一种手法。……不是一种独立的创作方法。第二，现在的作家，假如他愿意采取意识流手法，做为自己创作方法的一个部分、一种手法、一种技巧，来充实自己创作的表达能力，我不但不反对，反而赞成。"

本月

高行健的《谈小说叙述语言中的第三人称"他"——文学创作杂记》发表于《随笔》第13辑。高行健认为："事实上，任何一个艺术上成熟的小说家笔下的'他'，并不等于现实生活中的人或事的客观模写，而是基于现实生活的再创造，或者说，是小说家对现实生活的一种认识。现实生活中的同一对象，经不同的小说家染笔，便渗透了作家自己的认识，写出不同色彩的'他'。因为作家的世界观和审美观由于政治态度不同，历史时代不同，艺术趣味和文化教养不同，乃至个性和气质的不同，创造出来的'他'的形象便大相径庭。同一位秦始皇，在不同的作家笔下，便会有不同的面孔：有的威严神圣，有的专横凶残，也有兼而有之，甚至还有象舞台上的某些'革命家'的呢。小说家笔下的这个'他'实在复杂得很，值得细加研究。""在第三人称'他'的叙述语言背后，总有个不在作品中直接出现的'我'，即叙述者。换句话说，当叙述者'我'直接见诸文字的时候，人们便称之为第一人称的写法，而从叙述语言中把'我'省略掉，便成为第三人称了。第三人称可以说是叙述者'我'对被叙述者'他'的耳闻目睹，以及对'他'的分析和理解。在研究第三人称的叙述语言的时候，不能不同时研究叙述者本身。叙述者是叙述语言的出发点，而叙述语言则发源于叙述者。"

戈异的《用什么眼光看待西方现代派文学》发表于《外国文学研究》第4期。戈异指出："意识流的手法、梦幻、意象的运用，等等，在我国文学作品中，早已有之。《红楼梦》里的幻境，就包括过去、现在和未来，比有些西方现代派文学作品广阔得多，也离奇得多。卡夫卡的《变形记》，将人变成甲虫的手法，外国早已有之，中国古典名著中更是不少。《封神榜》《西游记》里有多少人具有动物的外形，而动物又具有人性的写法。西方现代派文学中的这种手法，有的是寓言和神话的扩大和变种，谈不上是什么创造和突破。如果，我们对西方现代派文学的艺术手法，不作比较，不作分析，仅就其本身的情况加以概况、提高，就可能把早已有的东西，当成新的看待，把已有的国货，也看成舶来品。"

潘大安的《"意识流"是泥石流吗？》发表于同期《外国文学研究》。潘大安认为：

"'意识流'技巧通过揭示典型环境中典型人物的内心世界，通过描写人物的心理活动，情绪感触来反映客观事物，通过反映同一外部世界在社会上各色人等的头脑中所造成的不同印象来表现不同的思想性格，其结果虽带有一定程度的主观片面性，但毕竟不失为一种别具一格的新的艺术表现形式，国外有人称之为'心理现实主义'手法。

"外国文学中的'意识流'代表作品在形式结构上并非'一团乱麻''一盘散沙'。相反，'意识流'技巧在书中却起着'望远镜'的作用以及美国作家道斯·帕索斯在他的三部曲《美国》中称之为'照相眼'的作用，使作品乱中有序。在思想内容上,这些作品亦非藏污纳垢的'泥石流',而有其耐人寻味、发人思考之处,有积极、进步、现实主义的一面。在世界文学史上它们都有一定的地位和影响。所以,对于国外的'意识流'作品,特别是'意识流'技巧,不容全盘否定,更不宜因噎废食,避之远之。

"严格地说,'意识流'技巧只是西方文艺创作中数种心理描写手法的统称,一般以在采用该技巧写作时人称、语言及意识水平的不同而分成几类,如'自白'、'全知描述'、'直接内心独白'(包括'感官印象')、'间接内心独白'(即'内心分析')等。写作时有的作家择其一种,有的兼而用之。那种触景生情、'瞻前顾后'的'自由联想'则可出现于上述任何一种手法的描写之中。在作家对作品的干预程度上,有的在书中时隐时现,有的则退居幕后,有的干脆对人物放任自流,让他们'随心所欲''畅所欲言'。在语言文字的选择上,则根据不同的意识水平和作者的干预程度而定。如在描写人物的下意识活动时,往往让文章的语法'语境自由化',采用单部句、独词句、省略句甚至把句子变得断断续续、支离破碎,同时较多地使用斜体字、省略号、破折号、括弧、图形或不用标点,以此来模拟意识流动的特征。从表面上看,这些意识活动好象是'风马牛不相及'的胡思乱想,其实字里行间往往有其内在的逻辑联系,具有电影上'蒙太奇'样或音乐中'对位''小乐句'样作用。"

文木的《对西方现代派文学应取的态度》发表于同期《外国文学研究》。文木指出:"任何一种流派,任何一种创作方法,无论是'意识流''黑色幽默',还是荒诞派,它们都有其存在的社会土壤,因而显现出一定的社会价值。""美国文学界的后起之秀奥茨,国内已有不少评介。她在作品中,就大量采用'意识流'的创作手法,细致地剖析人物的内心活动,如实地描写人物彷徨、苦闷和感伤的情绪,从家庭生活琐事来揭示社会现实中的狂暴力量,显示她那独树一帜的'心理现实主义'的特点。她的创作向人们说明,问题不在于是否用了'意识流',而在于你用'意识流'说明什么。她笔下的人物,渴望生存而不得生存,寻找出路而无出路,这正是对资本主义社会有力的控诉。""'黑色幽默',是当代美国文坛上的重要的一支。它摒弃现实主义小说的传统,探索新的表现形式,把社会生活中形形色色的阴暗面加以宣染、夸大,使之荒诞化,用带有戏剧效果的幽默,使读者感到阴郁,感到大难临头。非常可笑,而又严肃得使人笑不出来。因为故事虽然荒诞,却又正是美国现实生活的写照。""荒诞派戏剧的代表阿尔比认为,世界是畸形的,荒诞的,没有目的,没有理性,没有逻辑。他主张按生活的原型来反映生活。他的剧本使人们看到,在资本主义社会,人与社会是对立的,人与人是不相通的,因而人是孤独的。他用喜剧的形式表达悲剧的主题,对资本主义社会进行无情的讽刺和批判。"

本年

李炳银的《关于〈神灯〉的信》发表于《新苑》第2期。李炳银谈道:"我觉得,《神灯》有两点给我留下了深刻的印象,一点是它的有机结构,二是你(冯骥才——编者注)所塑造的一批有个性特点的人物形象。……先说结构。……你的结构不是平铺直叙地摊开,而是利用了悬念、倒叙、插叙和以喜衬悲,虚实结合等艺术手法,因此,就显得曲折多变,跌宕起伏,饶有兴味。这样做对于读者来说,既是调胃口,又让人时时存留着疑问,甚至揪着心。……《神灯》的结构还应该说是完整的,而不是分散、破碎的。你是围绕着矛盾的主要线索来展开情节,按照人物的主要性格来开展人物的活动。……凡是与此有关的就比较具体、详尽地去描写,与此关系不大的就虚写,或是一笔带过。""再谈谈人物形象的塑造吧!……一是你在写人物时,首先把握住了真实性这一关,所以,你的人物不管是英雄还是走狗,是男是女,都显得真实可信,言语行动符合他(她)的性格特点。……第二点,我认为你很善于写人物复杂的心理活动。……三是关于人物的多样性……"

1981年

一月

1日 陆地的《谈谈写小说的体会——在文学创作讲习班的谈话》发表于《广西文学》第1期。陆地认为:"从一篇作品的整体来看,往往是出于想象,想当然而虚构的,但是,其中的生活细节,人物的原型都是从熟悉的生活当中摄取的。换句话讲,整体是虚构的,细节却是熟悉的真实生活凑成的。"

同日,高晓声的《创作思想随谈》发表于《上海文学》第1期。高晓声谈道:"由于我写小说往往有原型人物,对他们比较熟悉,因而不仅仅写一件事,或者解决一个什么问题。我总是落笔于人物,写心中有底的人物。如果写下去把握不住了,再回过头来找我熟悉的人去挖掘内在的东西,继续写下去……我没有办法去写我不熟悉的人,即使会很有'典型'的人物,如果我不熟悉,我就不写。"

5日 汪曾祺的短篇小说《异秉》发表于《雨花》第1期。文末有编者推荐语:"《异秉》这篇小说,确有不同之处。小说的内容,是写旧社会的市民生活,写了个体,也写了群体。无论是写个体或是群体,纯用白描笔法,抓住一个一个富有特征性的细节,铺展开去,罗织成一幅幅几乎和生活本身完全一样的图画,真实得令人惊叹……发表这篇小说,对于扩展我们的视野,开拓我们的思路,了解文学的传统,都是有意义的。"

7日 《文艺报》自本年第1期起由月刊改为半月刊。本期发表胡耀邦的《在剧本创作座谈会上的讲话》,讲话指出:"今后不再用文艺服从政治,从属政治这个提法,但并不是说文艺可以脱离政治,作家可以没有政治责任感。"

塞先艾的《何士光和他的短篇小说》发表于同期《文艺报》的《文学新人》栏目。塞先艾认为:"何士光……在小说的艺术构思和概括上,很用了一番力气,着重凝练、深沉，从不作连篇累牍的冗长描写，而是把错综复杂的社会生活通过一件平凡而有意义的小事或者一个场景表现出来。"

  铁凝的《还是要写人……》发表于同期《文艺报》的《文学青年之页》栏目。铁凝认为："我希望从文学作品中能看到生活中那些美好的东西。善于发现生活中的美好事物，不等于歌功颂德。战争残酷吗？可战争中就没有美好的东西吗？许多写战争、写解放区艰苦生活的作品，里面有着多少美好的东西呀。我总以为越是在艰苦困难的时候，看来平庸的时候，美好的东西才显得更美。""对美和丑的认识，也应该是我们青年作者经常思索的一个重要方面……一部作品中有了有血有肉的人物，又写了生活中那些美好的东西，还有人不愿意读吗？还怕人家忘记吗？至于作者用什么手法写，这还要有人来教吗？"

  10日 雷达的《文学的突破与形式的创新》发表于《北京文学》第1期。雷达认为："我们今天总的处于形式的'蜕变'过程中。从当前创作可以看出，溶化吸收了西方表现手法的作品，群众欢迎；而主要用传统现实主义手法写成的作品，群众也欢迎；直接'切入'人物主观意识活动、写感觉、写联想、写心理变幻的作品，群众欢迎；侧重环境和行动描写的作品群众也欢迎。这说明，传统的现实主义描写人物的手法，还大有生命力，大有读者群。现在似乎应该是传统手法与外来表现手法'共存共荣'的时期，而且中国的国情、人情、史情、文情，又必然迫使文学在今后较长的时期以传统手法为主。当然是发展变化了的'传统手法'。有的同志提出打破一切传统手法，我觉得这是离开了我国的生活实际、读者实际和创作实际的。因为，传统现实主义的手法，在中国，在表现当代生活上，并不是发展到繁盛期已开始衰落，相反，在建国以来相当长的时期，它一直没有得到充足的发挥，它一直没有充分的条件与当代生活、题材结合起来，它一直受到政治的干预而不能表现出它真实地摹画生活的力量。"

  15日 于广礼的《试谈短篇小说的结尾》发表于《山东文学》第1期。于广礼认为："单就结尾而言，以'短'为特点的短篇小说，尤其要讲究精炼含蓄，耐人寻味。""短篇小说的结尾要求安排得新奇有力，简洁含蓄，耐人回味咀嚼。但是，新奇不是猎奇。成功的短篇小说的结尾，既使读者意想不到，而又合情合理。这样的结尾，才是真实、可信的。""短篇小说结尾设计得好坏，取决于作者是否有高妙的艺术构思。没有构思就没有艺术。对短小精悍的短篇小说来说，讲究精巧的艺术构思显得尤为重要。而结尾的设计，对作品的精炼、含蓄关系极大，是艺术构思不可忽视的重要一环……没有精妙的艺术构思，就不可能有这样好的结尾。没有这样的结尾安排，也难以显示出艺术构思的高妙。巧妙的艺术构思，新奇的结尾设计，使这篇作品余味无穷，富有艺术的魅力。"

同日，包忠文、裴显生的《时代漩涡与人物命运——评中篇小说〈漩涡〉》发表于《钟山》第1期。包忠文、裴显生认为，《漩涡》"通篇用《东方欲晓》这幅画来贯串，除了赋予它以生命和感情以外，还与作品中的人物命运、主题思想紧密联系，与作品的冷峻、沉郁的基调相一致，颇具匠心。作品还借用了访问记的形式，用第一人称观察点来描述，主要是通过男主人公对往事的追忆访问者和向导（'冰冻玫瑰'）的插话和动作。这就避免了平铺直叙，跳出了正面描写生活和斗争过程的窠臼，有较大的跳跃性。这就使作品有可能以较小的篇幅表现丰富的内容，反映出那个风云变幻的时代的某些本质方面，这也使作者有可能腾出手来，着力写人的灵魂、人的命运，写出人物对于那个时代的感受和性格"。

方全林的《勤奋耕耘　丰硕成果——谈黎汝清同志的小说创作》发表于同期《钟山》。方全林认为："黎汝清同志受中国民间说唱和古典小说的影响较深，比较注意工农兵群众的欣赏习惯。他的作品，故事情节曲折动人，富有传奇色彩；结构上把许多小故事串在一起，而又前后呼应，首尾完整；在情节的发展中，人物多是粗线条的勾勒，行动性很强，常常是几笔勾画出人物在特定场景中的行动，表现出精神品质来。""黎汝清同志写过不少诗歌和抒情散文，他的小说有着浓郁的抒情色彩，语言清新、流畅，富有诗情、哲理。在叙述故事的过程中，作者常常情不自禁地插入自己的抒情和议论。如《万山红遍》中，有对人物英雄行为的赞颂，有对战地景物的抒怀，有对人生哲理的阐发。这些抒情和议论，当与所写的事件、人物紧密地结合起来、自然地引伸出来时，不仅有助于读者对作品的深刻理解，而且也增添了作品的诗意和感人力量。"

二月

1日　雷达的《"探求者"的新足印——从陆文夫的创作谈起》发表于《上海文学》第2期。雷达认为:"作为真正的探求者,陆文夫又象二十多年前一样,从自己熟悉的生活和人群出发,对复杂的灵魂进行深入的解剖了,……'探求者'包括陆文夫的探求……自觉地把观察人、研究人、塑造人的灵魂,作为自己艺术探索、艺术创新的基点和核心,这对于当前创作的继续突破和深入发展,却有着不容忽视的意义。"

周惟波的《陈村和他的小说》发表于同期《上海文学》。周惟波认为,陈村"经常用自传式的独白方式,在千变万化之中总给予人性和理想以一定的地位。这种叙述方法有它的优点,亲切感人,脉络清晰,但也有它的缺点,容易给人一种单调平板的感觉。……作者在运用这种叙述方法时,尽量扬长避短,在结构上作精心的安排。……《两代人》采用的是矛盾的'层递'法,父子两人的感情时合时分,最后在欢乐中团聚时,却又突地一转,把结局引向了父子的决裂,使读者寻思其过去,更揣想其未来。……《当我二十二岁的时候》运用的是事件的'组合'法:'我'与孙和平在恋爱过程中的曲折和'我'的妈妈与杨老师的婚姻,这两个看来毫不相干的事件,经作者的精心安排,成了有机组成部分。……他的人物对话采用的是精简了的口语,简洁精炼而又包含着丰富的潜台词。他的行文幽默诙谐,生动明快,他对正面人物的描写略带揶揄,对不合理事物的揭露又含有讽刺的微笑"。

3日　汪曾祺的《关于〈受戒〉》发表于《小说选刊》第2期。汪曾祺谈道:"怎么会在四十三年之后,在我已经六十岁的时候,忽然会写出这样一篇东西来呢?这是说不明白的。……理智地想一下,因由也是有一些的。一是在这以前,我曾经忽然心血来潮,想起我在三十二年前写的,久已遗失的一篇旧作《秉异》,提笔重写了一遍。写后,想:是谁规定过,解放前的生活不能反映呢?既然历史小说都可以写,为什么写写旧社会就不行呢?……这样,我就渐渐回忆起四十三年前的一些旧梦。当然,今天来写旧生活,和我当时的感情不一样,……四十多年前的事,我是用一个八十年代的人的感情来写的。《受戒》的产生,是我这样一个八十年代的中国人的各种感情的一个总和。二是，前几个月，因为我的老师沈从文要编他的小说集，我又一次比较集中，比较系统的读了他的小说。我认为，他的小说，他的小说里的人物，特别是他笔下的那些农村的少女，三三、夭夭、翠翠，是推动我产生小英子这样一个形象的一种很潜在的因素。这一点，是我后来才意识到的。……第三，是受了百花齐放的气候的感召。……我写的是美，是健康的人性。美，人性，是任何时候都需要的。……我的作品的内在的情绪是欢乐的。我们有过各种创伤，但是我们今天应该快乐。"

5日 刘锡诚的《从思想到艺术的突破——谈1980年的短篇小说》发表于《边疆文艺》第2期。刘锡诚认为："艺术形式的创新的探索，是在几条战线上进行的。一条战线是在继承我国古典小说和外国古典文学的传统表现方法基础上的发展与创新。去年短篇小说出现了陈世旭的《小镇上的将军》之后，今年又出现了何士光的《乡场上》这样的作品。《乡场上》充分运用白描的手法，把行为、动作的描写与心理分析紧密地结合在一起，在取材、谋篇、写人物等多方面，都贡献出了新东西——别人没有、也不可能重复的东西。高晓声试图用另一种笔墨一连写了三篇小说，一曰《钱包》（载《延河》第五期），一曰《鱼钓》（载《雨花》第十一期）；一曰《山中》（载《安徽文学》第十一期）。作者无疑在探索一种新的表现形式。这种新的表现形式的要义我以为是：采民间故事和寓言的长处，表现一种寓意很深的哲理。他的这些小说写得很单纯、集中，情节简单到无法再简单的程度，集中笔墨写人物的行为。他的这些小说力求避开对尖锐的政治问题的正面冲击，而着力写人物的内在的精神状态，故事的哲理与训诫意义不是一目了然，要慢慢咀嚼才能体会得出。""另一条战线是向外国现代流派的借鉴，如移植'意识流'的手法。以王蒙为代表的若干作者，适应所表现的内容的要求，企图打破时空局限，突破老框框，把'意识流'引进自己的作品。以陆文夫为代表的若干作家，试探吸收荒诞派戏剧的艺术表现手法以反映当代社会生活。应当说，这些探索都或多或少地给文学创作带来了一些新东西，在吸收外国文学表现手法上进行了初步的尝试，并且写出了若干受读者欢迎的作品。"

10日 孙犁的《读作品记》发表于《北京文学》第2期。孙犁指出，在林斤澜的作品中,可以看到,"他主要师法鲁迅,此外还有契诃夫、老舍。在继承鲁迅的笔法上,他好象还上溯到了俄国的安特来夫、迦尔洵,以及日本的夏目漱石、芥川龙之介……斤澜的小说,有些冷僻,象《阳台》一篇,甚至使人有读陀斯退也夫斯基作品的感觉。斤澜反映现实生活,有时象不是用笔,而是用解剖刀。在给人以深刻感的同时,也带来一些冷酷无情的压抑感。很明显,斤澜在追求那种白描手法。……他有意排除作品中的作家主观倾向。他愿意如实地、客观地把生活细节,展露在读者面前,甚至作品中的一些关键问题,也要留给读者去自己理解,自己回答。……斤澜在语言方面,有时伤于重叠,有时伤于隐晦,但他的幽默,有刻画较深的长处"。

赵成的《要写出人物的心理深度》发表于同期《北京文学》。赵成认为:"文艺创作的中心任务是塑造形象,这种形象不是抽象观念的符号和图解,而是具体生动的、有自己的灵魂和血肉的'这个',作品的思想深度,从根本上说,就取决于作家在多大的深度上揭示了人物的心灵。"此外,赵成指出:"人物性格是个完整的矛盾统一体。写出这个统一体内部的丰富性和复杂性,揭示其中各个侧面之间的矛盾对立和相互依存关系,是加强人物心理深度也是加强作品思想深度的另一条重要途径。"

25日 高晓声的《扎根在生活的土壤里》发表于《文艺研究》第1期。高晓声认为:"从生活到创作,要讲人的灵魂。这个灵魂,实际上就是指思想感情。……作家除了对生活能够理解,能够发现生活的各种各样的含义之外,另一重要之点,就在于把生活归结为各种各样的人的活动,在于认真熟悉各种人物,这样就和文学创作是为了写人这个目的结合得紧密了,写起来就比较容易些。"

三月

2日 章仲锷的《古立高的新作〈隆冬〉》发表于《人民日报》。章仲锷强调,从形式上看,《隆冬》完全是中国气派,"结构严谨,情节曲折,语言富于生活气息。作者按照自己的路子,写熟悉的生活,作细致的描绘,充满浓郁的地方色彩,普通庄稼人的悲欢离合,有若一幅精妙的生活画卷"。

同时,章仲锷认为:"对比最近以来有些专事猎奇、近乎瞎编,或肆意追求刺激、血淋淋的场面而内容贫乏，一味在形式上翻新的作品，我以为它的质朴、通俗和生活化、民族化的特点，是值得肯定和提倡的。……说到民族化，更多的还是表现在作品的语言方面。《隆冬》无论写人、叙事、状物、抒情，都异常通俗、生动，切近劳动人民的口语，而且有着浓重的地方色彩。"

5日 张贤亮的《满纸荒唐言》发表于《飞天》第3期。张贤亮说道："我觉得，我们现在是不是太看重了作家作为一个公民的社会性方面，而忽略了作家作为一个自然人的生物性方面。"

7日 黄益庸的《讴歌人的美德——谈张抗抗的小说》发表于《文艺报》第5期《文学新人》栏目。黄益庸提到，张抗抗的小说"善于通过人物性格的鲜明描写和突出对比，展开富于戏剧冲突的情节，以表现主题。……但是，张抗抗有些小说的情节过于戏剧性了，有明显的人为的痕迹，特别是象《淡淡的晨雾》《悠远的钟声》，情节过分巧合，有的地方脱离了现实生活的基础，这说明作者生活的底子还远不够坚实，值得引起她的注意"。

蒋守谦、沈太慧的《新探索　新突破　新成就——一九八〇年短篇小说简评》发表于同期《文艺报》。蒋守谦、沈太慧认为："艺术的探索和创新，是一九八〇年短篇小说创作最为引人注目的特色之一。王蒙的《春之声》《风筝飘带》《海的梦》，其形式和表现手法，不仅和作者以前写的《组织部新来的年轻人》不同，同他在粉碎'四人帮'之后写的《悠悠寸草心》也大相异趣。"他们还强调，茹志鹃的《剪辑错了的故事》、张雄辉的《心理危机》等都是在艺术手法上有创新的作品。

10日 林斤澜的《小说构思随想（之二）》发表于《北京文学》第3期。林斤澜谈道："我前两次讲了'两刀切'，探讨的是头尾的问题，今天主要讲'肚子'吧。古人常有些说法，什么'凤头、熊腰、豹尾'。……熊腰很'壮'，那是说文章的肚子要丰富，内容要多。……我琢磨好作品的'肚子'里要有一个主要场面或必要场面，……如果你这个小说是着重刻划人物性格的，那么到了这个必要场面，你的人物性格在这里刻划完成。人物不是出来就刻划完成了的，而是在必不可少的时候，才完成的；这是就偏重写人物的小说而言的。对于偏重故事的小说，应该是在必不可少的场面，故事发展达到高潮。如果你这个小说又写人，又写故事，两者结合，都顾及到，那么你到了必要的场面，人物刻划完成了，故事也到了高潮，这样才显出必要场面的力量。……我想结构总是要求谨严的。谨严不是不要千变万化。"

此外，林斤澜还认为："短篇小说有它的个性特征，我的体会是最好很快把人带入必要场面——最高潮的地方，这是短篇小说的特征之一。"

11日 吴士余的《反面人物的美学价值小议》发表于《人民日报》。吴士余指出："描写反面人物不能凭主观臆断，只能如实描写他在特定环境中所呈现出的个性、灵魂和思想感情。可以这样说，获得反面人物的美学价值的关键，就在于让他按照自己的性格逻辑去走完自己的路。"

15日 尹均生的《国际报告文学发展之一瞥》发表于《时代的报告》第1期。尹均生写道："由于报告文学队伍的不断扩大，它的艺术手法和写作方法也在不断发展变化，并衍生出一些新的文体。比如西德的'报告文学小说'，'六一社'的马克斯·冯·德尔·格律恩写的《双重黑夜中的人们》（1962年）和《鬼火和火焰》（1963年）就是代表。前一篇是作者以亲身经历过的矿工生活为素材，写成的报告文学小说。后一篇描写了一个工人的工作和生活，揭露资本主义生产方式带给工人的痛苦，获得了很高的声誉，已经译成十八种文字，后来拍成影片，曾在全世界电视节目中上映。""美国作家约翰·李吉特用'新新闻体'写的小说《戈尔普的世界》，针对美国社会现实的一系列问题，提出了自己的观感，因此，也属于这一类型，一时在美国青年中大为畅销。美国著名作家诺曼·梅勒的《刽子手之歌》，被法国《读书》杂志推荐为'震撼人心的报道性小说'。这本书揭示了美国西部下层社会极其贫困的物质与精神生活，'对美国的道德风尚作了惊人的写实'。英国小说大师格林的新作《我控诉》，以他亲密朋友的真实遭遇为基本内容，揭露了一个从事下流罪恶活动的罪犯同司法界、警察当局的勾结，控诉了资本主义社会的腐朽性。日本作家黑柳彻子写的《窗边的小姑娘》，是以一名残废小姑娘为主角的故事，压倒了传统的文艺作品，发行突破四百万册，成为战后三十六年来最大的畅销书。在这里需要指出的是，这种报告文学小说，以真人真事为基础，掺进了一定的虚构成份，它已经是从报告文学中衍生出来的新生的文学样式了。"

18日　盛英的《探索"非常时代"人们的心灵——简评冯骥才的小说创作》发表于《人民日报》。盛英认为："冯骥才对这个'非常时代'的描摹，就是通过对人物内心世界的挖掘来体现的。他善于运用多种艺术手段来表现人物复杂的性格和微妙的感情。"

张韧的《从生活土壤中发掘新人的形象——谈中篇小说〈土壤〉》发表于同期《人民日报》。张韧表示："作品在艺术构思上别具一格，每个章节分别以人名为标题……事实的自述，心灵的剖白，哲理的探求，作者交替运用着几种笔调，透过人物的命运和内心活动，展示出辛、魏之间的性格冲突和生活冲突的逻辑性，以及他们之间思想、道德、情操的差异和对立，因而使作品所描写的在经济调整中的冲突事件，具有很强的历史感和说服力。"

20日　冯骥才的《下一步踏向何处？——给刘心武同志的信》发表于《人民文学》第3期。冯骥才谈道："前一段我们比较偏重写'社会问题'。尤其是在短篇小说里，常常把'社会问题'作为中心。难免就把人物作为分解和设置这些问题中各种抽象的互相矛盾因素的化身。作者的着眼点，经常是在各种矛盾冲突之后（即在小说的结尾部分），发表总结式或答案性的议论。即使这些议论颇有见地，但小说缺乏形象性，构思容易出现模式化和雷同化，并潜藏着一种新的概念化倾向。……这样所带来的另一个问题，就是只注重人的社会性，即人的政治立场、思想倾向、态度观点。以此来区分所谓好坏和正反面人物。这样就必然忽视了人的复杂性。作者愈想突出'问题'，人物就愈变得次要。而且成了在固定政治标准下好坏不同的、象征性的符号。"

24日　1980年全国优秀短篇小说评选结果揭晓，发奖大会在北京举行。周扬、夏衍、张光年、贺敬之、陈荒煤、林默涵、刘白羽等文艺界人士500多人出席大会。张光年致开幕词，周扬作重要讲话，何士光代表获奖作家发言。获奖作品有：徐怀中的《西线轶事》（载《人民文学》1980年第1期），何士光的《乡场上》（载《人民文学》1980年第8期），李国文的《月食》（载《人民文学》1980年第3期），柯云路的《三千万》（载《人民文学》1980年第11期），锦云、王毅的《笨人王老大》（载《北京文学》1980年第7期），蒋子龙的《一个工厂秘书的日记》（载《新港》1980年第5期），高晓声的《陈奂生进城》（载

《人民文学》1980年第2期），张贤亮的《灵与肉》（载《朔方》1980年第9期），张抗抗的《夏》（载《人民文学》1980年第5期），刘富道的《南湖月》（载《人民文学》1980年第7期），刘斌奎的《天山深处的"大兵"》（载《解放军文艺》1980年第9期），张林的《你是共产党员吗？》（载《当代》1980年第3期），冰心的《空巢》（载《北方文学》1980年第4期），王蒙的《春之声》（载《人民文学》1980年第5期），马烽的《结婚现场会》（载《人民文学》1980年第1期），陈建功的《丹凤眼》（载《北京文学》1980年第8期），罗旋的《红线记》（载《人民文学》1980年第8期），陆文夫的《小贩世家》（载《雨花》1980年第1期），韩少功的《西望茅草地》（载《人民文学》1980年第9期），张弦的《被爱情遗忘的角落》（载《上海文学》1980年第1期），叶文玲的《心香》（载《当代》1980年第2期），周克芹的《勿忘草》（载《四川文学》1980年第4期），王润滋的《卖蟹》（载《山东文学》1980年第10期）等。

27日 茅盾逝世。新华社发布《茅盾同志逝世讣告》："中国文学界联合会名誉主席、中国作协主席、杰出的无产阶级革命文学家茅盾同志，因病于一九八一年三月二十七日晨不幸逝世，终年八十五岁。他的作品已成为我国文学的宝贵财富，他的逝世是我国革命文学事业的重大损失。我国文艺界怀着巨大的悲痛，深切哀悼茅盾同志。"

29日 《茅盾同志遗书捐献稿费设立长篇小说文艺奖项》发表于《文汇报》。辞世前夕，茅盾在给中国作家协会书记处的信中说："为了繁荣长篇小说创作，我将我的稿费二十五万元捐献给作协，作为设立一个长篇小说文艺奖金的基金，以奖励每年最优秀的长篇小说。"

本月

高行健的《谈意识流——文学创作杂记之五》发表于《随笔》第14辑。高行健写道：

"人们把意识流这种手法的特征一般归纳为自由的联想，这种概括是不够确切的。意识流语言同其他文学语言一样也有其章法。然而，它依据的章法不是逻辑的演绎和理性的分析，它只遵循描写的对象，即作品中的某个人物，在具体的环境中心理活动的自然规律。人的心理活动本来极其丰富，极其生动，极其活跃，而这些心理活动又象一条不间断的流水。因此，用这种手法来描写人的内心世界时，它提供的便不只是理性的结论和分析、行为的状态和结果，而是得出理性的结论和分析时思维活动的整个过程，或者是某一行为过程中的一系列具体而细致的感受。形象地说，它提供的不是一、两个点，而是划出这两点之间的那条线，而且往往是曲线。因此，取这条曲线上的若干个点来看，似乎是作者兴致所来，随手点了上去，即所谓自由的联想。还可以拿绘画的例子来打个比方：意识语言不象白描的手法用线条来勾画，却用的是油画的技法，一笔一笔的颜料抹上去，近处只见色彩斑斑，退而远望，才见其轮廓。

"意识流语言在追踪人的心理活动的同时，又不断诉诸人生理上的感受，即味觉、嗅觉、听觉、触觉和视觉带来的印象，因而把精神世界和外在世界联系起来。它即使在描写外在世界的时候，写的也还是外在世界通过人的五官唤起的感受。换句话说，意识流语言中不再有脱离人物的自我感受的纯客观的描写。

"意识流语言是不顾及时间顺序的，可以把回忆与现实，过去与未来糅合在一起。它同时也突破了固定的空间的束缚，在同一章节中，甚至同一个段落里，还可以把幻想、梦境同现实环境交织在一起。在海明威的小说《老人与海》这本书里，老渔夫梦中出现的非洲狮子就是这样的飞来之笔，一下子便把主人公单调、孤寂的日常生活提到了一种象征的诗意的境界，却又不丧失其真实感。"

常言的《苏联的科学幻想小说》发表于《外国文学研究》第1期。常言介绍了哈莉娜·斯特凡谈苏联科学幻想小说的文章——《科学的幻想和幻想的寓言》。常言指出："在谈到科学幻想小说与社会主义现实主义关系时作者谈到，苏联一些报刊曾就这一问题进行过争论。比较有代表性的是1977年T.车尔尼绍娃与杰·布兰迪斯就科学幻想小说与童话的关系问题所作的争论。……T.车尔尼绍娃认为，童话式的科学幻想小说有权利创造一些或多或少不受社会价值观念束缚的、想象的、自成一体的独立体系。杰·布兰迪斯则再一次把科学幻想小说划入现实主义文学的框框之中。他认为，就是'最奇异的幻想'也是以'生活经验'为基础的，作家的想象是'经验'在主观意识中的反映。他说'童话是建立在奇迹和魔术之上的'，而科学幻想小说中的奇迹是'物质力量、自然界或人（具有理性的动物）借助于科学技术所创造'。"

"在谈到苏联科学幻想小说的发展方向时作者谈到，六十年代苏联的科技革命处于一种停止不前的状态，人们认识到建设共产主义的美好未来不是一蹴而就的。于是苏联的科学幻想小说逐渐失去了它乐观主义的色彩，不再像以前那样批判资本主义，憧憬美好的未来，而是在一定程度上摆脱了思想意识形态的束缚，提出了像信息大爆炸和能源浪费这样一些带有共性的问题。作者说，以前苏联的科学幻想小说是对未来的预测，是推论性质的，而今天则越来越带有童话、幻想和寓言的色彩。作者说，苏联社会主义现实主义的科学幻想小说变成了一种'警告小说'。它们对不可控制的增长、能源浪费、环境污染，能思维的机器和军人对科技成果的滥用将会给人类带来的灾难提出警告。苏联科学幻想小说作家也开始借鉴西方小说家惯用的一些创作方法，而且越来越多地采用讽刺手法。作者说，这种倾向遭到苏联批评界的激烈抨击。"

董玉星的《难懂就需要研究》发表于同期《外国文学研究》。董玉星指出，西方现代派文学作品"有它们自己的独特表现方式。而这种表现方式在中国文坛上又很少出现，并且现实主义传统又是那样'根深蒂固'地占据着人们的心灵。所以，那些大块的自由联想，就会使人产生与文章中心没什么关系的感觉；那种打破时序的跳跃，又使我们这些习惯于接受现实主义作品的脑子，不能马上捕捉住作品的主要线索和思想；还有一些象征性的东西，由于我们根本就没有那种生活经验，也会感到无法理解；再有一些是没什么情节，或者情节残缺不全的作品，更会使人如坠五里云雾之中，茫然不辨东西了。这样，就根本谈不上去深刻理解作品，把握作品的主旨了"。

董玉星还说："即便他真懂，那他也应该注意到西方现代文学在写作技巧上的一些独特手法。这些手法对于我们的思想在文学上的表现，无疑是一种很好的帮助。即使是现实主义作家，也应该借鉴一下，那将为其翱翔的思想之翅又加上一些有用的羽毛，添上几股坚实的肌肉，使它能更加有力地飞到更远、更高的地方。"

李栋的《意识流小议》发表于同期《外国文学研究》。李栋指出："在文学的发展上，意识流手法配合了浪漫主义的因素，强烈地抒发自我感受，同时，又继承了十九世纪批判现实主义的传统，通过内心活动来揭露西方的'文明'，故又被人称为'心理现实主义'。另一方面，它在表现手法上也是对现实主义注意人物外部，注意物质环境的一个突破。但是，我们应该看到它有着自身的局限性，由于描写下意识活动，难免流露出一些自然主义的东西；由于强调的主观，容易使人追求朦胧，虚幻的境界；由于跳跃性大，影响了人物形象的完整，这些都不能忽视。……上述短处和意识流的三点长处相比，我们可以发现：利用意识流手法的主观性，可以引导我们的一些作者重视人在小说中的地位，尤其是对人的感情加以表现，写出人的灵魂，使作品发挥更大的威力。利用意识流手法的自然性，可以引导作者从人物自身出发，而不从观念出发，真实地表现人物在特定环境下的意识活动，有些下意识活动的描写可以使作品的内容更丰富。另外，在描写过程中，可以使作者少发一些空洞的议论，让倾向性自然地流露出来。利用意识流手法的跳跃性，对于加快情节的进展，省掉一些不必要的交代大有益处，这样可以进一步的突出人物，不致于让其被事件所淹没，同时，也能活跃读者的思路。通过对比，我们可以得出明确的结论：借鉴英美小说中的意识流手法对发展我们的文学，加强小说的表现力是有好处的，应该'拿来'。"

李正的《未来决不属于现代派》发表于同期《外国文学研究》。李正指出："作为一个流派，一种创作方法，现代派已有六、七十年的历史了，它们却还没有一批为数可观的好作品问世，这样的流派是站不住脚的。""其中有些好的作品，或比较好的作品，读了有点意思的，都是继承了现实主义传统的，它们之所以被人称道，正是其中的现实主义因素，而主要不是靠了那些七七八八的新手法，那些作为它的认识世界和社会的哲学思想、心理学等等。这个事实证明，现实主义才是有生命力的，未来不是属于现代派的，它什么时候离开了现实主义，什么时候就是它生命结束的开始。"

彭建德的《"意识流"与国情》发表于同期《外国文学探究》。彭建德指出："心理描写不是外国人的专利，但流派的划分以及它的创作理论原则又与中国无缘。从文艺创作的角度上，'意识流'的创作手法在挖掘人物内心的活动，表现被压抑（或被控制）的思想意识等方面具有独特的艺术功能，是可取的。'意识流'

派的介绍，丰富了中国的文化园地。且不谈许多名作家受其影响而进行的创作方法上的探讨，中国的国情也提供了丰沃的土壤。……中国的心理描写有别于外国的心理描写，中国的'意识流'必然会摒弃西方'意识流'那种带有卑劣意味的纯心理的潜意识的描写。"

王佐良的《从文学史的角度看西方现代派》发表于同期《外国文学研究》。王佐良认为："从文学本身讲，为什么会出现现代派？简单的回答是：因为新的现实和新的感觉需要新的表现方式。""作家们发现要表达这样的现实和人们对此的感受，传统文学的表现方式已不济事。他们要求文学有更大的真实性（要表现存在的复杂性和内心世界的隐秘，因此传统的诗显得太优美、太表面化，传统的小说显得太做作，情节是人为的，一切都在一个平面上进行），又有更大的敏锐性（因此要采取更大胆的，甚至骇世惊人的表现手法，首先要摈弃陈词滥调，刷新文学语言）。"

杨展森的《他山之石　可以攻玉》发表于同期《外国文学研究》。杨展森认为："在艺术上，现代派也有许多可以为我们借鉴的成功之处，尤其在表现现代人复杂的思想感受和内心活动方面有独到的创造和发展，并有着巨大的艺术魅力。如'意识流'的表现手法，只要运用恰当，可以取得比现实主义心理描写更充分、更逼真的效果，因此它不仅在现代派作品中被广为运用，而且许多现实主义作家也吸取了这种方法以丰富作品的表现力。……现代派作品中对于'夸张'这种艺术手段的成功运用也值得我们研究。……在贝克特的《等待戈多》中，把人在物面前的极度无能为力表现为脱不下一只靴子，表面上看来似乎夸张到荒谬不可信的地步，但由于它抓住了不合理事物的核心和实质加以极度的夸张，是从精神世界和内心感受出发的，因此在这荒谬中包含着高度的真实，并由于它把不合理事物的核心和实质放大了给人看，就更能震撼人的心灵，达到更强烈的艺术效果。此外，现代派的许多作家对语言的运用也有可供借鉴之处。许多作品中没有华丽的词藻，不着意雕章琢句，而是用一些表面看来平淡无奇的语言或日常口语，造成一种内涵广阔丰富、含意无穷的境界，这是需要功力的。其它如现代派文学中形象的鲜明性和独特性，突破时间和空间的限制而造成强烈的对比效果等，均可为我们提供经验或教训。"

四月

7日 以"中篇小说评论特辑(一)"为总题,刘思谦的《现实主义的力量——读〈啊!〉断想》、《文艺报》记者孙武臣的《四年来的中篇小说——记本刊召开的中篇小说座谈会》、吴宗蕙的《人生应当有更高的境界——谈〈天云山传奇〉三女性》、谢望新的《在对生活思考中的探求——读近两年的中篇小说》、张守仁的《七十年代潇水图——赞〈在没有航标的河流上〉》发表于《文艺报》第7期。

刘思谦认为,《啊!》的作者"仅从情节的自然发展中揭示出人物复杂的内心矛盾的本领,是值得称道的。关于小说的情节,这几年似乎不大讲究了,尤其不讲究情节的典型化。有一些违背生活逻辑,一味追求曲折离奇与感官刺激的作品,正在败坏着被高尔基称之为小说三要素之一的情节的声誉。同时,现代小说略过生活事件,直接揭示人物内心世界的写法及'意识流'的引进对小说情节的冲击作用,自然也是一个不可忽视的原因"。

关于小说的人物塑造,刘思谦也提出了自己的见解:"其实平心而论,现代心理结构小说的出现,只不过开拓了一条新的人物塑造的途径,使小说的艺术表现天地更广阔而已,并不能因此而取消情节结构小说。问题是要在情节的提炼和典型化上下功夫,才能使传统的小说表现手法重新焕发青春。《啊!》属于情节结构小说,它的情节是在生活真实的基础上经过加工、提炼的典型情节,故事小巧奇特而社会容量大,几个人物在一条情节线上各得其所,情节的发展过程也就是人物的心理演变过程和性格完成过程。《啊!》的成功,为小说情节恢复了声誉,显示了现实主义艺术表现手法的生命力。"

吴宗蕙认为:"《天云山传奇》以灵活变换着的第一人称的形式,委婉抒情的笔调与内心独白,伤心动情地叙述了一个曲折动人的传奇故事。"

谢望新认为:"刘绍棠的《蒲柳人家》……色彩明丽、清新、恬淡,象是一幅民族风情画轴。谌容的《人到中年》,笔触诗情流溢,心理剖析细微。冯骥才的《啊!》构思奇特,角度新巧,注重在一个较小的生活画面,开掘人的心灵,开掘生活的内涵。……有的作家在试图把写实派与现代派的表现方法熔于一炉。出现了《蝴蝶》这样的作品。王蒙自写《布礼》开始,锐意追求一种新的艺术表现形式,到《蝴蝶》的发表。……他吸收了西方现代派中意识流的一些表现手法,但又不完全同于西方现代派那种不受任何客观生活限制,不经意识选择的纯主观活动的作品。小说打破了传统的情节结构的格局,而采用心理结构和贯穿线。但它又是严格写实的。比如有的作家采取了抒情的、散文式的表现形式。叶蔚林的《在没有航标灯的河流上》就是这类作品的代表。……还有的作家采用了类似旋转活动舞台式的表现形式。它的代表作是汪浙成、温小钰的《土壤》。"

8日 刘静生、黄毓璜的《配角——学习鲁迅小说艺术札记》发表于《汾水》第4期。刘静生、黄毓璜认为:"配角,'在他的地位上'又是'主角',内涵当然是十分丰富的。比如说,配角应该有他的活动中心,有他的特定环境氛围,以及他自身的人物关系网。但首要的恐怕还在于他应该是个'角儿'。也就是说,要具备作为一个人物形象的条件,即具有一定的性格特征。"

刘静生、黄毓璜指出:"要写好配角的性格特征,必须注意配角跟主角的和谐配合。主要人物和主要人物之间的关系,是'平行'关系,而主要人物和次要人物之间的关系,在某种意义上应为'从属关系',正是这种'平行'与'从属',组成了作品中的人物关系网,而'从属关系'又往往在'配合'主角加强作品的思想表现力上,得到充分的体现。""当然配合的方式可以多种多样。有时通过正面作用于主要人物,从而强化人物对于作品的思想表现力,……有时配合的方式是反衬,通过反衬来强化对作品的思想表达,在表现作品思想上产生了'透过一层法'的效果。""配角对主角的配合,自然也不只限于强化作品的思想核心方面。《离婚》中服侍七大人打喷嚏的'蓝袍子黑背心的男人',对于故事情节的推进和丰富,起到了不可忽视的作用。"

15日 陈辽的《长篇军事文学的新突破——评〈冀鲁春秋〉》发表于《钟山》第2期。陈辽认为:"扣住反面人物的性格核心,而又对反面人物的精神世界深入解剖,这是《冀鲁春秋》在反面人物塑造中所以取得突破的主要经验。"

沈国芳、高虹的《高晓声小说的幽默风格初探》发表于同期《钟山》。沈国芳、高虹认为:"高晓声幽默的艺术风格首先表现为塑造了一系列具有幽默性格的人物形象。……善于在作品中运用喜剧手法,造成笑境,这是他幽默风格的又一特色。……高晓声短篇小说幽默的艺术风格也表现于独特的幽默语言上。……善用谐谑的较物语。高晓声在小说中常常敏捷地把两个属于不同概念范畴的物象放在一起对比,使两物的矛盾达到高度尖锐化,从而产生风趣味。……高晓声幽默艺术风格的特色还在于寓庄于谐,寓涩于笑,有着乐观的情调。"

20日 中国作协召开主席团扩大会议。会议一致推选巴金为中国作协主席团代理主席;一致同意成立茅盾文学奖金委员会,由中国作协主席团全体成员担任委员,巴金任主任委员。会议还讨论了筹建现代文学馆的问题。巴金在大会上提出,他准备献出稿费15万元作为筹建现代文学馆的基金,并愿意捐出自己的全部手稿和有关资料。会上,由孔罗荪、冯牧、严辰、朱子奇、张僖分别就中篇小说、报告文学、诗歌和少数民族文学创作的评奖活动,对外文学交流活动,以及下半年的工作要点等作了汇报。中国文联主席周扬、副主席夏衍,在京的中国作协主席团成员丁玲、冯至、艾青、刘白羽、沙汀、张光年、陈荒煤、贺敬之等以及有关方面的负责人出席了会议。

同日,雷达的《在探索的道路上……》发表于《人民文学》第4期。雷达谈道:"我们的作者注意到了挖掘新人身上那种崭新的时代特征,力求把人物性格的复杂性和单纯性统一起来,把丰富性和鲜明性统一起来。这是作者们在创作的道路上深刻研究生活,探索新人塑造的结果。"

张光年的《一九八〇年全国优秀短篇小说评选发奖大会开幕词》发表于同期《人民文学》。张光年谈道:"同过去比较,一九八〇年是短篇小说大丰收的一年。广大群众踊跃参加短篇小说的评选活动,也是盛况空前的。这次在短短的三个多月期间,《人民文学》编辑部收到来自全国各地的读者推荐表达四十万份以上。参加推荐、评选活动的大多是工人、干部、教师、在职和在学的广大青年。我们的评选工作,正是在群众推荐的基础上,采取专家与群众相结合的方法进行的。我们知道,全国各地还有很多很多的读者大众,就近参加了本省、市文学期刊举办的短篇小说和其它文学作品的评选活动,同样有力地促进了创作的发展。可见在党的三中全会路线和正确的文艺方针指引下,我国社会主义文学同人民群众的联系,正在年复一年地扩大着,加强着。我们的文学有坚实的群众基础。这是最值得宝贵的。""我常常想，近几年一大批优秀的短篇小说及其它文学作品，之所以得到群众的喜爱和赞赏，就因为它们通过对于人民生活的真实描绘，表达了广大群众的思想、感情、愿望和要求。凡是扎根于生活，扎根于群众，与群众同呼吸，共命运，帮助群众推动生活前进的，这就是人民的文学，这种文学有强大的生命力。而那些一味地沉醉于自我表现、自我扩张，从思想感情上冷淡、疏远了人民群众的，那就理所当然地受到群众的冷淡和疏远。"

周扬的《文学要给人民以力量——在1980年全国优秀短篇小说评选发奖大会上的讲话》发表于同期《人民文学》。周扬谈到了三个问题，一是"文学评奖是好事，要经常化，制度化"。他提到："近年来文学艺术各方面都举行过评奖，效果是好的。这次短篇小说评选得奖的作者，不但有许多是中、青年作者，特别是青年作者，也有如谢冰心同志这样的最老一辈的作家，真正做到了老、中、青三结合，而中、青是主力军。得奖的同志以自己优异的创作成果作出了贡献；许多没有得奖的，也都在创作上作了努力，各有大小不同的贡献。这说明我国的文艺正在兴旺繁荣。老作家中许多人，仍然精神抖擞，没有放下笔。"二是"真实和忠诚"。他提到："近年来，关于文艺真实性的问题，议论得很多。强调重视文艺的真实性，强调要恢复和发扬现实主义传统，这是完全正确的。这就纠正和弥补了我们过去在这个问题上的过失、偏颇和不足。应该承认，真实是艺术的生命，尽管'四人帮'把这句本来正确的话当作'修正主义'批了好多年。大家都知道，任何文艺作品，凡是不真实的都不能打动人心，都没有生命力，这是经过人民和实践的检验，为世界文学历史所证明了的。"三是"勇气和虚心"。他认为："勇敢和谦虚要很好地结合起来。一个作家、艺术家，他所进行的是高度创造性的劳动，而且是要影响千百万群众心灵的劳动，他既要谨慎，也要勇敢。首先要相信党，相信党中央的领导，相信群众，紧密地联系群众，依靠群众，这样我们的文艺创作事业就有了最坚实的基础。"

22日 王纪人的《心灵美的探求与文学创作——试评〈在没有航标的河流上〉〈如意〉等中篇小说》发表于《文艺报》第8期《中篇小说评论特辑》栏目。王纪人谈道："在理论上我们常常为'人性'的概念而争论不休。有的持'自然属性'说,有的持'社会属性'说。其实,在每一个具体的人身上,自然性和社会性总是对立地统一在一起的,构成了丰富复杂的人性。文学典型也是这样,两者兼备,浑然一体,从而成为有生命的形象。《航标》中的盘老五即是一例,他好像是从生活中直接走进小说里来的人物。作家没有对他的人性净化和过滤,而是按照生活的原貌,强调了他作为人的全部丰富和复杂性。""自然、人、社会,这就是《航标》艺术构思的出发点。……盘老五的人性美在他同社会和自然的冲突中得到了完美的体现。……在人情问题上,理论界还常常为有无共同的人性和人情而争论不休。与此相关的,还有一个人道主义的问题。刘心武以自己的艺术实践参加了论争。""他的《如意》成功地塑造了一个正直、善良的普通劳动者石义海的形象。作者主要写了石义海的两件事:一是他同没落的贵族小姐金绮纹从同情到爱怜,由期待'如意'而终于未能'如意'的爱情故事。这个故事触及到有无共同的人性和人情的问题。二是他在'史无前例'中对'牛鬼'们的同情,这又涉及到人道主义的问题。作品在对这两件事的描写中,反映了五十年间星移斗转、人世沧桑的变化,发掘了一个'小人物'身上纯真的人情美和人道主义精神。"

  王维纲的《〈蒲柳人家〉的风俗画与人情美》发表于同期《文艺报》的《中篇小说评论特辑》栏目。王维纲写道:"刘绍棠同志的《蒲柳人家》,是一部独具风格的中篇小说。这部小说的背景是冀东农村的抗日运动,但是,它同一般反映抗日斗争的作品却大异其趣。在作者的笔下,抗日斗争是透露出来的,不是直叙出来的;是侧面的烘托,不是面对面的冲突——他将一场民族矛盾,渗透在诗情画意的描绘之中。……《蒲柳人家》艺术上的显著特色之一,是描绘了京东农村一幅动人的风俗画。对三十年代旧中国农村古朴的风俗俚习的描绘,为小说增添了浓厚的生活气息。作者不是把对农村风俗俚习的描绘作为一种猎奇,而是通过村风俗习的描绘,写出运河两岸蒲柳人家各色人物对美好生活的希冀,对理想的追求,加深环境描写的真实感,使人物性格更鲜明生动。……《蒲柳人家》的另一艺术特色,是热情赞颂了劳动人民丰富多彩的人情美。骨肉之情、男女之情、朋友和同志之情,在作者笔下千姿百态,感人至深。最使作者悠思难忘、翩若惊鸿的望目莲同何满子的姑侄之情,描写得尤其感人。……

近年来,小说创作有一种'净化'的倾向,特别是一些根据作者意念和某种政治意图写作的作品,往往忽视对丰富的社会生活的描绘。读者从作品中看不到富于民族特色的风俗画、人情美,只有人物之间的干巴巴的社会政治关系。在这种时候,刘绍棠同志的《蒲柳人家》的发表,就颇引人注目。"

28日 崔道怡的《花胜往年红——一九八〇年获奖短篇小说巡礼》发表于《光明日报》。崔道怡认为:"如果说一九七九年的短篇小说,还有相当比重属于'伤痕文学'范畴,那么一九八〇年的作品,则大都已从哀惋往事中振作精神,转为正视现实,着眼未来,为及时反映生活中的重要方面与重大斗争,全面表达时代的要求和人民的心声,付出了更大的努力。""与前两届相比,一九八〇年获奖作品(指1980年全国优秀短篇小说评选获奖作品——编者注)更多更好地塑造出了一批社会主义新人形象。""当爱情描写已成某些情节小说必不可少的调料之时,严肃的作家则通过爱情描写揭示社会问题、表现人物心灵,写出了一批为年轻人喜闻乐见,能给他们以美感教育的佳作。"

本月

夏南的《要善于表现人物性格的复杂性》发表于《长春》第4期。夏南认为:"如何根据我们时代的特点,艺术地展现人物性格的丰富性和复杂性呢?……首先,要善于把对人物性格的开掘和对现实生活的深入探索紧密结合起来。实践告诉我们,人物性格的表面化、简单化,常常是作家对生活认识的浮浅和思想贫乏的症象;只有对生活的底蕴有深刻的体察和独到的见解,才能洞悉人物性格的丰富内涵。……其次,要善于刻划人物内心世界的矛盾,揭示'心灵的辩证法'。人物性格的复杂性,实际上也就是人物内心世界各种矛盾因素的显现。……所谓'心灵的辩证法',即是指人物的内心矛盾冲突及其发展变化。在现实生活中,每个人的内心世界由于主客观的各种原因,经常存在着这样或那样的矛盾。这种矛盾时而不露,时而隐伏,时而激烈,时而深微,不善于揭示这种内心的矛盾冲突,写出'心灵的辩证法',也就写不出人物精神世界的复杂性,写不出活的灵魂。……此外,在表现人物性格的丰富性、复杂性的同时,还要善于突出主导的性格特征。因为人物性格作为一个完满而富有生气的整体,决不是一些孤立的性格特征的机械拼凑和杂乱肤浅的排列，而是各种性格因素的有机组合，就是说，要有一种主导的性格特征作为性格的核心，把各种因素凝聚在一起。这样，不论性格在多方面的表现中显得多么复杂，甚至互相矛盾，也始终保持着内在的一致性和明确性；否则，人物的精神面貌就会变得模糊不清。而要做到这一点，关键是要从人物所处的特定环境和错综复杂的关系出发，紧紧把握人物独特的性格逻辑，对其思想行为认真细致的处理。"

高行健的《谈怪诞与非逻辑——文学创作杂记》发表于《随笔》第15辑。高行健指出："鲁迅的创作方法无疑是非常现实主义的。可鲁迅的第一篇小说《狂人日记》就古怪得很。写了个疯子，真理居然出自这个疯子口里，而正常人和正常的社会其实倒很不正常。然而，谁也不会指责这篇小说是反现实主义的。怪诞不过是一种文学表现手法，作为讽刺的极致，现实主义小说艺术大师并不排斥这种艺术手法。……""怪诞是对完美的一种追求。没有对理性的热爱，没有对真理的激情，就不会有怪诞。""怪诞是对现实中不合理的事物的强烈谴责，是对生活中的陋习的大暴露与大批判，从而使人惊觉，发人深省。"

高行健认为："怪诞的基本手法是极度的夸张。用这种艺术方法来揭露现实生活中的不合理现象，好比用显微镜来观察损害人体健康的病菌。肉眼察觉不到的病菌对人体的侵害，现代人借助于显微镜，找到了病源，显微镜对现代医学的发展有莫大的功劳，尽管显微镜同人的眼睛相比，这玩意本身样子就古里古怪。现代人同样也可以借助于怪诞的艺术手法来认识现实生活中的弊病，当然这些手法叫一些人看来也挺不顺眼。"

高行健注意到："逻辑不完全等于现实，它仅仅是对现实的部分的概括。现实生活中有许多现象是一般的形式逻辑概括不了的。看起来极不合逻辑，却恰恰是铁铮铮的存在。比如，'四人帮'这伙怪物在社会主义中国的出现，仅仅用逻辑的演绎是解释不清的，他们自有其生存、肿胀、蔓延的现实土壤，究其根由得求助于历史科学，而三段式的逻辑推论无济于事。文学创作在处理这样的现实题材的时候，就大可以运用非逻辑的怪诞手法。"

高行健指出："如果说怪诞是对完美的一种追求，非逻辑则也是对理性的一种追求。""人们一般都承认逻辑是合乎理性的概括，却未必都认识到非逻辑也是合乎理性的概括。作者既然能发现现实中有不合逻辑的事物，心中必然另有自己用以衡量是非的新的标准，归根到底还是理性在起作用，只不过变换手法，通过否定来达到新的肯定。在现代的怪诞文学作品中，除了用逻辑的方法来达到这种艺术效果，往往还可以用非逻辑的方法来达到同样的效果。非逻辑是一种新鲜的艺术手法，很有表现力。……非逻辑的方法指的是：打破时间和空间的顺延；颠倒因果关系；把想象当作存在；把现实当作做梦；把特殊的看成是普遍的；把习俗当作难得的发现；把迷信当成大彻大悟；以及牛头不对马嘴，蛮不讲理，如此等等，用这些手法都可以造成怪诞的艺术效果，从而醒人耳目。"

高行健总结道："怪诞和非逻辑是理性的产物，是用来创造一种抽象化了的现代艺术形象的有力工具，它们本身并不是艺术创作的目的。但如果盲目追求怪诞，一味崇尚非逻辑的方法，把两者作为一种新的艺术宗教来膜拜；听任下意识的摆布，云不知其所以，则是不可取的。"

五月

1日 梁东方的《关于王蒙近作的讨论》发表于《光明日报》。梁东方谈道："关于'必须塑造典型'与'不一定'问题。有人认为，王蒙的小说都没有什么成功的典型，但都不乏新意，作者的实践向传统的文艺理论提出了挑战。另一些人认为，古今中外的文学史已证明，凡是传世佳作，都是成功地塑造了人物典型的。""关于'意识流小说'与'别的什么'问题。有的人认为，王蒙是我国当代文学中第一位在小说创作里运用'意识流'和'象征主义'技巧的作家，他的作品大都不很重视故事情节的连贯性，而特别重视心理刻画，重视描摹人的感觉，重视作品的线条、色彩和音响效果。有人则认为，王蒙近作既运用内心独白、象征暗示等意识流手法，又不乏现实主义的叙事、描写、介绍和评论，既探究人的心灵，也描绘现实的生活，因此他的作品实际上是'中西合璧'。"

同日，茅盾的《〈草原上的小路〉序》发表于《上海文学》第5期。茅盾写道："这本小册里的作品，兼备众体，题材亦多种多样；故事不平铺直叙，而是曲折有致，后先萦回；人物虽寥寥数笔，仍是个活人。论写作时间，除了《实习生》写于一九五六至一九五七之间，应称为旧作（但此番发表时，经过作者的修改，所以也可算是近作），故没有十年浩劫的烙印，此外各篇，无论长短，大部分带着这烙印。但作者并不正面写十年浩劫，而是写十年浩劫后解放了的大小干部的心理状态……我以为这样的写法，比诸正面写十年浩劫，更发人深思，更耐人咀嚼。"

3日 柯云路的《展开广阔的社会风貌的图画——谈谈〈三千万〉的写作》发表于《小说选刊》第5期。柯云路认为："小说中总要有情节。其实，情节来自人物关系，来自人物个性间的冲突。这一点在《三千万》的写作过程中我始终是明确的。作为作者，要确定的只是人物的个性及人物活动的背景和环境。如果笔下的人物都是活生生的很有主动性，都要强烈地表现自己，如果人物所处的背景和环境十分真实、具体，那么，人物间的个性冲突必将有声有色地展开。……个性并不只是性格，而是指一个人物的立场、思想、感情、情绪、性格、气质、经历、社会地位、利益、愿望等等一切的总和。当我们把每个人物的个性都掌握了，熟悉了，他们间的关系和冲突就很自然地发展起来，构成情节。因此，要使故事情节生动、曲折，要使作品在揭示社会矛盾斗争时具有一定的深度和广度，主要是在人物个性及相互关系上开掘。离开人物，增加多少重大事件，发上多少议论，都是没用的。对于文艺作品来讲，思想性不是外在的，而是内在的。小说则是通过人物体现出来的。所以，小说作者的思想性及生活底子最终表现在他对人物理解的深度上。"

5日 张韧的《崛起·探索·突进——简谈一九八〇年的中篇小说》发表于《光明日报》。张韧认为："人物形象的塑造是文学的中心问题。过去一年的中篇小说，绝大多数力求避免单纯地追求故事情节的光怪陆离，全神贯注地深化现实主义，努力刻划人物的性格，因而使中篇小说的人物画廊上，呈现出多样性复杂性和典型性的特点。它从'一刀切'的艺术教条主义中摆脱出来，无论正面人物还是反面人物的形象，力求植根于生活的土壤之中，人物性格和心理世界显示出象生活本身一样复杂的特点。它透视出比较深刻的思想意义，具有一种认识人生、砥砺斗志的艺术力量。"

10日 钱光培的《现实主义的深入发展——评1980年〈北京文学〉获奖小说》

发表于《北京文学》第5期。钱光培认为："在八〇年的短篇小说创作中，我们看到许多作家都潜心于对那些淹没在激流浪花后面的平常人物的平凡生活作精工的描写，以生活本身的魅力去吸引自己的读者。……在小说的结构方法上，多层次、多线索的复调结构的出现，打破时间、空间顺序的跳动章法的出现，以及随之而来的主题的含蓄与多义等等，都反映了作家们为反映生活的复杂性和揭示出人们精神世界的真实而努力地在那里寻找着、探索着与之相应的艺术表现手法。这种探索是应着'要更好地反映生活的复杂性和揭示人们的精神世界的真实'这一现实主义深入发展的要求而出现的。"

14日 陈炳的《艺术美在于两个"一致"》发表于《文学报》。陈炳指出："社会主义时代的革命文艺家则更有意识地理解并做到：艺术应'是对生活的一种理想的描绘，这种描绘能使人产生一种对理想事物，亦即对美、精神的纯洁和善所怀的强烈愿望'。蒋子龙同志说得好：现实生活中确实问题很多，困难不少，但光明的一面还是主要的，'不能把作品写得灰溜溜的'。因此他'把乔厂长写得带有理想色彩'。……《灵与肉》的作者张贤亮深有体会地说：作者要'有意识地把这种种伤痕中能使人振奋，使人前进的一面表现出来，不仅引起人哲理性的思考，而且给人以美的享受'。从美学原则来看，作为自然美的对称的艺术美也正是这样：它是以自然美作为源泉和基础的，离开了自然美，就没有艺术美。但是，由于艺术美是文艺家站在一定的立场上，运用一定的美学观点和艺术方法，对自然美的集中而又概括的反映，所以艺术美比自然美就要更高、更强烈、更典型、更理想。"

15日 王进的《试论社会主义文学中的普通人形象》发表于《文学评论》第3期。王进指出："所谓普通人，首先必须是一个活生生的有血有肉的人，是一个具有独立性格的个性化的人，是一个热爱生活、富有人情味的人，是一个善于独立思考、勇于自我解剖、勤于探索真理、乐于科学创造、为人民做出贡献的普普通通的人。这是一个广大的社会阶层，一方面，它并不排斥原来被当作'英雄'来描写的那一部分人，只是他们头上的'仙气'和'圣光'没有了，经过一番'天上人间'的彻底改造，他们变得有血有肉有人情味了；另一方面，它也舍弃了'中间人物'中大批过渡性人物的'两极分化性'，而把那些凡有善良愿望、能作一点好事的广大中间群众，一律囊括了进来。这就打开了文学描写的广阔天地。"

杨忻葆的《探索生活意义的隽永诗篇——谈〈人到中年〉的结构艺术和典型创造》发表于同期《文学评论》。杨忻葆认为："这部小说没有一般叙事作品情节的开端、发展和高潮，不是按照情节发展的通常顺序进行布局。主人公陆文婷的治病过程，本应是贯穿全篇的情节线索，作品对此记叙得相当简略。大部分篇幅，是关于主人公的身世、求学、工作、恋爱以及家庭生活、挚友情谊等情境的倒叙、补叙、追叙、插叙。这些叙文，有的出于主人公自己病中幻影或朦胧忆念，有的出于丈夫、好友、同事、领导、邻居、病人的回想。作者通过在上下章之间，设置环扣——特定的话语、物件、音响——前后呼应的办法，把时间顺序上并不相衔，情节逻辑上并不连贯的一系列生活图景，巧妙地经纬穿插，网络编织，整部作品二十二个章节，细针密缕，自然熨贴，波澜起伏，绚丽多姿。"

郑伯农的《心理描写和意识流的引进》发表于同期《文学评论》。郑伯农认为："文学艺术是一种审美手段，也是一种认识手段。不论写物、写人、叙述故事、描绘心理过程，都是为了形象地、本质地表现社会生活，首先是表现社会生活的主体——人，从而帮助人们认识生活、改造生活，首先是认识人的灵魂，改造人的灵魂，并且给人们以美的愉悦和陶冶。所以，描写人物的心理活动，不能离开塑造典型形象。要围绕着塑造典型进行心理描写，没有必要把和表现主题、表现人物性格无关的一切心理活动，诸如下意识活动，生理感觉等等，全部搬到文学作品中去；要按照人物思想发展的自然逻辑进行心理描写，没有必要把作家的自我感觉硬塞到人物的心理过程中去。"

郑伯农还认为："'意识流'热衷于表现人的联想、梦幻等等，传统文学何尝不写这些呢？在我国，庄周写过蝴蝶梦，唐人传奇《南柯太守传》整篇就是写一场梦，汤显祖写过著名的临川四梦，《水浒传》写宋江梦见九天玄女，《红楼梦》写贾宝玉梦入太虚幻境。……历史上的文学作品写梦幻、写人的心理活动的，多不胜数。浪漫主义注重表现内心世界，这是众所周知的。在这一点上，现实主义也不例外。"

20日 陈运祐、邓生才的《浓郁的泥土芳香——谈农民作家黄飞卿短篇小说集〈莲塘夜雨〉》发表于《人民日报》。陈运祐、邓生才谈道："黄飞卿小说的另一个鲜明的艺术特色是：善于通过人物的对话和动作的逼真描绘，去刻画人物的心理活动和性格特征。他的作品中，冗长和烦琐的心理描写很少见，常常是让人物在行动中和人与人的关系中去显露他们的性格。"

同日，陈骏涛的《新人形象塑造谈片》发表于《人民文学》第5期。陈骏涛引用张贤亮的话说："美和欢乐，必须来自痛苦和伤痕本身，来自对于这种生活的深刻的体验。"陈骏涛认为："只有把痛苦和欢乐、伤痕和美这二者结合起来，表现出'痛苦中的欢乐，伤痕上的美'，文学才有可能对生活作出真实的、准确的、全面的反映，并给读者以精神上的激励，美的熏陶。"《西线轶事》中的刘毛妹"身上显然包含着两种对立的东西：一种是他精神上所受到的严重的创伤，另一种就是他精神上所焕发出的美的光辉。作家所要描写的正是这样一个带着伤痕的新人的形象"，"作家在塑造刘毛妹形象的时候，摒弃了以往在塑造英雄形象时人们所惯用的对人物作'净化'处理的办法，而是深入于人物的灵魂，充分揭示了这个人物身上的相互矛盾、相互依存的两个方面，竭力再现'人物的本色'（也就是人物性格的真实），因而显示出这个人物的思想深度。""从对立统一当中多侧面地表现人物的性格，这是一切现实主义的艺术大师经常采用的塑造人物典型的方法。"

25—30日 在中国作家协会、《文艺报》编辑部、《人民文学》编辑部的共同主持下，全国中篇小说、报告文学、新诗评奖发奖大会在北京举行。会上，丁玲、冯至、艾青、张光年、陈荒煤、贺敬之等向获奖者颁发证书和奖品。大会由中国作协副主席、《文艺报》主编冯至主持，中国作协党组书记、副主席张光年致开幕词《发展百花齐放的新局面》。中国作协代主席巴金发表了书面讲话《文学的激流永远奔腾》，中共中央宣传部副部长、中国文联主席周扬发表讲话，获奖作者代表冯骥才发言。出席大会的还有朱穆之、李一氓、周巍峙、傅钟、肖三、臧克家、曹禺、周而复、赵寻、吴强等。

全国优秀中篇小说（1977—1980）获奖作品：谌容的《人到中年》（载《收获》1980年第1期），叶蔚林的《在没有航标的河流上》（载《芙蓉》1980年第3期），鲁彦周的《天云山传奇》（载《清明》1979年第1期），张一弓的《犯人李铜钟的故事》（载《收获》1980年第1期），王蒙的《蝴蝶》（载《十月》1980年第4期），汪浙成、温小钰的《土壤》（载《收获》1980年第6期），邓友梅的《追赶队伍的女兵》（载《十月》1979年第1期），从维熙的《大墙下的红玉兰》（载《收获》1979年第2期），冯骥才的《啊！》（载《收获》1979年第6期），刘绍棠的《蒲柳人家》（载《十月》1980年第3期），张抗抗的《淡淡的晨雾》（载《收获》1980年第3期），蒋子龙的《开拓者》（载《十月》1980年第6期），宗璞的《三生石》（载《十月》1980年第3期），孙键忠的《甜甜的刺莓》（载《芙蓉》1980年第1期），路遥的《惊心动魄的一幕》（载《当代》1980年第3期）。

本月

高行健的《谈象征——文学创作杂记》发表于《随笔》第16辑。高行健认为："象征主义作为一个文学流派产生于十九世纪末的西方，但象征作为一种艺术表现方法在十八世纪的东方封建社会中早已成熟了，它并非舶来品。在后一种意义上说，现实主义小说艺术大师曹雪芹还是象征主义的鼻祖呢。通灵宝玉和绛珠仙草不正是《红楼梦》中的两位主人公余味无穷的象征吗？作者把太虚幻境和宁荣二府的兴衰串穿在一起，借贾雨村言，将真事隐去，真真假假，虚虚实实，用了一个极其周密的象征的结构把现实生活中的人情世态悉尽网罗在内，还假托人名、物名、题匾作诗，又通过人物的言谈和景物的描绘，安下了无数的暗喻和警言，用来点醒这一巨大的象征。""索隐派红学家们的研究方法虽不能提供理解这部巨著的正确途径，却至少表现了一番并非无益的努力。他们不满足于仅仅研究曹雪芹精心描绘的历史的和风俗的画卷，还企图探索作者通过象征没有直接说出来的辛苦著书的真谛。这种真谛当然是有的，却又无法穷尽。因为观念一旦变成了象征，那象征总要大于原作者的本来喻意，不同时代的读者便可以根据自己的经验来重新理解，得出自己的认识。这就是象征的魅力。它产生于观念，又大于观念，带有某种不确定性，有时还不免象谜一般费解。不喜欢象征的人便斥之曰'晦涩'。但是他们不指责曹雪芹，因为'晦涩'

的绝不会是艺术大师,只是他的后辈效法者,大师的作品越艰深,啃起来才越有味道,于是,在我国现代文学作品中,象征的手法便越来越少见了,以至于认为是西方的舶来品。"

  潘旭澜的《重读〈边城〉》发表于《小说界》创刊号。潘旭澜谈道:"对于一部小说来说,不能停留于风景画与风俗画的描绘。沈从文说:'屠格涅夫《猎人笔记》,把人和景物相错综在一处,有独到处。我认为现代作家必须懂得这种人事在一定背景中发生。'(《沈从文谈自己的创作》)这是对他的小说特别是《边城》的一个很好的说明。……在这样的背景下,那样既单纯又曲折的爱情故事,以及在这一爱情纠葛中人们的心理状态和行为,才有根据,才合乎情理。反过来说,只有与特定的人事关系的发生、发展密切结合在一起,交错在一起的背景描写,才是可取的,成功的。""由于怀有这样的感情,所以在他写湘西的作品中,特别是在《边城》中,就着意地将下层人物、自然景色、生活风习加以诗化。一方面……既捕捉现实生活中稍纵即逝的诗情画意,又按照自己的美学理想,运用想象,加以补充、发展和改造。另一方面,在表现生活的美和诗的时候,又力求'用抒情诗的笔调来写作'(《夫妇》附记)。但他又很注意感情的节制。他的感情不是波涛汹涌般地抒发出来的,更不是火山爆发式的。他喜欢的,他采取的,是让感情渗透在人物刻划、情节发展、风景画、风俗画之中,渗透在描写、叙述、分析之中,象丛林下的水分,悄悄地滋润着土地,不动声色地繁茂着树木榛莽。这种抒发感情的特点,和他所描绘的普普通通的人物,边地的宁静、安谧、节奏缓慢的生活,始终伴随着不幸与忧虑的阴影的爱情故事,是高度相适应的。这种抒情的笔调,既是以所反映的生活的内在诗意为基础的,而它的采用又加强了所描绘生活的诗意,因而《边城》具有浓厚的抒情诗色彩。"

  《茅盾谈〈子夜〉》发表于同期《小说界》。文章写道:"本书的写作方法是这样的:先把人物想好,列一个人物表,把他们的性格发展以及联带关系等等都定出来,然后再拟出故事的大纲,把它分章分段,使他们联接呼应。这种方法不是我的创造,而是抄袭旁人的。……我不比巴尔扎克那样着急,不必完全依照他那样作。我有时一两万字一章的小说,常写一两千字的大纲。"

六月

3日 韩少功的《留给"茅草地"的思索》发表于《小说选刊》第6期。韩少功谈道:"我采用'拼贴连缀式'的结构,想尽量接近生活原貌。结果很糟糕,由于角度没选好,'拼'成了个中篇的架子,'缀'出了两万多字。怕写长了,又缩手缩脚,很多线索都没写好,没写充分。""我采用第一人称来写,'镜头'始终只对准主人公的外在形态,因为我担心自己太年轻,不能把张种田的内心活动写准,那么就绕开困难走吧。没想到这一写还带来意外的好处——便于抒发感情,便于减削一些过渡性文字。""我想在语言文字上汲收传统派与现代派两家的长处。注意写实,也注意写虚。讲究对客观事物朴素的白描,又着力表现主观大脑对声、光、色的变态感觉。选择动词和形容词时试着运用'通感',造句也不泥守于一般的语法规范。"

4日 陈渊、戴山的《科学幻想小说的起源和发展》发表于《文学报》。陈渊、戴山认为:"进入二十世纪以后,经过三十年代末、四十年代初几年的'黄金时代'和战后至六十年代以前的觉醒时期,科幻作家和作品大量涌现,但无论在题材和创作风格上仍受到威尔斯、海格德、切斯尼等人的影响。所不同的是随着科学技术的原子时代和空间时代的到来,比较严肃的科幻小说,题材更加广泛,科学推论溶入科幻作品的成份逐渐增多,且以硬科学(一般指工程学、天文学、物理学等)为主。到了六十年代以后,由于新浪潮运动的影响,人们对有关政治的、生态学的以及战争和人口问题感到忧虑,因而侧重软科学(一般指生态学、社会学、心理学等)题材的科幻小说多了起来,不少作品往往以迂回的手法揭露社会问题。二十世纪的杰出作品多得不胜枚举。""值得提出的是,六十年代以后,各种文学流派间出现了相互渗透和交叉。在比较高级的主流文学的一端,那种'寓言性'的、超现实主义的和'荒诞主义'的作品,已越来越多地运用了科学幻想的主题和题材;而在大众化文艺的另一端,恐怖的和'灾难性'的小说,正如迅速成为独立派别的畅销小说一样,也大量地从科学幻想小说这一流派中吸取养料。"

5日 金宏达的《谈小说的间接内心语言》发表于《雨花》第6期。金宏达认为:"小说中表述人物内心活动内容的语言,称之为内心语言。内心语言一般又可以分为直接内心语言和间接内心语言两种。所谓间接内心语言则是一种特殊的语言手段,它主要运用在第三人称的作品中,由作者或叙述者用'他'的方式转述人物的内心活动内容。这样一来就出现了作者主观意识'介入'人物内心活动的复杂微妙的情况。这样一方面表述了人物的内心活动内容,另一方面又以作家的态度、感情和倾向积极、能动地引导和影响读者对人物作出审美评价。这种语言因此带有一种非常特殊的色彩。""由于作者主观意识和倾向表现的方式和渗透的强度不同,间接内心语言在运用上也是富于变化的。""人物的内心活动内容通过作者或叙述者介绍出来,已经经过了一道'加工',作家在选择、剪裁材料和文学组织中不动声色地表示了自己的褒贬和好恶。这很象是古时史家的'春秋'笔法。总之,在这种方式中,作者或叙述者总还是力求不要让人明显地感到他的介入,他愈是做得巧妙,愈是使人觉得他的介绍客观,信赖感愈强,也就愈能达到对读者进行引导的目的。""另一种,则是作者或叙述者在对人物内心活动内容的转述中较明显地化入了自己的认识和感受,这种介入就比较深,主观色彩和作者个性也就表现比较强。"

7日 巴金的《文学的激流永远奔腾——在全国优秀中篇小说、报告文学、新诗评选发奖大会上的讲话(书面)》发表于《文艺报》第11期。巴金谈道:"尽管我还没有来得及看完全部获奖作品,但是其中中篇小说部分我基本上都阅读了。可以看出,这些作家都有相当深厚的生活积累,对所写的人物和社会生活都很熟悉;艺术概括能力也比较强,因此表现的思想、生活既很真实,又有深度;在艺术上都不甘于蹈袭旧的俗套,而是努力探索,立意创新;驾驭运用语言文字方面也各显本领,各有特长。我从这些作品中,看到了我们文学创作水平正在提高,文学事业有了新的发展,我深信,在你们中间,将会出现不少卓越的艺术家。……我还想说一说我在阅读这些作品中的一个比较深的感受:许多优秀作品都很生动地表现了中国人民的崇高的心灵。许多作品中的人物虽然都是平凡的工人、农民、知识分子和普通的干部,但是他们都在极其困难的环境下生活、工作、劳动、斗争。固然有些作品揭露了我们社会的某些阴暗面,描写了我们的一些缺点,但是作者更着重地写出了主人公对待困难、同缺点作斗争的态度，那种任劳任怨、大公无私的精神境界，那种鞠躬尽瘁、坚定不移的决心。我可以这样说：许多作品都写了中国人民的心灵美。作为这些人的同胞我感到自豪。这些作品给了我们以勇气，增强了我们的民族自信心。……我也衷心祝愿我们的文学创作百尺竿头，更上一层楼。"

8日 李永生的《短篇小说的"开窗"》发表于《汾水》第6期。李永生谈道："切取表现力最强的侧面，运用投影、暗示、放大、跳跃、以点透面等手法，以最小的窗口面积，反映最宽广的社会画面，洞见尽可能多的人物心灵里的堂奥，是短篇小说作家很需要的艺术技巧。……我们要从生活中凿出新窗，就必须赢得对生活的独特感受。……这就需要作家能够学会从一个特殊的角度去审视自然和现实，用'自我'的独特感受（而不是别人的感受、习惯性的感受和别人已经感受到的概念）去对世界和人生做出独特的认识和评价。……短篇小说的'开窗'，除了需要独特地感受生活外，还需要学会集中，即集中人物，集中环境，集中事件。不要贪大求多，包罗万象。而要力求单纯，最好集中成一个核心，一个聚光点。……短篇小说的开窗，就是要选择作品的'眼睛'，从这双'眼睛'里，清澈地映现出作品的全部灵魂。既然是眼睛，就不能滥开。能开一个窗口窥见全貌，则不开两个；能开一平方米，则不开二平方米。这样，经过作者独特感受和高度浓缩集中后打开的窗口，一定会开得有声有色。象契诃夫说的那样：'我要力求仅用一尊炮口，震得满天都是火药。'"

10日 姜德梧的《向契诃夫学习"短"的艺术》发表于《北京文学》第6期。姜德梧认为："短篇小说作为一种艺术形式，总是有其基本特点的，这个特点就是'短'。因此，在把作品写得好的前提下，希望作家们努力把篇幅写得短一些，不仅是合理的，也是应该的。……短篇小说要写得短，与采用什么样的结构形式有极为重要的关系。契诃夫那些较为短小的篇章，多是采用截取横切面的结构方法，把故事情节尽量压缩、简化……他并不着重追求故事情节的完整、曲折，而是常常选取社会生活中的一个场景，一个侧面，一个事件，如同电影中的特写镜头那样，借一斑而知全豹，刹那间见终古。情节的进展、人物性格的成长变化等则采用倒叙、插叙、对话等虚写的手法简略地交代一下，不作铺排张扬。""人物描写要集中，这是写得短的另一重要因素。这里包含两个方面，一是在一个短篇里人物尽量要少,只集中刻划一两个主要人物,其余的次要人物只能当做背景,为故事发展的逻辑需要而存在。……另一方面是:即使主要人物,一般也不要写出他们性格的全貌或性格发展的完整过程,而只集中刻划能够表达主题的性格中的某一方面或几个方面。……还有一个重要因素是语言必须简洁洗炼。"

20日 雷达的《一卷当代农村的社会风俗画——略论〈芙蓉镇〉》发表于《当代》第3期。雷达说:"这部作品写得真、写得美、写得奇。""作品对极左思潮的批判深刻有力,是与它创造了诸如胡玉音、秦书田等颇见深度的人物分不开的。""《芙蓉镇》在艺术结构上,承继了我国传统现实主义的特色。""它的民族风格和民族气派是鲜明的。""我以为,在反映当代农村生活方面,《芙蓉镇》是一次大胆的探索,是一个大突破,也是一个新的标志。"

22日 陈辽、胡若定的《农村生活的新画卷——读近年来反映农村生活的一些短篇小说》发表于《文艺报》第12期。陈辽、胡若定认为:"近年来农村题材短篇小说的另一突出成就,是把人作为艺术描写的中心,而在描写人物、塑造人物时,又不只是写人物的外部行动,而是着重写人物的内心世界,着重写人物的灵魂深处的东西。……优秀农村题材短篇小说的第三个突出成就,还在于表现手法和表现形式上的可贵的探索和革新。"

王愚、肖云儒的《生活美的追求——贾平凹创作漫评》发表于同期《文艺报》。王愚、肖云儒认为:"贾平凹的几十篇小说,都是写山区生活的,更确切地说,都是写山区日常生活的。他正面描写政治事件或思想斗争的作品较少,他总是把这些东西推向后景,而把作品的焦点放在普通人物身上,放在这些人物日常生活中所表现出来的内在的性格美上。……贾平凹的创作是显示了作者自己的特色的。特别是着重表现生活美和普通人的心灵美,提炼诗的意境,运用诗的语言,善于摄取生活中的一个断面折射出时代的风貌……"

25日 金梅的《试论蒋子龙的小说艺术》发表于《文艺研究》第3期。金梅认为:"从布局结构上看,蒋子龙并不讲究情节线索表面上的连贯性和完整性。他的不少小说,往往是由一系列跳跃性较大的场面和人物动作组成的。作者在艺术表现中,力求挤干水分,干净利索。他把笔力和篇幅集中于包含着丰富内容的场面和行动感强烈的动作描写上。……蒋子龙在小说情节的布局结构上，还常常有意地采取这样一种方法：不是机械地按照生活事件本身的发展顺序去安排小说的故事情节，而是把最重要的、带有关键性的矛盾情节，摆在小说的开头，然后再抓住重点回叙矛盾冲突的来龙去脉，最后又回到小说开头提出的问题上来，并简要地结束故事。《血往心里流》和《解脱》就采取了这样的布局和结构。"

陆梅林的《马克思主义与人道主义》发表于同期《文艺研究》。陆梅林指出："人道主义和科学社会主义，是两个对立的概念。人道主义虽然不能与马克思主义合而为一，但我们对人道主义却不可采取简单粗暴的态度，把它一棍子打死，这是一种幼稚病。"

本月

陈正直的《一分为二的西方现代派文学》发表于《外国文学研究》第2期。陈正直指出："现代派较为一致的艺术手法是侧重于用象征和直喻的方法，最大程度上的写实主义，反对作者出面介绍、评论或讲故事。他们创作的基本出发点是要求突破传统的现实主义，认为今天的文学欣赏者的生活经验和文学经验都有了较之以前的更大丰富和提高，具有了许多十九世纪读者所没有的知识，如意识流，佛洛依德主义（即弗洛伊德——编者注），存在主义等等，'老式小说中所塑造的人物（以及用来突出人物的整个老式结构），不能够成功地容纳下今天的心理现实'。所以他们无不在探索新的方法和途径，这也就是为什么现代派名目繁多，你替我更的一个重要原因。要探索，效果必然有好有坏，有成功也有失败。'适者生存'，不适者淘汰，现代派也避免不了这个客观规律。不管怎么说，现代派的创作手法有一点可以肯定，这就是他们大都为了更惊心动魄地表现出人的精神世界。如果拿现代派的一些严肃认真的写作手法来和传统写作手法相比较，我们会发现许多高出一筹的地方。象意识流小说中强烈的逼真的心理描写，简洁畅快的时间跳跃；象征诗歌中光色分明的物质感，余味无穷的意境烘托；荒诞派借助于道具、布景、音乐以及动作等一切戏剧因素，强烈'外化'戏剧主人公的精神等等，都具有很大的进步性。"

徐南的《意识流能否流到中国来》发表于同期《外国文学研究》。徐南认为："中国的读者看外国小说常常觉得大段大段的心理描写有点不合口味，和中国小说侧重人物动作，对话的描写不一样。……实际上，意识流能否为中国作家所接受、运用的问题，事实已经做出了回答。早在几十年前，鲁迅著名的《狂人日记》中主人公内心活动的自我独白，就与意识流十分相像，近几年小说、电影中意识流手法的运用更是不胜枚举。"

七月

1日 程德培的《"雯雯"的情绪天地——读王安忆的短篇近作》发表于《上海文学》第7期。程德培认为："《幻影》（《上海文学》81/1）、《苦果》（《十月》80/6）、《广阔天地的一角》（《收获》80/4）……当我们在读这些小说的时候，引起我们首先注意的并不是某个尖锐的提法，大胆的思想演绎，带有点怪味的艺术手法，而是强烈的情绪感染。……王安忆大部分小说的角度都是来之于人物的主观镜头，来自女主人公的情绪延伸，这种情绪变化与作品本身的情节、矛盾、事件揉和在一起，叙来真切、自然、通畅。这样，作品既具有抒情的特征，又有艺术的吸引力。这种吸引力不是来自一般小说所讲的曲折情节，而是来自情绪组接所构成的那种氛围，使读者不知不觉地进入作者所创造的情绪天地。"

7日 雷达的《对精神文明的呼唤——读〈爬满青藤的木屋〉》发表于《文艺报》第13期。雷达认为："小说所写的，其实是一种潜藏在生活深处的文明与愚昧，科学与迷信的斗争。这斗争发生在如此偏僻的角落，又是透过三个劳动者内心的冲突表现出来，正是这篇作品比之其它作品独到、深刻的地方。……这篇小说，笔调含蓄，手法细腻，有浓冽的地方色彩。写景状物，诗情浓郁，仿佛有一股醉人的泥土气息。……作者透过这深山林中几个人物的命运，发出了对精神文明的呼唤。"

8日 杨志杰的《塑造社会主义新人问题浅议》发表于《人民日报》。杨志杰从"新与真""新与亲""新与深"三个方面来分析何谓新人、塑造怎样的新人等问题。杨志杰指出，社会主义新人，既不是神，也不是怪人，而是"真正的人，是可爱的人，是有血有肉的人"；塑造社会主义新人是为了达到教育人的目的，必须"在思想感情上打动读者、感染读者"，"令人感到亲切"；塑造社会主义新人，必须深入开掘生活，准确表现生活。在"真、亲、深"方面，"关键在于'深'"。

10日 茅继平的《从"三一律"说起》发表于《北京文学》第7期。茅继平指出，当前小说创作中存在长篇甚长、短篇不短的现象。茅继平谈道："这大概与有些作者不大讲究时间、空间、事件等内部结构因素的锤炼有关。在一部作品中，作家不可能也不必要将色彩纷呈的生活状貌不受时间、地点等限制全部写进作品中来，而只能为读者掀开社会生活的某一角落，这就需要作者运用以少数表现多数，以个别表现一般的艺术手段，进行严格的选材和深入的开掘，争取以方寸之地展现大千世界；以一时三刻，概括千年演进，收到'以一目尽传精神'的艺术功效。""一般来说，长篇小说容量较大，可以反映比较宏伟、广阔的生活面，但也决非云天雾地，随意铺张，它也只能凭借艺术的聚光灯照亮生活的一个角落。至于短篇小说，由于受体裁的限制，更不适宜于有头有尾地描绘生活的大轴画幅，而宜于象茅盾同志所说的'截取生活断片，以小见大，以一隅而三反'，着力剖示生活之树上的一个活脱脱的细胞。"

15日 蔡葵、西来的《扎根在现实生活的泥土里——谈近年来中篇小说的人物创造》发表于《文学评论》第4期。蔡葵、西来认为："社会主义新人虽然不一定都是英雄，它可以是指体现时代精神的象陆文婷这样的普通人，但新人无疑是包括英雄人物的。""描写各种各样的普通人的形象，是近年来中篇小说人物创造的又一个突出的特点。……其实所谓普通人，就是普通的人民群众，他们不是英雄，也不是反面人物。他们推动着时代的前进，并在时代的前进中提高着自己。描写他们千姿百态的性格特点，揭示他们丰富美好的内心世界，是文学创作的一个重要任务。近年来的中篇小说，正是因为塑造了绚丽多姿的普通人的艺术形象，受到了广大读者的欢迎。""有的作者通过渲染有度的促膝絮语，于平淡中突现人物的性格。徐迟的《牡丹》，就是'一篇真实的，但又是想象的作品，或者说，是一篇张开了想象的翅膀而翱翔的真实故事'……还有的作者在曲折多变的故事和丰富巧妙的情节中展示了人物的性格，精心设计作品的艺术结构，仿佛象写剧本似的来创作小说，对于读者有着很强的吸引力。"

阎纲的《"比较文学"中的中篇小说》发表于同期《文学评论》。阎纲说道："什么人才是现时代、新时期的新人？说来话长，可以详尽地列出一长串的性质定语来，这是必要的。然而，什么是这种新人的主要特征呢？我以为，所谓新人，就是有社会主义觉悟的人，有社会主义道德品质的人，解放思想、实事求是的人。再简单点说，就是解放思想的人。当然，他们是三中全会路线的忠实躬行者。这样一来，不但把新人和旧人区别开来，而且把现在的新人和过去的新人区别开来。其次，需要把新人和好人区别开来。一般的好人不等于新人。""作家要是写出真正的新人来，他就敢于正视现实，而不致在现实矛盾面前躲躲闪闪。有些作家不熟悉新人，不善于塑造新人，所以写的时候唯恐尖锐，唯恐出漏子，犯错误，尽量绕着走。这正好说明，只要作家们熟悉新人，热爱新人，竭力作到艺术地刻画新人，那么，就可以面对很严酷的现实而无所畏惧；在艺术处理上，就会游刃有余，而不致感到荆棘满地、不见出路。"

杨绛的《旧书新解——读小说漫论之二》发表于同期《文学评论》。杨绛说道："早有人把莎士比亚的独白看作'意识流'的祖宗。小说里相当于独白的内心思维，一般用'心上寻思道……'的方式来表达。例如《水浒》第十一回王伦不愿收留林冲，蓦地寻思道：'我却是个不第的秀才……他是京师禁军教头……不若只是一怪，推却事故打发他下山去便了……只是柴进面上却不好看……'。《西游记》第三十二回猪八戒巡山时的心思表达得更妙，可以不用'寻思道'的方式。八戒喃喃自语，习演撒谎；行者变作蟭蟟虫儿钉在他耳后。八戒心上想的话，嘴里喃喃道出，行者句句听见。近代小说家所谓'意识流'，就是要读者变作蟭蟟虫儿，钻入人物内心去听他寻思的话。上文所举王伦的'蓦地寻思'，不过是作者的转述。这类寻思，往往还只是作者撮述。但无论莎士比亚式的独白，或小说里转述或撮述的'心上寻思'，都经过作者选择整理，有条有理的报道出来，不是当时心上寻思的原来状况。""近代小说家所要写的'意识流'，是人物内心连串流动的感受、联想、揣测、回忆等杂乱的情绪，未具固定的形式；联想多于逻辑，语言未有条理，字句未有标点，觉醒的自我未加批判审定，自己不愿正视的部分，未经排除或抑制，还是心理活动的原始状态。《薛婆》里的独白,像戏剧里的独白而不是舞台上的台词,像小说里的'寻思道……'而不是作者的转述。虽然是有句读、有逻辑的语言,多少还带些心理活动的'原始状态',略和近代所谓'意识流'相似。"

20日 刘绍棠的《乡土与创作——〈蛾眉〉题外》发表于《人民文学》第7期。刘绍棠认为:"农民的语言,最富于比兴,生动形象,含蓄优美,诗情画意,有声有色。这二十年来,我跟乡亲们朝夕相处,劳动在一起,生活在一起,每日言来语去,耳濡目染,说话用词儿,发生了变化;反映在我的小说创作中,写人物对话,运用了大量新鲜活泼而又具有个性的口语。语言是文学的第一要素;刻划人物,首先应该依靠人物的性格语言,这是我国小说的优良传统,也是我国小说在民族风格上最鲜明的特色。近两年来,我国小说创作的整体水平,超过了五十年代;但是,在语言上,却有越来越脱离人民口语的趋势,应该引起高度的注意。"

22日 丁尔纲的《时代感·诗情·民族色彩——评玛拉沁夫的短篇新作》发表于《人民日报》。丁尔纲表示:"这种从生活出发,把时代精神与民族风习、民族性格有机地结合起来的方法,是玛拉沁夫在艺术上的可贵经验……他塑造的人物形象具有鲜明的民族气质,他的小说也具有鲜明的民族特色。"

同日,秦晋的《刻画社会的和心理的变动——谈王安忆的中篇小说〈尾声〉》发表于《文艺报》第14期。秦晋认为:"《尾声》吸收了'意识流'的某些表现手法……它的结构主要是建立在这种内在的联系上而不是建立在故事梗概上。这样的小说并不以动人的情节取胜,却在看上去平淡、零散的叙述中,蕴涵着耐人寻味的内容,引人思索。"

曾镇南的《陈建功和他的短篇小说》发表于同期《文艺报》。曾镇南认为,陈建功的小说"吸取了我国古代话本小说重视听众心理、有时甚至假设听众提出问题的手法,推动波澜起伏的故事展开。同时化用话本小说中的'入话',在富有人生哲理、生活情趣的谈天说地之中,开拓小说的思想广度,增加亲切感"。

本月

姚雪垠的《谈小说创作的中国风格和中国气派问题》发表于《当代文学》

第 1 期。姚雪垠指出：

"中国的长篇小说，据我这个外行人看，可分三个发展阶段：第一个是孕育、萌芽阶段：从宋朝到元朝，也就是说话人讲的长篇故事。这是孕育、萌芽阶段；第二个阶段是元朝之际，产生了《三国》《水浒》；第三个阶段开始于《金瓶梅》、完成于《红楼梦》。为什么说是三个阶段呢？我们作家谈文学史都是从自己的经验出发去谈的，可能会有错误。在宋朝的时候，小说是听的小说，而不是看的小说，是由说故事人（或叫说话人）口里说出来的小说，类似现在说书的（不是山东快书）……'听的小说'讲故事性，但不懂得写生活。有些人把《三国演义》《水浒传》吹得太厉害，说成是伟大的作品，其实《三国演义》《水浒传》还不懂得写生活，或者不重视写生活。这一点《三国》很明显，《水浒》也只有个别地方写生活。这个阶段，我把它叫作'英雄传奇'时期，到了《金瓶梅》，开始写市井生活，也就是小市民生活，接近了大众。这是一大进步，通过日常生活刻画人。可惜《金瓶梅》的作者思想境界不高，两性生活的色情描写太多，这就影响了它的流传，不能扩大影响。

"《红楼梦》的伟大就在于它不讲钱、不卖钱，过去的口头文学非要讲故事性不可，不然一放下就没人听了。在当时，说书的请求听众'有钱帮个钱场，没钱帮个人物'，要靠故事性卖钱。'看的文学'就不一样，它不卖钱。所以，《红楼梦》的故事性不强（《儒林外史》的故事性也不强）。它着重写生活。故事性不强，就靠人物的性格、命运、变化来抓人。虽然《红楼梦》也是章回体，前面有回目，后面有'且听下回分解'，但已成为形式，不起卖关子的作用，这与口头文学不同。口头文学的'且听……'就是卖关子……在《红楼梦》里找不到这一点，它是'看的小说'，通过塑造人、通过人物命运的变化来抓人，可见有没有回目并不是主要的。我们今天写的不是口头文学，如果在书上加上对仗的回目，反而容易破坏小说的风格。所以，我坚决反对创作上保守、倒退，反对那种利用读有关故事的心理，做卖关子的文章。

"到底我们对古典小说应该怎样吸收？我是从这几个方面去努力的：一是吸收'英雄传奇'的写法。……二是写生活，大量地写生活。……从古典小说里，我既要吸取'传奇'手法，也要通过写生活表现典型环境的典型性格。第三，是学习古典文学的语言。口头文学的语言特点是明白如画，明清的文人小说继承了这个优点，语言上没有故意雕琢……我在《李自成》中用了几种语言：一是利用了大量口语，以河南方言为主的口语，因此河南人读起来特别亲切。……还有一点是注意对话。现代小说的写法，往往说话人的名字夹在中间，或留在后头，人物说了好几句话还不清楚是谁说的，这个办法我不采取。我们中国古典小说，不管长篇短篇，说话人的名字都写在前面。……另外，因为写的是历史小说，我也不能单纯用白话或者用文言。要'文'还是要'白'？写《李自成》时我注意了对话的阶级色彩和时代色彩。从时代色彩来看，写对话我尽量不用现代语汇，对此我下了很多功夫。……总而言之，就是从中国古典文学中继承'英雄传奇'的手法；《红楼梦》写生活的手法和语言上吸收古代文学的语言和'五四'以来的白话文。"

朱彤的《鲁迅小说独创的贡献》发表于《鲁迅研究》第4期。朱彤认为："现在新小说是鲁迅小说的继续和发展，大量运用西方技巧和语言，鲁迅所说'格式特别'的涵义，我们已经不大能够觉察了。应当回到五四时期去，鲁迅在艺术形式创新的功绩，我们才能够体会到。实际情况是，无论在表现手法或文学语言上，他都奠定我国小说现代化的基础。"朱彤指出了鲁迅小说和古典小说的区别及其独创性："古典小说处理题材，或是人物传记，或是有头有尾的故事，从唐朝传奇沿袭下来，一直没有改变。到鲁迅，这才截取生活的横断面，作为小说的题材。……其次，鲁迅输入很多表现手法。我们知道，艺术手法没有阶级性，也不受国籍限制，可以为我所用。譬如怎样开端，就很有研究余地。我国传统小说，总是在静止状态开场，起头平平板板，甚至还加上一个引子，叫做'得胜头回'。这情况，到鲁迅，才开始改变。有些小说，他使他们带戏上场，以动态起头。……鲁迅小说的场面，写得精练、活跃，转折灵巧自如，比起话本的那些平板场面来，是一大革新。场面不改革，创造新小说的任务，是没有法子完成的。因为场面是小说的基本单位，象散文诗一种，隔几节就有相同的句子涌现，既表示思绪的复沓，同时，也渲染了气氛。……传统小说没有人称的变化，基本上是作者不露面，角色当做第三人称来叙述，到鲁迅，这才出现繁多的改变。……比喻能够引起丰富的联想，使描写生动起来。在这方面，鲁迅也起到革新作用，他引进许多新譬喻，使科技术语也能激发联想，开辟新文学设喻的前景。……在文学语言上，鲁迅也做出巨大的贡献。结合我国语言特点，他创造多种多样的欧化句法和词法，连带也输入丰富多采的描写方法，显示了'文学革命的实绩'。"

高行健的《谈艺术的抽象——文学创作杂记》发表于《随笔》第17辑。高行健注意到："艺术的抽象这种方法在现代文学创作中，已经颇为流行，它的妙处是可以十分洗炼地表达作者的思想，却依然提供了艺术的形象，虽然也抽象，然而并不等同于说教。同比喻主义的手法相比，无疑高明得多，较之象征的方法也进了一步。象征总还要诉诸具体的、可见的、可感触的形象，比如梅特林克把青鸟喻为幸福，曹雪芹把林黛玉喻为一棵绛珠仙草。艺术的抽象则把这种外在的形象也抛弃了，只留下一个概念、一种精神、一种情绪、一个名称，或甚而至于只有一个代名词。比如：死神、男人、女人、悲哀、快乐、理想、未来，再不就干脆泛指的'他'或者'她'。"

高行健指出："报刊上现在开始讨论人的异化问题了。这是马克思主义哲学也是欧、美现代文学的一个重要题目，是一个很费脑筋的学术问题。在学者们之中尚且一下子难以讲得清楚，正如相对论对于自然科学一样，不运用一定的科学概念和术语，是无法说得清楚的。更何况小说家和剧作家用他们的艺术作品来参与讨论人的价值与异化这类哲学问题时，还喜欢从心理学和伦理的角度来进行研究。于是，他们便意识到仅仅用传统的小说的描述手法、结构和戏剧冲突的手法是不够用的，便开始转向艺术的抽象这种方法，用来处理人的内心世界的多层次的分析。这当然不是唯一的方法，不过却十分有效。"

高行健认为："我们反对艺术创作中的公式化、概念化的模式，却不否定抽象思维在艺术创作中的作用，艺术的抽象便侧重于抽象思维的方式，它注重的不是具体的、感性的外在形象，而是内在的精神活动，在艺术创作中，直接诉诸理性、精神和观念。它是艺术创作中的形象思维方法的补充。"

八月

10日　陆建华的《动人的风俗画——漫评汪曾祺的三篇小说》发表于《北

京文学》第8期。陆建华认为："《受戒》《异秉》及《大淖记事》，是汪曾祺同志近年创作的有乡土特色的三篇小说，以其浓厚的人情味、健康的人性美和动人的风俗画描写，受到广大读者的欢迎。……作者善于捕捉人物心灵深处闪烁着的感情的火花，敢于把自己的艺术笔触伸进人的感情领域深处去发掘。……作家只有独具慧眼地把握住人物感情流程中稍纵即逝的性格的闪光，才能使塑造的人物形神逼真，栩栩如生。……在着力揭示人物的心灵美时，作者也明白地写出旧时代在人们精神上所造成的种种创伤。但由于作者成功地描绘了人物内心世界最美好的东西，因此，那种种有关精神创伤的描写，非但没有掩盖人物性格上美的光辉，反而增加了作品惊人的真实性。"此外，陆建华还注意到："无论状物还是写人，也无论是写个体或是群体，纯用白描手法，这是《受戒》等三篇小说在艺术上的共同特色。"

15日 胡德培的《个性的概括和深化——人物艺术的探索》发表于《长江文艺》第8期。胡德培认为："将人物置于广阔的社会环境和历史背景下来描写，是这些小说（指文章中提到的《人到中年》《李顺大造屋》等小说——编者注）刻画人物、深化主题的一个重要手段。……从人物的外表探视到人物的内心，使其美丑毕现、色采鲜明，也是这些小说刻画人物、深化主题的一个重要手段。……作家善于透过表面现象深入事物的里层，探视事物的本质，并且进而从事物的发展变化中去揭示人物的精神世界和内心活动，紧紧地抓住而又突出地表现人物身上最基本、最重要的精神品质和思想性格，这是小说刻画人物取得成功的一个重要的关节所在。"

同日，贾平凹的《语言——人道与文道杂说之五》发表于《新港》第8期。贾平凹提出："什么是好语言呢？理论家们可能有一套一套的学说，老师们可能有一条一条的规范；我，却只有一点儿偏见，又那么地含糊，似乎也只是有意会而苦不能言说呢：之一：充分地表现情绪。……之二：和谐地搭配虚词。……之三：多用新鲜、准确的动词。"

王蒙的《给吴若增同志的信》发表于同期《新港》。王蒙写道："似乎您的故事（指文章中提到的吴若增的小说《68与6》——编者注）是为了说明一个特定的主题，生活故事为主题服务而又被人看出来，发展下去，生活故事就会变成主题的注脚。也许不至于吧？但我愿意冒昧地提醒您，是从活生生的生活事件中提炼小说、包括小说的主题思想，还是遵照思想（哪怕是深刻而又新鲜有趣的思想）的要求铺排（以至编造）生活，这可是个大问题。……我相信，如果你的独具慧眼，能和更丰富、更立体、更自自然然、更活泼自由的生活、生活经验、生活细节、生活感受以及艺术直觉结合起来，您会有成就的。"

19日 秦玉明的《有意与无意》发表于《人民日报》。秦玉明写道："作家应如何观察生活？……作家以'有意'观察'无意'，动笔时人物方能生动传神。观察对象是否自然，直接关系到描写是否传神。观察对象的一颦一笑、一举手一投足皆是真情的自然流露，这就为作家描写传神提供了依据。'无意露之'的东西往往是自然的，它为传神奠定了基础。因此，在我国绘画理论中，特别反对画人物时让人物'端坐'，因为端坐就往往不自然。"

20日 张同吾的《乡土风俗画　田园抒情诗——读刘绍棠的〈瓜棚柳巷〉》发表于《当代》第4期。张同吾认为："《瓜棚柳巷》这篇小说，叙述和描绘的语言同样是富有个性的，不但洗练圆熟，而且善于捕捉人物的精神特质。……他又注重学习和借鉴中国古典文学作品中，通过人物语言表现人物性格和心理活动的传统表现手法，使他作品中的人物更有生活实感。""《瓜棚柳巷》的故事情节有着浓厚的传奇色彩，同时赋予人物性格以浪漫情调。但作家绝不恣意渲染，而是把人物放在真实而广阔、丰富而自然的生活旷野中去，让人物的生活命运沿着各自的性格逻辑向前发展，去表现他们的'各还命脉各精神'。真而拘泥是对生活机械的复制，奇而荒诞是作家编制的谎言。作家的难能可贵之处，在于能够比较准确地把握住生活的真谛，在忠实于生活的本来面貌的前提下，让真与奇和谐统一、比例合度。"

25日 李鸿然的《清末社会矛盾和民族关系的艺术画卷——读老舍的〈正红旗下〉》发表于《民族文学》第4期。李鸿然认为："《正红旗下》是一部自传体小说……《正红旗下》对清末社会的揭露，正是通过塑造各种各样的带着社会烙印的人物来实现创作意图的。……《正红旗下》在反映清末各种社会矛盾的同时，还描写了我国各族劳动人民的亲密友好关系。民族团结的思想在作品中表达得非常鲜明。"

本月

何西来的《心灵的搏动与倾吐——论王蒙的创作》发表于《文学评论丛刊》第10辑。何西来指出:"我不赞成把王蒙的六篇小说称为'意识流'小说。他着重写主观的感情、情绪,他的运用跳跃变换的联想手法,以至作品的某些朦胧的意境,虽说不无西方意识流小说的影响,但更多的恐怕还是深受本民族文学的影响。首先,鲁迅《野草》的散文诗的意境和手法,就给过他不少陶冶。这从六三年他写的长篇论文《〈雪〉的联想》中就可以看出来。他对《野草》是进行过深入系统的研究的。例如,他认为'《雪》这篇文字(类似的还有《秋夜》等),比较接近于我国古代所说的"兴"体……但它只有"兴"的前一半,某种具体的事物——雪,却没有后一半:从这个具体事物联想起来的更大更深更感人的形象和思想。这可能是由于作者的有意含蓄,也可能是由于无意自觉地去完成这一联想,他在某种程度上只是凭直感写雪罢了'。另外,还应当看到李商隐的那种迷离、晦涩,然而很凄宛、很美丽的意境对王蒙的影响。这样,就容易理解他为什么会把鲁迅的《野草》,李商隐的无题诗都干脆说成'是意识流的篇什'了。然而,这里的'意识流'已经是一种很宽泛的手法了。有人根据王蒙的探索,得出了轻视以至否定民族传统的极端结论,其实是并不符合王蒙实际的,而且也一定不是王蒙的本意。"

蒋荫安的《一个有自己"声音"的青年作者——简评贾平凹的短篇小说》发表于同期《文学评论丛刊》。蒋荫安写道:"在平凹同志的作品中,有相当一部分是用散文诗的手法描写人物的。作家自己说过:'我喜欢诗,想以诗写小说,每一篇都想有个诗的意境,给人一种美。'这是平凹同志根据自己的气质和特点,借鉴别的作家的一些长处,在人物塑造上的一种尝试,一种艺术追求。这类作品有些共同点:人物描写总是抒情的;用环境美来衬托人物美,景物和人物的色彩、气氛是和谐一致的;不以情节的完整性和曲折性胜人,而侧重于写那最能表现人物诗意美的细节和富有生活情趣的画面;刻画人物大都用速写式的几笔勾勒和国画式的淡淡点染,不作很实、很细致的描绘;语言是简洁、淡雅、柔和、富有韵味的,人物对话很少,只是在最必要的时候才让它闪一下光……所有这些,围绕的是一个中心:把人物内在的、富有诗意的美表现出来。"

九月

2日 郑汶的《短一些吧!短篇小说》发表于《人民日报》。郑汶认为:"人们把艺术典型比作'滴水见太阳'。短篇小说更应当是'滴水见太阳'。它要求用很少的生活素材,表现出很丰富的生活内涵,以小见大,以少胜多。这就要靠选材的精粹,语言的洗炼,结构的精巧。"

7日 陇生的《读近期一些短篇小说的思索》发表于《文艺报》第17期。陇生认为:"短篇是轻武器,敏锐、精悍,它的兴起正值思想解放的发轫阶段,当时人们期待于文学作品的,主要还是能否及时鲜明地提出重大'社会问题',于是,不少短篇小说获得了超出作品本身价值的特殊效果。""今年以来的短篇小说,给人突出的感觉是,呈现出题材的转移和扩充的趋势。"

22日 凌力的《写在〈星星草〉下卷出版之前》发表于《文艺报》第18期。凌力自述道:"《星星草》是一部历史小说。按照我的理解,历史小说反映历史生活,应当基本上符合当时的历史事实,并且反映出当时历史发展的必然趋向。……但是,历史小说毕竟是小说,是艺术创作。因此,又必须在尊重基本史实的前提下,进行大胆地剪裁、熔冶、概括、集中,也就是人们常说的,要进行艺术虚构。《星星草》里,除了一些具体的描绘、叙述是从史料中联想生发出来的以外,有的重要情节也是虚构的。"

曾镇南的《当代青年的真实形象——谈蒋子龙的〈赤橙黄绿青蓝紫〉》发表于同期《文艺报》。曾镇南认为:"和过去那些激起强烈反响的名篇略有不同,蒋子龙的中篇新作《赤橙黄绿青蓝紫》所触及的题材,较少那种政治尖锐性;人物也不是叱咤风云式的,但它提出的问题却仍然是尖锐深刻的。"

本月

高行健的《谈现代文学语言——文学创作杂记》发表于《随笔》第18辑。高行健谈道:

"语言的叙述角度前面已经讨论过了。至于语言的调子,则建立在字句的感情色彩之上，贯穿于一部作品或部分章节之中，或隽永，或严谨，或幽默，或苦涩，或明快，或淡雅，或浓艳，或庄重，或俊逸，或尖刻，或平和。一千个成熟的作家至少有一千种不同的调子，不能找到鲜明而独特的调子的作者是苦恼的。

"构成不同的调子有不同的手法。要紧的是要找寻造成不同调子的不同的手法，待将来谈到散文创作时还可以深入讨论。这里不妨提一下，鲁迅的语言常用被标点断开的回旋的句子，可以称之为长调。巴金则爱用朴素单纯的短句子，姑且称之为短调。也还有在行文中长短调相间的，借用音乐上的术语，叫它复调，也未尝不可。

"调子的灵魂是节奏。并非只有在写诗的时候才讲得上节奏。郭沫若的散文戏剧作品同他早年的诗一样，洋洋洒洒，赵树理的语言则一板一眼。这些名家之作都是可以朗读的，读比看更有味道，他们的语言可以咀嚼，耐人品味，原因就在于他们懂得并善于掌握语言的节奏。语言的节奏又是通过标点和未必点断的句子来实现的，也借助于句式的结构和词的音响来体现。这种节奏较之四言、五言、七言诗要复杂得多，同词曲的长短句相比，又更为自由，也更为丰富。因为，现代人写的是现代人的活语言，不受古代汉语的单音词和双音词的节拍的限制。等谈到现代诗歌的时候，还可以回过头来再细细讨论这种语言技巧。"

李万钧的《鲁迅怎样评论他所译的长篇小说》发表于《外国文学研究》第3期。李万钧指出："鲁迅认为，真实是艺术的生命，这是四部小说（指鲁迅翻译的阿尔志跋绥夫的《工人绥惠略夫》、法捷耶夫的《毁灭》、雅各武来夫的《十月》、果戈理的《死魂灵》——编者注）所以有生命力的原因，也是鲁迅评论最重要的依据。鲁迅肯定阿尔志跋绥夫的'写实主义''如实写出'。肯定他'描写现代生活'与塑造'时代的肖象'的真实性。""鲁迅认为真实性与倾向性是分不开的。作家的立场、观点直接影响其作品真实性的深度和广度，以至决定作品能否写出真实，决定作品的成败。四部长篇小说就有四种具体的真实性，鲁迅的评论各不相同。"

徐慧萍的《揭示人物心灵的辩证法》发表于同期《外国文学研究》。徐慧萍指出:"人物的心灵活动,不仅受他所处的一切社会关系所制约,而且也受他个人的生理气质、性格特征的影响。托翁(指列夫·托尔斯泰——编者注)在创作中,把这两者有机地结合起来。安娜(指列夫·托尔斯泰的长篇小说《安娜·卡列尼娜》中的女主人公安娜·卡列尼娜——编者注)所以既是典型的,又是具有显明的个性的艺术形象,就在于托翁既从安娜的社会关系、家庭关系的发展变化中来揭示安娜心灵的运动变化,也从安娜的独特气质和个性方面来揭示安娜心灵悲剧性的发展过程。这两者结合起来,既使安娜这个形象具有时代的特征,反映了时代的矛盾,又使她成为'这一个'具有个性特征、他人无法代替的艺术典型。安娜的悲剧,从根本上说,当然是时代的矛盾使然,但也与她的独特个性有关。她执着地追求真实,反对虚伪;要求真挚纯真的爱情,并且把爱情看成高于一切。这在她生活的那个地主资产阶级的社会里,是一种根本不可能实现的侈望。这就使得她既不安于当不懂爱情的大官僚卡列宁的夫人,也苦于当相貌虽然出众,但对爱情却不象她那样珍重的渥沦斯奇的情妇,只好以死来解脱自己。托翁写出了安娜的悲剧性的个性,安娜才成为一个具有独特个性特征的感人的悲剧性的艺术形象。"

高行健的《小说的未来》载于花城出版社出版的《现代小说技巧初探》。高行健提出:

"未来小说的体裁远比今天更为丰富。

"小说将可以和任何一个文学类别联姻,生下许多漂亮的男女孩子。普希金在上一个世纪就创造了诗体小说《欧根·奥涅金》。普希金是位诗人,他生下的孩子毕竟还是诗。而未来的小说家们生下的孩子还应该是小说,他们的名字该叫诗小说。

"小说又为什么不可以和散文结合呢?既然有过散文与诗结合的散文诗,那么散文和小说的结合将产生散文小说,他除了具备小说的各种遗传因子,也还带着散文的染色体,那就是散文饱满的情绪和意境。

"小说同回忆录结合可以产生回忆录小说,将真实的回忆与小说必要的虚构交织在一起,会有特殊的魅力。

"小说和报告文学结合,那就该是新闻小说了,它兼备新闻的时代感和小说的引人入胜的种种趣味。

"音乐早已同诗有过结合，产生了新的音乐体裁音诗。小说一旦同音乐结合，重新迸发出来的那种表现力与感染力是音诗所难以比拟的，将赋予小说无穷变化的韵味。小说家用以标明各个章节的将不再是没有生命的数目字，而是快板、慢板、行板，如歌如泣或一个明快的主题的变奏，写这种小说的作家将会发掘出语言艺术中的更为微妙的感情色彩。

"小说也还可以同戏剧结合。一部由对话或基本上由对话构成的小说，将给朗读艺术以新的动力，小说便拥有众多的听众了。

"也还有一种叫音响小说的会问世。这个调皮的孩子将把现实生活中的种种音响，城市中令人烦恼的噪音和高原上寂寞的风、单调的雨点声和婴儿的啼哭、海的波涛和姑娘们窃窃的笑声，都带进小说中去，让读者在阅读的时候唤起更为强烈的感受。也还可以通过音响构成的节奏，帮助读者在阅读某个章节的时候，取得适当的速度和心理上必要的顿歇，因为未来的生活节奏太快，习惯于匆忙的读者，在品味语言艺术的时候，有必要借助于小说的音响来获得应有的心境。

"侦探小说、武侠小说和科学幻想小说不是小说的正宗，却拥有不少读者。未来的小说园地不象上帝的天堂，有门徒把守，也设有岗哨拦阻，这些小说走向未来时，技法上当然也还会有新的创造。

"……

"还可以预料的是科学技术的发展对未来的小说艺术带来的巨大变革，小说将日渐成为一种离不开现代技术的综合艺术。"

叶君健的《现代小说技巧初探·序》载于花城出版社出版的《现代小说技巧初探》。叶君健认为：

"蒸汽机发明后，人类历史发生了很大的变化，文学艺术也起了很大的变化。十九世纪的欧洲文学，无论从表现形式或思想内容方面就与十八世纪的文学不同。我们因借鉴了十九世纪的欧洲文学而创新出来的新文学——仅就形式而言，也与前一个时代的文学大不相同，如白话文就代替了文言文，新型的长、短篇小说代替了《今古奇观》和《三国演义》《水浒》那类的章回小说，易卜生型的新剧补充了传统戏，新诗代替了旧诗，这些变化基本上都是蒸汽机时代的产物，现在都已经成为了我们新文学的主要形式。从'工艺'的角度讲,这种新文学在三十年代发展到了相当高的水平,产生了象鲁迅、郭沫若、茅盾、巴金、老舍和曹禺这样有成就的艺术家。在这方面,我们目前的成就还不敢说超过了他们的水平。但我们人类的历史现在已经又跨进了一个新的历史时代——电子和原子时代。机械手已经代替了'流血流汗'的体力劳动,自动化成为了我们时代生产方式的特征,脑力劳动已经在许多先进国家也成为了国民生产总值中的重要因素。人们对事物的认识也跟着起了很大的变化,因此表现这种认识的方式也与蒸汽机时代不同,在文学艺术上从而也就有许多不同的流派、表现形式和风格出现。这也是一种自然现象,不必大惊小怪。相反,我们还应该加以重视,进行研究,特别如果我们想要向世界开放、参加世界的文化生活的话。简单地把外国作家和艺术家——他们也是人民的一部分,不能与他们的国家的首相、总理或垄断资本家等同看待的创造,斥为'形式主义',而不屑一顾,这不一定就是明智的态度。

"我们现在的欣赏趣味,根据我们所出版的一些外国作品及其印数看,似乎是仍停留在蒸汽机时代。我们欣赏欧洲十九世纪的作品,如巴尔扎克和狄更斯的作品,甚至更早的《基度山恩仇记》,超过现代的作品。至于本国作品,现在还有一个奇特现象,即我们欣赏《七侠五义》,超过了任何现代中国作家的作品——如果新华书店的定货能作为判断一部作品的欣赏价值的标准的话。这种'欣赏'趣味恐怕还大有封建时代的味道。这种现象的形成也可能是我们多年来无形中在文化上与世界隔绝的结果。鲁迅先生曾经引用过丹麦批评家勃兰兑斯慨叹十九世纪丹麦在各方面落后于西欧四十年时的一句话:'于是精神上的聋,那结果就招致了哑来'(见《准风月谈》的《由聋而哑》一文)。我们现在的情况当然不完全是如此。但是有一点我们还得提醒我们自己,即我们是一个十亿人口的大国,我们当代的文学在当今世界上不仅不能'哑',还应该发出较大一点的声音来。"

本季

关德富的《"更接近戏剧"的小说——对王汶石短篇小说艺术特征的一点

理解》发表于《学术研究丛刊》第 4 期。关德富谈道："每种艺术形式都有自己的'造型'手段，小说的'造型'手段与其他姊妹艺术有所不同；但是，它不应当排斥，相反应当向它们借鉴、吸取'造型'的手段，来丰富自己的表现力。我觉得王汶石正是这样做的。他就是很巧妙的把他熟悉的戏剧艺术的表现手段融汇到他的小说艺术中，增强了他的小说艺术的感染力，使他的小说也象戏剧那样'更多地深入到描绘的，"造型的"艺术领域'。""比如，王汶石小说的人物一出场，动感就是很强的。这是因为他的人物，无论以怎样的方式出场：是先做好铺垫，把气氛造足，然后让人物上场（《米燕霞》中的米燕霞，《严重的时刻》中的陆蛟都是气氛相当紧张的时候上场的）……还是用'闻其声如见其人'的人物对话（例如《新结识的伙伴》中张腊月、吴淑兰的出场）……几乎无一例外，人物都是处在一种矛盾冲突的状态中，有时虽然双方没有同处于一个互相冲突的环境，但是出场人物的行动却是与对方冲突的反应，因而也会使你感到对方的存在。在这样的特定的环境中，人物自觉不自觉地被推到前台，被'置于十分严重的"危机"面前，要人物在个人利益和道义之间作出重大抉择'。这样一来，人物面临着无法回避的考验，必须尽最大的努力，通过实际行动来做出回答。于是，人物最突出的性格特征通过他的行动不可掩饰的暴露出来。人物的第一次亮相就在读者的心中留下深刻的印象。……此外，中国古典戏曲中常常有重复答问式的人物对白。这种对白程式明快，节奏感强，对于表现特定情况下人物之间的情绪状态是很有力的一种艺术手段。王汶石在《新结识的伙伴》和《新任队长彦三》中运用了这种表现手段，效果是很好的。"

十月

1 日 黄伟宗的《艺术的节制——评孔捷生的"第二步"，兼论"意识流"》发表于《广州文艺》第 10 期。黄伟宗认为："在孔捷生启步的创作中，突出的特点是善于切取生活横断面的形象，敏锐地提出在现实生活中众有所感而人所未言的问题。……以生动曲折的情节和富有生活情趣的细节，塑造出栩栩如生的人物形象，是孔捷生初期作品的又一重要特色。他的这个特色，与他善于及时地从生活中概括典型的人物和矛盾冲突的长处，是密切关联的。前者是后者的产物和体现手段,后者则是前者的前提和基础。"

同日,陆钊珑的《求短的艺术》发表于《上海文学》第10期。陆钊珑认为:"旨在以美感人,以美移人性情,短篇大师们便只着力于掘取生活的美,刻划美的性格。"陆钊珑注意到:"短篇大师们并不热心于向读者叙述生活的历史和事件的所谓全过程,只是着力于截取足以表现某一性格的生活横断面加以描绘。这样写,篇幅自然容易短起来。记着写人为中心,这是他们写得短的秘密。"

2日 丁一的《意识流与小说创作》发表于《滇池》第10期。丁一认为:"小说创作是要写心理活动的,而生活中人物的某些行动,并不都是经过理性的、审慎的抉择,往往只是出于感情与心理因素的作用,因此在写人的时候,就应该把深埋在人物内心的隐微的行动,如实地呈现出来。在这方面,意识流小说家创造的某些特殊手法,不论是在小说、电影、戏剧抑或诗歌创作中,仍被文学家们广泛运用。意识流手法,概言之,有这样几个方面:第一,写出人物独有的感觉。……第二,'心理时间'的运用。……第三,不连贯的自由联想。"

3日 陇生的《有感于"小小说"》发表于《小说选刊》第10期。陇生认为:"一般说来,这种体制的小说(指文中所述的"小小说"——编者注),抓取的应是生活中极富于典型意义的一个瞬间镜头,或者是概括力很强的一个情节。它的艺术特点似乎是:时间、空间的范围很小,人物少而且人物之间的关系不复杂,情节(有时连情节都称不上,只能叫细节)单纯却富于哲理、隐喻、联想等特点。"

闻水的《从生活中发掘新的人物关系——〈竞争者〉写作的前前后后》发表于同期《小说选刊》。闻水谈道:"从生活中挖掘和发现新的人物关系,对于文学创作是至关重要的。""我们常常说作品要出新。所谓'新',对于文学创作,特别是小说创作来说,十分重要的,是写出新的人物关系。……人物关系,对于文学创作的各种要素:题材、人物、情节、主题,都是重要的。……文学作品是要塑造典型形象的。……所谓典型环境,我觉得主要有两个因素:一是时代背景,一是人物关系。只有在新的人物关系中才能塑造新的人物形象。""而情节,就是人物关系发生和发展的历史。没有新的人物关系,不可能有新的情节。""主题不应当直述出来,而应当深深地蕴含在人物关系之中。因此,只有写出新的人物关系,才可能展示新的主题。"

7日 蒋守谦的《韩少功及其创作》发表于《文艺报》第19期。蒋守谦认为："在反映生活时，韩少功很善于组织尖锐的矛盾冲突。但是，这种矛盾冲突，不是靠离奇怪诞的情节或刺激人们感官的那种血淋淋的描写造成的，而是来自他对生活底蕴的探索，来自他对人物的性格、命运的真实描绘。"

10日 姚雪垠的《人物与细节（上）》发表于《星火》第10期。姚雪垠指出："总的一句话，写小说应该重视写人物，写典型人物，这几乎是小说的生命，不能疏忽，更不能置之不管。……典型是最能代表现实生活中的人，概括现实中人的丰满内容，而不是歪曲现实中的人。因为它不是歪曲现实，所以往往离原型愈远，而典型性愈高，这是创造人物的辩证逻辑。……典型人物必须是有血有肉的人物。不能因为典型人物离真实的原型愈来愈远，而损伤它的有血有肉的特点，愈是典型性强，愈要有血有肉，否则就成了类型。典型是高的艺术，而类型是概念化的或半概念化的，不是艺术，没有美学价值。……作家写人物，不管所写的是英雄人物或非英雄人物，都不要先定一个框框，只能在框框里边转，而是要从生活出发，从表现人的本质的要求出发，从塑造有血有肉的，真正感人的典型形象的要求出发。"

13日 中国作家协会第三届主席团举行第五次会议。代主席巴金主持了这次会议。会议讨论了"茅盾文学奖"的评奖工作，确定首届评奖范围限于1979年至1981年发表或出版的长篇小说创作。首届评奖数额，初步定为五部至七部。授奖大会定于1982年第四季度在北京举行。为协助茅盾文学奖委员会进行作品阅读和预选工作，会议决定成立"茅盾文学奖"预选小组。会议还听取了关于"中国现代文学馆"筹建工作的汇报。由巴金提出的关于建立"中国现代文学馆"的倡议，获得了许多老一代作家的赞许和各方面的响应和支持。将要建设的"中国现代文学馆"具有国家档案馆的性质，它将逐步成为中国现代文学的资料中心和若干位中国现代文学大师的资料、研究中心。藏品的时限要求，从五四运动起，迄中华人民共和国建立。主席团会议表示热情欢迎台湾作家回祖国参观访问，进行文学交流。会议还听取了巴金关于中国笔会中心代表团出席在法国举行的第十五届国际笔会大会的汇报。会议决定恢复胡风中国作家协会的会籍。

14日 胡代炜的《开掘生活里的美——读中篇小说〈山道弯弯〉札记》发

表于《人民日报》。胡代炜指出:"作者以朴素优美的语言和抒情的笔调来描情写景,写得人物多情,风光旖旎,诗情画意,情景交融,写得人是美的,山是青的,水是甜的,连沉浸着煤尘的黑水溪也似乎闪着五彩粼粼光波,读着它象吟唱着一首牧歌式的田园诗,象欣赏着一幅彩色的农村风光画。这是一首美的颂歌,它给人以美的享受。"

15日 程远山、吕耘的《创作,就是"发现"——漫谈〈钟山〉发表的部分中篇小说》发表于《钟山》第4期。程远山、吕耘认为:"《菊祭》在艺术上的特色是独具一格的议论风格和情节开展中的时间交插手法。……《菊祭》的时间交插展开情节手法,一方面吸取了'意识流'小说的长处,即遵循人物意识流动的内在逻辑,又吸取了我国传统舞台艺术的贯串故事情节的手段——'小道具'的运用。""日记体是小说创作的传统手法之一,这种体裁特别适用于对女性心理的细腻刻划。……而《啊,生活的浪花》则按'心理时间'的进程来展开故事,从'纵'和'横'两个不同剖面来交代人物命运和故事的广阔背景……"

赵宪章的《梦幻·现实·艺术——〈蜗居〉艺术构思的特点》发表于同期《钟山》。赵宪章认为:"我们已经从小说《蜗居》取材观察点上的单一性和集中性、典型化过程中的荒诞性和放纵性、审美感受上的朦胧感以及形象与意义之间的象征性这四个方面探讨了梦幻手法的艺术特点。这四个方面互为补充,有机地结合,才能创造出艺术上浑然一体的梦幻世界。……短篇小说《蜗居》所采用的艺术形式——梦幻,本身就是一个虚假的世界,因而也是达到'间隔效果'的一个很好的艺术手段。它本身的特点决定了用这种形式反映生活,必然会在作品和读者之间隔开了一段距离。"

16日 叶永烈的《漫话超短篇科幻小说》发表于《光明日报》。叶永烈称:"科学幻想小说在世界各国盛行,除长篇、中篇、短篇外,近年来,超短篇科幻小说崛起,引人注目。美国著名科幻小说作家阿西莫夫在一九七八年主编了《优秀超短篇科幻小说一百篇》一书。他在序言中指出,超短篇科幻小说是很有发展前途、很值得提倡的。阿西莫夫自己,也写了《不朽的诗人》等超短篇科幻小说。""超短篇小说又称微型小说、小小说,也有人称之为'一分钟小说'。

它的篇幅短小，一般在两千字左右。它的特点是构思精巧，言简意深，从某一个侧面反映社会生活。""超短篇科幻小说除了在短小的篇幅中刻划人物、反映生活之外，还要展现诱人的科学幻想。它可以说是一种经过高度'浓缩'的作品。从某种意义上讲，它要求作者精于构思，惜墨如金，尺幅千里，出奇制胜。正如在头发丝上刻字作画的'微雕艺术'，未必比雕刻几十米高的塑像容易，写作超短篇科幻小说也未必比写作鸿篇巨制轻松。"

20日　孙犁的《小说与伦理——小说杂谈》发表于《人民日报》。孙犁指出："小说既是写社会，写家庭，写人情，就离不开伦理的描写。……前些年，我们的小说，很少写伦理，因为主要是强调阶级性，反对人性论。近年来，可以写人情、人性了，但在小说中也很少见伦理描写。特别是少见父子、兄弟、朋友之间的伦理描写。关于男女的描写倒是不少，但多偏重性爱，也很难说是中国传统的夫妻间的伦理。"

22日　《努力为当代青年塑像——〈赤橙黄绿青蓝紫〉和〈年轻的朋友们〉座谈纪要》发表于《文艺报》第20期。陈丹晨谈道："蒋子龙总是把他的人物性格表现得很鲜明，有浓郁的色彩。象是油彩绘出的人物肖象，明暗对比特别强烈。……郑万隆笔下的梁启雄比李晖写得更真实，更深刻。他是一个善良、老实的人，在灵魂深处却也蒙盖着厚厚的一层庸俗市侩的尘垢，这是一般人不易觉察的，作者用很含蓄的、朴素的描写，深深地把它挖掘出来，没有用漫画的图解的手法。"

本月

张扬的《在小说创作领域进行美学的探索——从〈第二次握手〉谈到〈金箔〉》发表于《湘江文艺》第10期。张扬谈道："按照我的理解，文艺作品水平高下的一个重要尺度，就是美感的高低；而所谓美感是由两个因素决定的：一是形式的美，一是意境的美。我虽然从没想过要当作家，但确实一直喜欢写作。既然写作，那么总还是想写得尽可能'美'一些；既要'美'，那就不可避免地要从形式和意境两方入手。……古今中外其他许多作家、作品，也从多方面影响着我，促使我在自己笔下追求形式美和意境美的融和。所谓'意境美'，就是象杜甫那样忧国忧民，写出历史的真面目，歌颂真、善、美。……我非常注重字句、词汇的反复斟酌和抉择。《握手》中所有主人公的姓名都变换过三四次之多，包括字义、姓名的含意和音韵、各个姓名相互间的联系等诸方面推敲，直到最后选定。'叶玉菡'三字读音沉平，字义与素雅的荷花相关，这一切又与这位女主人公的形象和性格溶为一体；'丁洁琼'和'苏冠兰'的姓名也经过相同的推敲。'苏凤麒'这个名字则将凤凰和麒麟两种神灵动物结合在一起，烘托出这个人物华贵不凡的气派和超人的智慧。其他次要人物取名，也很下了一番苦心。……我非常注意词汇的精确性和修词的美感。第32章写到欢迎大会上介绍丁洁琼教授，在这位'原子核物理学家、原子能技术专家'前面冠以什么样的形容词呢？我考虑了'伟大的''优秀的''著名的''杰出的'等词汇，最后选定了'卓越的'这个既含有崇高褒意又比较恰如其分的而且不落俗套的字眼。"

十一月

4日 邢沅的《〈星星草〉的创作特色浅谈》发表于《人民日报》。邢沅强调："《星星草》下卷艺术创造的成功，集中到一点讲，就是完成了众多的风采各异的历史人物形象的塑造。……《星星草》下卷在塑造英雄人物形象时，同样坚持了形、神结合，特点是不板、不结、不握。"值得注意的是，邢沅指出："《星星草》无论表现失败者的壮烈，或胜利者的惨苦，都极尽努力地挖掘和刻画人们精神世界的复杂性和人与人之间的复杂关系。"

10日 以"当前短篇小说创作笔谈"为总题，艾克恩的《写出灵魂美》、胡德培的《不入窠臼　着意创新》、钱光培的《立意勿贪大　下笔要多思》、王葆生的《要有鲜明的时代感》发表于《北京文学》第11期。

钱光培谈道："短篇小说这种艺术形式，由于它篇幅短小，容不得你从头说起，徐徐道来……舍得才留得。我以为，这些短篇的大家是很懂得这一辩证法的。他们以勇于舍去所换来的，是使自己能运千钧于一点,把这一点写细、写活、写深、写透，使作品显出千钧的笔力来。……我希望我们的短篇作家，尤其是刚发表过一些作品的中青年的短篇作家，在下笔之前，能够多下一些功夫去琢磨，去思索，去寻觅那既可以使你的作品由长变短，去除拖沓之弊，又可以使你的作品由轻变重，显出千钧的分量来的一点，并把自己的笔力用到那一点上去，不要随便的铺洒笔墨，从而写出一些更加凝练，更有分量的作品来。"

同日，祖宏辑的《中国科幻小说存在"危机"吗？》发表于《光明日报》。祖宏辑写道："《文学报》今年四月十六日刊载肖雷的《'繁荣'的另一面》一文，认为当前我国科学幻想小说'潜在着一种危机'：有些作者把创作科幻小说作为一条'避难就易的捷径'，'他们往往抓住一点并无科学性的幻想，就关在房间里设计故事，杜撰人物，其路子无非是当今比较时髦的"幻想"+"爱情"，或"幻想"+"惊险"'。作者断定这样的作品'其价值可以说连过去的一些鸳鸯蝴蝶、才子佳人还不如'。"

同日，姚雪垠的《人物与细节（下）》发表于《星火》第11期。姚雪垠认为："在小说中塑造人物是靠作家笔下的生活细节。人物的活跃纸上，活跃在读者的眼前和心头，成为立体的人物，成为有血有肉的人物，必须依靠写出了成功的生活细节。人物是通过细节描写活起来，显示个性，也是通过生活细节的描写，成为典型人物。所以说，细节描写是人物创造的基本方法。……在研究小说创作方法的时候，有时人们谈细节描写，有时谈到情节。情节与细节是有区别的。情节指的是一段故事梗概，而细节是指描写人物生活的细小情节，往往是人物的一个具体活动。一个人物的性格塑造得比较丰满和深刻，必须有一些能够反映性格特点和深度的细节描写，单单说细节是不够的，要强调能够反映人的性格本质的细节。……真实的细节，或者说典型的细节，是从生活中产生的。我这里所说的生活，既包含作家的直接生活，也包含作家的间接生活。所谓间接生活，是指作家从书本上、各种文献上调查、研究所了解的别人的或古人的生活，而不是作家自己亲身经历的生活。但是间接生活也必须和直接生活结合起来，而且以直接生活为基础。"

13日 孙犁的《小说是美育的一种——小说杂谈》发表于《人民日报》。孙犁指出："小说属于美学范畴，则作者之用心立意，首先应考虑到这一点。中国古代作者，无论是处于太平盛世，或是乱离之年，他们的吟歌，大抵是为民族，为国家，为群众的幸福前景着想。用心如此，发为语言文字，无论是歌颂、悲愤、哀怨、悲伤，从内容到形式，都出自美和善的愿望。""自创作繁荣以来，美的小说，固然很多。但不给人以美的感受的，也实在不少。形式上的离奇怪异，常常伴随淫乱、谋杀、斗殴、欺诈的内容。有人说这是社会生活的反映，我想，有时也可以说是作者心理状态的反映。如果说这种作品是现实主义，或是批判现实主义，那真是风马牛不相及了。沿着真正的现实主义道路从事创作的作家，是不会产生这种作品的。"

15日 余昌谷的《反向行为的妙用——也谈人物性格的描写》发表于《山东文学》第11期。余昌谷指出："这种'微笑'（《红楼梦》中林黛玉在弥留之际，含着微笑，用她最后的全部力量低声地呼着'宝玉、宝玉，你好……'——编者注），对林黛玉的性格来说是多么反常，而且对一个将要死去的人来说也似乎极不协调。然而，在这一特定的情景中，除了这种反常的'笑'，又怎能更深刻地揭示出林黛玉'此时反不伤心，惟求速死'的那种悲怆绝望的复杂心情呢？哭和笑，本是人的感情的两种极端对立的表现形态，《红楼梦》的作者正是透过这一对矛盾的表面现象，深深地挖掘出了这一矛盾的内在联系，推测出林黛玉的性格可能产生的反向行为；以'笑'写'哭'，以'笑'衬'哭'，兀然把林黛玉的性格展示的更加鲜明、突出。"余昌谷认为："性格的反向行为，是一种反映必然性逻辑的偶然性行为。它之所以偶然，是因为它与人物性格发展的方向相反，是出乎意料的；它之所以必然，则因为它反映了生活和人物性格的内在逻辑，是情理之中的。因此，作者的艺术才能，就在于要找到这种表现必然规律的偶然形式，并且要善于从偶然性的形式中，剥出必然性的内核。"

同日，马威的《大胆的探索——谈航鹰短篇小说的戏剧性》发表于《新港》第11期。马威认为："小说要有故事性，但故事性并不就是戏剧性。因为曲折离奇的情节，惊险激烈的场面，都可以给小说带来故事性，但这却不是戏剧性。所谓戏剧性，通常是指人们受到感动的有意义的并且具有某些特色的人物关系，和那些足以考验人的品质的严重的或者有趣的境遇。戏剧性可以说就是真实的人物关系、真实的人物性格和真实的矛盾冲突。……戏剧艺术与其它艺术的根本不同在于：戏剧是以直观性的动作来反映生活、揭示生活的矛盾和冲突的。戏剧的本质就是动作。运动，是任何一个艺术形象的本质。小说要塑造个性鲜明的人物形象，不能靠冗长的、静止的描写，也要象戏剧那样，要在人物的'动态'中，即在他们各自的行动中来表现。人物的鲜明的、贯串的动作越强，那么人物的性格就越鲜明。……在动态中写人物，最重要的是要写出人物的内心活动。强烈的戏剧性往往表现在人物的内心冲突中。对于小说创作，就是要注意写出人物那种真切的思想活动。心理描写越细致、越充分，就越能活生生地展现人物性格。……航鹰在小说创作中善于运用心理'悬念'来刻划人物。悬念，在戏剧术语中又叫'扣子'。在小说创作中，正确巧妙地运用它，可以使情节曲折多变，张弛有致，引人入胜。"

27日 孙犁的《真实的小说和唬人的小说——小说杂谈》发表于《人民日报》。孙犁指出："真实的小说，就是能够真实地传达出现实生活，或者说是现代生活的情趣的小说。""文学是反映生活的艺术……有的小说，不从认真地去反映现实着想，却立意很高，要'创造'出一个时代英雄。这种人物，能得政治风气之先，能解决当前社会、经济重大问题。这种英雄人物，不是从生活中提炼，而是从作家头脑中产生，象上帝创造了人一样神奇。""回忆几十年来，这样的小说，读过的确是不算少数了。这种小说，可以称做唬人的小说。……作家凭头脑创造出来的人物，总是站不住脚或不能长期站住脚的，不久就倒下了。几十年例证也不少。"

本月

林晓明的《试谈马烽短篇小说的结构艺术》发表于《汾水》第11期。林晓明认为，马烽短篇小说的艺术结构，大致可以分为三种类型：

"顺序展开、一贯到底的纵线结构方式，表现为从头至尾、原原本本地叙述故事的始末，保持情节发展的连贯性和清晰性。……顺序展开、一贯到底的纵线结构，保持了生活过程的连续性，比较易于容纳连贯的大量的动作，易于利用生活本身的波澜，形成连绵起伏、腾挪跌宕的气势。

"马烽在自己的艺术实践中，刻意求新，逐渐摸索出一种把纵线故事性叙述和性格片断契合起来的结构方法——第一人称写法。……他没有恪守'山药蛋'派惯长使用的直叙手法，而是大量使用了倒叙，插叙。这种倒叙插叙，不象西方小说那样，严守作品的内部时间，从具体场景中化出化入，而是充分利用第一人称叙述的方便，比较自由地进行横纵穿插和补叙。于是，与故事进程关联不紧的性格片断，幽默生动的细节描写、恰如其分的精致议论，便油然而生，通过'我'之口，很自然地与情节的发展打成一片。

"马烽是位编排故事的能手，他的短篇小说中，采用横断面结构的作品，也占了一定的数量。……不能不说，马烽小说的横断面结构艺术，借鉴了西方小说或者五四以后新小说的优点，汲取了值得汲取的成分，是洋为中用的一个典范。这种结构方法排除了纵线铺陈的罗嗦和粗糙，增强了细节描写和人物刻划，以及人物必然要有的心理活动。线条细腻，发掘深刻，容易使作家的笔触深入细致地刻划性格。"

晓江的《微型小说初论》发表于《小说界》第3期。晓江认为："写好它（微型小说——编者注），要有一种高超的'用语简短而涵义深远'的本领。因而，它的出现和发展，对克服小说创作中那种'短话长说'的拉长之风，将是个促进。""在取材时，我们既要戴上显微镜，洞察生活的细微末节，又要戴上望远镜，明了生活的来龙去脉，这样才能拾取较好的'小中见大'的角度。同时，文贵创新。微型小说的取材，也要力求出新。""微型小说的结构，应该注意它本身的特点。这就是特别要求单纯和简练。创作上的有些套子，如'有头有尾有情节'一类，对它不一定适用。……当然，尽管如此，结构上那些虚实、疏密、主次、起伏、浓淡、断续等辩证关系，则是一样要精心运用的。""它（微型小说——编者注）写人也要有自己的要求。这就是人物不宜多，一般说来，一、二人可矣。""由于微型小说多撷取小的生活片断成篇，宜于浓笔重彩地绘写人物在某一特定时间的性格的某一侧面，使其如浮雕般地突出，一般说来，不宜铺叙人物性格的发展变化，尤忌在这方面搞大涨大落。""我们也要善于根据微型小说的特点，扬长避短，对人物性格多用'横'写，少用'纵'写。"

十二月

2日 孙犁的《小说的取材——小说杂谈》发表于《人民日报》。孙犁认为："凡小说，材料为基础，主题为导引。主题之高下，取决于作家的识见。自此以后，小说或成宏伟建筑,或虽成建筑,而仍是材料杂陈,不得而定也。"

7日 李下的《新农村前进的脚步声——读〈山月不知心里事〉》发表于《文艺报》第23期。李下认为,周克芹的《山月不知心里事》"在艺术上的一个突出特色是寓情于景,情景交融。作者用白描的手法,多次展现了时时变化的月光,有力地烘托了气氛,细致入微地表现了容儿的内心活动和情绪的复杂变化,从而加强了作品的艺术感染力"。

郁源的《谈虚构》发表于同期《文艺报》。郁源谈道:

"当前在部分青年作者的创作中存在着两种倾向。一种是不敢大胆地运用艺术虚构,他们紧紧地束缚于自己经历过的某些生活事实,不能作到由'实'而'虚'。另一种倾向是分不清虚构与创作上主观随意性的界限,随心所欲,胡编乱凑,有'虚'无'实'。

"一切艺术是靠想象和虚构存在的,然而并非一切随意的虚构都能达到艺术的真实。虚构之所以能够成为真实,因为这虚构是正确的虚构。那么怎样的虚构才是正确的虚构呢?我以为可以用两句话来概括,即:化实为虚,虚中有实。

"所谓'化实为虚',首先是说,生活真实是艺术虚构的出发点,是基础。艺术虚构不能搞无米之炊,从虚到虚,而要从实到虚。艺术虚构虽然给了作家的创造活动以无比广阔的自由天地,但是这只飘游在艺术太空的风筝,却是有一根线连在地上。它以现实生活为基础,受现实生活的制约,并且反映着生活的真实。它是作家凭藉想象对现实生活进行艺术概括的过程。离开了生活真实,就没有正确的艺术虚构。这就是'化实为虚'的第一个意思。

"虚构虽然以想象为思维基础,但却与想象不同。想象依赖于感觉造成的记忆,是对于感觉形象的回忆、联想和幻想。作家的想象自始至终贯串于从生活实践到艺术创造的全过程。在没有明确的主题以前,想象活动就已经存在了。然而,虚构却产生在作家对生活有了初步的认识和评价之后,也就是说,当想象带着明确的目的性进入艺术构思的时候,也就有了虚构。艺术虚构的目的是更集中、更深刻地反映生活,而只有在正确的主题和思想的制约下,才能达到这一目的。所以'化实为虚'的第二个意思是,作家要从生活真实之中得出对于生活的正确认识和评价。有了这种伴随着生活形象的正确的理性认识,作家才有可能进行正确的艺术虚构。"

10日 陈骏涛的《开拓者的足迹——初论陈建功的创作》发表于《北京文学》第12期。陈骏涛指出，陈建功小说中比较引人注目的是青年人的形象，在塑造这些青年形象时，"作者比较注意对形象的内心世界的解剖，因而使其显得血肉丰满。……第二类（姑且称为'谈天说地类'）小说，则更便于把握人物的外部性格，通过外部性格窥测人物的内心世界，而且由于它继承了中国传统小说的表现手法，因而比较符合目前多数读者的欣赏习惯。……在他的'谈天说地类'小说中，《京西有个骚鞑子》和《盖棺》都采取了话本小说的写法，通俗、明快，注重情节的连贯性，充满了生活的情趣，但又借鉴了卓别林的一些悲喜剧和美国'黑色幽默'小说的表现手法，追求总体上的悲剧色彩和细节上的喜剧因素，二者做到了较自如的结合。《丹凤眼》则更多传统小说的写法，但有些穿插和倒叙又是传统小说中较少见的。而《辘轳把胡同9号》，则很象老舍的某些描写北京市民生活的小说，风趣、幽默，地道的北京口语，地道的'北京味儿'"。

吕晴飞、俞长江的《谈现实主义文学与典型化——兼与王蒙同志商榷》发表于同期《北京文学》。吕晴飞、俞长江写道："如果诚如王蒙同志所说，《苦恼》也好，《草原》《带小狗的女人》《新娘》也好，没有创造什么'典型环境中的典型性格'，却那么感人至深，而我们却拿着恩格斯的这句名言去指导我们的理论和创作实践，这若不是带有极大的盲目性，也是失之偏颇。突破这句名言的束缚，那是既合情又合理的了。""其实，成功的文学作品中的人物形象，都不可能是抽象概念的化身，都是独特鲜明的个性。而这个个性，不仅揭示了他的同类事物的现象，而且揭示了事物的本质……事物的共性，都是通过鲜明的个性而得到表现的。"

母国政的《也说短篇小说的"短"》发表于同期《北京文学》。母国政写道："本来，短篇小说是极其丰富多采的，可以包罗万象。一个人物的侧影，一个有趣的小故事，一点对生活的真知灼见，一缕思绪，一点美的闪光，一个生动的生活画面，都可以进入短篇小说的大千世界。《孔乙己》《故乡》《山那面的人家》《民兵》《山地回忆》等等，都是这类内容的成功之作，它们早已获得广大读者的首肯。但是，多年来，我们对短篇小说的要求过于单一了。思想固然要深刻，人物也要丰满，所描写的社会生活还要一定的厚度，有一定的份量。这些要求，无疑是正确的；能够达到这些要求的作品，无疑是好东西。但是，要求所有的短篇小说都如此这般，则未必恰当。在这种单一的固执的要求之下，短篇小说的作者越来越着眼于重大题材，越来越寻找复杂完整的故事，甚至在塑造人物上，承担了中篇小说的任务。这样写出的短篇小说，如何能短？上述那种正确的、但却排他的认识，妨碍了短篇小说的百花齐放，也使得一些短的短篇小说，难以和读者见面。"

11日　孙犁的《小说的抒情手法——小说杂谈》发表于《人民日报》。孙犁强调："在叙述描写中，时加作者的议论或抒情，中国小说，古实无之。唯见于短篇记事文中，即所谓夹叙夹议也。有之，自新的白话小说始。""翻译的白话小说，既然对中国新的小说有了很大影响，抒情议论的手法，也即随着洋为中用了。外国作家，习惯于在小说中直抒胸臆，有的动辄数千言，从客观世界，把读者拉入他的主观世界，听其说教。现实主义作家，有这种手法，而浪漫主义作家则尤甚，成为创作不可排除的手段。但做到自然，也是非常不容易的。""我少年时，也很喜好这种手法，以为兼小说与诗歌为一体，实便于情感的抒发尽致。但回头研究中国古典小说，实又感到，有此不为难，无此则甚为难。"

20日　《人民文学》杂志社第12期发表《一九八一年全国优秀短篇小说评选启事》：

"为促进短篇小说创作进一步发展与提高，中国作家协会委托本刊继续举办一九八一年度全国优秀短篇小说评选。

"一、一九八一年内全国各地报刊上发表的短篇小说佳作，均为评选对象。

"二、凡具有较高的思想和艺术水平，在群众中反应较好、影响较大的作品，不拘题材、风格，皆可推荐和入选。真实地描写各条战线、各种各样的社会主义新人的作品，尤所欢迎。

"三、仍然采取群众推荐与专家评议相结合的方法。热烈欢迎广大读者积极参加推荐；恳切希望各地文化单位、文艺刊物、出版社、报纸文艺副刊大力支持。本刊将邀请作家、评论家组成评选委员会，在群众推荐的基础上进行评议。评选结果于一九八二年春公布。

"凡参加推荐者，请填写推荐表，或按照表内项目另纸书写寄来。如附有具体的推荐意见，更为欢迎。推荐日期截止于一九八二年一月底。"

22日 陆广训、王文俊的《此弦别奏一支曲——评张弦的小说》发表于《文艺报》第24期。陆广训、王文俊认为："张弦的小说创作，不追求尖锐紧张的戏剧性情节，不醉心于自然主义的描摹，而是依据自己对生活现象的敏锐观察、深刻思考，通过对某一生活侧面的生动描写，真实地再现现实。他具有一种善于发觉和认识事物并作出深沉而迅速的反应的才能。"

25日 王文平的《少数民族短篇小说的新收获——读〈民族文学〉第六期的短篇小说》发表于《民族文学》第6期。王文平认为："少数民族短篇小说由于直接受到民族民间文学的影响，一向比较地注重故事的完整性，写起来以叙事为主，有头有尾。但近两年，……以展示人物心理为主线的作品，渐渐地多起来了。《哦！十五岁的哈利黛哟……》是其中较为成功的一篇。而《心事》则突破了传统的表现手法，进行了一些新的尝试。这说明我国少数民族的文学创作，从内容到形式，都随着时代的前进有所发展。……所谓民族特色，决不能认为是永恒不变的，它也要逐步地溶入新的内容，增加新的色彩。"

同日，高晓声的《读古典文学的一点体会》发表于《文艺研究》第6期。高晓声谈道："文学的第一要素是语言。……我们不仅要在人民语言中汲取营养，而且应该研究、学习古典文学名著的语言。……用白话文写小说，明、清已经很普遍了，作家们敢于突破古汉语的程式，以群众的语言为主体发展祖国的文学，是很了不起的事情。古典作家们在提炼群众语言成为文学语言的同时，把古汉语的精华化了进去，加强了语言的文学素质，是我们今后进一步发展文学语言非常值得注意的地方。"

本月

高行健的《现代技巧与民族精神——文学创作杂记》发表于《天山》第4期。高行健认为："艺术技巧是超越民族界限的，并不为那个民族所专用。民族精神又源远流长，比相对短命的技巧的生命力更为顽强。是一个民族的文化传统、社会风俗、心理状态、审美趣味以及借本民族语言的外壳所形成的思维方式的总和。一个民族的文学健康发展绝不排斥对新技巧的吸收与探索。"

王维国的《摄影机的艺术——略谈海明威的描写艺术》发表于《外国文学研究》第4期。王维国指出：

"海明威虽然不是正统的'意识流'作家，但也有许多作品是通过描写人物下意识思维活动，来揭示人物隐密的内心世界。不同的是，他的'意识流'描写……象是对现实世界的描写一样，给读者的仍然是一个个真切不隔的画面，好似电影'意识流'镜头一样可感。

"电影的这种动作性在海明威小说中表现得更为突出。……他认为动作最富于艺术表现力，因此，准确地抓住人物在某种思想感情支配下的动作，并把它写得鲜明、生动，成了他刻划人物性格，塑造典型形象的主要手段。

"海明威更擅长在运动中写景，为了全面写出景物的整体形象，他常常运用摄影机推拉镜头的方法，由时间的先后和空间的排列顺序逐一进行描写。这样描绘的一组画面象电影中远景、中景和近景镜头组接在一起，给读者一种身在其中、如见其物的感觉。"

张世军的《〈巴黎圣母院〉人物形象的圆心结构和描写的多层次对照》发表于同期《外国文学研究》。张世军认为：

"唯有《巴黎圣母院》的人物活动从形式到内容，从表层到深层，都构成了一个圆心结构，各个人物离开了这个圆心结构就不能独立存在。

"从环境来看，人物的圆心结构是在一个相应的圆心场所中确立的。……从内在联系看，人物圆心结构是在具有吸引力的情感氛围中牢固下来的。正如恒星对于行星具有向心力一样，爱斯梅哈尔达对于各个人物在情感上也具有一种吸引力。这种吸引力使各个人物和爱斯梅哈尔达之间有着不可分割的情感联系。……人物圆心结构不仅有整体性，而且具有运动性，这种运动表现为情节的发展。从情节发展看，人物圆心结构是通过在情节中的反复再现而完成的。人物圆心结构出现一次，情节就向前发展一步。

"在人物圆心结构的布局中，作者采用了对照描写的手法。正象他赞美莎士比亚的作品'字字都是对照'那样，可以说他的《巴黎圣母院》的人物个个都是对照，这种对照在人物圆心结构中，形成了一个纵横交错的多层次对照网……归纳起来，是真善美与假丑恶的对照，它反映了作者的美学思想。在小说中，真善美与假丑恶的对照是比较夸张的，爱斯梅哈尔达、加西莫多、孚罗诺都是极其夸张的形象，这种夸张的对照是为了用丑衬托出美，体现了作者对美的追求。

"围绕爱斯梅哈尔达的悲惨遭遇，形成了一个从形式上的表层结构、次表层结构到内容上的深层结构的整体的、运动的人物圆心结构，表现了作者强烈的反封建反教会的倾向；对各个人物的对照描写，形成了一个以爱斯梅哈尔达为中心的径向对照、弧向对照、自我对照的多层次对照网，反映了作者的美学思想——这就是《巴黎圣母院》的一个基本艺术特色，也是它的艺术魅力所在。"

本季

吴士余的《漫话"出格"——古典小说艺术琐谈》发表于《文艺理论研究》第4期。吴士余指出：

"漫步古典小说的人物画廊，可发现一个有趣现象：凡优秀的文学典型，都是多重性格者。诸如，《红楼梦》里傲世多愁的黛玉，秉性天真、纯洁、忧柔痴情。但待人接物，她却尖酸、刻薄、锋芒毕露，有时简直不近人情。城府深严的宝钗，品质虚伪，行多藏奸。可是，她的举止，却'温柔敦厚''庄重典雅'，处事八面玲珑，尽得人心。又如《三国演义》里的曹操，奸诈、自私、残忍、妄伪，而他待关云长，竟是厚道、豁达、仁至义尽。这些'出格'的反常行为，同人物的基本秉性共存一体，互衬互照，相得益彰。它不仅不损害形象的审美价值，并且由于多重性格的复杂性，更能显示出人物的思想深度和形象的丰满感来。这个奥秘是值得探究的。

"'出格'，显示了人物性格的复杂性，也反映了生活的某些深度。这个艺术功能是独特的。小说里的人物，不应理解为好人、坏人的某种类型的标签。尽管有些表面、外在的东西也能反映人的某些思想性格特点，但真正构成性格内涵的，是人的思想感情、心理气质、道德观念、生活趣味等诸种因素。在实际生活中,错综复杂的环境和经历总会给人的思想感情心理气质留下种种投影,促成了性格内涵的自身矛盾。人物的'出格'行为,正是从其对立的性格侧面来反映人的精神世界,折射社会生活的某些状貌。这种通过生活投影的折光来揭示社会底蕴的艺术处理,往往比单一的正面描绘,要更含蓄,更深刻些,因而也更富有艺术诱发力。"

1982年

一月

1日 陈思和的《关于性格化的通信》(谈《北极光》和《我的心也象大海》)发表于《上海文学》第1期。陈思和指出:"长期以来,我们习惯对艺术形象抱一种过于狭隘的理解,即要求每一个艺术形象必须是某一种观念的承担者。就如传统戏曲中的'脸谱'一样。这种要求影响了艺术创作,结果是使作者不得不回避表现人物性格的复杂性和多样化,即使注意到表现的,也只能小心翼翼地规定在一个固定的框子里,不敢越雷池一步。……《北极光》应该说就是这类作品中比较成功的一部。张抗抗同志是注意到了表现人物性格的复杂性……现实生活中人是复杂的,没有一个为单一的性格而存在的人。有更多的成熟的作家不是这样写的,他们首先是被生活本身所激动,写人,按生活的本来面目写人,这才是他们创作的初衷。……强调塑造人物必须从生活出发,强调要表现人物性格的复杂性,这并不否认人物性格中应该有主要的倾向或基本的性格特征。……人物性格虽有多种因素构成,但这些因素都不是孤立、机械的排列在一起,它们有着内在的联系,一般来说,其他因素总是根据一定的关系从性格的主要特征中引伸出来的。"

3日 阎纲的《他画出了"画儿韩"——〈寻访"画儿韩"〉观赏记》发表于《小说选刊》第1期。阎纲认为:"《寻访'画儿韩'》深得我们民族话本、拟话本和革命通俗文学的真传……在如何画活人物的问题上,邓友梅牢牢把握住两条:第一,很看重故事的结构,特别是戏剧性的(大多是喜剧性的或悲喜剧的)场景描写;第二,看中古色古香、土里土气和生活化的语言运用,特别倾心于语言的精当、敏巧和富有风味。风味很重要,民族心理、地方色彩、优良传统,尽在风味之中。"

5日 杨佩瑾的《写人·写情·写真——谈革命历史题材小说的创新问题》发表于《星火》第1期。杨佩瑾指出:"从前,我们在创作革命历史题材的作品时,往往习惯于从事件出发,围绕某一历史事件的发生和发展,安排人物和故事。因此,作品着眼于写事,忽略于写人,常常不能塑造出有血有肉的、性格化的、有典型意义的人物来。所以,一个作品产生了,又无声无息地湮灭了。""写好一个普通人而又是革命者,要通过我们能引起共鸣的感情,写出了情,才能使人感到亲近,感到真切,感到他的存在,感到他的呼吸和脉搏,感到他与自己有相通之处。文学作品要感人肺腑,莫过于真情一点。……以写人为主,以写人的感情为主,还必须时时注意一个'真'字。……所谓真情一点,首先是'真'。真实的感情才能感动人,就是写敌人,也应当真。"

7日 胡余的《略谈人性描写中的几个问题》发表于《文艺报》第1期。胡余谈道:"不论写什么样人,包括写敌对的人物,都要根据塑造这个人物完整的艺术形象的需要,可以、也应该表现其人性。但是,作家在观察理解这个现实的人的时候不能够脱离社会生活实践;在艺术创造时不能够丢弃典型化的手段。在这点上应该是共同遵守的原则。"

李国文的《我的歌——谈〈冬天里的春天〉的写作》发表于同期《文艺报》。李国文谈道:"只有从内心发出的声音,才是真诚的。……所以我在《冬天里的春天》创作过程中,努力遵循着这样一个原则,真实加上忠诚,或许爽性叫做爱,按人物的本来面貌去写,按事物发展的真实情况去写,按照人民的愿望来反映我们的现实生活。生活里确实有许多不愉快的东西,这也无可讳言,作家在这严酷的现实面前,不应该闭上眼睛……"

黎之的《读〈冬天里的春天〉》发表于同期《文艺报》。黎之认为:"广阔的历史画面,复杂的人物关系,漫长的时间跨度,要求作者高度的概括集中。作者没有用过去习惯的分段叙述、大段回忆的方法,而是大胆地吸取和调动了多种艺术手段(如电影的蒙太奇,戏剧的暗转,诗的抒情等),和谐地、有节奏地交替使用,构成一幅五彩缤纷的巨幅画卷。""全书的结构和情节,既浑然一体,又疏密相间,虚实结合。实写处形象鲜明,景物清晰,虚拟处若有若无,引人遐想,留有悬念。这样既给了作者创作上很大自由,也给读者充分想象的余地。""《冬天里的春天》里的人物,各有其丰富鲜明的性格。作者以抒情的笔墨和浓重的色彩,渲染人物的主要特征。"

10日 艾克思的《构思巧妙 寓意深刻——读〈寻找〉》发表于《北京文学》第1期。艾克思认为,张一弓的短篇小说《寻找》构思巧,"'巧'在它把小说的中心事件同当前的时代有机地融为一体。……写'寻找'并不拘泥于'寻找',而是通过'寻找',巧妙地将我国社会的风貌、农村的画廊和喜人的形势活生生地展现在读者面前。这就不仅使作品增添了虎虎生气和明亮色彩,而且也为人物后来的'寻找'埋下了有意义的伏笔,铭刻上鲜明的时代印记"。

同日,王蒙的《漫话小说》发表于《小说林》第1期。王蒙谈道:"小说之吸引人,首先在于它的真实。其次(或者不是其次而是同时),也因为它是虚构的。如果真实到你一推开窗子就能看到一模一样的图景的程度,那么我们只需要推开窗子就可以看到小说了,何必还购买小说来读呢?如果虚假到令人摇头,又令人作呕的程度,又怎能被一篇小说感动呢?"

同日,石箫的《忠于生活 思考生活——评王蒙近作的艺术手法》发表于《钟山》第1期。石箫认为:"处理《蝴蝶》《风筝飘带》这些题材时,仅仅依赖传统的语言和行为的描述已经不能使作家满足了。……王蒙加强了叙述语言的主观性。从容的客观描写和情节交代尽可能地减少。作为叙述人的作家隐到幕后去。作品的语言节奏短促,就象缤纷的生活在身边跳跃着变化。作家根据事件在人物心目中的份量安排叙述的停顿感,段落的划分有了新的意义。《风筝飘带》中,为了保持急遽转换的感觉,不少对话没有分段,几个不同的镜头被压在一个画面中一晃而过。王蒙擅长在生活中捕捉模糊的感受,迅速将这些感受用语言固定下来。这使他的作品有一种抵近的感觉。"

石箫指出:"象征,当它的涵义是以具体的形象暗示某种特定思想时,艺术手段本身就直接显示出作家的思想深度。在作家建造的艺术迷宫里,它常常有指示作用。……'意境'和'典型环境中的典型人物'各自有不同的表现生活的方法和艺术感染力,我们无须裁定两个美学范畴的高下。以往,意境更多地出现在诗歌中。自觉地在小说中创造意境是一个新鲜的尝试。这时,小说不再依赖性格的矛盾冲突作为动力推动情节,情感的波澜构成了它的基本内容。《海的梦》正是按照主人公感情的潮汐组织小说的开端、发展、顶点和结局。"

王蒙的《漫话小说创作》发表于同期《钟山》。王蒙指出:"结构小说的一个基本手段,是虚构。虚构这个词我还不十分喜爱它,我非常喜欢的一个词叫虚拟。小说是虚拟的生活。'虚'就是虚构,'拟'就是模拟,模拟生活。从这个意义上说,小说最大的特点恰恰在于它是'假'的。""不一定每篇小说都最着重写人物,要允许例外。文学现象和自然科学现象最大的不同就是允许例外。……我只是想,构成小说的要素很多,每一篇可以各有侧重,人物和故事是基础,是一般规律;但也可以有例外,这样,小说就会写的更活、更多样化。"

13日 刘再复的《笔分五彩写风云——评蒋和森的长篇历史小说〈风萧萧〉》发表于《人民日报》。刘再复指出:"《风萧萧》表现次要人物有值得注意的两点:(1)善于用不多的笔墨,通过出人意外的情节,突出人物的特点,使其性格毕现,然而又收转笔锋,不再细描。……(2)注意性格、身份比较接近的人物之间的区别。……除了人物塑造以外,《风萧萧》的创作特色还表现在语言上。《风萧萧》的文字是多种色调的,它把富有个性特征的人物语言与作者自身的叙述语言分开,笔分五彩,不拘一格,熔典雅、俚俗、清丽、质朴于一炉。《风萧萧》的文采,表现在善于抓住事物的特征和各种描写的特殊需要,出之以独特的、生动的表现方式。"

王愚的《西安召开〈创业史〉及农村题材创作讨论会 强调要努力塑造社会主义新人形象》发表于同期《人民日报》。王愚表示:"不能把新人的概念弄得很广泛,现在有人把它解释成过去作品里没有出现的人物就是新人,于是有的作者便去捕捉别人很少接触过的畸形人,这样的人物是很难表达新的时代特点的。新人,必须是具有社会主义思想觉悟和精神品质的人。社会主义思想在某个新人身上,可能同劳动人民的传统美德相结合,但这两者并不是一回事。"

15日 李准的《谈谈塑造人物》发表于《民族文学》第1期。关于白描问题,李准指出:"我们这一批作家,从唐代传奇一直下来到五四以后三十年代以前,接触的大概都是白描的作品。……我觉得中国的白描的硬功夫过关,再吸收外国的心理描写的长处,将来会出现一种新的文学,我现在还估量不到这种文学的前途,但起码会比现在国外的包括意识流、黑色幽默等派别要好,相信历史将证明这一点。"关于细节和人物关系,李准认为:"人物就是细节构成的。……在写作中有'概括'两个字,'概括'本身就是典型化的过程……不管有多少事情,浓缩到一个短篇、一个长篇或者一个电影剧本里,这就是作家的工作。"

同日,以"关于王蒙创作的讨论"为总题,蓝田玉的《王蒙近作一些值得注意的问题》、郑波光的《王蒙艺术追求初探》发表于《文学评论》第1期。蓝田玉在《王蒙近作一些值得注意的问题》一文中认为:"造成王蒙近作晦涩难懂的主要原因之一,是作品的立意朦胧,因而读来如湖中击水捞月,飘飘忽忽,浮浮沉沉,逮不住目标,抓不住中心。比如《夜的眼》,并没有过多地打破时空的顺序,也没有特别大的跳跃,更没有采用复杂的放射性结构;应该说,作品的脉络还是相当清楚的……但这些场景、细节和人物事件的描写,是怎样组成一个完整的生动、鲜明的画面,并且通过了这些画面要告诉读者一些什么东西,读者就往往掩卷搔首,朦朦胧胧了。""……典型,成为文艺创作的中心课题,……遗憾的是,王蒙在他的近作中恰好对这个根本问题没有给以应有的足够的重视。……它(《海的梦》——编者注)缺少典型性格的刻划。由于没有多少故事情节,没有人物与人物之间的瓜葛,没有人物多方面的言行,只是主人公在景物面前的内心感受的一段又一段的抒发,因此其性格无法得到充分的展示。……《夜的眼》和《春之声》也几乎是没有多少故事情节,没有更多人物的活动,只是写陈昊一个人的感觉和岳之峰一个人的联想,因此,陈昊和岳之峰既称不上是丰满的艺术形象,更谈不到是成功的艺术典型。相对来说,《布礼》和《蝴蝶》就比较注意刻划'典型环境中的典型人物'。尽管作者把聚光点放在灵魂的解剖上,但始终没有离开主人公的经历、遭遇去凭空抒发,而是把他们置于具体人物的矛盾冲突之中,故事情节也较为充实,因而人物形象就丰满一些,性格也鲜明一些……""看来,轻视典型性格的塑造,不是王蒙的无意疏忽,而是他用创作实践对一些文学传统观念进行探讨的有意识的尝试。"

郑波光在《王蒙艺术追求初探》一文中指出:"王蒙近年来的艺术追求,总的看来,是在探索一条将西方现代派特别是意识流的手法,同传统的特别是中国的现实主义相结合的道路。……王蒙借鉴意识流手法，着意刻划人物的主观感受和意识活动，着重塑造人物的心理形象，同时，也不忽略人物外部形象的描写。将心理形象同外部形象协调起来，统一起来，结合起来，塑造一种'立体的、透明的雕象'（聂华苓语），似乎是王蒙人物塑造上艺术追求的新的境界。……不过，从王蒙的近作看来，由于他描写的人物大多是生活经历曲折而趋于内向的人，所以，他追求的重点在'透明'（即心理形象、人物意识的清晰度），'立体'是从属的。……谈到王蒙近作的结构，人们喜欢一言以蔽之说是心理结构。实际上，即令是西方典型意识流的作品，也很少有纯粹是心理结构的，而是总有一个不显眼的情节，如草蛇灰线，时隐时现。完全不顾及情节，光靠意识的流动来结构作品，将会变成软体动物，站不起来。王蒙的做法是将情节结构与心理结构揉合起来，这种揉合，既吸收现代派的技巧，又照顾到我国人民的欣赏习惯。……王蒙结构的特点，可以概括为情节结构的外壳和意识流的心理结构内涵的结合。心理结构大于情节结构。……王蒙这种结构的情节部分有两种类型：一种是进行式的，一种是终结式的。进行式是指随着情节的开展，主人公根据目力所及一事一物随时展开联想、回忆、闪念，情节结束，人物的联想也告终了，如《春之声》《海的梦》《杂色》；终结式是指作者一开始就展开情节，很快就结束了，就象电影的序幕或通讯的导语，然后集中笔力写联想，最后回到现在。最突出的是《蝴蝶》……"

孙武臣的《五年来部分长篇小说述评》发表于同期《文学评论》。孙武臣认为："有些作品还只注重写'史'、写'事'，而不注重写人。有些作品虽然也写了不少人物，但大都缺乏鲜明的个性，写不出人物思想性格的丰富性和复杂性，写不出形成人物思想性格的社会原因的丰富性和复杂性，因此，按照这种'人海'式的千人一面的方法塑造出来的人物，自然不能给读者留下深刻的印象。长篇容量大，为塑造丰满的人物形象提供了广阔天地，这本是长篇小说的得天独厚的有利条件，但不少作者看来却忽视了或不会调动一切艺术手段去塑造好人物……有些作品不注意剪裁与结构，不论什么故事，一概从头谈起；不论什么人物，一概介绍祖宗三代，这种'编年史'或'家史'的写法，用在文学作品中，实不足取。有些作品语言极不讲究，不仅病句多，而且缺乏文学色彩，平铺直叙，空发议论，特别是对话多而乏味。"

本月

忱木的《小说的开头和结尾》发表于《青海湖》第1期。忱木称："小说的开头决定全篇的基调，开头的基调和全篇的基调相一致，这是一种情况。但也有另外一种情况，那就是作品开头的基调和全篇的基调不仅不一致，而且表面上看来正好相反。""伟大的作家不仅注意作品的开头，而且也重视作品的结尾。头尾应该是互相呼应的，有'龙头'必须衬以'凤尾'。白居易说'卒章显其志'，这是说明有些作品的主题是在结尾表现出来的。从作品艺术效果来看，好的结尾有'余音绕梁，三日不绝'之妙，它引起读者联想翩跹，所谓'曲已尽而意无穷'。""小说的开头和结尾，和作品的题材、主题、结构等一样，一方面是现实生活所提供的，另方面又是作家艺术构思的一部分，因此又和作家的主观认识有关系。特别是结尾，更是这样，作家的人生观、思想认识和对于生活的评价，往往从结尾中直接地或间接地反映出来。"

二月

1日 秦瘦鸥的《试论谴责小说——兼谈关于〈劫收日记〉的改作》发表于《长江》第1期。秦瘦鸥说道："对一切事物不满而加以讥评，我们古人向来有一句成语，叫做'冷嘲热讽'。讽刺小说的作者，基本上用的是冷嘲的态度，虽加嘲笑，而很冷静。吴敬梓写作《儒林外史》时，就正是这样。为了说得具体一些，可以再补充几句，那就是作者对被讥讽的对象，在内心深处还是同情的，至多只是不大瞧得起而已，因此笔下很有分寸，决不'斩尽杀绝'。谴责可就不同了，已进入热讽的境界，书中人物几乎是被作者全部（或大部分）否定的，写一个骂一个，丝毫不留余地，有时甚至达到了破口大骂的程度。""正因为作者写作时的态度如此不同，所以使用的手法也就大异了。""无论在刻划人物或描写景物时，讽刺小说都写得比较细致、深刻、周密，往往还带些抒情味道……"

孙西克的《必须向人这个整体说话——谈人物性格的丰富性》发表于同期

《长江》。孙西克指出："出现在这一时期的一些作品，已开始注重人物内心世界的描写和人情美的发掘，也比较注意对人物性格的多样性和复杂性的揭示。如小说《乔厂长上任记》里的乔光朴、《西线轶事》里的刘毛妹、《一个工厂秘书的日记》里的金凤池、《南湖月》里的宛霞、《人到中年》里的陆文婷、《许茂和他的女儿们》里的许茂和话剧《陈毅市长》里的陈毅、电影《天云山传奇》里的冯晴岚等，都已经从概念化、模式化的旧套套中解脱出来，成为更加接近生活真实的丰富多采的人物形象。""然而，随着人物性格的日趋丰富、复杂，对性格理解上的分歧也就出现了。……""我们说必须面向人物的整体说话，写出人物多侧面、多层次的性格，也决不是要求作者……把人物性格里摆上许多自相矛盾的、而且不能融合成为统一体的差异面，弄得越混乱、越难以捉摸越好。……一句话，要向人物的整体说话，写出人物的复杂性、矛盾性，就必须从性格生长的时代条件和现实土壤出发。"

同日，彭荆风的《短篇小说的结构》发表于《滇池》第2期。彭荆风谈道："我们还得承认短篇和中、长篇不同，不单是个字数问题，它应该有它特有的表现手法。我想，既然是短篇小说，在结构上，首先要立足于短，以短短的篇幅，少少的几个人物，准确、简洁的情节，给读者提供一个精采、生动的故事。……所以，能否把短篇小说写得又短又好？主要是取决于作家的艺术功力，对生活的观察是否深刻、细致，能不能从庞杂的生活中提炼出生动感人的故事和人物来。"

彭荆风指出："小说的开头多样，可以写景，写情，写人，写对话来开始；也有情景、人物、对话混合一起写的。但，不管怎样写，这开头的一段或两段必须是和全篇密切相关，不能是可有可无的闲笔或者是无聊的装饰。……小说开头后，就要使情节逐渐展开，在有限的篇幅中（最好是三五千字或万字左右）把这一故事中的人物性格、命运交待清楚。一个短篇，人物有多有少，情节有长有短。不管多少，着重写的还应该是一、两个人物。……一个有志于短篇小说写作的青年，还是应该从短小练笔，注意剪裁，力戒冗长，啰嗦。千万不能图省事、谋捷径，明知本来可以用短小篇幅写出的故事，却要东拉西扯，任意拖长。……我认为，短篇小说的结尾也应该短而有力。故事发展到这里，既不明说，可是又要令人信服，如同云散雾收、奇峰涌现；如溪流穿行在深山大岭间，突然从百丈悬岩间跃落，化成巨大瀑布。当然，也可以没有惊人之笔，那小小情节或几句话却能使人从平淡中感觉余味无穷。"

同日，程德培的《别是一番滋味在心头——读汪曾祺的短篇近作》发表于《上海文学》第2期。程德培认为："汪曾祺的近作，大都是以自己的故乡高邮地区为背景的。作者绘声绘色的彩笔，描就了一幅幅风景画、风俗画。……这些风景、风俗之所以动人，并不是取决于单纯的景美。……这不仅在于作者的语言读来琅琅上口，富有节奏感；也不仅在于作者的描写富有视觉形象。更为重要的是它吻合了明海（《受戒》中的男主人公——编者注）初来乍到时那种心理、情绪活动的特点。……汪曾祺的小说结构，并没有我国传统小说的那种有头有尾、情节曲折、故事性强等特色。但它却是充满着'骨子里的中国气'，体现了我国悠久的美学传统的潜在力量。他的小说，我们能从中体味出作者构思着墨运筹全局的胸襟。犹如传统作画一样，均以'整体气象意致为上'，写来散散漫漫，叙之象是随意舒卷，表现了很大的运动天地。"

7日 冯汉津的《当代欧美文学中的"反文学"》发表于《文艺报》第2期。冯汉津谈道："'新小说'以及与之相关的亲缘小说从哪些方面来确立自己的写作原则和美学标准呢？……首先，取消故事情节。……其次，取消人物。……第三，写物。……第四，阉割意义。……第五，追求语言特技。"

叶辛的《谈怎样结构长篇小说》发表于同期《文艺报》。叶辛谈道："抱着侥幸的心理，在重新铺开稿纸学习写作以前，我不忙着写气氛、景色、矛盾冲突、环境特点了。我试着给自己的人物作分析。""当我写完人物分析，理清他们的思想脉络时，我的长篇小说的结构工作，也同时开始了。往往，在写完人物分析以后，我还做一件事，那就是进一步确定这些人物之间的关系。如果说，写作人物分析，仅仅是使得我明了将写的个别人物面貌，他们可能会有些什么作为和表现的话，那么，进一步确定他们之间的关系，已经在帮助我竖起长篇小说的结构了。""我们都知道，两个不同性格的人相处在一起，对任何事物的反应也是不同的。那么更多的不同性格的人在一起，他们之间的差异就更大、更加不一样了。这种人与人关系中的差异，形成了我要写的小说中特定的人物关系。这么一群人面临着我所要表现的矛盾冲突和事件，他们的心灵、思想、脸部表情、言语对话、待人接物，会是多么地丰富多彩、千差万别，那是可以想见的。加上人本身所具有的复杂性，文学作品中人物的性格就会鲜明地显现出来，人物与人物就会冲突起来。"

8日 郭志刚的《漫谈情节的构思》发表于《光明日报》。郭志刚认为："应该强调的是，虽然情节不要求戴上时代的高帽子，串演一出表面轰轰烈烈、实际并无内容的过场戏，但它却必须深入到时代潮流之中，努力同'较大的思想深度和意识到的历史内容'相结合，使它所表现的各种性格冲突，和时代脉搏发生共鸣或共振。"

10日 刘锡诚的《〈蒲柳人家〉的艺术特色》发表于《小说林》第2期。刘锡诚认为："《蒲柳人家》是一篇具有独特艺术风格的小说，是作者近几年大量作品中的一篇力作。北运河岸边一个小村庄的风俗画，几个传奇性的人物素描，民间习俗、传统及传说的运用，以及来自生活、富于谐趣而又古朴的语言，构成了小说的艺术风格。……在小说中自然环境的描绘不是孤立的、多余的，而是描绘人物所必不可少的。它一方面向读者揭示出人物活动的大环境……增加了作品的鲜明的民族特色与地方特色。另一方面，大环境的描写又丰富和深化了人物的心理与特性。那恬静的风情与醇厚的民风……使他们的故事具有更大的信服力。"

刘锡诚强调："自然，构成一部作品的艺术风格的主要因素，不仅仅是色彩斑斓的风俗画的描绘，还有一个也许是更为重要的因素，就是语言的个性化、群众化和民族化问题。作者在谈到《蒲柳人家》的创作时，曾说过：'语言是文学的第一要素。我从初学写作，就比较自觉地注意讲究语言和文字，也比较自觉地在人物、情节、故事、格调、色彩和趣味上，力求与众不同，至少颇有所异，跟别人的作品不一个模样，不一个味儿。'看得出来，作家在这方面是有所追求、而且是做了努力的。叙述有叙述的风格，对话有对话的韵味，各人有各人的语言。这并不是说作者在这方面没有疏漏或失误……但总的说作者是有所追求的。"

22日 张韧的《中篇小说形式问题刍议》发表于《光明日报》。张韧指出："中篇小说的结构,在取材角度、组织事件、布署情节、安排场景、描写人物等方面,既不能象长篇那样头绪纷繁,又不同于短篇那样的单纯,它要求繁简适中。……与结构密切相联的是情节。……中篇小说的情节要曲折些,矛盾冲突比较复杂,有波有澜。它不象短篇那样单纯,作品的情节线索,既可以是单线的,也允许复线或者放射性的多线条。但是,中篇切忌长篇那种广阔无际地描写相当长的历史生活,它也容纳不下事件重大的纷繁复杂的情节。一句话,中篇小说的情节,要从单纯中显出丰富,从复杂中抓住主干线而透出单纯来。……中篇容许存在另外一条的情节线索,但不能象长篇那样双水分流或鼎足而立的情节结构,它要求主副分明,剪裁得体……""中篇小说不同于写好一个或少数几个人物的短篇,但也不能够象《红楼梦》那样描写几十个、几百个人物。中篇写人物不但比短篇多一些,而且也常常写出人物性格的发展。它既可以截取人物的'横断面',从断面的'年轮'中显示出人物的性格,又可以从人物的几年、以至几十年的时间长河中,揭示出性格成长的历史。从人物的命运和变异的性格中,更见立体感和历史感。""中篇小说的特点不止这些,但上述几点说明它具有与长、短篇相区别的独特性,它们之间有不可抹平的界线。中篇小说汲取了长、短篇的长处,它能够以短篇的灵活、快速写出长篇来不及反映的相当丰富的现实生活内容,但它的写法不允许象长篇那样恢恢廓廓,反而需要短篇那种洗炼、紧凑和精粹。"

24日 夏康达、史立人的《〈庚子风云〉的艺术特色》发表于《人民日报》。夏康达、史立人指出:"作品在刻画人物时,不写则已,写则必求出奇制胜的独特笔触。所谓'出奇',决非追求故事的离奇。恰恰相反,作者毫无以情节曲折来吸引读者之意。我们是说作者善于选择典型的事件和细节,或极为寻常,或出人意料,但稍加勾勒,人物的性格顿时印入读者的脑际。"夏康达、史立人认为,《庚子风云》的语言也很有特色:"语言表达的第一个特点是状物写人,叙事议论,按描写对象的不同而随时应变。""第二个特点是人物的口语切合其身份性格,十分得体。""第三个特点是具有浓郁的地方色彩。"夏康达、史立人还指出:"《庚子风云》词汇量的丰富,在近来的历史小说创作中,也是比较突出的。作品将民间的方言俗语和典雅的文学语言熔于一炉,将我国古朴的传统语言与带点欧化色彩的现代语言掺杂使用,调动了多种格调的语言,不拘一格,挥洒自如,从而形成作品独有的语言特色。"

25日 陈光孚的《"结构现实主义"述评》发表于《文艺研究》第1期。陈光孚认为:"'结构现实主义',顾名思义,在形式上注重结构的创新,在内容上还是坚持写实。但是,并不等于所有注重结构创新和写实的作品都属于这一流派。……'结构现实主义'作品最突出的特点即是'立体感',故而也被称为'立体小说',或'全面体小说(又译"完全小说")'。'立体感'可以说是'结构现实主义'作品的灵魂。'结构现实主义'的一些代表人物认为作品不仅应该使读者有视觉的感受,而且还要有听觉的感受,这样才能在读者头脑中塑造出立体的形象来。为此,他们曾到电影和电视剧的艺术技巧中去借鉴,创造出了多角度和多镜头对话与独白的写作手法。'结构现实主义'流派……也借鉴了绘画的透视法,即:远景粗描,近景细绘,对主要情节和次要情节,对往事和现实都有笔墨浓淡之分;讲究光暗投影,对主要情节和人物采用高光处理,使作品尽量有较多的层次。"

王蒙的《倾听着生活的声息》发表于同期《文艺研究》。王蒙谈道:"写小说,还是要讲究点章法,讲究点规矩的。""我始终没有忘情于概念的运用和迷人的逻辑推理。但同时我又坚信艺术的直觉、艺术的感觉在文学创作中的重要作用。我讨厌图解,讨厌把生活只是当作主题思想的例证,使每一个具体描写都服务于作者的意图。对于那种剪裁得过分纯而又纯,整齐而又整齐,每一个细节(不管是风景描写还是肖像、服装、陈设、天时)都在说明着什么,意味着什么,目的性特别明确的作品,我常常不无偏见地称之为'按既定方针'造出来的作品。我坚信'形象大于思想'。而形象委实大于思想,正是一篇作品有味道、耐咀嚼的首要条件。""我推崇艺术直觉。同时我反对神秘主义、无思想性和非理性主义。对于'无意识''潜意识''下意识''意识流'这样一些心理学的范畴,我大致的、粗浅的见解也是如此。……但去年我被某些人视为'意识流'在中国的代理人。由于自己对'意识流'为何物并不甚了了,所以也不敢断定自己究竟'流'到了何种程度,'流'向了何方,是不是很时髦,是不是一出悲喜剧,以及是丰富了还是违背了现实主义……至于把我的近作仅仅归结为'意识流',只能使我对这种皮相的判断感到悲哀。"

本月

汪曾祺的《小说笔谈》发表于《天津文艺》第1期。谈到"语言"时,汪曾祺认为:"语言的目的是使人一看就明白,一听就记住,语言的唯一标准,是准确。……一个写小说的人得训练自己的'语感'。"

谈到"结构"时,汪曾祺指出:"戏剧的结构象建筑,小说的结构象树。戏剧的结构是比较外在的、理智的。……小说不是这样。……小说的结构是更内在的,更自然的。我想用另外一个概念代替'结构'——节奏。中国过去讲'文气',很有道理。什么是'文气'?我认为是内在的节奏。'血脉流通''气韵生动',说的都很好。小说的结构是更精细,更复杂,更无迹可求的。"

谈到"叙事与抒情",汪曾祺认为:"现在的年轻人写小说时有点爱发议论。夹叙夹议,或者离开故事单独抒情。这种议论和抒情有时是可有可无的。法郎士专爱在小说里发议论。……法郎士是哲学家,我们不是。我们发不出很高深的议论。因此,不宜多发。倾向性不要特别地说出。"

汪曾祺著《汪曾祺短篇小说选》由北京出版社出版。汪曾祺在《自序》中写道:"我的一些小说不大象小说,或者根本就不是小说。有些只是人物素描。我不善于讲故事。我也不喜欢太象小说的小说,即故事性很强的小说。故事性太强了,我觉得就不大真实。我的初期的小说,只是相当客观地记录对一些人的印象,对我所未见到的,不了解的,不去以意为之作过多的补充。后来稍稍展开一些,有较多的虚构,也有一点点情节。""有人说我的小说跟散文很难区别,是的。我年轻时曾想打破小说、散文和诗的界限。《复仇》就是这种意图的一个实践。后来在形式上排除了诗,不分行了,散文的成分是一直明显地存在着的。所谓散文,即不是直接写人物的部分。不直接写人物的性格、心理、活动。有时只是一点气氛。但我以为气氛即人物。一篇小说要在字里行间都浸透了人物。作品的风格,就是人物性格。""我的小说的另一个特点是:散。这倒是有意为之。我不喜欢布局严谨的小说,主张信马由缰,为文无法。苏轼说'大略如行云流水,初无定质;但常行于所当行,常止于所不可不止。文理自然，恣态横生'（《答谢民师书》）；又说'吾文如万斛泉源，不择地而出，在平地滔滔汩汩，虽一日千里无难。及其与山石曲折，随物赋形而不可知也'（《文说》）。虽不能至，心向往之。"

三月

1日　彭荆风的《短篇小说的取材》发表于《滇池》第3期。彭荆风写道："我深感到一个作家必须从自己最熟悉的生活中去选材，千万不能写自己不熟悉的人和事……并不是这些材料不好，而是我还不真正熟悉产生这些材料或故事的生活细节以及与其有关连的历史、生活习俗、人物等等，活的、闪光的材料，在我们的面前也就成了一堆僵硬的、啃不动的铁疙瘩，这说明，听来的材料只能帮助我们去深入了解生活，并不能代替生活中的人物感情和细节。所以，别人讲的材料不可不听，但，并不能就此止步，而要去芜存精，进一步去熟悉生活、选取所需的素材。"

同日，郭政的《论赵树理作品中转变人物的意义》发表于《山西文学》第3期。郭政指出："赵树理作品中的转变人物是艺术典型，而不是'中间人物'。中间人物固然可以成为文学作品中的艺术形象，但它主要是一个政治概念。""赵树理笔下的转变人物……是由落后向先进靠拢的艺术形象。他们在落后的时候，固执己见，顽固守旧，不怕孤立；他们转变的时候也是真心诚意，毫不作假。因此，他们能引起读者由衷的同情。他们是社会进步、时代前进的证明。可见，转变人物和中间人物之间是有着质的区别的。""这些转变人物一方面是现实生活中普遍现象的艺术化，即表现为审美对象了。另一方面他们每一个人物都是具体的、鲜明的，有独特的个性。这种具体生动、丰富多样的人物性格，是给人以美感的重要因素。如果把赵树理笔下的所有转变人物陈列出来，足可以布置成为一个多彩多姿的人物画廊。这是就一般审美意义而言。赵树理的转变人物的特殊审美意义，还在于他们的滑稽可笑，是以喜剧形式出现的。……这表现出作家幽默讽刺的才能，也是转变人物具有审美价值的一个重要证明。当然我并不是说这些转变人物本身就是美的对象，我只是说转变人物的滑稽可笑，能引起广大读者的轻松愉快的笑。这种笑是一种相当强大的批判的力量，是对愚昧落后现象，也即是对丑的否定。否定了丑，间接地肯定了美，或者说达到了美的目的。这在理论上是说得通的。实际上赵树理的转变人物也达到了这种目的。"

5日 杨江柱的《最佳的黄金时刻——再谈文学作品中的时间》发表于《长江文艺》第3期。杨江柱表示："……在文学大师创作长篇小说的艺术构思中，对时间的处理早就要在千变万化中寻求最能反映现实生活、揭示人物性格的'黄金时间'……""要在长篇小说的千头万绪中找到每件事发生的最佳时刻，必须从人物的命运出发，服从于人物性格的内在要求，还必须考虑各个人物性格的冲突和命运的交叉。一句话，塑造人物形象的要求，决定了黄金时间的选择。这是很自然的，因为文学是人学，长篇小说的情节本身就是人物性格的发展史。脱离人物性格的逻辑发展，孤立地寻求事件发生的黄金时间，必然要堕入玩弄技巧的魔道。"

同日，郭蔚球、王志斋、熊大材、蒋克己的《陈世旭小说创作笔谈》发表于《星火》第3期。郭蔚球指出："陈世旭的短篇小说，还有着比较浓郁的抒情色彩。比如他近两年写的几个短篇，在风格上就有所丰富和变化……可见，用充满诗意的语言、风格写景、写情，会使作品带来更大的艺术魅力。同样一个故事，采用富有诗意的笔调与干巴巴的叙述，其效果是迥然不同的。"

王志斋指出："陈世旭的许多小说……象聚光镜一样，所有一切，都对准着人物特定的个性特征，对准着人物灵魂，以突现人物性格深刻的社会意义。即如细节描写，也莫不如此。"

熊大材认为："陈世旭的小说没有曲折的故事情节，但读起来并不觉得枯燥乏味，其原因在一定程度上要归功于小说细节描写的成功。……他写人物，往往着墨不多，就能使之须眉毕现，功夫全在细节描写上。……作者对物件的细节描写，也起到了联结故事情节、展现作品主题的重要作用。"

7日 陈骏涛的《评长篇小说〈沉重的翅膀〉》发表于《文艺报》第3期。陈骏涛认为："在这部长篇小说里，也发挥了她（《沉重的翅膀》的作者张洁——编者注）的所长，以一个女性作者的独到的体察，探幽烛微，深入于人物内心的深处，细致地表现了人物感情的波澜，这就使她笔下的十几个主要人物形象，都具有比较鲜明的个性,而不是某种概念的单纯的传声筒。""《翅膀》在艺术上的一个重要特点是把议论带进了小说,形成了小说的一种思辨性和哲理性的色彩。"

10日 蒋荫安的《带着海腥味的石子——母国政短篇小说创作漫评》发表于《北京文学》第3期。蒋荫安认为:"艺术表现上,母国政基本采用中国小说创作传统的手法——作品脉络清楚,有头有尾;通过人物本身的动作和语言来刻画人物,很少有静态的、冗长的心理描写和作者直接出面的议论;通过矛盾的层层推进,一步步来撩开人物内心世界的帷幕,等等。在民族传统的基础上,他也吸收了西方小说创作的某些表现手法,如意识的流动,时序的颠倒,交错的穿插等,但是所有这些,都是紧扣在主线上的,是围绕主题而展开的,因而不仅散而不乱,而且使结构灵活多变,大大丰富了作品的表现力。"

同日,黄政枢的《试谈几部中篇小说的结构艺术》发表于《钟山》第2期。黄政枢指出:

"《人到中年》(谌容著——编者注)的结构,最显著的特色就在于:经与纬、纵与横、简与繁、短与长、散与凝、松与紧、前因与后果、演绎与归纳、内心与外围、辐射与集光,诸相交融,通体妙合。这也就是说,作者在安排整个作品的结构时,相当全面地运用了辩证统一的艺术法则。

"这部小说(谌容的《人到中年》——编者注)内在结构的特点,是纵横交织、内外结合。正是基于这种内在结构的需要,小说用的几乎尽是倒叙、补叙、追叙、插叙的笔墨,因而表现在行文次序和章节安排上也就显得错综复杂。……她能够在上下章节之间设置环扣,巧妙地运用特定的物作、音响、语言等蒙太奇组合手法,使之从外在形式上连接起来。这样做的结果,不但有效地避免了杂乱,而且自然地突出了散中有凝、松中有紧的艺术情致,别有一种外在结构的形式美。

"文脉的自然流畅、画面的丰富多彩、节奏的强烈鲜明,便是这部小说(叶蔚林的《在没有航标的河流上》——编者注)在结构上巧用散文笔法而具有的特点。这里,特别应该称道的是,作者所采用的散文笔法,不是外加的,而是将其融进于描写的题材之中,化脱为生活本身的'和声'。"

裴显生的《向生活的深处开掘——论张弦的小说创作》发表于同期《钟山》。

裴显生认为:"张弦在刻划人物性格上的一个特点是喜欢使用对立对比的方法。前期作品重在使用人物之间的性格对立,以构成矛盾冲突,让人物在冲突中表现出鲜明的性格特征。……近几年来,张弦则注重人物心灵和命运的对比,让人物在对比中显出独特的性格,并使之具有更大的深度和容量。"

朱砂的《丹青难写是精神——介绍文学新人赵本夫和他的作品》发表于同期《钟山》。朱砂谈道:"《卖驴》的心理描写起码显示了两个长处:一是通过心理描写直接揭示人物性格,二是凭借心理描写推动故事情节。不过,《卖驴》中人物的心理描写不是整块成段地进行的,而是放在一定的社会背景和生活土壤上进行的,由此所决定,作者把对人物内心世界的刻划巧妙地溶入生动的夹叙夹议之中,把揭示新生活的真理与展露面对新生活的农民心灵的奥秘,有机地胶合在一起,维妙维肖地构成一幅生动的生活整体画。"

15日 关沫南的《谈短篇小说及其短》发表于《民族文学》第3期。关沫南认为:"短篇的故事情节需是精彩的横断面,象鲁迅所说是全局的'一雕阑,一画础',寻求的是故事的典型性,而不是完整。在短篇中,情节的发展也可以有开端、发展、高潮和结局,也可以波澜起伏,但枝节不能庞杂而繁多,贵在单一和集中,笔墨应用来刻画人物的心灵和精神世界,而不全去叙述或介绍故事的繁琐过程。为了具有艺术吸引力和避免冗长,情节的安排设定应忌平铺直叙,可以根据艺术需要重新组接,不必机械地忠实于生活的原始过程。"

李乔的《怎样表现民族特色?——与黄玲同志讨论》发表于同期《民族文学》。关于一部作品要表现出民族特色,李乔认为,最关键的问题"恐怕主要的还是写出:典型环境中的典型性格。……作家应该精心选择适当的故事、情节、字句,生动而准确、栩栩如生地雕刻他的作品中的人物。不但要形似,而且要神似。……塑造人物,有一个比较重要的手段是语言。各民族语言都有各自的特点,彝族语言不同于汉族语言,也不同于傣族语言。不仅发音、语法、结构有异,而且在应用的微妙处也不相同。……除人物、语言外,还有一个民族形式问题。它是各民族在长期的经济生活和文化生活中形成的,是各民族表现自己的思想、感情习惯了的,因而为各族人民喜闻乐见"。

同日,郎保东的《人物的性格逻辑》发表于《新港》第3期。郎保东指出:"在人物形象的塑造上，许多作家都有这样的体会：一旦人物在自己笔下活了起来，他就有一种独立的力量，制约着作家的笔……事实上，这种现象并不神秘，它深刻地体现着艺术创作的规律。众所周知，凡成功的人物形象，他不是作家凭空臆造出来的，而是作家忠实于生活，按照生活的真实，从复杂的社会关系中，所精心地孕育出来的。所以，作家根据生活所创造的人物，一经形成，就有了一种独立的生命，有了自己独特的血肉和灵魂。……在这种情况下，即使是创造他的作家，也决不能对自己的人物横加干涉，任意地摆布和支使了。假若违背这一原则，作者对于自己人物的思想和言行硬是要随意处置，那他就必将要损伤人物的形象，毁掉他的艺术生命力。依我看来，作家笔下人物的这种相对独立性，就是人物的性格逻辑。它是作家所创造的，然而，它一经形成和活了起来，又能引导作家通过人物性格发展的自身逻辑，更好地来发挥自己主观创造的能动性，进行精彩的艺术谋虑和生发。"

24日 蹇先艾的《新的人物　新的气象——读何士光的短篇集〈故乡事〉》发表于《人民日报》。蹇先艾认为："士光的短篇小说，得力于契诃夫，题材大半属于日常生活，小人小事，小说的情节都不复杂，事件的环境却描写得很鲜明，并且又能根据实际生活来创造各种各样的人物。他的作品，特别注意情节的集中、紧凑，文字的简洁、凝练，这与当前流行的某些追求曲折的故事情节，篇幅伤于冗长的短篇小说，是不可同日而语的。""士光的短篇小说，最初着眼于情致、情趣，类似抒情的散文，略带哲理，叙述多于描写，每篇都充满了诗情画意。"

31日 郭志刚的《揭示矛盾和现实主义——简评一九八一年短篇小说评选获奖作品》发表于《人民日报》。郭志刚强调："在艺术上，揭示矛盾，是对现实主义的重要要求；所谓现实主义深化，从一定意义上讲，就是揭示矛盾的深化。……我们的作家则自觉地认识并实现着这一点，所以称作革命现实主义。总之，在不断地揭示矛盾冲突的过程中，就孕育着艺术的成功和现实主义的胜利，就孕育着无限的'新'或'美'，而对于读者来说，只有'新'或'美'的东西，才能感动他们，教育他们，从而实现艺术的使命。"

本月

杨江柱的《通过谁的眼睛——谈小说的"视点"》发表于《芳草》第3期。杨江柱认为："小说对生活图景的描绘，都要有特殊的'视点'。小说的视点，可以是作者的眼睛，也可以是小说中的一个或很多人物的眼睛。""通过特殊的'个人'的眼睛去摄取生活图景，有'一石二鸟''一箭双雕'之妙：既描绘了生活图景，又表现了人物本身。……长篇小说头绪纷繁，人物众多，往往通过许多人物的眼睛去看现实世界，随着情节的推移来转换视点。""短篇小说则只截取生活的片断，借一斑以窥全豹，形式灵活多样，视点可以象长篇小说一样在人物之间随意转换，也可以固定于一点，始终只通过一个人物的眼睛去摄取生活图景，从一个特定角度去强调特殊感受。"

陆文夫的《漫话小说创作》发表于《鸭绿江》第3期。陆文夫谈道："作家首先是生活的里手，他在他所写到的那些生活的范围内，甚至还是高手。……有意识地从小说中去提炼维他命ABC，一是很难提炼，二是吞服以后很难吸收，三是吸收过多恐怕会引起'血管硬化'。……我在写小说之前确实没有把小说当做文艺学习材料，而是从看故事开始，慢慢地把它当作一个窥探人生的窗口。……我觉得一个作者观察生活，有他和众人相同的一面，也有他和众人不同的一面，即所谓'独具慧眼'。……所谓相同，应该是很好理解的，即一个小说的作者和大家都是一样的。一样地工作，一样地生活，一样地喜怒哀乐。换句话说首先是一个普通的人。……我觉得不同之处是在于他们的着眼点。小说作者较多的着眼于人，事是作为人的一种连续性的表现而存在的。不写小说的人观察生活，较多的是着眼于事，人是作为事的参预者而存在的。"

本季

庄临安、徐海鹰、夏志厚的《评〈晚霞消失的时候〉——兼评〈公开的情书〉〈人啊，人！〉》发表于《文艺理论研究》第1期。庄临安、徐海鹰、夏志厚指出："人们喜欢把中国当代文学称为'思考一代的文学'，《晚霞》等三篇小说当然也隶属其中。但是其故事的构思、人物的设置，乃至大段大段的议论，都使它们的风格更接近于十七世纪启蒙思想家笔下的哲理小说。这种新的小说样式的出现,是'思考一代文学'的集中体现和进一步发展。那种抒情的格调,那种思辨的文风,都打上了深深的时代烙印。"

四月

1日 茹志鹃的《我想说一些什么——读〈巨兽〉以后》发表于《上海文学》第4期。茹志鹃谈道:"《巨兽》是一篇哲理小说……我读后的感受是觉得它通体透着一种英雄主义色彩……故事似乎接近传奇,但又非常现实;手法很'洋',但人物又十分民族化。"

张德林的《情理与善恶——也谈性格化并同陈思和同志商榷》发表于同期《上海文学》。张德林认为:"在我们的文学创作中,为恩格斯早已非议的,把人物当成'时代精神的单纯的传声筒'的席勒化倾向——也就是概念化倾向,今天仍然是相当普遍地存在着。……针对着创作上确实存在的这种弊病,陈思和同志在《关于性格化的通信》一文中(见《上海文学》1982年1期),提出了写人物要重视性格的丰富性、复杂性和多侧面性的论点,我是表示赞同的。"

5日 钟本康的《写出人物性格的多样性和复杂性——评长篇小说〈黄毛丫头〉》发表于《福建文学》第4期。钟本康认为:"姚鼎生同志的长篇小说有较强的故事性,每个章节总有一个小故事,它们又汇集、串织成一个有头有尾的完整的大故事。作品所反映的虽是有重大社会意义的矛盾,但并不追求冲突的尖锐化、白热化,也不追求情节的曲折离奇,而往往抓住看似平常却能动人情感的情节,加以娓娓动听的描述。他并不为写故事而写故事,他的出发点、着眼点始终是写人。作者善于刻划各种人物不同的性格特征,但又不刻意为之,而常从生动的故事情节中,从人物对话和生活细节中,自然写出。"

此外,钟本康还指出:"繁复的客观世界,错综的社会关系,多样的人生经历,必然使人物性格千差万别,而形成性格的多样性;同时,也使每个人物性格丰富复杂,而呈现性格的复杂性。《黄毛丫头》在较好地表现性格多样性的同时,在性格复杂性问题上也作了一些努力。"

范咏戈的《从〈地上的长虹〉到〈西线轶事〉——谈徐怀中对当代军事题

材小说的艺术探索》发表于《光明日报》。范咏戈认为:"用轶事笔法写小说,早在我国古典文学中就使用了,如《世说新语》就是一部轶事小说。徐怀中继承并丰富了这种写法,而且已不仅仅限于凸现人物性格。有时用来评述生活,产生独特的效果……有时将两件毫不相干的轶事放在一起对比,产生强调的艺术力量。"

7日 易言的《评〈波动〉及其他》发表于《文艺报》第4期。易言认为:"小说的写法是朦胧的,作者采用了'意识流'的手法。零乱的跳跃,扑朔迷离的心理感受,晦涩难懂的哲学说教,都打着那个时代的印记。由于写得过分朦胧、晦涩、破碎,弄得你眼花缭乱。"

章仲锷的《于真挚处见深意——读王安忆的〈本次列车终点〉》发表于同期《文艺报》。章仲锷认为,王安忆"没有趋时地写什么离奇的人物遭遇,怪诞的爱情离合,以至于大谈音乐美术,炫耀某些高深玄妙的哲理,而是抒写普通的年轻人的追求、向往和苦恼,剖析他们的内心世界……很有生活气息和地方色彩,构成了从环境到人物描写的一种平易、真挚、淡远的风格,就象一幅水墨写生,尽管笔触纤柔,不敷重彩,却显得意境深邃含蓄,颇耐回味"。

14日 曾镇南的《文艺创作要有助于提高人们的精神境界》发表于《人民日报》。曾镇南表示:"文学作品要对人民生活中自然形态的美进行提炼、集中、强化,这里必然要渗透作家的美学理想。我们所提倡的现实主义,不是实录式的、爬行的、暗淡的现实主义,而是有革命理想照耀的现实主义。我们反对用蒸馏水写出的纯净但却苍白无味的人物,但也并不排斥使人物带上绚丽的理想的光辉;我们反对脱离生活编造的高大完美的假英雄,但也并不以为凡是美好的性格都务必添上一缕阴影才能增强其真实性。"

15日 关沫南的《关于短篇小说创作的几个问题》发表于《龙沙》第2期。关沫南认为:"短篇小说一定要写得简练,语言文字的运用一定要节省。换句话说,写短篇小说一定要扎住笔写、不能敞开随意地去写。……在语言描写上,表现上,特别是在形容词上,不要一再重复。……写环境要符合历史和生活的真实,要用画笔写得具有抒情味道,而不要用叙述的笔法。……在艺术上,文学作品上,我是比较喜欢托尔斯泰的写法,也包括肖洛霍夫的写法,就是象画画那样，象电影镜头那样，让形象非常鲜明地表现思想，而不用抽象的枯燥无味的叙述的写法。实在要用，也需是少量的夹叙。……短篇小说的风格、流派、表现手法应该是多种多样的，在风格、流派、手法上，都应该进行创造性的劳动。叙事的也好，回忆的也好，抒情的也好，书信形式的也好，日记体裁的也好，应该有各种各样。"

同日，王科的《他为农民辛勤笔耕——满族作家李惠文及其小说》发表于《民族文学》第4期。王科认为，李惠文"继承中国古典小说的描写手法，采取以白描为主，通过人物的举止、言谈、情态来刻划人物性格的方法，写出一组组浮雕般的人物，丰富了当代民族文学的宝库"，"李惠文小说浓郁的民族化特色还表现在他对语言的驱遣和运用上。他的语言既是民族化的，大众化的，又有浓厚的辽西乡土色彩：浑朴、通俗、新鲜、形象、生动，作到了雅俗共赏"。

21日 巴金的《在军事题材文学创作座谈会上的讲话》发表于《人民日报》。巴金强调："我们的文学作品写人，写人的性格和命运，就要把人物置身于复杂的矛盾斗争之中，只有这样，才能充分表现他们的精神面貌、内心世界。这一点，很可以从我国古典的军事题材作品取点经。"

刘白羽的《努力建设我国新的历史时期的社会主义军事文学——在军事题材文学创作座谈会上的发言（摘要）》发表于同期《人民日报》。刘白羽表示："我们必须批判地继承中国的古典军事文学遗产，反对抛弃民族遗产的文学上的虚无主义态度。同时外国的优秀古典军事文学，也是值得借鉴的。"

25日 黄伟宗的《新时期以来中国小说艺术的发展》发表于《当代文艺思潮》第1期。黄伟宗指出："这五年小说艺术的发展突破，还表现在人物形象具有空前的多样性和丰富性。这种特征的产生和表现在于：一、从'定性'的突破到'多性'的发展。所谓'性'，是指人物形象的性质，所谓'定性'，有两层意思：一是在过去小说艺术的人物形象中，先进的、英雄的、正面的典型，大都是工人、贫农、解放军战士、革命干部的人物形象；落后的、对立的、反面的典型，大都是知识分子、中农、旧人员、小资产阶级、剥削阶级的人物，……近五年来小说艺术中人物形象的创造，既发展了这种情形，又突破了这种情形，形成了人物形象的'多性'发展。……二、从'定型'的突破到'多型'的发展。所谓'定型',就是作品中的人物形象大都可分别属于正面、反面、中间(或者先进、摇摆)这三种人物,而且许多作品大都具备这三种类型的人物。这种状况,在近五年的小说艺术中,有特别明显的突破,正朝着'多型'的方向发展。……三、从'定义'的突破到'多义'的发展。……在过去的小说艺术中……每个人物形象只包含一个或一层的思想生活内容,认为这样才思想性格鲜明。……四、从'定位'的突破到'多位'的发展。……近五年小说艺术也对此作出重大的突破,出现人物形象'多位'的情形,并由此而更好地达到了'定位'所意图达到的目的,这就是:体现正面力量的优势和革命思想主导的思想倾向。……五、从'定格'的突破到'多格'的发展。……过去许多小说艺术中的人物形象,往往只是注意表现共通的品格,忽视不同的性格,因而形成了人物形象创造上的'定格'状态。……近年来开始有'不拘一格降人才'的可喜局面,在小说艺术中,也有了'不拘一格写人物'的良好开端。"

王蒙、刘心武的《就风格、流派诸问题答〈当代文艺思潮〉编辑部问》发表于同期《当代文艺思潮》。刘心武说:"我常看外国作品。近年来我陆续买了一些新印的外国古典文学作品,大多是我十几岁二十多岁时就读过的,但我试图重读时,惊异地发现它们对我的吸引力大大减弱,一些当年令我爱不释手,巴不得一口气读完的这类作品,现在读起来却觉得不那么有兴味,有时甚而已不能终卷。这究竟是为什么?自己也还没有想清楚。只有契诃夫晚年的小说例外,读来仍觉魅力无穷。此外,相比较而言,如法国罗狄的《冰岛渔夫》,英国哈代的《卡斯特桥市长》(旧版本),俄国陀思妥也夫斯基的《白夜》《罪与罚》等,倒还能依旧一口气读完。也读了一些外国从本世纪初迄今的非古典作品,比较喜欢的有美国海明威的《永别了,武器》《老人与海》及他的短篇小说,美国辛格、贝娄、马拉默德、奥茨的某些短篇小说,英国格林的某些短篇小说,西德伯尔的某些小说,法国和意大利的新现实主义的某些小说和电影剧本,日本川端康成、芥川龙之介的某些小说,等等。当代苏联文学作品,我总把它们当作一种自成体系的文学现象来加以关注。我喜欢读艾特马托夫的某些作品,喜欢读以当代苏联生活中的伦理道德问题为题材的作品。"

同日,郭瑞的《我国古典美学思想的一个突破——金圣叹的人物"性格"说》

发表于《文艺研究》第 2 期。郭瑞谈道："在诗论、画论、文论中，经常用来对作品进行审美评价的是'意境''兴象''神韵''风骨'等这样一些概念。这些美学概念对以刻划人物为能事的小说作审美评价，已不够用了。金圣叹不满足于一般的'传神''逼真''肖象'这样一些说法，而首先明确地提出了'性格'的概念。他在对《水浒传》进行总评价时说：'别一部书，看过一遍即休，独有《水浒传》，只是看不厌，无非为他把一百八个人性格，都写出来。《水浒传》写一百八个人性格，真是一百八样。若别一本书，任他写一千个人，也只是一样，便只写得两个人，也只是一样。'他认为《水浒传》的巨大艺术魅力和突出艺术成就就在于写出了人物性格，写出了众多的、形形色色的、各具特征的人物性格。这里，金圣叹实际上指出了小说美的特质：把性格写出来；写出各样的性格来。结合他在评点中阐发的一系列观点可以看出，他不但找到了，而且明确地将'性格'作为对小说进行审美评价的核心和主要标准。""在金圣叹看来，性格也就意味着人物的各别性。大家都知道，典型理论是西方文论的重要内容。一般说来，十八世纪以前对性格典型的理解重点是在普遍性、共性上面，信奉'类型'说、'定型'说。其后，典型观的重点才转移到特殊性、个性上来。而十七世纪上半叶的金圣叹在继承我国传统美学观念的基础上提出的人物性格说，则具有自己鲜明的特色，这就是对人物性格的个性特征的强调。金圣叹指出：'《水浒传》一个人出来，分明便是一篇列传。'（卷三）他赞赏道：'《水浒》所叙，叙一百八人，人有其性情，人有其气质，人有其形状，人有其声口。'（卷一）性情、气质，是心理方面的特征；形状、声口是外部造型上的特征。在他看来，不同的人物性格，在其内在方面和外在方面都是不同的。他还把性格的不同与出身的不同联系在一起。尽管金圣叹并没有进一步对'性格'的内涵做出说明，但联系到他使用的一系列相近概念，我们完全可以看出，他所说的'性格'绝不是单一的、静止不变的东西，不是某种概念或情欲的化身，而是包含着丰富内容的内心世界与外部形态的复合体。"

柳鸣九的《新小说派、意识流及其它——访法国作家娜塔丽·萨洛特》发表于同期《文艺研究》。柳鸣九认为："近年来，国内文艺界对西方文学中的意识流和潜意识的描写很感兴趣，然而，却往往把意识流这样一个随着二十世纪心理学的发展而在文学中出现的一种描绘手法，当作了一个流派，这是一个显然的误解。意识流描写的手法事实上可以为不同流派的作家所运用，也可以出现在不同风格和流派的作品中，而且，意识流描写、潜意识描写也是一个广阔的天地，可以允许不同的作家采取不同的手法，从而呈现出丰富多彩的面貌。国内一些论者过去对这个问题的理解无疑有些笼统，似乎只要被称为'意识流'，就都是一回事。""普鲁斯特的名著《追忆似水年华》（原文译为《忆华年》——编者注）……在叙述者内心中呈现出来的，是现实生活一幕幕完整的场景，是具体事件脉络清晰的发展过程，甚至连主人公听到的乐曲和对乐曲的感受，也被作家凝固为描绘性的文字，只不过，所有这些都连续地出现在叙述者的回忆里，因而形成了一股意识之流。而在乔伊斯的名著《尤利西斯》里，则不是静止凝固为形象画面的往事在脑海里符合逻辑的连续搬演，而是代表着、体现着现实生活某些内容的形象、意象，杂乱地在头脑里跳跃飞动。至于娜塔莉·萨洛特……致力于表现人物口头的话语和内心的话语以及隐藏在这些话语后面的一刹那间的近乎生理性的精神现象……"

王愿坚的《脚下要有块土地——创作与生活琐谈》发表于同期《文艺研究》。王愿坚谈道："我们说'深入生活'，如果只看作是到那里去搜集材料，寻找点人物和故事，大约是对生活的误解；至少是不完全的。""作品是写人的，又是人写的。""生活，不仅养育着作品，也造就着作家。""作者写社会生活、写客观存在的人物，又要把自己对生活的认识、见解和自己的思想情感流进去，无保留地、深深地流进去，从而塑造形象，评价和解释生活。这两者之间并不经常一致，或者说常常是有矛盾的。这个矛盾的解决，还是靠生活本身。""作家在了解、体验、研究、分析别人的同时，研究着自己。作家在改造客观世界的同时改造自己的主观世界；作家在创造人物的时候，也创造自己，走向成长、成熟和成功。""近几年，现实主义传统在恢复，在深化。人们摒弃了虚假，走向真实。这无疑是一个很大的胜利。"

本月

马振方的《论小说的情节艺术》发表于《文学评论丛刊》第14辑。马振方写道：

"情节的戏剧性是社会矛盾复杂性的集中表现——集中于一个场面之中。这种场面，人物之间的关系不是简单明了、直截了当、全部公开的，而有微妙、隐秘、惟恐拆穿或尚待揭晓的复杂因素在起作用，通过匠心的构思、安排，造成情节的悬念、意境、波澜，生活底蕴、人物精神从中得到生动的表现。不用说，情节的这种戏剧性，对戏剧艺术是至关重要的，每场好戏必不可少；对小说虽不到此地步，也是很可宝贵的，为无数作品增加了光彩。戏剧性最强的情节、场面，往往也是一部小说最生动、最有艺术性的部分，是其情节的精华。……生动的小说情节不一定富有戏剧性，而戏剧性强的小说情节必定富有生动性……如果人物之间复杂的矛盾关系不是集中于一个场面，而是贯穿多个场面，从而造成情节的迂曲、变幻、起伏波澜，这情节就有了故事性。戏剧性也是一种故事性，是同一场面的故事性，故事性则是不同场面的戏剧性。故事性也是情节生动性的一种表现。说一部小说故事性强，就等于说它的情节具有某种生动性……构成情节故事性的因素是多方面的。除了矛盾复杂之外，写法也起着重要作用。同一情节，写法不同，故事性的强弱大不一样。以叙述为主，将情景的描写融于事体的叙述，故事性就强；以描写为主，将事体的发展融于情景的描写，故事性就弱。多写人物的语言、行动，故事性就强；多作静止的人物解剖，故事性就弱。多用粗线勾勒，故事性就强；多用工笔细描，故事性就弱。总的看来，情节密度大，故事性就强；情节密度小，故事性就弱。故事性的强弱是小说情节密度的重要标志。"

马振方指出："情节典型化是与生活事件的自然状态相对称的，同时又是以自然状态的生活事件为基础的。选择题材和本事是提炼情节的第一道工序，也是情节典型化的起点。这个起点很要紧，用什么样的材料、事件作为情节的骨干基础，关系情节典型化的难易、成败。在恰巴耶夫、江竹筠、杨子荣、欧阳海等人英雄事迹的基础上提炼情节总是比较容易成功，容易达到典型化，因为那些事迹本身就有较强的典型性。题材价值不大，典型化也就很难。作家须努力寻求蕴藏丰富的生活事件作情节的骨干基础，就象地质勘探队员寻找优质矿苗一样……还有这样一种情况：生活本事看起来并不显眼，没有多少社会意义，而经过作者的加工改造，'综合处理'，会发生根本变化，成为极富概括力的典型情节……情节典型化是对社会生活作艺术概括。它是提炼过程，创造过程，又是认识过程，思维过程，是作家对生活的艺术认识过程，是将生活感受上升为艺术感受的形象思维过程。小说作家不管对他所要反映的社会生活已然认识到何种程度，只要没有、而且不能用典型的情节和细节对它作出艺术概括，艺术认识就没有完成，就要继续研究，认识，反复琢磨，直到把它典型化。"

马振方还谈道："情节既是人物的行动，是'某种性格、典型成长和构成的历史'，其主要依据就只能是人物，是人物思想性格。典型情节是最富性格特征的行动，是人物思想本质的集中表现……作家创造典型情节就是为人物寻求这种'情境和动作'，制作'这个情境和动作的演变'，使人物的思想性格从中得到充分的'显现'。情节典型化常是以刻划人物、塑造典型为直接目标。看一个情节的典型性，一定要看它表现人物的力量如何。就此而言，高度典型化的情节大致有如下三种情况。其一，如巴尔扎克用以刻划葛朗台老头贪婪、鄙吝、爱钱如命的那些情节，矛盾深刻而单一，着力表现着某个人物某一方面的性格特征，将其本质显露得异常充分，无以复加。这种情节为小说家普遍采用，而对塑造较为单纯的、堪称'类的样本'的典型尤不可少。一个'类的样本'往往伴着一连串这样的典型情节，是这些情节所结的硕果……其二，如《李自成》第二卷石门谷平叛，矛盾深刻、尖锐而且复杂，让主人公处于多种矛盾冲突的核心，使其思想性格的许多方面同时得到有力的表现……其三，如梁山泊'菊花之会'，'贾宝玉大受笞挞'，审判玛丝洛娃，梁生宝分稻种等，矛盾或简单或复杂，但不集于一人之身，而将一批脚色卷入漩涡，成功地表现着几个人，一群人，同时刻划出种种性格，种种情貌，对塑造人物形象具有一石三鸟的作用。"

马振方最后指出："以上三种典型情节的差异是相对的，是相比较而存在的。任何出色的情节都应表现整个的活人，纯然表现一种性格素质的情节是不存在的；单单表现一个人物的情节虽有，而以一人为主、多人为辅的情节更多，后者虽属前两种，与第三种也有相似之处，有时甚至很难区分。在具体作品中，三者时而参差错落，互相配合，构成情节的变化美；时而又彼此包含，互相融合，并无泾渭分明的界限。"

五月

1日 蒋孔阳的《立体的和交叉的——读刘心武〈立体交叉桥〉有感》发表于《上海文学》第5期。蒋孔阳认为："刘心武的《立体交叉桥》，其所以能够把生活反映成立体的和交叉的，还和他对于人物性格的描写分不开。""要把人物性格的描写提高到一个新的水平，写得丰满一些，写得更富有生活的气息，就应当突破被理解得简单化了的对比法和类型法的框框，而深入到生活之中去，让人物从生活本身的树上长出各种各样的绿叶，开出各种各样的花。"

3日 雷达的《色彩·情调·意境》发表于《小说选刊》第5期。雷达谈道："我们谈论短篇小说的创作，有一个题目似乎被多年遗忘了，那就是对色彩、情调、意境的追求。目前不少小说，仍然写得过于抽象，过于理智，缺乏耐人咀嚼的深厚涵蕴。作者一开笔，人物言谈和故事发展便直奔主题而去，把实际生活复杂丰腴的面貌研丧得形销骨立。要提高短篇创作的水平，不断从模式和框框中跳出来，首要的自然是：现实主义的文学不可回避'现实'；选材要严，开掘要深。但与此同时，还应该在艺术表现上有更高的追求。如果我们的作品，不光有深刻的思想，性格鲜明的人物，而且能够充分展现出生活固有的色彩和情调，那么短篇小说的花园里，一定会呈现出色彩缤纷，姹紫嫣红的气象吧。""《山月不知心里事》使人耳目一新，新在哪里？新在突破了目前写农村生活常见的色彩格局，展示了新的生活矛盾变幻出的新的色彩。它不是一律地由穷变富，皆大欢喜。它的人物在一个山月初上的夜晚流露出淡淡的、朦胧的'忧虑'。这'忧虑'恰恰又不是'怕政策变化'之类，而是农村青年在实行生产责任制的喜悦之中伴和的'忧虑'，一种比他们的父母兄嫂更高的精神要求。这样写便脱了俗套，展出新容。我们希望作家们的调色板上，颜色更多，颜色更新鲜。"

5日 玛拉沁夫的《短篇小说杂谈——1981年11月28日在中国作家协会文学讲习所的讲课记录》发表于《边疆文艺》第5期。玛拉沁夫谈道：

"短篇小说这一形式是从事散文创作的人离不开的。有专门写短篇小说的作家，也有长、中、短篇都写的作家，但完全不写短篇的散文作家是很少的。短篇小说在读者中影响很大，它反映生活敏捷，是文学样式中驾御起来比较容易的轻武器，因此，短篇小说这一形式广泛地被作家和初学写作者所采用。但是，真正把短篇小说写好，却很难。

"什么才算是短篇小说，没有一个明确的定义。有的短篇小说，比如鲁迅先生的《一件小事》，是短篇小说，也可以说是散文。屠格涅夫的《猎人笔记》，有人说是散文，有人说是散文诗，依我看其中有不少可以称为短篇小说，因为它具有虚构的人物、环境和完整的故事情节。短篇是与长篇相比较而言的。中国古典文学起初没有长篇小说，司马迁的《史记》所记载的某些故事，可以称为短篇。中国的长篇小说是在明朝末年的话本和拟话本的基础上发展起来的。从那时小说开始具有较大的情节性和众多的人物形象描绘。中国的小说由说'小段子'（即短篇）开始，发展到几十万乃至上百万字的长篇巨著。小说的长短过分悬殊，因此，出现了'中篇'这个新词儿。严格地说，长、中、短篇都不是一个很明确、清楚的概念。长篇与短篇是比较好区别的，中篇是长、短篇两者之间的。

"为了提高自己的创作能力，我对短篇小说这个专题，曾经从几个侧面作过一些探讨和试验，大体上分为五个侧面：叙事、抒情、绘景、写人、表义。一个好的短篇要力求较好地融合这几个方面为一体，当然，在某一具体作品中，也不妨侧重探讨和试验其中的一个方面。我写的短篇小说中，有以第一人称或第三人称的写法侧重于叙事的；有叙事与抒情相结合但抒情色彩浓一些的；有情、景、事'三结合'的；有侧重于写人物，即人的个性和命运的。有的人说，短篇小说篇幅有限，抽不出笔墨去作风景描写，但我认为一个好的短篇应当有景有情，情景交融，读来将更有兴味。有的作品乍看起来，那些景物描绘是作者漫不经心写来的，其实都是与作品主题的表达结合在一起的，或者说，都是为'表义'的。我认为作家应当把短篇创作当成自觉地提高艺术表现能力的一种活动。"

7日 乔山、俞起的《略谈〈人啊，人！〉的得与失》发表于《文艺报》第5期。乔山、俞起认为："从艺术上看，作者的文学素养较深厚，写作手法也较别致，文字优美而简朴，作品富于哲理而又诗意盎然。从内容上看，作者的才华并不表现在抒写所谓'人性'上，而是表现在作者以其小说家的敏锐感觉，刻划出在特定历史时期为现实的社会关系所规定的人物性格上。"

10日　王蒙的《漫话小说（续一）》发表于《小说林》第5期。王蒙谈道："小说手法的变异、突破和扩展往往会引起某种恐慌。……同时，在这种变异、突破和扩展中必然有各式各样的赝品、冒牌货、掩饰内容与心灵的空虚的形式主义者、自大狂以至疯子、骗子、呆子……混进来。""有没有近似于'流行歌曲'的小说？肯定有，照我看还不少。其中一种最价廉却又相当'有效'的办法就是情欲挑逗。什么'水灵灵的眼睛'啦，'杨柳一样的腰肢'啦，'期待着一个甜蜜的吻'啦……前一段所以有'爱情成灾'的反映，与其说是因为爱情写得多了，不如说是因为写得太俗、太腻、太空虚无聊。""还有一种流行歌曲式的小说作法就是滥用巧合。巧合当然是不能排斥的，没有巧合、没有偶然就没有生活，就没有小说或者戏剧……在现代写小说，运用巧合上，似乎应该更慎重一点。""当然，也有另一种巧合，另一种偶然，那正是必然性的一种表现。巧合仍然是构思小说的一个重要手段，只是不能过滥，不能因巧而违背生活的逻辑和人物思想、心理活动与行动的逻辑罢了。"

同日，方克强、费振刚的《迈在探索和创新的路上——宗璞短篇近作漫评》发表于《钟山》第3期。方克强、费振刚认为："宗璞从来不以情节曲折、悬念扣人取胜。相反，她的小说往往场面不大，人物不多，矛盾冲突不太尖锐，故事情节平淡得出奇。……宗璞把诗歌常用的象征与小说传统的表现手段交织并用，熔汇一炉，使人物和情节都注满诗意。……宗璞驾驭语言的能力不仅表现在文字的自然流畅和新颖明朗上，更表现在含蓄富有言外之意。""作者借助表现主义的艺术手法，力求达到内容与形式的高度统一。……表现主义是小说和戏剧领域里的象征派，他们强调描写永恒的品质，笔下的人物往往是某些共性的抽象和象征。由于他们注重内心活动、直觉和梦幻，因而采用内心独白、梦境、假面具、潜台词等手段来表现人物的思想感情。他们力图从作者的主观想象出发，为了凸现事物的实质，往往故意歪曲客观事物的形相，追求'神似'。"

宗璞的《给克强、振刚同志的信》发表于同期《钟山》。宗璞谈道："我自78年重新提笔以来，有意识地用两种手法写作，一种是现实主义的（不过我的现实主义也总不大现实。有些浪漫色彩，我珍视这点想象），如《三生石》《弦上的梦》等；一种姑名之为超现实主义的，即透过现实的外壳去写本质，虽然荒诞不成比例，却求神似。"

12日 李定坤的《用新的笔触描写革命的历程——评长篇小说〈旋风〉》发表于《人民日报》。李定坤认为："《旋风》和某些侧重描写历史事件的进程而忽视人物形象塑造的历史小说不同，作者采用的是以写人物为主，再现革命历史时代画面的表现方法。作者刻意运用新的笔触描写革命前辈，通过人物形象反映时代风貌，艺术风格上力求民族化、大众化，走着一条健康的创作道路，这也是作者从《剑》、《霹雳》到《旋风》三部长篇的创作实践中所一贯追求的。"

13日 方顺景的《在民族化的道路上前进——评刘绍棠中篇小说的艺术特色》发表于《光明日报》。方顺景认为："刘绍棠中篇小说的显著特点，是具有强烈的中国作风和中国气派。如果更具体些说，那就是乡音浓郁，义重情深，格调明朗，色彩鲜丽，简洁、通俗、晓畅，充满情趣和生机。……刘绍棠的中篇小说，在语言方面也是很富于中国作风和中国气派的。他不仅大量地、娴熟地运用了家乡人民的口头语言，而且还善于把我国古典文学语言与劳动人民的口头语言熔冶在一起，精炼而不深奥，简短而不破碎，既有着骈俪文的艳美和诗的节奏感，又通俗、形象、明快，带着泥土的芳香，充满生活气息。而人物的语言也富有个性化。此外，他还常常运用地方色彩浓厚的形象比喻来状物、写景、抒情，生动活泼，丰富多采。"

15日 艾芜的《写作漫谈》发表于《民族文学》第5期。艾芜谈道："什么叫'意识流'？我认为意识流其实是现在的新名称，老名字是'心理刻划'。就是刻划人物的心理怎么起作用。……文学作品里，心理作用是要刻划的，我看意识流就是心理作用，是可以写的。"

同日，邓友梅的《谈短篇小说创作》发表于《山东文学》第5期。邓友梅指出："咱们中国从类似短篇小说的出现到现在，大概有一千多年了。最早能被称为完整的短篇小说的，大概要从唐宋传奇算起；白话小说，一般从宋朝的话本算起。白话文的话本和拟话本，流传的比较多，例如《今古奇观》《三言二拍》。……白话短篇小说的祖师爷是和尚。因为中国的最早的说唱文学从和尚开始。和尚为了扩大宗教宣传，讲佛教的经典故事，连说带唱，后来，老百姓中的穷汉，看到和尚说唱之后，有人给送钱、送礼、上供，觉得这也是混饭吃的个道儿，这就有了不是和尚的人说唱，讲故事。再后来，把这说唱的故事用文字记录下来，就是话本。我们见到最早的话本是《清平山堂话本》。"

文章写道："短篇小说，是什么构成它的基础呢？长时间说是写人……事实上，不见得都这样。有的作品人物不行，故事很好，也可以流传。有的外国小说，没有人物，没有故事，只有心理活动。鲁迅的《祝福》是写人，那么《示众》写什么？写的是气氛，是人们麻木不仁的精神状态，我要大喊一声，中国才有希望。可写人，可写事，可写气氛。不能绝对了，要承认事实。"

邓友梅强调："短篇小说的结构是各式各样的。我自己熟悉的，有两条可供大家参考：一个是以一个人物为中心，一个是以一个事件为中心，这样容易写的单纯……如果要写众多人物的小说怎么办呢？那么事件就须是一个。要么很多事围绕一个人物展开，要么很多人物以一个事为中心所统属，决不可很多人物围绕很多中心事件，那不是短篇小说的结构，那是写长篇了。"

同日，以"关于王蒙创作的讨论"为总题，冯骥才的《王蒙找到了自己——记与英国人的一次对话》、刘绍棠的《我看王蒙的小说》、徐怀中的《追随着时代前进的步伐——致王蒙同志信》发表于《文学评论》第3期。

冯骥才谈道："先说意识流，我不认为是一种形式，而是一种方法，或叫手段。其次，意识流手法不是西方独有的专利权，中国古代的一些诗词就有类似意识流的手法。它以人的意识活动的方式，从作家或作品中人物的主观出发，以揭示人物的内心活动，多层次地、立体地、真切地表现生活。……尽管王蒙所用的意识流主要是受西方现代文学影响，但在他的作品中，意识流只是其中一个有机的组成部分，不是全部。否则就容易把王蒙当作西方现代文学的仿效者，那就低估了王蒙的价值，也不符合王蒙创作的实际。"

刘绍棠谈道："王蒙的小说是不是思想大于形象呢？有的是，有的不是。""王蒙的大多数小说，是写人的，刻画形象的；只是由于他在小说中常常触景生情，抒发感想和驰骋联想，妙语连珠，颇多警句，因而造成错觉。但是，他不同于那些喜欢自己跳出来在小说中发表演说，阐述高论的作者……王蒙那些思想机敏、言辞犀利的感想和联想，是从小说的人物身上和情节中生发出来的，因而并不违反艺术特征，也是形成他的艺术特色的组成部分。"

徐怀中谈道:"'意识流'手法构成了你(王蒙——编者注)近年作品一个外观的特色,令人注目。而在我看来,最为光彩和最为重要的特色,在于这些作品仅仅追随着时代前进的步伐,准确地拍合着时代交响乐曲的节奏,似乎作品有着一种先天的节奏感。……而事实上这不只是你个人的追求,紧紧把握时代的脉息,也正是打破极左封冻并恢复现实主义传统后,整个文学领域表现出来的一种共同要求。在这方面已取得的进展,应当说是新时期文学创作达到了相当高度的主要标志之一。"

夏康达的《蒋子龙创作论》发表于同期《文学评论》。夏康达指出:"蒋子龙小说创作……我认为,最突出的一点,就是注重刻划人物性格,而且对主要人物的性格,往往加以强化的表现。""蒋子龙刻划性格,决不是肤浅地表现人物的某种脾气,……而是致力于创造一种性格美。他所追求的性格美,主要是人物内在的心灵的力量与外部的独特的表现的完美统一。……但在小说中……必须写出人物在进行这些英雄行为时的独特个性。不见人物性格的英雄行为,在小说创作中是意义不大的。""蒋子龙对人物性格的强化的表现,还有一个特点,就是善于在冲突中表现性格。"

杨绛的《有什么好?——读小说漫论之三》发表于同期《文学评论》。杨绛指出:

"小说里往往有个故事。某人何时何地遭逢(或没遭逢)什么事,干了(或没干)什么事——人物、背景、情节组成故事。故事是一部小说的骨架或最起码的基本成份,也是一切小说所共有的'最大公约数'。如果故事的情节引人,角色动人,就能抓住读者的兴趣,捉搦着他们的心,使他们放不下,撇不开,急要知道事情如何发展,人物如何下场。很多人读小说不过是读一个故事——或者,只读到一个故事。

"写什么样的故事,选什么样的题材。《傲慢与偏见》是一部写实性的小说(novel),而不是传奇性的小说(nomance)。这两种是不同的类型。写实性的小说继承书信、日记、传记、历史等真实记载,重在写实。传奇性的小说继承史诗和中世纪的传奇故事,写的是令人惊奇的事。世事无奇不有,只要讲来合情合理,不必日常惯见。司各特(W.Scott)写的是传奇性的小说,奥斯丁写的是写实性的小说。

"《傲慢与偏见》也象戏剧那样,有一个严密的布局。小说里没有不必要的人物(无关紧要的人物是不可少的陪衬,在这个意义上也是必要的),没有不必要的情节。事情一环紧扣一环,都因果相关。读者不仅急要知道后事如何,还不免追想前事,探究原因,从而猜测后事。小说有布局,就精练圆整,不致散漫芜杂。可是现实的人生并没有什么布局。小说有布局,就限制了人物的自由行动、事情的自然发展。作者在自己世界观的指导下,不免凭主观布置定局。把人物纳入一定的运途:即使看似合情合理,总不免显出人为的痕迹——作者在冒充创造世界的上帝。"

同日,王许林、徐林英的《论〈狂人日记〉的"格式"》发表于《学习与探索》第3期。王许林、徐林英谈道:

"《狂人日记》在截取生活的横断面以展示出纵深发展这一点上,虽然还带着我国传统小说的某些特征,但它的主要方面——作品构思、题材处理、人物形象塑造等,毕竟与传统的写法大不相同了。如果我们不划地为牢,着眼于各民族文学艺术的交流、渗透和影响,不难发现,鲁迅是吸取、借鉴外来的'格式'——西方'意识流'形式和手法。可以这样说:《狂人日记》不仅是我国新文学史上的第一篇白话小说,而且是第一篇'心理现实主义'小说,是熔东、西方创作技巧于一炉的第一次成功尝试。

"着力于狂人心理的分析和解剖,以'内心独白'的方式,直接地、自发地、如实地展露狂人深理在内心的隐微意识活动,这是最突出的一点。

"若即若离、延宕自由的结构和突兀多变的叙述方式,也是很明显的一点。《狂人日记》的十三则日记,记录着零零碎碎的生活现象和见闻,交织着事实与梦幻,现实与回忆,可以说是狂人意识荧光屏上的十三幅印象画面。乍看它们互不相干,找不出一条贯穿始终的线索,但一经作家采用电影蒙太奇式的技巧,把这一幅幅意识画面——猜疑、恐惧、苦闷、悲怆、幻觉、妄想、神经过敏等,艺术地衔接在一起、簇拥在一起,构成一个似断似续、似昏似明的意念世界,我们再仔细琢磨,就有意识波动的轨迹可循:由疑到惧,由惧到怒,由怒到狂。这种由人物的一个感知向另一个感知滑动、转移而组成全篇的结构方式,与果戈理的《狂人日记》以九等文官小书记波普里希钦为故事中心的结构显然不同，相反，在许多'意识流'小说中可以看到，它不但文字简洁经济，省却繁冗的交代，而且具有某种神奇玄妙、引人入胜的艺术魅力。与此相适应的，小说的语言短促急迫，行文带有很大的随意性和跳跃性。"

20日　张捷的《近年来苏联长篇小说的某些倾向》发表于《外国文学动态》第5期。张捷指出："长篇小说目前正继续朝着两个方向发展：一方面，它朝着广的方向发展，力图更加广泛地描绘社会生活，把历史和现状、过去和现在、国内和国外、天上和人间的各种纷繁复杂的现象全面地反映出来。这就使得它具有比较大的规模，具有所谓'综合性'和'史诗性'，出现了不少所谓'全景性'小说。""容量的增大，首先使长篇小说产生一个明显的特点——多主题。换句话说，长篇小说由于反映的生活面的加宽，往往同时包含几个主题，而且题材的界线正在逐步消失，如今愈来愈难于根据题材来对小说进行分类了。""长篇小说的艺术手法也比过去丰富了。除了传统的手法外，比较广泛地吸收了诸如时序颠倒、内心独白、按照人物的心理进行叙述、自由联想、幻觉和梦境等表现手段，有时还运用了象征手法。"

本月

王蒙的《王蒙致高行健》发表于《小说界》第2期《作家书简》栏目。王蒙谈道："我倒觉得小说的形式和技巧本身未必有很多高低新旧之分。一切形式和技巧都应为我所用。划地为牢或拒绝接受已有的传统经验，都是傻瓜。用得好的，可以化腐朽为神奇，用得不好的，可以化神奇为腐朽。用得更好的，可以达到小说的最高境界——无技巧的境界。"

王蒙还谈道："外来的东西一定要和中国的东西相结合，否则就站不住。比如上面已经讲到的'距离'，王国维的《人间词话》上早已提出了既要'入乎其内'又要'出乎其外'的主张。这不就是你所说的真实感和距离感吗？前许多年，我们的评论家爱说'站得高一些'，这当然是指政治倾向而言的，但从审美的心理学角度来看，也是距离的意思。……《红楼梦》确实是一部奇书。它的成就当然是现实主义的胜利。但《红楼梦》的结构里包含着许多新的突破。

甄士隐和贾雨村造成了一种距离感。刘姥姥又造成了另一面的距离感。开卷不太久,离开了荣宁二府,请来了一位与老爷、太太、公子、丫环、小姐全然不同的刘姥姥,这种视角,这种距离,都是绝妙的。此外还有什么玉、锁、麒麟,还有什么神瑛侍者与绛珠仙子的故事,有太虚幻境,有可卿托梦,有宝玉诔晴雯……这种结构虚虚实实,恐怕是很能为你的'象征''艺术的抽象''从情节到结构''时间与空间''真实感''距离感'……诸节提供例证和经验的……"

六月

1日 刘绍棠的《无主角戏·小说语言》发表于《长春》第6期。刘绍棠谈道:

"在小说创作的探索中,我一直在考虑一个问题:无主角戏。

"生活中有主导,有主线,有主体,但是没有主角。一篇小说的人物,只能置身于一个主体之中,被一个总的命运所主导,沿着一条主线活动。硬要其中一个人物扮演主角,其他人物都围绕这个主角团团转,便要削生活本色之'足',适突出个人之'履';造作,拼凑,破坏生态平衡,伤害自然情趣。

"我看到不少以一个人为主角的作品,尤其是以领袖或英雄模范人物为主角的作品,主角虽然有声有色,但是配角由于只是充当陪衬、烘托和佐料儿,失去了自我,只能表演规定动作,本来是有血有肉的人,却变成了被主角牵线活动的木偶,只比信筒子会说话,只比电线杆子会出气。

"因此,近年来我的小说,想方设法从主角戏的桎梏中挣脱出来,只对生活进行自然的剪辑,使每个人物都有他自己的戏;互相之间既有不可分割的制约,也有个人表现的自由。这两三年我写出的作品较多,就因为我努力摆脱造作和拼凑;只要不脱离主体,不失去主导,不偏离主线,便能信笔写来,顺乎自然,随心所欲而不逾矩。当然,我远远没有达到这种超脱的境界;但是,多少有所觉悟,便多少得到一点从容、自然和本色。

"我看到主角戏正在有形或无形地、自觉地或不自觉地复活'三突出',也就越要固执己见了。

"我的生活积累深厚了,掌握了丰富多采、优美生动的农民口语,也从民间文艺中汲取了语言艺术的营养,又从古典文学中得到神韵和文采的熏陶,才有所悟。

"农民口语,有两大特点,一个是具体,一个是生动;即便是对于抽象事物的描述,也必定有具体生动的形象比喻,加以衬托和说明。

"掌握了大量的农民口语,如何使用到小说创作上,还要向民间文艺学习。

"我把评书、曲艺、地方戏……都归类于民间文艺。评书的套话,艺术性很低,但是评书艺人在叙事、状物和人物对话上,使用最富有声色、形象和夸张的口语,吸引了听众,小说作者应该学习评书艺人使用口语抓住听众的本领。

"古典文学作品,更必须借鉴。……《三国演义》《水浒》《西游记》《聊斋志异》都是一座座语言宝库。中国小说最鲜明的民族风格,是依靠人物的个性语言和行动中的细节描写来刻划人物性格和透露人物的心里活动,不象外国小说那样着力于对人物心理活动的剖析和描写;所以,要想继承和发扬中国小说的民族传统,必须语言功夫过硬。

"不仅可以从古典散文中学文采,而且也可以学到小说语言。……学习古典散文吝字如金,用字如凿,扣人心弦和激动人心的感情气势,飞扬而深沉的文采,可以使我们写小说时少写废话、空话、套话,遣词造句精炼、准确、贴切。六朝散文,形式重于内容,但是可以从中学习语言的节奏感和音乐性。

"写小说的人也应该学习古典诗词的意境高远,诗话和词话虽然只是谈诗论词,但是学而思,却可以提高小说创作的精神境界和美学水平。"

同日,彭荆风的《短篇小说的意境》发表于《滇池》第 6 期。彭荆风谈道:"想象仅是意境的前奏。今春,作家白桦来滇,和我谈论想象的作用时说:'没有想象就写不出意境来。'我认为很有道理。作为一个作家除了要有丰富的想象力外,还要具有娴熟的艺术功力,才能写出作品的意境从而产生艺术魅力。"

彭荆风指出:"诗人能用短短的词句把我们带入那美妙的艺术境界中去,短篇小说可不可以呢?当然可以。而且许多作家已经这样做了。我们常听见一些人夸赞某一短篇小说写得有'诗意',诗和小说本是不同的文学形式,怎么能说有'诗意'呢?我认为,所谓短篇小说里有诗意,实际是指这一作品富于想象力,表现了独特的情调,所以才能那样引人入胜。"

彭荆风强调:"在短篇小说中,对所描写的人物、故事、环境不熟悉,也就不可能产生丰富的想象，写不准确、更写不出意境来。注意写出短篇小说的意境，是提高我们的短篇小说艺术质量，把短篇写得精炼、短小、含蓄、有情调的一项重要课题。"

同日，程德培的《此地无声胜有声——读林斤澜短篇近作的印象》发表于《上海文学》第6期。程德培认为："把林斤澜的小说归结为一个'冷'字，不仅是指他小说的艺术特色，同时也反映了作家本人的性格、思想方法和生活态度。""林斤澜小说在描写艺术上的一个显著特征就是'距离'……作者似乎故意使读者与作品保持着一定的距离。""林斤澜所特有的'自制力'使得我们在他的作品中，看不出作者任何主观情绪的直接迸发。""说林斤澜的小说是'冷色小说'……在于作者并没有将自己的主观倾向强加于读者，而只是让读者看到象生活本身一样的客观现实。""林斤澜的全部创作反映出，他在美学追求上的一个重要特点，就是善于从'冷'中找出'热'来，找出不为人所注意的、日常的甚至容易被人忽略的美。"

3日 时汉人的《情节漫议》发表于《光明日报》。时汉人认为："能吸引读者的故事情节的主要特点之一是'奇'。""我国古代曾一度把小说称为'传奇'，足见'奇'与小说关系何等的深。人皆有好奇之心，而小说的情节和人物则能给以满足，这是小说受到普遍欢迎的原因之一。""'奇'也不全由题材内容的奇特所决定，'奇'往往体现为一个艺术构思的奇巧。"

5日 阎纲的《小说的报告化》发表于《星火》第6期。阎纲指出："不晓得作家有意还是无意，小说的报告文学化有增无已，小说的写法很象报告文学——一般水平的报告文学。这种小说，距离真人真事很近；往往以写事为主，人物性格不鲜明；故事新奇抓人；写得快，发表得也快；能动心于一时，不能感人于长久，犹如电石火花，转瞬即逝。……为了及时地反映现实矛盾，小说（特别是短篇小说，或者中篇小说）向报告文学靠拢是完全可以理解的。时机很重要，不失时机与错过良机得失显而易见。……但不能性急，不能一边汲取报告文学的优点，一边忽略小说艺术的长处；不能为了'报告'而忘记'小说'，为了生活典型而冷落艺术典型。"

10日 谭需生的《浓郁的"北京风味"》发表于《北京文学》第6期。谭需生谈道:"这几篇小说(邓友梅的《那五》、王梓夫的《班门子弟》、苏叔阳的《圆明园闲话》、刘贵贤的《张立德换房》——编者注)给我们的共同感受正在于,它们通过一个个独特的角度,反映出北京的生活状况(现在的或过去的)、人情风貌,让我们倾听到这座城市的脉搏。……几篇小说的作者都进行了探索,也力求运用北京的地方话;也就是说,他们力求在作品中造成一种印象,象是一个北京人在叙述北京的人和事。"

同日,刘心武的《在"新、奇、怪"面前——读〈现代小说技巧初探〉》发表于《读书》第6期。刘心武谈道:"采用比古典的讲故事技巧更为新颖的现代小说技巧写小说,恐怕还不能搞得太急,面铺得也不能太大,甚至在相当长的一个时期内,完全采用现代小说技巧写作的小说都还只能算是一种为数不多的实验性作品,基本上采用中国古典和西方蒸汽机时代批判现实主义小说技巧创作的小说,还将是小说创作中的主流,在这种情况下,我以为更要紧的是强调借鉴,强调把西方现代小说技巧中的易消化者,尽量渗透进中国当代的小说创作之中,以渐进法推动中国小说技巧的革新,而不宜笼统地鼓吹一种世界性的现代小说技巧。"

15日 刘心武的《小说语言问题之浅见》发表于《文谭》第6期。刘心武谈道:"有时,我们也有生活,我们的人物形象也是从生活中提炼出来的,我们的思绪也很激昂、饱满的,对表达生活中的一个思想作了充分的准备,但是,写出小说还是不成功。为什么?其中有一个很重要的原因,就是你选择的叙述方式不恰当。在国外,很重视小说叙述方式的选择,这是怎么回事?去年到日本去,见到一些日本作家,跟他们讨论了这个问题。日本的当代文学放到世界上看水平不算高,当然,日本也有一些纯文学的作家,也有一些在世界上稍有影响或有了比较大影响的作家。据他们说西方文学之所以越来越重视叙述方式,小说越来越偏重于冷静的交代,与西方社会经济生活的变化分不开。……他们小说趋向于放弃细致的描写。越是成熟的作家,几乎越不要细致的描写,就是交代。交代叙述的很大特点就是冷静。……我现在所说的意思,就是说要重视白描这种技巧,要重视小说当中的叙述部分,要重视叙述语言的运用。我也刚刚觉悟到过去我的小说在这方面很差,今后要在这方面作出努力。"

25日　林方直的《论〈红楼梦〉的"实象"与"假（借）象"——对中国古典文学艺术形象构成的一点探讨》发表于《文艺研究》第3期。林方直谈道：

"首先，我们试从典型和意象的角度谈谈实象和假象……谁也不否认，《红楼梦》创造了一系列典型人物形象，他们是用典型化手法，忠实地、客观地以再现生活的形式所创造的人物形象，他们是实象。《红楼梦》的思想意义主要由典型形象体现。……除典型以外，还有意象，这是用托物寓意、'假象见义'的手法所创造的艺术境界，寄寓着作者的思想感情。意象同样是《红楼梦》的艺术形象，它所体现的思想意义，同样是《红楼梦》整体思想的一部分。……作为实象的典型，他是言其言，行其行，情其情，心其心，自神寓自形。作为假象的意象，它是言我言，行我行，情我情，心我心，我神寓客形。……曹雪芹并不墨守成规，他所寓意的客形，除外在景物外，还有他的人物形象。这就是说，《红楼梦》的人物形象，都有他自己的本相，但有时片刻兼作扮相；他们是实象，但有时片刻兼作假象，充当作者寓意之外物、传神之客形。这样，《红楼梦》中的意象，就有它的特殊性和创造性。

"《红楼梦》是长篇小说，但作者能调动各种文学艺术手段，化用诸种文学样式，包括诗歌、散文、寓言等。所谓化用，不在于效法其文体形式，而在于吸取其意象、'表现的艺术'的根本法则。《红楼梦》既有形象、叙事，又有象征、抒情，二美兼备，而分主次。换言之，既有再现性的实象构成的典型，又有表现性的假象构成的意象，前后主次，兼容并包，交错为文。

"再从映象的角度谈实象与假象。以物质世界而论，甲象之影响，被乙象之实体所接纳，便是映象。……实象与假象是从《周易》卦象中分析出来的，所谓映象，也可以从《周易》得到解释。……《红楼梦》中的人物，为作者所'亲睹亲闻'，按'事迹原委'写出来，无疑是实象。但又存在'将真事隐去'，'用假语村言'的现象，故在一些实象上也映入了假象。……表面上看，这个'还泪'故事讲前世姻缘、'佛门因果'，采取宗教性的形式，但从艺术形象的角度，这是通过虚构超世的天国神界的'假象'以映照现世社会的宝黛爱情的实象。……从某些单个的人和事上看有实象与假象，从《红楼梦》的整体环境和人物群象上看又何尝不是如此呢？"

薛瑞生的《佳作结构类天成——论〈红楼梦〉的结构艺术》发表于同期《文艺研究》。薛瑞生认为："《红楼梦》的艺术结构是'织锦'式的，它既不同于'竹节蛇'式的单线发展的结构，又不同于'豆腐干'式的复线或多线发展的块状结构。……《红楼梦》的艺术结构是被它所反映的生活内容所决定了的，是现实主义创作原则的高度体现。……《红楼梦》'织锦'式艺术结构的第一个显著特色，是用结构主线结成结构网眼，展开情节。……《红楼梦》'织锦'式艺术结构的第二个特色，就是始终以人物性格为出发点，去组织生活和安排情节。"

本月

马立鞭的《短篇小说的戏剧性情节》发表于《四川文学》第6期。马立鞭说道："为什么有些短篇佳作如此重视戏剧性情节的把握呢？主要的在便于集中笔墨，有效地在冲突中展示人物性格。因为情节即人物的行动，在行动中最易表现性格。而鲜明的性格刻划和人物形象塑造，这无疑是小说创作的根本任务。"

马立鞭指出："很显然，让人围绕着一场冲突，使人物在这场冲突中按照各自所处的地位和所关心的利害关系来行动和说话，乃是一种在对比照应中揭示人物各自性格的绝好办法。关于这一点，小说《记忆》作者张弦同志回忆自己写这篇作品的经过时，也曾说写它前'酝酿了很久，没有下笔'，为什么？'因为觉得冲突是有了，鲜明的对比也有了，就是味道不足。"不够味儿。"这"味儿"是什么，我也说不清。'（《惨淡经营》1981年1月号《上海文学》）后来，当他发现了可以把女放映员的平反问题，交给二十年前曾把她整成反革命而后来自己也被造反派整得很苦的一位领导来处理。这样，才算找到了久思未获的足以连接一切事件的'纽带'，小说的构思也就迎刃而解。'一个普通人的心灵美'和'一个领导干部的很有典型意义的自我谴责'的主题也获得动人的表现。即是说，这'味儿'，也就是指这独特的、似乎带有偶然性的、能焊接主要人物命运的、不寻常的戏剧性情节。"

雷达的《霜重色愈浓——论张贤亮的创作特色》发表于《文学评论丛刊》第12辑。雷达谈道："张贤亮在回顾《灵与肉》的创作时，说过这么一段值得我们玩味的话：'在设计结构与故事情节的同时，当然要考虑在技巧上采用什么表现方法。现在的小说，一般是故事线加气氛。在《灵与肉》之前我基本上也是采用这种方法的。但是，一篇时间跨度长，情节不曲折的小说再用旧的方法就会显得呆板单调。新的技巧，不外乎是意识流和拼贴画。我个人总觉得意识流还不太适合我国大多数读者的胃口，而拼贴画的跳荡太大，一般读惯了情节连续的故事的读者也难以接受。于是，我试用了一种不同于我个人过去使用的技巧——中国式的意识流加中国式的拼贴画。也就是说，意识流要流成情节，拼贴画的画面之间又要有故事的联系。'……以上的话是否有理，可以见仁见智；《灵与肉》的成功，也不意味着"拼贴画加意识流"是唯一可行的方法。但是，这一实践已经证明，这种技巧是比较能为现阶段的中国读者所接受的，它不妨在当今的创新潮流中聊备一格。这也是张贤亮作品中一个最新的特点。"

七月

1日　汪曾祺的《说短——与友人书》发表于《光明日报》。汪曾祺认为："短，是现代小说的特征之一。""小说写得长，主要原因是情节过于曲折。现代小说不要太多的情节。""小说长，另一个原因是描写过多。""小说长，还有一个原因是对话多。""长，还因为议论和抒情太多。我并不一般地反对在小说里发议论，但议论必须很富于机智，带有讽刺性的小说常有议论，所谓嬉笑怒骂，皆成文章。抒情，不要流于感伤。一篇短篇小说，有一句抒情诗就足够了。"

同日，王蒙的《读〈绿夜〉》发表于《上海文学》第7期。王蒙谈道："中国的和希腊的哲人，都曾经用水流来比喻生活，比喻时光，比喻历史的伸延、连续和变化无休……文学艺术上也出现了各种拟水流的说法：意识流、生活流、思想流、情绪流……于是乎有了青年作家张承志的一个短篇小说《绿夜》，这篇小说……没有开头，没有结尾，没有任何对于人物和事件的来龙去脉的交代，没有静止的对于风景、环境、肖像、表情、服饰、道具的描写，不造成如见其人、如闻其声、如临其境的逼真感，不借助传统小说的那些久经考验、深入人心、约定俗成的办法：诸如性格的鲜明、情节的生动性、丰富性、戏剧性、结构的完整、悬念的造成、道德教训的严正……按照传统的要求，这篇小说里的人物干脆就没有登场，虽然提到的人物似乎并不少，然而，他们只是出现在小说的主人公的意念里，不是出现在读者的眼前，不是出现在一个被充分展示的在时间上和空间上都具有充分的确定性和具体性的场景之上。即使唯一差可称之为已出现的主人公也是面貌不清晰的，神龙一般，说来就来，说走就走，说悲就悲，说喜就喜。……《绿夜》在放松了人物和故事的鲜明性，多少失去了生活的逼真性的同时却得到了内心世界的逼真性，得到了生活、哲理、情绪的凝聚，高度的浓缩性、流动性和象征性。包括对大自然、对锡林高勒（即锡林郭勒——编者注）草原的描写也深入到草原的变动不羁的灵魂里去了。"

张成珊的《人物形象跟谁跑？》发表于同期《上海文学》。张成珊认为："诚然，人物形象是根据作家一定的创作意图安排的，但一旦形成以后，就有自己发展的逻辑，即确定了自己行动的轨迹和必然的归宿。""作家和批评家要心甘情愿地跟人物形象跑，尊重人物形象自身的逻辑……这需要作家和批评家扎扎实实地深入生活，花大力气去熟悉人、研究人、探索人的灵魂……，那么我们笔下的人物就会闪烁出更加耀眼的光芒。"

5日 罗守让的《烘云托月的艺术》发表于《长江文艺》第7期。罗守让认为，短篇小说《赔你一只金凤》的作者"巧妙地运用烘云托月的艺术手法，渲染气氛，'虚出'和实写相结合，使人想起《三国演义》中'三顾茅庐'对诸葛亮的描写。在'虚出'利用气氛作了足够的烘托后，小说又在实写中，较为扎实地造成了不同人物性格的映衬对比"。

7日 以"长篇小说创作笔谈（上）"为总题，蔡葵的《有了长足的进展》、陈美兰的《人们需要更能拨动心弦的音阶》、吴松亭的《写出人物性格的丰富性》、谢永旺的《长篇小说方兴未艾》、杨桂欣的《长篇小说中的"文化大革命"》发表于《文艺报》第7期。

蔡葵认为："近年来的长篇小说在创新的浪潮中，风格和手法日益多样，呈现了百花齐放的局面。例如李国文的《冬天里的春天》……作品不按时间顺序展开故事，也不追求情节的连贯和缜密，而是采用电影'蒙太奇'的手法，把不同的时间、地点和人物错落有致地编织成一个艺术整体，历史与现实的画面迭合交错，形成腾挪跌宕的意境。"

吴松亭认为："社会生活的丰富复杂性，决定了人物性格的丰富复杂性。因此，作家在塑造人物形象时，总是将人物置于社会生活的错综复杂的矛盾和联系中去剖析，去描写。具体地描述出社会历史对人物性格的制约和影响，从人与人之间的相互矛盾、关联、依存和思想渗透中去写人物的性格、感情和命运。""作家只有站在时代的高度去感受和认识自己所要表现的生活素材，研究和分析各个阶级、各个阶层的人物以及他们之间错综复杂的关系，从而透彻了解各种人物活动的历史动机和社会意义以及他们在时代向前推进中所起的作用，才能真正写出既真实可信又丰富复杂的人物形象来。"

谢永旺认为："仅从文学反映生活这一个角度看，许多作品对时代的艺术概括，无论在广度上和深度上都有进展。即：注意发挥长篇小说的优势，塑造多种多样的人物形象，多方面地反映一定历史时期的重大社会矛盾，展示时代前进的图景。""在文艺界曾有所谓'距离论'的说法，说长篇小说要同实际的生活进程保持一定的'距离'，等一个历史阶段过去了再去写。也许，保持一段'距离'有利于更清醒地认识生活，但不能说长篇小说就该命定如此。敏锐地捕捉和及时地反映现实生活中新的矛盾、新的斗争，塑造社会主义新人的形象，毕竟是革命现实主义的一大特征。"

盛英的《向现实深处探索——谈谌容的近作》发表于同期《文艺报》。盛英认为："谌容对当今现实生活的探索，重点放在对人物心灵的探索和刻划上。""小说把人物心理的探索，提升为对社会问题的缜密思考。"

10日 杨世伟的《喜读邓友梅的新作〈那五〉》发表于《北京文学》第7期。杨世伟谈道，邓友梅"从丰富的生活积累和人物储备中，找到了'自己的人物''自己的角度''自己的语言'，从而形成了他自己的艺术风格。这个风格就是，用我们民族的传统的艺术表现形式，绘制一种风俗画式的小说作品，来表现某一特定地域的特殊人物和独具的环境和民俗。……邓友梅所要表现的人物和社会生活内容，是民族的、乡土化的，这就要求他的作品采用中国的民族化的艺术形式；而邓友梅的个人气质和素养，使他更为偏爱，同时也就更容易借鉴和吸收中国传统的小说艺术手法。……在结构上也是运用了中国古典小说的结构方法。全篇没有一个贯穿的情节线索,它的每一节都是具有相对独立性的小故事,是由一个人物——那五——为线索,把这些故事串连起来的。……就是作者所追求的《清明上河图》式的小说作品——象画卷一样把旧北京市民生活的种种社会相展现出来,这种结构方式的运用,在这两方面都取得了很好的艺术效果"。

同日,张林、黄益庸的《关于短篇小说的通信》发表于《小说林》第7期。张林谈道:"短小说不是长话短说,快说,或者跑大线条,不是。短小说应该是压缩饼干。""要写短就得选一些很平常的东西,那些司空见惯就发生在每个人身边的事。不能选一些生涩的离奇的东西,生涩和离奇的东西作者要解释说明,费好多话。写读者熟悉的平常的东西,就能把很多东西留给读者自己了,给读者留的东西多就有味道了。""短东西必须要选好的细节。……有时一个好的细节抵上三个四个细节,这样就短下来了。我发现越短的东西越细。"

黄益庸谈道:"我觉得你(张林——编者注)的短篇的一个显著特色是凝炼,除了少数几个篇幅较长外,大多数短篇只有三、四千字,甚至一、两千字,然而却写出了人物,蕴含着耐人寻味的思想内容。这是由于你善于根据短篇小说反映生活的特点,剪裁富有典型意义的生活片段,加以艺术概括的缘故。……你的短篇创作的另一个显著的特色,是表现在对于意境的追求。"

同日,黄毓璜的《略论"主导性格"》发表于《钟山》第4期。黄毓璜认为:"作家在突出人物主导性格时,首先必须依靠典型的事件和细节,典型的语言、行动和心理,表现出主导性格自身的丰富性。"

王臻中的《肖像描写艺术经验探微》发表于同期《钟山》。王臻中认为:"生理性外貌特征与性格特征之间的矛盾关系,近似于外因与内因的关系。基于这样的认识,对生理性外貌特征的描写,宜于把握这样两个原则:其一,以突出生理特点来映衬烘托人物性格的外貌描写,须求产生较为强烈的直觉性的审美效果。……其二,以突出生理特点来映衬烘托人物性格的外貌描写,须有成效地促使读者向审美感受的理性阶段飞跃……无论是生理性外貌特征的描写,还是人为外貌特征的描写,尽管艺术表现形式极为丰富多样,但是,大体上都体现着对立统一关系的三种基本形态:一种是互为表里的。……另一种是相反相成的。……还有一种是自然交融的。这是矛盾关系复杂性的艺术体现。"

14日 从维熙的《关于〈远去的白帆〉》发表于《中篇小说选刊》第4期。从维熙谈道："小说的历史背景，极有利于揭示各种人物的内在灵魂。如果用摄影来比喻，这个背景给拍摄人物提供了最好底色。"

戴厚英的《选好一个表现的角度》（关于《高的是秫秫　矮的是芝麻》）发表于同期《中篇小说选刊》。戴厚英谈道："什么是表现的角度？我想，那应该是一双特定的眼睛和一个特定的思想。表现的角度选得好不好，这既是一个观察和认识生活的水平问题，又是一个艺术表现的方法问题。"

邓友梅的《我为什么写〈那五〉？》发表于同期《中篇小说选刊》。邓友梅谈道："我向往一种风俗画式的小说，如美术作品中的'清明上河图'那样。有审美作用，认识作用，也为民俗学者提供一点参考资料。《寻访画儿韩》是试制品。《那五》是《寻访画儿韩》的外篇，也是这种写法的试制品。"

15日 毛宪文的《"花过雨，又是一番红素"——谈一九八一年〈民族文学〉发表的小说》发表于《民族文学》第7期。毛宪文谈道："少数民族小说创作，在表现手法的力求新颖方面，作了很多探索，……《心事》（朝鲜族金勋）、《压在心底的话》（朝鲜族郑世峰）、《寄自远方的信——一个凶手的自白》（维吾尔族麦买提明·吾守尔）等，由于作者找到了比较适当的、新颖的表现手法，收到了较好的艺术效果。""《新事》这篇小说写一群待业青年，凭着自己的双手开辟生活道路的故事……利用采访座谈形式，开篇写道：'与其说这是一篇小说，不如说是一篇录音访问记更为合适。'……作者要表达的思想内容，借人物之口可以尽情地表达出来。""采用书信体手法的《压在心底的话》……追忆过去免不了抒情，运用书信方式人物可以直抒胸臆，第一人称在这方面就得到了很多便利。"

18日 彭钟岷、彭辛岷的《正确看待科幻小说》发表于《人民日报》。彭钟岷、彭辛岷指出："科幻小说创作中存在的问题也的确不少。主要问题有这样几个方面：一、一些作品思想情调低下，编造荒诞离奇的情节。二、有的作品违背基本科学常识，宣传一些反科学的东西；有的作品虽然具有一定的科学幻想，但却有不少科学性方面的漏洞。三、不少作品艺术质量很差，故事老套，人物形象概念化，缺乏生活气息。"

21日　江曾培的《且说人物的"复杂"与"纯粹"》发表于《人民日报》。江曾培写道:"有一种情况值得注意,即描写人物性格的复杂性,并不意味着否认毫无自私自利之心'纯粹的人'的存在。那种在塑造人物中,肆意追求一种人格的二重性,即使是英雄人物,也一定要'掺和着好的和坏的东西',则是不对的。……当代某些国外的现代派文艺,则热衷于展示人的病态、混乱和畸形心理。""文艺家需要马克思主义世界观的烛照。有了它,才能既洞察人物的'复杂'一面,又明察人物的'纯粹'一面。……我们今天的文艺,在加强人物性格的复杂性的描写中,不仅要注意描写那些思想上复杂的人的复杂性,而且要注意刻画那些思想上纯粹的人的复杂性,或者说注意描绘那些具有丰富性格特征的'纯粹的人',这更是我们社会主义文艺所要求的,也更足以反映新时代、新社会的面貌。"

八月

1日　谷梁的《现代派的小说脱离了现实吗?》发表于《萌芽》第8期。谷梁认为:"现代派的那些小说中,人们看不到传统现实主义文学中那些理念和现实高度统一的真实性,人的思想、性格常常被描写得异常复杂,层次十分多。但是在那种散漫无边的联想中,我们仍然能捕捉、窥测到小说描写的现实,作品所描示的思想。……西方现代派的文学,在反映现实,描写人方面,有值得肯定的东西,我们文学创作应该汲取其经验。但这种汲取,和保持民族传统、民族风格是一致的,离开了中国气派、中国作风,盲目的创新、赶时髦,与顽固的守旧、僵化将会走上同样的道路。"

同日,以"关于当代文学创作问题的通信"为总题,冯骥才的《中国文学需要"现代派"!——冯骥才给李陀的信》、李陀的《"现代小说"不等于"现代派"——李陀给刘心武的信》、刘心武的《需要冷静地思考——刘心武给冯骥才的信》发表于《上海文学》第8期。

冯骥才写道:"从表面上看,小说的形式变化最大。在文学艺术中,人们是通过形式来接受内容的。因此有人称之为'形式主义'。而形式变化只是表象,变化的根本却是对文学概念本质的新理解。""单就文学艺术的形式来说,是具有一定程度独立欣赏价值的。即在我们确认形式为内容服务的同时，形式美有其相对的独立性。""艺术的形式从来没有定型化。在不同时代，人们会自然而然地将自己时代的审美感融进旧形式中去。敏感的艺术家则提前创造出新形式，注入时代精神，改变人们的欣赏习惯。这种具有时代特征的审美感是种十分有趣的东西，它并不单明显表现在艺术形式上，甚至表现在人们制作的各种应用物品的样式上。……我所说，我们需要'现代派'，是指社会和时代的需要，即当代社会的需要；所谓'现代派'，是指地道的中国的现代派，而不是全盘西化、毫无自己创见的现代派。浅显解释，这个现代派是广义的。即具有革新精神的中国现代文学。我们的现代派的范围与含义，便与西方现代派的内容和标准不大一样。而实际上，我们许多作家已经和正在做各种可贵的探索。远远不止于所谓的'意识流'那一种了"。

李陀谈道："'现代小说'这个概念有比较科学的内涵和外延。一方面，它有这样的含义：现代小说和西方现代派小说有某种联系，或者应该有某种联系。就我们中国现代小说来说，就是注意吸收、借鉴西方现代派小说中有益的技巧因素或美学因素。当然在这个问题上目前有很大争论。有人完全不同意做这种吸收和借鉴，认为这样做就是崇洋媚外或向西方资产阶级文艺思想投降等等。这场争论完全可以继续进行下去。……我觉得中国现代小说的发展，就艺术借鉴而言，有两方面的营养都是必不可少的：一是我们自己的民族的文学传统，另一就是世界当代文学。这二者缺一不可。对此我坚信不疑。至于什么'崇洋''投降'云云，我认为都不值一驳。""西方现代派文学的表现技巧是很复杂的一个体系。从形式而言，当然这是对古典的文学观念和表现技巧的一次重大革新，是新体系取代旧体系。但是，形式和内容往往有着密切的联系，一定的形式又是为一定的内容服务的。例如卡夫卡对现实进行变形的表现手段，是和他对西方文明的危机、荒诞以及它们所造成的对人的异化这一认识分不开的。又如尤奈斯库等人戏剧中的抽象和超现实表现手法，是和他们对世界和人生的绝望感分不开的。那么，这些表现技巧中哪些因素有可能和它们特定的表现内容分离开来，成为我们吸收、借鉴的营养呢？这不能不是一个需要谨慎对待的问题。而《初探》对这一问题做了勇敢而富于成效的尝试。"

刘心武谈道："我现在只想告诉你：你给李陀的信中的若干想法，我以为其偏颇程度已超过了高行健一书中的不准确、不稳妥之处。……一、文学发展的世界性规律与不同社会制度的地区间的文学发展的不同规律，这二者之间的关系究竟如何？……我总的感觉，是你过分地从宏观角度——即全世界文学发展的总规律上去看问题，而未能充分地从相对而言的微观角度——即制约现代中国文学发展的特殊规律上来看问题。……二、文学艺术的形式美的总规律与不同门类的形式美的特殊规律，这二者之间的关系又究竟如何？你在给李陀的信中，似乎过多地从文学艺术的形式美的总规律出发，强调形式本身的独立性到了一种近乎绝对化的程度。……小说的形式美在多大程度上与内容相联系，这形式美应'拆卸'为多少种'技巧元素'，'拆卸'到什么程度这'技巧元素'方具有一种超意识形态的功能，等等，都还有待于进一步研讨。"

王安忆的《感受·理解·表达》发表于同期《上海文学》。王安忆谈道："八二年已经开始，再照旧的写法写，自己不满意，要有些新的突破。还是要写好人物，写一个真实的人物。我现在很想达到这样一个目的：写一个人，从这个人身上能看到很多年的历史，很大的一个社会，就像高晓声的陈奂生一样。这很难，这是我八二年、八三年、八四年的一个方向。"

5日 蔡葵、古华的《关于〈芙蓉镇〉的通信》发表于《星火》第8期。蔡葵在给古华的信中写道："我以为《芙蓉镇》是一个真正的艺术品。……《芙蓉镇》忠实地艺术地复制了现实生活。生活本身是复杂的，艺术地再现生活的优秀作品也必然是多义的，往往不能用一两句话就说出它的主题来。……'难以概括'并不等于'没有'主题。我只是不同意作简单的归纳，那样往往会缩小了作品丰富的内容和客观的意义。"

蔡葵认为，《芙蓉镇》"不是那种以情节取胜的惊险小说，但它又的确有着震慑人心的力量。《芙蓉镇》的这种感染力和吸引力，我以为主要来自它的人物创造。……小说必须写出人物来。而情节，按照高尔基的说法，就是人物性格发展的历史。因此，人物性格刻划的深度，往往决定着文艺作品的思想深度。人物个性愈突出，性格愈丰满，小说就愈能广泛深刻地反映现实生活。《芙蓉镇》的人物之所以能够打动读者，还有一点也值得注意，那就是它不仅以人物遭遇和命运感动读者，不仅写了人物做什么，而且写出了他们为什么这样做，写出了不同人物性格的差别、矛盾和冲突，写出了人物丰富复杂的内心世界"。

古华在回复蔡葵的信中写道："我觉得，习作（指《芙蓉镇》——编者注）的一个主要缺点，还是在人物的塑造上。比如对'芙蓉姐子'的'千哥'大队支书黎满庚这个人物，我似乎接触到了他的悲剧式性格冲突的实质问题，即'忠诚'和'背叛'的矛盾。……这是一种复杂巨大的社会性矛盾。可惜我在表现这一人物的复杂矛盾时浅尝辄止了，本来可以塑造出一个很有意义的性格典型来，却在整个故事的叙述中不知不觉被疏忽了过去。或许这正是自己在塑造这一人物的过程中所表现出来的一种心有余而力不足吧。"

7日 以"长篇小说创作笔谈（下）"为总题，何镇邦的《不要纯净化、模式化》、童庆炳的《既要有勇气 又要有诗情》、王愚的《展现复杂的时代矛盾》、吴秀明的《向历史小说学点写人物的经验》、周介人的《长篇创作中的新探索》发表于《文艺报》第8期。

吴秀明认为，历史长篇小说取得如此卓著的成就，"最根本的是人物塑造上的成功"，"首先，它们不把人物简单当作故事中的一个角色，而是将其置身于历史生活的深处，按照生活的必然性和可然律，既写大的时代、阶级风貌，也写具体的人情风俗，乃至于衣冠服饰、饮食起居等方面的生活细节"，"其次，它们力求揭示人物思想性格的内涵，追求丰富复杂的内容，使之立体化、多侧面，而避免简单化、平面化"，"再次，他们在塑造人物时，不是无动于衷、冷静刻板的，而是倾注着作者鲜明强烈的思想感情"。

周介人认为："新的气息、新的风气在创作内容上和形式上都有比较突出的表现。……一，在近年来的长篇创作中，作家们开始从对民族历史的把握，深入到对民族心理的探求；二，作家在探索从新的角度来概括与反映时代的新的可能性。"

10日 陈恩裕的《希望更多的人拿起笔来写超短小说》发表于《小说林》第8期。陈恩裕指出："《小说林》提倡写短小的短篇小说，开辟了超短篇小说专栏，受到很多读者的欢迎。这些小说既不大也不洋，既省作者笔墨又省读者时间，既给人以娱乐又给人以教育，真是'多'全齐美。《小说林》第三期中的三篇超短篇小说就有这样的长处。""这三篇小说,最长的也不过一千多字。文字少而文采不少,小说采用描写和烘托的手法,象写意中国画的寥寥几笔就绘出了几个具有鲜明个性的人物。笔墨之洗炼,后味之浓郁,足以压倒那些拖拖沓沓的'大型'短篇小说。"

11日 邓仪中、仲呈祥的《直面人生 开拓未来——从周克芹近作谈革命现实主义的几个问题》发表于《人民日报》。邓仪中、仲呈祥认为:"首先,周克芹在深入生活时重视感情的积累,在创作中努力表现正确的感情。""其次,周克芹在揭示社会矛盾时,注重写好居于矛盾主导方面的人物,并在这种人物身上寄托革命的理想和信念。""再次,周克芹在现实主义创作中,强调要'获得对生活的"总体观"',注重在这种'总体观'的指导下表现好具体的社会矛盾。""他是把人物的内心世界作为现实生活的凸镜,把笔触伸进人物的灵魂深处,通过刻画人物的心理活动来表现社会矛盾。他的小说忠实于生活本来的面目,不求曲折离奇,但往往平淡中见冲突,令人感到作品中反映的社会矛盾是剧烈的,人物的性格是复杂的,揭示的社会问题是重要的。他采取的这种表现方法,用于描写当代农民的心理冲突,似乎更符合我国农民的心理和特点,因而显得尤为真实、自然、感人。"

12日 何志云的《"圆的"形象和"扁的"评价》发表于《光明日报》。针对张辛欣的中篇小说《在同一地平线上》引起的争论,何志云认为,小说中的"'他'是那样一个形象,'他'的复杂程度使'他'远远离开了二度的平面,而成了一个立体的圆球。从任何一个角度去看,都只能观察到标志着不同素质的半个'球面'。……刘俊民、朱晶同志对作品描写社会生存竞争的指责,其实是站不住脚的……过去,我国小说创作中,'扁的'人物占据了不小的位置……有的同志似乎仍然习惯于用观察'扁的'人物的眼光,来评价一切文艺形象。"

15日 吴隐林、满运来的《为少数民族新人塑像——评韦一凡的小说〈姆姥韦黄氏〉》发表于《民族文学》第8期。吴隐林、满运来认为,韦一凡"从纵与横,历史与现实两方面,不断推进情节发展、运用回忆和倒叙手法,编织出彩色绚烂的历史画卷,是这篇小说在艺术上的另一个显著特点。……这些倒叙和回忆是分散化入一些动人的细节描写中去,而不是采取大段倒叙的方法,这就使读者感到恰到好处,避免了冗长、烦腻之感"。

18日 吴松亭的《努力发掘生活的新意——谈反映民主革命时期生活的长篇小说》发表于《人民日报》。吴松亭指出:"首先,一些作品从时代的高度上对生活作整体的反映。""其次,不少作品从人们熟悉的题材和生活内容中挖掘出了新意。""第三,不少作品象生活本身一样复杂地写出人物性格的丰富复杂性。"

19日 汝捷的《短,不等于美——致汪曾祺》发表于《光明日报》。汝捷谈道:"您把'短'视为一种风格:'短,才有风格。现代小说的风格,几乎就等于:短。'""我以为,'短'并不是一种风格。任何风格,在本质上都是美的表现。而孤立的'短',既无所谓美,也无所谓丑。短,只有与洗练、洁净相结合,才成为美的表现形态。"

20日 冯骥才的《小说创作的一个新倾向》(写给吴若增的信)发表于《人民文学》第8期《作家书简》栏目。冯骥才谈道:"近一两年,不少作家愈来愈注重小说的艺术性,特别是注重体现自己的艺术个性。这是一个良好倾向。……小说是写生活的,小说又是艺术品。……艺术不单单指结构而言。作家从生活中提取的细节、生动的语言、动人的形象和画面,以及情节片断,在文学作品中,不再是生活的零件,而变成新的零件——按照艺术的规律重新有机地组织起来的艺术的零件。它要服从新的整体——即小说的需要。……小说中的气氛、高潮、吸引力、戏剧性、紧张感等等,可以靠艺术技巧和手段达到,这些技巧也是作家必须掌握的;小说的气息、魅力、格调、味道、意境和幽默感等等,却要凭借作家的气质。这就是所谓的'艺术个性'吧!"

同日,卢式的《澳大利亚学者座谈〈尤利西斯〉随记》发表于《外国文学动态》第8期。卢氏介绍澳大利亚格里菲斯大学豪灵顿博士的发言时写道:"他(豪灵顿博士——编者注)认为《尤利西斯》显示了对待史诗、人物、时间、语言四方面的新态度。他说,按照黑格尔的意见,古代的史诗,连带古代的英雄概念一起,必然要在现代大工业的条件下消亡。那样的史诗今天确实消亡了,至少是很成问题。""在人物处理上,二十世纪的西方作品常常表现人物性格的流动性。""对于时间问题,《尤利西斯》打破了十九世纪小说中时间的逻辑连续性，突出了时间相对性的原理。"

25日　汪承栋的《浅谈文艺作品的民族特色》发表于《文艺研究》第4期。汪承栋认为："文艺作品的民族特色，首先表现在民族生活内容的特色上，并为后者所决定，所影响，所制约。……其次，文艺作品的民族特色，还表现在民族心理习惯的特色上。……再次，文艺作品的民族特色，还表现在民族语言的特色上。"

本月

叶辛的《在生活中捕捉新意》发表于《小说界》第3期《作家书简》栏目。叶辛写道："我决心追求一种心灵感受似的气氛，让故事、让往事、让人物感情，都通过心灵的感受来表达。生活提示给我的，不正是要表现人与人关系的变化，心灵的变化嘛！大量的往事，都用补叙法，或是我们古人所欣赏的倒卷帘法。即所谓'草蛇灰线，横云断岭'。断要断得恰当，截要截得自然，岔也要岔得不露痕迹。"

九月

1—11日　中国共产党第十二次全国代表大会在北京召开。邓小平致开幕词，胡耀邦代表第十一届中央委员会作题为《全面开创社会主义现代化建设的新局面》的报告。胡耀邦当选为中共中央委员会总书记。党的十二大报告提出了中国共产党在新的历史时期的总任务：团结全国各族人民，自力更生，艰苦奋斗，逐步实现工业、农业、国防和科学技术现代化，把我国建设成为高度文明、高度民主的社会主义国家。

7日　包立民的《根深叶更茂——访马烽》发表于《文艺报》第9期《作家专访》栏目。包立民问马烽作品中的一些栩栩如生的人物是怎么创造出来的，马烽回答道："我作品中的人物是在长期生活中积累得来的。……所谓虚构，当然不是面壁凭空编造，而是在生活中将几个相同类型的人物捏合而成的。""文学作品中的人物，有原型也罢，无原型也罢，关键在于作者要有札实的生活功底，要使这些人物在作者头脑中先成活下来，往往成活的时间越长，成活率也就越高。"

刘湛秋的《在追求的道路上——读路遥的中篇小说〈人生〉》发表于同期《文艺报》。刘湛秋认为："正是这种对农村出现的新形象的探索与塑造，给小说注满了沉郁而强烈的时代气息。作者不是平面地、单纯地表现农村在党的正确方针下由穷变富的过程，而是从整个社会着眼，去考察这种变革所引起的思想、道德、习俗以及人的价值观、幸福观等等的变化。""作者圆熟的技巧使通篇读来如行云流水。小说基调是凝重的，却又夹杂一种轻快。忽而紧锣密鼓，忽而抚弦轻挑。景色描写优美，硷畔风情及人物对话生动，错落有致。"

9日 阎纲的《中篇小说形式谈》发表于《光明日报》。阎纲谈道："中篇小说既不象长篇小说那样长，也不象短篇小说那样短；既不是长篇小说的缩写，也不是短篇小说的拉长。""中篇小说在人物的塑造、情节的构思、字数的控制等艺术的要求方面，理应不繁不简，不多不少，不长不短……对于中篇小说，孙犁同志早在一九七七年就谈过自己的看法。他在《关于中篇小说》一文中谈到'中篇小说区别于短篇小说之处'时指出：一、中篇小说应该极力创造典型人物。二、中篇小说要向读者展示一个较完整的历史面貌。三、中篇小说有可能塑造较多的人物。四、中篇小说，有较多的情节变化。五、中篇小说的写作手法要单纯明朗。"

阎纲补充道："近年来，小说创作中一个触目皆是的现象正有增无已：短篇不短，长篇太长；中篇不甘落后，动辄十多万字。在短篇小说新作中，甚至在获奖的优秀短篇小说中，字数接近或超过《阿Q正传》的不是个别现象。短篇和中篇不加限制地拉长，势必模糊短篇、中篇、长篇的界限，势必放纵作家的笔墨，结果失去控制。茅盾同志早在一九四五年就提醒作者注意控制字数，他说：'把字数多寡的条件看得重些，先求能短，也许是对症发药的。'为'长'风之不可再长，不妨在孙犁同志高见之后加上一条：六、中篇小说的字数，应大体在三万以上，十万以下。"

10日 陈骏涛的《文学需要理想之光——短篇小说〈蓝色的呼唤〉读后》发表于《北京文学》第9期。陈骏涛认为《蓝色的呼唤》是一篇颇有特点的小说："首先是结构。它不同于传统小说，不是以情节来结构故事，而是以人物的心理变幻来结构故事,一切以人物的心绪流动为依归。……这类小说(我姑称为'心理结构'小说)一个最主要的特点是对人物内心世界的直接的、细致深入的描绘。这虽然不能说是它优长于传统小说的地方,但的确是它与传统小说的最主要的区别点。……其次是这篇小说的思辨性的特点……它不追求曲折离奇的故事情节,不编造耸人耳目的街谈琐闻,不穿插猥亵下流的生活细节,而是在进行着严肃的人生思考;作者常常借助于人物之口,在小说中发表自己对人生真谛的思索和议论,形成了小说的一种思辨性或哲理性的特点。"

同日,阎纲、路遥的《关于中篇小说〈人生〉的通信》发表于《文论报》。路遥在通信中写道:"是的,避免人物的简单和主题的浅露,正是我在这部小说中尽力追求的,我自己也很难确切说出这部作品的全部意思来。我当时只是力求真实和本质地反映出作品所涉及的那部分生活内容。当然,我意识到,为了使当代社会发展中某些重要的动向在作品里得到充分的艺术表述,应该竭力从整体的各个方面去掌握生活,通过塑造人物(典型)把我们时代最重要的社会的、道德的和心理的矛盾交织成一个艺术的统一体,把具体性和规律性、持久的人性和特定的历史条件、个性和普遍的社会性都结合起来——也就是说,应该向深度和广度追求。"

同日,冯骥才的《作家要干预人的灵魂》发表于《钟山》第5期。冯骥才认为:"作家的工作不能只停留在'干预生活'上。""文学作品成败与否,关键看人物是否写得成功。人物塑造的成败,不只是写好人物的性格和音容笑貌,关键看作家对人物心灵(或称内心世界,或称灵魂)是否挖掘得深。……触及人物的灵魂,就要涉及人物灵魂中的复杂性。灵魂中真、善、美,假、恶、丑都要触及。……同时作家要有本领发现别人不曾发现的东西,概括出人生哲理,折射出生活现实。"

雷达的《姜滇小说的艺术追求》发表于同期《钟山》。雷达认为:"姜滇目前的小说,最突出的特点,是追求抒情诗似的格调,追求和谐美的境界,力求艺术结构上浑然一体的完整,力求自然、朴素的美,力求色彩、情调、意境的融合。他好象不惜削弱对社会世态的分析和具体性格特征的刻划,也要尽可能多地容纳感情,增强抒情的成分。他近来的小说,没有大起大落,大波大澜的情节。情节十之八九是琐细的，但未必没有意思；感情是含蓄的，但也未必没有一些韵味。孤立起来看，许多情节、细节失之平淡，几乎没什么意思，但通篇来看，就有些让人回味的东西了。"

李振声的《小说的议论艺术》发表于同期《钟山》。李振声认为："以简峭凝练的议论开端，往往使小说显得出笔不凡、异峰突起。""更多的议论则穿缀在小说的行文中间。……小说中，议论与具体形象相对。形象为实，议论是虚。若以虚为虚，尽发议论，小说就失落了特质。若以实为实，通篇人物行迹景物铺列，又不免臃塞单调、拘泥滞板，显不出高明。""议论这种手法，情节赖以洒脱别致而又幽隐含秀，作家的心灵赖以传达得微妙而清澈，因而成功地用于小说篇末，往往成了通向形象内在奥秘的窗户，成了点豁题旨照亮全篇的晶莹之光，使小说整个意境顿显深远。"

杨世伟的《讴歌生命的壮美——漫话冯骥才的小说创作》发表于同期《钟山》。杨世伟认为："统观他（冯骥才——编者注）的作品，在艺术表现上篇篇都不尽相同，这种艺术表现上的多样性，一方面是由于他艺术视野的宽阔……一方面也反映了作者的艺术才华，他能驾驭各种艺术方法表现生活，刻画人物。""用心理描写的方法刻画人物、揭示主题，是冯骥才所擅长的。""用对比的方法表现主题、刻画人物，也是作者惯用的手法。""冯骥才在构思作品上追求的是：出人意外而又发人深思。他经常选用一些奇特的、细小的、偶然的、甚至出人意外的事件来结构作品、展开想象，并从中升华出思想的高度来。他的构思的特点是奇巧。"

14日 路遥的《面对着新的生活》（关于中篇小说《人生》）发表于《中篇小说选刊》第5期。路遥谈道："农村我是熟悉的；城市我正在努力熟悉着；而最熟悉的是农村和城市的'交叉地带'。……在这座生活的'立体交叉桥'上，充满了无数戏剧性的矛盾。可歌的，可泣的，可爱的，可憎的，可喜的，可悲的人和事物都有。我们不应该回避生活中的矛盾和冲突，因为只有反映出了生活中真实的（不是虚假的！）矛盾冲突，艺术作品的生命才会有不死的根！"

23日 任孚先的《探索通往人物心灵之路——评王润滋的小说创作》发表于《光明日报》。任孚先谈道："王润滋的小说创作所以取得了显著的成绩，关键在于他找到了通向人物心灵的艺术之路。他善于从历史和现实的结合上去开掘人物的灵魂。人是社会关系的总和，人是历史发展的结果。……就事论事，就人论人，会浮光掠影，只有从现实社会的、也是历史的窗口去观察人、塑造人，才有可能塑造出艺术典型，才有思想深度。……王润滋不回避、粉饰生活中的矛盾，在表现人物的美的灵魂时，往往找到不同性质、不同程度的对立面加以对比，使正面人物的灵魂更加使人摸得到，看得见。……王润滋曾说：'我追求小说诗的意境，诗的情。'诗要有意境，小说也应当有意境。意境是从生活中提炼以后主题、环境、人物的高度溶合和净化，在这美的艺术境界里，体现着发人深思的思想，活跃着美好的人物，闪耀着人物的心灵美的光芒。"

29日　滕云的《关于写"凡人小事"》发表于《人民日报》。滕云指出："写新人、英雄与写凡人小事，不应当互相排斥、取代。我们的文学要大力塑造社会主义新人形象，但不应忽视对普通人民群众的描写。""作者写凡人小事，不能停留在日常生活的表面，而要透露出生活深处的激流。他要站在比凡人小事更高的立足点上，不是为了叙说庸俗的肤浅的生活哲学，而是为了宣示崇高的深刻的具有巨大的社会意义的生活真理。"

本季

高晓声的《谈谈有关陈奂生的几篇小说》发表于《文艺理论研究》第3期。高晓声谈道，《陈奂生转业》"笔触比较宽广，结构比较自然，情感比较沉稳。能够吸引读者的情节更加普通，更加平凡。其实也更加耐看。有些情节到现在为止读者们还未加注意，不曾理解。例如地委书记吴楚看到陈奂生头上戴的帽子比较旧了（光看帽子这一点，就饶有趣味），就要送他一顶，说自己买了一顶呢帽，嫌大不能戴。……我选择这个情节不是偶然的，是要显示群众是大头，干部是小头。别老把大帽子给干部戴，实际不合适。群众才是历史的主人！"高晓声指出："我看无论写人物、写事件、写场面，无一不是靠细节。……好的短篇小说总有使人忘不了的细节。一种是细节本身有特征性，另一种是本来普通的细节被义学家加以巧妙的安排而放出光彩。"

吴士余的《绘景见色——古典小说艺术琐谈之二》发表于同期《文艺理论

研究》。吴士余谈道：

"小说中的景色描写并非可有可无，而是构成艺术整体的有机部分。它除了交代人物活动的时间、地点，还为刻画人物性格，揭示作品主题，提供适宜的活动场景和气氛。因此，红学家明义把大观园的景色描写，列为评《红楼梦》的第一条便在情理之中了。

"景色描写要发挥其认识作用和增强其艺术感染力，关键是：能否产生一种艺术和谐，即，通过文字的皴染启迪读者的联想，使人们体验到'用动作、线条、色彩、声音以及言词所表达的形象'（托尔斯泰《艺术论》45页），有'如亲历其境''亲尝其味'的审美感受。……我以为，以情写景只偏于意笔，并非写实，很难写出景物的立体感。古典小说汲取了古典诗词中'情景互换'的意笔，又融洽了中国古典绘画艺术所谓'色彩殊鲜微'（顾恺之《画云台山记》），丹（彩色）、青（墨线）相抹的手法，创造了应物敷彩、随景着色的写实技巧。刘勰说得好：'云霞雕色，有逾（超过）画工之妙'（《文心雕龙·原道》）。既绘景，又见色，景物的线条勾勒配以和谐、多彩的颜色，更能增添自然景之美趣。

"小说写景，既不同于诗词，也有别于绘画。它主要是通过叙事性的文学语言来敷彩着色的。（当然，在古典小说中也有以诗、词、赋的形式叙景的，但毕竟不是主要手段）这样，小说家不仅需要有色彩的敏感，还要有敷色的文字技巧。现在，小说作品写景，往往求助于一些形容词。词藻虽华丽，但意境却平庸。古典美学家莱辛认为，高超的写景艺术是'用暗示的方式'（《奥拉孔》）来表达的。这也是说，以生动、形象而又含蓄的文学语言和读者的艺术想象相结合的方式，来敷抹景物的颜色。

"小说皴染景色的特殊性还在于人、景互融。……景与人相互间有着复杂的关系。因此，小说脱离人物和情节去单纯地绘景敷色，尽管工于心计，也是缺乏艺术表现力的。古典小说家是很懂得这个辩证关系的。他们绘景敷色，往往是'为着写人而利用写景，同时写出人与自然底一切复杂的关系'（《新文学教程》新文艺出版社1952年版105页）。具体来说，古典小说主要顾及这二个方面：

"一是，绘景敷色与人物性格、身份特征相映衬。让不同的色彩对人物形象起着象征和暗示的作用。

"二是，根据人物不同心理情绪变化敷彩着色。绘景敷色，不只是景物色彩的客观描写，它还包含着人物的心理因素和情绪色彩。王国维说：'境非独谓物也'，'物皆著我色彩'（《人间词话》）。这也是说，在小说作品里，景物的自然色彩往往是同人物的心理、情绪色彩相互渗透的。从美学角度来说，就是所谓'移情作用'。人的主观情绪能移注于体外景物，使之本来只有物理性（如客观颜色）的景色，还会带上某种人为的感情色彩。

"随景敷色要善于对比。小说不同于绘画。后者可调制多种复色用于直觉形象和画面，小说却由于文字达意的某些局限，往往只能叙述一些较简单的色调。这样，运用文学的对比手段，以真实描叙色彩的变化来增加景物的色彩感和层次感，形象地再现生活的立体景色就显得格外重要了。《水浒全传》第十五回描写石碣村的景色就很典型的。

"在古典小说中，绘景敷色往往是同比喻、夸张与修辞方式结合起来的。这样可获得更大的艺术效果。比如《西厢记》中'长亭送别'一折有段景色描写。'碧云天，黄花地，西风紧，北雁南飞，晓来谁染霜林醉，总是离人泪。'"

十月

5日 程克夷的《生活的诗 心灵的歌——短篇小说意境漫笔》发表于《长江文艺》第10期。程克夷指出："在孙犁众多的著名短篇中，优美的景物描绘，纯真的感情抒发，崇高的理想寄托，深邃的哲理思考，无不凝聚在作品所塑造的形象之中，无不交织在作家所描绘的生活图景之内，情景交融，主客化一，诗意美、情感美、音乐美、绘画美相映成趣，使他的作品具有一种意境所特有的魅力……近来，有不少作品在一定的程度上具有意境美的魅力，显示着短篇创作中一种新的倾向。《长江文艺》上，也出现了一批具有某种意境的优秀之作：《蚂蚁与珊瑚》《赔你一只金凤凰》《'大篷车'上》《小秋》《父与子》《海在山那边》《峡谷风雨》《麻老汪森林奖》《倒掉了的石牌坊》《鸽子》……这些作品的特色是：在内容上已不止于一般的揭露社会矛盾，提出生活中令人关切的问题；而是通过作者对生活的独特感受，把从生活底层发掘出的诗意和哲理，升华成炽热的诗情，彻融在作品之中，构成某种意境。在写法上，不以情节故事取胜，而是以意笔为主，实中求虚，向生活的纵深开掘，创造各自的意境，通过意境的折光，使人物精神世界燃起美的光焰，使作者主观之情化作诗，化作画，化作音乐，去开启读者的心扉。主题更加'隐蔽'，倾向也不'硬塞给读者'，发人深思，令人回味。"

7日 宋遂良的《丰富多彩的人物形象——谈近年来小说创作的人物塑造》发表于《文艺报》第10期。宋遂良认为："五年来文学在塑造人物方面所取得的成就，最突出的就是恢复了这种来自生活的真实，塑造了一系列活生生的有血有肉的真实的人。""当代作家对时代的特点和祖国的命运作积极的思考，在文学作品中也出现了许多体现了'巨大思想深度和意识到的历史内容'的人物。"

13日 李基凯的《塑造艺术典型的原则不能动摇》发表于《人民日报》。李基凯写道："我们的文学艺术是以马克思主义唯物论的反映论为哲学基础的。它的美学原则是通过生动的艺术形象，真实、深刻地反映客观的现实生活。""把表现人物的情绪、心理、感受等等同描写人物、性格和塑造典型对立起来的观点，是站不住脚的；认为描写人物、性格和塑造典型是老框框的观点是不能成立的。这显然违背了文艺反映现实生活的需要，是不利于艺术形式的多样化的。""有人说，时代已经前进了，小说已经从描写人物性格和故事情节的'青年时代'，演变到了没有情节，不去刻画个性的'壮年时期'。这种说法是不符合实际的。"

人民日报评论员的《发挥文艺在精神文明建设中的积极作用》发表于同期《人民日报》。文章指出："社会主义现代化建设的新局面，对社会主义文艺提出了新的更高的要求。我们的文艺工作者要在学习马克思主义和深入生活的基础上，大力塑造社会主义新人形象，用闪烁着共产主义思想光辉的、能够给人以鼓舞和美的享受的艺术作品，来满足人们精神生活的需要，帮助人民提高思想境界和道德情操。"

本月

张维耿、黎运汉的《从〈三家巷〉看文学作品如何吸收方言土语》发表于

《作品》第 10 期。张维耿、黎运汉谈道:"欧阳山主张学习语言要采用一个'东南西北中外古今法',也就是同时吸收东南西北各个地区语言的精华,揉合成一种丰富多采的,使群众喜闻乐见的现代文学语言。……我们对《三家巷》中吸收的广州方言土语作过一些初步分析,看出作者可能有如下几个方面的考虑:(一)尽可能多地吸收那些字面上容易看懂的方言土语。……(二)适当吸收核心部分与普通话相通的方言词语。……(三)通过上下文的联系,把吸收的方言土语的含义明确显示出来。……(四)借助行文中的诠释性语句,将方言词的含义明白点出。……但是文学作品吸收方言土语并不是随意的,不受限制的。选择那些富有表现力的方言土语,并经过适当的加工提炼,将其溶入民族共同语之中,成为一种带有地方色彩的丰富多采的文学语言,是文学作品吸收方言土语的一种比较可取的形式。……象水乳交融般把方言土语融汇到民族共同语之中,使读者不经注释地看懂其中的意思,并领略到作品中的浓郁的地方色彩,这就是《三家巷》在吸收方言土语上给予我们的很好的启示。"

十一月

3日 于晴的《深度和容量——读〈种包谷的老人〉随想》发表于《小说选刊》第 11 期。于晴指出:"这篇小说也无突出或曲折的情节,然而却很动人。现在又有一种理论,提倡叙事文学的非情节性,仿佛情节的描写,乃是一种陈旧的手法,只有废除,才算是文学的'现代化'。其实一个作品有怎样的情节,或者并不着重于戏剧性的情节,或者说不上有什么情节,都服从于刻画人物和体现主题的需要。"

5日 陈纡的《巧妙地利用时间因素——短篇小说艺术构思谈片》发表于《福建文学》第 11 期。陈纡认为:"时间因素之所以对人物具有特殊重要意义,从根本上说,是因为作者巧于构思,切准了矛盾的焦点,抓住了'鲜亮的环节',捕捉到有力的瞬间。从作品'有限'的瞬间来看,它是人物思想冲突最尖锐、最集中的时刻,是两种思想斗争的焦点。正是透过这一焦点,才折射出主人公'无限'丰富的内心世界,反映出具有无限意义的时代生活内容,使作品逾越'有限'的时间,具有'无限'的时间价值,'让我们这一时代能在艺术中和在人们的理解中永远保留下去'。（伊莉莎白·鲍温《小说家的技巧》）"

潘旭澜的《长短·瞬间·剪辑——短篇小说杂谈》发表于同期《福建文学》。潘旭澜认为："短篇有它自己的特点和职能，那就是：通过规模较小的生活画面，描绘一个或几个人物，而又要求所展现的画面和人物，凝聚着深刻的历史和现实的社会内容，揭示出人物性格的因由，使读者从狭小的画框内窥见深广的人生与社会。"

7日 苏策的《慕湘和他的〈新波旧澜〉》发表于《文艺报》第11期。苏策认为："小说在艺术上很有突出的一个特色，就是在故事叙述上和语言运用上相当成功地继承了我国古典小说的传统，通篇没有倒装句，没有生僻的语言，没有大段的写情写景和内心独白，也没有作者的议论……小说的行文象流水似的，加上情节安排的跌宕有致，读起来感到非常顺畅而又非常有趣。"

8日 胡邦炜的《关于曹操形象的评价》发表于《光明日报》。胡邦炜认为："丑与美的联系，从生活（包括历史生活）到艺术，可以是一种转化。创作者把丑集中起来，充分典型化，融入自己强烈的爱憎，鲜明的倾向，予以揭露、嘲讽和鞭挞，丑就可能转化成艺术上的美。"

10日 雷达的《邓友梅的市井小说》发表于《北京文学》第11期。雷达认为，邓友梅从《话说陶然亭》到《那五》这一组写北京市民生活的作品，"与我国古典小说，特别是宋元话本、明清拟话本，有着某种取材和艺术表现上的师承关系"，"由此来看，姑且把邓友梅的这一组小说称为'市井小说'，或'民俗小说'。……邓友梅在人物描写上继承了我国'说话'艺术的传统。所谓'试令说话人当场描写，可喜可愕，可悲可涕，可歌可舞。再欲提刀，再欲下拜，再欲决脸，再欲捐金。怯者勇，淫者贞……'，正说明了'说话人当场描写'的效力。这种'当场描写'，一般总是摒弃静止地刻画人物，分析心理，而在情节的进展中，靠动态、细节、对话来写人，它善于把环境描写、情节发展、人物言行综合地融汇贯通在一起，创造出有声有色的人物形象"。

同日，高行健的《谈小说观与小说技巧》发表于《钟山》第6期。高行健指出："作者不应自视过高，把自己总摆在教育人的位置上。装腔作势只能败坏读者的情绪。他们希望的是，作者能象个知心的朋友，轻轻拨动他们的心弦，而情绪的准确与真实是现代小说艺术所应该追求的境界。于是,在写作技巧上,便提出了速度与节奏的问题,这些音乐中借以表达情绪的要素也都进入到现代小说创作艺术中去,给现代小说的结构提出了更精微的要求。这便促使小说家把电影剪辑的手法和音乐作品中处理乐句和乐章的手法引进到现代小说的结构中去,而这种细微的结构方式却是原始的情节所无法囊括的。"

高行健认为:"意识流不是一个独立的文学流派,也算不得一种艺术创作方法,它不过是现代文学作品的一种更新的叙述语言。然而,它又超乎文学流派之上。不同的文学流派、用不同的艺术创作方法从事创作的作家,都可以在不同程度上采用这种语言。……意识流这种叙述语言同其他文学语言一样,也有其章法。不过,它依据的章法不是逻辑的演绎和理性的分析,它只遵循描写对象,即作品中的某个人物,在具体的环境中心理活动的自然规律。……意识流语言中不再有脱离人物的自我感受的纯客观的描写。……意识流也可以说是一种诱导读者去自我体验的艺术语言。"

姜文、唐再兴的《从水乡沃土中汲取诗情——评农民作家徐朝夫的小说》发表于同期《钟山》。姜文、唐再兴认为:"徐朝夫精心描写特殊的民间习俗、风物人情,从中溢逸出淳厚的乡土味。……为了表现五彩缤纷的乡土特色,作者采用了多种方法。有时,运用富有浪漫主义气息的民间传说,例如关于'龙鳞村'的得名、'仙鹤荡'的来历等,给特定的环境染上浓厚的传奇色彩。有时,从传统的习惯与风尚中,筛选出能显示劳动农民所特有的美德。""徐朝夫的'土',在语言上体现得尤为突出。他灵活自如地运用了大量的活在农民口头上的方言、土话、农谚、俚语,生动活泼,幽默风趣。……比如谚语的运用,是那样的贴切、自然。……他还采用农民特殊的口语,或刻划形象,或渲染气氛,或表达某种感情。"

张宏梁的《人物性格和具体情境》发表于同期《钟山》。张宏梁认为:"在叙事性文艺作品的创作中,应该自觉地、有意识地突出人物活动的典型环境,直接或间接地交代出时代背景,揭示出人与人之间的社会关系。……可是,我们决不能在人物活动的'具体情境'与'典型环境'之间划等号,把作品中人物活动的地点、场合、条件等诸方面的因素,一概归之于典型环境;事实上,人物活动的某些具体情境，就并不一定体现为典型环境。"

14日 赵德明、尹承东的《马尔克斯和〈百年孤独〉》发表于《人民日报》。赵德明、尹承东强调："《百年孤独》反映了广阔的现实生活，提出了重要的社会问题。""在这部作品中，马尔克斯在努力反映现实的同时，还运用了大量的夸张、象征、比喻、寓意、梦幻和回忆的手法，从而给现实生活披上了一层神奇怪诞的魔幻外衣，然而却不损害现实的本来面目，即所谓'戏法是假的、功夫是真的'。这种虚实结合的写作手法，在拉丁美洲被称作'魔幻现实主义'。马尔克斯便是这个流派的代表之一。"

同日，毛志成的《通俗及其他——〈不熄的荧光〉创作琐谈》发表于《中篇小说选刊》第6期。毛志成谈道："其实，这个'俗'字的学问很大，倒是我们把它解释得偏窄了。一般只注意了它的一个含义——俗浅，殊不知它还有另外两个含意：其一是通俗，这里特别要强调这个'通'字，通而俗就不是浅而俗，通俗是在精通的基础上返朴还淳，深入浅出。……'俗'的又一个含义是尊重国俗、民俗、风俗，概言之即民族风格。……我写主人公的心理活动时，都力求写得'看得见'、'摸得着'。是俗浅，还是实在，很难说。"

叶文玲的《焦渴地寻觅　热切的呼唤》（关于《海角》）发表于同期《中篇小说选刊》。叶文玲认为："创作既是作者和生活两片火石相击而迸出的火花，它就离不开生活，更源于'情'，一切作品，都不可避免地显现着作者生活经历的履痕，更是作者真挚情感的示波器。"

20日 成一的《跟着生活探索》发表于《人民文学》第11期。成一谈道："老一代作家有自己独特的艺术风格……他们几十年的艺术实践和艺术探索，是一份宝贵的财富。继承这份财富……我认为有两个方面。一方面是学习、借鉴、继承他们的具体艺术成果，如浓厚的乡土气息和鲜明的地方特色，简炼的白描手法，朴质、刚健、清新、幽默的格调，群众化、民族化的文学语言等等。……另一方面，便是继承他们取得这些艺术成就的探索精神，即注重从当代生活中吸取新的营养，新的素质，新的活力。"

张石山的《也算体会》发表于同期《人民文学》。张石山谈自己的创作心得时说："一是人物。我喜欢刻划人物。即便较为强烈的社会问题，也愿意通过人物形象折射出来。……二是手法。表现不同题材，刻划各式人物，我愿意煞费苦心去寻找适合每一个新的人物与每一新的内容的新的表现形式，而决不贪图省力搞'单打一'。……三是生活化。我这几年在跌跌撞撞摸索中，主观上尽量避免落入图解政策的窠臼，也不专去呼喊社会问题……我总要努力追求，写出自己比较满意的、生活化而不概念化，形象丰满而不仅提出强烈问题的作品来。"

同日，高尔纯的《发挥具体环境的"画框"作用——谈短篇小说结构艺术的一个问题》发表于《西北大学学报》第4期。高尔纯谈道："有些作者在结构短篇小说时，把具体环境仅仅作为人物性格和行动情节的原因说明加以描绘，却不大注意积极主动地发挥其'画框'作用，于是造成整个作品结构的芜杂臃肿、松散冗长，使短篇小说成为'压缩了的中篇'或'长篇的故事梗概'。造成这种结构'走型'的原因很多，但我认为，不注意发挥具体环境的'画框'作用，是其中最主要的原因之一。"

高尔纯认为："短篇小说是以人物为纲，行动情节（事件）为轴，通过具体环境的狭隘艺术画框所展现出的一幅鲜明生动的人生图画。时间、地点、自然场景与社会场景，组成作品的具体环境。高度集中、概括的具体环境不仅是短篇小说本质性特征之一，而且也是形成短篇小说以小见大艺术功能的关键所在。具体环境选择得越合理、越典型，作品的结构就越严谨，作品的故事情节、矛盾冲突就越集中，人物性格就越鲜明，作品所展现的生活画面就越突出。古今中外凡属优秀的短篇小说作品，无一不在发挥具体环境的"画框"作用方面，显示着作家独具匠心的艺术功力。"

30日 瞿世镜的《伍尔夫的〈到灯塔去〉》发表于《外国文学报道》第6期。瞿世镜介绍："这部小说中，伍尔夫对时间的特殊处理方法，是很引人注目的。第一部从客观时间来说，只有一个下午和黄昏，但从'心理时间'来看，由于记录人物的意识流动，穿插了许多回忆和想象，现在、过去、将来交错在一起，因此就显得很长。""这部小说中，客观时间和'心理时间'，主观真实和客观真实，直接描述和象征暗示，错综复杂地交织在一起。"

本月

　　李陀的《论"各式各样的小说"》发表于《十月》第6期。李陀指出："长期以来，人们习惯地认为小说是一种叙事艺术，而且是各种叙事艺术中最长于叙事的艺术。另外，人们对所谓的'叙事'的理解，又离不开故事和情节，即使是那些着重写人物的所谓'性格小说'也是如此。人们对小说形成这种观念不是偶然的，这是在小说的漫长发展中逐渐形成的，特别是以巴尔扎克为代表的十九世纪那些伟大的小说家们所写的小说，因为对后世影响巨大，便不知不觉的成为人们创作小说的典范。这种小说大致都具有这样一些特点：叙述离奇曲折或至少引人入胜的完整故事，塑造具有独特性格和时代内容的典型人物，对社会环境作客观的、包罗万象的描写，对一个时代或一个社会进行记录、概括、分析、研究，表现具有历史认识或道德伦理价值的重大主题——而作家做这一切的时候，显得无所不知，无所不能，洞察社会生活中各种秘密，预先知道人物的命运，精心安排故事的结局……这种小说写作模式（也就是小说'写法'）对后人写小说应该说起了很积极的作用。许多年来我国绝大多数作家写小说也大体上走的这个路子。当然也有作家另辟蹊径，例如肖红，她的中篇小说《呼兰河传》就全然突破了这种模式。不过就小说写作的总体状况来说，当时的肖红还只能算是个例外。"

　　另外，李陀多次提到不注意讲故事或情节性不强的小说，并认为这是小说的一种进步和发展，他说："但这绝不是说凡是故事性或情节性强的小说就不好，就比较低级。如果这样看，不仅从方法上有绝对片面化和片面性之弊，而且也不符合文学发展的实际。且不说小说的古典时期出现了雨果、巴尔扎克、狄更斯、托尔斯泰、杰克·伦敦、马克·吐温这样会写故事，并且善于在故事的发展中塑造典型人物的伟大的小说家。就是在今天，在小说中乐于讲故事并且善于讲故事的作家也大有人在。例如一九八七年获得诺贝尔文学奖金的美国作家辛格就公开宣称：'我喜欢讲故事。'别人也称他为'故事大师'。北京作家中，丛维熙、刘绍棠也都是讲故事的能手。这两个作家的艺术气质是如此不同，他们的作品在取材、立意、风格等等方面都相差甚远，但他们创作的几个情节生动、人物鲜明的中篇小说，如《大墙下的红玉兰》《远去的白帆》《蒲柳人家》《花街》，都无疑是我国当代小说创作中的代表作。由此可见，传统小说写法在今后小说创作中仍将发挥巨大作用。"

张德林的《心理描写与意识流》发表于《小说界》第4期。张德林认为："现实主义的心理描写以唯物主义反映论作为哲学基础，强调环境、人物、心理三者的辩证统一，这与西方意识流小说以主观唯心主义作为哲学基础，脱离环境的制约，孤立看待人的自由联想，片面表现人的潜意识、下意识，是有原则区别的。当然，现实主义的心理描写，作为一种文学表现方法，也要随着时代的发展而发展。因而，它对意识流小说的某些合理内核，也可有条件地借鉴和吸收。这表现在：一、人的意识中，确实包涵着下意识、潜意识——即意识中非理性成分，这点已为现代心理学的实验证明了。只要不把下意识、潜意识当作心理描写的主要内容，不过分渲染意识的非理性、无逻辑、浑浑噩噩的话，那么，把人的意识当作一条长河，从流动中加以刻画，这一艺术手法是可以吸取的。二、意识流主张多视角、多层次、多侧面地反映生活，刻画人物的心理状态，给人以立体感。这一方法跟现实主义心理描写是一致的，可以吸取的。三、意识流提倡心理结构，把过去、现在、未来，幻想、现实、梦境，通过自由联想，使各方面交叉、糅合在一起，加快节奏，突破时空界限，出现复线、多线、放射线式的艺术结构。这一表现手法，只要把基点建立在生活的真实性上面，从生活出发，那是应当加以运用的。""现实主义心理描写可以包孕意识流手法的合理成分，意识流手法却不能代替现实主义心理描写。"

智量的《诗歌与小说的结合——从〈唐波夫财政局长夫人〉看俄国诗体小说的艺术特点》发表于同期《小说界》。智量认为："诗体小说从它主要的特征看，可以说是长篇叙事体诗歌中一种更带有小说特点的分枝种类。""我国古代有许多优秀的长篇叙事诗，其中有些也可以从诗体小说的角度来进行分析研究。比如《长恨歌》，便在一定程度上具有这种特点。乐府民歌中的《焦仲卿妻（《孔雀东南飞》）和《木兰诗》两篇也是这方面的名作。""在我国现当代长篇叙事性诗歌中，可以特别提出的作品是李季的《王贵与李香香》，这部作品情节曲折，抒情性也很浓烈，它从中国现代民歌中汲取了大量简洁洗练的语汇和表达方式，在刻画人物时往往能三言两语而传神。只可惜这部作品在情节发展过程的交待上往往过于跳跃和简略，历史背景的描绘也显单薄，主要人物性格区别不鲜明，这些都削弱了它的小说的特色。……当然，诗体小说作为一种具体的文学体裁样式，也有它自己的局限性，比如它的艺术形式上的严格要求往往会限制作品中某些内容的充分展开。然而，局限性正是和一种事物的特殊性不可分割的。问题在于善于在适当的条件下对之加以充分的利用。这就要求作家有更大的创造精神。"

十二月

1日 蒋子龙的《谈"人"》发表于《长春》第12期。蒋子龙谈道："每一个人都是一部历史，都是一个社会，写好一个人物就一切都有了。""人物的灵魂是不能离开作家的思想、风格、修养、技巧而独立存在的，对人的命运、生活的命运了解得深切，把握得准确，阅历得深，观察得深，体验得深，才能表现得深。人物的灵魂揭示的深浅，决定着小说是深刻的，还是肤浅的。人物典型意义的大小，往往也取决于对其灵魂的刻划。"

同日，陈丹晨的《也谈现代派与中国文学——致冯骥才同志的信》发表于《上海文学》第12期。陈丹晨谈道："你（冯骥才——编者注）在《上海文学》八月号与李陀、刘心武同志的通讯中所表述的'中国文学需要"现代派"'的观点，却使我感到困惑。它不仅与你近几年的创作实践不相吻合，而且有些论断（包括为你竭力赞扬的高行健同志的《现代小说技巧初探》中的一些论述）也大可商榷。……我十分赞成许多同志已经强调指出的那样，对西方现代派文学应采取研究、探讨的态度，而不应重复过去那样的粗暴简单办法。……因此，我们不必因为独尊现实主义而罢黜其他各种艺术流派、方法、形式，……它还要继续广泛吸收其他的因素（包括现代派中的某些艺术方法和技巧）来丰富发展自己。它必定继续成为社会主义新文学的主流，决不会因为有了现代派而会被取代。"

5日 蒋守谦的《短篇小说的结构美》发表于《长江文艺》第12期。蒋守谦表示："结构，正是作品的思想内容借助于它的形式的诸因素化为可感形象的重要契机。作家们都在追求艺术结构的美。各类体裁作品的结构又都有着它们自身的特点。……至于作家在一篇具体作品里采用什么样的结构方式,那是由作品所反映的生活和作家的创作个性来决定的。如果要分类的话,大体上可以分为两种类型:一种是基本上按照时空顺序展开情节,谓之叙事结构。中国传统小说,现在高晓声、马烽等作家的作品均属此类。一种是按照人们心理活动的逻辑展开情节,不受时空顺序的束缚,谓之心理结构。如西方现代派作家的一些作品。作家王蒙近年来写的被人们称为'拟意识流小说',如《春之声》《海的梦》《深的湖》《风筝飘带》等,也有心理结构的味道。无论是叙事结构的作品还是心理结构的作品,又都存在着开放式结构和闭锁式结构之分。所谓开放式结构,是指作家在交代事件、人物性格或人物心理变化过程时,采取'从头说起,一一道来'的方法。……所谓闭锁式的结构,则是一种'倒过来说'的叙述方法。作家把故事的结局先摆出来,造成悬念,然后交待其来龙去脉,给你一个'原来如此'的感觉。……当然,这里所说的各种不同类型的结构方式,并没有高低优劣之分,它们之间的区别,也只是相对而言的,不可能找出一条绝对的界限。如果要论一篇作品的结构美与不美,我认为那就要看它是否体现了高度凝炼、高度含蓄的特点。……艺术结构的高度凝炼含蓄,除了在选材上需要注意以小见大、以少胜多之外,还应该在素材的剪裁上,叙述语言和描写语言的采用上,节奏变化的把握上,笔墨浓淡的调度上多下工夫,真正做到匠心独运而又天然浑成,井井有序而又丰富多采。在短篇创作上要克服篇幅冗长、结构松散的毛病,追求结构美,我认为象《荷花淀》这样的作品,很值得借鉴。""结构凝炼含蓄,同作品所描写的人物有限、情节比较单纯有关。……但是,近年来我们的短篇小说创作出现了描写的人物较多、情节趋于复杂化的倾向。……我觉得,既然短篇小说仍然作为一个独立的艺术品种,和中篇、长篇相比较而存在,那么,它在结构上高度凝炼、含蓄的特点就不会消失,就不应该制造象中长篇那样较为庞大的框架。但是文艺理论又不应是万古不变的僵死的教条,它必须不断地总结创作实践的新鲜经验,随着创作的发展而发展。我们不能一见到作家描写了较多的人物,设置了较复杂的情节,不加具体分析,就说他违背短篇小说的特点。"

同日,南帆的《近年小说形式漫谈》发表于《福建文学》第12期。南帆指出:

"王蒙的《蝴蝶》，宗璞的《蜗居》，或者谌容的《人到中年》都采用了一个新的观察点。作家与其说描绘了人物之间的种种相互关系，不如说侧重于人物在种种相互关系中的感受。这时，一些平常的事物浮现了另一个侧面，一种新的光辉开始闪烁。作家不再领着我们从高处俯视纵横交错的人物关系组成的故事构架。他们有时把我们搁在主人公的位置上，直接楔中一个事件，接受包围在四周纷纭印象的撞击。各种气息、喧响、光亮、颜色都在身边变化，伸手可触。或者，他们根据幻想在我们面前罗织了一些怪诞的场景，让我们在夸张和变形造成的强烈震撼中，和人物一起体验共鸣。小说的叙述也不是按照事件本身的顺序平稳地进行，而是根据人物内心层次、情感波动前后跳跃。"

同日，彭广丽的《寓意深刻 结构精巧——读〈一个女兵的来信〉有感》发表于《星火》第12期。彭广丽认为，《一个女兵的来信》在结构艺术上很有特色，"作者利用女兵的一封来信作为结构的经线，而把司令员的感受、回忆、思想感情的起伏变化作为纬线编织在一起，使结构显得缜密而完整。同时，作者在选择角度上也颇具匠心。小说通过女电话兵12号的耳闻目睹，亲身感受，以一封信的方式来表达、刻划司令员的过去和现在的种种表现及其性格特征的某些方面；同时，女兵自身的情况及思想感情、个性特征也从中自然表露出来了"。

8日 韩瑞亭的《军事题材文学创作的新收获——评中篇小说〈射天狼〉》发表于《人民日报》。韩瑞亭指出："作者似乎懂得人物心灵刻画的辩证法。""作品还时常通过一些传神的细节和人物的独特行动，来透视人物感情的波澜回旋……《射天狼》在艺术表现上具有简洁、朴素、凝重的特色，它基本上取了'写实'的艺术手法，重视人物行动和细节描写，而较少用现代艺术的心理分析等手段，但并不给人陈旧、俗套之感。它的语言洗炼、含蓄，颇有表现力，同时又带着军营生活的色调。只是由于作者的艺术经验尚不足，故而在作品环境的描写和人物的安排调配上，多少有点瑕疵。这是不必苛求于作者的。现实主义的艺术是'写实'的艺术，它之所以有生命力，就在于它的根须深扎于社会生活和人民心灵的土壤。"

10日 王蒙的《关于塑造典型人物问题的一些探讨》发表于《北京文学》第12期。王蒙指出："在叙事文学中，人们比较原始地以编引人入胜的故事为中心到以塑造人物为中心,从主要关心故事的吸引力,情节的紧张和出乎意料,悬念、巧合、误会的大量运用到更加关心人物的典型化,这是文学观的一些了不起的飞跃。……我们如果直接用典型人物来表达对人的观察、感受和理解,用人物来表现人,这是现实主义叙事文学最顺理成章、最有效、最经过长期考验的创作方法。……尽管如此,仍然不能把塑造典型人物这一要求'单一化和绝对化'。……与长篇小说相比,短篇小说由于篇幅短,难以在每一篇作品中做到面面俱到,要求每个短篇里都呈现'典型环境中的典型人物',只能使短篇小说规范化、划一化,从而取消了短篇小说千姿百态的多样性。典型环境中的典型人物对于具体的某些短篇小说来说,其适用性是有条件的和相对的。"

15日　首届"茅盾文学奖"授奖大会在人民大会堂举行。周克芹的《许茂和他的女儿们》、魏巍的《东方》、姚雪垠的《李自成》(第二卷)、莫应丰的《将军吟》、李国文的《冬天里的春天》、古华的《芙蓉镇》六部作品获奖。

16日　巴金的《祝贺与希望——在"茅盾文学奖"首届授奖大会上的书面发言》发表于《光明日报》。巴金谈道:"长篇小说是一种容量很大的文学形式。照列宁讲的,它可以成为反映时代、认识生活的一面镜子。但是要写得精,写得好,很不容易。……我觉得要提高长篇小说的质量,潜力还是很大的。我讲两个字,一个是'新',一个是'深'。"

同日,王愚的《努力表现处在时代运动中的人物——谈近几年来一些长篇小说的人物塑造》发表于《人民日报》。王愚指出:"近几年来出现的一些长篇优秀之作,注意到了从广阔的社会生活中摄取形象,从各个角度反映时代的运动和运动着的时代,这是一个可喜的突破。""当然,长篇小说中的人物,还必须在复杂的社会关系中多层次地显示出自己同时代的联系,显示出自己在时代运动中的发展变化,才有可能具有深刻的时代意义。""揭示人物丰富的精神世界,是小说创作在塑造人物形象上的重要课题之一。"

20日　雷达的《走向广阔的新生活——兼谈几篇新人新作》发表于《人民文学》第12期。雷达认为:"不是要求每一篇小说都正面地展开矛盾冲突,而是说,不管你写什么,哪怕只是写家庭琐事,写心理活动,写一个瞬间镜头,写一种情绪意境,都应该有一种内在的而不是表面的矛盾隐含其中,让人们思而得之。"雷达还指出，吴若增的《翡翠烟嘴》、韩希钧的《霞光》、姚远牧的《我们碰到到了她》等小说"在表现生活的方式、手法、角度、语言、技巧上，是应该允许大胆探索的。比如对'自我表现'也要分析。以展示自我内心世界来概括生活的方式，如果概括得准确，运用得好也未尝不可。没有'自我'对生活的激情，恐怕生活永远只能是一堆素材，不能升华为艺术。……我们需要的是，冲出狭小的个人感情圈子，与新的群众相结合，塑造出既是'自我'的，又是人民的动人形象，创造出既有鲜明的创作个性，又有充沛的时代精神的作品"。

22日 王春元的《巍巍青山——评中篇小说〈高山下的花环〉》发表于《人民日报》。王春元提出："在典型的情境中，去剖析'这一个'人的内心世界的奥秘，从而显示了正在确立中的社会主义时代的人与人、个人与社会的新型关系，展现了成长中的一代新人性格发展的艰难历程。"

23日 航鹰的《细节的"雄辩性"》发表于《文学报》。航鹰谈道："一个好的中心细节，有时候会'激活'一个作品。发现了这样的宝贝，头脑会立即兴奋起来，一下子带出主题、故事、人物。这样的'兴奋点'不是举手可得的，它是生活积累的结果，需要辛苦挖掘、联想和加工。我的体会是：一篇作品的主题、立意或情节，有时还可以借助于灵感，而高超的细节描写却必须来源于对生活的深入观察。""一些青年文友常和我谈起，写出来的作品干巴巴，缺乏血肉，苦于想不出表现力强的生动细节。我建议他们多看一些绘画作品，尤其是有情节的历史画和风俗画。因为画家作画是取一瞬间来表现运动和发展的事件的，所以必须严格地选择生活画面，挖掘最能说明问题、使人一看就懂而决不是模棱两可、似是而非的细节。这种表现技巧必须基于对生活本质的最深入的洞察，并找到最富于反映这一本质的生活表象。风俗画中的每一个人物、服装、摆设、景物，甚至每一笔触、色块，都不是平白设置的，而是画家精心选择的'最佳镜头'。俄罗斯著名画家约干松曾对此有一个独到的见解：'绘画正是雄辩滔滔的语言'，'顽强地寻求"雄辩的"细节是很幸运的。'"

29日 康濯的《思想·生活·艺术》发表于《人民日报》。康濯谈道："艺术的表现和创新决不只是单纯的技巧、手法和创作方法问题，而是既要发现时代激流中引人震动和深思的问题,又要提炼生活宝藏中令人激励和省察的典型形象,更要创造自己独有而又使人舒畅、动情并适应民族欣赏习惯的一整套艺术形式、技巧和方法。也就是说,艺术表现上创新的关键,是要从思想、生活、艺术三者的统一上探求和突破,而思想、生活、艺术三者的统一体,我理解显然就是革命现实主义和浪漫主义。""这也说明现实主义和浪漫主义作为艺术表现上多种因素的统一,主要还是来于生活,来于观察生活时思想的亮光;自然也需从技巧、形式和方法中来。但技巧、形式和方法既同样来于生活,又来于前人的经验,而前人经验总仍是来于在刻画生活和塑造人物中种种不断创新的积累。"

吴秀明的《新时期历史小说巡礼》发表于同期《人民日报》。吴秀明表示:"新时期历史小说人物塑造的丰富性,不仅表现在对整个封建社会现实关系中的形形色色的人物作了高度概括,而且也反映在对同一个阶级、阶层、类型中的人物进行了多样化的描写。……历史小说人物塑造的丰富性,还表现在对单个的人的创造,追求立体而不平面,多样而不单一的性格描写。""在充分肯定历史小说成就的前提下,也要看到其中存在的一些缺点。除了只重视写'史'、写'事'而不注重写人;缺乏深意、手法雷同、语言陈旧等以外,主要表现有以下二点。第一,'长'风可畏。……第二,真实性不足,目前突出的表现,一是对英雄人物从思想到行为人为'拔高'、过于理想化的倾向相当普遍;二是人情风俗、生活细节的描写,一些作品错乱颠倒,颇多失真,一些作品则极力回避,绕开不写。结果给作品的艺术形象和生活画面上抹下了虚伪的痕迹。"

1983年

一月

1日 刘心武的《小说创作中的几个内部规律问题——在昆明一次座谈会上的发言》发表于《滇池》第1期。刘心武认为："因为文学是人学，文学是表现人的，表现人与人之间的关系的，表现人的命运和人与人关系的变化的，因此文学题材的划分，是不是应该从人的角度，从人与人的关系这个角度，来进行划分。"

同日，巴金的《一封回信》（回复马德兰·桑契的信，讨论文学形式和西方化问题）发表于《上海文学》第1期。巴金谈道："我个人始终认为形式是次要的，它是为内容服务的。……至于西方化的问题……我们在谈文学作品，在这方面我还看不出什么'西方化'的危机。拿我本人为例，在中国作家中我受西方作品的影响比较深，我是照西方小说的形式写我的处女作的，以后也就顺着这条道路走去。但我笔下的绝大多数人物始终是中国人，他们的思想感情也是中国人的思想感情。"

蔡翔的《高加林和刘巧珍——〈人生〉人物谈》发表于同期《上海文学》。蔡翔认为："小说通过高加林和刘巧珍的爱情悲剧多层次地展现了高加林这种悲剧性格的形成过程。……高加林的悲剧不是偶然的，大量的偶然性中显现出了生活的某种必然性：传统的生活已容纳不下这一代青年对人生的追求，可他们又往往不太理解通往新的生活的正确而又艰难的道路；他们的欲望大于现实，他们容易把人生的全部意义仅仅局限在个人欲望的实现上，而不懂得在社会主义社会中，个人利益、他人利益和国家利益之间还不可避免地存在着矛盾。"

曾镇南的《何士光笔下的梨花屯》发表于同期《上海文学》。曾镇南认为："何士光的短篇小说，大抵上有两类：一类是直接以梨花屯及其周围更僻远处的走马坪、杉树沟、落溪坪等村落组成的农村社会为背景，借农民和农村干部的情绪、心理的变化，反映党的十一届三中全会以来我国广大农村发生的巨大变动，概括中国农民的历史命运。另一类则是以他的亲身经历为素材，描写乡村小知识分子，特别是乡村教师的悲欢，同时对县城、省城里某些怀旧情绪强烈的人物投以讽喻。这后一类小说，其背景也往往和梨花屯有关……如果把两类作品合成一个整体来分析，那么，何士光笔下的梨花屯作为一个特定的历史转折期中的中国社会的缩影的典型意义，就更广大了。"

5日 汪曾祺的《两栖杂述》（创作谈）发表于《飞天》第1期。汪曾祺认为："第一，小说是写人物的。人物是主要的，先行的。其余部分都是次要的，派生的。作者要爱所写的人物。……作者对所写的人物要具有充满人道主义的温情，要有带抒情意味的同情心。""第二，作者要和人物站在一起，对人物采取一个平等的态度。""第三，人物以外的其他的东西都是附属于人物的。景物，环境，都得服从于人物，景物、环境都得具有人物的色彩，不能脱节，不能游离。一切景物、环境、声音、颜色、气味，都必须是人物所能感受到的。写景，就是写人，是写人物对于周围世界的感觉。这样，才会使一篇作品处处浸透了人物、散发着人物的气息，在不是写人物的部分也有人物。"

同日，谢明德的《横断面与纵剖面——短篇小说艺术探微》发表于《山花》第1期。谢明德认为："短篇小说，无论是横断面地摄取生活，还是纵剖面地反映生活，选择的生活片断、场面或瞬间，都必须是极富典型意义的，在刻划人物、揭示主题方面，具有'一以当十'的作用。它是通过作家的慧眼，从纷纭复杂的社会生活现象中选取出来，并且经过作家的加工和改造，熔铸进诗情的作品的有机构成，它是共性和个性的统一，是能够看到太阳光辉的晶莹的水滴，而不是随心所欲地选取琐屑的、毫无意义的材料。短篇小说要达到短而精的艺术境界，必须坚持从生活出发，向壁虚构，不真也就不美。一味贪大求全，势必失之臃肿；随意拈来，有时短则短矣，却又干瘪、浅薄、缺乏艺术的感染力量。"

同日，《延河》第1期以"关于小说创作提高与突破的讨论"为总题，刊有：杜鹏程的《给京夫作品讨论会的一封信》、李星的《进入艺术创造的境界——

京夫的小说创作及其启示》、薛瑞生的《好驴马不逐队行——由京夫的迂拙谈小说的创新》。李星指出，京夫从历史的深度上对人民精神历程的把握，他对艺术个性所概括的社会生活深度和广度的追求，"却说明他已是具有自觉的艺术创造意识，进入了艺术创造境界的作家。……通过扑捉人们的精神、感情世界的微妙的变化，来反映一个时代的时代精神，反映一定的政治、经济、文化生活的实践效果，从而进一步把握生活的本质，这是文学艺术这种创造性的劳动得天独厚的特点之一。可以看出京夫在自己的创作中是努力的追踪着人们精神历史的里程的，他的一些重要作品都已经跳出了提出生活问题和模拟生活事件过程的圈子，进入了艺术创造的境界。……京夫创作进入艺术创造的境界的第二个标志是，在人物形象的塑造上，他已经不一般地满足形象的生动和性格的鲜明，而是努力追求形象所概括的生活的深度和广度，向创造典型的文学高峰攀登"。

7日 关林的《文学的提高和现代主义的呼声》发表于《文艺报》第1期。关林认为："作者要从古代和外国的文艺作品中学习艺术技巧，还要从提炼生活、表现生活的过程中磨炼艺术技巧。文艺的体裁、样式、手法等等，就其本身来讲，无所谓绝对的高级、低级、先进、落后。技巧的高低，不看运用了什么手法，而看手法的运用是否得当，能否准确、鲜明、生动地表达出所要表达的内容，塑造出完美的艺术形象。"

何志云的《〈瓦灰色的楼房〉及续篇〈斑驳的大地〉》发表于同期《文艺报》的《短作新评》板块。何志云认为晓宫"敢于摒弃对完整的故事的叙述，而一任笔触在好好的心灵深处和感情底层滑动，于是乎在漫不经心的倾吐中，奉献给青年读者一个可亲而又可敬的'姐姐'般的朋友。他的语言既富于文学色彩，又注重对当代青年的独特的口语的提炼，实在也是了解当代青年欣赏心理的妙着"。

王世德的《"意识流"辨析》发表于同期《文艺报》。王世德指出："我们可以试图概括一下'意识流'表现意识流动，运用颠倒时序等手法，所从属的总的原则和方法的特点：第一，它大量地表现的不是一般人正常的意识，而是不正常的下意识、非理性的直觉、怪诞的幻想。第二，它表现的这些下意识，大量地不是按正常人的理性逻辑联接起来,而是无逻辑的混乱闪接和颠倒伦次的怪异的流动。第三,这些非理性的、怪诞的、下意识的、无逻辑的混乱闪接,又成为作品的主体,替代和排斥了对现实生活作有理性的、逻辑的、深刻真实的反映。此派作家提出'作家退出小说'的口号,要让人物直接表白他的意识,不要作家叙述人物的姓名、环境、身世;打破一般的时空顺序,打乱一般事物的逻辑联系,随意跳跃、突兀多变地写离奇变化的联想,以至类似精神病患者的错乱意识。"

吴秀明的《三百万言写史诗——读〈李自成〉前三卷》发表于同期《文艺报》。吴秀明认为,《李自成》吸取了北宋画师张择端的《清明河上图》以及《红楼梦》《儒林外史》等明清小说工笔绘风光写生活的艺术传统。吴秀明指出:"它绚丽,它遵循生活的辩证法和长篇小说的美学原则,按照一个完整的艺术构思,把富有时代色彩的山川景物、风土人情同历史事件和历史人物巧妙地编织一起,熔成一炉,结构成一幅幅雄浑和谐而又眉眼活跳的生活图画……这种广阔、精细、绚丽的生活化的描写,正是人们常说的文学作品的民族风格的一个重要内容,也是革命现实主义要求历史小说达到真实性、时代感和生活气息高度统一的不可或缺的一个环节。"

谢明清的《〈哦,香雪〉》发表于同期《文艺报》的《短作新评》板块。谢明清认为:"这篇小说不大追求曲折引人的故事情节,而是捕捉富有诗意的场景和细节,通过渲染和烘托,揭示生活的底蕴。"

张炯的《一串献给英雄和新人的花环》发表于同期《文艺报》的《迎接文学创作的新潮头》板块。张炯认为,《高山下的花环》《燕儿窝之夜》《锅碗瓢盆交响曲》《无反馈快速跟踪》等作品,"虽然题材、主题、人物以及形式、风格各不相同,却莫不是散发着时代波涛的战斗气息,概括着现实社会动人心弦的具有普遍意义的矛盾冲突,并且着重刻画了我们时代的英雄和社会主义新人的形象,激情洋溢地赞颂了他们那平凡而又高尚、普通而又美好的心灵"。张炯指出:"《高山下的花环》等作品的成功在于,第一,它们都没有将人物的性格、思想、情感和心理状态简单化或净化、神化,相反,写出人物精神世界的丰富性和复杂性,写出人物在一定社会关系中成长和转变的过程。……第二,这些作品不仅写出英雄和社会主义新人的多侧面的思想性格的丰富性和复杂性，而且写出他们具有本质意义的崇高特征——为社会主义集体、为祖国和人民、为伟大的共产主义理想而忘我献身的精神。"

10日 丹晨的《悄悄地在前进——〈北京文学〉部分小说漫议》发表于《北京文学》第1期。丹晨认为："《八十六颗星星》的情节简单，……作者较多地受了某些外来形式的影响，把笔触伸展到秋爽的内心世界，进行较细致的描写。""作者不是割断人物与周围的其他人物、环境的关系孤立地写人物主观的自发的内心活动，写那种与客观无关的所谓下意识、潜意识。恰恰相反，描写了秋爽的情绪与客观世界的紧密联系。……《考验》也是吸收了所谓意识流的某些手法的。有连续的时空的跳跃，包括现实生活和人物内心活动的转换，回忆当年的生活和面临眼前矛盾的交错等等，每一个章节往往包含好几个历史时期，不同的场景，互相错落交织，等等。这对刻画、渲染人物的内心活动是起了较好作用的。""《奇迹出现在那天夜里》与《哑巴说话的故事》则是另外一种路子，属于老老实实按照传统的写实的手法进行的。前者有头有尾，先是矛盾，然后逐步展开情节，解决矛盾。故事有条不紊顺序展开，但因为主题、内容、人物都有新意，也一样扣人心弦，特别是叙述语言富有生活气息，人物语言个性化。……《哑巴说话的故事》质朴的语言中带有机智的隐喻，幽默的讽刺中带有巧妙的苦涩，平常的故事中带有寓言式的哲理，因而耐人咀嚼。"

同日，叶永烈的《惊险科幻小说答疑》发表于《读书》第1期。叶永烈指出，惊险科学幻想小说兼具惊险小说和科学幻想小说的特点，它既有极为惊险的情节，又有大胆奇特的科学幻想，具有很强的可读性。正因为这样，它跟惊险小说一样，拥有众多的读者，深受人们的喜爱，"惊险科学幻想小说跟一般惊险小说的不同之处，是在于它带有浓烈的科学幻想色彩。它的中心事件，不是一般的案件，而是围绕科学幻想而展开的。大多数惊险科学幻想小说所写的是在科学高度发达的背景下产生的惊险事件，因此，它所采用的侦破手段是现代化的，运用现代科学技术侦破疑案。另外，惊险科学幻想小说能给人以知识，激起读者对科学技术现代化的向往和追求，这也是它不同于一般惊险小说的地方"。

14日 佳峻的《关于〈驼铃〉》发表于《中篇小说选刊》第1期。佳峻认为："文学创作，不象新闻方面的文章，靠采访记录，必须是真人真事；但也不能仅凭道听途说，编造故事。文学作品必须真实地艺术地反映生活。自己不熟悉的生活，写出来就会虚假，难以产生艺术魅力。"

李存葆的《向读者汇报》（关于《高山下的花环》）发表于同期《中篇小说选刊》。李存葆谈道："小说中的人物大都有'模特儿'，许多情节都是实事。我力图反映兵的真实生活，战争的真实生活。我认为美的本身必须是真。失去了真，也就失去了美。"

张石山的《下点笨功夫》（关于《老一辈人》创作谈）发表于同期《中篇小说选刊》。张石山认为："人物形象的准确真实，除了性格广度的描摹，主要还在于性格深度的开掘。而性格深度的开掘，我觉得和作者是否有一点历史感有关。……政策总要变化的，它应该是自己把握住的人物的一个新的活动环境，而不是文章的主旨目的。"

15日 何寅的《从"新小说"的兴衰看现实主义文学的不朽》发表于《当代文艺思潮》第1期。何寅指出："……是否意味着新小说已经完全退出法国当今文坛消声匿迹了呢？除了上述提到的'新新小说'外，在强化和深化新小说式试验的作家仍有人在，如亨利·米梭。但是，如今谈论、关心新小说的人却越来越少，而绝大多数作家都返回到写实叙事的传统上来，这已构成了法国今日文坛的总倾向。再从全世界范围看，西欧其它国家和美国的文坛上也已发生了相同的变化。西方文学中新先锋派占统治地位的时期正在结束。在美国，从现代派转向传统派的倾向表现得尤为明显。不仅在文学方面，许多作家开始以传统的方式，创作有情节有内容的作品，并博得了读者的欣赏；而且在其它艺术领域里也出现了许多运用传统表现手法的杰出作品。"

李文衡的《关于非理性心理描写及其深化的文学潮流——兼谈新时期小说非理性心理描写趋向》发表于同期《当代文艺思潮》。李文衡认为："与理性和非理性两种不同性质的心理活动相对应，文学艺术要开掘人的精神世界、感情世界，也就有对两种不同性质心理活动的描写。例如有的研究者以描写对象的变异划分小说发展阶段时这样说：早期小说——注重描写情节和人物外部活动；心理小说着重描写人物内在的思想、感情和心理活动；意识流小说不仅是理性内容即理智、思想，还有非理性内容，它着重描写如幻想、幻觉、情感波动……其实，非理性心理描写并不限于幻想、幻觉的描写，也不完全限于纯粹心理活动的直接描写。……非理性心理描写同理性心理描写一样，不仅可以运用'静态描写'的手法，而且也可以运用'状态描写'手法，把人物隐秘的内心活动，通过描写其动作、会话及周围环境而暗示出来。这就决不是现代派或现代主义所专有，同'意识流'的概念也是两码事。切不可等而视之！它在传统的现实主义和浪漫主义创作中早已大量存在，只是日见其深化的足迹在显露。"

林斤澜、汪曾祺、邓友梅的《关于现阶段的文学——答〈当代文艺思潮〉编辑部问》发表于同期《当代文艺思潮》。汪曾祺谈道："我还是觉得要让它（西方现代派——编者注）中国化，学外国的东西让人瞧不出来。这是我的看法，而且我就这么干了。'意识流'之类，我那作品中都能找出来，我可以老实招供，哪个地方用的'意识流'。但是，我自己后来越来越明确了，还是回到民族传统上来，但要吸收外来的东西，不排除外来的东西，不然老是那么一点儿。要善于融化吸收……能不能形成一种流派？恐怕这是一种广泛的东西。较多地接受西方现代派影响的某些作家，或是较少一些，或者不吸收，都可能存在。很显然，年轻一代比较容易接受西方的影响，我觉得是可以的。但是，我希望这些同志要带点中国味，把它中国化，不能完全是现代派，在中国式的现实主义基础上。要学现代派的表现手法，或有较多的这种东西，我觉得是可以的……我倒是奉劝刘绍棠同志要多看看现代派作品，我对学现代派的同志，往往说你要读一点中国古文，这是我的主张。"

同日，陈剑晖、郭小东的《论心态小说的兴起与发展趋势》发表于《齐鲁学刊》第1期。陈剑晖、郭小东指出："心态小说提供的不是逼真具体的人生图画，而是乐曲，是旋律和节奏。它不完全按照生活的本来面目，而是按照生活在特定的人心目中的感受，用类似电影的主观镜头的手法，从表现人的内心世界开始，比较曲折地托出人所处的环境、人的遭遇和生活，在表现人的主观感受的同时塑造性格。这种追求客观效果的写人方法，虽然会因为过于注重内心的描写和感情的抒发而容易造成人物外部形象模糊的失误，但是，它能够将传统小说中人物'怎样想'的潜台词，变成赤裸裸的形象描绘，将人物隐秘的灵魂直接诉诸读者,给读者以立体感"。

陈剑晖、郭小东谈道:"心态小说的另一特征,是小说结构与传统小说不同。……在心态小说里,人被真正当做描写的中心,人的心态描写成了小说的灵魂,情节只是心态的历史,它的选择同安排都从属于心态发展的需要。在这类作品中,虽然也要求有一定的情节来支撑起整个作品的心理活动,但不是故事在推动心态发展,而是故事情节在人物心态的起伏波动中得到提示和补充,直至心态流动停止,故事情节也就趋向完整。因之,我们将这类以心态流动推动作品发展的小说结构称为心态结构。""心态小说在叙述方法上,也与传统的叙述方法大不相同。由于心态小说是以个人的、自我为标志的(自然,这个自我不是只知道咀嚼个人悲欢的自己,而是带有时代色彩和历史责任感的自我),因而在叙述方式上,某些作品便出现了'多元第一人称',如《人啊,人!》。作品一改传统的第一人称即'我',第三人称即'他'的叙述方法,而让作品中的人物担任生活的观察者和故事的叙述者,轮流让他们担任主角,以'我'的身份出现,实际上这个'我'是由'他'幻化来的。""心态小说在艺术表现上还有一个不容忽视的特征——浓烈的感情色彩和诗的素质。"

同日,刘锡诚的《关于提高小说质量的思考》发表于《山东文学》第1期。刘锡诚认为:"作为文学的重要体裁之一的小说,它的主要职责就是形象地描写出当代现实生活中的这些矛盾、差别、斗争以及社会关系的变化。文学史上一切伟大的作品,没有一部不是反映了当时的社会生活、人与人的现实关系的。作家可以描写各种不同的题材,可以有迥然不同的艺术风格,但有一点却是共同的,那就是都必须反映社会现实的关系及社会生活中的矛盾。"

同日,从维熙的《作家与"自我"》发表于《钟山》第1期。从维熙认为:"作家总是通过艺术手段,在强烈地表现着'自我'意识。在这个'自我'意识中,作家无法掩饰他对世界、对民族、对国家、对生活的爱与憎,作家的伦理道德、美学观点、艺术趣味等,无一不渗透在他的作品当中。……文学创作中无法排除'自我';但是这种'自我'表现在书页里,不一定都是正确的。如果一个作家,他对宇宙和社会生活的解释,符合客观实际,和历史的趋向相一致,这个作家的自我意识变成的文学作品,也许能留传千古;反之,如果一个作家对历史的过去以及现实的今天，作出了和客观生活相悖的结论，那留给读者的东西，将是荒唐而谬误的。"

何西来的《探寻者的心踪——评王蒙近年来的创作》发表于同期《钟山》。何西来谈道："杂色，作为一种艺术追求，是以对事物的复杂性、丰富性、多样性的认识为前提的。……为了表现这杂色的生活和杂色的心理活动，王蒙主张在艺术描写和艺术表现上'多用几套笔墨'。……为了丰富艺术手法，王蒙认为，必须进行多方面的借鉴。无论是古人的、今人的，还是洋人的，只要是好东西，用得着，就不妨大胆拿来，为己所用。在他看来，风格和手法上的'幽默与严肃，达观与哀伤，夸大与写实，议论与直观，通俗与含蓄，嬉笑怒骂与深沉委婉，都不是互相绝对排斥的'。""王蒙所追求的，不仅是许多作品放在一起时，它们的境界应当是杂色的，而且，就每个作品境界的构成来说，其构成要素也应当是杂色。……王蒙还很重视作品色调的多样化。……更重要的是，他近几年非常热心地、有意识地向我国传统的相声，特别是向单口相声学习。这就使他的讽刺和幽默能够真正表现出民族的特点。王蒙追求的是笑后面的严肃，是笑完之后引起的沉思，而不是一笑了之。"

蒋濮的《现实主义是一条广阔的道路》发表于同期《钟山》。蒋濮谈道："写一个人物，我想仅仅把他生活中戏剧性的场面写出来是不完全的，更重要的是要把他生活中非戏剧性的场面真实地刻画出来。"

吴调公的《心灵的探索 哲理的涵茹——从王安忆的〈墙基〉和〈流逝〉所想起的……》发表于同期《钟山》。吴调公认为："王安忆是善于运用由小见大，亦即从适当的突破口掘发而深化艺术构思的。……王安忆这两篇小说对心灵的探索，还表现为这样一个特点：哲理的涵茹。……作者主题思想的深广，人物心灵的本质的掌握，和情节中心的突出，可以说三位一体。但哲理之于文艺，决非外在的东西而是盐之于盐水，灵魂之于躯体。"

20日 吴若增的《研究国民性，提高精神素质》（写给冯骥才的信）发表于《人民文学》第1期《作家书简》专栏。吴若增认为："小说写人，写人之精神。人之精神，究有层次。其中，国民品性乃为根本。小说有主题、人物、结构、语言，亦有角度、格调、色彩、韵律。神与形合一，才为艺术品。"

27日 古华的《浅谈小说语言的色彩情调》发表于《光明日报》。古华指出，生活是富于情调的，"我们的小说创作应当在表现生活的色彩、情调方面多下些功夫。……可以说，色彩和情调，是一种艺术境界。要到达和进入这种艺术境界，则主要借重于文学语言。……要追求色彩和情调，有许多的路子可走，可供探索。比方说，一条是追求色彩情调的'纯'和'真'，也就是向生活返朴归真。……《芙蓉镇》里所做的，便是这种不甚成功的语言探索。其一。我大量地采用了湘南山区的方言，但都是经过加工、提炼的。……其二，我不习惯于那种将小说语言的色彩处理得过于'纯''真'的写法，而有意追求融多种色彩成分为一体：将优美的风俗民情图画、乡土民歌，不能自已的感情抒发，富有一点哲理意味的大段议论，人物内心世界的较细致的描画，世事变迁的评述，以及诙谐幽默、辛辣的嘲讽等，统统化入小说的叙事语言中"。

30日 邓丽丹的《文学作品的结构分析》发表于《外国文学报道》第1期。邓丽丹谈道："一部文学作品之所以有美学价值，是因为它有自己特殊的结构和特殊的处理语言的方式。对一部作品进行结构分析，就是在它的封闭状态和共时状态中观察它的相互制约的各要素之间的相互关系，找出这些要素互相结合和运转的方式，即它们的规律性。这是结构主义者的共同看法。但是在对文学作品进行具体的结构分析时，各人有各人的一套程序，并没有统一的一致公认的楷模。"

《外国文学报道》同期《动态报道》板块介绍了尤奈斯库承认现代派文学进入死胡同的观点。文章指出："尤奈斯库认为，现代派文学内容贫乏，事实上'没有写出什么有精神价值的作品'。他说，通过新小说，法国现代派文学'已经走到了它的反面'，进入一条死胡同，现在有些现代派作家已回到传统的创作方法上来。……关键在于要写得简单些，使读者看得懂。但他认为，无论是他自己，还是他的作品，都是一个虚幻和真实的大杂烩；真理和谎言、文学和纪实、忠实和欺骗的界限，有时的确是很难区分的。"

本月

陈骏涛的《关于创作方法多样化问题的思考——致郭风同志》发表于《福

建文学》第1期。陈骏涛写道："在今天，只要作家站在正确的立场上，坚持真实地反映现实的原则，不管他采用什么样的创作方法，他的作品都可能具有现实主义精神。在采用什么样的创作方法的问题上，应该给作家选择的充分自由。他可以采用革命现实主义的创作方法（这是最主要的创作方法），也可以采用别的创作方法。在对革命现实主义进行理论上的阐述时，我主张不要单单把它作为一种创作方法，而应当把它作为一种创作精神和创作原则，这样就不会限制了其他创作方法的发展，而且还有利于现实主义自身的强化和深化。"

二月

1日 张晓林的《小说的魅力从何而来？》发表于《萌芽》第2期。张晓林指出小说具有"感情的反射功能"："小说亦如此，作者注入作品的情感可以不是经历过的，但却须一定是真实的。而我们读者之所以会被感动，因为我们有接受他人情感，并自行体会这些情感的能力。这样，一方面作者注入感情，一方面读者接受感情，实际上就形成了以作品作为平面镜的感情的反射。好的小说，严格地说，就应是这样的平面镜，具有这样的反射功能。""不知不觉之间，我们感受到的情感已经不单是作者的了，而且也是我们自己的了。仿佛小说所表现的东西，也是我们自己所渴望想要表现的东西；仿佛我们在受到作品感染的时候，与作者心灵之间的隔阂已全部撤除了。小说正是在这里产生了它艺术的魅力。"

关于如何使小说具有"感情的反射功能"，张晓林认为："首要的是，你所想要表现的感受，是不是独特的。……其次。那就是，作者的感受在作品中表现得如何。任何情感总有一种最佳的表现形式，一个高明的作者应当去寻求这种最佳的表现形式。……除了以上两点之外，还有一点也是很重要的，即作者的独特感受是不是很深。……艺术家对于客观现实的感受，应当有异于常人的地方。"

张晓林认为，优秀小说应当注重"对社会生活的新探索"："小说，说得实在一点，也是研究社会生活的一门学问。……我们所见到的小说中，凡属优者，都是对社会生活问题探索得比较深刻的。……小说去做一下研究人自己的工作，探索一下人生的奥秘,并且取得比前人更进一层的新的成效,这是一篇小说成功的重要标志,也是一篇小说产生艺术魅力的重要因素。"

张晓林还认为:"在世界范围里,从小说的主题提炼上来研究,基本上可把小说分成'论证体'和'注解体'两种。如果说'注解体'是用文学形象给人们已认识的某种生活哲理作一种注释的话,那么'论证体'则是去探索一种新的生活哲理。后者要比前者的难度大得多。正因为后者要比前者的探索更有价值,所以它对读者的吸引力和魅力也要大得多。列夫·托尔斯泰曾经站在读者的角度,对作家的作品提出这样的问题:'关于怎样看待我们的生活这一点,你能够对我说出什么新鲜的东西来呢?'我们说,这种新鲜的东西,正是作者应下功夫探索的。"

2日 刘心武的《小说创作中的几个内部规律问题——在昆明一次座谈会上的发言》发表于《滇池》第2期。刘心武谈道:"真正好的文学作品,它应该有一种所谓的文学主题。什么叫文学主题?就是它不一定胶着在一个具体历史阶段的政治口号上,胶着在具体的政治和政策的贯彻实施上,它应该能够表达出一些更具规律性的、更长远的、更深刻的,也就是说甚至于能达到一种哲理高度的思想。文学主题不一定都得是用一句话就能概括的,文学主题应该允许是多义性的。甚至于应该允许是具有暧昧性的。我觉得我们应该有这样的新的文学观念。……一般地来说,中外古今伟大的文学著作,它的主题往往都是多义的,它的主题在某些方面来说都有一定的暧昧性。……所以我觉得我们对人的观察,对人类社会生活的观察,应该看到它丰富的一面、复杂的一面。这样就使得我们的文学作品能够呈现出内容很丰富、很有嚼头的这样一个局面,也就是说我们的文学主题无妨更丰富一些,可以有多义性,某些时候甚至有一定的暧昧性。……我的创作还是遵循着现实主义的路子来进行。我不愿搞那些纯粹形式主义的东西,唯美主义的东西。我总是力图通过我这支秃笔来展示人类社会生活在我们中国,在我熟悉的领域里面,它的具体的生活画面,提供具体的、尽可能生动的、真实的各种人物的形象。但是我摆脱了那样一种创作的规范:就是说写一个中心事件,围绕一个中心事件组成一些人物的矛盾,每一个人物都成为一种阶级力量或是一种观点的化身。"

3日　姜天民的《理解青年　表现青年——〈第九个售货亭〉习作断想》发表于《小说选刊》第2期。姜天民谈道："用很短的篇幅概括整个一代青年的风貌，我自认力不胜任。……我只有继续沉到生活的底里去寻觅，去探求。……啊，友谊！我的脑子里这时突然跳出这两个光闪闪的字迹。……我似乎找到了表现青年美好本质的窗口了。就来写友谊！……不久，在一个细雨霏霏的傍晚，我去看电影，果然发生了卖瓜子带电影票的事，也就是小说开始描写的那个场面。这个微不足道的细节，却对我长期积蓄的生活素材起到了触发引爆的作用，我的思想感情发生了连锁反应。到这时候为止，《第九个售货亭》才终于在贫血的母体里孕育成熟了。"

孙犁的《读铁凝的〈哦，香雪〉》（写给铁凝的信）发表于同期《小说选刊》。孙犁在信中写道：

"今晚安静，在灯下一口气读完你的小说《哦，香雪》，心里有说不出的愉快。""这篇小说，从头到尾都是诗，它是一泻千里的，始终一致的。""这是一首纯净的诗，即是清泉。它所经过的地方，也都是纯净的境界。""我也算读过你的一些作品了。我总感觉，你写农村最合适，一写农村，你的才力便得到充分的发挥，一写到那些女孩子们，你的高尚的纯洁的想象，便如同加上翅膀一样，能往更高处、更远处飞翔。"

5日　《延河》第2期以"关于小说创作提高与突破的讨论"为总题，刊有陈深的《突破创新与作家的"自我"》，刘建军的《关于王吉呈的小说》，孙豹隐、陈孝英的《塑造艺术典型是小说创新的关键》。

陈深谈道："最近，不少同志在探讨我国文学的现代倾向。可以说，他们也在探讨突破新问题。那么，他们得出了什么结论？在一些同志看来，根本出路是向西方现代派学习艺术表现形式。如果说还有内容问题，那就是表现'自我'。当然不能说这种主张中没有任何合理因素，但我认为，目前最根本的问题，仍然是我们的文学如何最敏锐地把握当今时代的脉搏，最深刻地揭示当今生活中内在的矛盾，最真切地反映当今人民群众的愿望和要求。"

刘建军谈道："王吉呈总结自己的创作经验，曾借用两个朋友劝告他的话，把它概括为'用家乡话写家乡的人和事'。……这一类型作家，选取的题材，描绘的人物，运用的语言，多采自作者自己熟悉的家乡生活和人物。他们的作品，不可免地带有了特定的乡土气息。"

孙豹隐、陈孝英认为："在创作活动中，不少人有意在塑造典型方面进行探索和实践。京夫同志发表在去年《北京文学》上的短篇小说《家丑》就是这种探索的一个例证。……作者从现实生活里普通农民精神状态上捕捉到'家丑不可外扬'这么一种极为普遍的现象，而这种思想观念和行动又和一个老农民朴实而淳厚的性格交织在一起，从而揭示了长期封建社会形成的落后的思想意识直至今天还那么可怕地渗入到人们的灵魂之中，喊出了迫切需要加以根除这种腐朽的精神状态的呼声，加深了人物的典型意义。"

7日 刘白羽的《谈〈高山下的花环〉》（刘白羽同《高山下的花环》的作者李存葆的谈话）发表于《文艺报》第2期。刘白羽谈道："我觉得你整个写法是比较朴实的，不是单纯地去追求技巧，陈列很多新奇的手法，眩惑人的耳目，但你这里头有技巧，有很多精采的细节。第一遍看过的时候，感到只是个粗线条的轮廓，但里面也贯穿着很多典型、动人的细节、语言、情节。我觉得你用的手法是革命现实主义的。"

沙汀的《谈〈芙蓉镇〉——和古华同志的一次谈话》发表于同期《文艺报》。沙汀谈道："你的语言清丽，辞藻丰富，乡土气浓，是写实的，笔调有感情。你的特色是学旧的文学传统，对章回体裁继承得比较好……行文、叙述都带感情，不觉沉闷；结构呢，一章扣一章，一件事扣一件事，很吸引人。"

吴松亭的《有新鲜感的〈旋风〉》发表于同期《文艺报》。吴松亭认为，杨佩瑾的《旋风》"在人物形象塑造方面，作者刻划人物的性格，除了人物外在的行动以外，更多地注意人物的心理分析和感情剖露，特别是通过人物性格的自身矛盾，写出人物性格的丰富复杂性。……《旋风》新颖别致，也是和作品具有的传奇性和抒情性有关的"。

9日 古华的《文贵精 言贵简》发表于《人民日报》。古华指出："当代小说水分多，篇幅大，不是我们的什么祖训遗风，分明是来自西方文学的一种影响。我国优秀的古典文学名作，都是十分讲究节奏和速度的。"古华认为："我们当代长篇小说写作，应当师法的，不是什么西方的时髦（当然不是排斥现代派艺术的诸多优秀技法），而是应当继承我们古典文学的这种节奏和速度。节奏和速度，是长篇小说写作的一种艺术境界，大家风范。……长篇小说创作水平的提高，在很大程度上，恐怕就看能否从这种'小家子气'中脱颖而出，能否上升到一种辩证唯物主义和历史唯物主义认识论的高度。解决了'高度'问题，小说作家才能有'看大地沉浮、山川流走、风云际会'的襟怀和胆略，气势和才情；才能眼观六路，耳听八方，全局在胸，笔走春秋，字滚雷霆。节奏、速度、色彩的问题也就迎刃而解。"

10日　季红真的《传统的生活与文化铸造的性格——谈汪曾祺部分小说中的人物》发表于《北京文学》第2期。季红真认为："《受戒》与《大淖记事》中的人物形象较多地具有浪漫主义的诗情，真正体现作者写实深度的是第二类作品中的人物形象。这些人物形象大致可以分为两个系列，即古典文化熏陶出来的知识分子，和以市井生活为中心的各类市民。……作者通过这些古文化熏陶出来的知识分子性格，肯定了中国传统文化的许多精粹，他基本的取舍标准是以人道主义为原则……"

汪曾祺的《回到现实主义，回到民族传统》发表于同期《北京文学》。汪曾祺谈道："有人说，用习惯的西方文学概念套我是套不上的。我这几年是比较注意传统文学的继承问题。我自小接触的两个老师对我的小说是很有影响的。中国传统的文论、画论是很有影响的。我初中有个老师，教我归有光的文章。归有光用清淡的文笔写平常的人情，对我是有影响的。另一个老师每天让我读一篇'桐城派'的文章……他们讲文气贯通，注意文章怎样起怎样落，是有一套的。中国散文在世界上是独特的。……庄子是大诗人、大散文家，说我的结构受他的一些影响，我是同意的。……应当研究中国作品中规律的东西，用来解释中国作品，甚至可以用来解释外国作品。""有人说我是新现实主义，这问题我说不清，我给自己提出的要求是回到现实主义、回到民族传统。……这种现实主义是容纳各种流派的现实主义；这种民族传统是对外来文化的精华兼收并蓄的民族传统，路子应当宽一些。"

同日，滕云的《小说杂感（三题）》发表于《小说林》第2期《小说漫笔》栏目。滕云谈到了三方面的问题，关于"时事性作品"，滕云谈道："这些反映当前的现实生活的作品,有一类时事性很强。我指的是:一、比较直接地反映政治、社会运动或事件的作品;二、紧密围绕现实生活中某些政治、经济、社会问题的作品。前者如以台湾回归祖国为题材的作品,以中日友好为题材的作品,以及最近的以反经济犯罪为题材的作品。后者或可称为问题小说,如《人到中年》《乔厂长上任记》。……时事性作品,不是贬称,不应招致白眼。时事性作品比一般现实题材的作品更切近生活,更容易引起读者共鸣,更具有现实实践性的品格。"

关于"典型概括的三'度'",滕云谈道:"这种情况能推翻典型人物塑造理论的基石吗?我以为不能。因为总的说来(不是就单个作品说来),叙事性文学不能不是以塑造人物形象为中心的文学……典型概括的程度,一般以深度和广度来表示。我觉得还可以加上长度,即典型性格所概括的历史生活进程的长度。"

关于"地缘小说学",滕云谈道:"从有关的文学现象中,有两点可以看得很清楚:第一点,地理环境影响了文学题材和内容以及风格特色,因而产生了乡土文学或方俗文学,再就是产生流派文学;第二点,地理环境影响了作家的创作意识。"

谢海泉的《"我喜欢把笔触伸进人的心灵"——访青年女作家王安忆》发表于同期《小说林》。文章引用王安忆的话说:"总的看,八○年那几篇还较浅,人物单一,缺乏多样,也不扎实,如雯雯。许多读者来信指出这一弱点,我也想突破原有的人物圈子,跳出雯雯的小天地,不但写自己熟悉的,也要写同自己距离'远'的,看到更广阔、更丰富的人生。我在《路上人匆匆》中谈过,我喜欢把笔触伸进人的心灵,多变换角度,多写活生生的人。"

15日 刘江的《一篇很有特色的作品——读沙叶新的小说〈一生〉》发表于《民族文学》第2期。刘江认为:"心理描写,在现今的小说中,已被广泛地应用着,但是,要用好也并不容易。首先,不能简单化,应该表现出内心世界的复杂性、丰富性,否则将失去真实感;其次,要求有性格特征,所写的不能是一般的心理活动,而应该是'这一个'的内心世界,否则,作品中的人物只能是有思想而无性格。……而《一生》的心理描写却是成功的。它不但能从人物的性格出发，充分展示人物的内心世界，而且笔法细腻，饱含感情。"

　　王蒙的《文学现状断想》发表于同期《民族文学》。王蒙认为："结构上的探求和试验也相当明显。我们可以暂时把'意识流'不'意识流'这种多半是一知半解、望文生义、尚未正名就争了个不亦乐乎的、给某些作品戴帽儿的话茬置之不论。反正时、空的交错也罢，几条情节线同时进行乃至'放射线'也罢，视角与叙述口气的调度、配置、变化也罢，现实与追忆、幻想的交织也罢，这些结构方法正在被愈来愈普遍地采用。长篇《冬天里的春天》、中篇《人到中年》、短篇《剪辑错了的故事》，都是如此。提倡'乡土文学'的刘绍棠的一些近作，如发表在《小说界》八二年第四期上的《烟村四五家》也显然在结构上吸收了打破时空顺序与交插叙述的方法，可见我们的乡土还是颇有开放性与消化力的。……注重心理描写，包括深入地写人物的情绪、感觉、联想、幻觉……的方法，也受到不少作者的借重。问题在于这种种心理活动，仍然是现实生活的折光与映象。"

　　谢明清的《不屈的幸存者——〈幸存的人〉读后》发表于同期《民族文学》。谢明清认为："近年来，小说创造中开始克服过去那种只写人物之间干巴巴的社会政治关系的'净化'倾向，注意对于风俗画和人情美的描写。……但也有不少作品描写风俗画和人情美，都游离于人物、情节之外，似乎是为了猎奇和调味。《幸存的人》在情节的自然发展中表现独特的民族风习和心理状态，揭示劳动人民的高尚情操和美好心灵，在作品中不是游离的……"

　　20日　李希凡的《截取·剪裁·发掘——阅读琐记》发表于《人民文学》第2期。李希凡认为，《人民文学》编辑部送来的五篇短文（张林的《太阳与鸟》《蓝的海》《大月亮》、李功达的《午餐》《老许》）就是目前称之为"微型小说"或"超短篇"这类作品，也是短篇小说的一种形态。李希指出，这些小说都"截取了生活的一个片段，但并不是敷衍成章，一览无余，而是有着自己的独到的剪裁和开掘"。

　　24日　邓仪中、仲呈祥的《"将那无价值的撕破给人看"——评马识途的讽刺小说新作》发表于《光明日报》。邓仪中、仲呈祥认为："讽刺小说讽刺的主要对象是生活中的丑。""讽刺美的本质，正是通过对丑的否定来达到对美的肯定。""作家的艺术功力，主要表现在善于把生活中的丑转化为艺术中的辛辣的讽刺形象。马识途的讽刺近作，采用了不同的讽刺手法。一是使丑在自相矛盾中自我暴露，丢丑则丑。……二是对比丑与美，使丑美互相反衬，了了分明。……三是夸大丑的人和事的特征，使丑的形象漫画化。且能做到夸张而不失其真，漫画而不流于油腻，使之恰到好处。四是按照生活发展的逻辑，注意揭示美必然战胜丑趋势。"

25日 周乃光的《认真研究短篇小说的创作规律》发表于《文论报》。周乃光指出："其实，在目前短篇小说的创作中，有许多重要的理论性问题急需探讨和解决。比如，短篇小说究竟应该怎样选材。有不少人认为短篇小说是描写生活的横断面，取材应该'拦腰一刀'。但已故的老作家魏金枝认为这个说法不确切，他认为短篇小说应该抓住一个'小纽结'来写。所谓'小纽结'，就是从生活中攫取一个有典型意义的小的矛盾起讫，写它的发生到终止。这两种说法，各持己见，至今没有定论。又如，短篇小说怎样刻划人物。有一种说法，短篇小说应着重表现人物独特的精神品质、心理状态，揭示他性格的某一侧面，而不去描写人物性格的发展。但也有不少小说，并没有花力气去刻划人物性格，而是着重描写了人物的命运、遭遇；而一些科幻小说则重点写人物的幻想与奇思，也同样获得了成功，博得读者好评。因此，短篇小说是写'典型人物'，还是写'典型性格'，意见并不一致。此外，在小说分类上，短篇与中篇究竟怎样区别，还有小小说、微型小说、超短篇小说等，它们究竟是不是一个东西，它们又有些什么特点，等等。这些问题都是短篇小说创作中很重要的问题。但是，在目前出版的《文学理论》《文学概论》一类书里没有说清楚，就是在一些专题论文中也往往回避问题的实质，只取其一点作些发挥。而在国外，对这方面的研究工作比我们抓得紧。《外国文学》杂志从去年一月开始，连载了英国文艺批评家乔纳森·雷班的《现代小说写作技巧》，就是这方面的专题论述。这对我们研究短篇小说创作的规律有借鉴作用，然而它毕竟是外国的。我们还应该有自己的、中国化的短篇小说创作理论，使我们的短篇小说创作在理论规范下进行。这样做，对于进一步繁荣创作，提高作品质量，培养青年作者，是很有指导意义的。"

本月

孙绍振的《为人物性格设置环境》发表于《福建文学》第 2 期。孙绍振认为："为性格设置某种极端环境是古典主义、浪漫主义、现实主义小说乃至一部分现代派小说普遍使用的方法。但是在漫长的历史过程中,这种方法过分流行,不免产生流弊,那就是人为地制造种种离奇的情境,情境设置的人为痕迹太重。……这样,也引了一种相反的倾向,那就是尽量避免极端的情境,尽量不让它发生惊人的特殊而变故。一部分意识流小说就是这种做法。这些作品所追求的是在稀松平常的情境中,而不是在特殊环境的逼迫之中展示人物的心灵秘密。这类作家强调的是心理对环境的自由的随机性极大感应。这种小说中人物的情绪是自由地流动的,并不是在特定的极端情势,或某种生活中重要的因子发生变动的情势的冲击下从固定的河床中泛溢出来的。"

胡采、邹志安的《胡采、邹志安关于〈探询〉的通讯》发表于《小说界》第 1 期《作家书简》专栏。胡采在回复邹志安的信中说："作家,同时不能不是思想家。……比起从现实生活中感受到和搜集到的写作资料或素材来,艺术创作的最大特点,就是它已经跳出了真人真事的圈子;通过艺术形象所表达的生活内容和思想涵义,已经不是就事论事,而是达到了有关社会的和人们精神状态方面的某种带典型意义的东西。"

刘绍棠的《〈烟村四五家〉创作后记》发表于同期《小说界》。刘绍棠认为:"小说的艺术旨趣,是写人。只有写出千姿百态的人,才能反映出丰富多采的生活;换过来说也可以,只有反映出丰富多采的生活,才能写出千姿百态的人。……语言是文学的第一要素,依靠人物的个性语言刻划人物的性格和暗示人物的心理活动,是我国小说的优良传统,也是我国小说在民族风格上最鲜明的特色,必须坚持和发扬,继承和发展。小说要写活生生的人,就要使用活生生的口语;因此,作家要深入劳动人民中间去,学习劳动人民那具体、生动、活泼、风趣、优美、含蓄、形象、充满诗情画意和富有音乐节奏感的语言。……小说创作,情节必须合情合理,细节必须准确精当,才能使读者有如身临其境,眼见实有其事,确有其人,信服而感动。"

罗大冈的《关于存在主义文学——读萨特的文学作品》发表于同期《小说界》的《关于存在主义答文学青年》专栏。罗大冈认为："我们也可以窥见萨特创作方法的某些特点，最重要的一个特点就是常常在作品结尾的时候，情节发生突变，也就是所谓戏剧性的突变。……这个手法，在萨特的作品中是常见的，几乎是一贯的。"

吴欢章的《心灵美的闪光》发表于同期《小说界》的《微型小说笔谈》专栏。吴欢章认为诗体微型小说在艺术形式上也有相应的要求："其一是抒情性。这篇小说在构思上注意到把抒情、叙事、写人糅合在一起。……特别讲究精炼，这也是诗体微型小说的一个要求。除了行文的简洁以外，主要是努力创造一种情理交融的意境。"

周介人的《有限和无限》发表于同期《小说界》的《微型小说笔谈》专栏。周介人认为："微型小说在长篇小说、中篇小说、短篇小说面前，用不着自卑，而应该确立自信——虽然由于形式'微型'而决定它本身所展示的那个世界并不阔大，甚至只有一个场面、几段对话……作品所能提供的虽然是有限的画面，但无数读者在自己心灵中加以补充、加以发展、加以再创造的那个境界却是无限的了。"周介人指出，微型小说"似乎是一下子就抓住了萌动于'你''我''他'之间在日常生活中所积淀起来的'共感'，它为我们把这种'共感'喊了出来，它甚至用'放大镜'去突现某种我们只是在心头隐隐感受到的东西，它夸大了事物的比例，但严格地保持着那事物与我们的关系……于是，'我'也就情不自禁地走进作品中去，调动自己的生活经历、展开自己的想象翅膀来补充与开拓作品原有的'微型'境界了"。

左泥的《微型小说的名和实》发表于同期《小说界》。左泥谈道："对不上千字的短小说的命名，现在还不很一致……我认为冠以'微型'二字比较恰当，因为这概念比较明确，而且生活中有许多东西早以'微型'命名了，有着群众喜闻乐见、通俗易懂的优点。""依我的浅见，微型小说之如此勃兴，主要的原因还是和三中全会以来创作空前繁荣的形势分不开的。……其次，当前读者的欢迎微型小说，恐怕也对时下一些冗长乏味的短篇小说不满和抵制的因素在内。"

三月

2日 刘心武的《小说创作中的几个内部规律问题——在昆明一次座谈会上的发言》发表于《滇池》第3期。刘心武指出："近几年来，我们国家的小说创作，特别是短篇和中篇小说的创作，应该说在小说结构的革新方面有很重大的突破，出现了很多种新的结构。古典的三一律的戏剧结构再不被人们认为是神圣不可侵犯的了。很多作者，特别是青年作者，大胆地打破了这种陈腐的结构。听说有的同志对这种文学现象还有点忧心忡忡，对这种艺术上的革新还抱着怀疑态度。我觉得大可不必。……现在有些小说就没有中心事件，它是一种立体的、多线索推进的结构。……另外，反高潮。不一定作品当中都要有一个明显的高潮。这也是一种结构办法。还有的不是以生活外部的关系来组织它的小说，而是以人物的内心的逻辑来构成它的发展线索。这样的一些小说都取得了成功。"

同日，吴士余的《对塑造新时期军人形象的探索》发表于《人民日报》。吴士余认为："袁翰等艺术形象塑造的实践证明，当代军人形象的特征是与时代变化、生活方式的变异紧密联系着的，复杂的社会生活构成了人物形象性格、心理特征的丰富性，作为军事文学创作，就应该去发现、创造富有新的审美特征的军人形象。唯有这样，军事文学的生活画面才能深沉、丰富而不流于单调、干涩。"

3日 王东明、徐学清的《为了"更加成熟的文学"——谈王蒙一九八二年的小说创作》发表于《文学报》。王东明、徐学清认为："对人物性格的刻划和人物心灵的探索，在王蒙近作中得到了更多的重视。一方面，他着意于人物精神世界的探索，反映纷繁驳杂的社会生活的浪潮对人物心灵的冲击和所引起的细微、深刻的变化；另一方面，他加强了对人物外部行动的描写，通过人物的言行举止表现人物的性格；而对于人物精神世界的探索的结果，也都使得人物性格变得更加丰富、生动。""再则，主观色彩的淡化，是王蒙近作出现的一种倾向。应该说，文学作品多少都带有作者主观的色彩，这种色彩在王蒙过去的作品中表现得尤其浓厚。这固然加强了作品的感染力，但同时也带来了一个问题：作者的主观感受容易消蚀人物自身的感受，淹没人物的个性。……说主观色彩淡化还表现在王蒙近作已经很少描写人物主观随意性较强的直觉和潜意识。《惶惑》，顾名思义是写刚刚提升的某环境保护机构主任刘俊峰重访离开了二十八年的T城后产生的'惶惑'之感。……环境的变化和对比无疑会使他的情感意绪变得复杂，但作者没有着力描写那种跳跃不定的自由联想，展现斑驳陆离的画面，而是写出人物在客观外物触发下引出的心理活动，这更类似于十九世纪现实主义大师们的笔法，它同样增大了作品的容量，但绝无那种由于人物主观意识的飘忽带来的晦涩之弊。"

周书文的《给作品定准"情绪"》发表于同期《文学报》。周书文指出："音乐要定准音，不然就会走调，破坏演奏的和谐与统一，演出要进入角色，不然就出不了感情，影响演出效果，写作品也要定准情绪，才能运笔全篇，描写贴切，形象鲜明，叩击读者的心弦。高晓声说：'我写小说很注重情绪，情绪不定绝不勉强写。'这是经验之谈。""所谓把准情绪，就是把准作者对生活的独特思考与感受，即把握对所写人物的感情基调，又要把握整个作品的基调，只有定准情绪，才能顺理成章，找到统帅作品的灵魂，驾驭全篇的分寸。高晓声的《李顺大造屋》开头写道：'老一辈的种田人总说，吃三年薄粥，买一条黄牛，说来似乎容易，做到就很不容易了。'短短几句话，就把李顺大造屋的困难气氛，及作者对李顺大造屋遇到的波折的同情情绪道了出来，以后一切描写，就都围绕着这个基调而展开和显现……"

5日 以"关于小说创作提高与突破的讨论"为总题，胡德培的《"纯属虚构"与"全部真实"——艺术规律探微》、京夫的《我创作情况的简单回顾》、王晓新的《力度·魅力·知识结构》、吴肇荣的《这里有艺术家的巧思和笔致——谈王汶石的短篇小说创作艺术》发表于《延河》第3期。

胡德培认为："不少青年作者从写新人新事开始，歌唱新社会，宣扬新思想从而走上了创作的道路。这是生活促成了作者，现实孕育着创作，丝毫不足为奇的。……但是，切不可由此造成一种错觉：创作就只有写真人真事之一途，忠于生活的原型就必然会达到艺术的境地，因而，进行艺术创作似乎就是机械地照搬原型，刻板地复制生活。……艺术不是要采撷那些表面的、琐细的、平板的真实，而需要富有内在意义的、典型的、丰富多样的真实，不求形似，而求神似，即是要捕捉那些能表现生活趋向、社会发展、代表时代、体现真理的生活细节，才能为艺术反映生活开辟道路，以偶然表现必然展露通途，从而符合艺术表现的普遍规律和基本特色。""与'全部真实'论相反，'纯属虚构'论似乎还较有道理，接近实际。……艺术确实需要虚构。没有虚构的艺术是不存在的。它要求我们：从大量实有、十分常见而纷纭复杂的诸种社会现象中，捕捉具有代表性的、体现事物本质的、富有典型意义的人物和事件，从丰富多姿、千差万别而变幻不定的诸种现实事物中，用聚光镜和显微镜，集中其本质，捕捉其典型，从而凝聚为形象，升华为艺术。……这是艺术创作本身的要求，其中包含着深刻的艺术道理，是颇为耐人寻味的。"

京夫谈道："我的第一篇小说《小龙》，发在《陕西文艺》七四年第三期上。此后还写了《高度》《深深的脚印》等。这些习作都有个有头有尾的故事，里边有一个好的人，没有多少深刻的社会内容，作者的感情和人物也是游离的，没有贯注到人物身上，人物的感情也是干巴的，形象没多少血肉。粉碎'四人帮'以后，我注意了写生活原型，加上了自己的想象，也注意了人物的感情色彩，但由于思索得不多，不深，构思上还习惯于写有头有尾的故事，人物的感情成份多了，还有那么点感人的地方，但基本上还是就事写事，没有达到艺术概括。象《过去的，过去吧！》就是这类作品。而《手杖》，就与过去的作品有了不同。我在写《手杖》时，对人物原型、生活素材进行了较大的概括，作品的情节和人物都和生活原型，相去甚远，在写这些作品时，已经不是就事论事的一般思索，而是放在较大的社会背景上，较重要的问题上的思索，发掘作品的思想内容用的功夫大了，而且摆脱了头尾完整的故事，虽然《手杖》的创作还未进入多高的艺术境地，但它无论如何也是我创作上一个不可忽视的阶段。"

王晓新谈道："一九八二年春天，《延河》发表了王观胜的短篇小说《猎户星座》。……作者采用了交叉角度和交织推进的写法。即用狼的眼光写人，用人的眼光写狼；叙述语言和描写语言交织使用。打破了一些乡土文学'舞台式'的安排格局——人物、场景、换场，貌似风情并茂，人在画中，一幕一幕，栩栩如生；描写时入微体贴，叙述时生动有致。王观胜讲究浑然，追求整体性效果。我以为这是一种比较有出息的搞法，不至落于浅薄的泥沼，经久不能自拔。……《牵牛花开》本是一支乡间小调，完全可以编织成一个优美动人的故事，但作者却把这支小调变成一支震撼人心的力量赞歌。他丢弃了风情画式的场景，丢弃了一些可以出情的情节，也完全回避了政策图解，处处显出令人紧张的强力角逐。"

吴肇荣认为："王汶石所追求的认真精工的构思是……对生活要有独特的开掘和提炼，以及要找到能巧妙体现这种开掘和提炼的审美形式。……王汶石在为深隽的思想意蕴构造形象上是有功力的。他颇善于构想十分切合生活特征而又富有启示力的新鲜形象为意蕴具形，使意蕴的深和形象的新相结合，产生艺术的美。"

7日 顾传菁的《〈普通女工〉》发表于《文艺报》第3期。顾传菁认为："《普通女工》的长处恰恰是从内容到形式表现出一种平实朴素的风格，它的结构单纯，语言自然，运用的艺术手法，也是最常见的，没有一点花里胡哨、矫揉造作的东西。……写普通环境中的普通人物、普通的生活场景，连情节和细节都极为普通，但它给予人们的启示却又是不普通的、令人深思的。"

吴组缃的《关于我国古代小说的发展和理论》发表于同期《文艺报》。吴组缃谈道：

"中国的小说，是从神话传说开始的。发展到魏晋六朝，成为志怪志人。这是鲁迅在《小说史略》中起的名字，我觉得概括得很好。神话传说也好，志怪志人也好，它都是一种史实的记载，它是靠调查研究，从民间搜集来，把它记录下来，因此叫'志'。'志'就是记录的意思，而不是创作。创作在古代字典里不是'志'，而是'作'。所以最初的小说，同史归为一类。……什么时候开始脱离史，发展成为文艺创作呢？那就到了唐代的传奇。唐代传奇就是有意识地虚构，而且讲究文采。志是老老实实把一个故事、一个传说记录下来，而不讲究文采；发展到唐人传奇，一方面虚构故事搞创作，另一方面是文字很讲究，讲文采。原来文史不分，这时候就发展了，小说就是专门的小说。再往下，传奇到了宋代就衰落了，随之兴起的是话本。话本经过文人加工，就变成许多演义小说。象《西游记》《水浒》《三国演义》，还有其它许多的历史演义，大都是文人根据民间的创作再创作的。从这里再发展，便成为文人的独立的创作。不是拿民间的东西来加工了，而是自己创作。这就产生了《金瓶梅》。《金瓶梅》当然有许多地方不好，但它在小说的发展上面开辟了一条新路。因为《三国》也好，《水浒》也好，《西游记》也好，都是中世纪的英雄传奇，写的都是非凡的人物，非凡的英雄。《金瓶梅》开辟了一条道路，……现实主义更加明显地发展，发展到新的阶段，写平凡的人，写平凡人的日常生活。从《金瓶梅》再产生《红楼梦》。《红楼梦》这条创作的曲折的路，完全是《金瓶梅》开创出来的。到了《红楼梦》，中国的现实主义小说，发展到了一个辉煌的顶点。中国的小说发展的脉络，大概就是这么个情况。

"中国小说理论的头一条，要想写好小说，首先要心胸开阔，眼界开阔，首先要在'识'上下功夫。而不能心胸很狭窄，眼光如豆，只见眼前那么一点东西，不能高瞻远瞩地看问题。……第二条，你要写好一篇小说，必须要有'孤愤'。……'孤愤'是什么东西？拿现在的话说，就是个人的真实感情，个人所独有的激情。就是你对这个题材、这个主题有极大的热情，你自己被这个题材、这个主题所感动，使你欲罢不能，非要把它写出来不可。不是为了有名气，更不是为了稿费。……第三条，中国小说很讲究'真实'……现在，我们的许多评论对于这个写真实还是起反感。一写真实就是自然主义了，就是暴露我们的黑暗面了，要作反动宣传了。……'真、美、善'三个东西我们都要。可这三个东西不是平列的，真美善以真为基础。没有真作基础，你那个美是假美，你那个善是伪善。……要讲写真实，很要紧的一条，就是必须深入生活，没有生活你就虚构，坐在屋子里胡思乱想，想入非非，尽是想当然，那是不行的。……《史通》上面还总结了一条，就是'爱而知其恶，憎而知其善'。就是说，爱它而晓得它有缺点，憎它而晓得它有所长。世界上万事万物都是对立的矛盾的统一体，不可能有纯粹的东西。好人身上有缺点，坏人身上有长处，这完全符合辩证法。但这并不是说没有善恶、是非之分。"

周扬的《在首届茅盾文学奖授奖大会上的讲话》发表于同期《文艺报》。周扬谈道："在六部获奖作品中，有四部是写'文化大革命'的，有的把矛盾写得相当尖锐，也比较深刻，比如《芙蓉镇》《许茂和他的女儿们》《冬天里的春天》《将军吟》这几部作品，都从正面写了'文化大革命'，应该说写得不错，都有相当广阔的规模和深度，风格新颖，色彩浓郁。"

8日 王斌的《色彩丰富 韵味醇浓——读中篇小说〈黑骏马〉》发表于《人民日报》。王斌认为："如果说，《高山下的花环》是以它那悲壮雄浑的气势，来自生活的真实的力量，洋溢着革命英雄主义的豪情的战斗画面震撼读者心灵的话，那么《黑骏马》则象一首委婉、细腻的抒情诗，一部色彩明丽、韵味醇浓的交响曲……""《黑骏马》的作者对人生，对社会，对我们勤劳、勇敢、智慧、质朴的民族有着较为深刻的了解，他善于把凝聚着深厚感情的笔触，深入到所要表现的人物的内心深处，去发掘那些包裹在平凡外表下的美好的东西，从而升华出一个充满着对美好未来执着追求的境界。"

9日 王思治的《写出历史人物的个性》发表于《光明日报》。王思治认为："在历史人物的研究中，如果只有历史背景的叙述和其有关的大事罗列，或者仅只是一份较详细的履历表，而缺少人物活动的个性特征，本来丰富多采的历史就会失去生动性，也难免给人以千人一面之感。历史人物画卷当然首先应该对其功过是非作出历史唯物主义的评价，同时也贵在个性鲜明，如能传神则是上品。"

10日 邓友梅的《扬长避短》（创作谈）发表于《北京文学》第3期。邓友梅表示："我决不以写旧生活为主，更不想写很多，主要还是写当代生活。写旧生活，要站在今天的高度，用马克思主义者的眼光看旧社会。"

15日 王愚的《长篇小说中的现实主义——评近年来长篇小说创作的发展趋向》发表于《当代文艺思潮》第2期。王愚认为："长篇小说的现实主义精神表现在它应该有更大的生活容量，这也许是一个常识问题了。但在过去一段时间，由于强调'文艺从属于政治''文艺是阶级斗争的工具'，不少作品眼光专注于阶级斗争，路线斗争，或者劳动生产和政治运动的过程，内容常常侧重于一次政治斗争开展的情况，或一些方针政策执行的结果，或多种生产活动的场面，没有着力反映生活中和人民命运紧密联系在一起的错综复杂、变化多端的矛盾冲突，内容显得十分窄狭。五年来的长篇小说创作，走出了这个狭隘的范围，把触角伸向更广阔的生活天地，揭示了复杂的矛盾冲突，更接近于'生活的百科全书'。……一部现实主义的大型叙事作品,应该展示一个时代广阔的生活,具有充实而丰富的内容。近年来的一些优秀的长篇小说向更广阔的生活领域开拓,无疑是有意义的进展,是现实主义精神趋向于充分的一个标志。"

王愚指出,当前的长篇小说"在人物塑造上,摆脱了把人物当作某种社会概念的符号和社会特征的模式的框框,尽力写出处于时代潮流中的各种各样的人物和人物的丰富复杂的个性,恢复了真正的人的价值和人的存在,确实是一种显著的进展"。

同日,黄子平的《"沉思的老树的精灵"——林斤澜近年小说初探》发表于《文学评论》第2期。黄子平认为:

"林斤澜不写悲欢离合,哀婉感伤,却专注于发掘表现冻结了的心灵深处,生命与人性的尊严,自由与责任的分量。他不写血淋淋的专横残暴,阴险毒辣,却勾勒带疯狂气息的思想、理论和举动,揭示其必然灭亡的历史特征。这是思考的文学,有着与当代文学相通的思考和理性的特征。……他的思考完全渗透到艺术形式里去了,产生了一系列艺术变形的特点:奇特夸张的人物形象,突兀跌宕的情节,客观、冷静、非严格写实的手法,浓缩到了不能再浓缩的结构,简洁冷隽的白描语言,甚至某些细节的不真实和非逻辑性。……正是在这一点上,林斤澜的小说接通了中国现代文学的伟大源头之一——鲁迅的《狂人日记》。

"林斤澜小说艺术探索的一方面意义,就在于延续了鲁迅所开辟的现代小说绚烂多彩的艺术道路,探求多种多样的途径,以发挥短篇小说的艺术特长,来容纳日趋复杂多变的当代现实。

"林斤澜小说形式的变化极其多样,而且发展并不是直线式的,但共同的特点就是力求最大限度的简洁和集中。简洁要求结构上高度紧凑,不是全景的浓缩,而是一个角度的透视,一个片断的截取、简洁要求精练的对话。林斤澜是从戏剧开始他的创作生涯的,这方面的经验于他大有帮助。他尤其喜欢把往事、回忆用精练的对白或独白道出,历史内容在口语中产生逼真的现实感,活在眼前人物口中的历史,因而也就是在现实中仍然发生作用的历史。"

同日,陈炳的《且说艺术夸张》发表于《钟山》第2期《钟山论坛》栏目。陈炳认为:"艺术的夸张就是通过丰富的想象或比喻,极力突出、夸大、铺张或渲染所描写的事物的形象、特征、作用、程度，从而加强形象的艺术魅力，突出主题的思想意义，集中揭示社会生活的本质规律。"

陈辽、方全林的《试论建国以来军事长篇小说创作》发表于同期《钟山》。陈辽、方全林认为："不少优秀军事长篇的作者，都很注意从古典军事长篇中汲取营养。一些作者在写作时总是力求在结构上，语言上，故事编织上，人物性格的刻划上，情景的描写上，都具有民族作风和民族气派。《林海雪原》《野火春风斗古城》《冀鲁春秋》等作品……用紧张的富有戏剧性的情节来展现斗争；根据所反映的军事斗争生活的特点，善于安排波澜起伏的故事，使情节的展开，丰富地、多方面地反映生活的节奏。自然，传统的表现手法在表现新的内容时会受到某种局限，这样就需要加以改造和发展。《保卫延安》《红日》《东方》等作品，一方面吸取了我国古典军事文学的传统技巧，另一方面又糅合了外国军事文学的长处，融会贯通，从而形成了更为凝炼而又富有民族特色的艺术风格。"

丁帆的《刘绍棠作品民族风格雏论》发表于同期《钟山》。丁帆认为："刘绍棠作品的民族风格首先表现在他对民族伦理道德观所作的形象地、艺术地阐释。……风格的民族性，也表现作者对民族传统艺术手法的继承、发扬和发展。从结构艺术上来看，刘绍棠近年来的作品更'土化'了，即因袭章回小说的写法，更显出'清水出芙蓉，天然去雕饰'的自然美来。""作品的章法近乎于长篇的结构方式……在结构线索的布局上，作者采取的是'花开数枝，话表多头'的双线或多线发展的艺术手法。""刘绍棠中篇小说的艺术结构方法多少保留着传统的民俗文学的结构特点（古典名著《水浒》中每个人的故事都可以独立成篇，但每个人物又与作品的总主题有关）。""从景物描写上来看，作者尽可能使作品释出传统的美学思想，使之构成一幅和谐的、充满诗情画意的、田园牧歌式的艺术画面。"

刘绍棠的《乡土文学和我的创作》发表于同期《钟山》。刘绍棠谈道："我学习中国古典小说的传统，力求传奇性与真实性相结合，通俗性与艺术性相结合。……在艺术手法上，力求以人物的个性语言，刻画人物的性格和暗示人物的心理活动，通过对动态中的细节的准确描写，描写人物的形象；尽量做到自然和从容，去粉饰，少雕琢，接近人物和生活的本色。"

南帆的《风格：认识生活和认识自己的结晶——评刘心武的创作风格》发表于同期《钟山》。南帆认为："刘心武对自己所熟悉的生活领域重新进行了细致的开掘。……这种开掘的细致和深入在小说的取材和时间、空间上表现出来。作家常常叙述一个并不引人注目的小故事，这些故事的时空幅度都较小，因而小说篇幅都不长。作家力求在尽量小的篇幅里容纳尽量丰富的内容。……作家在描绘客观世界的同时，也尝试着描绘客观世界在人物心中的感觉。"

潘旭澜的《论〈芙蓉镇〉的人物塑造》发表于同期《钟山》。潘旭澜认为："由于古华厚实的生活基础，艺术上博采众长而后出新，不但做到'人事在一定背景中发生'，并且力求在人事与背景的有机结合之中写出人物诸矛盾因素的辩证统一，从而能以有限的篇幅塑造出几个很成功的艺术形象，并且大多是我们文学的人物画廊里还未见过的人物。"

17日 申奥的《电子计算机写的小说》发表于《人民日报》。申奥认为："据合众国际社去年12月4日从华盛顿报道，世界上第一部用电子计算机写的小说已经诞生，并在16分钟内通过遍布全美国的网络传送给订户。""这部二万英文字的小说《瞎眼的法老》（'法老'是古代埃及的君王），是由伯克·坎贝尔在加拿大多伦多的艺术文化资料中心完成的。坎贝尔操纵一台个人用的电子计算机于去年11月14日下午9时37分开始写作，于17日上午11时7分完成。历时61小时30分。""这部小说的第一位读者《芝加哥太阳报》的编辑亨利·凯索尔说：'它正如人们所预料那样是粗糙的，但它叙述得很好，足以弥补其缺点，我很欣赏它。'至于用电子计算机写小说，会不会象用打字机那样流行，现在还难说。"

同日，蔡葵的《巴尔扎克还灵不灵？——评李陀最近的短篇小说》发表于《作品与争鸣》第3期。蔡葵谈道："最近李陀同志发表的作品，却和他过去的优秀小说大不相同，明显地是在实践着他'突破'和'创新'的主张，'在质上'也越来越背离了巴尔扎克的'模式'。例子之一，是他的短篇小说《七奶奶》（《北京文学》1982年第8期）。这是一篇'强调表现人的内心生活''故事性不强'的作品。……李陀同志在《论'各式各样的小说'》一文中说：'无论作家，无论读者，已经逐渐对那种只把人的社会生活当作表现对象的小说感到不满足……许多作者尝试着把人的精神世界特别是心理世界当作自己的表现对象，使小说向表现人的内心这个领域发展。'这是他的创作主张之一。……李陀同志在这里把人的精神世界和社会生活分割甚至对立起来，显然是不妥当的。……脱离了社会生活，人的精神世界将是孤立的、抽象的，因而也是没有意义的。"

平涛的《何必匆忙定是非——与友人谈李陀近作》发表于同期《作品与争鸣》。平涛谈道：

"在李陀去年所发表的六篇小说中，有四篇你特别不满意，这四篇是：《魔界》《七奶奶》《余光》《自由落体》。在你看来。这四篇小说或则是无病呻吟，写身边琐事，没有什么意思；或则是思想谬误，写人的恐惧感，表现了现代派的非英雄化倾向。前者指的是《魔界》《七奶奶》《余光》，后者当然是指《自由落体》了，这些意见，我觉得是可以商榷的。

"李陀的这四个短篇都比较短，也很凝炼。……当然，李陀的这几篇小说的确也暴露了它的弱点。它不象高晓声的小说那样，能够把人物放在比较开阔的社会背景和历史背景中去描绘，并且往纵深开挖人物的心理和性格，从而使人物的心理和性格具有一种深刻的时代感和历史感；它只是在一个比较狭小的范围内，通过一些微不足道的琐事，去刻画人物的琐细的内心世界，时代感和历史感都显得较弱。

"四篇小说中，《魔界》虽然也重在写人物的心理活动，但却保留着较多的传统小说的特点，其他三篇则都对传统小说的写法做了大幅度的突破。

"其一是结构。它们不象传统小说那样注重于故事性，而且用一个一个情节来结构故事；它们实际上只是生活中的一个小场景，人物在一个短暂的时间里的内心的小波动，整篇小说就是靠人物的意识流动来连缀的，情节已经退居到极其次要的地位，而人物的心理活动（内心独白、自由联想等等）却占据着主宰的地位。

"其二是叙述语言。在传统小说中，小说作者是全知全能的，他指挥、主宰着小说整个进程，而在这类小说中，作者已退居幕后，主宰着小说整个进程的是小说人物——人物的意识流动。这就不能不影响小说叙述语言的变化：从作者叙述故事，到人物自己来演进故事（如果也可以说是故事的话），小说中的人物即小说叙述者，二者是一而二、二而一的。李陀的这几篇小说，虽然用的是第三人称（'他'或'她'）的叙述方式，但这个'他'（老金头、陈冀）和'她'（七奶奶）与传统小说中的'他'和'她'已有了根本的不同，传统小说中的'他'和'她'是叙述者（作者）叙述的对象，而李陀小说中的'他'和'她'就是叙事者自己。整个故事的演进都是由'他'和'她'的视觉或触觉引发起来的……这种叙述语言的变化，可以省略掉传统小说中的许多繁文缛节，种种的交代、描写、抒发、议论……都被极大限度地省俭了；作者决不越俎代庖，一切都留给读者自己去思考。这就给习惯于传统小说的读者带来欣赏上的困难。"

20日 《加西亚·马尔克斯在诺贝尔文学奖金授奖仪式上的讲话》发表于《外国文学动态》第3期。马尔克斯谈道："今年值得瑞典文学院注意的，是拉丁美洲这个巨大的现实，而不仅仅是它的文学表现。这一现实不是写在纸上的，而是跟我们生活在一起的……"

22日 陈骏涛的《对变革现实的深情呼唤——读中篇小说〈人生〉》发表于《人民日报》。陈骏涛认为："高加林的复杂性格，正是当前农村生活中的种种矛盾冲突的'交叉'的反映。""高加林不能算是新时期农村的社会主义新人形象，因为他还没有确定革命的人生观，还徘徊在人生的岔道口。……能够冲破旧式中国农民的小生产者的狭隘性和因袭重负，是农村社会主义新人的不可或缺的品格。从这个意义上看，高加林形象的出现，在新时期农村题材的作品中，具有独特的意义。"

邓仪中、仲呈祥的《塑造丰姿多彩的典型人物——1982年全国优秀短篇小说获奖作品漫评》发表于同期《人民日报》。邓仪中、仲呈祥表示："塑造典型人物形象的重要一条，是要准确把握时代特征与人物命运的内在联系，透过人物独特的命运来展示强烈的时代精神。""还必须努力把人物性格的丰富性与明确性、复杂性与完整性统一起来，写好活生生的'这一个'。""还必须直面人生、正视矛盾，坚持在矛盾冲突中多层次地展示人物的精神风貌。把人物置于矛盾漩涡中描写，是尊重社会辩证法的必然要求。"

24日 刘绍棠的《关于小说民族化的浅见》发表于《光明日报》。刘绍棠认为："要使自己的作品为最广大的人民群众所喜闻乐见。这也就是雅俗共赏，所以就首先必须尊重最广大的人民群众的艺术欣赏习惯。这就要求作家在创作思想和创作方法上继承和发展中国文学的民族传统，在内容和形式上都具有鲜明的中国特色。……小说创作充分表现中国人的民族的和革命的崇高理想、奋斗精神、道德情操和伦理理念，掌握和运用中国人的健康优美的民族语言，描写和展现中国人的美好的风俗习惯，是小说民族化的核心和基础。"

29日 刘锡诚的《更多地注意塑造当代人形象——1981—1982年全国优秀中篇小说获奖作品读后》发表于《人民日报》。刘锡诚提出："蒋子龙和孔捷生是两个气质很不相同的作家，一个粗犷而磅礴，一个细腻而柔和，但却显示出某种共同性的艺术倾向，即对当代人的关注，而且都在努力发掘当代人身上的那种强者精神和开拓精神。"

张光年的《社会主义文学的新进展——在四项文学评奖授奖大会上的讲话》发表于同期《人民日报》。张光年认为："近几年不少短篇小说佳作，思想上艺术上较以往都有所突破。它们及时反映了当代生活的重大变化，新人物、新性格、新道德的成长，浓重凝练的情感内容，尖锐泼辣的战斗风格，短小篇幅中凝聚着重大的分量。"

30日 雷·威廉斯的《马克思主义与文学》发表于《外国文学报道》第2期（侯维瑞、何百华节译）。在《论文学体裁中》，威廉斯认为："长篇小说是创造性想象力的作品，而创造性想象力也找到了自己恰当的表现形式。但是，仍有不少是长篇小说所无能为力的，这倒不是由于准则的缘故，而是受限于体裁此刻因专门化而产生的一些特点。同时，在这种更为一般划分的范围内，由于新型的'体裁'与'准体裁'的增加，各种各样的文学实践得到了承认。""必须把这一切分解为它们的基本组成部分：一、基调；二、作品的结构模式；三、恰当的题材。""当我们说文学创作是'创造性'的，这并不是因为它在思想意识的意义上提出了新的境界（这只是总体中的一小部分）；而是因它在物质社会的意义上提供了自我创造的具体实践。就此而论，这种自我创造在社会属性上的中性的，是一种自我组合。"

翁义钦的《重要的启示——纪念马克思逝世一百周年》发表于同期《外国

文学报道》。翁义钦介绍："马克思对某些文学倾向十分反感；他反对片面强调客观的作品，也抨击片面强调主观的作品。""马克思对世界文学中不同作家作品所取的褒贬态度，是有原则的，或者说，是以其是否体现文艺真实性为基本准绳的。""马克思对世界文学、不同作家作品的评述，并不是他个人爱憎喜恶的表现，而是无产阶级和人民群众审美意识的集中反映。"

31日 叶蔚林的《关于风景的描写》发表于《文学报》。叶蔚林谈道：

"文学创作需要生活，生活的核心当然应该是人物、事件和种种社会矛盾。但是我们应该看到：任何一部小说（特别是比较大型的）要完全离开对风景（景物）的描写是不可能的。因此，风景描写一旦进入作品之后，它就应该成为作品的有机组成部分。我们且不说好的风景描写，对于渲染气氛，烘托人物，抒发感情有多么重要的作用，就说一般的风景描写吧，起码也应该做到真实、准确……

"文学作品中的任何描写，都不是照相式的再现，风景描写当然也不例外。如果只是孤立地、客观地描写风景，不管你描写的多么真实、细致，也是难以动人的。关键在于作者必须对风景倾注内心的情感。'感时花溅泪，恨别鸟惊心'，就是作者将情感倾注于花鸟的结果。从前，我在自己的作品中也有许多风景描写，但并未引起读者的注意。为什么《在没有航标的河流上》就引起了注意呢？回想起来，从前我在描写风景时，多半只注意它外在的美，很少有感情上的触动。《在没有航标的河流上》就不同了。当我落笔的时候，一幅幅风景都是伴随着人物感情的变化而出现的（作品人物的感情，实际上也就是作者的感情），这些感情来自哪里？来自我的内心感受……

"风景描写要得到读者的认可，引起兴趣，比较困难。当然，稍有经验的作者都会用概括、集中的办法去描写风景。但是光有概括、集中是不够的，还必须以全力去捕捉某一景物的独特性，用独特的形象，独特的语言，将他们表现出来。"

本季

茹志鹃的《我创作上的甘苦》发表于《文艺理论研究》第1期。茹志鹃谈道：

"作品写得多的人，可以谈创作多的经验，我是写得少的人，只好谈谈为什么少。……一、一边写，一边对写的人和事加深认识。……二、我的另一个顽症。有人说，别人是用整块布裁一件衣裳，而我却是用碎料拼成一件衣服的。……写夫妻感情，不能光写感情，感情得依附在什么东西上，也就是作品的主要事件是什么呢？要按某些编辑同志问：'这作品主要是写什么呢？'……我认为作品里的事件，只是供我刻划人物，展开人物，一个非此不可的场所。……三、来无踪，去无影的创作激情。……有些段落是自己早就想好的，可以很快写下去的，可是自己就是写得很没劲，没了味道。这种时候我就要停下来了。停下来检查一下为什么可以写下去，然而又没有激情写下去的原因。"

吴亮的《王蒙小说思想漫评》发表于同期《文艺理论研究》。吴亮认为："王蒙很少讲动听而引人入胜的故事，这容易使不少读者觉得他的小说难以下咽……王蒙写得太庞杂、太闪烁、太跳跃、太隐晦和太不确定了。……王蒙的小说布局常常是独辟蹊径的，这为我们的理解设置了障碍。随随便便的裁剪和缝合，打乱时序，时而流畅、时而拗口的文体，似乎是故弄玄虚。他的遣词用句是少有的，往往是独创的，有时候象绕口令。他不断插科打诨，嘲弄和不恭，并且油滑，突然又一本正经起来，讲出大段深刻的警句式的话。他在一切平平常常的场合，都努力挖掘出有兴味、出人意表的感受、象征的意念和带有幽默感的思想来。……但这都是表面的，我们必须越过这色彩斑驳的间隔之墙，去窥探墙背后的东西。我们不应当单纯地把兴趣停留在王蒙小说的外部特征上，而应当致力于找出他的用意和思想，找出他隐藏在杂色中的观念足迹。""熟悉王蒙作品的人，谁会不记得他的《布礼》呢？回忆与现实的交织，时间观念的倒错，大起大落的命运……。这些都不是最主要的。坚持一种信念——是《布礼》的灵魂所在。"

《当前文艺创作和理论的现代化、民族化问题——〈上海文学〉〈文艺理论研究〉两刊编辑部联合举行座谈纪要》发表于同期《文艺理论研究》。

茹志鹃谈道："现代派作品中并非没有现实主义。它反映了社会生活，只不过它的表现形式有些不同，主观情绪、跳跃性比较强烈。只要从生活出发，在作品中用变形、夸张手法有什么不可？我写的《剪辑错了的故事》不管你说运用怎样的手法，我总是从生活出发，其中有我对中国农民的印象。"

王西彦谈道："有人开倒车，一谈到民族形式，大团圆、有头有尾、说唱、自报家门、章回小说……老套头就来了。我觉得这是对民族形式的误解。……有的同志本来是写新小说的，写写不行，回过头来去走章回小说的老路。……时代在变化，人们的艺术情趣也在变化。只要有利于表现我们民族生活的艺术形式，都可以吸取和借鉴，都能算是民族形式。"

王元化谈道："现代派中有些东西，如反理性主义，要反对。这可以说是一种反动思潮。当然，不是说潜意识、下意识就一定是反理性。现实主义作品，如司汤达的《巴尔马修道院》、罗曼·罗兰的《约翰·克利斯朵夫》中都有关于潜意识、下意识的描写，但不是反理性。……关于民族化问题。我们过去讲'内容—国际主义，形式—民族的'。有些人一提民族形式，就把有头有尾、故事性强、大团圆等同于民族形式，把封建文学、章回体等同于民族性。这就误解了。其实外国小说中也有章回体，如《汤姆·琼司》。"

四月

1日 程德培的《"蔡庄"的图画——读吴若增的短篇近作》发表于《上海文学》第4期。程德培认为："吴若增笔下的'蔡庄'，并没有变幻的时代风云，也没有提供几十年来我国农村的编年史。作者给予我们的只是几位农民的肖像画。……吴若增关于蔡庄的小说，其构思谋篇基本上是一人一物的。……作者用的是放大的手法，使读者从这没有生命的物中，看到独特的时代社会中人的生活，体验到人的感情，感受到人的痛苦、悲哀、幸福和希望。"

何镇邦的《邓友梅近作中的民俗美》发表于同期《上海文学》。何镇邦认为："邓友梅却默默无闻地做着另一种艺术探索：扎根于他自己所熟悉的北京民俗生活，继承人民群众所喜闻乐见的民族文化传统……他往往选取一些不为人们注意的市井生活，描写一点带有浓厚北京风味的民风民俗，甚至于写那些被看做是'下九流'的小人物或破落的八旗子弟的遗闻逸事。……邓友梅在他的作品中再现的是一种特殊社会环境中的人生世相。……首先，他常常对人物活动背景给予充分的艺术注意，并且让它们在作品中占有相当的地位。……其次，邓友梅还善于把自然丑化为艺术美……邓友梅不仅善于用这种'点金术'把丑陋的当铺和世风这些自然丑化为艺术美,而且善于用这种'点金术'来刻画诸如那五之类的人物形象,把这种在特殊的社会环境中产生的畸形儿化为具有美学价值的典型形象。"

3日 雷达的《"心灵美"小议》发表于《小说选刊》第4期《一九八二年获奖短篇小说漫评(一)》专栏。雷达谈道:"近年来创作上的一种特有的现象——被人专门称为'写心灵美'的作品。因为这里的'心灵美'似乎有特定的涵义。……这类作品写的多是畸人异事或凡人小事,表现的多系道德主题,着力于挖掘在不美的表相下蕴藏的道德情操之美。""这届获奖的《明姑娘》,前两年的《风吹唢呐声》《心香》等,可算是此类作品中的翘楚。"

曾镇南的《把真理藏在丰富复杂的性格深处》发表于同期《小说选刊》。曾镇南谈道:"所谓性格的丰富性、复杂性,也就会成为一种外在的,人为的东西,不仅不能增加性格的活力,反而会削弱性格的鲜明性。而人物性格的科学分析,如果忽视了对性格深处包藏的生活真理的恰切的说明,就不能明朗地确定评论者对某一性格的具体的审美态度,就有可能停留在对性格的外观(不管有多么丰富复杂)的客观主义的描述上。这是我们在研究人物性格时应该避免的。""《不仅仅是留恋》中的党支部书记巩大明,就是一个丰富而复杂而又包含着很高的认识价值的性格。……但是,作家并不是客观主义地、冷淡地描写这个性格的复合体的。通过对张云才的干练和果断、对张老疙瘩的神态和语言、对会场的气氛和情绪等等的传神而具象的描绘,作者充分地写出了巩大明身边奔腾着的改革的潮流的声势和深度,这就使他在观察变革中的农村生活时保持了一种较为正确的美感,而能对巩大明投以一种深沉的、隐蔽的讽意。在巩大明丰富复杂的性格中,埋藏着一种深邃的悲剧性。"

张韧的《选好角度 刹住长风》发表于同期《小说选刊》。张韧谈道:"短篇不短,长风盛行,这是老而又新的问题。……令人欣喜的是,这届获奖的一些小说,如《哦,香雪》《不仅仅是留恋》《种包谷的老人》《女大学生宿舍》《三角梅》《声音》等,不仅容量丰厚、思想深邃,而且结构精巧凝炼、篇幅比较短小,它们为短篇小说如何写得短小精湛提供了有益的经验。""有一种流行的说法:

短篇与中、长篇小说的区别在于，后者写纵的历史发展，前者取材于生活的横断面。问题是，不少作者注意了横断面的取材，主观上也写得经济、简练，但下笔如脱缰之马……我以为，关键之一在于艺术的角度问题。作家倘能够根据表现的生活内容和思想主题的要求，选择一个恰到好处的艺术角度，那么，素材的剪裁、情节的提炼、结构的安排等也都迎刃而解了。"

  5日 丁玲的《浅谈"土"与"洋"》（系《延安文艺丛书》总序）发表于《人民日报》。丁玲谈道："我以为一件艺术品，固然需要美的形式，但更应有美的设想。""立意创新时，我们可以借鉴古人，做到'古为今用'；也可以借鉴西洋，做到'洋为中用'。""我以为没有固定的'土'，也没有固定的'新'。好的、美的、有时代感的、能引人向上的就是新；无聊的、虚幻的、生编硬造的，不管是从哪一个外国学来的都是陈旧的。作家怎样才能解放自己？就是要运用马克思主义的世界观、人生观，把自己看到的、体会到的一切社会现象，摘其感人的，能使人爱、使人恨、使人思索的种种，尽情再现出来。"

  同日，以"关于小说创作提高与突破的讨论"为总题，王愚的《内向文学纵横谈——读几部中短篇小说新作有感》、肖云儒的《在生活环境的典型化上下更多功夫》发表于《延河》第4期。

  王愚认为："一般讲，文学由单纯描摹事件到刻画人物精神世界；由单纯写有特征的行动到写内在的心理活动，是文学向生活纵深开掘的一个方面。……从中国古典长篇小说发展的轮廓看，似乎没有出现过西洋小说那种纯粹的心理描写。……近年来出现的一些小说佳作，不少作品是从生活实际出发，通过人物的命运历程和精神历程，深刻反映出现实生活中的矛盾冲突。""其中有的作品，着力于写人物对重大问题和社会矛盾的思考……有的作品，通过人物内心的矛盾，折射着生活的冲突和时代的变化。如路遥《人生》中的高加林……但是，如果把文学的发展仅仅归结为内向的文学、暗示的文学，甚至认为文学应该不屑于表现人们感情世界以外的事物，就未必妥当了。……有些作家，尤其是青年作家，也倾倒在这种并不正确的论点之下，以他们的生华之笔单纯挖掘人们内心的复杂变化和瞬间感受，甚至专门刻画人物心灵深处那莫名的烦躁、突兀的悲哀、非理性的意识、非自觉的冲动。有的作品，更把人的内心世界和客观现实对立起来，在'方寸'之地找解脱、找彻悟，并把这当作美的极致，和文学的出新之路。实在不是一条阳关大道。……追求内向文学的人们，往往喜欢侈谈人们心理活动中的非理性、非自觉性。……我们固然不必简单地把描写非理性、非自觉性心理活动视为反动，却也不能把致力于挖掘这种心理活动，甚至把这种活动推崇为人的社会关系、社会本质的重要表现，当作是文学出新之路。"

肖云儒谈道："小说创新，要求作者在生活、思想、艺术三方面都有所出新。但这三方面，在作品中不是焊接在一起的，不是混合在一起的，无论如何得熔化、铸造为形象——生活形象和人物形象。或者要求更高一点，熔化、铸造为典型环境和典型人物。……有的同志为了增加人物的个性色彩，不是在占有丰厚生活素材的基础上扎实地进行艺术提炼，而是走了一条终南捷径，脱离生活或抓住生活的一鳞半爪，去编造奇人奇事奇景、追求'恶劣的个性化'（恩格斯）。比如人体残缺者的美，心理变态者的美，超凡出尘者、惊世骇俗者、放浪形骸者的美，等等。有的同志为了增强作品的概括力和辐射力，也常常驾轻车就熟路，用政策、哲理或一种感情意向，简单地、甚至是粗暴地筛选、重组生活。……这样来创新、提高，难免缘木求鱼。"

7日 李炳银的《绿叶·黑墙·黄金——读刘心武同志的两篇小说》发表于《文艺报》第4期。李炳银认为："从《我爱每一片绿叶》到《黑墙》，作者在表现人物特殊的性格受到社会限制这一点上，一味地走下去，人物的性格固然是越来越'古怪'了，矛盾也越来越变得人为地对立了，也许作者以为是掘出了新的深度，可这种深度似乎离生活、离人物的真实性越来越远了。"

谢望新的《文学的三重奏——谈几位作家的中篇创作》发表于同期《文艺报》。谢望新认为："在艺术表现上，蒋子龙是靠真实地再现人与人、人与自我之间的复杂的现实关系，创造性格，来实践'文学的当代性'的艺术主张的；张一弓则主要是通过真切地展示人物在一定历史环境之中的命运变化，突出人物的某种精神状态、精神力量、精神气质，来实践'文学的当代性'的艺术主张的。"

谢望新还认为："《黑骏马》……作者在展现内蒙古大草原的风情时，有时线条粗犷、苍凉,有时又极为细腻、纯净,带有明显的俄罗斯文学的影响。在运用象征、写意、意识流等手法表现人物的心理情绪时,朦胧而不灰暗。"

易言的《〈我的遥远的清平湾〉》发表于同期《文艺报》的《新作短评》专栏。易言认为:"史铁生的这篇小说打破了这种描写过实的格局,在某些方面采用了抒情(写意)和点染(抓住特征)相结合的方法。抒情给小说的环境描写增加了一种浓厚的主观色彩,产生一种通常的白描手法所无能为力的心理氛围。几处环境的转换,都借用陕北民歌信天游加以烘托,既省却了多余冗长的笔墨,又使环境与人物的心境相和谐。"

10日　徐振辉的《刘绍棠小说语言风格管窥》发表于《北京文学》第4期。徐振辉认为:"刘绍棠的语言特色首先是富于诗意美……善于以精炼、形象、含蓄的语言写出人情之美,这是人物塑造和驾驭诗的语言互相作用而结出的艺术成果。""刘绍棠小说的诗意美也表现在含蓄的意境中……刘绍棠对古典诗歌有较高的素养,善于使小说诗化,即在作品中创造这种情景交融、神与物游的美感境界。""古典诗词的意境往往着重于结尾的语言动力,或放开一步,或意在言外,或余韵悠然。刘绍棠小说的结尾也着意地制造着这种境地。……刘绍棠小说的诗意美还表现在色彩的绘制上。他象画家那样善于调配色块,掌握纯度、浓淡,造成对比、烘托、过渡、调子等艺术因素,从读者的视觉进入到感受、想象的思维深处。""熔铸古今、杂糅众妙,表现力强,是刘绍棠语言风格的第二个显著特色……他在小说中善于把劳动人民优美动人、明白晓畅的口语、俗谚、民谣、警句以及诗句、成语、文言熔冶一炉,词汇丰富,句式简短,节奏明快,易懂好听。"

同日,王毅的《短篇杂谈》发表于《小说林》第4期。王毅谈道:"写过戏,再写小说,深感两者的不同。但,也有许多可以互相借力之处。写小说的人,观察生活细腻,特别留意人的心理变化,当为剧作者取法。剧作者擅长结构,特别是人物对白,写得凝炼、生动,符合人物的性格、身分、环境。我劝初学写小说的人,也不妨试着写写戏。"

12日　胡代炜的《矛盾·新人及其他》发表于《人民日报》。胡代炜提出:"把人物都投进生活的漩涡中去,在矛盾、冲突中写人物,又着意抒写人物的丰富感情，因而使人物性格丰富多采，形象生动，有情有貌，有血有肉，英雄人物光彩照人，使读者感到亲切可爱。"

15日 李乔的《谈长篇小说的结构》发表于《民族文学》第4期。李乔谈道："结构不仅关系到把众多人物和千头万绪的事件联接起来的问题，还关系到人物的'生死'问题。……文学艺术中常用的'悬念'手法，我觉得也和结构有密切关系。这首先需要把正面人物写得可爱可亲，使读者感到象自己的亲人一般，然后让正面人物经历种种极为危险或极为不利的遭遇，读者才会为他捏着一把汗。"

吴德铭的《不断发掘生活的诗意——白族作家张长及其创作》发表于同期《民族文学》。吴德铭认为："张长从事创作，是按照诗——散文——小说这条轨迹发展的。……张长的短篇小说沿袭和发展了散文的写法，同样具有盎然的诗意。作者不着意追求故事结构的完整、缜密，塑造人物不作孤立的肖像描写、静止的心理刻画，而是让有灵有肉的人物在典型化的环境、情势、氛围中进行活动，展示性格，以诗的语言去描绘人物的微妙感情和内心世界，形成一种叙事诗式的结构，从而创造出一种促人深思遐想的诗化的意境，诗化的艺术形象。"

张承志的《〈黑骏马〉写作之外》发表于同期《民族文学》。张承志说道："我决定了用民歌来结构它——每节歌词与一节小说呼应并控制其内容和节奏，但写作中我觉得这一结构在限制着我；我决定了用抒情的叙述语言来叙述它，但我也发现这种古典的语言并非最有表现力。每一种探索都带有一种限制。我感到自己在驾驭它们并使之和谐的过程中缺乏能力。"

19日 范咏戈的《表现当代军人的理想和情操———组军事题材小说读后的思考》发表于《人民日报》。范咏戈指出："文学艺术究竟能在何种程度上发挥'品格唤来品格'（歌德语），用灵魂撞击灵魂的作用，往往取决于展现主人公理想情操的程度。""这一组作品，给人一个强烈的印象，这就是表现了作家们清除了'无冲突论'和'高大全'等'左'的创作律条的影响后，在表现军人的职业牺牲和他们对于牺牲的积极态度时，没有故意去回避人物内心的矛盾以及克服这种矛盾的过程，因而作品中人物的真实感都很强。"

20日 巴金的《文学创作的道路永无止境——在全国优秀新诗、报告文学、短篇小说、中篇小说获奖作品授奖大会上的讲话》发表于《人民文学》第4期。巴金说道："在不久前举行的'茅盾文学奖'发奖大会上，我曾说到对长篇小说创作的两点感想：新和深的问题。这实际上也是大家所关心的问题。我们应该在内容的深度上下功夫，要熟悉生活、积累生活，用正确的思想去认识、提炼生活；同时，还得认真学习，吸取营养，不断丰富自己各方面的知识。为了更好地表现内容，更准确地表达作品的思想，在艺术形式与表现方法上也可以大胆探索、创新。创新也许成功，也许失败，这都无妨，问题在于是否善于及时总结。要促进社会主义文学事业的繁荣昌盛，必须进一步贯彻'百花齐放、百家争鸣'的方针，让作家们充分发挥他们的才智，在这一点上，鼓励是有作用的。"

古华的《遥望诸神之山的随想》发表于同期《人民文学》。古华认为："生活在前进，艺术在发展，同辈作家们都在替自己想'辙'、找'辙'。有的另辟蹊径，找到了'表现心灵，表现自我'。有的尝试'净化'、'避世'和'朦胧'。更有人在寻求'形式的革命'，去现代派那儿问路……作为当代文学，其主流方面，是绝不应回避当代社会生活的重大矛盾。而应该责无旁贷地去反映这重大的矛盾斗争，积极地、艺术地再现历史前进的图景。"

同日，《尤奈斯库谈西方现代派文学及其它》发表于《外国文学动态》第4期。尤奈斯库认为："通过新小说或者叫做客体小说，（现代派）文学已经走向了它的反面。这是一条死胡同，现在看来，人们正在回到更为传统的、尽管有点过时的（写作）形式中去，以便从这条死胡同里走出来。"

25日 苏杨的《〈狂人日记〉不是意识流文学》发表于《光明日报》。苏杨认为："现实主义的作者是通过人物的心理描写揭示在现实生活中人物性格的矛盾冲突，从而使人们深刻地认识生活；而'意识流文学'的作者是描写人物的变态心理、下意识、潜意识的活动，从而严重地扭曲人与社会、人与自然关系。"

同日，冯骥才的《创作的体验》发表于《文艺研究》第2期。冯骥才谈道："作家在感受生活时，是把生活打碎了，象碎块和粉末一样贮存起来的。在塑造人物时，再把这些碎块重新组织起来。每一个场景，每一个人物形象，都是从生活中无数人与事中间提取来的。……在成功的文学作品中,往往作家设置的矛盾,激化人和人之间的冲突,有时还展现出人物自相矛盾的心理的两方面或几方面。饱满而具有实感的人物形象就在这种矛盾中站立起来的。这里所说的人物心理,当然不止于简简单单的喜怒哀乐。如果作家本人对各种各样的人丰富的内心没有体验(或感受)过,就无法把人物的内心世界表现得准确和充实。人物的饱满,主要指人物内心的饱满;人物的真实,主要指人物心理的真实。表情是心理活动的痕迹,行为是心理活动的结果。""于是,作家的贮存中,还有许多纯粹无形的贮存。即情绪、气氛、心理、感觉和感情的贮存(有人称为'积累')。这种材料的贮存方式,更多是不自觉和下意识的。感情只能感受到,感觉只能感觉到。一个作家只要有丰富的感觉,又能记住这些感觉,才能掌握住使笔下的一切都能栩栩如生的根本。……连真实都需要感觉,所谓真实感。在文学艺术中,真实感比真实性更为重要。……《啊!》的故事纯粹是虚构的,但故事中所写的那个时代的气氛,人的心理状态,人与人之间的互相感觉,却是我切身体验过的。我努力再现这些难忘的当时特有的感觉。这样就使我能够从一个高度概括反映十年动乱的生活及其本质;而努力表达的气氛、心理和感觉的真实,就为这部作品提供一个使人信以为真的基础。"

夏康达的《谈冯骥才的创作》发表于同期《文艺研究》。夏康达指出:"冯骥才反映十年动乱生活,不着眼于人物遭遇的悲惨性,也不追求情节的离奇性,而是着力揭示人的灵魂所遭到的残害。……冯骥才善于围绕着人物的内心活动展开情节,作品描写的人物行动,也都是为了给人物的心理活动以形象的表现,赋予难以表达的精神世界以有声有色的外部形象。""冯骥才提出我们的创作应该从注重写'社会问题'转向注重'写人生'。他的这一主张是有其针对性的,也即有些写'社会问题'的小说,把人物作为分解和设置这些问题中各种抽象的互相矛盾因素的化身,小说缺乏形象性,构思容易出现模式化和雷同化,并潜藏着一种新的概念化倾向。……坦率地提出'下一步踏向何处',反映了作家对文学创作有着敏锐的独立思考,也表现了他在创作中的进取精神。……'写社会问题'与'写人生'虽然很难截然分开,……无论注重前者还是注重后者,都可能写出好作品,其前提是作者对社会问题有敏锐的感知,对人生有深切的体验，那末，写社会问题必有动人心弦的人生况味，写人生则有强烈的时代感和社会性。"

26日 林辰的《中国小说理论的雏形——读明清之际小说的序跋》发表于《光明日报》。林辰认为："明清之际小说在表现方法上的特点是：不着力于刻画千姿百态的人物，使作品陷于千人一面；而追求奇与巧则又有着引人入胜的可读性。所以，奇与巧便成为明清小说方法论的中心。……奇和巧不是单纯的无巧不成书，它包括着情节、结构、详略、剪裁等一系列的艺术技巧：'一聚一散，波涛迭兴，或悲或喜，性情互见。'（《赛花铃》题辞）'运笔之妙，随意缓急；至于日常用情，一笔带过。'（《白圭志》凡例）'点睛扼要，片言只语不为简；组词织景，长篇累牍不为繁。'运用奇与巧的一切艺术手法以增强作品的可感性。"

五月

1日 艾彤的《微型小说刍议》发表于《光明日报》。艾彤认为："微型小说的特点在一个'微'字。……一要篇幅小，即字数要少，一般应在千字以下；二要容量小。茅盾说短篇小说的重要特点是'截取生活片断，以小见大，举一隅而反三'。微型小说所取的'片断'，该是最细最小的，生活中的一鳞半爪。……描写人物，要画'眼睛'；'头发'上要节省笔墨。""文字要象拍电报那样，一个闲字也不要……如此在选材、描写、文字诸方面苦下功夫，才精，才小，才真是微型小说。"

7日 王纪人的《中篇小说与电影的结亲》发表于《文艺报》第5期。王纪人谈道：

"近年来，影坛出现了引人注目的中篇小说改编热。……中篇小说特别受到电影界的青睐，不是没来由的。一般说来，长篇小说的头绪较为纷繁，人物众多，如改编成影片，往往要作大刀阔斧的删节，不免使人有削足适履之感。而短篇小说的容量通常又较少，如不作重要的补充，又难免捉襟见肘。介乎长篇与短篇之间的中篇小说，在容量上与一部电影较为接近，通常毋需'大泻大补'，即可改编成电影。当然，容量的问题还只是相对的，关键在于小说创作是否为电影改编提供了良好的文学基础。

"影片《人到中年》是改编片中的佼佼者,也是新近评出的最佳故事片之一。这部影片的成功,可以说是现实主义的胜利。

"忠于原著决不是照搬原著。'把小说搬上银幕',只是一种形象化的说法。改编是二度创造,即再创造。……首先,改编者对原著要下一番去芜存菁再创作的功夫。……其次,电影应该发挥综合艺术的优势,特别是发挥视觉艺术的特长,把小说用文字描绘出来的间接性形象,化为直接可感的视觉形象。现代小说可以铺张扬厉、议论风生,现代电影则以具体性、逼真性和纪实性取胜。电影优于小说之处,就在于直观的真实性和语汇语法的独特性,因此只要扬己所长,避彼之短,改编后的影片就可能比原著更逼真、更现实、更丰富、更内在地反映现实,探索人类的精神世界。"

行人的《他们丢弃了女娲的"草绳子"——漫谈1982年短篇小说中的人物塑造》发表于同期《文艺报》。行人认为:"近年来公认的优秀短篇小说……在塑造人物形象方面,一方面丢弃了女娲的'草绳子',吸收了外国文学塑造人物的特长,从而弥补了自己的不足;另一方面又剔除了'现代派'的糟粕,从而保持了我们'黄土造人'的固有本色。""……小说的结构观念正在起着变化,越来越多的短篇小说不再仅仅满足于以故事情节作为结构的骨架,而是更多地转向以人物思想性格发展脉络为中心的结构方法,从而打破了过去'小说结构就是故事结构'的传统观念。"

10日 白烨的《执着而严肃的艺术追求——评路遥的小说创作》发表于《人民日报》。白烨认为,路遥结构作品,"不仅注意构筑大起大落而又环环相扣的外在情节,而且注意铺设漪澜连绵的显现人物内心风暴的内在情节,并常常把二者交叉穿错起来,在波折迭出的矛盾冲突中层层展示人物的内心世界,明晰地揭示出促使人物行动的内在的和外在的因素"。白烨指出:"他(路遥——编者注)叙述故事,每每把简洁洗炼的白描、浓烈炽热的抒情和人物内心的赤诚剖白溶为一体;作品语言明丽、洒脱,刻画人物和描绘景色时有鲜明的地方色彩而又不依赖于方言。尤为值得注意的是,他在最近的创作中,力求用言传与意会相结合的方式达意传神,开始以含而不露的风格来取代早先锋芒毕露的习惯,人物性格复杂而丰富了,主题深邃而含蓄了,文笔斑驳而深沉了。这无疑是他创作上的新进展"。

12日 赵成的《城市人民生活的风俗画——评邓友梅近年的五篇短篇小说》发表于《光明日报》。赵成谈道:"既写英雄,又写普通人,这是邓友梅的生活视野不断扩大的表现。这组小说在塑造人物性格方面,我认为至少以下几个方面是值得重视的。""首先,着重展示人物心灵的个性。这组小说,不仅主要人物个性鲜明,就连那些只露过几次面的次要人物,也呈现了各自与众不同的特点。……其次,把性格作为矛盾的统一体来写。……他笔下的人物有的甚至很难分出正反来。但性格素质中的差别和对立却是十分鲜明的。这就是,他从现实生活出发,把人物性格作为复杂的对立统一体来写,从不为图解某种观念而将复杂的性格简单化、单一化。……第三,不论是注重个性,还是表现性格的复杂性,都不是作者的最终目标,他追求的是人物心灵深处的美。""与小说描绘的生活画面和人物形象相适应,作者的语言具有朴素、淳厚、洗炼、爽脆等特点。作者善于白描,很少用色彩艳丽的形容词。句式简约,语言精炼。……作者笔下的北京话,并不是北京方言俚语的原封照搬,而是经过筛选、洗涤和提炼了的北京话,它汰去了北京方言俚语中的俗滥和油滑的成分,留下了自然、俗白、淳厚的风味。"

14日 张承志的《〈黑骏马〉写作之外》发表于《中篇小说选刊》第3期。张承志表示:"如果民歌在时间考验后证明是生活的精华的话,那么,这民歌描述的生活及民歌的结构,难道不应当就是作品的内容和这内容的结构么?……文学中的庸俗功利主义写作是注定要被淘汰的。……我决定了用民歌来结构它——每节歌词与一节小说呼应并控制其内容和节奏,但写作中我觉得这一结构在限制着我;我决定了用抒情的叙述语言来叙述它,但我也发现这种古典的语言并非最有表现力。每一种探索都带有一种限制。"

15日 肖云儒、张守仁的《新时期文学的突破——论〈高山下的花环〉在当前创作上的意义》发表于《当代文艺思潮》第3期。肖云儒、张守仁指出:"在英雄人物的艺术创作过程中,作者还特别注意以下几点。1.既注意实现英雄人物思想品格中的共产主义因素,又注意写出他们思想性格的丰富性,写出他们内心世界的复杂光彩,同时,还注意将这种丰富复杂性严格地和'亦好亦坏、好中有坏'的性格分裂者、'两面人'区别开来。这里有一个界限,即英雄人物性格内部各层次、各侧面之间的矛盾关系,是崇高与平凡、单纯与丰富的关系,是矛盾的主要方面和次要方面的关系。……2. 着力展现英雄人物的内心情感。在展现英雄人物感情时,既要描写社会倾向性比较强烈的、特别是政治思想范畴的感情,又要描写人性范畴的感情,并将二者和谐地交融起来。……3. 英雄的崇高思想在作品中一定要落实到行动上。写英雄人物言行时,既描写非凡的行动,又注意到这非凡的言行并没有超越普通人的接受范围,还注意到同时描写对英雄人物来说是不可缺少的平凡的言行。……4. 既要设置能以突出展示英雄行为的场景环境,又要避免对人物活动的生活环境作单一化的处理。色彩丰富的英雄人物,只有在色彩丰富的生活面中才能得到展现。……5. 将中华民族的传统美德和共产主义思想觉悟的化合液注入英雄形象,创作具有史诗气魄的民族精神的群像。"

同日,阎纲的《鄂温克人得奖了——评乌热尔图的优秀短篇小说》发表于《民族文学》第5期。阎纲认为,《七岔犄角的公鹿》的作者乌热尔图"把鹿拟人化,赋于鹿人以人的性格,使七岔犄角的威武雄壮的公鹿成为力和美的象征,成为鄂温克族英雄的化身","通过非人以写人的方法,在文学中屡见不鲜。用这种方法写人,可以在创造的双重世界、双重性格的相互对比和巧妙象征中丰富人物的刻画,使人物的个性更鲜明、更带特殊性……用动物拟人的手法,能够较大限度地发挥他的特长和优势,能够能人之所不能,而使自己的作品带上非常浓郁的地方色彩和民族色彩"。

同日,贺光鑫的《老单身汉的眼泪的启示——小说创作艺术点滴》发表于《钟山》第3期〔《文艺随笔(二册)》中的一则〕。贺光鑫认为:"一个作者只有深入生活,观察和体验了被描写的人物的独特的感情活动,他的笔触才能细致入微地通过人物的外在标志——表情、动态等等来传达人物内心深处的感情,也只有这种表达了人物内心深处感情的人物外部表情、动态等等,才不会千人一面,千部一腔,才能真正做到'传神写照''气韵生动'。"

林斤澜的《谈魅力》发表于同期《钟山》。林斤澜谈道:"小说的起源是记述奇闻异事。很长一段时间，小说只叫做《志异》，叫做《传奇》。《聊斋》原叫做《聊斋志异》，要是没有'异'——那些狐鬼，也自然没有《聊斋》。如果《聊斋》不假借狐鬼，只是'志实'，那些爱情上的悲欢离合，那些人生的沧桑坎坷，有的怕不能成篇，有的成篇怕也是平平，总不会有现在的经历了三百年的考验，可以叫做'永久的魅力'了。……小说走向了平凡。写普通人，写日常生活，写亲友的遭遇，写自己的内心。那么小说丧失了'魅力'了吗？从来也不是，凡白纸黑字就有'魅力'。现在的高手笔下，让读者读到了普通人中奇异的性格，或是普通性格中，有一种——哪怕是一刹那间出现的奇异的精神面貌。让读者读到了日常生活却见出奇异的遭遇，或是日常的遭遇中，却展现了奇异的意境，那本来是大家视而不见，见而不理会的，然而高手们独具慧眼，别开生面。"

王林书的《扣门·登堂·入室——谈炼字》发表于同期《钟山》。王林书认为："所以学习炼字，面对客观事物进行认真的观察是'扣门'，精熟诗文，捉住特点的表达是'登堂'，而追寻自己独特的角度，养成自己卓然不群的风格则是'入室'了。"

谢冕、陈素琰的《采石者的欣慰——论林斤澜的创作》发表于同期《钟山》。谢冕、陈素琰认为："林斤澜在这类涉及癫狂和邪魔主题的作品（指文章提到的《火葬场的哥们》《头像》等——编者注），他以他原有的诙谐与讽刺的艺术个性为基色，对现实生活进行了变形的调整。他讲述了一系列令人发笑又令人瞠目的怪异的故事，他刻画了一系列变态'中了邪'的形象，在近年小说中，他甚至不重视传统的短篇小说格局，把鲁迅杂文的方式引进到小说创作中来而增添了'随意性'。……在林斤澜那里，小说的形态也有了不拘一格的开拓。语言上的变形则更为大胆和明显，有时，他笔下的主人公用的是一些文理不通的，文风恶劣的语言，这些都增强了他艺术变形的魅力。"

《姜滇小说创作探讨（座谈会发言摘要）》发表于同期《钟山》。文章指出："他（姜滇——编者注）的作品不追求外部矛盾冲突，而着重在描写江南人民的风情，展示蕴藏在人民生活中的美。他在艺术上的鲜明特色，是一种散文诗式的美，显示了他的创作受过前辈作家艾煊、陆文夫的某些影响。""……

他反映社会矛盾不是采取《水浒》《三国演义》紧张、热烈、红火的形式，而是采取《红楼梦》《儒林外史》以小见大、淡中见浓的形式。……善于捕捉和表现生活中的诗意，是姜滇创作的又一显著特色。……根据实际生活创造各种各样的人物，运用多种笔墨刻画不同性格的人物，则是姜滇小说创作的又一显著特色。"

17日 曾镇南的《也谈〈杂色〉》发表于《作品与争鸣》第5期。曾镇南认为："《杂色》的艺术魅力既不在于它故意摒弃情节的因素，也不在于它是'一篇既幽默又深沉的相声'，而在于曹千里和灰杂色马走向夏牧场的过程本身中具有的由于场景的移动、心境的变化所造成的某种故事性，这样一个事实就把解剖这篇让某些同志感到瞠惑的作品据以进刀的'肯綮'裸露出来了。由这故事性的分析，我们就可以发现，尽管王蒙对那匹灰杂色马的描绘几乎达到出神入化的境地，显示了他的精敏的观察和奇绝的想象，但是，最令我们关注的还是曹千里这个人物的形象。……作家在回顾曹千里的人生历程时，绝没有胸襟狭小者的那种感伤和消沉，而是带着一种对自己也曾有过的弱点的自嘲自讽的愉快和对缓解、抚慰、启发了自己的祖国的土地和人民的深切的谢忱，带着一种对是非颠倒、横逆妄行的年代的愤激和已被生活验证了的对前途、对自己内在的力量和激情的确信。对曹千里的描绘，千真万确是王蒙对自己的回顾。……也就在这里，我们看到了曹千里这一艺术形象的某种典型意义和这一形象潜在的与具体的社会历史环境的深广联系。这里有某种极其重要的生活真理埋藏着。读者对《杂色》具有的某种故事性的关注，实质上，是对曹千里这个人物的命运、对他丰富复杂的性格的关注，是对作家已经敏锐地感觉到（尽管是从个人的经历和体验出发的）的一种典型的社会现象、典型的性格的关注。"

张志刚的《惊险科幻小说的新探索——〈X—3案件〉读后》发表于同期《作品与争鸣》。张志刚认为："这类小说（惊险科幻小说——编者注）起码应该具备三个基本要素，即情节上要引人入胜，幻想要有科学根据，事件和人物描写要具有形象性、典型性。当然，在一部具体作品中，这三个要素应当是相互融合、交织成为一个有机的艺术整体，而不是机械拼凑的文字杂碎。""……《X—3案件》……显示了惊险科幻小说的'实绩'。……惊险情景，及其与现代化侦破手段的结合，形成了小说的一个重要特色。""寓科学于文艺，是《X—3案件》的又一个重要特点。……小说正是通过惊险曲折的故事情节和引人入胜的奇特幻想巧妙地传播了现代化的科学知识，实现了'寓教于乐'的审美目的。""惊险科幻小说既然是小说，就不应忘记它的中心仍然是写人——塑造典型环境中的典型人物。""《X—3案件》的最突出之处也正在于刻画了社会主义公安战士金明的感人形象。……可以说，革命化、专业化、知识化在金明身上得到了较好的统一。"

30日 冯汉津的《论西方现代派文学思想》发表于《外国文学报道》第3期。冯汉津认为："西方现代派文学的发展历史表明，重形式而轻内容是它们的共同特点之一。……俄国的形式主义文艺批评又奠定了形式主义的理论基础。尔后的立体主义、未来主义、字母派、表现主义、超现实主义和'新小说'等流派，都是以文艺形式为追求的目标……"

瞿世镜的《贝克特的"反小说"》发表于同期《外国文学报道》。瞿世镜写道："英国评论家马丁·埃斯林认为，荒诞派戏剧是现代的'反文学'运动的一个组成部分，而其他评论家们则认为贝克特的小说是一种'反小说'。""贝克特小说中的人物形象都属于一种特殊的类型。他们都是些穷困潦倒的流浪汉，苟延残喘的老人，行动不便的残废者，说话语无伦次，行动踌躇不决，无可奈何地徘徊于虚无缥缈的人生旅途中，忍受着命运的折磨，而死亡是他们唯一的归宿。""在他的'反小说'中，可以说抽象思维甚至已经超过了形象思维。这种作品不是有血有肉的具体的现实生活中的反映，而是表现了作家从现实生活中抽象出来的某种思辨因素。"

本月

陈丹晨的《典型化——多样化》发表于《十月》第3期。陈丹晨认为："首先，……典型化是作家主体和客观世界的结合。作家在进行艺术创造活动时，典型化应该始终是一种极为重要的不可缺少的因素，也是作家的思想认识、爱憎感情和现实生活的一种主客体融合的过程。其次，典型化的突出特点就是：艺术概括和把握、描述特殊。艺术概括就是对现实生活和对作家想象、构思不断进行艺术的过滤、选择、提炼、综合、浓缩、概括的结果。……这种概括应该是在普遍性的基础上一种新的艺术形象的创造。这个新创造既是普遍性的反映，又是有其独特的个性特征的。这种个性特征可能是人们所熟悉常见的，但却是这个作家所特有的崭新的创造，是别的作家作品中所不曾有过、也无法代替的更易的'这一个'。……它是贯穿于创作全过程，包括选取素材、精心构思、塑造形象、描写细节、以至叙述语言与人物语言的陈述，等等，是决定作品成败高低的极为重要的因素，是艺术创造的一个基本法则。当然，事情也会有例外。有些艺术典型并非从现实的普遍现象中概括得来，而是从生活的沃土中刚刚显露的萌芽，被作家敏锐地捕捉到了并被赋予理想和想象而成的。但这种典型在未来的生活中将有普遍意义。"

张同的《一首普通人的赞歌——读孔捷生的中篇小说〈普通女工〉》发表于《小说界》第2期。张同认为："如果说在《南方的岸》中作者是刻意营造色彩华丽的、结构庞杂的艺术殿堂的话，那么在《普通女工》中，作者追求的却是一种看不见技巧的技巧。……作者采用的是白描手法，往往几笔便勾勒出人物的外貌、人物的思绪，通篇充满生活实感，随人物的命运沉浮流动，不动声色地显示出我们社会前进的轨迹。……由于作者信笔写意，看上去似等闲之笔，但细细品味，又觉得通篇环绕何婵的命运来泼墨，结构严谨，意深味浓，足见作者的不凡功力。"

孔捷生的《关于〈普通女工〉的通信》发表于《作品》第5期。孔捷生谈道："如此一篇南方女工的故事竟在遥远的北方引起注目，实在始料未及。它甚至难称为'故事'，我自己也归纳不出连贯的情节。……我就是他（她）们中的一个，而'她'又是千百万普通女工中的一个。""'她'就此被召唤出来了。动笔时，我毫无总体构思，更无提纲，只凭我对自己同辈人——有过动荡青春，坎坷遭遇，而今又向中年迈进的普通工人——的理解来写。写完头两章，甚至还不晓得她将会有母亲、有个哥哥出场，也没拿定主意让孩子的父亲再度出场。我只沉浸在自己的真实感情中，调动自己的生活积累，听凭笔下这个人物的驱使。我只想到一点，她是个极平凡的人，就得抓住'普通'二字，写出她的日常生活，她的命运，把她的'普通'写尽后，原来并不普通，她竟是个有血有肉有灵魂的活人，我简直看得见她。……我自始至终没把她当作可怜的悲剧角色，小说看来也没产生什么悲剧效果。我想，这是因为写出了她的灵魂，而她的灵魂照亮了自己的生活，因而给小说带来并非廉价的'亮色'。"

六月

3日 蒋子龙、何士光、姜天民等人的《一九八二年全国优秀短篇小说奖获奖作者座谈会发言》发表于《小说选刊》第6期。

蒋子龙在《我感受到的文学的脚步》一文中说道："穷尽了作家的全部想象力也不敢相信的事情，生活中已经发生了。文学的'真实性'有了新的含义。生活中已经发生的事情，似乎就是合理的。那么文学的变化哪些是合理的呢？社会不再是单调的，平面的，文学又怎样表现这'全景社会'呢？写社会的全景，探索这'全景'中的人物心灵，该是多么艰难，又是多么有意思呀！"

何士光在《我感到了一种鼓励》一文中写道："我写小说，感到心里有话要说，就一下子写出来了。我讲不出故事，因为在生活中我没有听到什么精采的故事，就按生活的原样写出来了。面对生活，而不是面对生活里的故事。"

姜天民在《注意开掘人物的内心世界》一文中称："短篇小说《第九个售货亭》的获奖，是出乎我意料的，我深知自己思想的浅薄和艺术功力的欠缺。如果说这个作品还有一点什么成功的经验可谈，那就是我注意到了对人物内心世界的开掘，写出了人物思想感情转变的过程。王炎他们，身上带着动乱年代遗留下来的伤痛或尘埃，又大都沾染了一些当代青年所谓的'时髦性格'。当他们第一次见义勇为和慷慨馈赠，受到人们的尊重，从而唤醒了他们心中沉睡着的美好情感以后，他们开始重新认识生活，也认识自己。但是，假如仅仅写他们解囊相助和赠送玉吉一座售货亭，那样就只能是好人好事一类的平庸的故事。我写了王炎对玉吉由同情到友谊，又由友谊而产生了爱情，而当售货亭已近竣工，爱情似乎成熟的时候，忽然发生了戏剧性的突变，王炎发觉玉吉已有爱人，把他置入感情与理智强烈的冲突中，在剧烈的内心矛盾中，促使他进一步地思考，进一步地醒悟，终于完成了性格的塑造……"

5日 郑彬的《只有开头和结尾——谈短篇小说的一种创作方法》发表于《青

《海湖》第6期。郑彬认为："不写情节的具体发展过程，不可能刻划出历历如画的人物形象。或许有人会这样讲。这种看法是一种误解。短篇小说的情节应以人物性格的刻划是否完成为准绳，不必要把故事情节的主干或枝蔓都交代得一清二楚。""短篇小说的情节，允许有跳跃性。而只有开头和结尾的作品，它的情节更具有较大的跳跃性。但必须注意情节发展的合情合理。如果情节的发展不合乎人物的性格，缺乏内在的逻辑性，使结尾不在情理之中，则势必导致作品的失败。要使结尾部分成为对作品主题的有力提示和深化，充分展示人物的思想性格，一方面要在开头部分注意突出人物的思想特征，另方面结尾部分中的人物行动必须符合人物自身逻辑的必然发展。忽视了前者，人物性格的发展令人难以置信；不重视后者，就会出现虎头蛇尾的情况。"

同日，王愚、路遥的《谈获奖中篇小说〈人生〉的创作》发表于《星火》第6期《作家与评论家对话》专栏。路遥谈道："至于高加林这个形象，我写的是一个农村和城市交叉地带中，在生活里并不顺利的年轻人的形象，不应该离开作品的特定环境要求他是一个英雄，一个模范，也不应该指责他是一个落后分子或者是一个懦夫、坏蛋，这样去理解就太简单了。"

同日，路遥的《柳青的遗产》发表于《延河》第6期。路遥谈道："柳青是这样的一种人：他时刻把党性、公民性和艺术家巨大的诗情溶解在一起。……他才能在《创业史》中那么逼真地再现如此复杂多端的生活——在这部作品中，我们看见的每条细小的波纹都好象是生活本身的皱褶。""真实的生活和刻意演出的生活毕竟是会被人区分开来的。一个艺术家如果超然于广大而深厚的生活之外，即使才能卓著，也只能生产一些打扮精致的工艺品；而带着香气和露水的艺术花朵，只能在生活的土地上培植。这就是艺术家柳青的毕生信仰。对于今天的作家来说，我们大家不一定都能采取柳青当年一模一样的方式，但已故作家这种顽强而非凡的追求，却是我们每一个人都应该尊敬和学习的。"

7日 李清泉的《短篇小说的年度纪事》发表于《文艺报》第6期。李清泉认为1982年短篇小说获奖作品有一个共同的特点："没有重大情节，更没有戏剧情节；有的甚至没有可以称为情节的东西；有的还没有情节的连续性、贯穿性；也还有把不多一点儿情节，置于作品的不显眼之处。全凭作者的想象力、才力、思想光照孕育而成……"

9日 李希凡的《从小说的艺术传统谈民族问题》发表于《光明日报》。李希凡认为："认真对比研究我国古典小说的几部第一流作品——《水浒》《三国演义》《西游记》《儒林外史》《红楼梦》，就会发现，它们在艺术上不仅有着各自不相同独创的风格，而且有着丰富多样的表现手法的艺术传统。《三国演义》虽用的是半文言的简洁的语言，却并没有妨碍作者真实地描写三国时代复杂的政治风云的变化、场面的铺陈，也没有妨碍作者运用夸张、对比、烘托等各种艺术手法；《水浒》是更多的保留了说话艺术的特点，也的确以白描见长；《西游记》虽是一本神魔小说，但作者的丰富的幻想，又使小说的神话浪漫主义艺术渗透了现实的人情味，渲染着浓郁的戏剧性的艺术色调。《儒林外史》'诚微辞之妙选，亦狙击之辣手矣！'到了《红楼梦》……既有现实主义多样的表现生活的艺术手段，又泛滥着浪漫主义诗意的光辉；既继承和发展了长篇小说的艺术传统，又兼收并吸取了诗、画以及戏剧艺术的表现手法和技巧。……我们可以看出，中国古典小说的艺术传统，发展到《红楼梦》，显象为鲜明的个性、内在的意蕴与外部的环境，相互融合渗透为同一色调的艺术境界。"

同日，陈剑晨的《"好起来比谁都好，坏起来比谁都坏"——也谈刘思佳性格及其他》发表于《文汇报》。陈剑晨谈道：

"确实，刘思佳的性格，不可谓之不'复杂'。但这是一种人为的复杂：复杂而不统一、不真实，其结果，只能是性格的分裂。出现在观众和读者面前的，至少有两个面目全非的刘思佳。

"所谓人物性格，无论'复杂'到什么地步，首先是一个完整、统一的整体。其中必定有一种突出的、连贯的基本特征，居于主导地位，支配、制约、代表着性格的总面貌。人物性格的多种表现及其内在的必然联系，正是寓于这一主导性格之中。八十年代青年的性格，也不会例外。

"然而刘思佳性格中的上述分裂现象，究竟统一于何种主导性格呢？结论是：两者只可能统一于作者的笔下，而不可能统一于现实生活之中。

"前些年，曾有人提出了这样的主张：所谓揭示人物性格的复杂性，就是要表现出一个人身上同时存在着的正、反两方面因素：在任何人身上，既有善、也有恶，既有美、也有丑，既有崇高、也有卑下，如此等等，才叫复杂。而且这样的复杂，才是真实、才叫美。'复杂'，在这里已经成了'人物性格无所不包'的同义语。

"作者在这个人物身上塞进了过多的'性格'。过去的那种'纯而又纯'的性格理论，主张好人绝对地好、坏人绝对地坏；而刘思佳则是'好起来比谁都好、坏起来比谁都坏'。这样一来，两者相加，复杂是复杂了，可是人物也就离开了现实生活的大地。

"这种人为的复杂化，在较大程度上似来自作者在作品中所不加掩饰的对这个人物——确切地说，是对'第一个'刘思佳的偏爱。这种偏爱在作品中是表现得非常突出的，正是这种过分的偏爱，导致了'第二个'刘思佳的出现；它的作用，实际上就是美化、拔高'第一个'刘思佳；其结果，则使人物性格兼容并蓄、趋于分裂。"

10日 辛垦的《小说不靠"说"——读稿寄语之三》发表于《北京文学》第6期。辛垦谈道："好小说最可贵的是强烈的艺术感染力。这种感染力只能来自成功的艺术形象。作者必须靠生动的、具体感性的、直接感知的形式去概括生活，而不能靠抽象的说教、枯燥无味的议论。……小说不是戏剧，在语言和表达的精炼上，我却认为学学戏剧上的'潜台词'大有好处。作者所知道的应当比他所写出来的多得多，知道得详尽，才能写得简练；而不是知道得详尽便和盘托出，让读者一览无余。……写作者应当努力把更丰富的内容纳入每一页里去，要用结实、紧凑、凝练的词句来写。"

同日，峻青的《削繁就简三春树——谈短篇小说的凝练功夫》发表于《小说林》第6期。峻青认为，短篇小说要大体上有一个界限，但不可以字数而论长短。峻青谈道："那么以什么标准衡量长短呢？内容，唯一的标准是内容。这里所说的内容，实际上是包括了一篇作品的全部涵义，也就是主题，人物，故事情节以及结构和语言。主题是否鲜明，人物是否生动，情节是否集中，结构是否严谨，语言是否精炼，都直接关系到作品的长短。……我们提倡的是容量大而字数少的短篇。反对的是那种容量少字数多的作品。……怎样才能使作品的容量大而字数少呢？一句话：凝练。……这里面重要的是对生活的认识和理解程度的深浅，以及对所要表现的人物和事件的考虑的成熟程度如何。这里就需要有一个百炼成钢的过程。……只有经过反复锤炼，除掉杂质，去芜存精，才会炼出真钢来。……锤炼主题思想，锤炼人物形象，锤炼故事情节，锤炼结构，锤炼语言，锤炼表现方法。"

14日 顾骧的《要重视文学语言》发表于《人民日报》。顾骧指出："与文学创作其他方面的成就相比较，我们的文学语言还远为逊色。以叙事性文学而言，具有自己风格的、独创性的和动人魅力的语言作品，在文学总体里，所占比例还很小。一些作品的语言，或单调平板，或矫饰雕琢。而最常见到的是一种一般化的语言，读起来倒也文通字顺，可是，它缺少个性，没有韵味，不耐咀嚼。以长篇小说而言，即便某些上乘之作，也还有语言繁冗、枯燥之疵。在近些年大量涌现的青年文学新人中，颇有一些才华横溢之士。他们常常对生活有敏锐的观察力与独到的见解，对文学的表现手法有勇于探索的精神，可是，相比之下，对文学语言却缺少那种苦苦追求的劲头。坦率地说，就多数作者的作品来看，语言恐不能说是很理想的。中年一代作家，情况略好。就总体而论，在运用语言的本领上，目前还鲜有能达到'五四'一代老作家所具有的功力，我们还没有出现新的语言大师。"

15日 包立民的《土家族的文学新人——蔡测海印象记》发表于《民族文学》第6期。包立民认为："他（蔡测海——编者注）的小说残留着不少散文的格调、意境、布局，似乎又可以叫做散文小说。"

徐明旭的《新时期西藏文坛的弄潮儿——关于藏族青年作家扎西达娃》发表于同期《民族文学》。徐明旭认为："扎西达娃的小说篇幅都短小，情节也简单。但由于构思比较巧妙，颇能引人入胜。他善于运用对比手法，让性格相反的人物陷入有时尖锐、有时微妙的矛盾冲突，最后发生突变，取得相对的一致。这种方式很有些欧·亨利的味道。……扎西达娃小说的另一特色是语言明快，讲究意境。他很少作静止的心理描写与冗长的叙述交代，而是让人物用较为个性化（包括民族化）的言行表现自己。这或许可称为白描手法，但又有点电影风味。……他的小说有意追求诗的意境、绘画的色调、音乐的节奏与旋律、戏剧性的场面。"

18日 张贤亮的《应该有史诗般的作品出现》发表于《光明日报》。张贤亮认为："通过历史的反思，深刻地揭示现实、反映现实的史诗般的作品还寥寥无几。而现在，却是应该并且可能产生史诗般作品的时代。所以说，我们的文学艺术还没有跟上时代的步。其原因，一个是作家本人的生活积累问题，另一个，是作家认识生活的能力问题。"

20日 王安忆的《我爱生活》发表于《人民文学》第6期。王安忆认为："我写小说，不是首先去想小说的思想内容，而只着眼于生活，琢磨着生活。"

25日 王畅的《荷马的力量——关于塑造英雄人物的问题》发表于《文论报》。王畅表示："荷马的史诗有很多东西值得我们学习与借鉴。我们在塑造英雄人物的问题上应从荷马史诗那里学习与借鉴什么呢？我以为有以下三点：一、写人；二、写英雄人物性格的多方面性；三、写英雄人物情感的丰富性。"

王畅认为："文学是人学，英雄人物也是人，所以塑造英雄人物首先要写他（或她）作为一个人的生活的各个方面。……在我们的文学创作中，有些作品以抽象的概念代替具体形象，无限夸大了英雄人物作为'英雄'的性格的单一性，而忽视了英雄人物作为'人'的性格的多重性，因而，他们被当成了时代精神的简单的传声筒，失去了具体体现时代精神的生动感人的真实性与形象性。"

王畅指出："塑造英雄人物，要写出其性格的多重性。作为一个活人，英雄人物的性格不可能是单一的和符号化的，譬如说'勇敢''顽强'之类的多方面，对于不同的英雄人物来说，表现也是绝不相同的。因为他们的性格的这一方面往往是渗透于他们的性格的个性气质、特征的其它方面之中的，不是从同一个模式里脱胎出来的。"

王畅强调："写英雄人物性格的多方面性，有一个重要的前提，那就是说他是一个英雄，而不是一个平常的人。在英雄人物的性格中，有一个主导的方面，即英雄人物作为一个英雄的方面，而作为英雄人物性格的多方面中的其他方面，需与这主导方面互相渗透，互相融合而构成英雄人物性格的完整性。如果看不到英雄人物性格的主导方面，就会失去作为一个英雄的性格的照人的光彩。但是，如果塑造出来的英雄或则如神一般令人不可企及，或则如纸扎的人一般缺少灵魂，那也是没有生气的，苍白无力的。只有写出英雄人物性格的主导方面，同时也写出与这主导方面相互渗透和融合的其它方面，才能塑造出一个生气勃勃的、完整统一的英雄人物来。""另外，作家对于自己笔下的人物，不可能是冷漠无情的，作家的爱与憎的感情，往往在人物的描写中灌注进来，这种感情的灌注体现出作家的倾向性。这种倾向性表现在塑造英雄人物时，就是对于英雄人物的颂扬与讴歌，甚至把英雄人物加以理想化。这当然是允许的。"

王畅谈道："还有，除去要写好英雄人物性格的多方面性，还要写好英雄人物情感方面的丰富性。当然，情感的丰富性是性格的多面性的派生，一个人的多方面的性格在一定的情境下产生多方面的情感，人物性格的复杂性与人物情感的丰富性有其一致性，这从荷马史诗中的英雄人物的画廊里可以得到说明，阿喀琉斯的形象就已经表露得很清楚了。"

同日，王蒙的《漫话几个作者和他们的作品》发表于《文艺研究》第3期。王蒙认为："王安忆在一九八二年的表现，是一个值得注意的文学现象。在《舞台小世界》《冷土》《庸常之辈》《命运交响乐》等作品里……对于各式各样的'社会的人'和'人的社会'，对于各式各样的人的关系与命运，对于各式各样的人的各式各样的短长，对于各式各样的人情世态，她作出了惟妙惟肖的摹写。她常常用一种单纯的甚至是天真的语调，去探寻生活深处、人心深处、社会关系深处的细微信息。她的取材相当平凡，不符合任何已形成的潮流或者浪头或者模式，她写的是她对于生活的独特发现和感受。她写得相当冷静、客观，从不讳写人的各个侧面。有时候她的挖苦相当尖刻，毫不留情地把她的人物的弱点暴露在光天化日之下。""张承志的作品差不多都有一个'抒情主人公'，他所写的边疆风物、少数民族生活、青年的命运往往都折射自这个'抒情主人公'的心灵。我们几乎可以说这些抒情主人公便是作者自己，至少是非常靠拢作者自己。问题不在于是否写了自己，而在于这是一个什么样的自己。"

本季

唐先田的《张弦的艺术世界》发表于《艺潭》第2期。唐先田认为："张弦对我国古代文艺理论中'僻实熟虚'的法则较为熟悉,运用也很得当。'僻实',就是对读者比较生疏的细节,要描述得实在,'熟虚',就是对大家都明白的事儿一笔带过。该实则实,该虚则虚。'僻',进入艺术,本身就包含着奇巧。"

唐先田指出:"关于小说的节奏,虽然还没有科学与准确的解释,但起码包括情节发展的速度与作品结构的安排这两个方面,而结构又直接支配着情节的发展。关于结构,我国古典小说的创作中有大开大合、小开小合、急开急合、徐开徐合的说法。开合指的是矛盾的起因、发展与解决,张弦的小说显然不能归入大开大合与急开急合那一类,他所采用的是小开小合与徐开徐合相互交替的结构法。正因为如此,所以有的同志说张弦总喜欢讲一个完整的故事,他的小说好象一个个的圆圈,首尾相连,觉得他的节奏慢了些。"

七月

1日 谢明德的《短篇小说的叙述角度与人称》发表于《滇池》第7期。谢明德写道:"让作者从幕后站到幕前的叙述方式,和将作者隐藏起来一样,具有极大的叙述的自由和灵活性,可以多侧面多角度地刻画形象和事件,并且可以深入到任何一个人物隐秘的内心世界(从人物角度描写的作品则有局限)。这并不会使作品失去真实感。我国传统戏曲的化妆不同脸谱,忠奸愚佞,三教九流,泾渭分明,甚至从服装上也可以看出人物的身份、性格,这并不使人感到不真实,而是民族特有的审美习惯。因为观众感兴趣的是人物碰面以后怎么办,矛盾的展开和结局,从中得到美的享受和某种人生的启示。似乎是同样的道理,从作者的角度叙述而又直接出现作为叙述者的"我"的作品,也不致遭到读者这样的责难:你是何以知道第三者怎么想的?读者关心的,倒是人物的"想"是否符合生活的和人物性格的逻辑,小说,被巴尔扎克称为庄严的谎话,其真实性正在这里。"

谢明德认为:"在现代短篇小说中,叙述角度愈来愈显示出灵活性,优秀的短篇在叙述方式上,总是单纯中显出变化。我们常常在同一作品中,看到既有从人物角度的叙述,也有从作者角度的描写,又由于不同的匠心结构,材料组织,以及从不同的人物角度写人状物,绘彩敷色,叙述语言呈现异彩纷呈、百态千姿。比如赵本夫的短篇《卖驴》(《钟山》一九八一年第二期),是第三人称的写法,而其中的某些镜头又是从人物的角度去看的。"

3日 史铁生的《几回回梦里回延安——〈我的遥远的清平湾〉代后记》发表于《小说选刊》第7期。史铁生谈道:"我没有反对写故事的意思,因为生活中也有曲折奇异的故事。正像没有理由反对其他各种流派一样,因为生活中有各种各样的事和各种各样的逻辑。艺术观点之多,是与生活现象之多成正比的。否则倒不符合历史唯物主义了。我只敢反对一种观点,即把生活分为'适于写的'和'不适于写的'两种的观点。我的这个胆量实在也是逼出来的。因为我的残腿取消了我到各处去体验生活的权利,所以我宁愿相信,对于写作来说,生活是平等的。……当然,我也不是完全盲目。通过琢磨一些名家的作品(譬如海明威的、汪曾祺的),慢慢相信,多数人的历史都是由散碎、平淡的生活组成,硬要编派成个万转千回、玲珑剔透的故事,只会与多数人疏远;解解闷儿可以,谁又会由之联想到自己平淡无奇的经历呢?"

7日 仲呈祥的《可读与耐读——评叶辛的三部长篇小说创作》发表于《文艺报》第7期。仲呈祥认为,叶辛反映知识青年生活的三部系列性长篇小说——《我们这一代年轻人》《风凛冽》《蹉跎岁月》,可读性较强的一个重要原因,是讲究情节和结构的艺术。"他爱读中外文学大师的名著,善于从中汲取艺术营养。他描写青年爱情的心理活动之细、情景交融之美,就明显地得益于十九世纪俄罗斯那些文学巨匠们的笔法。尤其是关于作品的情节与结构,他更注意向大师们借鉴,精心安排。'大仲马善于铺展故事、设置悬念;易卜生善于用"解开以往生活的谜"这种方式;马克·吐温惯常喜欢让自己的主人翁改装以变换身份,产生强烈的效果;屠格涅夫小说中的情节总是环环紧扣,从来不拖泥带水,取直线发展……'这些,他都取'拿来主义',为我所用。三部长篇都各自选取了一个贯穿始终的主要情节,层层推进,环环相扣。情节的发展,波澜起伏,摇曳多姿,悬念迭起,扣人心弦。"

10日 秦兆阳的《观察生活和构思作品——在小说创作讲习班的讲课(摘要)》发表于《北京文学》第7期。秦兆阳表示:"对于现实生活,要从宏观方面和微观方面去看,并且要透视到一定的深度。要把这三点结合起来,就能较好的认识和把握住生活。……构思作品和观察生活还应该掌握一点，就是要抓住特殊性，即特征性。一些著名的作品在结构上、取材上很特殊。有的虽然在总的构思上、取材上并不很特殊，但在人物性格或细节描写上有特殊性。只有这样的作品才能使人感觉到新颖、巧妙，有艺术味。"

15日 吴亮的《"典型"的历史变迁》发表于《当代文艺思潮》第4期。吴亮认为："回顾'典型'的历史变迁，我们可以确认，典型的发展，乃是渐渐从外在化走向内在化的历程，渐渐从简单化走向复杂化的历程，渐渐从人物化走向超人物化的历程。——这些历程主要发生在西方，而我国，则有自己的文学发展史。虽然我国近来也产生了一些和国际表面吻合的文学现象，但远远不象西方那样好走极端，标新立异。但是，回顾一下这段历史，结合我们的创作和理论实际，或许是有帮助的。"

同日，彭荆风的《时代需要瑰丽的长卷——对长篇小说写作的意见》发表于《民族文学》第7期。彭荆风指出："长篇小说既然是重武器，比别的文学样式可以更深刻、更广阔地反映时代，描绘生活，那就要求更加真实地来写人、写事。……如今有些长篇小说还流于平铺直叙，这不仅是在人物、故事上缺乏动人描写，有的也在写法上墨守成规，不能不影响人物性格的塑造，以及故事的展开。这也是我们要思考的。……我同意关于小说应注意色彩的意见……小说色彩的描写应该不止于写景，而且要贯穿写人、写语言、写故事。小说的色彩，应该是作家对某些人物和事件有了深刻理解后，在感情上的强烈反映。"

同日，雷达的《论汪曾祺的小说》发表于《钟山》第4期。雷达谈道："他（汪曾祺——编者注）说，'我以为风俗是一个民族集体创作的生活抒情诗'。在他看来，风俗中包含着民族特色，也包含着丰富的诗情。于是，他着眼于从风俗的流变中观察人情，从人情的变化中去观察风俗。这使他的作品显示出鲜明的民族风格。……汪曾祺的写风俗是为了写人，不是为玩赏风俗而写风俗。他在写风俗时，有很强的主观性，是一个个的主观镜头，强的'抒情诗'的一面，成为人物性格、感情、气质的构成的一个不可或缺的部分。"

缪俊杰的《矛盾·典型·生活——从近年来的中、短篇小说创作谈我国文学的创新与发展》发表于同期《钟山》。缪俊杰指出："努力塑造出具有高度概括意义的、富有新意的艺术典型,是社会主义文艺创新和发展的另一个重要问题。……首先是对于社会主义新人形象的塑造。社会主义文艺强调塑造典型人物,尤其强调塑造我们时代的新人。……其次,我们强调塑造社会主义新人,并不等于说,这是我们文学创作在人物塑造上的唯一任务。与此同时,我们要强调人物的多样化。社会生活是丰富多采的,我们社会主义文艺人物的画廊也应该是丰富多采的。……第三,典型塑造还应该注意人物的多样性和复杂性。人物塑造的多样性,表现在不仅可以描写现实生活中的人物,还可以描写过去时代的人物,写出一定的时代的典型,从反面给人们以教益。在这方面,邓友梅的中篇小说《那五》中塑造的那五,是一个值得注意的典型。"

汪曾祺的《小说技巧常谈》发表于同期《钟山》。汪曾祺谈道:"凡属描写,无论写景写人,都不宜用成语。""至于叙述语言,则不妨适当地使用一点成语。益叙述是交代过程,来龙去脉,读者可以想见,稍用成语,能够节省笔墨。但也不宜多用。满篇都是成语,容易有市井气,有伤文体的庄重。""我是主张适当地用一点四字句的。理由是:一,可以使文章有点中国味儿。二,经过锤炼的四字句往往比自然状态的口语更为简洁,更为传神。"

吴亮的《艺术与人的缺陷——一个面向自我的新艺术家和他友人的对话(五)》发表于同期《钟山》。新艺术家谈道:"艺术是感情的。这是精神世界里的另一王国。由于感情的介入,人们不以下判断为满足了。由于感情的介入,人们不再仓促地作出取舍了。由于感情的介入,人们对缺陷不再去责备、去呵斥,而采取宽容态度了。因为宽容意味着和人、和自己和睦相处。这样,我们就有了矛盾重重、犹豫不决的汉姆莱脱,就有了口若悬河、畏缩不前的罗亭,就有了多愁善感、生性猜疑的林黛玉。我们对他们各自性格中的致命缺陷不会无情地排斥与嫌弃,相反,却升起一种难以名状的感慨之情。排斥与嫌弃不过表明了断然拒绝的态度。而这种态度,只有在利害所关的实际生活里才有必要,和审美感情却不相宜。审美不同于一般判断,它是一种远为复杂的心理和感情活动,它和生活相隔一段距离,使我们从切身的生活中暂时地脱身,以便返身细细窥探人的内在世界的全部微妙之处,以便在扪心自问中对一个有缺陷的艺术形象深表同情。"

张超的《幻灭·离弃·认同——论於梨华的"自由选择"》发表于同期《钟山》。张超认为:"於梨华写小说,并不排斥一定的虚构想象,甚至'杂取种种人';但她是写'与我一样,与我相似的留学生、留学人、自留人',因此,她自己就是被经常使用的'模特儿'。甚至可以说,她不是为了写别人而使用自己这个'原型',恰恰相反,她是为了倾吐自己心中的苦情来写'相似'者,她是'为我'而写。按存在主义的哲学,'为我'与'为人'是一致的。这种'哲学',我们不敢苟同。但就於梨华的创作来说,她的确把自己与相似的留美华人合成一体,从她自己这个'典型'的'原型'身上,表现了留美华人的共同命运。……於梨华笔下的'留美人'在否定人生时,只是否定他们生存和生活的环境,而没有否定人的存在本身,没有否定人生的追求和选择。……因为'仅仅是回中国这个希望,都可以支持任何一个在美国受难、受寂寞的中国人活下去……'。"

17日 岂凡、凤山的《这种"横生的小树"并不美》发表于《人民日报》。岂凡、凤山指出:"有些作者有意无意地在创作中回避社会矛盾,甚至声称不屑于塑造社会主义新人形象,而热衷于去写所谓人的本能,写变态心理,写人的潜意识、下意识等等。""作家不应忘记自己肩负的神圣职责。只有创作出体现时代精神,真实而深刻地揭示社会矛盾和生活本质的作品,才会使文学和人民群众紧密相连,息息相关。如果使自己的作品远离现实、回避矛盾,那就是对自己神圣职责的遗忘,和人民群众的关系也就疏远了。"

19日 贺兴安的《追寻人生的彩虹——鲁彦周的长篇小说〈彩虹坪〉读后》发表于《人民日报》。贺兴安指出:"作品在艺术上以深入人物心灵的抒情力量取胜。这种细腻的心理描写,给读者留下了人物的清晰的心灵轨迹,也常常弥补了某些细节的不足。"

金燕玉的《冲力与惰性——谈陆文夫的短篇小说〈围墙〉》发表于同期《人民日报》。金燕玉认为:"这篇作品艺术上也颇有特色。……人物语言和精神面貌的惊人的吻合,不由得使人叹服作者艺术概括和艺术表现的准确!"

吴光华的《崇高的献身精神——读从维熙的长篇小说〈北国草〉》发表于同期《人民日报》。吴光华指出:"作者以新颖的构思,情景交融的描绘,给我们塑造了一系列富有时代特点和一定典型意义的一代青年的形象,真实地、生动地再现了五十年代青年人的精神风貌。""它不象作家早年的作品,是'清晨的露珠',追求的是诗情画意;也不象后来由于坎坷命运而形成的雄浑、悲壮的格调;在《北国草》里,诗情画意和悲壮深沉是交织在一起的。"

20日 何士光的《努力像生活一样深厚——关于〈种包谷的老人〉的写作》发表于《人民文学》第7期。何士光谈道:"我首先设置了人物,出场的牵连着不出场的,使其能较为本质地概括梨花场的各种人物。……紧接着我设计情节,把人物置于某种冲突之中,用横切面的方法,一开头就直奔结尾,制造悬念,由发生到高潮到结局。当然,这之中得有必要的场景,适当的动作和对话,所谓围绕和突出主题,一一地力求精确。……《乡场上》的表现可以说是技巧的。……从技巧的角度来接近文学,这实在是很隔膜的。……正是由于这样一些原因,后来我在写《种包谷的老人》的时候,才想到要努力使它象生活一样深厚,象真实的生活一样地展开,表现为我感受到的那一种样式,而不只欣然于技巧的敷陈。……我尽量避免人物形象成为某种单一的论据。……我不准备让刘三老汉一般地来印证我的某一种想法,我只满心希望把这一形象如实地表现出来,至于它所包含的意义,则留给别人去引申,这样含义也许会更宽阔一些。"

本月

张德林的《"自由联想""意识流"及其他——小说艺术手法问题随想》发表于《福建文学》第7期。张德林认为:"'自由联想'是人物与环境经过'撞击'而生发出来的各种想象活动的有机组合,它必须经过作家相应情绪状态的过滤、选择和艺术创造。各种想象活动的展开,都不是无缘无故的,其间应有一定的契机和内在联系。每一次想象活动的飞越,都得由相应的'触发点'来引燃。人物的'自由联想'是作家整体的艺术想象的一个有机组成部分,它属于理性的艺术思维的范畴,决不是人的自然形态的想象活动的杂乱无章的凑合。人物'自由联想'的成功描写,应该表现出人物想象活动的层次性和逻辑性。""我们现在所采用的人物的'自由联想'——'意识流'手法,与二十年代西方现代派'意识流'小说相比,已有明显的质的区别。我们的'意识流'手法,固然也需要刻画人物的潜意识,但它是在作家理性的艺术思维的过滤下,经过自觉的选择和美学思想的渗透，有意识地为表现人物复杂、丰富的内心世界服务，为反映生活的真实性服务，为揭示作品的主题思想服务。这些方面，根本不同于西方意识流小说的反理性主义。"

刘彦钊的《中国小说的民族传统不应轻忽——我对〈现代小说技巧初探〉的一点看法》发表于《书林》第4期。刘彦钊谈道：

"读了《初探》，我对作者那种敢于打破陈规旧习，勇于探索和追求的精神表示赞赏，但对著作中某些观不敢苟同。特别是《初探》及其序（叶君健先生作）对我国小说的民族传统采取了不公正的态度，我以为是过轻率了。

"我国是一个具有几千年文化传统的文明古国。……然而，《初探》却把中国小说的民族传统缩小到：主要是'章回小说'和'白描手法'这一点上，并断言：'章回小说'现在过时了，'白描手法'也因为单调而不足以表现当今世界的复杂生活。……显然，这个观点是对我国小说的民族传统的一种轻视。

"若将塑造具有典型意义的人物形象，作为衡量优劣和作家艺术水平高低的客观标准的话，那么我国说是不寻常的。曹雪芹的《红楼梦》、罗贯中的《三国演义》、吴承恩的《西游记》塑造了众多的人物形象……这些典型形象的出现，显示了中国古典作家的卓越艺术才能。……除了塑造典型形象外，中国小说还很讲究情节的生动和故事的完整以及语言的通俗易懂。这是为广大读者所喜闻乐见的民族特色。……然而，高行健和叶君健同志却在《初探》及序中几乎统统否定了。

"我们提倡继承和发展中国小说的民族传统与民族风格，并不是主张狭隘的民族主义，引导大家搞国粹主义。恰恰相反，我们是主张立足本国，放眼世界，认真学习与借鉴当代外国文艺中的民主性的精华和成功的创作经验。但是学习与借鉴当代的外国文艺技巧应该同本民族的特点结合起来，使之成为我国民族的东西。"

王纪人的《一本填补空白的书——读〈现代小说技巧初探〉》发表于同期《书林》。王纪人指出：

"所谓'现代小说'，是相对于传统小说而言的。按照新派小说家的说法，在传统小说中，作家仿佛是全知全能的上帝，由他控制一切，由他编串故事情节，由他描述环境，由他介绍人物的思想感情，并且由他出头露面地评判生活。在'现代小说'中，作家却将自己尽量地隐蔽起来，故事由书中的人物来叙述，并且由他们直接表白自己的思想感情，乃至最隐微的意识，一切留读者去品评。这样一来，传统的方法显得不适用或不够用了，必然要代之以新的创造。

"当然，在现代诸流派中，其表现方式又是各不相同的，因此当读者泛泛浏览时，不免眼花缭乱，不得要领。在这种情况下，就极需要有一本书从特殊中概括出一般，对'现代小说'的诸般技法进行一番归纳整理，并作出条分缕析的介绍和说明。《初探》的作者所乐于承担的正是这样一项工作……既然它只是一本谈论技巧的小册子，目的是将纯技巧的东西从内容中剔抉剥离出来供人参考，因此也就不可能负担从意识形态角度予以正本清源、分析批判的任务。我想对此读者是不会求全责备的，如果他们想进而了解现代派文艺思潮的形形色色，当再读其它的著作。

"在艺术上，现代派也有许多局限性和失足之处。正如《初探》已经指出的，在描写纷繁的客观世界，展现宽阔的社会生活和复杂的矛盾冲突时，就受到了一定的限制。它并非对一切题材，对所有的作家都一概适用。此外，由于现代派标榜反传统，它在突破传统的同时，也抛弃了传统中仍然有用的许多艺术经验，因而又有破坏性。只有对现代派文学经过客观的、实事求是的分析，才可能作出科学的评价，在此基础上去其糟粕，取其精华。

"显而易见，包括'现代小说'在内的西方现代派文学是有不少地方值得我们借鉴的。……不过我认为艺术方法的借鉴，同样不应该是生吞活剥、盲目搬用的，应该看到：艺术方法固然有其相对独立性的一面，但同时又有同一定的哲学观和美学观相联系的一面。现代派文学的艺术方法不是模仿和再现，而是表现，即通过歪曲客观事物的方法来曲折地表现自己的思想感情，并以'思想知觉化'和'联想自由化'为特征。这就有主观唯心主义方面的思想根源，因此在借鉴时，应该摒弃其唯心主义的外壳，吸取其'主观性'和'内向性'的合理内核。"

1983年

八月

1日 韩少功的《从创作论到认识方法》发表于《上海文学》第8期。韩少功指出，被独尊为绝对定律的某些命题与一些反题的辩证关系，应该注意三个方面："一，用具体分析的眼光，看本质的层次性。……二，用整体联系的眼光，看因果的概然性。……理论素养高的作者，不一定不走概念化和图解化的道路；理论素养低的作者，不一定就不能塑造出生动丰满的艺术形象。从一部文学史中找出这两方面的个别例证都不难。这些不确定联系，说明有多种概然因果关系在交织着起作用。……三，用不断发展的眼光，看理论的局限性。……我们主张用具体分析的眼光，整体联系的眼光，不断发展的眼光——即用辩证法的观点，来思考和讨论文学创作的规律。这样，我们也许会变得实事求是一些，眼界开阔一些。"

王蒙的《漫话文学创作特性探讨中的一些思想方法问题》发表于同期《上海文学》。王蒙认为："多数情况下，创作是长期积累的结果。某种生活经验和内心体验，某种对于社会、人生、各色人物与各种场面景色的观察与感受，以至某种情绪、某种形象或者意象、某种感慨或者见解包括一句俏皮话或某一条机智的概述，很可能早在一年前、十年前、数十年前就积存在你的心胸中了。……这种生活经验（包括内心体验）的积存并不是静止的，它在悄悄地不依意志与理念为转移地起着变化，在发酵、化合、分解、发热、发光或者发霉生锈，这种化学变化经过了一定的时间，达到了一定的程度，往往又是在新的触发——同样也是来自生活的——之下，它会发生质变，……于是……新作诞生于人间。"

3日 雷达的《从生活中找语言——从〈红点颏儿〉的语言谈起》发表于《小说选刊》第8期。雷达谈道："目前虽然很有一些作家注重对语言的广泛吸收消化、熔冶锤炼，为建立自己独特的修辞手段和语言风格付出艰辛劳动，可是仍然有相当一些作者，不大重视对文学语言的独特追求。对于这样的作者来说，他们的语言也可以算得上是流畅的和生动的，但总给人一种印象，似乎他们使用着一种象'货币'一样到处通用的、公共的语言。在描绘场景，刻划人物的时候，你会发现，尽管角度不一样，但那语汇、语调、句式、手法，大多颇为相似。更有甚者，不论涉笔何种圈子的生活，总是一副笔墨。这副笔墨常常与所写的生活、人物、情调厚厚地隔膜着。于是作者写来吃力，'文不逮意'；读者看来如雾中观花，难以'身历其境'。……正因为抱憾于某些作品对的语言不够讲究，缺乏特色和个性，所以当我读了韩少华的小说《红点颏儿》以后，便很有些感触。……我只是感到，这篇记载了一个车夫和小鸟的悲欢的作品，它的作者在追求适应独特的内容所需要的独特的语言色彩上的方法和精神，是值得称道的。……韩少华多年来主要在业余从事抒情散文的写作。近年来他也尝试写报告文学……这篇小说（《红点颏儿》——编者注）的语言色彩与它的生活内容的色彩是协调的，它的语言情调与它对的人物的身份、教养、情趣、品格也很和谐统一。……唱戏讲究唱出'味儿'，写小说也有个能否写出韵味的问题。这种韵味不是地方色彩的点缀和方言土语的堆砌，而是沁透在语言中的思想感情的流动。"

5日 王敏之的《"事实未必曾有，人情倒是力求其真"——陆地谈革命历史题材的小说创作》发表于《星火》第8期。陆地认为："历史题材的人物刻画和现代题材的人物创造，同样都要求它们栩栩如生，使人如见其人如闻其声。但，要使人看出（感到）它们之间的差异，符合当时历史面貌，这就得注意作品中人物所处的当时的社会环境及风尚：比如当时的时代精神——思想意识内容，词汇（语言）形式，以至服装、首饰等等。也就是恩格斯讲的'典型环境中的典型人物'。"

周劼馨的《革命历史长篇小说创作的新视野》发表于同期《星火》。谈到"人物塑造"时，周劼馨认为，近几年来一些反映革命历史题材的作品"开始把人物性格作为'理想艺术的真正中心'（黑格尔语），注重描写人物在一定历史条件下的心理、情感、思想和行为，描写人的遭遇、经历和命运，在作品中展现人的全部外观和全部心灵"。周劼馨指出："首先，我们一些革命历史题材的作品，开始突破了简单化、庸俗化的'阶级观点'的局限，人物性格被作为一个独立的、完满的整体来描写。……第二，我们一些反应革命历史题材的作品，性格已经不再是单纯合目的的表现，而是它的全部丰富性和复杂性的展示。……

第三，我们一些反映革命历史题材的作品，更着重了个人遭遇和命运的描写。……人是社会的存在，人的遭遇和命运是不能不受到时代，特别是一定时代的社会基本矛盾的制约和影响的，正是社会前进运动的道路，决定着人物遭遇和命运的轨迹，两者在总的方向是一种同步发展的关系。"

同日，以"关于小说创作提高与突破的讨论"为总题，陈孝英的《突破创新与风格、流派、手法的多样化——从王蒙对意识流技巧的借鉴谈起》、李国涛的《看稿琐谈》、田奇的《写人物内心的暴风雨》发表于《延河》第8期。

陈孝英谈道："王蒙对意识流手法的借鉴是从七九年下半年开始的。到八〇年底，他接连写出了《布礼》《夜的眼》等六篇较大幅度地吸收意识流手法的作品。这六篇'试验之作'对意识流手法的借鉴主要表现在：第一，大体上都是以人物的意识流程作为整个作品结构的主线，使作家在此之前所运用的情节结构大踏步地向心理结构靠拢，从而赋予这些作品一种前所未有的主观色彩。……第二，人物的意识流程基本上是由一连串自由联想缀合起来的，从而赋予王蒙的这些作品一种强烈的随意性和跳跃感。……但是，王蒙的这六篇试验之作和西方的意识流小说之间又保持着一段不难发现的距离，这正是中国作家对西方文学手法着意改造的结果。……王蒙的六篇试验之作则致力于刻划人物复杂多样、健康明朗、积极进取的心理活动，塑造美丽、高尚、深沉的灵魂，充溢着对真理的执著信仰、对光明的痛苦追求和对明天的热切向往，使作品具有深邃的社会内容和高昂的旋律。……王蒙的六篇试验之作则将作家和人物的思想感情融为一体，既有人物的主观感受、内心独白，又有作者的客观叙述，还不时借题发挥，插入评价，有时甚至出现颇有哲理味的大段议论，使理性在作品中始终占据主导地位。""在总结六篇试验之作经验教训的基础上，从八一年开始，他接连发表了《深的湖》《如歌的行板》《相见时难》《莫须有事件——荒唐的游戏》《风息浪止》等中、短篇新作，其中对意识流手法的借鉴出现了一些与前不同的新特征。第一，这些作品将前一阶段充作通体结构方法的'心理结构'降为局部性的结构手法和描写手段；与此同时，将前一阶段淹没于心理结构之中的情节线索强化，使之成为支撑整个作品的通体结构。……第二，在人物形象的塑造方面，在继续努力刻划人物的主观感受和意识活动，塑造人物心理形象的同时，有意识地加强了包括肖象、服饰、语言、行动、细节在内的外形描写，使心理形象和视觉形象协调、统一起来。……第三，对前一阶段广为运用的自由联想从数量到分寸上都予以控制，随意性基本剔除，跳跃感也有所减弱，在使用自由联想时，十分注意使人物的意识流动脉络清晰，去掉过分扑朔迷离的成分，并适当减少了对潜意识心理活动的描写。"

李国涛谈道："我们的文学是要求真实地反映现实生活的，而我们目前所经历的这种改革，对于当前，对于今后的历史，都有十分重大的影响。不去深入，并且深刻理解当前的生活，就无法反映从今以后很长一段社会变化和人物心理。"

田奇谈道："近年来，有一部分小说，在刻划人物或反映生活时，对关键性的情节或者内容，常常采取了回避与省略的结构安排，留出生活的空间与人物个性的空间，由读者去补充。当然，小说的艺术处理留有空间，有时是允许的，甚至是必要的，但不是一切作品结构的上乘，因而，此类作品在读者心里往往留下了值得惋惜的空旷，不同程度地影响了小说反映生活的深度与广度。与此缺陷相比，另有一些小说，在揭示人物的感情的暴风雨方面作出了有益的试笔。"

7日　冯骥才的《欢迎这小小而美丽的星》发表于《文艺报》第8期。冯骥才认为，邓刚的《迷人的海》"追求情节的淡化"，"它把这种追求统一到具有象征精神与浪漫色彩的总体构思中去"。

朱晶的《也谈技巧与文学观念的革新》发表于同期《文艺报》。朱晶认为："近年文学技巧观念革新的突出特色是创造性地发挥文体样式的特性，追求作品的生活化、复杂化。以小说创作为例：情节出现了新组合。视角的多变，作者的介入，日常生活细节的渲染，使非情节因素、主观感受性成为加强描写真实感的补充手段；回忆、补叙繁复穿插，时空倒错，故事淡化了、分割了，有时可能增添某种韵味和跌宕感。心理描写更加丰富多彩。发人情之隐微，挟直觉于内省，人物心理活动不仅是动作进行中的独白或作者客观的交代，而且往往变成与事件、动作并立的部分，甚至将前景囊括，以内心剖白为主线，动作推到幕后，命运成为一种暗示。心理轨迹，时而越出正常逻辑，呈现放射或流动的态势。情致、氛围上，注重幽默与讽刺、诗情与哲理、悲剧因素与喜剧因素的结合。"

9日 郭志刚的《心弦上的歌——读短篇小说〈我的遥远的清平湾〉》发表于《人民日报》。郭志刚写道:"作者史铁生这样说过:'……我在写"清平湾"的时候,耳边总是飘着那些质朴、真情的陕北民歌,笔下每有与这种旋律不和谐的句子出现,立刻身上就别扭,非删去不能再往下写。'可以说,他的这篇小说,就是由这种歌声诱导出来的,那些朴实、清新的语句,就象是有力的音符,谱写着他心中的乐曲。"

10日 李复威的《魂系中华——新时期文学民族性问题的思考》发表于《北京文学》第8期。李复威认为:"新时期文学民族性发展的突出特点在于:外向的开放性、优劣的交织性和变异的过渡性。……新时期的文学创作,在'引进'和'借鉴'国外的新东西方面,比起当代文学其它的发展阶段是要更多一些……象创作中心理活动的细腻剖析,意识流动的生动表现,结构艺术中的时序交错和点面放射,以及横截、虚尾、意幻、象征等表现手法,都在我们传统的东西中注入了一些新的、有益的因素。艺术形式和表现手法上的多样化和丰富化无疑是有助于文学创作的发展的。当然,这种开放性的广泛吸收也带来了一定的复杂性。"

刘心武的《怎样选择题材和提炼主题——在小说创作讲习班的讲课(摘要)》发表于同期《北京文学》的《北京文学讲习所》专栏。刘心武谈道:"我在孕育作品的过程中,一是考虑我所要写的素材能不能从中挖出一点能超出周围一般人认识的东西;二是构思作品时,尽可能把我的东西和别人的东西区别开来,尽量写那些别的作者还没涉及到、没有考虑到的东西,人家已经涉及到的我尽量不写。"

同日,京夫的《文章不是无情物——就〈娘〉的创作答友人》发表于《小说林》第8期。京夫谈道:"此文写完后,放置很久,才敢拿出去发表。当时疑惑:这种东西,是散文还是小说?……发表之后,看起来,还真象篇拉杂的散文,一些同志顾全作者的面子,折衷的称为:散文式的小说。……既然牵出了这个话题,那还谈体裁吧!上中学时,老师讲文章题材,讲到小说时,先讲什么是小说,小说的三个要素,再讲到小说的情节,矛盾的开端发展,高潮转折以至于结尾,等等,看文学概论,也是一套一套的。但真要写起小说来,这些往往不好用,甚而束缚人物,束缚思想,束缚感情,特别是短篇小说。别人是否有这种体会,我不得而知。我在素材和人物以及情绪来到以后,全然忘了那个教科书上的情节秩列,我只想到表达两个字,把这一切表达出来。……不应给小说戴上正儿八经的面具,应当让它活泼起来。我以为散文化倒是可以提倡的。"

25日 若谷的《漫谈中国小说的艺术传统——兼评高行健同志的〈现代小说技巧初探〉》发表于《文论报》。若谷认为:"首先,应该提出的是中国小说的现实主义传统。在中国小说的准备时期,中国就出现了以《史记》为代表的现实主义传记体小说。六朝时期虽然曾经出现过志怪小说,但随后唐传奇和宋话本就占了统治地位,依然是现实主义的。到明朝小说,除了几部浪漫主义小说外,占统治地位的仍然是现实主义小说。就是那些富有浪漫主义色彩的作品中,现实主义因素也是很强烈的。这个艺术传统对中国小说的发展是相当重要的,它使目前我国小说创作的主流仍然是现实主义的而不是什么别的主义,更不是西方的现代主义。"

若谷指出:"丰富的故事情节,是中国小说艺术传统中的重要组成部分。我国古代的小说,'不但长篇小说讲求情节的完整性、条理性、强烈的故事性,就短篇小说也绝少无头无尾地讲一个片断,总是完整地叙述一个人一生中的重大遭遇,或一件事的始末,故事性一般也都很强。我国古典小说总是在情节的展开中,从动态去写人,通过人物的言语行动,刻划他们的内心世界,也注意人物的肖像描写,但也大都是抓住其最为主要的特征,并与情节的发展融为一体'。(北京大学《中国小说史稿》)中国小说的这一艺术传统,长期以来培养了我国人民对小说艺术的独特爱好,应该引起文艺理论家的重视。"

若谷表示:"'可分可合,疏密相间,似断实联。'《水浒传》就是这样的结构形式,它'以主要人物的传记构成了前七十回的各精采章节,又以次要人物,次要情节穿插其间,纵横交错,张弛结合,相互衔接,形成殊途同归之势'。(郭超《小说的创作艺术》)这种'可分可合,疏密相间,似断实联'的结构传统,对我国当代小说创作影响很大,长篇历史小说《李自成》就是借鉴了这种传统的结构形式,它的结构做到了主次分明,虚实得体,统筹兼顾,繁而不乱。"

若谷强调:"中国小说的传统手法远不止白描,也并不简陋。特别是明清小说,其铺陈洒脱已成为当时世界小说创作的高峰,其描写既有工笔的细腻风彩,又有油画的立体之感,远远超过了当时的西方小说。"

28日 卢向韬的《摄影小说》发表于《人民日报》。卢向韬指出:"所谓摄影小说,就是用摄影画面表达文学故事。这种介于连环画和电影之间的艺术形式,一方面要讲究艺术构思,追求画图简洁美和内容的连续性;另一方面又要有适当的人选扮演角色,按照原文字描写中的情节、人物进行导演,拍摄成类似电影中'定格'的照片,再配上简短的文字说明,象连环图画那样编排起来。它是摄影艺术与其它艺术互相渗透、互相借鉴的产物,既比单纯的文字小说更具体可视,又比电影易于制作和普及。"

29日 肖俊明的《美国当代小说的危机》发表于《人民日报》。肖俊明认为:"小说是具有广泛影响的文学体裁。它以语言的生动,想象的活跃,词汇的丰富,以及素材的组织有别于其他文学形式。它反映的社会生活比较广泛,揭露社会矛盾比较深刻,因而更能帮助人们认识生活,使人受到感染和启迪。然而,美国的许多当代小说正缺少这种特色。"

30日 龙化龙的《人,应该有崇高的情操——读短篇小说〈肖尔布拉克〉》发表于《人民日报》。龙化龙指出:"从剪裁上看,《肖尔布拉克》与传统小说观念也不同。小说的第一大部分的六七千字的描写,不能说与作品的道德主题无关,但至少与司机一败一成的婚姻的主要情节是无关的。如果从传统的眼光看,当然应该剪掉或压缩。然而作者没有这样做,我觉得作者不是舍不得割爱,而是为了更逼真、更自然地传达出生活的气息,使作品更具有浓烈的生活味儿。从结构上看,《肖尔布拉克》也和传统小说不同。它的结构并不符合'紧密严谨'的要求,甚至可以说是松散的散文结构。"

本月

沈敏特的《鲁彦周创作历史再探——从〈归来〉到〈彩虹坪〉》发表于《小说界》第3期。沈敏特认为:"鲁彦周是一个作家,他的突出贡献在于展示所有这些历史的、现实的社会矛盾反映在人物心灵历程上的具体形态,把美与真、善结合一体,用人民的利益为标准,发现这个心灵历程中的美与丑的搏斗;他不仅对这搏斗作出了审美的评价,更揭示了美变丑、丑变美的相互转化的辩证规律。"

宋耀良的《现实性与象征性的溶合》发表于同期《小说界》。宋耀良认为:"艺术作品,如果在主题意义方面体现出更广阔的更普遍的包容性或多义性;艺术形象如果以强大的表现力或独特性来体现某种哲学思想或某种社会现象的特征,那么作品就具有了一种指向更广大的认识领域的象征的意义……这样的作品越是深扎在现实生活的实际之中,行文越是'写实'而不'飘逸',作品所呈现深邃的象征寓意就越具有生命力。……现实性应当能够与象征性交融。……只有表现了这样的艺术境界,才达到了'象征的高度'。很显然,这种象征是有庞杂丰富的现实根系,深扎在社会生活的土壤之中,而不是如西方现代派中的象征主义,捕捉天界高妙虚无的灵感式情绪,来连缀艺术作品中的象征意蕴或体系。与现实溶合的象征具有内在稳固性,上升到了象征的现实又呈现出外延的扩展性。这内在稳固、外延扩展了的象征与现实的融合,才正是鲁迅所体察到的'消融了内面世界与外面表现之差,而出现灵肉一致的境地'。"

九月

1日 王爱英的《走自己的路——读陈村的〈蓝旗〉》发表于《上海文学》第9期。王爱英认为:"《蓝旗》独特的艺术风格,是通过简洁凝炼的语言来表现的。……在《蓝旗》里没有花里胡哨的词句,没有怪僻的字眼,也没有任何粗劣的、未经过艺术加工的语言。它的特点是简单明快,纯朴流畅,经过了严格的锤锻。……《蓝旗》结构严谨,布局合理。它采用的是自传体的独白方式(同《我曾经在这里生活》一样),通过'我'的角度来纵观全篇……"

3日 于晴的《〈抢劫即将发生……〉读后》发表于《小说选刊》第9期。于晴谈道:"这篇小说有故事,有情节,有人物。近来又有一种时髦理论,热衷提倡小说的无故事,无情节,无人物。……无论用怎样的写法,总要以最能适宜地表达一个特定的作品的内容主旨为依归,何优何劣,不可一概而论的。……倘以为,唯有'三无'才是二十世纪最为不凡的文学创造,其他写法,特别是有故事、有情节、有人物之类,则是逝去时代陈旧落后的东西,必须加以鄙弃,才算攀登了文学的高峰，孤陋的人们就将敬谢不敏了。文学形式，手法、技巧的创新，是对文学规律的不断探求和认识，使我们的发现更为丰富完美，并且是永无止境的，却决不等于可以轻视和否认规律。"

5日 谭龙生的《"转"的艺术技巧》发表于《星火》第9期。谭龙生谈道："明代董其昌说：'文章之妙，全在转处。'意思是，文章能否产生引人入胜的艺术效果，全要看作者在情节描写上的转折之处的工夫如何。这话有一定道理。""清代但明伦评《聊斋》时说得更可爱：'文忌直，转则曲；文忌弱，转则健；文忌腐，转则新；文忌平，转则峭；文忌窄，转则宽；文忌散，转则聚；文忌松，转则紧；文忌复，转则开；文忌熟，转则生；文忌板，转则活；文忌硬，转则圆；文忌浅，转则深；文忌涩，转则畅；文忌闷，转则醒。'（《聊斋艺术谈》58页）此评'转'的艺术，神通广大，如灵丹妙药难免夸饰，然而，确实也道出了《聊斋》求'转'的艺术匠心。……把一个本来普普通通的生活故事写得千回百转，翻新出奇，跌宕起伏，变化万千，恰似螺丝入木，层层深入而又环环相扣，使人爱看，爱听，得到无穷的艺术享受。善于转折，对于小说的情节描写，尤为重要。"

谭龙生指出："然而，欲求转，也颇困难。……要转得妙还必须讲究转的艺术技巧。""世间事物千变万化，之间又有着天然的联系，把这种辩证的生活道理，运用到艺术的描绘中，作者就可以根据事件的产生和发展的可能性，有意识地，巧妙地造成作品情节上的种种转机，于绝处求生，开拓境界。金圣叹主张作者'放死笔捉活笔'，强调的正是要在转处多下功夫。"

谭龙生表示："转处之妙，不在于事先可料变化，而是在于事出突然；不及所料，入人意中，从而给人一种曲折美。……清代蒙古族著名作家哈斯宝以为这种'无意中生变''合乎事理'，是作者经过惨淡经营的。《水浒传》作者表现在转处的技法也颇高明。"

谭龙生强调："曲转的技巧，乃表现为艺术描写笔法的善于交错和富于变化。譬如，优秀的作家常常在情节发展的关键处，在读者并不着意的地方伏下一笔，就好象武林九溪十八涧，乍一看，不曾显出春光，偶经一处，骇为明漪绝底，不知泉脉从何而来。这就给观者带来思绪的回旋。譬如，为了避免平铺直叙，许多有经验的作者在作品关锁处,略顿一笔,使作品富有节奏感,显出婉转迷人的韵律美。又譬如,在可截断处插上一笔,把事情的来龙去脉补充交待清楚,使作品曲转峻峭,此伏彼起。再譬如,在扣人心弦的情节过后,笔峰陡转,谱下一曲情意绵绵的生活抒情小调,缓和读者的紧张情绪,这种张弛相间的笔法,在我国古典小说中也是常见的,颇有曲转生姿的艺术效果。"

同日,以"关于小说创作提高与突破的讨论"为总题,缪俊杰、何启治的《不断探索新的领域和寻求新的角度——关于小说创作的提高和突破问题的几点浅见》,王富仁的《文艺作品思想性高度的标尺》,阎纲的《以简代文——关于文学创作的通讯》,于伟国的《现实生活的剖视图——从京夫的几个短篇小说谈起》发表于《延河》第9期。

缪俊杰、何启治认为:"小说创作的提高和突破,首先表现在作品的内容上,即内容是否新颖,是否有所创新,是否开拓了新的生活领域。……近年来军事题材的文学创作,是很能说明问题的。……从《西线轶事》《天山深处的'大兵'》到《高山下的花环》和《射天狼》……作家把这个题材放在广阔的历史背景下,把前方的浴血奋战和后方的复杂社会生活有机地结合起来,大胆地展示了军内外复杂的矛盾冲突,从而在读者面前展现了一幅广阔的、具有历史感和时代感的生活图画。""文学创作的提高和突破,还表现在作家善于寻找新的表现角度。"

阎纲谈道:"'诚实无欺但伤于太实,出于泥土却失之太土。'太实,想象的翅膀难以翱翔;太土,则易守成而难出新。……潼关外的新派作家瞧不起'有头有尾''见头知尾''平铺直叙''一览无余'的写法,我们自己却常常习惯此种写法,不含蓄,不会使用'蒙太奇',不善于把自己藏起来,不善于说'半'句话,不善于虚实相间,不勇于割爱,不会切割巧构,缺乏韵味,没有厚味和余味。这也是典型化程度不高的表现。……我们潼关以里也有高人,并不见得都'实'、都'土'。我说的是柳青。……他从托尔斯泰、高尔基、肖洛霍夫那里偷得火来炼自己的诗,他在人物心理描写和情节结构方面,早已打破老一套的写法,而将文学的优秀传统(特别是民族心理、地方特色、民族化大众化的语言)发扬光大。……在陕西作家中,太实,太土的毕竟有限,象路遥的以写城乡'交叉地带'见长的小说,象贾平凹的情溢于山水的散文,都能看出土洋结合,虚实结合的用心。努力这么做的作家,陕西逐渐多起来,我希望我省的文学作品带上自己的时代特点和地方色彩,以新的姿态和新的装束走出潼关……"

于伟国谈道:"翻开京夫的作品,见不到惊心动魄的场面,没有惊天动地的事件,也无叱咤风云的人物。组成小说画面的,都是现实生活中的寻常镜头,确切地说,是现实生活中各色人物在特定时代环境中的心灵世界和感情波澜的真实写照。正是通过艺术地描绘各种人物独特的心灵历程和感情轨迹,京夫为我们绘制了一幅幅现实生活的剖视图,揭示了社会生活的深广内涵。……首先,他善于撷取最能揭示人物真情实感的细节,把人物的内心画面放置到前景上加以充分展现,细腻有致地刻划人物的内心世界。……他还善于描绘人物在一定现实环境中真实独特的心理状态,以人物的心灵史折射富有历史感的生活底蕴和时代特征。……依据人物个性固有的感情逻辑,写出人物丰富多彩的感情世界,同时把作者在生活中体验过的强烈感情自然而然地融入人物感情的河流,提炼人物的典型情感,引起读者的感情共鸣,这是京夫短篇小说的又一特色。"

6日 曾镇南的《评长篇小说〈花园街五号〉》发表于《人民日报》。曾镇南认为:"刘钊这一改革者形象在艺术创造上的另一个特点,是作家没有让人物停留于具体、琐碎的经济改革的思路、方案之争中,而是根据他对生活的观察和发现,勇于提出尖锐的社会问题,在惊心动魄的典型冲突中来展现人物的思想性格。"

7日 陈燊的《也谈现代派文学》发表于《文艺报》第9期。陈燊谈道:"'意识流'小说可以说是这种主观主义'诗学'的主观的极端表现。我们并不反对描写主观世界,但在我们看来,主观世界只是客观世界的一个构成部分。而且,我们在描写主观世界时也同样要求描写最重要、最本质的东西;甚至当我们描写某些人内心世界最鄙猥琐屑的意识活动时,也是为了表现这些人的空虚渺小,因而同样是重要和本质的东西。而'意识流'小说沉湎于个人的感受,要丝毫不爽地、不厌其烦地表现流动中的一切琐碎无聊的下意识活动,不仅细大不捐,而且因其回避现实生活的重大冲突,往往见'小'失'大'。"

戴志祺、萧立军的《梁晓声和他的北大荒小说创作》发表于同期《文艺报》。

戴志祺、萧立军认为："尽管梁晓声的作品里充满了浪漫主义情调，尽管他的小说中富于传奇色彩；然而，他每篇作品里，严谨的现实主义手法却是那样鲜明。……梁晓声笔下的北大荒，场面是壮观的。他将人的主观感受溶入客观景物的描写。……梁晓声作品中的景物描写，如'鬼沼'、麦海、暴风雪……都是人格化了的客体，是作品中有独立审美价值的形象……"

冯立三的《追求者之歌》发表于同期《文艺报》。冯立三认为："奇特的艺术构思使小说（《迷人的海》——编者注）蒙有一层神话的氛围，它的人物因此也有一种传奇的色彩。"

10日 邓友梅的《略谈小说的功能与创新——在小说创作讲习班的讲课（摘要）》发表于《北京文学》第9期。邓友梅谈道："小说所以能成为小说而不是别的，恐怕主要是因为小说能提供美的欣赏，从文字到形象都可以成为欣赏对象，要善于把小说和别的读物区分开来。……审美作用不是小说的唯一作用，小说以描写人为主，是要通过描写事物来传达思想和感情的。我说的是别把小说当作政策概念的直接图解，不是说小说里不要有思想性。"

15日 於可训的《也谈高晓声的几篇小说——与李伟同志讨论》发表于《当代文艺思潮》第5期。於可训谈道："我们完全有理由认为，高晓声在这些小说中接受的是《聊斋志异》的影响，这不仅仅因为他不只一次谈到过他熟读《聊斋》和对《聊斋》艺术的热爱，而且还因为，这五篇小说从选材的角度和方式、主题的表现到人物性格的刻划，无一不渗透着《聊斋》的艺术传统。这种传统和宋元话本开创的、以《水浒》《三国演义》《西游记》以及后来的《红楼梦》为代表的古典长篇小说的传统有共同的地方，但是又有诸多差别。这种差别不仅体现在篇幅体制上，而且更重要的是在它的艺术特征上。因为《聊斋》所代表的是中国古代小说的另一支流脉：所谓'笔记小说'的传统。"

同日，关沫南的《要讲究艺术结构》发表于《民族文学》第9期。关沫南认为："有人常把结构和情节当成一回事，以为情节发展的顺序就是作品的结构，这是把问题简单化了。……古人做文章讲究照顾头、身、尾，要有起承转合，这一些就都是属于结构方面的问题。情节则是指故事的序幕、开端、发展、高潮和结局这一过程。所以情节发展的顺序不一定就是结构的顺序。虽然为了作品通俗易懂，中国小说的情节主线清楚，倒叙和跳跃的程度不象外国小说那样大。""结构的原则：第一要根据主题思想。……第二，结构要服务于人物的典型化塑造。……第三，结构是体裁的组织形式，从属于体裁，所以结构也要服从于作品的体裁。……第四，结构还要服从于美学原则。曲折、含蓄、对称、倒叙、变化，这些在结构时都要加以注意。……现在不少作品结构公式化，不是平铺直叙，看了前面知道后面，就是使用落后、对比到转变这三种结构法，影响着艺术水平的提高。结构光是达到搭骨架的目的不行，它内部还要有曲院回廊，做到柳暗花明又一村，收到豁然开朗的效果。"

同日，张志忠的《充满活力的溪流——试论贾平凹的创作道路》发表于《钟山》第5期。张志忠认为："在写法上，不讲究情节的完整而追求细节的精巧，不注重结构的起承转合，爱用自由舒展的散文笔调，常把美丽的自然景物作为人物活动的场景，多用写意、渲染、对比，字里行间渗透出作家的委婉真挚的感情，几乎达到情景交融的诗的境界。""贾平凹的这些作品，如人们已经指出的，是师承孙犁的创作风格的，这表现在人物和细节的选取、诗情画意的渲染、谋篇布局的洒脱不羁、朴实清新的笔调上。"

18日 白烨的《评铁凝的小说创作》发表于《人民日报》。白烨指出："她的作品，多着眼于日常生活和普通人物，而且常常能发人所未发之蕴，道人所未道之意；她不以故事的离奇和情节的跌宕取胜，而以对生活现象的细致观察和独到感受引人。她追求一种真诚地面对读者的感情交融，可喜可憎的，她都不掩饰；欲歌欲哭时，她也毫不做作，人们从作品中看得见她那热爱生活、探求生活的赤诚的心。她很注意作品的韵致和情调，讲求一气呵成之中又有波澜起伏，讲求单纯中含委婉，质朴中孕丰富；她的作品的语言，简洁而流丽，真切自然中往往流露出一种动人的诗意。"

本月

洁泯的《小说人物散记》发表于《十月》第5期。洁泯认为："作家的观察人物，倘能抓住人物某些个性的独特方面，加以生发、熔铸、深化，实在是构成作品采丽夺目的要素。""老干部的形象，是这几年文学创作中取材较多的。

以前小说中的老干部,大抵是概念化的多。因为老干部被当作某种教义的化身,所以人物也就没有一点人情味,虽然也写人物的外貌动作,但极少描写人物的内心世界、内在精神的剖露,灵魂深处的敲击。而近年来小说中出现的老干部形象,就突破了这种僵死的樊篱,从人物的外观进入到内在世界了。"

十月

1日　刘润为的《得于阳与刚之美者——读〈风满潇湘〉》发表于《上海文学》第10期。刘润为认为:"小说采用了我国传统的传奇手法,以赵家二兄弟的行踪为线索,来串连人物和故事情节。两条线索各自发展,时而眼看接在一起又突然分开,时而又意外地相交。人物的行踪飘忽不定,情节的组织波谲云诡、故事的进展紧连急接。所有这些,都在形式上给人以人粗犷、动荡、紧张、雄浑的感觉。这种结构方式是建立在生活真实基础之上的。作品描写的那个年代本身,就是激烈动荡的时代……这种艺术结构,较好地表现了悲壮的内容。"

5日　冼佩的《小说家的钟》发表于《长江文艺》第10期。冼佩指出:"古今小说家在作品中对时间的处理,其中有许多有意识的艺术创造。小说中时间的安排处理,是小说技巧的一个重要项目。""小说家的时间观念,既不是牛顿的也不是爱因斯坦的,他们有一种艺术上的时间观念。""小说家给读者讲说故事,他的故事必得发生在一个时间序列里。……小说所叙述的事件,在发生的前后顺序上和讲述的速度上,同读者阅读的顺序及读者的时感相一致;也可以说,小说里的事件以日常生活中正常的顺序和速度在读者眼前重演一遍。这叫做叙述时间和阅读时间相一致,是小说家处理时间的最常见的办法。多数小说的许多个场面,是用这种办法写成。唯其如此,小说便给人以复现生活的实感、逼真感。"

冼佩认为:"他(小说家——编者注)可以随时把小说里的时间压缩或者延伸。这或者可以称为艺术中的相对时间观念。""小说的故事不但发生在一定的时间序列,而且必然发生在一定的空间范围。……如何处理小说中事件的同时性,是古代小说家早已遇到的难题,话本中又有一句套语,叫做'花开两朵,各表一枝',就是当时作者解决这一难题的办法。作家根据情节结构的需要来确定，同时发生的几件事中先讲哪件、后讲哪件。提出和解决同时性问题是小说构思趋向完整的一个标志。"

冼佩注意到："现代西方有些小说家，又把叙述的同时性进一步扩展，创造出同时并现法。……小说家一次又一次把他的时钟拨回原处，让读者一次又一次从头开始听不同的人物从不同的角度讲说同一件事情。作家好象把描写对象放到一个旋转台上，于是，读者看到了它的外壳和内里，正面和反面，看到了社会的整体形象，而不仅只是某一个剖面。""小说家有时竟然叫他的时钟指针不停地震颤摇摆，忽而跳跃向前，忽而倒向后转，这就是小说中的时间错位。把原来正常时间顺序打乱，把事件剪割成一段一段，由作家另外联缀。茹志鹃有个短篇，题目叫《剪辑错了的故事》，正是用的这个办法。"

7 日　林斤澜的《明天我就动身……——读韩蔼丽的小说》发表于《文艺报》第 10 期《文学新人》专栏。林斤澜认为："她的写法是靠近散文的路数。……在散又不散上下功夫，要扯远拉开，要左右杂陈，要不拘前后，仿佛信笔'散'下来，但处处又仿佛有个'焦点'在，所有的光都投射在这个'焦点'上，或者从这个'焦点'散发出去。……这一种写法，还往往甩掉过场、过度、过程，看来信笔挥洒，其实净给人一个个独特的镜头。一个短篇，能榨干了多少年的积累，要有许多零碎，还要舍得给。"

王蒙的《短篇小说优势谈》发表于同期《文艺报》的《偶感录》专栏。王蒙认为："短篇小说的特点有二，一个是机智巧妙，一个是凝炼隽永。"王蒙指出，"这种机智巧妙首先表现在取材方面，从一斑窥全豹"，"真正的短篇小说，首先要求取材的单纯"，"需要更多的艺术夸张和艺术想象"，"短篇小说的一个重要叙述手段就是留下空白，留下读者想象的余地"。

10 日　吴泰昌的《小说中的情节——在小说创作讲习班的讲课（摘要）》发表于《北京文学》第 10 期《北京文学讲习所》专栏。吴泰昌谈道："我们中国古典小说的宝贵经验之一，就是重情节，讲究故事性。……随着新时期文学潮流的发展，在坚持我们的文学为人民服务、为社会主义服务的前提下，对艺术进行了勇敢的尝试和大胆的探索，给小说创作带来了许多新的东西，突出一点是小说表现手法的丰富和变化。……现在有的同志在理论和实践上强调情节的淡化，不象有的作家为了表现人物性格，刻画典型，有意把情节搞得很强烈、很集中，甚至戏剧化。主张情节淡化的同志说，作品人工的痕迹越淡越好，就象生活中发生的事一样，给人以自然逼真感……情节淡化的作品在一定程度上也能履行社会主义文学的职责。若创作上都是这类作品，或主张用这类作品去取代重情节的作品，忽视人物形象的描写，这种意见就值得商榷。规模宏大的小说，没有情节，不写人物，不努力塑造艺术典型是不行的。如果一批反映改革的中长篇小说，只是描写了人物的某种情绪，没有在一定环境里通过一定情节表现改革者形象，怎么行呢？"

同日，胡德培的《唱一曲严峻的乡村牧歌——古华谈创作》发表于《小说林》第 10 期。胡德培引用古华的话说道："我们的小说创作应当在表现生活的色彩、情调方面多下些功夫。《红楼梦》所创造的就是一个色彩和情调的大千世界。古今中外的文学名著所反映的都是各自特定时代的色彩、情调的大千世界。可以说，色彩和情调，是一种艺术境界。""要达到和进入这种艺术境界，则主要借重于文学语言。……我探索着，努力使自己的小说语言的色彩成分多样些、丰富些，《芙蓉镇》里所做的，便是这种不甚成功的语言探索。其一，我大量地采用了湘南山区的方言，但都是经过加工、提炼的，而不照搬方言土语，以求既能通过这些方言反映出较鲜明的地方特点，又尽量使南方、北方的读者都易懂，读来顺口，看来顺眼。……其二，我不习惯于那种将小说语言的色彩处理得过于'纯''真'的写法，而有意追求融多种色彩成分为一体：将优美的风俗民情图画、乡土民歌，不能自已的感情抒发，富有一点哲理意味的大段议论，人物内心世界的较细致的描画，世事变迁的评述，以及诙谐幽默、辛辣的嘲讽等，统统化入小说的叙事语言中。"

15 日 邓友梅的《小说写作的几点体会——在某个学习班的讲话》发表于《民族文学》第 10 期。邓友梅表示："如果我们承认艺术作品总是以具体的、感性的状态出现形象的话，作家就必须在生活中积累大量的、具体的、感性的素材。所以，作家的经历、生活经验是决定他创作的第一位的东西。……我想在民族风格上做一点探索。是不是我们民族传统的小说再也没有生命力了呢？现代派也好，意识流也好，超现实主义也好，在中国都可以有它一席地位。但是，中国传统的现实主义也应该有它的地位。……我想,中国的东西越有中国的特色,在世界上才越有可能有他自己的地位。"

25日 陈建功的《尝试与希望——答何志云》发表于《文艺研究》第5期。陈建功谈道:"你通篇来信的主旨使我大感兴趣——并不是因为我成为了你的探讨对象,而是因为你希望'从创作总体上发掘出形成独特性的一般原则'这一追求本身。……当今的作家,必须拥有自己的从审美上把握世界的独特方式——岂止见解独特,他的作品需要表现出独特的情感、独特的表现角度、独特的叙述语言……显示出一个作家感受生活、表现生活的全部独特性所蕴含的魅力!"

31日 邓仪中、仲呈祥的《清除精神污染 努力表现新人——从部分文学作品中的新人形象塑造谈起》发表于《人民日报》。邓仪中、仲呈祥认为:"我们的作家在塑造社会主义新人形象方面的努力,还不能适应时代和人民的需要。""有相当数量的作品中存在着两种有碍于塑造具有丰富性格的新人形象的偏向:一是在追求新人性格的丰富性时,忽视了新人的社会主义本质特征即性格的质的规定性,脱离生活人为地制造性格的复杂性,把丰富性变成了随意性,复杂化变成了芜杂化,以至损害了新人形象;二是在强调新人性格的质的规定性(社会主义倾向的明确性)时,又重复过去的弊病,冒出了同样是脱离生活的把新人性格简单化、脸谱化和意念化的苗头,从而削弱了新人形象的艺术感染力。""社会主义新人形象,首先必须具有社会主义倾向的明确性,即新人的质的规定性。""当然,在强调把握社会主义新人性格的质的规定性时,切不可忽略或伤及新人性格的丰富性。""作家只有坚持马克思主义的世界观,树立高尚的美学理想,才能准确地把握社会主义新人的特质,敏锐地发现新人的闪光;作家只有把创作的视线投向生活,才能在深入生活的基础上进行艺术概括,从而塑造出具有丰富性格的新人形象。"

本月

姚雪垠的《关于当代长篇小说的一些认识》发表于《长篇小说——〈十月〉专刊》第1期。姚雪垠谈道:

"好的长篇要具备三个条件,一是有深刻的主题思想,二是有充实的内容(现实生活或历史生活),三是在艺术上是成功的。

"长篇小说从靠听觉欣赏的口头文学到变为靠视觉欣赏的书写文学,是长篇小说在发展历程中的一次解放,大大便于语言文字的锤炼和文学价值的提高。虽然古典长篇小说常常在最初只能在极小范围内用抄本传播,但是或早或迟,就会有刻本流传。只有借助刻板印刷,供阅读的长篇小说才能够不致散失,广为流传,扩大影响。所以,由木刻到活字、铅印……步步发达、书商的有利可图,对长篇小说的发展很有关系。

"人们常说,文学是语言的艺术,所以单从语言的运用方面看,也可以衡量当代长篇小说在三十年代的发展。三十年代虽然强调地提出来'大众语'的问题,进行了热烈讨论,但是直到三十年代末,能够熟练地使用群众口语写作的作家极少;绝大多数作家,都不能跳出知识分子的白话。可是当代文学则不然,作家们运用群众口语写作已成为主要潮流。在有的长篇小说中,语言的色彩更丰富,将上层封建士大夫的语言、群众口语、江湖语言、通用白话,自由运用,因人而异,错综变化。

"长篇小说的美学是一个内容丰富的问题,我现在只拿长篇小说的结构问题来说明当代文学的发展。三十年代的长篇小说,从结构上看,一般没有脱离单线发展。即以茅盾同志的长篇杰作《子夜》来说,本来有打破单线发展的创作意图,分出一个副线写乡下,但写得并不出色,这条线中途停了。所以,《子夜》仍然是单线发展的小说。真正的复线结构,是我国当代一部分长篇小说在写作方法方面(也是个美学问题)的一大发展。复线结构的写作方法,并不是我们这一代长篇小说作家的新发明,而是'古已有之'。古代的《三国演义》,近代的《战争与和平》,都是运用复线结构的代表。"

姚雪垠指出:"另外我还要提一提长篇小说的中国风格和民族气派问题,这也是当代中国文学的重大课题,而且有了新的突破和重要探索。……长篇小说的民族气派是一个复杂的美学问题,不能光靠章回体。在探索中国风格和民族气派的艰辛道路上,真正代表新水平的作品是抛弃了章回体,广泛而深入地吸收中国文学的丰富营养,即所谓植根于民族文化的土壤,同时大量地借鉴西洋近代小说的写作技巧，探索一条新路。"

十一月

1日 陆文夫的《看得细、想得深、写得严——在昆明市文学作者座谈会上的讲话》发表于《滇池》第11期。陆文夫认为："我们提倡独特并不是叫你写一些奇形八怪的东西，而是要叫你把自己最独特的最擅长的社会生活调上来。每一个人的性格、气质，每一个人所熟悉的生活都是不可能太相同的。只有在这样的基础上你才可能把一般的概念排除，把自己的个性、长处发挥出来。"

7日 范咏戈的《彭荆风近作印象》发表于《文艺报》第11期。范咏戈认为："彭荆风创作的一个特色，就是他决不用意念、问题去租用人物，随意驱使人物演戏；他不为迁就主题或作品的'思想性'去损害人物的真实感；他不借人物对读者进行耳提面命式的教导，而靠形象本身的鲜活给人以感染。他善于在意料之外和情理之中将人物写活。"

10日 从维熙的《小说是形象思维的艺术——在小说创作讲习班的讲课（摘要）》发表于《北京文学》第11期《北京文学讲习所》专栏。从维熙表示："我们写短篇小说，不可能把历史的幅度拉得很长，不可能把时代概括得那么深，只能抓取很平凡的一件事，要象《山地记忆》《明镜台》这样就可以了。我常看到一些文学青年写的小说，很单薄，虽然文通字顺，但不动人，缺少一种闪光的东西，就是形象思维。我们搞创作，从一开始构思作品，就要把形象的东西注入到你未来的作品里头。"

张春生的《创新，应有自己的气韵》发表于同期《北京文学》。张春生认为："我们所论的形式，是广义上的形式，这就是中国气派。也就是说，要有自己的气韵。气，就是在人物刻画上要精确表现出中华民族的神志气节；韵，就是在作品语言的字里行间传达出中华民族的情趣风味。如果置此而不顾，一味地以'引进'做为文学的创新之道，只能落个邯郸学步的下场。在形式上，还是应当提倡喜闻乐见，当然并不是不发展、不学习、不出新，但一定是洋为中用，推陈出新。"

张毓书的《柳·菊·草——读张宇小说三篇》发表于同期《北京文学》。

张毓书认为，张宇的《河边丝兰柳》《菊花晨》《青草叶儿》三篇小说以其"新鲜的题材，清新的语言，独特的表现手法而别开生面"。张毓书指出："追求结构的奇巧，是张宇小说创作显而易见的特点。《柳》《菊》《草》三篇全部采用'现实——历史——现实'的构思顺序。奇，并不离奇古怪；巧，却显得妙趣横生。作者继承民族传统手法，转益多师，虚心汲取前辈经验又不落窠臼。"

15日　滕云的《试谈中篇小说的审美属性》发表于《文学评论》第6期。滕云谈道："讲到中篇的形式规律，我认为首先要考虑到中篇把握生活的方式与长、短篇把握生活的方式的联系和区别。短篇小说主要通过摄取生活片断中的若干'点'的方式，以小见大、以部分暗示全体地把握生活。长篇小说则是在对生活的很大的空间广延与时间连续的观照中，尽可能完整地把握生活。中篇小说，不象长篇那样，表现生活的长河。它通常是截取生活的片断，在这方面它接近短篇。但它又不象短篇，只'借一斑略知全豹，以一目尽传精神'（鲁迅《〈近代世界短篇小说集〉小引》），中篇截取的是生活、人生的一个完整的段落，带着这一段生活本身的空间广延性与时间连续性，在这方面它又靠近长篇。中篇把握生活的方式，既与长篇的方式有联系，又与短篇的方式有联系。别林斯基们感到了、看到了中篇与长篇、中篇与短篇审美属性的联系，但他们没有明确找到中篇与长篇、中篇与短篇把握生活的方式的区别。其实，中篇不是拉长了的短篇，因为中篇截取生活的片断而在这片断上展示生活的整体性，短篇只摄取生活片断的某些'点'而不必展示生活的整体性。中篇也不是压缩了的长篇，因为中篇所展示的生活整体性毕竟是它所截取的生活片断的整体性，而不是长篇所展示的历史的某一方面这种意义上的整体性，也不是长篇所展示的生活的完整阶段性这种意义上的整体性。总之，中篇把握生活的方式，是长篇与短篇把握生活的方式之外的第三种方式；中篇不是长篇与短篇的混合体，而是长篇的审美特性与短篇的审美特性的对立统一体，是长、短篇之外具有独立的审美价值的第三体。""中篇在生活的片断上展示生活的整体性这种把握生活的方式，决定了中篇的情节结构、人物世界构成以及篇幅、形制等形式规律。""中篇结构并不宏大，但所展示的是生活的一定的"面"而非生活之"点"；中篇在单纯集中的情节里展开对生活、对人的整体描绘；中篇艺术天地和人物世界不一定繁复,却可以相当开阔;中篇的表现方式不是以小见大而是以小写大,亦写小亦写大。这些就是中篇艺术形式区别于短篇艺术形式的若干主要之点。"

同日,曾镇南的《上升的螺旋——再谈王安忆的小说》发表于《钟山》第6期。曾镇南表示:"据作者说,她原来试图以陈信的内心独白来组织这篇小说;后来意识到这样不行,应该写生活本身,用生活本身去打动人,这才成功了。是的,这是作者对自己惯常写法的一个突破。这种突破不仅仅是表现手法问题,而是严谨的现实主义的创作手法对作者主观偏爱的一些理念的突破,是结结实实的生活内容本身要求摆脱作者那些相对而言比较飘忽浅露的主观情绪的缠扰的结果。曾经那样真挚动人的略带天真味的主观抒情的诗意,被逼真细致的略带幽默感的客观绘状产生的诗意代替了。这是王安忆观察生活、表现生活的才能的重大发展。"

本月

张贤亮的《写小说的辩证法》发表于《小说家》第3期。张贤亮认为:"一部小说应是一个世界,至少应是一部分生活的整体。单纯的叙述只是故事,不叫小说。写小说,就要把握外在整体中的各个部分的关系和反映出各个部分对各种不同的感官所引起的感觉形式,它有着绘画、音乐、戏剧、诗的元素。小说,就是要把这各种感觉形式用语言综合起来,引起读者的审美想象。可见,要使自己的小说能'一触'读者'即'使读者'发'出多方面的感受和联想,唤起读者的艺术通感,就不是单纯小说的语言技巧能做到的。这不仅需要作者本人有丰富的生活经验和内心感受,并且需要作者有把自己的各种感觉形式转变为适合于那种感觉形式的艺术形式的才能。这种才能的获得只有使自己'艺术家化'。"

陈丹晨的《心灵祭坛前的声音实录——〈巴金论创作〉读后》发表于《小说界》第4期。陈丹晨指出:"相比之下,一个作品的好坏,思想内容是主要的、决定的,技巧是第二位的、次要的……他主张'文学的最高境界是无技巧'。这里所说的'无技巧',也正是指的艺术表现形式和思想内容已经自然融为一体,难以剥离区分。……巴金自己也曾解释说:'把写作和生活融合在一起,把作家和人融合在一起。我认为作品的最高境界是两者的一致,是作家把心交给读者。'"

施咸荣的《讽刺 幽默 黑色幽默》发表于同期《小说界》。施咸荣认为:"到了八十年代'黑色幽默'文学开始在西方衰落,今天看来,黑色幽默似乎更近于一种艺术特色和嘲讽手法。在黑色幽默里,幽默成分已很少,更多的是一种玩世不恭的、反常的、虐待狂式的情绪的发泄,也就是通过漫画式的夸张来描绘事物的荒诞性。……作家往往从超现实的角度出发,用夸张的手法把生活漫画化,穿插一些滑稽的莫名其妙的插曲或作者本人的奇谈怪论,勾勒出一幅幅疯狂的、荒诞的图画来影射现实,讽刺现实。作品在艺术上采取多种多样的实验性新手法,一般都不注重故事情节,也缺乏逻辑性和理性,内容晦涩难懂,而且荒诞得甚至到了无法理解的程度,悲剧的内容可以作喜剧的处理,痛苦和绝望也成了开玩笑的对象。英美当代的后现代派小说,多半采用黑色幽默的手法,就象前期的现代派小说多半采用意识流手法一样。同时,黑色幽默小说也象意识流小说一样,有优有劣,拙劣的从内容到表现手法都颓废腐朽,个别优秀的则独树一帜,通过艺术的概括,反映了生活的某种真实。当然,黑色幽默派作家对整个世界的看法是形而上学的,因而他们的作品往往消极而悲观。"

张守仁译的《艾·伏尼契致博·波列伏依(1957年1月14日)》发表于同期《小说界》的《作家书简》专栏。文章指出:"不言而喻,长篇小说中的形象,并不总是以真实人物作模特儿的;或许它们倒是在作者想象中长期酝酿成的某种产物。这种酝酿受到如下因素的影响:一、作者个人阅历;二、男作家或女作家相识者的经历;三、广泛阅读(这也符合我的实际)。"

十二月

1日 冯骥才、胡德培的《关于中篇小说的通信》发表于《作家》第12期。胡德培谈道:

"首先,中篇小说不是短篇小说的拉长和扩充,也不是长篇小说的压缩和简化;不是几个短篇的拼凑得来,却可以有连续的几部中篇而构成一部长篇;

中篇是独立的一种艺术形式，它具有自身的规律和特征。拿最近几年较成功的中篇小说来说，其艺术形式也都是独具特色的。你是行家，请谈谈其中的奥秘。

"其次，中篇小说力求在广阔的历史背景下，给人们展示一个较完整的历史面貌，描绘出较丰富的社会生活画面。它在艺术容量方面，显然比短篇小说要宽广而丰富。因为短篇小说大多是选取生活的横截面，或者是历史长河中的一朵浪花，或者是社会发展路程上的一个片段。但是，中篇在表现历史面貌和社会生活的广阔性、完整性和多样性方面又不如长篇。中篇小说这种艺术形式，要求作家具备更充分的概括能力，更深入的思索工夫，更精到的生活见解，更深厚的艺术修养。我很想听您谈谈关于上述四部小说（《铺花的歧路》《啊！》《爱之上》《雾中人》——编者注）的艺术构思和创作体会。

"再次，中篇小说可以刻画较多的人物形象，可以出现较多的情节变化。但也不可能有太多繁复的情节，更不需要多线索的复式发展，相对来说，它比长篇小说的情节结构和人物安排要简单一些，集中一些，因而才形成了那种不长不短、不多不少、不大不小的中型规模的艺术形式。"

冯骥才回信谈道：

"我想从中篇这种形式上，与你谈谈中篇崛起与繁荣的根由。

"中篇，比短篇长，比长篇短……它通常取材社会一个侧面，或描写一个人物、某一时期的活动经历，或抽出纷杂世事中的一条线索，着力施展笔墨。它不必象长篇那样展开广阔的社会面貌，却可以通过一个人物显示出时代的某些特征，它可以不受短篇的过小篇幅的局限，表达相当丰富的生活容量。写一部中篇小说，不比一个短篇用的时间更多（我写的五部中篇，最多一部用十六天），但比写长篇的时间却少得多。完成期短，作家则可以把最新鲜的生活感受和发现，尽快告诉给读者，又可以比短篇写得更充分、更厚实一些，也就是容量大些。这种形式（或称种类）的艺术特征，决定了它为什么在一九七八年底短篇刚刚繁荣起来就跟着大步奔来。

"我首先还是想强调，中篇的人物不宜太多，除非作家在艺术上有特殊的想法。……我的习惯却是把精力和笔墨集中在一两个人物上。当然作家多施笔墨的人物未必成功。这要看人物身上有多少发现价值、认识价值和审美价值。……

同时，中篇比短篇的优越之处，则是可以把这些关键性的矛盾充分展开。小说中的矛盾是人与人的关系，矛盾推动情节，在情节中刻划人物。写好人物，就是要抓住人与人的关系不放手。……我所说的矛盾，是要有特殊性的，不是一般化的。人物与人物的关系也是非同寻常的。人的个性、气质不同，人与人的关系也有特殊性，从人物的个性着眼，去寻找矛盾的特殊性。

"在结构上，我所写的几部中篇都是传统的有头有尾的写法。不同的是，在《斗寒图》中，我有意采用的古诗中的'起、承、转、合'，把小说分为四章。我希望自己这部小中篇在结构上严谨而完整，起落清楚；在《啊！》中，我则采用绘画'焦点透视'的办法，把那误以为丢失而实际上没有丢失的信件做为焦点，让人物围着这封'信'做文章，人物与人物的矛盾便围绕着'信'旋转，做螺旋状，层层缠绕，环环扣紧，最后仍扣在'信'上；我在另一部中篇《雾中人》里更多采用散文式结构，这在绘画上叫'散点透视'，即尽可能减少表面的、强烈的戏剧性冲突，疏散平淡，使之更接近生活本身那样的色调、节率和清晰度。

"所谓容量，一指内容的容量，一指思想容量。中篇小说受字数的限制，容量也受限，但又不是绝对的。……作家要用写长篇的劲头来写中篇，莫用写短篇的精巧的思维方式来构想中篇。

"成功的中篇的背景应当象长篇一样广阔；成功的中篇的人物应当象从长篇中抽出的人物那样丰满。

"中篇小说要尽可能接近长篇的容量——特别是思想容量。作家则要对他的人物的个性和典型性加深思考，对他的题材内容的概括力和思想内含加深思考。……我以为把中篇看成拉长的短篇，或长篇的片断，都是不恰当的。"

4日 董学文的《宝贵的启示——学习列宁对待现代派文艺的态度》发表于《人民日报》。董学文指出："为了坚持马克思主义的美学原则，发展进步的文学艺术，列宁郑重地提出了判断艺术（包括现代派艺术）的基本标准，那就是不在它的'新'与'旧'，而在它的'美'或'丑'。列宁反对那种以'创新'为借口去破坏艺术规律的做法，鄙视那种把艺术畸形、'反传统'当作'时髦'的风尚。""列宁认为，必须建立起无产阶级的和民族的艺术自信心和自信力，破除对'西方的艺术时尚的不自觉的尊敬'。"

10日 林斤澜的《小说的主题与总体构思——在小说创作讲习班的讲课（摘要）》发表于《北京文学》第12期《北京文学讲习所》专栏。林斤澜谈道："有人主张小说要有内涵，字里行间包含一种东西。这东西是什么呢？一般说就是理念。这东西是你从生活中得来的感受，你再从感受里提炼出来的。……但感受不能停留在原地，应该提高、归纳、升华、凝聚，变成理念的东西。感受是作家自己的感受，理念是自己的提炼。""第一句话是小说的基调。……如果找对了第一句话，就顺手，就好办。""他们说的'第一句话'或者'基调'，就是总体构思要解决的事。……开头就要定调。""再一个：人物与故事。小说中总得有个人吧，或者侧重写人，或者侧重写事。这人在小说里做什么是主题问题，怎么做和结构大有关系。""除了第一句话，还有结尾。……很多名著的结尾都非常讲究……他（欧亨利——编者注）的作品别具一格，结尾的构思下了狠功夫。"

本季

余昌谷的《漫谈小说的节奏美》发表于《艺潭》第4期。余昌谷认为："人们的感官欣赏色彩、音响、线条、动作的错综变化，而厌倦单调乏味的重复；节奏有变化，起伏有层次，才能调剂读者的情绪，激起人们感情上的波澜。这好比游山，'前山未远，魂魄方收；后山又来，耳目又费'，中间有小桥、曲岸、浅水、平沙来调剂，才不败游人的意兴。因此，从真实地表现有节奏的现实生活来说，从满足人们对节奏的审美要求来说，小说对生活画面的描绘都应该动静交错、张弛相间，有鲜明的节奏。"

余昌谷提出："小说离不开节奏，节奏赋予小说内容以美的形式。一位艺术理论家曾这样说过：'节奏是一件艺术品中所包含的一切不同因素之有秩序的、有节度的变化。'这些变化可以说千差万别，但归结起来，无非是表现着自然物质材料（诸如声音、色彩、线条、动作等）在时间或空间上的间歇与延续、停顿与重复，以及它们在高低、强弱、升降、显隐上的不同对比与组合。就长篇小说而言，在情节、场面上可能有壮美与优美的交相辉映，在气氛上可能有悲剧气氛与喜剧气氛的渗透杂糅，在描绘对象上可能既有美与丑的强烈对比，又有威武与文秀、刚强与柔媚的突然转换。这种种复杂的美学因素熔铸在长篇杰作中，便形成了节奏的多样性与复杂性。壮美与优美两种场面的转换，最容易产生节奏鲜明的艺术效果。这一点，我国古典文学大师就已经注意到了，并常常在创作中表现出来。"

1984年

一月

1日 雷达的《心灵美与时代精神——中篇小说〈无声的雨丝〉的启示》发表于《上海文学》第1期。雷达认为:"近几年来,在小说、电视、电影中,都出现了一些被人们称之为描写'心灵美'的作品。……这里面不乏真挚动人的上乘之作,对于提高人们的道德情操,精神境界,发挥了良好的陶冶作用。但是,也有一些作品,存在着把道德抽象化的倾向,或者说,把道德从社会的政治、经济、文化的实践活动中剥离出来的倾向。人物活动的疆域狭小,作者有意让人物躲避生活中真正复杂尖锐的矛盾,好象筑了人为的堤坝去保持'心灵美'的和谐和静穆。……从根本上讲,某些作品中的'心灵美'没有特定的时代内容和阶级内容,没有真正植根于社会生活的矛盾之中,没有灌注强烈的强大精神。"

同日,汪宗元的《试谈小小说的美学——兼评〈新港〉近两年的小小说》发表于《新港》第1期。汪宗元认为:"我国的小小说,自有它悠久的历史,追根溯源,早在春秋战国时期的诸子散文中,就有它的雏形。后来魏晋志怪小说,唐宋传奇,明代短篇话本,以至清代的《聊斋志异》一类作品,都有不少出色的小小说。这是我们自己的传统,值得认真的咀嚼与继承。文学史的实践表明,并不是一切新式的文艺品种都是外来的!""小小说的形式特点就是小。一般说来,字数以千字为佳,也有更短的,最长不超过三千字;中心人物只有一、二个,出场人物最多也不过三、四个;事件忌繁宜精,好作品往往善于择取生活中最有感染力的事件作为核心,有时甚至没有特定的事件。小小说虽小,思想容量并不一定小,其中就有个典型化的问题。"

3日　石言的《在挚爱的大地上飞翔——〈秋雪湖之恋〉创作体会》发表于《小说选刊》第1期。石言认为："虚构想象的重点是独特的人物关系及其发展。……生活素材需要积累，想象所创造的艺术形象和艺术构思同样需要积累。艺术积累越富，想象越多，则人物典型化、故事情节化的程度就会越高。"

吴组缃的《作品漫谈（一）——关于现代派与现实主义》发表于同期《小说选刊》。吴组缃谈道：

"借鉴外国的文化当然好。我国汉唐以来以至五四前后，不断吸收外来的东西，经过消融，大大开扩丰富了自己。鲁迅就宣扬'拿来主义'。但说到技巧手法，我一向有一种管见。我认为，艺术的技巧手法的应用，必然在一定思想感情的指导之下，用以处理或组织生活素材。这就是说，一方面，它离不开一定的思想感情，一方面它离不开生活素材。思想感情愈高明、浓洌，生活素材愈熟悉，丰富你的技巧就会得心应手，左右逢源，下笔如有神。撇开了这主客观的两方面，它就无从起作用。

"'意识流'，要看怎么个写法。比如写小说，塑造人物，当然写到内心深处的好。思想还是属于上层的；写到潜意识，就深入了一层。你还记得《聊斋志异》有篇《凤阳士人》吗？它写一个妇人，丈夫出远门了。她独自一人在家。作品写她的一个梦。那梦完全是这个'游子'的'思妇'的潜意识活动，写得真切极了。这是唐传奇的一个传统题材。唐人传奇里如《三梦记》之类，也是写这种梦的。'游子思妇'的题材，是我国古代诗词写得很多很多的。蒲松龄这篇，我以为写意识活动写得最动人。《红楼梦》写人物，也多写到了意识里面。你说，贾宝玉以为女子是水做的骨肉，他觉得最洁净；男人是泥做的骨肉，他觉得最污浊。这只能说是一个小孩子的感觉意识，不成其为一种理性的思想。这就写得深，有重大的时代社会意义。林黛玉在与贾宝玉经过'诉肺腑'，疑虑彻底解除，即对贾宝玉完全信赖之后，曾多次流着眼泪买瓜果祭祀自己的父母。你说，她怎么忽然这样思念起父母来？难道曹雪芹要写这个可怜姑娘的孝心吗？当然不是。这写的是林黛玉自念孤苦无依，无人关心自己、出来为自己主持婚姻。她的祭祀，我以为也是一种潜意识主使的活动。这写得深切，也十分动人。我们一般小说，写人物内心，写得这么深的，好像还不多见。"

7日 蹇先艾的《我所理解的"乡土文学"》发表于《文艺报》第1期。蹇先艾谈道:"'乡土文学'究竟有什么特征?……仅限于解放前的'乡土文学'。……首先是作者热爱他的乡土,作品大抵都能揭露暗无天日、形形色色的怪现状,同情劳动人民,抨击或嘲讽反动统治阶级和剥削者;也表现了各地的习俗风光,使读者嗅到一股泥土气息;人物和语言带有浓厚的地方色彩,描写往往采用了白描的手法,具有一种朴实简洁的风格。"

温济泽的《关于科幻小说创作问题——在科幻小说创作讨论会上的发言》发表于同期《文艺报》。温济泽认为:"就是要宣传辩证唯物主义的思想,宣传爱科学、学科学、用科学、勇于探索科学奥秘和攀登科学高峰的思想,宣传爱祖国、爱人民、爱劳动、爱社会主义和为四化建设而献身的思想,把科幻小说创作作为社会主义精神文明建设的一个部分。这就是我们所说的思想性。""但是,有些科幻作品也有问题,并且有些问题是严重的,大致有以下几个方面表现:一个方面是散布对社会主义制度和共产党领导的怀疑和不信任的情绪。……另一个方面是,散布形形色色的资产阶级和其他剥削阶级腐朽的思想。……还有一个方面是,散布不合科学、违反科学的东西,制造思想混乱。"

晓蓉的《为了科幻小说创作的健康发展——记科幻小说创作讨论会》发表于同期《文艺报》。晓蓉认为:"科幻小说应当充分发挥它的特点,艺术地宣传马克思主义的科学的世界观和方法论,积极普及科学知识,通过符合科学规律的幻想,启迪人们的智慧。同时,要热情展望世界未来,促进社会主义精神文明的建设,激励人们追求理想,献身四化,探索科学,造福人类。"

10日 刘绍棠的《必须重视第一要素》发表于《北京文学》第1期。刘绍棠谈道:"语言是文学的第一要素。……我们中国的小说从它的成型起,就是把文和言紧密地结合在一起。就是说,我们的小说要使有文化的人能看,没有文化的人能听。……我们要恢复革命传统和民族传统,首先在语言上不能脱离群众。……我们中国古代小说的语言是高水平的,做到了传奇性与真实性相结合,通俗性与艺术性相结合。它的手法有两大特点,一是以个性化的语言刻划人物的个性和暗示人物的心理状态;二是通过动态的细节描写来刻划人物的形象。……用什么办法来刻划'这一个'呢?用语言。……中国的语言是单音节,讲究平仄,有音乐性。……中国的语言决定了必须简短,必须精炼,有韵律。……小说千万不要说废话、空话,尤其不能讲那些听了就叫人腻烦的套话。……要把语言搞上去,也不难。一是要向群众学习,学习人民大众的语言,他们的语言丰富生动,充满泥土气息。……二是要向中国古典文学作品学习。中国的语言,历史散文、诗歌,最讲究吝字如金,用字如凿。……现在的小说废话多,不讲文字功夫。"

14日 达理的《愿象生活本身一样真实》(关于《卖书》)发表于《中篇小说选刊》第1期。达理认为:"毫无疑问,只有生活本身才是最真实,最客观的。它从不弄虚做假,从不矫饰遮掩,也不会板起面孔训人。……它明白无误地把一切是非、爱憎、真假、善恶、美丑全都记录下来。"

15日 江晓天的《新时期长篇小说的新发展——读六部获奖长篇小说杂记》发表于《当代文艺思潮》第1期。江晓天谈道:"从获奖的六部长篇小说看,反映社会生活面较广,时代感较鲜明,这是一大特色。""根据实际生活,创造各种各样的人物;通过塑造各式各样的典型形象,深入地展现社会风貌和时代风云,是近几年来长篇小说创作又一显著的特色。""文学艺术要不断创新,继承民族的优秀传统,借鉴外国的先进经验,以丰富自己的艺术表现手段,更好地反映我们伟大时代、伟大的人民壮丽多彩的斗争生活,这是近几年长篇小说创作中许多作者追求的目标。""这几位作家都注意了这样几点:(一)对人物活动的社会的自然的环境氛围的描绘,比较精细、充分,不作静止的介绍交代,而是揉合于情节之中,力求达到情景交融。……(二)传统的白描技法,仍是塑造人物的重要艺术表现手段,具体运用更为灵活多样。由于着力刻划典型人物的内在性格,揭示人物的内心世界,注意选取富于表现个性的独特细节,人物心理活动的描写多了,抒情性增强了。……(三)吸收了某些西方现代小说技法……(四)较多地使用议论,但不是作为情节描写的注脚,也不是作者的点题式的旁白,而是作为情节进展的有机部分,通过人物的不同角度,或思辨,或抒情,写得有声有色。""人们常说的文学创作的'三大件':生活、思想、技巧,缺一不可。……生活的积累、阅历的丰富,是基本,是唯一源泉。"

同日,张同吾的《腾波踏浪的历程——中篇小说〈迷人的海〉评析》发表于《文学评论》第1期。张同吾指出:"邓刚倾注于笔端的是中国的海,蕴含着中国式的气韵和情致。作品没有对时代背景的精细和确定的描写,但是作者在描绘的两代人与大海搏斗的雄壮场面里,具有象征意味地表现了我们这个时代所特有的那种昂扬、乐观、拼搏、进取的革命精神。他没有从正面描绘惊涛裂岸的时代大潮,却能够从一个特殊的角度,凝视一个特殊的生活领域,敏锐而精当地捕捉了时代情绪,准确地把握了并且生动地表现了现实生活中老年与青年两代中国人身上富有概括力的性格特质,从而可以使人窥见我们民族性格的继承和发展,从而可以理解我们民族精神的延展和升华,以此赋予作品深邃的思想内涵。"

同日,何若的《过犹不及》发表于《钟山》第1期。何若认为:"现实主义是从人类优秀文艺创作中概括出来的一种原则,它比较充分地体现艺术规律,因而又为许多人所自觉遵循和运用。……这就是它有强大生命力,为其它一切'主义'所取代不了的原因。它并非无所不包,也不是各种'主义'的艺术手法全都加以容纳,而是从其基本精神出发,有选择地吸收其它'主义'的好的艺术手法。"

南帆的《小说技巧断想》发表于同期《钟山》。南帆认为:"现代派小说中的部分技巧之所以具有美学价值,并不在于这些技巧形成过程中曾受到某种哲学、心理学观念的影响,而是因为这些技巧在脱离了某种哲学、心理学观念之后,仍然可以成为生活和艺术的一种沟通。正是在这个意义上,许多中国作家考察了令人眼花缭乱的现代派文学。他们用唯物主义的美学观点滤掉伴随着各种技巧的唯心主义意识,着重分析了技巧本身——分析了生活上升为艺术的特殊角度和途径。特定时期内,作家的技巧探讨总是遵循着一个共同的趋势。当代许多小说中的一个明显倾向在于致力传达人物内心的幽微奥秘。在纵横交错的社会之网中,人是一个具有一定社会、历史广度的纠结点。当社会和历史经历了巨大的动荡和曲折之后,许多作家也重新理解了人。他们又一次发现了人物内心的纵深。小说对于内心世界的展示一旦超过了人物命运和社会事件的描述,小说的情节观念就打破了。挣脱了叙述情节的约束,作家惊奇地发现,小说中的时间、空间和叙述角度都是灵活可变的因素。这引起了结构技巧的分解,从而导致了其他各种技巧的重大调整。"

叶文玲的《失败引起的思索》发表于同期《钟山》。叶文玲认为："文学作品的主旨是要写人，即使是歌颂生活中可喜的变化进程，其'魂灵'必然要回归到'人'身上。"

钟本康的《谈谈"复合小说"》发表于同期《钟山》。钟本康认为："一般的小说，总是以一个主人公为中心，写出一个完整的故事。但也有一种小说，却把两个本来可以各自独立的主人公，或各自独立的故事，交互结合在一起，构成一个浑然一体的作品，而它所包含的意义又比原来各自独立的故事更多一些，更丰富一些。这种小说，可以说是复合结构的小说，为了行文的简便，我们叫它'复合小说'（近似于刘心武所说的'复调小说'）。长篇小说、中篇小说由于反映的生活面广阔，人物众多，情节复杂，结构庞大，常采用'复合'式。……'复合小说'一般是由两个中心、两个主人公、两条情节线、两个故事而构成的（这里说的'两个'，只是为了行文的方便，其实也包括'两个以上'）。从结构上看，主要有以下三种类型：一、并列式。以两个主人公为中心的不同情节线始终并列地对等地发展。如成一的《远天远地》……二、套环式。一个故事套着一个故事，是张弦富有独创性的得心应手的写法，他的每一篇短篇小说几乎都是如此。……三、网状式。有几个中心、几个故事交织在一起。如王安忆的《小院琐记》，写了四家夫妻……"

钟本康指出："'复合小说'有显著的特点和优点。首先，这类小说的内涵特别丰富。在'复合小说'中，两个主人公的思想性格决不能雷同、类似，必须有明显的差异和悬殊；两个故事及其所包含的意义决不能机械的重复，必须有程度不同、角度不同、性质不同等区别；因而，就必然比单一的主人公、单一的故事内涵要多得多。……其次，这类小说画面更为丰满。往往能比较完整地反映出生活的整体，使作品更象生活本来的面目。生活是充满矛盾的，所谓完整的生活就是指矛盾着的双方同时存在，如美与丑、善与恶、积极与消极、光明与黑暗等等，在作品中不只表现矛盾的一个方面，而是表现出两个方面。……再次，'复合小说'打破了单一的格局，通过多角度、多侧面、多层次、多过程、多人物、多故事、多线索来写，这就有利于人物形象的塑造和主题思想的深化。"

19日 牛志强的《多重角度与交叉结构》(评矫健的《挡浪坝》)发表于《青年文学》第1期。牛志强认为:"作者正是依据生活逻辑与人物的心理逻辑,采取交叉结构的方式,形成小说的'织体'。将'新老师'的教学生活折成片断,穿插于'老教师'的思绪之中,转承自然,灵巧而又严密。两条线索交叉发展,起于'赠书''交换手册'这样的细节,归于挡浪坝这一富于象征意义的事物,完整且不板滞。而那大海景象与校园歌曲的三次反复,又如贯穿的旋律,不仅使整个结构浑然一体,而且增加了小说的抒情韵味,使所要表达的人生哲理更显深邃。"

21日 韩瑞亭的《新时期军事题材文学发展管窥》发表于《文艺研究》第1期。韩瑞亭认为:"新时期的军事文学同过去相比,是确有发展和突破的。……在军人形象与英雄人物的塑造上,摒弃了'高大全'的模式和虚浮、扁平的弊病,按照生活中的实在面貌写人物,努力追求立体化与层次感,创造出一系列既有时代特色而又个性鲜明的真实、多样的当代军人形象。"

吴松亭的《谈革命历史题材的长篇小说创作》发表于同期《文艺研究》。吴松亭认为:"作家在进行创作时就必须具有广阔的生活视野,对历史生活进行整体的反映,而给读者提供深广的社会生活画面。……在当今的革命历史题材的长篇小说中,生活的广阔性往往与社会背景的深远相联系。……概而言之,就是广角地反映历史生活的全景。……社会矛盾与民俗民情融合起来描写,所表现出来的生活的广阔性,也是革命历史题材的长篇小说的一个新特点。……而这种生活的广阔性所形成的恢弘结构和磅礴气势,从规模上讲已包含着史诗性的因素。""革命历史题材的长篇小说创作,在人物塑造上也有较大的变化和发展,如过去作品中一直处于从属地位的普通人形象,已经成为不少作家的主要描写对象;中间状态人物也开始引起作家们的注意,并在艺术创造上赋予了这类形象独特的美学意义;历史生活的丰富而复杂的构成,促使作家在同一阶级或阶层中,塑造出多层次的系列形象;在人物性格刻划上,加强了感情领域的描写,使人物的全部外观和全部心灵得到有力的展现。"

25日 陈孝英、李晶的《"经""纬"交错的小说新结构——试论王蒙对小说结构的探索》发表于《当代作家评论》第1期。陈孝英、李晶认为:"他(王蒙——编者注）并未象西方意识流小说家那样'退出小说'，藏在人物背后'纯客观'地描写其意识的自然流程，而是将作家和人物的思想感情溶为一体，作品中既有人物的主观感受、内心独白，又有作者的客观叙述，还不时借题发挥，插入评价，有时甚至出现颇有哲理味的大段议论，使理性在作品中始终占据主导地位。……作家是把中国相声的传统技法和西方'黑色幽默'的某些手法融于一炉，在当代小说创造幽默情趣方面试开一条中西合璧的新路。"

陈孝英、李晶指出，王蒙的作品有着"'以人物和故事为经，以心理描写——包括意识流为纬'的艺术结构"。他们还指出："其特征便是：在传统现实主义的情节结构的基础上，改造、吸收现代派的心理结构的某些技巧，融情节描写和心理描写于一体，使之'经''纬'交错，构成一种主题、人物、情节、意境、节奏、哲理等有机融合的、多层次的立体结构。""从出现比较早的茹志鹃的《草原上的小路》《剪辑错了的故事》和谌容的《人到中年》，到近年问世的汪浙成、温小珏的《土壤》《别了，蒺藜》、张洁的《方舟》、高晓声的《陈奂生上城》、李国文的《冬天里的春天》等，都有情节结构与心理结构两套骨架的揉合。……这些作品有几个共同的特征：第一，以情节为结构支柱，为主线，以心理结构为辅助手段，为副线；第二，同时并用情节描写和心理描写两种方法刻画人物，注意视觉形象和心理的形象统一，人物大多具有比较鲜明的个性；第三，作品的主观色彩有所减弱，心理描写虽仍占一定地位，自由联想亦时有运用，但消除了随意性，削弱了跳跃感，使之成为为开掘主题、推进情节、刻画人物服务的有机成分。"

郭志刚的《孙犁创作中的艺术观》发表于同期《当代作家评论》。郭志刚认为："孙犁重视学习运用民间形式，他曾亲自尝试过北方农民所喜欢的大鼓词的写作……不仅是他的诗与散文，读一读他的小说（这也是广义的散文），也会觉得作家此言不妄：那通俗流畅的语言、浅近醒豁的比喻、色彩谐调的画面、便于群众理解的说理……无一不适合着群众的兴趣和习惯。此外，甚至体现在小说里的那些诗的结构、韵律和节拍，还保留着便于咏唱的痕迹。"

李子云的《致铁凝——关于创作的通信》发表于同期《当代作家评论》。李子云写道："在《哦，香雪》以前，你的作品所表现出来的特色，在很大程度上得力于语言。我觉得你的语言来自群众，来自口语，因而它自然、生动，表现力很强，而少矫揉造作。但是它们显然又是经过了认真的提炼，因而成为优美、纯净的文学语言。作家自然都懂得语言的重要性，但是真正能够掌握优美的语言却很不容易。优美并非专指典雅都丽，也意味着质朴流畅、洗炼准确。直到《哦，香雪》为止，我觉得你的语言基本上做到了纯净自然。……适当的铺排、夸张，是必要的艺术手段。从生活真实到艺术真实，必须有所删减又有所渲染强调。但必须适度。渲染强调如果超过了必要的限度，就会给人以夸大其词、虚浮不实的感觉。"

刘梦溪的《生活的启示录——读〈花园街五号〉》发表于同期《当代作家评论》。刘梦溪认为："李国文同志有意通过一些历史隐喻和人物之间的互相映衬，来表达自己对生活对历史的认识和理解。"

彭定安的《越过生活的"恩赐"——评邓刚的小说〈迷人的海〉》发表于同期《当代作家评论》。彭定安认为："现实主义作品中的某种程度的象征手法和象征意义，不等于象征主义。《迷人的海》并没有以某物去象征一个与其本质本相毫无关联的另一物。它只是把生活进行了艺术的抽象，然而又是具象化地表现了它。……作者从海明威的《老人与海》受到启发。他在艺术构思和立意上，从海明威得到了益处。但是，就象鲁迅的《狂人日记》与果戈理的同名小说一样，前行者启发了后继者，但后继者的作品在'流'上吸取了异域他国的艺术滋养，而在作品的'源'上，却仍然是植根于本国的社会生活土壤中，是在本民族的文化素养基础上开出的花朵。人物性格和思想，感情和理念，都是完全不同的。艺术风格也很不一样。"

滕云的《生活的开拓和心灵的开拓——读蒋子龙作品的一点思考》发表于同期《当代作家评论》。滕云认为："敏锐地捕捉现实生活中刚露头、又有普遍而重大社会意义的矛盾冲突，写问题但不限于问题，写改革但不止于改革过程的表面，而是着力于写改革中人的矛盾，矛盾的人，深入挖掘人的灵魂，从而塑造四化建设创业者、'开拓者'以及障碍者形象，这是蒋子龙的特长，是蒋子龙的现实主义的特色。""发掘并表现社会主义时代生活的这种力量，和发掘并表现社会主义新人创造新生活的力量结合起来，就能完整地揭示生活的真谛与新人精神世界的真谛，就能达到更完全、更高的革命现实主义。……歌颂社会主义新人，与歌颂社会主义生活，应当统一起来。"

行人的《他耕耘在真善美的土地上——论汪曾祺的小说创作》发表于同期《当代作家评论》。行人认为，汪曾祺经过一番探索后找到了我们民族欣赏习惯的现实主义，用轻捷、明快、和谐而又自然的"生活流"手法去描写生活，这种手法作为这一时期的探索成果被他肯定下来，从而贯穿在他以后的整个小说创作中。行人指出：

"作品的思想深藏不露，构思精巧而奇妙；写人物则性灵全出，叙事端则简捷而平缓；结构自然而无人为痕迹，语言恬淡而又饶有情趣。

"在汪曾祺的作品中，真实的内在依据是劳动人民的感情和性灵以及这种感情性灵的纯真、淳朴与率直。

"在汪曾祺的作品中，艺术的和谐、自然、合理，包含着两个层次。第一是作者的思想感情并不外露，而是深深地隐藏在作品中的人物命运和人物活动之中；第二是人物的命运和活动并不直写，而是和谐地镶嵌在它所依存的时代和民族以及地方的风俗画框里。

"在风格特色上，汪曾祺的小说比较接近散文，是散文化的小说。……结构艺术上，汪曾祺的小说更是法乎自然，不求严谨，接近散文，而贴于生活。……汪曾祺的小说接近于生活化的散文。……作品的叙述语言多采用接近口语的市民语言，而鲜少冗长和累赘的文学描写。……汪曾祺一方面追求生活口语的色、香、味、活、鲜，使人感到清新自然，另一方面又讲究文学语言的绝、妙、精、简、洁，读来隽永雅致，十分耐人咀嚼与玩味。"

殷晋培的《邓刚小说的力度和光彩》发表于同期《当代作家评论》。殷晋培认为："既是现实主义的，又是浪漫主义的，这就是邓刚写海的特点。……邓刚并不是不再重视情节，他仍然注重通过情节和细节刻画人物的性格……但另一方面，邓刚确实又在加重对人物心理画面和情感世界的关切，有些作品心理线索已偏重或至少并重于情节线索。……性格和心理并重，理性和情感并重，这正说明邓刚努力在深入表现人物的更深的层次。……他当然要探索新的表现方法，自觉或不自觉地和先前依靠情节和动作来刻画人物性格的传统方法保持和拉开距离，这样，才能偏近主观，更接近诗，更接近抒情散文，以刻意渲染人物的心理和情感领域……"

赵成的《为生活增添一支烛光——邓友梅和他的新作》发表于同期《当代作家评论》。赵成认为："首先，邓友梅对过去生活的筛选、提炼和反映，并不是与旧生活站在同一地平线上。……第二，在这组新作中，无论描写过去还是反映现在，作者都是着眼于北京胡同的平民百姓，通过对这些不见经传的'小人物'的生活、心理和命运的描写，展示生活的本质和历史发展的趋势。……第三，作者在塑造这些'小人物'形象的时候，从不故意拔高、降低或主观随意进行'净化'处理，而是比较充分地保留人物性格的丰富性、复杂性和时代的特点。……第四，作者对这组作品艺术情调的追求，是力图写出生活的诗情和画意。……这种风俗画式的小说，具有中国美学的传统特色，适应中国民族的审美习惯，为广大群众所喜闻乐见。……第五，淳厚、洗练和浓郁的北京风味语言，是邓友梅这组新作的一绝。作者笔下不务艳丽、浮华，但求朴素、淳厚。"

同日，王球的《短篇小说情理探》发表于《南京师大学报（社会科学版）》第1期。王球认为："情与理的辩证关系不仅指它们互相渗透、缺一不可，更重要的是指'理'必须溶化在'情'之中，借'情'而得以表现。……但是短篇小说毕竟不宜铺陈说理，它往往要求理智的认识浓缩为感情的结晶体，从而达到以情动人。这种染有特定感情色彩的思想，已经脱去了它先前所有的理性形态。……要表达这种思想，除了最熟悉的生活，最了解的人物以外，重要的是要'赋予全部感情'，这样才能使作品饱含'真诚的激情'。……这个原则首先对于情与理在短篇小说中的作用同时作了肯定。""这个原则（寓情于理、情理交融——编者注）对于情与理在短篇小说中的主宾关系作了明确的概括。短篇小说的人物可以有自己特有的信念、理想和追求。有他政治的、哲学的、伦理的观点，有他对种种社会生活事件的见解、分析、判断以及相应的处事方式。然而，所有这些在作品中都不以抽象论证的形态出之，它们都要融入艺术的形象之中。而且常常要使理智化为感情的形态，使读者从人格所受的震动之中去思考和索解，进而获取或深化对社会生活的理解和认识。""这个原则还明确地提示了短篇小说处理情与理所要达到的艺术要求。短篇小说既然应该同时表现出情与理，而且要以情为主来完成这种表现，那么所谓'情理交融'就很自然地是作品中表现情与理时应该达到的要求。"

26日　胡乔木在中央党校作的《关于人道主义和异化问题》发表于《红旗》第2期。胡乔木谈道："关于人道主义，我想首先应该指出，它有两个方面的含义：一个是作为世界观和历史观；一个是作为伦理原则和道德规范。这两个方面有联系，又有区别。我们现在讨论人道主义问题，首先需要注意两者的区别。""因为已经发表的宣传人道主义的文章，大都没有区别人道主义的这两种含义，而且大都把人道主义作为解释历史、指导现实的世界观和历史观来理解和宣传。""现在确实出现了一股思潮，要用作为世界观和历史观的人道主义来'补充'马克思主义，甚至要把马克思主义归结为或部分归结为人道主义。""如此等等的说法，提出了这样一些根本问题：究竟应该怎样来看待人类历史的发展，怎样来看待社会主义社会的发展？究竟应该用怎样的世界观和历史观，是马克思主义的历史唯物主义还是人道主义的历史唯心主义，作为我们观察这些问题和指导自己行动的思想武器？我认为，现在这场争论的核心和实质就在这里。"

二月

1日　陆文夫的《技巧、主题、风格及其它——陆文夫谈小说创作》发表于《滇池》第2期。陆文夫认为："短篇小说并不是不要主题。现在很多人推崇沈从文的小说，汪曾祺的小说。你把他们的小说拿来细细看一看，有主题，而且主题多得很。仁者见仁，智者见智。无主题论是不对的，骗人的。就是风景画、无标题音乐，适应性很广，可以提供你很多想象，但还是有主题。""主题不能搞得太简单。好的作品，人们很难用几句话或一两个概念概括清楚，要想半天，甚至会发现作者说了好几个主题。主题隐藏在情节和人物中的作品是好的，主题浅露就不好了。"

陆文夫指出："小说创作不能用加法，要用乘法。这就是说：不能靠情节的相加来搞，要靠细节，靠精彩的细节向外膨胀，进行连锁反应。这样就不会拖过程，交代事情，而是在细节中刻画人物。……写小说的人，散文一定要写得好。小说是用散文写成的故事。小说的叙述语言极难。如果写细节、对话、行动，想好了并不难，但一些过场、交代就必须靠文字……另外，短篇小说开头很重要，要两分钟内把人抓住，不然大伙那么忙，看两分钟后觉得没意思，就把作品甩了不看，如果开头把人抓住了，这是第一步，中间要舒张有致，精彩的段落不要一下子拿出来，要慢慢地说，吊读者的胃口，要一环扣一环。前一环出现了的东西，后面一定还要让它出来，不能写一点丢一点，当马大哈，甚至前后矛盾。"

同日，何永康的《心潮深处有潜流》发表于《解放军文艺》第2期。何永康认为："文学作品在展示人物的情感波澜时，不能单一，既要突出和强调人物的感情主脉，又要自然地、巧妙地表现潜藏在人物心灵深处的感情流水。这样做，人物的精神世界就显得丰富、复杂、统一、和谐了。"

3日　顾骧的《读〈雪落黄河静无声〉》发表于《小说选刊》第2期。顾骧表示："《雪落黄河静无声》与从维熙的其它作品相似，经过缜密的布局与细心的剪裁，有着比较严整的结构与曲折的故事情节。这同样也是浪漫主义作品的特点，同时，也是我国起源于话本小说的鲜明特色。在小说美学与创作实践中，有同志认为，在形式上过分注意结构的完整，追求有头有尾的故事和戏剧性情节，会使小说失真；电影、戏剧贵集中，小说贵分散，小说不要过分雕琢，越象生活本身越好；小说形式要和生活形式接近，云云。此说，确有启人思考的道理，也有在创作实践中加以探索的必要。但，我以为，符合民族传统欣赏习惯的故事情节，甚至讲究传奇性的艺术特点，也应得到尊重。"

吴组缃的《作品漫谈（二）——关于现代派和现实主义》发表于同期《小说选刊》。吴组缃指出，明代思想家李卓吾身边的小和尚怀林"在《忠义水浒传》前面写了几句，算是小小序言罢。大意说，是世界上先有王婆这样的人，而后《水浒》写了个王婆'以实之'；是世界上先有许多江湖好汉，而后《水浒》写出鲁智深、李逵、武松等人物'以实之'。在此以前，唐代的刘知几早说过史传文学如'明镜照物''虚空传想'的话。这就是咱们中国古代的'反映论'，亦即咱们中国古代的现实主义文学的基本理论"。

7日　公仲的《陆地和长篇小说〈瀑布〉》发表于《文艺报》第2期。公仲认为：

"《瀑布》出版于粉碎'四人帮'的初期，但可贵的是作家在创作中摒弃了随意夸大和拔高英雄人物的桌臼和影响，从历史生活的真实出发，有分寸地写出了韦步平这一英雄的思想性格的丰富性和复杂性。"

9日 贺兴安的《雄浑深沉的琴音——张承志小说艺术特色浅谈》发表于《光明日报》。贺兴安认为："作为小说艺术一条支脉的抒情小说，不同于情节、性格等小说。主要是服从抒情主调的需要，而又是着力于刻画性格的各个侧面。值得提到的是，作者在这些抒情画卷里，不是单单去截取个人的伤痛和悲欢，并加以放大，而是放在源远流长的人民生活之河里加以观照。"

汪浙成、温小钰的《创作要重视景物描写》（写给朱寨的信）发表于同期《光明日报》。汪浙成、温小钰认为："作品的自然环境描写，应该是典型环境的一部分。自然环境和社会环境一样，同是人物活动的场所，影响着人物的心境和情绪。它是塑造人物的一个有力的表现手段，同时又是作品民族特点和地方色彩的重要组成部分。好的自然环境描写，还可以增强生活气息，唤起读者的艺术趣味和审美感情，使作品具有一种亲切感。"

10日 刘梦溪的《文学创作中作家主观思想的渗透——在小说创作讲习班的讲课（摘要）》发表于《北京文学》第2期。刘梦溪认为："文学作品反映生活的客观性和表现作家思想的主观性，这两者是统一的。""形象性是文学的又一个基本特征。没有形象，就没有艺术。……总的来看，作家的主观思想和作品的形象体系显露出的客观思想是一致的。怎样认识生活，就会怎样反映生活。"

23日 陈达专的《读〈远方的树〉致韩少功》发表于《光明日报》。陈达专写道："故事情节的缓起缓落，男女主人公交往爱恋的若即若离，人物性格的多角度、多层次的刻画，都在你辩证思维的指导下作出了巧妙的安排。""你在写作中充分尊重了自我表现手法的随意性，没有拘泥于哪一种叙述方法或一定以哪一种方法为主。"

24日 冯亦代的《〈西西里岛民间故事选〉序》发表于《人民日报》。冯亦代指出："意大利民间故事本来就忌讳行为强暴而热衷于生活的和谐，凡遇流血凶杀之类的叙述，多采取抽象或概括的手法。""编者卡尔维诺的作品虽以迷幻的现实主义著称，但对这本意大利民间故事的选集，他认为这些故事并不是逃避主义的，而是地地道道的现实主义作品。"

本月

李国涛的《小说观念问题》发表于《山西文学》第2期。李国涛指出：

"读法国现代派小说家罗伯—葛利叶的论文《未来小说的道路》，文前引法国女作家娜塔丽·萨洛特的一句话作题词，其文曰：'小说被贬为次要的艺术只因它固守过时的技巧。'葛利叶在自己的文章中大体是申述这个观点的。他抱怨：'今天唯一通行的小说观念，事实上就是巴尔扎克的观念。'他警告：'小说艺术陷于这样严重的停滞状态——几乎整个批评界都注意到了这种惰性——以至不能想象，它如果不经过激烈改革还能苟延多久。'

"所谓小说的'巴尔扎克的观念'是些什么呢？这其实是现代派作家、理论家对十九世纪以来的现实主义小说所作的一个概括；以巴尔扎克为代表，当然不限于巴尔扎克一家，甚至也不限于严格意义上的现实主义作家。具体内容是什么呢？就是讲求情节，描写人物，表现主题；此外还包括环境的描写和细节的应用。

"现代派小说家正是要反其道而行之，要从这种观念中挣脱出来，写一种完全新型的小说。有的理论家把这种新的小说写法概括为'三无'，即无主题、无情节、无人物。这种概括当然也不是十分准确的，因为现代派小说也很难说是三'无'。真'无'之后，实在也难以写出小说来；不过是不强调，不重视罢了……我们只想问一问，如果要表达的只是作家对生活的微妙感受，干嘛非要写小说不可呢？写抒情诗，写散文，不是完全可以表达吗？既然写小说，就要有人物，有情节，写明环境，应用细节。所谓'巴尔扎克的观念'是改变不了，也不应改变的。这个观念不是产生在巴尔扎克之后，而是在巴尔扎克之前很久就形成的。这也不单是某位作家、某个流派特有的观念，它是一种文学体裁、文学式样。一旦没有人物，没有情节和细节，也就没有了小说。"

三月

1日 周莘榆的《漫谈小说的细节描写》发表于《滇池》第3期。周莘榆认为："作品的故事情节，可以凭空编排（所谓凭空也是有条件的），而细节却不可也不能凭空编排。细节的获得，不是直接实践便是间接实践，任何高明的作家也不能凭空编排出一个合情合理的细节来。""由于细节的不能'虚构性'，有人则把细节视为'金子'。……细节描写的真实性，对于持现实主义创作方法的作家来讲，历来是一个十分严肃的课题。……塑造人物形象的细节描写是否成功，要看你选择、提炼后的细节是否符合人物的外表特征、内在的性格及此时此地此人的心理状态。……在很多作品里，是通过具体描写人物的丰富的行动性的细节，来突现性格的。"

同日，胡德培的《时间跨度与艺术概括——艺术规律探微》发表于《作品》第3期。胡德培认为："从当前人物的活动与表现回顾到他们过去的一些经历和遭遇，原本是人们认识生活的一种自然联想和思考过程中常有的现象，也是艺术表现上的一种常见手法和描述方式，本来不足为奇。……事实上，在某个具体的创作中，是否需要回叙主人公过去的历史（特别是长篇累牍地、大段大段地回叙），一定要根据不同创作的具体情况，不同主题的实际需要，不同人物的客观环境，不同情节的必然发展等等，经过匠心安排，巧妙设计，然后才有可能在艺术上呈现出多种表现和丰富创造，使我们的创作被赋予个人独特的作风、独特的性格，以至出现每个作家笔下种种不同的艺术个性和独特风格，从而创作出为人们称心如意的上乘之作。"

6日 谢明德的《论短篇小说的空间与空间感》发表于《泉城》第3期。谢明德认为："短篇小说的空间形式，显然不同于长篇小说的多层次，多角度、多侧面，具有很大的广延性和伸张性，它容纳不了太多的场景，却是尺水兴波，意味隽永，使人于有限中见出无限来。""单一的空间设置，有如一出独幕剧，严格的场景限制，无疑有利于情节结构的凝炼集中。……艺术的空间，具有概括性和情感性的特色，同时又渗透着时间的节奏。正因为它是对现实空间的审美概括，才具有典型性和普遍性，成为时代生活的窗口……大凡短篇小说的选择角落、结构布局，或侧重从空间（场所、地点）考虑，或侧重从时间（情节线索）入手，也可以二者兼顾，纵横并重，不可能有一刻板的公式。同样，要求短篇小说写得单纯、简洁，也不能简单地理解为就只能写一个瞬间，一个片断，一个或两个场面。"

7日 黄毓璜的《现实主义新的探求——读陆文夫的近作三篇》发表于《文艺报》第3期。黄毓璜认为："他开始尝试设计一种多角度、多侧面、多层次的'立体交叉'的艺术构筑。""最集中地体现了这一特点的是《美食家》。"

韦君宜、谢永旺、蒋荫安、吴泰昌的《一九八三年长篇小说漫谈》发表于同期《文艺报》。谢永旺认为："取材上同当代人民生活的贴近，就是一个突出的特色。……1983年的长篇小说在题材和写法上并不单调。"

吴泰昌认为："这一年反映现实生活的长篇增多，主要指两类作品，一类是写改革、写四化建设的。……另一类是从不同角度写青年生活的作品多起来。"

就"迅速反映现实生活与提高思想艺术质量是否存在矛盾？"这一问题，谢永旺认为："长篇小说不是报告文学，不大可能在社会事件刚一发生，新的人物刚一出现就得到反映。长篇小说又不同于短篇小说，相对说来它是宏篇巨制，需要更厚实的生活积累，更深入人的观察体验，更细密的构思和艰苦的创作劳动。在长篇小说来说，'近距离'指的是一个历史时期的矛盾斗争正在展开，人们关注的社会问题正在显露……"

就"当前提高长篇小说创作质量的关键是什么？"这个问题，谢永旺认为："根据已有的经验，革命历史题材的长篇小说大体有三个发展途径：一是全景式的长卷巨作，……写好了就是所谓'史诗'式的作品。二是以心理描写见长，深入地、细微地刻划革命历程中人物的精神风貌。……三是情节曲折紧张，故事引人入胜，记述斗争中的奇人奇事，颂扬英雄主义，可称之为革命传奇。"

10日 王愿坚的《短篇小说的艺术特点——在小说创作讲习班的讲课（摘要）》发表于《北京文学》第3期。王愿坚谈道："短篇小说创作，无非是两个东西，一个是发现，一个是表现。……把短篇小说写好，无非是要把生活写透，把你发现的东西艺术地表现出来。这就要求首先要认真思索生活，把生活认识透，把蕴蓄在生活里边的内涵、生活哲理、生活的内在诗情深深地发掘出来。""短篇小说篇幅应该短，然而作者的见识不能短。没有对生活的真知灼见，缺少了思想力量，短篇就成了短见篇。""努力写好人物形象，依然是短篇小说这一艺术形式的重要特点。因此，短篇小说的构思，主要的，也还是让人物进入最能表现其性格特征的环境之中。……一点是我们应该写人的心灵的深度，一点是写出人和党的精神联系。……就我个人经验，学会加、减、乘、除是重要的。要用加法去积累生活，使它增加再增加；要用减法去处理题材，才能获得单纯和凝炼；要用乘法处理感情，使爱憎成倍增长；还要懂得除法——一个创作人员的创作成果和荣誉，要用一个很大的除数去除它。因为这里面包含着许多同志的共同劳动。"

14日 王润滋的《我比以往更加追求……——〈鲁班的子孙〉创作一得》发表于《中篇小说选刊》第2期。王润滋谈道："检验是否真实的唯一标尺是生活。我力求忠实于生活。……在《鲁班的子孙》落笔之前，我给自己规定的原则是：多写实，少务虚，不夸大，不贬低，平平淡淡的情节，切切实实的人物，决不故作惊人之笔。"

郑义的《创作〈远村〉之随想》发表于同期《中篇小说选刊》。郑义谈道："或许，文学的典型化原则亦如此。提炼不是澄清。""如写人一般，我力图忠实地摹写和我一起放过羊的狗群。一群不知伪饰的赤裸的个性。……在生活中，我沉得越深，便越不信任某些文人在作品中展示的历史与生活，而开始到民间传说和民歌中去发掘。我不能不崇拜民歌。我们民族的传统，民族的生活，民族的感受、表达与审美方式，在我血肉深处激荡起神秘的回音。"

15日 王行之的《老舍的语言艺术观》发表于《光明日报》。王行之认为："他运用的是地地道道的北京大白话，极简明、极俭朴，决不用诘屈聱牙的冷僻字眼去唬人。"

同日，纪众的《外观描写琐谈》发表于《文学评论》第2期。纪众表示："近年来我们的文学创作，无论在思想深度的开掘上，还是在结构形式的创新上，抑或在描写技巧的提高上，都较过去有了很大突破。然而在形象的外观描绘上，没有引起某些作家足够的注意、有些作品由于忽略了形象的外观描绘，或描绘、展现的平庸、呆板、单调和类同，因而在一定程度上还影响了性格的刻划，损害了作品的艺术表现力。……被这些人物外观描画所规定的人物性格，由于作者对其内在的必然揭示得不充分，因而便多少让人有脸谱化的感觉。……这样概括生活，以为一种类型的人必有一种类似的面貌，既缺少生活根据，也无助于人们对生活的认识和把握。个性既然贵在它的独具性，那么类同化、外观图解形象，以及展现的单调、呆板（都是人物出场时的静观描绘），即使暂时还能给人们一些印象，随着时间的流逝，恐怕难免不被模糊、淡忘。""外观描写的主要作用是显现性格。……而且，外观描写不能只考虑到性格，还要考虑到性格以外作为作品结构必然的那些东西。缺少结构的必然，即便不至于被弄成形象脸谱，也还容易成为某种只有解释和说明作用，而少有表现作用的标志性的东西。优秀艺术家笔下的人物外观，既不孤立于性格，又不局限于性格；既有性格根据，又有作品结构必然的根据。……外观描写除了显现性格以外，还具有点染、深化主题方面的作用。……外观描写还有渲染环境，烘托气氛的作用。……外观描写还具有作用于情节发展，展示情节变化，概括性格历史的作用。"

吴松亭的《革命历史题材长篇小说创作散论》发表于同期《文学评论》。吴松亭指出："从创作现状看，主要有两个问题亟待解决，一个是情节的典型化，一个是英雄人物的塑造。"

同日，《小说选刊》编辑部在新侨饭店召开记者招待会，公布1983年全国优秀短篇小说奖获奖篇目。这次评奖有以下20篇小说获奖：陆文夫的《围墙》、史铁生的《我的遥远的清平湾》、楚良的《抢劫即将发生……》、邓刚的《阵痛》、石言的《秋雪湖之恋》、唐栋的《兵车行》、乌热尔图的《琥珀色的篝火》、彭见明的《那山 那人 那狗》、林元春的《亲戚之间》（清玉译）、石定的《公路从门前过》、张洁的《条件尚未成熟》、王戈的《树上的鸟儿》、李杭育的《沙灶遗风》、张贤亮的《肖尔布拉克》、刘兆林的《雪国热闹镇》、陶正的《逍遥之乐》、达理的《除夕夜》、陈继光的《旋转的世界》、胡辛的《四个四十岁的女人》、刘舰平的《船过青浪滩》。

同日，陈辽的《从维熙论》发表于《钟山》第2期。陈辽认为："通过对不同人物内心世界奥秘的揭示，刻画人物独特的性格特征，是从维熙塑造人物的一个特点。……善于运用对比，在对比中显示出不同人物的性格，是从维熙塑造人物的另一特点。……根据表现人物性格的需要，用一些花、草、植物、动物作为象征，衬托和烘托不同的人物性格，又是从维熙刻划人物的一个特点。"

李振声的《冗繁削尽留清瘦——贾平凹〈商州初录〉读札》发表于同期《钟山》。李振声认为："《初录》的结构，一如商州人的生活，平静而散漫。这种散体结构可能缺乏那种急骤奔走，大起大落式构思的壮观气势，但它有它的长处：便于容纳平凡细致的生活实感和世俗意趣。并且与后者比较，也容易避开那种鲁迅批评过的过分的技巧性，在一霎时中，在某一处某一人身上，会聚集了人间一切辉煌的幸运或者难堪的不幸。它更贴近生活原态，因而最符合实录的题旨。"

潘旭澜的《进入与跳出》发表于同期《钟山》。潘旭澜认为："现实主义的小说家，不论写什么样的人物都应当力求进入角色，直至其内心深处最隐蔽的旮旯，并且用适宜的技巧和准确的语言展示出来。这样的人物就不会是公式化、概念化或漫画化的。但是又必须从角色中跳出。……又应当以正确的世界观、政治观、人生观、道德观、美学观来评价人物。这种评价，可以从形象的描绘中显示出来，也可以从叙述语言的感情色彩中流露出来，当然也不绝对排斥在适当的情况下作简洁的点睛式的说明或议论。"

赵宪章、安凡的《心理信息的快速追踪——王蒙〈风息浪止〉赏析》发表于同期《钟山》。赵宪章、安凡认为："由于王蒙避开了人物心理活动的直接描绘，把侧重点放在描摹内心活动的外部动作上，就突破了这一格局，心理活动的复杂性往往蕴藏在外部动作的后面。这样，人物的心理活动就不再是细腻的刻画，而是粗粗的勾勒，留下的是淡淡的轮廓。""一个作家应该'多几套笔墨'，这是王蒙的话。他自觉地认识到文学创作，特别是小说创作手法的广阔天地。漫画、素描、速写、散文、杂文等都有其可供借鉴的因素。王蒙正是熔多种'杂色'于一炉，显示着自己独特的艺术世界。"

20日　蒋守谦的《蒋子龙在〈锅碗瓢盆交响曲〉里的新探索》发表于《文谈》第1、2期合刊。蒋守谦指出："从《锅碗瓢盆交响曲》的整体来看，作者是采用第三人称的叙事方式来结构故事、刻画人物的。这种方式也可以有效地用来进行人物的心理描写。但是，较之作者隐去自己、摹拟人物的口吻、神态来描写人物内心形象的心理结构小说，'全知观点'的第三人称叙事方式，常常难于把所写人物的心理状态表现得那样深入、透辟，淋漓尽致。倘能把两者有机地结合起来，既充分发挥第三人称叙事结构小说在情节描写上的完整性、生动性，又充分发挥心理结构小说在心理描写上的透辟性和深刻性，那就将会开辟出小说描写艺术上的一个新途径，形成一种新的小说语言。"

25日 程德培的《〈黑骏马〉的诗学——兼及张承志小说的艺术特色》发表于《当代作家评论》第2期。程德培认为："张承志写人，并不满足于仅仅把人的感情多样性展现出来，而是善于将这些多样性，甚至看来是难以统一的不同侧面，溶汇于一个性格的有机整体之中，从而体现了形象的完整性、丰富性、复杂性和独创性。……他们（张承志、梁晓声、邓刚、晓剑、严亭亭——编者注）的作品和以写自然风光见长的乡土文学是显然不同的，他们追求的是大自然的心灵化，人格化，是富于象征意味的自然。……作者陶融万汇的手法，使整个小说充满了一种为音乐所特有的有机性、整体性和流动性，草原的清澄、悠远和强悍，深藏不露的气味都渗透在他的整个作品中了。可以说《黑骏马》每个形象都象是民族的一滴血液，每个'乐思'都有着栩栩如生的民族气质，每一种情感都有着纯朴的民间风味。"

李炳银的《短篇小说创作谈——兼议1983年短篇小说创作》发表于同期《当代作家评论》。李炳银认为："不同小说形式之间的关系并不是相互排斥或相互替代的关系，而时常表现为彼此影响和促进的关系。……文学从来都不是以自己本身为目的。它的目的在于正是从生活的一个侧面帮助人们认识并理解社会人生，鼓起人们改造社会人生的勇气。"

林家平的《〈芙蓉镇〉的结构艺术》发表于同期《当代作家评论》。林家平认为结构应服务于生活内容。他谈道："以人为主、以事为辅，以人为经、以事为纬，以人为纲、以事为目，一言以蔽之，以人物性格为筋骨、以故事情节为血肉，就构筑起《芙蓉镇》这幢精美牢实的艺术楼厦。这是《芙蓉镇》美学风貌的独特之处，也是古华艺术构思的独到之点。……作者敢于并善于塑造人的内心形象（或曰内心世界），在'人'与'事'这对矛盾的核心着重揭示了人物之间的感情关系。可以说，大量精湛的感情描写、以情为灵魂才使得《芙蓉镇》的结构艺术达到了高度的深刻化与立体化。"

刘齐的《崭新的兵　崭新的魂——杂谈刘兆林对当代军人精神领域的艺术探索》发表于同期《当代作家评论》。刘齐认为："刘兆林小说中主要人物肖像描写逐渐简化的趋势，是为他倾全力探索当代青年军人精神领域的总要求所决定的。……为了刻画当代军人的崭新灵魂，刘兆林既注意借鉴西方小说中的心理描写方式，又积极坚持传统文学手法中的优良部分，他的小说很讲究设置悬念，渲染气氛，也很讲究人物的动作性，力求通过不同动作交叉对比的发展行进，而不是通过大段大段的意识流，来层层展现人物的心理活动。"

南帆的《王安忆小说的观察点：一个人物，一种冲突》发表于同期《当代作家评论》。南帆认为："王安忆近来的小说集中展现了某些人物与生活位置的具体冲突。……王安忆小说中的许多性格都表现出了两重性质：一方面是表面的，正常的；另一方面是隐蔽的，反常的。……在王安忆小说中，人物性格的两重性质总是通过小说中的特殊情节——通过人物与生活位置之间各种具体矛盾——更高地统一为一个血肉丰满的复杂整体。"

潘亚暾的《钟肇政创作浅说》发表于同期《当代作家评论》。潘亚暾认为："在钟氏的长篇中，写知识分子服务乡梓的感人事迹，除《鲁冰花》的画家外，还有音乐家、文学家和农学家等等，而且以传记小说的形式出现，可谓一大特色。……这种通过调查访问和艺术虚构相结合的传记小说，既具真实性又具艺术性。""钟氏小说的乡土风格，在继承传统中积极借鉴外国手法，又把外国形式融化在传统写法中，赋予浓重的民族色彩和乡土风味。""他的心理描写既不同于传统的，也不同于意识流的，而是作为描写人的一种重要手段，在作品中占有显著地位。但这种心理描写并未成为小说的灵魂，它仍然在故事情节推动下发展，所以不是心态小说。它呈现在读者面前，是一幅逼真的具体的丰富多彩的人生图画，而不是乐曲、旋律和节奏。"

王愚的《在交叉地带耕耘——论路遥》发表于同期《当代作家评论》。王愚认为："即使路遥把笔触深入到人物的内心深处，也不是静态地剖析人物的灵魂，而是写人物思考的曲折反复，写人物感情的强烈起伏，而这一切又和人物所处的历史条件、生活环境有着或明或暗、或显或隐的千丝万缕的联系，是人物对现实生活中重大矛盾冲突的反射和感应。这样，人物的性格不仅不会成为某种类型的象征，也不会成为单纯的特征堆砌，而是充满行动、充满活力，因而也是充满生命的有血有肉的集中体现错综复杂社会关系的人。"

徐俊西的《在社会主义文学的道路上不断求索——论王蒙小说的创作思想和艺术特色》发表于同期《当代作家评论》。徐俊西认为："王蒙的那些所谓'内向化'倾向比较明显的小说创作，虽然大胆吸取了西方现代派的一些艺术表现手法，但和那些提倡崇奉自我表现、非理性化等文艺思潮不同，在诸如主观与客观、感性与理性、虚与实等关系的处理上，仍然始终自觉地坚持着辩证唯物主义的认识路线和革命现实主义的创作原则。"

徐俊西指出，"一方面文学典型化的内容和方法可以是多种多样的"，因此在艺术形式和表现方法上，"允许和提倡不同形式和不同方法的自由竞争，求得'共存共荣'"。徐俊西表示："中外文学史上那些杰出的、不朽的艺术典型都不是单用上面的某一种典型化的方式所能塑造出来的，而是必须采取'综合治理'的办法，即从人物的性格特征、内心世界和行为表现等多方面进行立体的、多侧面的描绘和揭示，才能取得成功。"

本月

盛英的《清露无声万木中——试论叶文玲小说对美的探索》发表于《文学评论丛刊》第20辑。盛英认为：

"在艺术探索中，叶文玲重视中国传统美学原则。她不仅按照古典艺术写真与空灵的统一关系，把细节真实与诗情画意结合起来，在众多的艺术表现中，她还较自觉地运用传统的和谐和均衡的艺术原则，来进行美的创造。中华民族从来以和谐为美。叶文玲小说在处理情与理，形与神等关系时，也追求中和之美，给人以温柔敦厚之感。

"情和理。完美的人，应该是理智和感情严谨地统一在一起的人。即使正常的和谐遭到干扰或破坏，他也会在善的意志和冷静的理智统帅下，追求新的和谐。叶文玲推崇并刻写了这样的人。

"形与神。'形不开则神不现'（清·沈宗骞《芥舟学画编》）中国艺术重视真实描绘事物的外在形貌，做到'形似'；而写形是为了传神，'以形写神'，目的是再现事物内在的情状与气韵。'形似'与'神似'应该统一起来。叶文玲对于这个统一，好象醒悟得较迟。起步时，她只会写些生活素描（如《我和雪梅》《两亲家》等），随着生活和艺术经验的不断积累，才较自觉地克服浅显稚嫩的天然弱点，努力在写形与传神上狠下功夫。近两三年来，她对人物形象外貌美与心灵美的和谐，肖像描写与心理描写的协调，取得了明显进步。

"结构中的和谐。当今小说在艺术探索方面的步伐很快，尤其心理结构已为不少中青年作家所重视。叶文玲也重视心理动作，心理描写，小说有较强烈的内在动作。但她不搞超越时空的结构法，依然采取叙述方式结构作品，试图在追求传统中显露出新意。

"叶文玲结构小说，还特别重视伏笔和照应。正是'文前必有先声，文后亦必有余声'，安排得井然而巧妙。

"中国关于'和谐为美'的艺术趣味，源远流长。但它是否应继续为当今创作所追求的目标，这是可以进一步研究的。但从叶文玲小说在表现和谐之美所取得的成绩看，尊重传统，不拘泥于传统，可以创新，并建树自身的创作个性。叶文玲的探索尽管是初步的，但这个起步很值得重视。"

《小说界》第2期以"关于继承民族文学传统的探讨"为总题发表端木蕻良、邓友梅的书信。

端木蕻良写道："过去总有一种错觉，认为我国古典小说心理描写不够，对一般的作品，是存在着这方面的缺点的，但是，对《水浒传》《儒林外史》《聊斋志异》等等作品，就不适用了。《水浒传》中王婆的心理变化，刻画得可真算得是滴水不漏。""在《范进中举》中，范进丈人的心理变化被写得既深刻又动人，文章又富有幽默感，读来真如吃橄榄一般，余味无穷。""在《婴宁》中，蒲松龄用婴宁的笑来显示她内心的活动。婴宁的一派憨笑，和她的天真无邪的情绪，真可以说是吻合无间，而和人间的卑劣行为成了最鲜明的对照。我们也可以说婴宁是用她的笑，来刺破人间虚伪的帏幕。这样运用一位天真少女的憨笑来惩罚邪恶，来结合理想，在世界文学史上，是应该大书特书的一件事。""我不想说,西方的有些学者的目光,已经视着东方,因为我缺乏足够的资料。但我有权利迫使自己应该更深入的来研究我们的文学遗产,并且,对它加深认识,使它能和我们的新文学融和一气,开出更鲜艳的民族的花朵来。在这明媚的春光中,它会成为现实的。"

邓友梅回复道:

"文学上如何继承遗产?这也是我在认真考虑的一个课题。您很了解,我、斤澜,还有汪曾祺这几个熟人,在文学学习上都有过些曲折的经历。去年我和斤澜、曾祺一道去新疆,在路上就谈起过这问题。斤澜为了弄明白'存在主义',他才看完一些萨特的作品,又重读一些马列主义著作,得出的结论是:'还是马克思主义有理!'曾祺说:'现代派,意识流,这些我年轻时都弄过,到头来发现仍是现实主义文学和民族风格才是我要走的路,我给自己提的口号是回到现实主义和民族传统上来。'我没他们有学问,说不出这样有板眼的话。但在继承民族文学传统方面也有自己一些小体会。年轻时,我啃了点俄罗斯和苏联文学,也读了点法国、英国文学,学习了些批判现实主义文学的长处。但也很有点'食洋不化',认为中国古典小说的表现方法过于陈旧了,已不能表现当代中国人的生活。要写小说必须师法西洋。你有一次嘲笑我(也可能是树理同志):'树,一个点。在动,又一个点。风,一个点,在吹,又一个点。这就是小邓的文风!'还有一次你热情地把一本《宋人话本七种》送我看,叫我好好学习学习。(这没记错,确是你,书是暗红皮的,至今记得。)你们当时对我的学习路子是既不满意又很关切的,但并没解决我的思想问题。后来我进了'文学研究所',系统学了中国文学史和历代作品,这才知道,认为中国古典小说表现方法落后、简单,不值得认真学习、继承的想法,实在是出于对我国文学遗产的无知,对于文学发展史的无知。

"问题是中国古典小说不侧重静止的心理描写,而通过细节、动作来显现人物内心活动的方法,到底是长处,还是短处?《水浒传》中第十回把林冲从一个谨慎小心、热心进取的禁军教头,成为风高放火、黑夜杀人,与宋王朝誓不两立的起义首领的心理变化,写得淋漓尽致。可几乎完全没有用成段的文字来写他'心里怎么想',而是通过一个细节、动作、一句句独白、对话,让人'看到'了他想什么和怎样想,这不正是中国小说在表现方法上的长处吗?

"我认为,外国精细的'描写'人物心理活动的方法是好的,中国民族传统的'表现'方法,用细节、动作'表现'出人物内心世界的办法也是好的。……不大胆吸收,引进外国文化新成就、新方法是不行的。……文学遗产中应当继承和发扬的当然不只是表现技巧,甚至主要的也不是个技巧问题。中国文学传统中作家对人民生活和国家命运的责任感,现实主义和积极浪漫主义的文学观和在这种观点下所实行的观察生活和反映生活方式方法,更是我们要首先学习、继承和发展的方面。"

王朝闻的《梦与经验(外三则)》发表于同期《小说界》。王朝闻认为:"如果小说、戏剧和电影的创作不以记录普通的生活现象为满足,不以为只有记录一些也许是尽人皆知的现象才是正确意义的现实主义,而是为了更生动地塑造人物,为了更深入地揭示人物的内心状态,象《红楼梦》那么写出人物那富于个性的梦,写出人物那种连人物自己也会感到惊讶的内心活动,也许艺术形象更带创造性,更能避免形象的一般化。"

本季

戴耘译自彼得·尼科尔主编《科幻小说百科全书》的《科幻小说的定义》发表于《文艺理论研究》第1期。译文指出:"这类小说很容易落到科幻小说与现实主义小说之间的边缘地带。把科幻小说与'纯粹的'幻想小说隔开的'无人地带'标志得既宽泛又糟糕,人们如果不能名正言顺的话,只需稍稍耍一下辞令,也能悠游自在地这样或那样通过这道防线。总而言之,'科幻小说'这个名称在实际运用中适应性如此之强(不管是出版人如何调度它,还是作家、批评家和读者怎样使用它),以至无法简单地给它下一个明确的定义。我们至多只能希望识别和描述作家和读者对这种文学信息传达的特殊种类所认识到的某些一般特征。综上所述,可以看出人们得出的两个基本的认识:一部科幻小说应该是围绕科学知识的扩大及其产生的各种各样的后果这一中心的;它应该从想象的意义和智力的意义上具有冒险探索的性质。然而,即使前面一条也还不能为所有人都接受。"

姚雪垠的《谈〈李自成〉的若干创作思想（上）》发表于同期《文艺理论研究》。姚雪垠表示："写历史小说或历史剧，应当写出典型环境中的典型性格。离开了具体的历史生活，就没有典型环境，也塑造不好典型人物。写好历史的典型环境，首要的是对历史生活有广泛知识和深刻认识，然后才能谈到现实主义的创作方法，才能以艺术的真实性征服读者观众。……""历史小说的语言，我注意到要有个性化，有时代特色，有阶级烙印，有行业等习惯用语，《李自成》写了许多不同阶级、不同阶层、不同行业的人物。他们的社会地位不同，文化教养不同，生活环境不同。我必须使作品中的人物对话因人而异。从整个作品说，我不用清一色的白话，而是以白话口语为基础，有文有白，具有多样化的特点。""毛主席多次指示，我们的文艺作品要有中国作风，中国气派。我在创作《李自成》时，朝这个方向作了一些努力。小说的语言是民族的，这是构成民族气派的重要因素。在《李自成》的人物对话中既使用人民群众的口语，也使用上层士大夫的习惯语言，但坚决避免'五四'以后的欧化语言和知识分子腔调。其次是历史人物的生活习惯和心理活动，也必是中国人的，具有中国的历史特色。"

四月

1日 谢明德的《单纯，美的元素》发表于《滇池》第4期。谢明德认为："单纯，才是短篇小说艺术美的一个独特的元素，在维持短篇小说格局方面起重要作用。优秀的短篇小说，无不呈现出一种单纯的美。单纯既是量的原则，又是质的规定。短篇小说无法容纳太多的材料，只能择取生活的'一斑''一目'，却又须富于极大的表现力，足以'借一斑略知全豹，以一目尽传精神'。短篇小说创作，包括生活的截取、主题的提炼、人物的塑造、情节的安排、场景的设置、语言的运用，等等，都应该体现出单纯美的要求。在单纯澄澈的艺术表现中，显示出生活本身的多样性、丰富性和复杂性。"

谢明德谈道："短篇小说可以是叙述一个生动而紧凑的故事，悬念迭起，摄魂夺魄；也可以是散文化的，在从容的叙述中渗透浓烈的生活情味，沁人心脾，或者侧重描摹人物的心情意念、意识流动，响彻感情的旋律和节奏，同样可以扣人心弦。共同的一点，其中必有一种情致在起作用。而在后一类型的作品中，它在结构上的作用更为突出。……短篇小说由单一的情致作为内在的结构枢纽的特点，是和短篇小说家感应、截取生活的特点分不开的。容纳生活材料的量的局限性和'狭隘'性，使体现高度统一性、一致性的印象、情致的产生成为可能，而单一的情致又有力地促成短篇小说的短小精悍的格局。也许正是在这个意义上，短篇小说被某些作家称之为'一次感应'的艺术。"

谢明德指出："抚古今于须臾，将人物、事件、矛盾冲突集中在很短的时间，甚至一个瞬间凸现出来，这就是时间形式的单纯。近年获奖短篇小说中，象何士光的《乡场上》和孙少山的《八百米深处》，就显示出这种特点。集中、紧凑，是一种真正的短篇小说的格局。形成短篇小说单纯美，当然不只因为它的时间形式的特点，但时间形式的单纯性却无疑有助于创造出真正的短篇小说。容纳材料的局限性，是常常要通过时间生活表现出来。""将较长的时间生活装进一个'狭隘'的框架里，有时也可以达到时间形式的单纯。它是在很短的直线性的时间序列中，概括进过去或未来的时间生活。这是让时间倒流或超越的方法。前者是实体的，作为故事的框架而存在，后者却更富于情感性和表现性。"

谢明德还指出："它容纳不了太多的场景，单一的空间设置，也是短篇小说格局的重要特征之一，小说《孔乙己》所以能达到短小精悍的艺术境界，具有历久不衰的艺术魅力，和它的极其精巧的结构，着重从空间范围考虑、选择集中的、单一的空间（咸亨酒店曲尺形的大柜台前）突现人物性格和那个时代的众生相，是分不开的。有的作家认为，短篇小说创作能符合欧洲古典主义戏剧所遵循的'三一律'的原则，这是不无道理的。较严格的时间、场景的限制，确实有助于情节结构的精炼、集中，和矛盾冲突的迅速展开，形成短篇小说艺术所追求的单纯、澄澈的美。"

同日，刘绍棠的《小说民族化杂谈——与〈故都遗梦〉作者檀林和〈金狮镇〉作者李永祯的谈话》发表于《青年作家》第4期。刘绍棠认为："历史上，中国小说的成型，是话本和评话，而话本和评话来自说话人（评书艺人）的讲故事。因此，传奇性和通俗性是中国小说民族风格的重要特征，由此也就形成了广大人民群众的传统的艺术欣赏习惯。先言而后文，可以概括中国小说的形成，文言一体，明白如话，正是中国小说的特色。中国小说讲究的是有文化的人看得懂，没有文化的人听得懂。雅俗共赏，才是艺术的极至。""但是，中国小说的民族风格，不仅要具有传奇性和通俗性，而且必须是传奇性和真实性相结合，通俗性与艺术性相结合。传奇性并不等于胡编乱造，而必须情节合理，细节准确，令人感到可能和可信。通俗性并不等于粗制滥造，而必须在艺术上精益求精。"

同日，郑万隆的《小说的内在力量》发表于《现代作家》第4期。郑万隆谈道："我所说的小说的内在力量是对小说的外在形式而言的。我强调小说的内在性质、机能和力量，并不表明我忽视、排斥或贬低小说的外在形式的性质、机能和力量。……能否可以说，在小说内涵中呈现出来具有历史感、时代感和人生感的'真理性'的力量，就是小说的内在力量呢？结论应该是肯定的。因为这种通过准确性、生动性（也包括丰富性和复杂性）所显示的'真理性'的力量，是作家对人生、对历史、对社会生活、对现代科学以及对大自然整体观察和整体感受的积淀和凝聚。它是小说的意蕴，也是小说的灵魂，包孕在小说的描写实体之中，包孕在小说的深层结构之中。……这种对社会生活的总体把握和表现，是构成小说内在力量的核心；体现在小说中，是小说的凝聚性、蕴含性和象征性。……我所说的小说的凝聚性是以这种有意识的、积极而又广泛的积累为前提为基础的。……小说的蕴含性就是蕴含在小说中的诗情。这种诗情是对小说深层寓意的追求，是用诗的特质和诗的意蕴对纷纭复杂的社会生活的总体把握。……小说的整体感，不一定都具有象征性。象征性有些是通过整体暗示出来的，有些是通过局部突现出来的。这种象征性是一种生动的比喻或是一种耐人思索的寓含，它必须具有历史的、人生的、美学的意义和认识价值，否则就是概念的图解。……总之，小说的凝聚性、蕴含性和象征性所体现的内在力量，归根结底是要通过有血有肉、生动感人的艺术形象，真实地反映丰富的社会生活，反映人们在各种社会关系中的本质，表现时代前进的要求和历史发展的趋势，达到用社会主义思想教育人们、鼓舞人们积极进取、奋发图强的目的。"

2日 刘锡诚的《大胆探索 知难而进》发表于《人民日报》。刘锡诚认为："文学的任务是根据生活的实际描写在各种社会关系中生活和活动着的人，而不是为了简单地歌颂或简单地暴露。为了描写人，作家就必须深入地了解和研究人以及生活于其中的社会关系。""对变革着的社会生活进行大胆而深入的探索与研究,从而形成自己的独到的见解,是克服目前创作表面化、简单化的根本途径。"

人民日报评论员的《努力反映变革中的农村现实》发表于同期《人民日报》。文章指出:"我们的社会主义文学要坚持典型化的艺术原则,从生活出发,塑造出各种各样的人物典型,以丰富人类文学的人物画廊。""我们的文学、戏剧、电影以及其它形式的文艺作品,应该更好地塑造出具有革命理想和科学态度、有高尚情操和创造能力、有宽阔眼界和求实精神的四化创业者的形象,描写性格鲜明的农村社会主义新人,从而更好地激励人民从事四化建设的历史性的创造活动。"

3日 邓友梅的《〈烟壶〉之外》发表于《小说选刊》第4期。邓友梅谈道:"我构思当代生活那一段时(尽管没写出来),非常之艰苦;而写这个'序幕'时、想一个开头,就一触即发,人物、场景、事件便都奔涌而至笔下……其结果就造成了这篇小说的两个极大的缺点——失去节制,既浪费了材料,又失去了文字的简洁。而有些地方又失于粗疏。……在这篇小说中,我有意描绘了几幅风俗画,作一点'民俗学'的试验。我以为这一试验有失有得。失之于缺乏节制,太迷恋自己的偏爱;得之于经过试验,证明这样的小说还有它的读者,还有它的审美作用。"

吴组缃的《作品漫谈(三)——关于现代派与现实主义》发表于同期《小说选刊》。吴组缃谈道:"是的,要谈现实主义的要点。《红楼梦》还有不可忽略的一个方面,那就是关于'发展'的描写。万事万物都在发展,不可能一成不变。曹雪芹也牢牢掌握了这一规律。拿贾宝玉说,这个豪门宠儿,不可能入污泥而不染。记得五四年在批判活动中,文化部和作协组织了多次座谈讨论。当时也是首先讨论贾宝玉。有人反对把贾宝玉说成正面人物,更谈不上有进步思想;断言,这个贵族公子是个流氓、是个坏分子。后来,此论成为笑谈。可是,此论不是没有根据的。贾宝玉小小年纪就'初试云雨情';一发脾气,把茶碗砸了,把丫头撵了;他最亲近的大丫头开迟了门,他一脚踢去,把人踢得吐了血。可是,随着前面刚说过的阅历经验的增多和切身所遭的挫折与打击的加重;重要的,还加上他倾心爱慕的林黛玉对他不信任，经常跟他吵闹，斗争，他对女子的爱护尊重日益加深了，在男女关系方面日益严肃了。你若留心看书，就能看出贾宝玉思想性格的发展脉络清楚，而且着意写了那变化进程和所以然之故。"

5日 罗守让的《启迪、引导读者"更上一层楼"——漫谈短篇小说结尾的艺术》发表于《长江文艺》第4期。罗守让指出："所谓'欧·亨利式的结尾'也正是借助于小说情节在最后的腾挪变化而显示自己的独具一格的风格特点的。而且，欧·亨利在小说结尾时运用情节是一种最是大胆的大幅度变化的运用。他的作品，常常是结束时才进入高潮，而这个高潮又是故事情节的突然陡转，或是人物遭际命运的突然急变和思想情绪的突然大起落。……欧·亨利的名篇其结尾处却是惊涛拍岸。但无论余波荡漾或是惊涛拍岸，共同的特色是情节在最后关头生发出新的腾挪变化，作者借此开拓出新的艺术境界，启迪、引导读者'更上一层楼'，细细咀嚼和体味作品中的全部内容、全部情节和人物关系。这样的结尾又大多具备一种精致、巧妙、意外，因而也是特别富有情趣的艺术的魅力。"

同日，马立鞭的《短篇小说的小时空与大时空》发表于《当代文坛》第4期。马立鞭认为："短篇小说截取的生活面乃是非常有限的，我们可以把作家所截取的这十分有限的生活面称为短篇小说的小时空；然而，短篇小说又不能没有时代感，短篇小说的人物同样生活在时代的大环境里，我们又可以把短篇小说的时代背景称为它的大时空。巧妙地处理小时空与大时空的关系，是短篇小说艺术构思时不可忽视的环节。"

姚雪垠的《关于历史小说创作的若干问题——给李悔吾同志》发表于同期《当代文坛》。姚雪垠谈道："我提出的总原则是：'历史小说应该是历史科学与小说艺术的结合。'在这一总原则下，我提出'深入历史与跳出历史'的理论，解释了二者的辩证关系，而重点放在深入历史，认为'深入是前提，是根本；不深入就无所谓跳出，不跳出就不能完成小说的艺术使命'。我从这一理论出发，解释了所谓深入，就是作家需要运用马克思主义的思想武器，深入研究历史，正确地理解他所描写的历史事变的本质、事变进程中的各种因果关系、历史事变的运用规律，以及深入到历史人物的心灵深处，等等。我反对作家用历史唯心主义去解释历史；反对在创作时将发挥主观随意性的创作方法称做浪漫主义……""由于我提出了'历史小说是历史科学与小说艺术的结合'的主张，从而我提出了历史小说家在他所致力表现的历史范围内，他不应该仅仅是一个作家，而应该同时是一个史学家。准确地说，他既要是一个深懂小说美学的语言艺术家，也必是一个确有丰富学识的马克思主义史学家。"

7日 方顺景的《〈满城飞花〉》发表于《文艺报》第4期《新作短评》专栏。文章认为："《满城飞花》写得相当含蓄，人物心理清晰而又略带朦胧，语言简短、蕴藉，结构不是从头写起，而是拦腰一刀。它有点象独幕话剧：人物轮番上场，场景没有多大变化。在整个情节发展过程中，父女虽有会合，有交流，但他们的心理、性格更多的是在各自独立的活动中展现和完成的。"

汪曾祺的《漫评〈烟壶〉》发表于同期《文艺报》。汪曾祺谈道："友梅这篇小说基本上用的是叙述，极少描写。偶尔描写，也是插在叙述之间，不把叙述停顿下来，作静止的描写。这是史笔，这是自有《史记》以来中国文学的悠久的传统。但是不完全是直叙，时有补叙、倒叙，这也是《史记》笔法。因为叙述方法多变化，故质朴而不呆板，流畅而不浮滑……他的语言所以生动，除了下字准确，词达意显，我觉得还因为起落多姿，富于'语态'。'语态'的来源，我想是，一、作者把自己摆了进去了，在描叙人物事件时带着叙述者的感情色彩……同时作者又置身事外，保持冷静和客观，不跳出来抒愤懑，发感慨。二、是作者在叙述时随时不忘记对面还有个读者，随时要观察读者的反应，他是不是感兴趣，有没有厌烦？"

9日 吴宗蕙的《壮美人生的深情礼赞——梁晓声小说创作漫评》发表于《人民日报》。吴宗蕙提出："情节的发展和性格的发展紧密结合、交相辉映，在极其尖锐激烈的矛盾冲突中刻画人物性格，在前进与后退、软弱与刚强、卑微与崇高以至生与死的心灵搏斗中突现人物的革命英雄主义和牺牲精神，是梁晓声塑造人物的显著特色。……从艺术表现看，他的作品，一般情节进展较快，故事性强，事件和故事的强烈运动，构成的剧烈的戏剧性冲突，使作品具有震慑人心的气势和力量，因而引人入胜。他的作品并非一味地寻'奇'，但却具有传奇色彩，随着情节的发展和人物性格的闪光，同时也显现出作品中所蕴含的'奇'来：出奇的艰苦，出奇的悲壮，出奇的崇高，奇异的悬念，然后，石破天惊，出奇制胜，使读者从愕然、茫然到感奋，心灵受到强烈震动。这种效果强烈的表现手段，出自作者精巧的构思和结构安排的匠心，这也足以证明他作品的真正的文学价值。"

10日 李复威的《摘下兽与鬼的面具以后……——近年来反面形象塑造的局限和失误》发表于《北京文学》第4期。李复威认为："同近年来各类形象体系的创作成绩相比较，反面形象的塑造仍是薄弱的环节。""近年来，一些作品的反面形象塑造，虽然摘下了兽与鬼的面具，但依然习惯于表现人物邪恶的凝固与极至。""在社会主义的文学创作中，肯定的成份、光明的因素的明显加重引起文学描写对象正反比例的变化，但这并不应该影响反面形象塑造应有的重要地位。……反面形象是可以看做正面人物的'陪衬'。……任何一个成功的反面形象都要具备典型人物的基本要素，使我们能从独立的、完整的意义上来认识它。"

郑荣来的《文学的一个重要内容——关于英雄人物形象的塑造》发表于同期《北京文学》。郑荣来认为在描写有缺点和错误的英雄人物时应该重视两条原则。他谈道："第一，不能损害英雄的本质。……第二，要展示出英雄性格发展的趋势。"

16日 冯牧的《时刻倾听时代的心声——谈长篇小说〈故土〉》发表于《人民日报》。冯牧写道："苏叔阳在塑造人物时，没有运用这种特写镜头的手法，而是把他的人物放在他们生活于其中的社会的各个侧面中去思考、去活动、去痛苦、去斗争。""通过人物的命运和复杂的心灵剖析，让读者看到了我们时代真实的面貌和跃动的脉搏，是这部作品的一个显著特色。""这小说无疑是现实主义的，但是在严谨的现实主义当中，又洋溢着相当强烈的激情。我以为，最高的现实主义必然包含强烈的感情，充溢着鲜明的爱憎。"

19日 何镇邦的《一曲爱国知识分子的赞歌——读长篇小说〈求〉》发表于《光明日报》。何镇邦认为："《求》采用在时空上是大跨度的结构。它交错使用日记、书信和自传等多种体裁，又注意各章节的匀称和对比、照应，并运用重复再现等各种表现手法，把廖凌之长达半个世纪的故事统一起来，因而显得丰富、严谨而多变化。作者善于运用简洁的叙述语言进行白描和抒情，无芜杂堆砌之病，而有行云流水之美。其中不少章节的语言可以说达到诗化的程度。"

20日　何士光的《关于〈青砖的楼房〉的写作》发表于《人民文学》第4期。何士光谈道："我想表达的，就是这种深刻变革之中的召唤着人们的时代精神。在这样地表述的时候，作为一件文学作品，我私下为它规定了两个目标：第一，在生活场景和人物心理的层次上，要尽量深入到更深乃至最深的层次……第二，我不想使它文胜质，也不想使它质胜文……文学作品似乎应该在二者之间，不远也不近。"

23日　周申明的《追踪时代写新人——中年作家陈冲近作简评》发表于《人民日报》。周申明指出："几年来，陈冲一直在探索。他的探索，一是表现在不断开拓新的题材领域，对现实题材表现了更大的兴趣和热情；二是在描写各种各样的人物中，更致力于塑造社会主义新人的新的思想风貌、新的性格美。"

24日　李汉秋的《批判倾向与讽刺倾向——谈〈儒林外史〉的批判现实主义特色》发表于《光明日报》。李汉秋认为："吴敬梓的创作原则和创作精神与俄国批判现实主义作家果戈理有许多相似之处。《儒林外史》的创作方法，具有鲜明的批判现实主义的特点……"

26日　顾骧的《壶里乾坤大——读邓友梅新作〈烟壶〉》发表于《光明日报》。顾骧说道："邓友梅的新作中篇小说《烟壶》，以更加圆熟精美的北京口语，描绘了晚清北京《清明上河图》式的风俗画。""《烟壶》的结构采用了传统文学尤其是古典戏曲常用的草蛇灰线法，选择了一件具有鲜明时代特征的小道具——鼻烟壶，似断若连地埋伏于作品情节的发展之中，作为一条'拽之通体俱动'的线索。这犹如孔尚任《桃花扇》中白纱宫扇，李渔《风筝误》中的风筝。小小鼻烟壶，大不盈握，小如拇指，方寸天地，却乾坤广大。它把晚清的时代风云、社会矛盾、三教九流的人物，囊括贯串于其中，形成一个艺术境界；将曲折的情节，皆联络衔接，使之环环紧扣。从烟壶引出人物，又由烟壶连接人物，通过人物的活动和在烟壶画上发生的纠葛，揭示出复杂的社会矛盾与阶级关系，体现出历史发展的趋向。"

本月

罗守让的《余味曲包——小说艺术谈》发表于《福建文学》第4期。罗守让认为:"叙述和描写中的曲折手法,常常表现在善于选择角度,角度要力求新鲜,有变化,有创造性,有时正意不妨反说,反意不妨正说,这是生活的辩证法,也是艺术的辩证法。……小说是离不开情节的,小说中曲折手法的运用自然要在小说的情节组织中表现出来。……这种以写出人物性格、人物思想感情层次的作品更接近于生活本身发展逻辑,比之那种外在的、比较容易看出的故事情节上的'起承转合',是一种更困难、也更高的'余味曲包'的美学境界。"

五月

3日 冯健男的《关于孙犁艺术的对话录》发表于《文学报》。冯健男说道:"孙犁的创作也是密切联系政治的,是及时、有力地表现了现实生活的。他的构思别致,并不把他的人物、故事和政策、运动明显地挂上钩,却善于抓住生活的环节,表现生活(真)、抒发情感(善),从而给人以美。他的美学要求和艺术实践是发现和表现'真善美的极致'。"

7日 何孔周的《引人深思的〈绿化树〉》发表于《人民日报》。何孔周认为:"小说没有回避严酷的生活真实,但它着力开掘的是在'饥饿和艰辛'的严酷环境里'人的美好的感情';小说也不是孤立地去表现人物的心灵历程,而是正确把握了心灵与社会、人物与环境、历史与现实的辩证关系,追踪着主人公心灵活动的轨迹,从生活发展的整体上把握人物性格的演变,因而主人公心灵所经历的'苦难的历程'被表现得很真实,很有艺术说服力。"

同日,陆文夫的《短篇小议》发表于《文艺报》第5期。陆文夫认为:"短篇小说的经规比较严,想要醉打山门是不行的。首先一点是要短,太长了就得开除出短篇的行列。其二是要小中见大,小中见小是不行的。"

邵燕祥的《幸存者,但不是苟活——张贤亮〈绿化树〉读后》发表于同期《文艺报》。邵燕祥谈道:"对于文学家们,它可以引起关于典型环境中的典型人物的论证,关于历史感与现实感的统一,当代性与同步性的联系和区别,乃至真伪现实主义的分野的思考，还有在结构、手法方面的切磋琢磨……；而对于我这个读者——由于职业关系常常不得不读一些没有激情的'抒情诗'、没有哲理的'哲理诗'、浮光掠影的所谓'生活诗'的人，它却以融合在一起的热情、思辨和生活本身的迫人力量，把我推入回忆之中。"

8日 白盾的《论〈西游记〉的童话特征》发表于《光明日报》。白盾认为："一、《西游记》以幻想作核心，将中国神话和传说作了再创造……二、《西游记》中的形象显出了动物人格化的特征……三、《西游记》起着影响、教育、塑造中国儿童心灵的作用……"

10日 白烨的《新时期文学交响曲中独异的乐章——略论知青题材小说创作》发表于《北京文学》第5期。白桦认为："孔捷生初登文坛发表的《姻缘》和《在小河那边》……过于追求欧·亨利式的戏剧性结构和奇崛的结尾，却多多少少地影响了作品反映生活的真切和自然，而留下某些人工雕琢的印迹。在数年来的创作实践中，孔捷生由早期某些作品里显露出来的用'陌生化'技法表现人物关系的苗头，到了《普通女工》和《南方的岸》里，发展为更深沉的、更为宽广的基本手法，都是对外国艺术手法、即布莱希特戏剧手法的吸取，但因为作者紧密扣合了自己作品的主题需要，融彼于此，为我所用，因而，促进了他的创作的深化，突出了他的创作的特点。同样，梁晓声接连发表的《在这片神奇的土地上》和《今夜有暴风雪》……由海明威构筑作品的强劲腕力中得益不小；……显然也有着杰克·伦敦的不少影响。但因为他不是机械地照搬某一个人，而是基于自己的创作追求进行艺术再创造，再生发，这一切便成了不重复他人的梁晓声的笔法。……这种大胆的借鉴，丰富和发展了知青小说的艺术素质，增强了作品的艺术感染力。"

苏叔阳的《关于小说的构思、素材和人物刻划——在小说创作讲习班的讲课（摘要）》发表于同期《北京文学》。关于怎样刻画人物，苏叔阳谈道："第一，描写好典型环境。……第二，要在发展中刻画人物。……第三，通过真实而生动的细节去刻画人物。……第四，一定要在对比中写人物，在矛盾中写人物。……第五，要写出个性化的语言。"

14日 冯骥才的《〈爱之上〉创作随笔》发表于《中篇小说选刊》第3期。

冯骥才谈道："人物是有影子的。""近两年我写了几篇所谓'体育小说',如《跨过高度》《升华》《献你一束花》等。笔触的最深处决不止于体育之中。小说的人物和生活不免带有职业特征,小说的容量却不能只限于某种职业所特有的内容范围。它的思想内涵,应当是超职业、超题材,是对社会人生的高度总结、概括和提炼。这样,小说和读者之间,才会有较大的适应度,作用面才宽广。""我写任何'题材'时,都这样想。"

15日 梅瑞华整理的《姚雪垠 松本清张漫谈历史小说创作》发表于《当代文艺思潮》第3期。姚雪垠表示:"根据我的认识,历史小说不仅应该以史实为依据,而且要再现历史生活的面貌,塑造历史的典型人物,揭露历史现象的本质和运动的规律,只有如此才能够深刻地反映历史,写出历史的经验教训,教育和启发今人。""虚构占90%以上。我的原则是:虚构的情节必须符合当时的历史条件。把那些情节放在当时的历史环境中去,要经得起反复推敲。""我认为一个历史小说家应该有三个条件:1.本身应该是个学问家,有比较广泛和深厚的文化修养,尤其是要有丰富的历史知识。2.应该是个语言艺术家,确实有文学修养,有很高的表现能力,还要懂得长篇小说的艺术。3.他应该是个思想家,看历史问题,要比一般人深刻,能够洞察历史问题的内情、本质,运动发展的规律,真正的经验教训。作品的主题思想也不要一般化,更不能只写出历史现象的表面。""我也主张小说应该有趣味,能够吸引读者,但我不用趣味一词,而是用'艺术魅力'一词。"

同日,刘真的《回顾我的创作之路》发表于《民族文学》第5期。刘真谈道:"一部作品缺少细节往往造成公式化和概念化,使作品空洞乏味,成为脱离生活的编造,这样的作品既没有反映出生活的真实,也不可能成为有价值的艺术作品。……我在《好大娘》《我和小荣》《春大姐》《长长的流水》《黑旗》等小说的创作过程中,就是努力寻找和运用最适当的生活里的语言,并通过细节描写反映出生活气息。小说创作的情节是作者根据生活构思产生的,在落笔刻画时又需要语言的功力,运用形象思维和形象的语言表达出人的情感、生活的气氛。"

泽仁拥登的《扬蹄的"马驹"——访藏族青年作者意西泽仁》发表于同期《民

族文学》。泽仁拥登认为:"这一时期("文革"结束后——编者注),他在创作上有了一个突破:从编故事转到塑造人,力图通过他的笔为读者塑造一、二个具有典型的藏族心理素质的人物形象,通过这些人物形象的塑造反映纷繁复杂的藏区生活的一角……这一时期,他在艺术技巧的运用上也有较大突破。他不仅注意学习藏族和汉族文学的优秀艺术表现手法,还注意学习和借鉴外国文学中先进的艺术表现手法。在小说《依姆琼琼》(《四川文学》81年9期)中他较成功地运用了现代欧美文学中的'意识流'表现手法。"

同日,贺兴安的《青年奋击者的壮美诗篇——读张承志的〈北方的河〉》发表于《文学评论》第3期。贺兴安表示:"近年来,这种以写自然来折射人和社会的叙事作品多了。这在一定程度上摆脱了过去那种以为写'社会关系的总和'的人就只能写社会关系的偏颇。""如果选入的细节受制于全篇那种壮怀激烈的诗的格调,注意投入严选深掘的艺术烛照,作品的结构会更和谐一些。""作者在创作上不随流从俗。他追求文字的'刻'感,要求文笔适应生活情调,具有一种音乐感。"

刘再复的《论人物性格的二重组合原理》发表于同期《文学评论》。刘再复表示:"人的性格本身是一个很复杂的系统。每个人的性格,就是一个独特构造的世界,都自成一个独特结构的有机系统,形成这个系统的各种元素都有自己的排列方式和组合方式。但是,任何一个人,不管性格多么复杂,都是相反两极所构成的。……任何性格,任何心理状态,都是上述两极内容按照一定的结构方式进行组合的表现。性格的二重组合,就是性格两极的排列组合。或者说,是性格世界中正反两大脉络对立统一的联系。"

刘再复认为:"人物性格构成的二重组合,作为文学创作的一种美学原理,它首先是承认'文学是人学'这样一个经典性的命题。……性格二重组合,有两种最普通的状况。为了理论上的方便,我们借用鲁迅的话来概括,一是'美恶并举';一是'美丑泯绝'(见阿尔志跋绥夫短篇小说《幸福》的《译后记》)。"

刘再复指出:"人物性格的二重结构,是一个有机的整体。它既不是单一结构,凝固结构,也不是分裂结构。性格二重组合原理,一方面要求作家应当表现人物性格的丰富性、复杂性,另一方面又要求性格的整体性,即在性格的二重组合中保持一种统治的定性，一种决定性格运动方向的主导因素。"

张韧的《邓友梅小说的民俗美与时代色彩——谈中篇小说〈烟壶〉及其他》发表于同期《文学评论》。张韧指出："邓友梅于今春问世的《烟壶》(《收获》第一期)，标志着他从一九七九年《话说陶然亭》开始试验的民俗小说创作跨入了新的里程，也是当代文苑中脱颖而出的一朵奇葩。""民俗小说，顾名思义，它要写出民族风习的色彩，习俗的情调。一个民族的民俗，有阶级性，历史性，继承性和变异性，同时还有地方性。构成邓友梅小说民俗美的又一因素是，它以多彩的画笔来描写北京这座文明都城特有的习俗风貌，从而结构了一个充溢民俗味的人物活动的历史场景。""别有韵味的语言是构成邓友梅小说民俗美的另一重要的成分。……历史性、职业性（或称行业性）和地方性语言一起构成了邓友梅小说的'京'味儿。""从美学角度说，邓友梅的民俗小说在风格上不仅仅与粗犷、雄浑的作品泾渭分明，而且同那些以风俗画著称的小说也各有千秋。"

同日，丁帆的《杂谈当代风俗画作品》发表于《钟山》第3期。丁帆认为："这类作品的写法多是通过风土人情的描绘来创造一种特殊的艺术气氛，造成一种具有民族风格的典型环境，然而，这种典型环境又为深入发掘人物的民族典型性格、强化作品的民族精神作殷实的铺垫。这种环境的描写同时也增强了作品的抒情色彩，使作品更加耐读。而这类作品的存在，对于其他国家和民族来说，更具有世界意义。"

何西来的《灵智的明灯——谈李国文在人物塑造上的追求》发表于同期《钟山》。何西来认为："在人物塑造上，李国文既承袭了他一贯重视人物美好心灵的开掘和展示的基本方向……从发展的一方面来看，他笔下的正面人物不再象五十年代那样，在艺术上显得稚嫩，也不象六十年代初那样，在思想上显得单薄。具体地讲，有这样几点值得注意：重视人物性格与环境的辩证关系；在'左'倾思潮造成的灾难中展示人的美好心灵；用宽厚的眼光看人。"

姜滇的《写出水乡味来》发表于同期《钟山》。姜滇认为："风俗小说，是以整体而言的一种创作风格。它和乡土文学有着天生的缘份。我们不应该挑剔某些风俗小说不注重故事情节，散文化，或者情节过于单纯等等毛病。小说本来就无定法，大家都按照一个手法写，小说便无人要看。"

李庆西的《葛川江的艺术轨迹——关于中篇小说〈船长〉的断想》发表于同期《钟山》。李庆西认为："《船长》的艺术思维有这样一个特点：从各种错综的矛盾对立和同一关系上，把握生活的发展趋向。这不但表现在作品整体布局上，也渗透于每一处情节以及细微的铺垫中，从而通过矛盾运动表现生活的真实。"

潘旭澜的《广大与精微》发表于同期《钟山》。潘旭澜认为："对于作家来说，非理性固然是创作的歧途，然而，小说家并非以理念和逻辑思维来说明、论证客观事物，而是以通过主观感受所选择、概括、提炼形成的鲜明画面，血肉饱满的形象，来反映生活，显示其爱憎和评价。他笔下的环境、人物、情节、细节、心理活动，是具体、个别、活生生的，而且往往愈突出、愈独特愈好。"

汪曾祺的《谈谈风俗画》发表于同期《钟山》。汪曾祺谈道：

"为什么要在小说里写进风俗画？前已说过，我这样做原是无意的。只是因为我的相当一部分小说是写我的家乡的，写小城的生活，平常的人事，每天都在发生，举目可见的小小悲欢，这样，写进一点风俗，便是很自然的事了。'人情'和'风土'原是紧密关联的。写一点风俗画，对增加作品的生活气息、乡土气息，是有帮助的。风俗画和乡土文学有着血缘关系，虽然二者不是一回事。很难设想一部富于民族色彩的作品而一点不涉及风俗。鲁迅的《故乡》《社戏》，包括《祝福》。是风俗画的典范。《朝花夕拾》每篇都洋溢着罗汉豆的清香。沈从文的《边城》如果不是几次写到端午节赛龙船，便不会有那样浓郁的色彩。'风俗画小说'，在一般人的概念里，不是一个贬词。

"风俗画小说的文体几乎都是朴素的。风俗本身是自自然然的。记述风俗的书原来不过是聊资谈助，大都是随笔记之，不事雕饰。幽兰居士孟元老《东京梦华录序》云：'此语言鄙俚，不以文饰者、盖欲上下通晓耳，观者幸详焉。'用华丽的文笔记风俗的人好象还很少。同样，风俗画小说所记述的生活也多是比较平实的，一般不太注重强烈的戏剧化的情节。写风俗而又富于浪漫主义的戏剧性的情节的，似乎只有梅里美一人。但他所写的往往是异乡的奇俗（如世代复仇），而且通常是不把梅里美列在风俗画家范围内的。风俗画小说，在本质上是现实主义的。

"小说里写风俗,目的还是写人。不是为写风俗而写风俗,那样就不是小说,而是风俗志了。风俗和人的关系,大体有这样三种:一种是以风俗作为人的背景。一种是把风俗和人结合在一起,风俗成为人的活动和心理的契机。……也有时,看起来是写风俗,实际上是写人。

"写风俗,不能离开人,不能和人物脱节,不能和故事情节游离。写风俗不能留连忘返,收不到人物的身上。

"风俗画小说是有局限性的。一是风俗画小说往往只就人事的外部加以描写,较少刻画人物的内心世界,不大作心理描写,因此人物的典型性较差。二是,风俗画一般是清新浅易的,不大能够概括十分深刻的社会生活内容,缺乏历史的厚度,也达不到史诗一样的恢宏的气魄。因此,风俗画小说常常不能代表一个时代的文学创作的主流。这一点,风俗画小说作者应该有自知之明,不要因为自己的作品没有受到重视而气愤。

"因此,我希望自己,也希望别人,不要只是写风俗画。并且,在写风俗画小说时也要有所突破,向生活的深度和广度掘进和开拓。"

吴调公的《风俗画与审美观》发表于同期《钟山》。吴调公认为:"风俗画所显示的艺术美,关键在于社会环境的典型性之有无或高低。成功的风俗画应该是情节的有机成分,更应该是典型环境的有机成分。……卓越的风俗画必然包含着社会美的理想性因素,体现了在自然美和作家艺术创造中所显示的人的本质力量。作为这种本质力量的表现,可以包括不同审美范畴。……当然,随着作品中情节的变化,同一作品所包括的各个风俗画的风格节奏,也还有变化,不可能是始终如一的。"

19日 黄子平的《"视点"的选择》发表于《青年文学》第5期。黄子平谈道:"用成长中的少年的目光去注视世界以产生'奇化'效果,实在是文学史上一个极重要的艺术经验(举一个大家熟悉的例子:孔乙己的悲剧是从酒店小伙计的角度来叙述的)。从这篇小说(高尔品的《阿加"帕日吉玛"》——编者注)中也同样可以看到,用成长中的少年作视点有着许多难以想象的'优势'。……在这篇小说里,视点的选择服务于内容的展开和思想的深化,服务于对艺术真实的追求。"

21日　丁道希、萧立军的《张贤亮在一九八三年》发表于《文艺研究》第3期。丁道希、萧立军谈道："自《龙种》始,张贤亮便失去了他对现实生活中诗情的体现,更不能裁定《龙种》是他的创作的'分水岭',由此而界说他的两个创作阶段。因为他不仅写出了《灵与肉》与《土牢情话》那样充满诗美和激情的篇什,并且接着写了另一篇动人的'情话'——《肖尔布拉克》。……正是在这里,在诗美与思辨的两方面的溶和之中,在历史的纵深感和艺术的激情的总汇方面,显示了张贤亮对现实生活进行审美的全方位观照的特征。……我们讲的全方位观照,既是指他对历史纵深和生活广阔的开拓,又是指他熔哲理与诗美为一炉,从哲理的高度,高屋建瓴地透视生活并将生活中的事物凝聚为准确的焦点,从而用诗化的情感宣泄于字里行间的本领。尤其是指他不仅以独特的感受观照过去,还以慧眼预测着未来。"

王蒙的《读八三年一些短篇小说随想》发表于同期《文艺研究》。王蒙谈道："例如陆文夫的小说《围墙》,故事单纯而意蕴深厚。一个建筑所的围墙倒塌了,'现代派''守旧派''取消派'为如何修复围墙而争论清谈不休……朴质无华、不动声色、不抒情、不哲理、不尖刻、不俏皮、不深奥、不博学、不冷僻也不花哨。似乎只是身边常有常见的事情的实录,录得倒还通畅干净、层次分明,如此而已。""读完却不能自已。那种气氛、那种作风、那种人物、那种清议的场面,那种无能而无不能、无为而无不为的吴所长,那种因小孩脸便注定为'不稳重''冒失鬼'的逻辑观念,那种嫉贤妒能、不负责任、随风转弯而又毫不脸红的议论,都让人觉得那样熟悉、那样活灵活现,似乎伸手可触。……高度的典型性、概括性和普遍性使这个故事甚至带上了几分寓言或者象征的味道。"

薛瑞生的《不依古法但横行——〈红楼梦〉与中国古典现实主义的终结》发表于同期《文艺研究》。薛瑞生认为:

"《红楼梦》的问世,是小说文学在现实主义轨道上发展到新的阶段的重要标志,是古典现实主义的终结,也是近代批判现实主义的开始。

"从普通人的日常生活中汲取题材,这在现在看来是理所当然的事情,但在小说史上,却不仅是内容的重大革新,而且是无产阶级文学出现之前,世界文学史上一次最伟大的革命。从此以后,小说才在自己的旗帜上写上了'文学就是人学'这个几个光辉的大字,成了近代小说区别于古代小说的重要标志之一。……小说内容的重大更新,必然给小说带来相应的变化。这个变化,最为显著的就是真实性大大增强了,以前在古代小说中所写的那种'抽象的人物,虚妄的事件和绝对的事物'终于被'实在的人物和关于各人的真实日常生活的故事来代替'。……很显然,这是小说文学在自身发展道路上向现实主义的深化,它标志着古典现实主义的终结,为近代小说描摹人情世态提供了范本。从此以后,真实性已成了小说文学的生命。

"普通人的日常生活闯入小说领域,给小说文学带来的第二个变化,就是细节描写占有十分重要的地位,这是近代小说有别于古代小说的重要标志之一,也是从《红楼梦》开始才划了一条界限的。

"普通人的日常生活闯入小说领域,给小说文学带来的第三个变化,就是作家把自己的艺术触角伸向了人物的感情世界。……与感情描写紧密相关的,就是心理描写的大大增加,这也是从《红楼梦》开始,给近代小说开了先河的。

"《红楼梦》在取材问题和思想倾向问题上的突破,必然会导致小说结构的突破。……它却既不同于单线发展的'竹节蛇'式连环结构,也不同于复线发展的'豆腐干'式块状结构,而是多层次向前推进的'织锦'式结构,既不能把它拆成'节',也不能把它割成'块'。……这种'织锦'式艺术结构,是曹雪芹的独创,不仅出前人头地,而且使来者很难学步。

"人物是类型化的还是典型化的,这是将古典小说与近代小说区别开来的重要标志之一,也是由《红楼梦》作为分水岭的。

"小说中的人物性格,基本上有两种形态:一种是类型化形态,一种是典型化形态。古典小说中的人物性格基本上都是类型化的,只有到了近代小说,作家们才开始着意塑造典型环境中的典型性格。……恩格斯是从小说史的艺术实践出发,用类型化与典型化来为古代小说和近代小说划界的;而不是从理论出发,为类型化与典型化来分谬正的。"

25日 胡宗健的《有"弹性"的文学》发表于《当代作家评论》第3期。胡宗健认为:"所以艺术作品,既能传达出生活的不尽之意,又在对生活本质予以显现的时候含而不露,方是艺术境界的极致。""社会主义的文学,就其本性来说,应是摆脱了思想上的卑躬屈节和对世俗的依附关系而具有自己独立的艺术尊严的。……而文学要真实地反映社会生活,就不能搞简单化的'一刀切',由社会生活磨砺而成的人物性格也决不是单一的、平面的,每个人的性格都应当是一个世界,是深深根植于社会矛盾之中的、活生生的'这一个'人物的性格。"

刘思谦的《蒋子龙的小说创作》发表于同期《当代作家评论》。刘思谦认为:"这几年蒋子龙创作道路上另一个极其重要的进展是抓住了现实的灵魂、生活的主体——人,在现实和人的结合上反映现实,致力于写出各种各样的人物来。……蒋子龙很注意人物的动作描写,写出有内心依据的人物独特的行动,是蒋子龙刻画性格的主要手段。……蒋子龙的小说节奏紧凑,往往很快'入戏',出人物……人物性格真实与环境真实的统一,是蒋子龙小说艺术的另一个特点。"

罗中起、莫毓馥的《马加小说的东北地方特色》发表于同期《当代作家评论》。罗中起、莫毓馥认为:"文学的地方特色表现在形式上最触目的标志还是语言。……马加小说运用东北方言的一个突出特点就是多而丰富。……因此就形成了马加小说的确立在东北方言口语基础上的语言风格:因方言俗语而显质朴生动,多短句口语而致流畅自然,不尚高扬意绪而求清淡风韵,于乡言的泥土气息中蕴藉着作家热情爽直的个性。……马加小说的语言风格也常因作品内容的差异和写于不同时间,表现出不同的趋向和特点。"

夏刚的《在灵与肉的搏斗中升华——〈绿化树〉的"心灵辩证法"》发表于同期《当代作家评论》。夏刚认为:"张贤亮在小说创作中活用马克思'艺术地、形象地、从具体生活出发表达理性思维的结果'的原则,并根据自己对'文学和经济学的不同点'的认识,用'玫瑰的颜色来描写'具体的文学形象,这一美学宣言的高度是令人注目的。……《绿化树》的魅力和价值,首先是由作者对重心和方位的准确掌握所创造的。……《绿化树》征服读者的秘诀之二,是总体真实性和细节真实性的相得益彰。作者通过三层次的分析、综合,从整体上把握了人和历史的本质。"

杨桂欣的《论张洁的创作》发表于同期《当代作家评论》。杨桂欣认为:"她不大注意故事情节的完整性,更不去追求曲折离奇以招徕读者;也不大注重描绘人物的行动和外表的特征,而是倾注自己的全部力量去发掘人物心灵深处的秘密。她写景物,不过分追求形似方面的细腻和逼真,而是执着于将诗情画意融入一幅幅优雅而娟秀的淡墨山水画之中,那画面似被一层层朦胧的薄雾(有时是真被雨丝)所笼罩。它们是小说,但大都具有优美的抒情诗和轻音乐的神韵,令读者心弦微颤却又久久难于平静。以情动人,让读者在感情与作品共鸣的基础上去思考生活并追求美好的生活境界和艺术境界,是张洁这个时期短篇小说创作的基本倾向和特点。"

周鉴铭的《蒋子龙论》发表于同期《当代作家评论》。周鉴铭认为:"《乔厂长上任记》提出了蒋子龙创作的总主题,确立了他作品的基调和艺术原则,以后的作品是在这个基础上的丰富和发展。……在艺术方法上,总的是保持着《上任记》所显示出的革命现实主义的精神,但在具体方法上力求多样化,如出现了《工厂秘书日记》这样与《上任记》写法大不相同的作品。""要反映时代,反映'政治的痕迹',这是蒋子龙美学思想的核心观点。……蒋子龙是把他的作品当做'人学'来写的。""蒋子龙的创作,是'大拙若巧'的艺术。……蒋子龙的作品,是'拙'和'巧'的统一,看似'拙',其实'巧','大拙若巧'。""他的'拙',其实并非真'拙',而是一种质朴和本真。""'提炼真金'——蒋子龙的典型化方法。"

本月

韩子善的《摄影小说一二三》发表于《福建文学》第 5 期。韩子善认为:

"随着我国人民文化生活的不断提高,随着摄影造型语言日新月异的发展,随着摄影艺术与其它艺术越来越多的相互渗透与借鉴,人们尝试着不仅用摄影去记录现实,而且用摄影去结构故事,用摄影手段去表现文学的内容,用静止的画面去表现生动的故事。摄影小说正是在人们这种要求中应运而生的。

"摄影小说是文学与摄影这两种艺术形式的结合,因而它具有这样两个特点:一是它使文学具有直观性,一定的情节、人物、意境都因可视而更加具体、真切、鲜明;二是它又使摄影具有文学那样的内在丰富性,单幅的摄影画面在这里就象电影中一个个'定格',成为环节中不可缺少的一环,与其它画面相联与相衬而具有较深的内涵。

"摄影小说的创作在我国目前仍处于摸索阶段。

"分析一些已经发表的摄影小说,看来,应注意以下三个方面:

"①讲究立意:摄影小说图文兼备,老少咸宜,具有广泛的群众性;摄影小说的创作是一项集体活动,由撰写脚本,选择演员,拍摄制作等步骤组成。从创作到欣赏都应是社会主义精神文明的一部分。'意,犹为帅也。'立意,应为摄影小说的立身之本,要力戒重蹈国外一些摄影利用其可视性与文学性步入庸俗低级的覆辙。

"②强调构思:摄影小说既不是文字的图解,也不是摄影连环画,因而从主题的确定、整体的蒙太奇结构安排到每个画面的构图,都应具有独创性的艺术构思,力求内容与形式水乳交融。

"③注意造型语言:从现在创作的摄影小说看,有的偏重摄影,文字相辅;有的偏重文学,摄影从属。应该形式不拘,并相发展,但是值得注意的是摄影造型语言的创造运用。理想的摄影小说是否应该是这样的:读文字,是语言精炼意境隽永的故事;看画面,是角度新颖构图别致的摄影作品,这样富有魅力的作品有待大家去创造。

"摄影小说这种艺术形式在国外早已成为公认的艺术品种,在二十年代已经出现,第二次世界大战后,在欧洲,拉丁美洲等地已经十分流行。有的拍摄者把文学名著《包法利夫人》《茶花女》拍摄为摄影小说;有的聘请名演员如意大利的苏菲娅·罗兰扮演角色;有的作家则专为摄影小说写脚本。"

余昌谷的《论张弦短篇小说的结构艺术》发表于《文学评论丛刊》第25辑。

余昌谷认为:"张弦是一个短篇小说家,也是一个有成就的电影剧作家。善于运用电影蒙太奇的因素,是张弦短篇小说结构的又一鲜明特色。……张弦的短篇小说经常采用'多场景多穿插的时空交错式',就是深受电影蒙太奇的影响的。……不仅如此。张弦对电影蒙太奇因素的运用,还表现在能够借鉴各种蒙太奇的连接方法,艺术的缝合场景画面或生活断片。……张弦的短篇小说,画面或断片之间,环环相扣,衔接自然,无懈可击,就是与他灵活地运用各种不同的蒙太奇组接方法分不开的。"

1984年

余昌谷指出:"除此以外,在具体表现形式上,张弦还善于用十分高妙的手法弥补某些小说材料细碎或时空分散所带来的弊病,利用结构本身的手段来达到作品的完整、统一。""首先,他注意选择集中的叙事情境,充分运用回叙、插叙的手法,形成'框架式'的结构用以统一全篇。……为了形成'框架式'结构,张弦还常常有意地采取这样一种方法:不是机械地按照生活本身的发展顺序去安排故事情节,而是把最重要的、带有关键性的事件或场景,摆在小说的开头,然后再回叙其来龙去脉,最后又回到小说开头提出的问题上来,并简要地收束故事。……其次,张弦常常用穿缀的方法保持结构的连续性,以求其完整。……张弦常常使用'穿缀物来统一全篇'。'穿缀物'或者是一个人。如《银杏树》中的记者常雁,不仅是一个刻画成功的人物形象,是故事演进的直接参加者,而且起着重要的结构作用。……'穿缀物'或者是一个物。如《被爱情遗忘的角落》中的毛线衣,就是作为一种人物命运的象征贯穿在小说之中的。……再次,在张弦的短篇小说中,我们还可以从许多方面看出作家对结构完整和统一的精心,如前因和后果的承接,伏笔和照应的呼应,巧合手法的运用,等等。这里,值得提出来的是,张弦往往煞费苦心地安排一些具有特征性的人物语言、表情或动作等,使之有节奏地重复,在回复中不断引深,造成一种前后呼应,首尾贯串的艺术有机性的效果。"

方克强的《那察加玛心灵的交响曲——读〈拯救〉》发表于《小说界》第3期。方克强认为:"《拯救》还给了我们两点启示。其一,音乐、诗歌以及其他文艺样式对小说艺术的影响和渗透,是小说发展的一个现实趋向。……其二,艺术上的创新,外来表现方法的借鉴,必须以厚实的生活底子为基础。"

江曾培的《微言大义 耐人玩味——读〈枪口〉等五篇微型小说》发表于同期《小说界》。江曾培认为:"《枪口》等五篇作品启示我们:微型小说应该是'微言大义'。这个'大义',一是在量上,要有大于篇幅的意蕴,内容不能一览无余,只限于字面的东西;二是在质上,也要'反映出革命的某些本质的方面'(列宁),不能随意撷取一点什么,就敷衍成章。同时,这个'大义',也要通过典型化、形象化的手段来实现,但要注意它与大型叙事作品有着不同的要求,而且在形式上要尽量多种多样(这点,五篇作品提供例证不足,未能述及）。能够这样，就可以微型不'微'，其味无穷。"

王纪人的《新时期的彩虹——读〈彩虹坪〉》发表于同期《小说界》。王纪人认为："在偶然中包含着必然，在特殊中表现了一般。故事可以有不同的结局，矛盾的解决也可采取不同的方式，但必须符合生活逻辑和人物性格发展的逻辑，揭示出生活的本质和趋向，这就是现实主义。"

六月

1日　张雨生的《短篇小说容量琐谈》发表于《解放军文艺》第6期。张雨生认为："短篇与长篇的区别，不仅在于篇幅，还在于由此而产生的结构特点。象长篇小说那样，收集得拢，挥洒得开，汇聚风云，以面见面，是一种方式。象短篇小说那样，大处着眼，小处着手，聚光一点，以点见面，也是一种方式。短篇小说刻画一点，以深见长；它的广，主要是通过对这一点的聚光，引起读者由此及彼的联想。……点的典型化，是在单纯中求深刻，洗炼中求精粹。使这一点深入事物本质，接近时代脉搏，打动群众心声，就是立足于一个'短'，为了一个'大'，以发挥短篇小说特有的威力。篇幅要短，容量要大，这是一对矛盾。短篇小说的典型化，必须致力于克服这个矛盾。"

7日　徐怀中的《从浅海划进深水域——刘兆林和他的近作》发表于《文艺报》第6期。徐怀中认为："刘兆林小说艺术上的特色，也是一眼就看得出来的。大多结构精巧，情节跌宕有致。在浓郁的生活气息中，间或显露一点奇险，而仍然出之自然，令人信服。新近几篇作品，更注意了对东北边疆大自然的描写，着墨不多，却处处透出鲜明的情感色彩。他的语言凝炼而富于幽默感，给人留有回味的余地。"

11日　黄泽新的《从生活原料中抽取艺术真实——学习马克思主义的真实观》发表于《人民日报》。黄泽新强调："现实主义文学不是不要心理描写，而是反对孤立地、片面地进行心理描写。人的心理是在一定的社会生活中形成的。""要运用历史唯物主义的观点正确地表现新与旧、改革与保守的斗争。理想愈是深深地扎根在生活中，愈富有生命力和感染力。""作品中的理想色彩和作家的思想境界是直接相联的。"

15日　吴重阳的《春雨后，又是一番新绿——一九八三年少数民族短篇小说概评》发表于《民族文学》第6期。吴重阳认为："一九八三年少数民族短篇小说在反映民族地区生活上，注意了从两方面来加强民族特色。一是力图反映生活的独特性、丰富性，一是尽力反映生活的急遽发展和变化。""少数民族短篇小说与少数民族民间故事有着直接的联系；讲究故事的完整、情节的曲折是其重要特点。近年来，一些少数民族作家补揭示人物心理状态、刻画人物性格的不足，吸收汉文学和外国文学的某些表现方法，着力揭示人物的内心世界，表达强烈的感情，因此，出现了散文化的倾向，抒情和议论过多的情况。……大多数作家力图保持原有民族特色的基础上，着力于采取各种方法来刻画人物。……大段的抒情、议论，静止的人物心理描写……通过故事的发展、人物的行为来表现人物、性格刻画。"

同日，李先锋的《短篇小说的情绪基调》发表于《山东文学》第6期。李先锋写道："作品的情绪基调与主题思想有着密切的关系。一般来说特定的主题思想决定作品特定的情绪基调，而情绪基调已经形成又会对主题思想起一种强化的作用，使主题思想裹着情感的气氛给人以更深刻的印象。……在特定的情绪气氛里，人物形象得到了最充分的表现。这里，情绪基调与人物形象构成了顺向关系，在有的情况下，情绪基调还可以与人物性格构成反向关系。如以欢乐的基调反衬人物的苦恼，以平缓幽静的基调对比人物内心的烦燥等，都不乏成功之作。可见，不论情绪基调与人物构成何种关系，前者都能很好地为后者服务。"

李先锋认为："情绪基调比之作品中的人物和情节等构成因素更带有主观性的色彩。它集中反映着作家对所描写的人物事件，所表现的思想倾向的情感态度以及写作时的情绪心境。因此，托尔斯泰称它为'发自内心的主观的诗'。当然，这种'主观'是不能脱离客观的，即不能脱离作品所描写的客观存在。它不是作家先于构思而存在的，而是在对生活素材的理解、消化、酝酿、提炼的整个典型化的过程中形成的。它的成熟关乎作品的全局，因此，它往往在作品趋于成熟的阶段上才能形成。正是基于这个原因，有经验的作家常常把情绪基调的形成视为开始动笔写作的前提。在情绪基调还没有形成的时候，他们是不肯轻易动笔的。"

18日 方位的《〈穿迷彩服的儿子在微笑〉》发表于《人民日报》。方位表示:"作品中的人物心理刻画,犹如工笔画,细腻又不流于琐屑;围绕着'荣誉'对比地写了几个人物,使作品具有较浓的哲理色彩。"

21日 从维熙的《唯物论者的艺术自白——读〈绿化树〉致张贤亮同志》发表于《光明日报》。从维熙写道:"我国社会主义文学的繁荣昌盛,是离不开唯物主义和邓小平同志一贯倡导的实事求是精神的。一旦背离了它,文学艺术就有可能重蹈历史的旧辙——这是《绿化树》给予我的启示之一。"从维熙表示,《绿化树》给予他的另一个感受是张贤亮从创作实践上对现实主义深化作了有意义的探索,使人们看见了"现实主义和浪漫主义的血缘关系"。此外,透过《绿化树》他想到了创作中的"冷热观","所谓冷,就是要冷峻地观察客观生活;所谓热,就是不能泯灭了赤子之心"。

本月

冯骥才的《解放小说的样式》收录于《冯骥才选集(三)》。冯骥才谈道:

"小说之名产生,似乎为了区别于诗歌、杂文、剧本等等。小说大都有人物、情节,故事,这一切都应是虚构的,其中还包蕴着主题,如此这般,小说就天经地义应该有一个固定的模式么?

"纵观古今,横览中外,小说的样式无穷无尽……是不是我们过于习惯在各种事物中寻找相同和共同之处,不习惯探求区别和差异,把规律当做特征——这种思维方法影响到小说上便是样式的单一。反过来,样式的单一化又影响作家的表现方法,局限作家从内心调动出多方面的生活积累和感受,久而久之,以致影响到作家活泼的、灵便的、多侧面和多角度地观察生活和感受生活。这是一种反循环或者叫恶循环。故此,我们现在提出小说样式问题,不仅是个形式问题,也直接涉及到作品的内容。

"那么,写小说的,首先就不要把小说的概念看得太死——

"不要认定小说必须有一个故事,或中心事件、或矛盾冲突吧!契诃夫的《草原》就不是这样写的;不要认定小说的人物必须有来历、有职务、有名有姓吧!

契诃夫的《胖子与瘦子》就不是这样写的;不要认定小说必须有头有尾吧!契诃夫的《苦恼》就不是这样写的。这只是契诃夫一人而已,又仅仅是他的三篇小说,就是三个样式。"

冯骥才强调:"正剧,悲剧,喜剧,闹剧,悲壮的,感伤的,浓烈的,恬淡的,热烈的,幽默的,寓庄于谐的,寓谐于庄的,悲喜交加的,情节性的,没情节的,慢如牛车的,疾如闪电的,走马观花的,原地踏步的,描写的,叙述的,海阔天空、一泻千里的,笔笔交代、如书供状的,松散的,谨严的,单纯对话的,没有对话的,第一人称、第二人称、第三人称的,三个人称混在一起的,繁卷浩帙的,七言八语的,动作的,心理的,章回体的,笑话式的,拟人的,象征的,荒诞的,一本正经的,回叙式的,幻想式的,生活流,意识流,市民的,乡土的,散文式的,寓言式的,诗化的,电影化的……这仅仅是小说样式的几种。""过去不能替代和统治将来。一切过去的样式,如果变成公式,便会成为小说发展的障碍。样式如衣服,第一要合体(符合内容),第二要随穿衣人的兴趣爱好而变幻式样。道理很简单。因此,我们则首先要把原有小说的观念重新检验和思考一番。不要使旧的形式禁锢和限制我们活生生的生活感受和创作思维。大胆地把小说样式解放开来。更好地适应春潮一般疾涌而来的新生活。"

本季

姚雪垠的《谈〈李自成〉的若干创作思想(下)》发表于《文艺理论研究》第2期。姚雪垠指出:

"有人说《李自成》的形式是中国章回体小说与西洋小说形式的结合,这说法不准确。

"我对章回小说形式,有继承,也有批判。章回小说与说书有关。说书人说一段,停顿一次,叫做一回。为了招徕听众,说到末尾来个'且听下回分解',这叫'卖关子'。往往是形式主义,千篇一律。同时,说书是让人们听的,章回体照搬说书的形式。今天的长篇小说是诉诸视觉的,经过广播才诸诉听觉。因而叙述的方法与章回体要有区别。我认为章回体是一种落后形式……

"在创作《李自成》时,我吸收的不限于《红楼梦》和西洋小说的长处,还吸收了电影、戏剧手法。如刘宗敏跃马跳汉水,就吸收了电影手法。又如写卢象昇死后,'千里雪'未死,杨廷麟去找他,闻马嘶找到了卢的尸体。马对主人有感情,这是从'白马认死主'的民间故事受了启发。小说中的故事情节是我创造的,但许多小故事能从现实生活中或书本上找到它们的影子。

"电影的画面美,中国山水画别饶风味,对我都有启发。写刘宗敏跃马渡汉水,我先在几个地方作了铺垫:万里无云,蓝天如水,碧绿的汉水,对岸白石沙滩,都是为了衬出白马,衬出马上的将军,使画面显得很美。这就是学习电影和中国画手法的一个例子。

"但更多的手法和艺术技巧是从中国古典文学学来的。作品中的诗、词、散文,为刻画人物服务。我们的古人(特别是古代文人)喜欢用诗、词表达自己的思想感情……我写李信起义和他投奔闯王路上的思想感情,就较多地采用了这种艺术手段。但也不是照搬古人的那一套。……我在《李自成》中用了诗、词、文、对联、灯谜,这都是我们民族的固有文化,适当采用不仅有利于刻划人物,形成民族风格,而且能丰富读者的生活知识和艺术趣味,加深他们对封建社会风貌的认识。我代古人拟作这些东西,不仅要考虑到符合人物的性格,而且要符合当时的文风和习惯。

"小说中一些细节描写,也吸收了古典文学的许多东西。如第一卷下册第二十二章,高夫人夜袭灵宝之后一个傍晚,她立马黄河岸边的一段描写,就是从唐人'落日照大旗,马鸣风萧萧'的诗句中化过来的。第二卷末尾的一段写景抒情,是从《西厢记》中'四围山色中,一鞭残照里'的诗句中生发出来的。

"在语言上,我讲究音节的美,去了一些虚字,省掉了一些'了'字,句子短一点,使音节铿锵,这也受了古典散文讲究音节美的影响。

"中国的绘画和建筑艺术,也启发了我。田妃打入冷宫之前,我对她宫中的布置写得很认真,墙上挂的什么字画,室内摆的什么东西,甚至连一面小镜子,我都经过周密考虑,使之符合当时的实际可能,把读者带进历史生活。"

七月

1日　林文山的《从倒插到反插》发表于《滇池》第7期。林文山指出:"倒插法,同我们一般所讲的伏笔有若干不同之处。这里指的,是将对故事情节的发展与推移有巨大作用的某一细节或物件,在读者还没有注意之前就先稍稍地安插在那里,使得后头的情节发展不显得突兀。在《水浒》里,这类例子相当多。……倒插这种艺术手法,同结构有着密切关联。倒插得好,整个作品就可以融为一体,就象给小孩子做衣服,事先就给特别容易磨破的地方如膝盖那儿加上一只小白兔,让人看见那是美的装饰,而不是等到裤子破了之后才加上一个补钉。"

林文山写道:"倒插的反面是"反插"——这可是我捏造的一个词。有的人管这种写法叫'补遗法'或'转述法''倒卷帘法',似都嫌不如用反插更确切易懂。""写小说,常常免不了补叙或叫倒叙,即是一反时间的顺序,倒转过来,叙述人物前面一段经历。甚至他的比较详细的历史。在剧本、电影中,这种倒叙的手法也用得不少。这种倒叙,如果处理得好,对于比较全面地反映生活,对于加强作品的感染力,不致平铺直叙地缺乏波澜,是必要的。……除了这些补叙、倒叙之外,小说里,特别是篇幅短小的短篇小说里,要用简单的描写,刻划出丰富的生活内容,用得着反插法。"

同日,金辉的《叙述角度琐谈》发表于《解放军文艺》第7期。金辉认为:"叙述角度是一种技巧,又不仅仅是技巧。当作者决定运用这种艺术形式的时候,必然要对内容进行相应的剪裁和提炼,就要按新的要求进行重新组合,人物的塑造,主题的实现,思想的传达等等,不能不随之调整,这样,内容与形式才能结合为新的艺术统一体。"

同日,辛宪锡的《短篇小说要讲究"聚焦"》发表于《新港》第7期。辛宪锡认为:"短篇小说要成为名符其实的短篇——尽可能短些、精粹些,必须讲究'聚焦'。……短篇小说的聚焦方式是多种多样的。别说创作个性不同的作家有不同的聚焦方式,就是同一作家的不同作品,也有不同的聚焦手段。可以把焦点聚到特定的环境中来,如鲁迅的《在酒楼上》、茅盾的《当铺前》、沙汀的《在其香居茶馆里》等作品。也可以把焦点聚在人物的某种情绪上。例如郁达夫的小说,突破了传统的与习惯的写法,不大注重故事情节,通常也没有完整的事件,而且不展开人与人之间的矛盾冲突,而以人与社会环境的对立,通过日常生活情景的描绘，着重表现的是人物的情绪。这就使他的小说焦点，非常鲜明地聚向了人物的某种情绪。还可以把焦点聚到矛盾的主线上来，或者聚向人物的内心深处……。王蒙在谈到短篇小说的艺术创新时曾说：'我们缺少那种一个镜头、一个片断、一点情绪、一点抒发、一个侧面的小说；一声呐喊，也可以组成一篇小说。'（《短篇小说创作三题》）这一个镜头、一个片断、一点情绪、一点抒发、一个侧面、一声呐喊，都可以成为小说的聚光焦点。"

3日 张贤亮的《关于〈绿化树〉——在〈十月〉召开的座谈会上的发言》发表于《小说选刊》第7期。张贤亮指出："所谓'系列'，只有全部完成以后才能按故事发展的时间顺序变成'系列'，我写的时候是'时空颠倒'的。比如，《绿化树》写的是主人公在一九六一年到一九六二年初两个多月的事，下一部就可能一下子跳到一九七五年去了。所以，我尽量使每一部都独立成篇。"

5日 陈美渝的《沙汀短篇小说结构初探》发表于《当代文坛》第7期。陈美渝表示："善于结构，特别是善于对场景进行艺术的选择和铺排，善于把错综复杂的矛盾纠葛集中在一个典型环境里，进行匠心独具的组合，摒弃事件起因的交代、冗长的人物介绍、大段的环境描写，用直接'切入'的办法来结构作品，这就是沙汀短篇小说结构艺术的一大特点。……沙汀短篇小说的开头往往运用'切入'法，急起直入，简洁明快。……沙汀短篇小说的结尾，干净、利索、隽永、含蓄。"

庄众的《"声画对位"在文学中的运用》发表于同期《当代文坛》。庄众认为："只要将文学与电影衬比一下，就不难发现：在自由地表现时空方面，在自由地进行对人物的外部表现和内心直视方面，在将事物结构成为一个整体方面，文学与电影都有相通之处。诚然，文学没有画面，没有声音，但它可以运用文字符号，记录下人物的言语，使它响在读者的耳畔；也可运用描写，通过读者的想象再现作者所规定的场景画面。这就具备了'声画对位'的条件。近一段时间内，日益增多的作者开始有意识地在作品中运用'声画对位'的手法，并产生了奇妙的功效。""在运用'声画对位'进行文学创作时，有一些共同的特点：首先，文学中的'声画对位'都有一个触发因素成为画面和声音的联结点。电影中的'声画对位'，画面与声音是同时并行的，眼观画面，耳闻声音；而在文学中便不能，声音与画面是前后依次顺行的。声音与画面之间的联结，依靠外界的触发因素。……其次，'声画对位'一般表现为人物的意识活动，有着极强的主观性。……其三，'声画对位'中，或画面，或声音都是本作品已经出现过的画面、声音的再现。"

7日 韦君宜的《读〈夜谭十记〉随笔》发表于《文艺报》第7期。韦君宜认为："这部作品是民族形式的。这所谓民族形式，既不是指章回体的'且听下回分解'、舞韵合辙，也不是指塞进大量的方言俗语（当然，它也有一点儿）；而是那富有故事情节的、段段都有悬念的、叫人拿起来放不下的形式，描写和叙述都极简洁、水分很少的形式，是为我国的多数读者所欢迎的一种形式。"

10日 罗强烈的《艺术观察的视角和目光——试评李功达的小说创作》发表于《北京文学》第7期。罗强烈认为：

"非严格写实与非现实主义是两回事。作家运用主观的情感和想象来对生活进行一定程度的变形表现，往往能收到一种新颖奇特的艺术效果。这也是我国古典小说从魏晋志怪到《聊斋志异》的一个传统。

"李功达在这方面的探索值得我们注意。他遵循我国的一个美学传统：注重写'神'而不是只写'形'。《眼睛》中的盲人那双神奇的眼睛，竟能看穿一个玩世不恭的青年的心理活动，产生一种审丑的力量。《墙》里的一对老头儿居然对一堵墙产生了幻觉，以为墙里不是现代儿童而是他们自己，因而动情地哭了。艺术的'突出'和变形，还可以追踪到鲁迅的创作。《狂人日记》对中国几千年历史的揭示所达到的深度，可以说非这种表现形式不可。"

同日，李子云的《关于创作的通信——与程乃珊谈创作》发表于《读书》第7期。李子云表示："你（程乃珊——编者注）的总体构思，无论是所选取的事件，还是小说的开头、结尾，总的来讲，大都发挥了你生活熟悉、构思缜密的特长。你的这一优点还突出地表现于作品的细节描写上。你力图在人物的举手、投足、眼色、动作之间显示他们的性格，力图通过对于一件小事的不同反应展示不同人物的心理状态及他们之间的关系，从而流露你的倾向性——你竭力避免由作者直接出面议论的办法。"

14日 邓友梅的《一点探索》（关于《烟壶》）发表于《中篇小说选刊》

第4期。邓友梅谈道:"小说的娱乐作用,首先在于它是一个审美过程。生活的美是多方面的,民风、习俗、人情、世相,在马克思主义的世界观、历史观的指导下进行研究,皆有美的因素可掇取、可提炼艺术的再现社会生活的各种场景,开扩一下读者(特别是青年读者)的眼界、为历史教科书作点注脚和插图,为民俗学、风俗学提供一点研究资料,也会丰富小说的样式和趣味,这是我的一点小小的试验计划,一点设想。"

15日 陈骏涛的《更勇敢、更热烈的反映变革中的生活——关于陈建功的笔记》发表于《钟山》第4期。陈骏涛谈道:"三年以前,王蒙在为建功的小说集所写的序言中,非常赞赏建功的'两套家什,两套拳路,两把"刷子"的"二元"现象',认为这是建功在创作中富于'开拓精神'的一种表现。这'两套家什,两套拳路'就是指他有两类小说,写的是两类题材,用的是两种语言,两种写法。一类以知识青年和大学生活为题材……着重于人物的心理刻画,基本用的是书面语言(当然,并不是学生腔);另一类则以反映北京矿工和市民生活为主……着重于人物的行动和对话描写,用的是地地道道的北京口语。""大体说来,第一类(姑称为'心理类')小说,比较有利于深入地发掘人物的内心世界,能以有限的篇幅,表现较大的生活容量,而且可以打破时空界限,节奏上富于跌宕跳跃,情节发展也比较舒展自如;而第二类(姑称为'谈天说地类')小说,则更有利于把握人物的外部性格,并通过外部性格窥测人物的内心世界,而且由于它继承了中国传统小说的表现手法,因此比较符合目前多数读者的欣赏习惯。"

20日 哲明的《评长篇小说〈烽烟图〉》发表于《文谈》第4期。哲明认为:"小说从丰富的现实生活出发,从作品的思想内容出发,抓住了文学的民族风格的灵魂,表现了农民的革命精神。作者还善于从那些具有地方特色和民族风味的日常生活中,提炼典型细节,来塑造人物……《烽烟图》民族风格的一个突出表现,是运用传统的民间风俗习惯去描写农民的反抗精神。……借景以抒情,状物以写人,这是美学上的一般规律,《烽烟图》运用这一规律却别具一格,往往把景物描写夹在对人物的心理状态和思想活动的描述之中。"

25日 蔡翔的《朱自治:一个无价值的人如何转化为有价值的艺术形象——

有关〈美食家〉的艺术随想》发表于《当代作家评论》第4期。蔡翔认为："《美食家》首先服从于这样一种美学目的：它需要的是一种恢宏的历史观照。它注重的是整体，而并不始终环绕一个人物进行多层次多侧面的性格发掘。在这个整体中，个人只是历史的负载物。……因此，在这一平面的散点透视的网络结构中，其中每一成分都与其他成分息息相联。……在整体中，这些人物一旦被组合起来，其位置和形式的最小的变化也会引起整体的意义的变化。也正是在这个意义上，整体永远大于部分之和。……这种相当恢宏的整体结构蕴藏在作者缜密的艺术构想中，而非纯粹无规则地即兴流动。这种艺术构想无疑渗透着作者对历史深沉的宏观思考，它统辖着作品的运行轨迹，在某种意义上，这种对生活宏观的理性的把握超越了形象自身的意义。"

陈望衡的《眉睫之前卷舒风云之色——简论〈芙蓉镇〉的美学特色》发表于同期《当代作家评论》。陈望衡表示："《芙蓉镇》美学意义上的第一大特色，就正如作者自己总结的'寓政治风云于风俗民情图画'。……读《芙蓉镇》，我感到黑格尔的'情致'说得到了唯物主义的运用。用作者古华同志的话来说，就是'借人物命运演乡镇生活变迁'。……《芙蓉镇》在写人情方面，最突出的特点，就在于将人情的描写纳入带有严重政治意义的矛盾冲突之中，写出在特定的政治环境之下，人的合理的、健康的思想感情以及微妙的变化，从而去揭露、批判'左'倾路线。"

邓友梅的《邓友梅致端木蕻良》发表于同期《当代作家评论》。邓友梅表示："先说浪漫主义与现实主义并非水火不相容这一点。中国古典小说，《水浒》和《红楼梦》属于现实主义的典范作品，大概没有疑问了？但这两部著作中的浪漫主义成分不是俯拾即是吗？且不说《水浒》借助于神鬼梦兆，来表现人物性格和推动事件发展的章节（这一部分有的尚属败笔）。我们说写的好的部分，头一件，'武松打虎'就不是严格现实主义的手法。三十年前，记得有位生物学家说过，（似乎是周建人先生），那样一个白额猛虎，从科学的角度讲是不可能被人三拳两脚打死的。可您试想一下，如果武松手中有好兵刃，不必是冲锋枪，就是猎户用的五股钢叉吧，把虎杀死，武松的英雄气概还有今天这样饱满高大吗？作者这么写了，读者也承从了。它对塑造武松的性格起了一般写实手法所难以达到的强烈效果。这恰是它的可贵处。一百二十回本中,燕青陪宋江去找李师师,并由李师师牵线见到道君皇帝宋徽宗一回书,这构思也显然不是严格现实主义的。《红楼梦》中浪漫主义色彩浓烈的章节更多,运用得更成熟。您是著名的红学家,我不敢在您面前班门弄斧。'贾宝玉梦游太虚境','贾天祥正照风月鉴',一僧一道的反复隐现,通灵玉的失而复得,不是能和任何浪漫主义的大手笔的杰作相媲美的吗?""反过来,《西游记》和《聊斋志异》则是有定评的浪漫主义的古典名作,但《西游记》所写的世态,《聊斋志异》所描述的人情,岂不是极深刻细微的现实写照?""我举这两种极端的例子,是想证明作为创作方法,现实主义和积极、健康的浪漫主义决不是水火不相容的、反而是可以互为补充、互相渗透的。"

金燕玉的《独特的"建筑群落"——陆文夫创作论》发表于同期《当代作家评论》。金燕玉认为:"从陆文夫的创作来看,他对人生道路的探求是与对社会矛盾的剖析紧密联系在一起的,是与整个社会主义建设事业联系在一起的……他笔下的普通人的生活道路,能照见社会种种错综复杂的矛盾,能照见历史的进程和生活的脚步,能透出对未来的信心和对隐患的忧虑。所谓'凡人不凡''小事不小''历史感''穿透力'等等都由此而来。"

庐湘的《作品的民族特色与作家的自觉追求——〈夜幕下的哈尔滨〉纵横谈》发表于同期《当代作家评论》。庐湘认为:"《夜幕》的结构艺术很具民族特点。……首先是它的悬念性强,善于运用'扣子'。……其次,《夜幕》的结构默化了电影、戏剧的结构手法,乃至适度地也吸收西方一些东西(如塞上萧被刑讯时出现刹那的幻境以及释放后的心理描写等等),但《夜幕》基本结构形式上是沿着民族小说长期形成的传统:'既分又合,疏密相间,似断实联,主线贯穿'这个结构线索发展的。……第三,《夜幕》的结构,善于把多色调的场面揉合为统一体,造成参差有致、色彩斑斓的艺术趣味。……民族形式因素要受制于民族生活的内容,虽然形式有相对独立的意义。"

陶力的《郑文光论》发表于同期《当代作家评论》。陶力认为:"科幻小说的情节构思,一般说来是与普通文学小说不同的。它需要一个科学构思做为支撑点和骨架。小说所涉笔的具体科学本身的特有矛盾和人们对其规律步步加深的认识，制约着情节的进程，构成了情节发展的重要原动力之一。郑文光是很重视这个原动力作用的发挥的。他的科学构思总是以大胆新颖著称，情节既起伏跌宕，又首尾完整，既保持了科学幻想逻辑推理的合理性，又发扬了中国传统小说的结构特色。这在他的硬科幻小说中显得尤为突出。……郑文光在构思上，十分注意把人物性格、人与人之间关系作为情节发展的内在动因，这就使得抽象的科学假设与活生生的人结合在一起，增强了作品的人情味和既现实又不乏浪漫的文学色彩，使之愈发显示出中国风格和中国气派。……在中国科幻小说界，郑文光语言上的功力的确是比较突出的。既朴素、清新又不失华美，既畅达、自然又不乏严谨，即使是对深奥的科学问题的阐发，也不给人以拗舌之感。……郑文光的创作，始终是沿着这条现实主义道路前进的。"

涂碧的《试论陈映真创作的风格》发表于同期《当代作家评论》。涂碧认为："陈映真在自己的创作实践中注重从我国传统的民族形式和外国的文学经验里细心摘取其中有益的东西，或'融合新机'，或'加以发挥'，使之为今、为我所用，以新的色彩丰富乡土文学的民族形式，形成了自己文学形式的博取各家之长而独树一帜的个性特征。"

王延才的《金河小说的审美特征》发表于同期《当代作家评论》。王延才认为："金河笔下人物形象的共同审美特征是贴近生活，较少理想化色彩……这一特征首先表现在金河的人物多是复色的，不是单色；有明确的定性，但在统一和谐的前提下尽其可能做到了一定的丰富、多样。……同时，金河的人物是与环境密切融和的。……金河小说对人物个性区分把握的细微和精确。金河刻画人物的手法基本是粗线条的，勾勒式的；但他对人物精神、心理、品格、气质的内在把握却是精细的，这种精细使他的许多人物在相近中保持着不同，显示出差异……"

张弦的《我对陆文夫的理解》发表于同期《当代作家评论》。张弦认为："文夫认识到，文学'干预生活'，其实就是'干预'政治，不仅行不通，也并非文学的主要职责。文学不能搞'立竿见影'的'定向爆破'。文学是通过感染、启迪、陶冶、激励、荡涤人的情感而作用于社会的，文学'干预'的是人的灵魂。"

钟本康的《她表现了一个完整、统一的世界——读王安忆小说随想》发表于同期《当代作家评论》。钟本康认为："按照生活的全部丰富性、复杂性和生活本身的发展逻辑来表现生活，这是王安忆的艺术追求。她既表现'完整的世界'，也表现'完整的人'。……王安忆在写人物和事件时，既从生活发展的、前进的观点出发抓住决定事物性质的主导面，又不以这个主导面去限止、净化与之相交、相杂、相矛盾的因素的生动表现。……与表现完整、统一的生活和人物相适应，王安忆小说的结构往往是多面的、多层的，立体交叉的。"

同日，蒋守谦的《伟大的变革　丰硕的成果——新时期的短篇小说》发表于《社会科学战线》第3期。蒋守谦认为："这几年来，我国短篇小说形式和手法的创新，大体上是沿着这样两条路子展开的。""'采用外国的良规'。这主要表现在对西方现代派文艺某些表现手法的借鉴上。……对于这种'采用外国的良规'的尝试，我们应当注意以下几个问题：第一，所谓'外国的良规'，乃是指西方现代某些可以为我所用的艺术形式和表现手法，而不是指它的思想体系、艺术道路。对此，我国大多数作家是明确的。……第二，所谓'采用'，决非原封不动地照搬，而是加以改造，把它化成我们民族自己的东西。……第三，对外来形式和写法实行民族化，应该允许有一个从不成熟到成熟、不完善到完善的过程，不应该要求作家一蹴而就。"

蒋守谦还认为："在作品中有意识地凸现不同时代、民族、地区的风土人情和社会习俗，以之作为刻画人物、揭示主题的主要手段，而且用得那样得心应手、诗意盎然，是这些作家在近年来的一种新的追求，是短篇创作上的一个新的气象。通过风土人情的描写，追求我们民族所特有的浓郁的诗情画意，这实际上也是对小说艺术的一种大胆的探索和创新。"

本月

张韧的《邓友梅小说的市人相与民俗美》发表于《小说界》第4期。张韧谈道："作为民俗风味小说具有迥然有别于一般小说的独特画面。这种小说的结构成分，必须有自己的带有浓厚民俗味的'基本人物班子'，如同作者所言，'必须有你自己创造的人物，除了你，别人没有的人物'。……作者的民俗风味小说的艺术特点是，注意描写北京这座文明都城特有的习俗风貌，用多彩的画笔来描写具有民俗形态的生活细节和风土人情,构成了一个个具有浓郁的民俗风味的人物活动的场景。……邓友梅的小说兼顾二者,以刻画人物性格为中心来描述引人入胜的故事情节。……但情节与情节、故事与故事之间的联接点,作者决不多费笔墨,颇似传统的'说话人'采用的手法,用一、二句交待性的话,即由前一故事过渡到后一故事,惜墨如金。然而,当他以重点情节来刻画人物时,作者毫不吝惜笔墨,一定把故事写足,把人物性格写透。""作者说:'好的小说语言必须具备三个条件:一个是时代性,一个是性格化,再一个是地区特点。'……我读他的小说语言感到还有不可忽视的一点,就是作者十分注意把握不同行业不同人物的语言的职业性,抑或可以叫作行业性、行话吧。……所以他的小说的叙述与描写的语言,人物对话的语言,具有时代性、地方性、职业性、个性化互为结合的质朴、简约、爽脆、透亮的风格,令人读来如闻其声,闻其声而知其面、见其人矣。"

八月

1日 郑定宇的《结尾的艺术处理》发表于《长安》第8期。郑定宇谈道:"结尾,通常指小说中情节发展的最后阶段,交代矛盾冲突已经解决了,事情已经有了最后的结果。如果说,开头的重要之处,在于它是第一个形象,给与读者是第一个印象,那么,结尾刚相反,它给与读者的是最后一个形象和印象。读者对一篇作品的总评价,或好或坏,也总是在看完结尾以后才产生的。因此,这最后一个印象的好坏,对一篇作品汇总后所产生的终极力量影响极大,结尾写得好,就能加强小说的力量,使读者再读一遍,如李渔说的,'临去秋波那一转,未有不令人消魂欲绝者也'。写得不好,就会得到相反的结果,读者好比吃了一盘花生米,最后遇上几粒霉烂的,把前面的好味道全破坏殆尽了。……结尾找到以后,如何把握?可以有多种方式,但最好的却只有一个。具体如何写,自然得根据作品内容来决定,不同的内容就有不同的结尾方式。虽然如此,常见方式,大体上还是可以分的。我们按照最后一个标点符号,姑且把结尾方式分为句式,问式和删节式三种。……所谓句号式结尾,就是小说提出的问题已经圆满解决,用句号作结的结尾方式。也有人称为闭合式结尾。……这类结尾,在全文中主要起拍合或修饰作用，通过回顾、照应、强调，使读者对于作品的内容有个清晰明确的印象。……删节号式结尾，这是一种不了了之的结尾方式。有两种情况。其一是不到情事收场，即把故事结束，让读者从已经讲了的情事里来寻味未讲的余事或后事。……其二是就作品的内容讲，已经完了，……但实际上并没有完。也就是说作者的艺术描写只揭示到这里，至于生活中怎样收场，则留给读者自己想去了。……这样的结尾一般比较深蕴。作者不写完，让读者往下写完；作品不写完，让生活继续写完，不写完收到了比写完更为强烈的艺术效果。……问号、惊叹号式结尾，也称为尾后之尾法。……尾后之尾的写法，作者的主观意图比较强烈，要特别注意和客观实际的结合。如用问号作结，作者必须知道问号的含义是什么，要了解这问号是如何从一定的社会关系中产生出来的，以及它将导致出什么可能的答案。'豹尾'和'蛇足'之间，有时只有几字之差，稍一不慎，就会适得其反的。"

同日，陈诏的《苦难历程中"熟悉的陌生人"——谈〈绿化树〉和〈灵与肉〉中的人物形象》发表于《上海文学》第8期。陈诏认为："《绿化树》与《灵与肉》是两篇题材相同、主题相似的姊妹之作。如果出于一个平庸的作者之手，故事情节和人物形象的雷同化是最易犯的毛病。张贤亮显然注意到这一点……他确实做到'一人一面''特犯不犯'了。"

同日，刘锡诚的《小小说创作琐谈》发表于《新港》第8期。刘锡诚认为：

"小小说的生命力，首先表现在它同现实生活的密切关系上。许多小小说，因为迅速、直接、真实地反映了人们对眼前生活的观察，而深得公众的赞许。

"小小说与生活小故事是有区别的。生活小故事，特别是那些以表扬好人好事为内容的小故事，虽然也是生活中所发生的事情，但由于作者一般缺乏对人物和事件进行典型化的概括，而着意于表扬某些人物和批评一些人物，把政治评价和道德评价放在首位，因而在一般情况下是缺乏艺术感染力的。小小说则不然。……（小说家的任务——编者注）在于真实地再现生活，尽管这种再现中就自然而然地包含着作者对人物的政治的、道德的评价。……小小说更加要求在比较短小的篇幅（最普通的是一二千字）中，用最经济的手法，极其精炼、极其简约地描绘出生活中最精彩、最生动、最富于表现力的一个场面。因此，它极讲究构思谋篇的简练、合理,要求选择和运用典型化的情节。借用阿·托尔斯泰的话说,'直截了当地和单纯地使用情节,对它作生动自然的叙述并把它的全部社会意义精确地揭示出来'。一般情况下,作者不应该、也无须把生活中所演出的事情一椿椿一件件首尾相顾地交代清楚,而只拣那些最有典型意义的情节加以叙述。

"刻画人物是小小说创作的核心问题。有的作者对小小说是否应该刻画人物和能否刻画人物抱着怀疑态度,因此有些作品只是告诉读者一个故事,人物被故事淹没了,没有鲜明的性格特征。我们并不一概否定情节小说,但我们认为,只有刻画出鲜明的人物形象的小小说,才是能够给读者留下深刻印象、能够较好地再现现实生活、在艺术上有价值的作品。小小说是能够刻画人物形象的一种文学形式,但我们不能把小小说与篇幅较长的短篇小说、中篇小说、长篇小说相提并论,也不能要求任何一篇小小说都能提供完整的人物形象或艺术典型。事实上我们读到不少有鲜明性格的人物刻画的小小说,它的容量不能与篇幅较长的短篇小说,更不能与中篇小说和长篇小说相提并论,但其中所写的人物性格与人物形象却未见得比上述作品逊色。"

5日 戎东贵的《开拓性·抒情味·幽默感——陆文夫小说艺术特色漫评》发表于《当代文坛》第8期。戎东贵认为:"在人物关系的设置上,'视点'问题显然得到了陆文夫自觉的重视。他'文革'前的作品大多持全知的观点,作家置身局外,无所不知,近年来的作品则更多地以第一人称'我'为观点,巧妙地设置'我'与作品中主要人物的关系,由此来剖视人物的灵魂。"

周冠群的《小说中的散文美》发表于同期《当代文坛》。周冠群提出:"一般说,以抒情为主的小说,比较有可能借用某些散文的笔法。这类小说,常用第一人称,或者有一个'抒情主人公',在叙述方法、结构、语言等等方面都另有异采。""就拿结构来说吧。小说的结构,由于人物性格发展的内在逻辑性,决定了严密和紧凑成为其基本的美学要求。小说结构忌散。但是,如果一个小说家从一定的内容和风格的需要出发,采用某些散文的章法,就会使小说呈现出不同寻常的风貌。""它们(肖红的小说——编者注)确实是小说,有一以贯之的情节线索,也有人物性格的变化,所有这些使之毕竟不同于散文;但它们描绘场景，状物叙事，多用散文的铺开的写法，段与段之间，章与章之间，有一散文式的松动和舒放，字里行间弥漫着一股浓郁的抒情气息，作家的感情不是隐藏于情节之内，而是奔泻于洒脱明丽的语言中。乍然看来，作者似乎信笔由之，无所谓章法，其实，这种'无结构'的结构，往往正是散文的章法之美。七纵八横，漫然道来，'骨子里尽有分数'。"

同日，罗守让的《浅谈小说艺术的动态美》发表于《广西文学》第8期。罗守让认为："小说是叙事文学，是一种叙述时间生活的动态的艺术。……小说艺术的这个特点，要求小说创作描摹人生力求绘声绘色、高度形象化，促使作家常常在创作中努力化静为动，不遗余力去追求、创造一种既富空间的立体感，又富时间的流驶感的动态的美。中国古典小说特别讲究从人物的个性化的动作和语言去表现人物的性格特征，去展示人物内心隐蔽着的感情波澜，环境描写也很少离开人物行动作孤立的、静止的刻绘，而大多展现在适应于表现人物性格的动态的描摹中和故事情节的发展变化中。着意于动态美的追求和创造，成为中国小说艺术的传统特色，成为小说创作的中国作风和中国气派的一个重要方面的内容。"

6日 萧华的《一个人，一个真正的人——读长篇小说〈两代风流〉》发表于《人民日报》。萧华认为，《两代风流》"是用细腻而深沉的心理描写的手法来塑造高级将领的"，"作者很大胆，也很清醒。只有清醒，才能大胆；只有大胆，才能清醒"。萧华指出："我认为，今后我们的作家在进行军事题材的文艺创作时，特别是在描写我军高级将领时，要突出地写一写他们的气魄。几十年的战争，几十年的建设，他们和群众一起挣出了怎样一个锦绣江山！这才是大手笔！"

7日 冯骥才的《〈青砖的楼房〉》发表于《文艺报》第8期《新作短评》专栏。冯骥才认为："他致力使他充分艺术凝聚过的人物，还原到生活的人中去。他想在表现人物内心的分寸上，把握时代的分寸；从人物内心的层次上，反映生活更深的层次。"

郭志刚的《略谈〈故土〉的得与失》发表于同期《文艺报》。郭志刚认为："从作品的实际描写及其客观效果看，围绕着改革新华医院所掀起的重重波澜，是这个人生戏剧的主要推动力量;没有它,即令全书中写得最多的爱情线索,也会因失去主要的动力和依托而流于涣散。"

刘再复的《灵魂的深邃和性格丰富的内在源泉》发表于同期《文艺报》。刘再复认为:"这种发展的一个重要标志,就是它从美学倾向上扫除了性格畸形单一化的低劣倾向,撕毁人物形象身上的假面具,以新的艺术气魄表现出人物深邃的灵魂,充满生气的丰富性格,在很大程度上为我国社会主义艺术扩大了思想容量和美学容量。"

陆贵山的《说"题材"》发表于同期《文艺报》。陆贵山认为:

"长期以来,题材问题上流行着两种形而上学的观点:一个是'题材决定论',一个是'题材无差别论'。'题材决定论'之所以错误,是因为它抹杀创作主体方面的主观能动作用,单纯崇尚创作题材对形成作品思想的客观意义,从片面强调重大题材滑向否定题材的多样化,导致题材问题上的狭隘、单调、僵化、禁锢化和一律化的倾向。'题材无差别论'之所以错误,是因为它夸大作家的艺术才能,认为只要有圆熟的艺术技巧,就可以无选择地描写对象,不存在'选材要严'的问题。可见,'题材无差别论'和'题材决定论'看似对立的两极,但却都是形而上学的。……从文学创作的全局上说,写现实的重大题材应当是着力加以强调的。

"题材是有差别的。首先是质的差别。……其次是量的差别。……不同的现象蕴藏着不同的生活容量、思想内涵和不同的社会意义和价值,具有不同的启迪理智和冲击情感的力量,从而产生强度不同的艺术的说服力和感染力。

"我们提倡作品,特别是宏篇巨制、容量较大的作品,应当着力选取最有意义的题材,尽可能地再现时代和历史的风貌。容量较小的作品,也可以撷取生活中的一角一隅、一个场景或一朵浪花,作为观察现实的窗口,反映出生活的某些侧面。对'小题材'不能笼而统之,一概而论。有的'小题材',看来似'小',实则是'大',包含着恢宏的思想意义和巨大的社会价值。这些'小题材'本身并不小,只不过表露其生活容量和思想内涵的角度和画面不采取'全景式'的呈现方式。由于它同社会的重大事件和历史过程沟渠相通,可以从一个角度和侧面透视出时代的风涛,反映出因'小'见'大'的主题。因此,我们应当鼓励艺术家用丰富多样的方式表现题材：可以正面描写，也可以象鲁迅的《药》那样侧面描写；可以写旋涡和主流，也可以象鲁迅的《风波》那样写它的余波；可以写全景大镜头，也可以象鲁迅的《阿Q正传》那样写它的缩影。只要与时代和人民的强音和主调声息相通，只要与典型的环境和人物的命运紧密相连，即便写阿猫阿狗，……也会收到摇人心旌的艺术效果。"

20日 崔道怡的《短篇之短见》发表于《人民日报》。崔道怡指出："这就得选取一个焦点，让所有的光都集中到这一点上来，从这一点上投射出去。以单纯概丰满、以细小见大观，这才是短篇小说的特点所在。""短篇小说的更大危机，还不在形式，而在内容。""在思想内容方面，有没有跟时代与人民息息相通、脉脉相关的思想感情，能不能提出和回答关乎群众意愿与历史进程的社会课题，才是根本的、决定性的。"

28日 王祖献的《〈儒林外史〉是讽谕性的讽刺小说》发表于《光明日报》。王祖献认为："《儒林外史》的讽刺特点在于：它描写事物，使'物无遁形''声态并作'；它'公心讽世''命意在于匡世'。所以鲁迅认为《儒林外史》是讽刺小说除了它的写实性外，也看到了它的讽谕性。"

同日，姜葆琛的《一曲激发民族自尊的歌——介绍赵淑侠和她的长篇小说〈我们的歌〉》发表于《人民日报》。姜葆琛提出："小说文笔清新、细腻、流畅，跌宕有序，既有严肃认真的探索，又有女作家特具的明丽、婉约之美。在异国中展现的中国女性的美德，她们对爱情、对友谊、对生活的美好情操，都浸沉在一片充满乡愁的氛围之中，给人们以独特而深刻的艺术感染力。"

九月

1日 陈村的《关于"小说时间"》发表于《上海文学》第9期。陈村认为叙事的文学中的独特的时间感推动了人们对"小说时间"的再认识。陈村谈道："客观上，时间同数和空间一样，无始无终。人们的认识只能通过有限来把握无限。反映在小说创作中，作者所描写的只能是无限时间中有限的一段。借用几何概念，是'线段'。任何作品都不例外。即使从盘古氏开天辟地写起，依然还有天地未开而混沌一片之时，更有另一端那无限的将来。这种选取，是人们仅凭常识就可理解的。在选取时，小说作者拥有在时间坐标的任何一个点上开始或结束的自由。……历来的小说作者都十分重视在时间上的截取，以使作品有坚实的时代感，使作品主题得以展示，使人物充分活动。他们懂得，原则地说，小说可在时间坐标的任何一点上开始或结束，一旦落实到具体的作品，选择的自由度总是很小的。一个好的作者能找到那些最佳点。……总的看，小说中的时间是一个既非纯客观又非纯主观的概念。经过历代作家的努力，将其二者结合，形成了不同层次上的众多变化。这对丰富小说的表现手段是有益的。"

同日，郭超的《调子——小说的"魂儿"》发表于《新疆文学》第9期。郭超指出："作家高晓声说：'我写小说很注意情绪，情绪不定决不勉强写。'这里说的情绪，实际就是指作品的调子或基调。把握情绪，定准调子，就是作家对生活的独特思考与感受，既要把握对创造的人物的感情基调，又要把握整个作品的基调，才能顺理成章，描写贴切，找到统帅作品的灵魂，驾驭全篇的分寸。"

3日 陈世旭的《由〈惊涛〉想到》发表于《小说选刊》第9期。陈世旭认为："短篇要短，首先恐怕就得单纯些。""当然，单纯不是单调、单薄。不能排除丰富性。或思想深刻，题旨新鲜；或情趣隽永，意境深远。……短篇的短，肯定有客观标准，如一定的字数限制。"

5日 谢明德的《立体地把握人物性格》发表于《广西文学》第9期。谢明德认为："突出和夸张人物某种主要的性格、精神特征，并非拒绝让艺术笔触探入人物隐秘的内心世界，相反，充分地揭示出人物内心世界的丰富性、复杂性，是使短篇小说中的人物获得立体深度感的重要途径。""从立体状态中把握和描写人物，捕捉住人物和情境、命运和现实撞击时进射出来的性格——心理火花，有利于事半功倍地实现人物塑造的立体感和造型美。"

同日，艾斐的《"现代派手法"与小说的艺术创新》发表于《青海湖》第9期。艾斐认为："西方现代派文学的表现形式和艺术技巧，有时候也会在大量的糟糠中潜在状地埋藏少许对于社会主义文学实现艺术创新略有用处的东西。如，现代派文学在叙述方法，比喻方法，象征方法，结构方法上的开拓和创新，对'通感'的演化、人称的阐发、联想的妙用，迭印式镜头的创造等，都是社会主义文学所可以谨慎地加以取用的，因为这些手法具有较强的新鲜感和表现力。"

7日 陈子伶的《〈燕赵悲歌〉》发表于《文艺报》第9期《新作短评》专栏。陈子伶认为："蒋子龙的《燕赵悲歌》，是部纪实体小说。……小说既是纪实的，就又具有一定的报告文学素质。""但是作品中的叙述语言多于对人物的客观概括和描写，这就使得对人物的个性的深入细致的开掘尚嫌不足。"

甘泉的《〈走通大渡河〉》发表于同期《文艺报》的《新作短评》专栏。甘泉认为："他巧妙地采用了现代电影常取的手法：黑白与彩色交替：把五十年代中期的艰苦'清河'与今日女记者所见所闻作了'闪回'和交叉处理。""追求'生活化'，忠实地、逼真地贴近生活，是这部作品的特色。作家竭力把自己'躲藏'起来，让剪辑的生活断片说话。不靠夸张和铺排的渲染，不追求人为的让人落泪的戏剧效果，宁可让白描的笔力透过纸背，让人们在冥思苦索中，领悟一些更深的内蕴。它的体例属于艺术的纪实体，有些类似于'报告小说'的性质。"

谷斯范的《读遗著 忆巴人》发表于同期《文艺报》。谷斯范认为："形象、明快的群众语言，对主要人物内心世界的深入剖析，行云流水似的白描手法，是这部小说（巴人的《莽秀才造反记》——编者注）的特色。"

梦花的《评〈陈若曦小说选〉》发表于同期《文艺报》。梦花认为："积极干预现实生活，擅长运用讽刺手法，大胆揭露和抨击生活中消极的、落后的东西，是陈若曦的小说的一个重要特色。"

刑天的《〈潮锋出现之前〉》发表于同期《文艺报》的《新作短评》专栏。刑天认为："作品没有把人物'理想化'，但理想仍烛照人物行动；没有求助爱情佐料提神补气，但全篇仍洋溢着深沉热烈的爱，志壮气盛，动人感人。"

张光年的《〈沉重的翅膀〉修订本序言》发表于同期《文艺报》。张光年写道："张洁同志的文笔是细致的，敏感的，长于人物的心理描绘，但有时流露出感伤情调。"

11日 李欣复的《〈西游记〉的文学体裁特征》发表于《光明日报》。李欣复认为："《西游记》的内容和形式上基本是部神话小说或神魔小说，它在文学体裁上的主要特征是神话和童话的交融，同时还有溶神话、传奇、志怪、演义、童话、喜剧（在我国古代主要是谐隐）多种文体特征和表现手法于一炉的特征。"

13日 徐启华的《喜剧因素与小说——读谌容短篇近作有感》发表于《文学报》。徐启华谈道："我国的讽刺文学，源远流长。鲁迅说过，晋唐时代就有了寓讥讽的小说。他还高度评价过《儒林外史》的讽刺艺术。鲁迅自己的小说，如《阿Q正传》，就有着强烈的喜剧色彩。世界上有不少文学大师，如塞万提斯、果戈理、契诃夫、马克·吐温……都曾在小说中溶进喜剧成份。在小说中运用喜剧因素，可以使严肃性和愉悦性相交融，加强情感的渲染，造成'张''驰'交织的欣赏效果。并且，它是拓深作品思想内涵、强化人物性格、创造艺术典型的一种特殊手段。""最近，读了作家谌容接连发表的三个短篇小说。这些作品不断保持了她固有的风格特征，而且增添了某些新的艺术色调，显示在短篇小说的创作中正在作着独辟蹊径的努力。这三篇小说或创造谐趣丛生的幽默意境，或施展讽刺锋芒，用滑稽可笑的形式揭示事物的本质，追求强烈的喜剧效果。"

14日 曹征路的《〈只要你还在走〉的一点断想》发表于《中篇小说选刊》第5期。曹征路认为："那些毫无时代特点的，抽象道德理念的化身并不是新人（这里新与旧是相对而言的）。他们都很'高大'，却无法生活在我们中间。""老先进+历史伤痕+焕发的青春≠新人""硬汉子+传统美德+个人不幸≠新人""实干家+爱情调料+错综复杂的矛盾≠新人""不，真正的新人不是这样的。他（她）们只能在生产关系出现某些变动的历史背景下产生。他（她）们只能是这个时代最先进的生产力的代表。他（她）们身上凝聚着许多这个时代特有的矛盾。他（她）们曾经是弱小的，为人不齿的，然而他们却有着顽强的生命力和远大前途。在一定意义上说，他们甚至带有'暴发性'，因而更加为世俗所鄙视。他们的出现本身就是对某些旧传统、旧习惯、旧道德、旧秩序的挑战。同时，由于他们是从旧的母体中脱胎而来，也不可避免地带来了血污，甚至带来了病毒。……一个真正的艺术典型，其内涵远远大于任何哲理。'仁者见仁，智者见智'，这才是形象应该达到的最高境界。"

15日 黄子平的《论中国当代短篇小说的艺术发展》发表于《文学评论》第5期。黄子平表示："我想'从内部'来把握社会生活的变化在艺术形式中的折射，也就是说，我将从'结构—功能'方面来理解这一发展。""就短篇小说而言，它最能体现一时代人对现实内容的'截取方式'，对这一方式的结构分析，有助于了解一时代人审美态度的某些基本变化。""实际上，广义的短篇小说中存在着两条基本发展线索：一条是'短篇故事'……一条是现代意义上的'短篇小说'……这两条线索之间并不存在如某些论者所想象的'你死我活'的激烈关系，而是在互相扭结、渗透、分化、衍进的复杂过程中，相反相成地不断丰富着自身的艺术表现力。""随着社会变革的进展和对历史的反思，时代的哲学内容和心理内容日趋复杂、多变、丰富，它与相对凝炼短小的艺术形式之间存在越来越尖锐的矛盾。这就产生了我在一篇文章中曾经谈到的'短篇小说'领域内颇具规模的'风格搏斗'。""这种'风格搏斗'仍然是在两条基本线索上进行。""我们从'结构—功能'的角度粗略地勾勒出当代中国短篇小说艺术发展的轮廓，发现它与新诗的发展呈现某种平行的关系。……这种平行关系，是由于短篇小说在表现社会现实内容方面有着与新诗相似的'截取方式'。……一个是所谓'短篇不短'的抱怨。……'短篇小说'的问题与我们所要讨论的第二个问题即'民族形式'问题相联结。""我只想指出：在中国的'短篇故事'向'短篇小说'飞跃的过程中，古典诗词和古代散文构成的'抒情诗传统'起了极重要的作用……在当代的短篇小说作家当中，自觉地意识到这种深刻的历史关系的，有汪曾祺、宗璞等人。……正是在这些当代作家的短篇作品中，延续了和发展了鲁迅使短篇小说诗化、散文化、抒情化、现代化的美学道路，使我们今天在谈论'短篇小说的民族特点'时能够意识到，这里有着比'有头有尾'和'白描'要丰富得多、宽广得多的内容。"

纪众的《浅议小说中的知识性蕴含》发表于同期《文学评论》。纪众认为："在文学作品中有机地融进些知识内容，这原是文学对生活关系的必然。……象《北方的河》《绿化树》《烟壶》这几篇作品，明摆着，其知识性蕴含非但没有成为性格塑造的累赘，反倒大大地有助于性格塑造，并由此加重了作品认识的和审美的价值。拿《绿化树》来说，其立论的深刻、大胆、鲜明，细节或曰材料的生动、丰富、具体，论证的充分、透彻、严密，就完全可以同一篇政治经济学论文相媲美。"

关于"怎样正确对待知识性内容的涉及",纪众提出:"一方面是某些作品缺少对揭示题材意蕴和塑造人物所必须依仗的知识,因而使得作品浮浅;另一方面也要看到,有些作品虽不乏知识性描写,但效果却'西望长安',甚至适得其反。""第一,知识性蕴含既然是作品有机的组成部分,那么,孤立于整体构思和非审美前题下的描写与介绍显然就不足取。""同样道理,知识性描写如果确实是被某种深刻的思想情感所支配,那它也总是'低下眼睛'从读者面前'走过去'的,倒是只有浅薄的炫耀和卖弄,才唯恐别人发现不了它们。""第二,知识性与真实性是密切相关的,不能有半点虚假和臆造。……为了情节的需要而不惜牺牲科学,失掉了作品的真实性也许还事小,而在读者那里会由此而产生的许多令人不快的后果,恐怕就严重得多了。""第三,是应该有可读性。失掉了这个前题,知识性蕴含的作用再大,意义再深刻,在读者那里得不到充分实现也还是枉然。""第四,无论自然科学方面的知识,还是社会科学方面的知识,它们作为人类认识必然,走向自由的经验总结,总是体现着时代的进步程度。……毫无疑问,不可能孤立于人物的道德修养、文化水平、思想方法等诸个性因素的复杂层次整体功能,可在转化中偏偏给有所遗漏,从而自然也就失掉了转化的可信性和性格的真实。""丰富的想象,大胆而巧妙的象征表达,和谐的构图,节奏和韵律的掌握,等等,可以说没有哪一样不受到作家知识水平的制约,甚至是以其为一定存在前提的。"

同日,谢海泉的《高晓声系列小说艺术探略——兼及小说的"系列化"倾向》发表于《钟山》第5期。谢海泉认为:

"高晓声自己曾总结出刻划人物性格的两个办法——一是'将特定人物放到最利于表现他的环境中去表演';'同样的环境,把人交换了一下位置,就出现了异特的景象'。……二是'选择有特征性事件、细节去表现这个人物。这个人物没有做过这件事,但你把这件事移到他身上,性格就出来了'。……作家让我们追随着人物往返于城乡之间,一则得以窥见人物的性格表演,二则也得以领略一个多面的社会。……因此,这个'跟摄结构'所提供给我们的就不止是'性格学'的意义,还有着'社会学'的意义。一个'单线型'的小说系列,包孕着'多义性'的主题内涵,确实值得我们多读多思。

"高晓声在写这组系列小说时,几乎不爱绘制'风景画',而是倾心力于'风俗画'和'人物画'。他的'人物画',又极少外部的肖象描写,而着力那由表及里的'人象透视'。

"事实上,有不少可称系列的小说,往往又不是'三部曲',如构成一个横向组合的'多余人'的系列,它实际采用的并非'三部曲'样式,而是一个由众多的俄国作家共同铸成的形象体系(甚至在别国也有旁系)。

"系列作品(writing)同他的创作者(writer)和读者(reader)之间存在着一种特殊的'三 R 关系'。每个作家都有着自己独具的'人物资源'(即人物描写对象的总和),他们最关注的常常正是他们最熟悉而又认为最值得描写的人。一旦受到人物身上新质的触发而产生创作冲动时,作家就自然会怀着极大的兴趣去追写他们。而这时,系列小说显然是最合适的形式。系列短篇远较长篇轻便……而系列短篇的作者,常可从容地用短篇联缀的方式,及时地把握和表现人物,以阶段性分述,以连续性合成。"

谢望新的《为了辉煌时刻的到来——黄蓓佳创作的评判与预想》发表于同期《钟山》。谢望新认为:"从'情绪小说'到注意形象创造,这是黄蓓佳创作上的一大进步。……当我们探讨黄蓓佳小说中形象创造的得失时,还发现了一个独特的文学现象,这就是贯串于作品之中的'自我'形象。……肖珊——明子——修莎——嘉嘉,就是作家笔下一个发展并逐步完善起来的'自我'形象整体。"

张一弓的《现实性和历史感》发表于同期《钟山》。张一弓认为:"当我反映现实生活的时候,必须注意它是从哪儿延伸过来的,这个人物是走了一段什么样的历史道路才来到我的面前的。""我还必须'百倍'警惕我的记者生涯给我带来的常常从新闻角度注重外部事件的积习,一千次地提醒自己,要把外部事件的情节性和发现、揭示人物内心世界的丰富性,把人物性格的主色和杂色结合得较好一些,使我的反映现实生活的文学习作,比'本报快讯'多一些形象感和生命力。"

周健平的《哲理性·幽默感·乡土味——试谈张一弓小说的语言艺术》发表于同期《钟山》。周健平认为:

"张一弓小说中哲理性的语言,无论是以作者的口吻直接抒发的,亦或是出现于人物的内心独白和对话中的,它们都有一个共同的特点:饱和着激情,情腴而理深。

"幽默感,是张一弓小说语言的又一特色。……张一弓小说中语言的幽默,正是与深刻的思想、深沉的情感和谐地统一在一起的一种艺术手段。

"张一弓在自己的作品中较多地采用了一些政治术语、科技名词、文言语汇乃至带点儿洋味的句式,以增强语言的丰富性、表现力和时代特色,这未尝不是一种新的尝试。……实际上,张一弓作品的大部分语言,特别是人物的语言,都是非常生活化、口语化、具有浓厚的地方色彩的。……其次,张一弓小说语言的地方色彩,还表现在他对民谚俗语、歇后语的运用上。

"值得注意的是,张一弓似乎已经开始觉察到他以前作品中那种长句式过多,因而形成单调、重复的缺陷,并在进行着另一种新的尝试。在《流泪的红蜡烛》这个中篇的若干章节中我们明显的看到,他大胆地、集中地采用电影化的语汇和句法,在标点上大量地采用连续的句号,这样,短促跳跃的语句和跌宕回旋的长句相映相间,错落有致,形成了一种五彩缤纷、摇曳多姿的语言的形式美。"

19日 师陀的《〈无望村的馆主〉序言》发表于《人民日报》。师陀提出:"小引在我们祖先是当作序言或题记用的,跋是当作后记用的。我意在给小说创造新的形式,在这本小书里试用。但是既然有这些同志热心地建议我改,我也不能不考虑了。然而我又没有按照这些同志的意见全改。仍旧是给小说创造一种新的形式,开头第一章的'小引'仍旧保持原样;不过这里的'小引'已经不是作为序言用,而是变通为当做引入后面的故事用,和它相应,那本来原有的"结尾"改成'十三',将'跋'改成结尾。""关于这本小书的整个儿形式,虽然名为小说,其实它只能算是受民间传说影响的故事。"

24日 耕荒的《北大荒特色漫谈》发表于《文艺评论》第1期。耕荒认为:"一幅风景画杰作,应该能够让观赏者透过外在的景物描绘体验到更丰富、更深刻的内涵,那么,直接描写北大荒人生活的小说,就更加应该透过北大荒景色的描写展示出北大荒独具的性格特色,展示出北大荒人内心丰富壮美的精神世界的新天地,这才是描写北大荒人生活的小说是否具备了真正的北大荒特色的根本特征。"

华铭的《审美理想下的历史交叉——就〈北国草〉访从维熙》发表于同期《文艺评论》。华铭认为:"所谓历史感和时代感的融合,最重要的,是要正确寻找和认识历史与现实的交叉点,这种交叉点,体现在人身上(不管是作品中的人物还是现实生活中的读者),就是一种相通点。……这是创作历史题材作品的枢纽。"

梁志强、杨治经的《沿着民族化的道路前进》发表于同期《文艺评论》。梁志强、杨治经认为:"从艺术表现手法上来看,我国的小说创作往往注意在矛盾冲突中刻划人物性格,写人又注重人物的外在行动,使读者透过人物的外在行动去窥测人物的内心奥秘;而西方小说则多用直接叙述和心理描写来表现人物性格。在艺术表现上,我国的文艺创作,还着力于意境的追求。……崇尚诗意、追求意境,可以说正是我国民族气质的内向性和尊崇美德的民族心理素质在文艺美学上的一个具体表现。""在艺术表现上,西方文艺从整体上看,多着眼于表现生活的美,而中国的文艺则多着眼于善,即重视表现人的内心品质的美德。在艺术手法和技巧上,西方小说重静态描写和事件叙述,而我国小说则注重传奇性和真实性相结合、通俗性和艺术性相结合;善于以个性化的语言刻划人物的个性和暗示人物的心理活动,以对人物在行动中的准确的细节描写,精心地塑造人物形象;中国绘画用线条勾勒,重笔墨凝炼的意趣、韵味,形成独特的艺术效果。"

25日 陈孝英、李晶的《在广阔的现实主义大道上——读王蒙1983年小说散记》发表于《当代作家评论》第5期。陈孝英、李晶认为:

"1983年王蒙小说的结构大体沿用了第三阶段那种'经纬交错的新结构'(以情节结构为'经',以心理结构为'纬'——编者注)。……然而,1983年的新作同以前那些同样是运用经纬交错新结构创作的作品相比,结构上也出现了一些细微的变化,它们使得王蒙的多数新作在第三阶段向传统现实主义手法靠拢的基础上又继续靠近了一步。这主要表现在以下两个方面:

"首先,是时序颠倒的情况进一步有所减少。……近年来,王蒙经常强调小说结构的'非结构化',即追求'看来朴实自然的花样,化为行云流水的匠心,貌似轻松如意的气力'。以八三年的十六篇新作来看,作家似乎是在继续运用经纬交错的小说新结构的前提下,更多地探索如何以时间作为小说的结构顺序,将那些'花样''匠心'和'气力'隐状其中,使通篇起承转合一气呵成,从而呈现出一种自然、平朴逼真的美。

"其次,是作品的心理结构再度降格,主观色彩再度弱化。……1983年王蒙在小说结构和手法上的上述变化,显然与作品反映的题材有着密不可分的联系。对此王蒙本人也是承认的,有他的话为证:'当激情攫住了我,酸甜苦辣、冲动伤感,一切交织起来,相互冲撞的时候,用开放性的心理描写手法来写,我感到挥洒自如,再舒服不过了。而当我所写的题材主要是以生活经验为主,实的东西更多一些的时候(如近期的有些作品),用写实的手法也就更多一些。'"

范伯群的《"无边落木"与"不尽长江"——评艾煊的长篇〈乡关何处〉》发表于同期《当代作家评论》。范伯群认为:"为了使历史的真实和艺术真实有机融合,艾煊善于运用历史人物和虚构形象的精心编织,全景画面与特写镜头的轮番交替,整体鸟瞰和生活细部的互为补充等各种手法。……在'准'和'透'的前提下,用虚构人物来衬托历史人物,有时能达到更真切更清晰地'放大'历史人物的某一细部,起着显微镜的作用。"

胡永年的《当代性与历史感的统———评肖马的〈钢铧将军〉》发表于同期《当代作家评论》。胡永年认为:"现实生活和当代性之间并非必然的等号联系。……有的作品描写的虽然是已经成为历史的过去的生活,只要它透露着当代的审美意识,磅礴着时代精神,它就具备了当代性。可见,把当代性仅仅视为一个时间的范畴对题材加以规范,是没有多少道理的。"

赖瑞云的《独创与局限——刘绍棠创作道路得失刍议》发表于同期《当代作家评论》。赖瑞云认为:"平凡中的传奇或说传奇与日常生活的结合,才是刘绍棠独到的从古典小说中首先继承的优秀传统。……值得一提的是'故事体'。作为中国古典小说的这一主要特点,刘绍棠充分继承了它的行云流水的叙述笔法,具相生动的言、行白描以及引人入胜的情节描绘。然而,却不以故事为重构局,而以人物为中心,枝蔓横生,漫写性格,造成了《蒲柳人家》式中篇——总故事粗线简约,题材一般;人物却众多饱满,小故事琳琅满目的新颖而独特的风格。"

滕云的《〈迷人的海〉—〈北方的河〉》发表于同期《当代作家评论》。滕云认为:"这就是《迷人的海》和《北方的河》的艺术描写不同于一般写实小说的一个突出特征——形神结合,以形写神,传自然、人物、时代的神气、神情、神韵。……《迷人的海》《北方的河》以形写神、形神结合,以实带虚,虚实结合,写实为本、写实与象征寓意象征结合的艺术描写,体现着中国艺术的传统的写实与写意,再现与表现交相融洽的审美意识与艺术精神。……这样的作品一方面是对传统小说的写实手法或求实手法的突破,另一方面则是对中国艺术'行神如空,行气如虹'传统的继承。"

王炳根的《五位部队小说家艺术特色简析》发表于同期《当代作家评论》。王炳根认为:

"朱苏进也找到了表达这种独特生活的艺术手段,创造了一种与之相协调的冷峻、深沉、强健、勇武的美。无论从单独的叙述、描写、对话,还是从整个作品的结构、韵律来讲,都显得紧凑急促、深沉隽永,就象一首雄壮豪迈的队列歌曲,有一种强烈的振动感和节奏感。

"作者(刘兆林——编者注)追求的正是'兵味'和'风味'的统一……兵味与风味的统一,就是在这种反差中求得的。……在反差中求统一,关键是要掌握反差度……刘兆林多用人物的主观感受来调整作品的反差度,使之适中而不失真,造成了严谨的艺术统一。

"他(王中才——编者注)的小说则是散文诗和散文反串的艺术。……而仍然刻意表达军营内外那种文静、清幽的诗意美。……就是小说,作者用的也是散文式的结构手法。

"他(廖西岚——编者注)的作品都是有情节的,但不以事件的起始终结为中心,而常常以人物性格的发展为线索,人物性格的发展与情节的展开呈一致性。……廖西岚的描写,显得比较空灵,有些地方的跳跃感是很强的。……廖西岚在描写中,还很舍得割爱。"

吴秀明的《评1982年至1983年的历史小说创作》发表于同期《当代作家评论》。吴秀明认为:"我们说历史小说艺术探索渐趋多样化,首先表现在体式上比较多样兼备,已经跳出了单一狭小的圈子。……这两年历史小说艺术探索多样化的另一标志是,创作路子比较松宽,在艺术品类上不搞'单打一',而逐渐趋向多元复式。……一种是真假七三开,也就是我们通常所说的'七实三虚'……一种是真假倒七三开,也就是我们通常所说的'三实七虚'类型。……还有一种是完全子虚乌有的,即所有的人事描写包括主要人物和主要事件的描写均无历史真实的依据。"

周恩珍、杨九俊的《论刘绍棠小说的人物塑造》发表于同期《当代作家评论》。周恩珍、杨九俊认为:"中西方文学的发展都有'民间流'和'文人流'之分。就我国的小说发展来说,'民间流'中相当的一部分就是'才子佳人小说'或'侠义'小说。刘绍棠将二者熔为一体,应该是一种有益的尝试。当然,他小说中的诗情画意,乃至直接引用、化用古典辞章的佳联妙句,又可看出'文人流'对他的影响。……就塑造人物形象而言,他继承中国古典小说的艺术传统,'力求以人物的个性语言,刻画人物的性格'……"

本月

吴海的《新的视野 新的探索——杂谈陈世旭的中篇小说创作》发表于《百花洲》第5期。吴海谈道:"大凡优秀的作品都是会有各自的艺术个性的。《天鹅湖畔》也不例外。我似乎觉得,它虽不象《高山下的花环》那样动人心弦,不象《迷人的海》那样富于哲理,不象《没有钮扣的红衬衫》那样自然、质朴、生活化,也不象《美食家》那样具有浓郁独特的风俗色彩,但它却有自身的鲜明特点,这就是作者站在时代的高度俯视生活大地,用作家和社会学者、经济学者、企业改革者的综合眼光来观察、解剖和反映纷纭繁复的现实,有胆略地揭示了新时期振兴经济、实现四化中的时代矛盾,形象地展示了当代社会生活转向科学、转向技术、转向信息、转向市场的新的发展趋势,使作品喷发出的一股浓烈的新生活的热浪迎面扑来。"

以"关于提高小说创作质量的座谈"为总题,汪浙成的《悲壮的生活与生活的悲壮》、徐孝鱼的《要有自己的发现》、陆星儿的《脚步踏得深些》、邓开善的《学步断想》发表于《小说界》第5期。

邓开善认为:"没有形象,文艺本身就不存在(周扬语)。……目前一些微型小说的非小说化，'问题恐怕出在对"人"的忽视'吧！""微型小说囿于篇幅之'微'，不必苛求望造出典型人物来。然而，它却应该凸现人物性格的某一个侧面。……微型小说之为小说，须以塑造人物形象为主要任务。'主要'不是'全部'，并非一律排斥描写人的一种情绪、感受或心理等篇什。不然，使之禁锢在'一律化'的王国，也未免颇有点'唯我独尊'之嫌了。"

陆星儿认为："写小说，就是写人的命运，写生活道路。只有对自己所要描写的人物所走过的生活道路，踏得深一点、再深一点，才能真切、细致地把握好人物，才能从不同的生活道路中，找出更深刻更耐人寻味的意义，也才能够写出好一点的小说。"

汪浙成指出："作为一个当代生活的记录者，我们认为不但在恢宏、高大、壮阔的事物中，而且也应在平凡、琐碎、普通的事物中，在一些无论就数学还是力学上都不那么显赫的事物中挖掘和表现出崇高的美，以及这种美的主要定性之一——悲壮的意味来。"

徐孝鱼认为："文学作品贵在创新。……所谓创新，就作品内涵而言，是指作家通过观察生活，有所发现，并把他的这种发现变为发人深思的文学形象，给人以新的启示。这就是说，必须深刻地表现生活。"

十月

1日 曾镇南的《异彩与深味——读阿城的中篇小说〈棋王〉》发表于《上海文学》第10期。曾镇南认为："这篇小说确有异彩而且耐嚼、有味。它的奇异处首先是语言。作者几乎不用长句，也不事藻饰，平常的语词，经他那么一调动，就闪出异彩。他的造句、遣词、用字，是经过一番锤炼的，有如棋局上的高手杀棋，下子准确、快捷、简劲，常有妙着惊人。……《棋王》的深味，既凝聚在对棋王一生的性格的独特处理上，也点染在与棋王发生或远或近的联系的一组人物中……"

同日，王朝闻的《她就是她（外三章）》发表于《现代作家》第10期。王朝闻认为："短篇小说对生活的反映当然只能反映生活的片段和局部，但这种片段和局部的反映必须可能使读者由此想象到它的整体。如果生活的片断和局部对人物性格的表现没有独立性,短篇小说这种艺术形式当然不能成立。但是这种独立性是相对的,只有当生活的局部和片断的反映显示出人物性格的整体,它才能具备形象的完整性和独立性。……我读小说觉得有味道的原因,在于它们能够使我在片段和局部中见出整体。形象的整体感当然离不开读者的想象,能够引起读者相应的想象的原因,在于具体可感的形象具备着较大的概括性。由少见多,以小见大的概括性,有赖于已经被反映的生活自身的多面性。"

3日　蒋子龙的《"悲歌"之余——关于〈燕赵悲歌〉》发表于《小说选刊》第10期。蒋子龙表示:"文学只有在特定的社会历史背景下,才能显示出它真正的含义。作家应当捕捉住生活的跃动,那才是人物生命的旋律。……我有意采用相声的结构,忽而跳进,忽而跳出,让人感到是真的,无非是想增强作品的感染力。其实小说多是虚构的,包括作者跳进去说的那些话。目的是吸引读者把这个故事当成真的,这也叫虚晃一枪吧。有位大学老师把它叫做'报告小说'。我不懂什么叫'报告小说',我们的口号已经够多了,不发明新的也够用一气的了,我写的是小说。"

4日　李杭育的《我的"葛川江"》发表于《文汇报》。李杭育认为:"当代小说在其美学特征上有一种淡化情节而加强氛围的趋势。氛围是一种渗透了感情色彩的气氛,一种带情调的环境渲染。人的生活环境既是自然的,也是文化的,因而特定的自然风土、社会世态、民族情调、文化色彩等等,都可以作为小说中的人物环境,都能构成小说的艺术氛围。它们是有机的、浑然一体的、生气勃勃的,组成了一个完整的、广阔的、色彩斑斓的背景。"

李杭育指出:"对我来说,就是要把一条江、一种文化在作品中氛围化,既是作为背景,又是情致活动,总之,是要制造我的'葛川江'氛围,并且靠它来获取作品的审美效应。""'我的"葛川江"',这就是说,是我眼里的富春江——钱塘江,是我的主观情致所在。作家的主观情致光靠观察生活是得不到的,你得在发现生活的同时发现自己。情致要靠主观意向去发现,靠作家自身的艺术气质去培植,还得借历史求沉淀,借时代精神求升华,借人类的全部文化来丰满。"

5日　刘安海的《快慢动静总相宜——小说叙述节奏漫谈》发表于《长江文艺》

第10期。刘安海认为:"小说叙述节奏的选择不只是要准确地表现出人物的感情心理,还要将这种感情心理准确地传达给读者,使读者也受到这种感情心理的感染,不知不觉地进入小说的艺术境界中去。当读者在阅读《红楼梦》的过程中,早已对林黛玉的爱情悲剧充满了无限的同情,而此时当罪恶的封建社会要最后吞噬她的爱情、也吞噬她的生命的时候,在读者的感情里难道不是希望作者对她此时的举止行动、感情心理作细致的描摹、徐缓的叙述吗?只有选取这种叙述节奏才能把人物的感情心理准确地传达给我们。"

刘安海指出:"我国古代优秀的长篇小说往往有着描写对象上的真善美与假恶丑的强烈对比、环境气氛上的欢乐与悲切的渗透杂揉、艺术意境上的柔美与壮美的交相辉映、艺术风格上的刚健与柔媚的突然转换等一系列特点,这些特点使得小说的节奏既匀称又和谐,且富于变化。……古今中外优秀的小说作家锤炼语言的一个重要方面就是极力酿成小说语言的节奏。鲁迅说他写小说'做完之后,总要看两遍,自己觉得拗口的,就增删几个字,一定要它读得顺口'。'拗口'就是读起来诘屈聱牙,不流畅,不合节奏,'顺口'就是读起来唇吻流利,音韵铿锵,符合抑扬顿挫、长短快慢的节奏。"

同日,禾穆的《把握人物的性格逻辑》发表于《青海湖》第10期。禾穆认为:"一个作家在创作时,选取进入作品中的人物形象,既要直接透视人物的性格本质,又要把握人物性格的内涵与外在的关系。这样才能使人物跃然纸上。同时,把握人物的性格逻辑,还要重视小的细节。因为小的细节往往是体现人物性格的闪光的珠玑。"

南帆的《数字的背后》发表于同期《青海湖》。南帆认为:"虽然篇幅并不是小说质量的唯一说明,但是,人们仍然有充分的理由将长篇小说视为一个时代文学高度的标志。谈到法国文学的时候,人们不是首先记起了雨果、福楼拜、巴尔扎克、普鲁斯特吗?谈论《安娜·卡列宁娜》《复活》《卡拉玛卓夫兄弟》或者《罪与罚》,不就是在很大程度上谈论俄国文学的特征吗?事实上,这也就是人们更为迫切地期待长篇小说有所突破的原因。长篇小说将最大限度地容纳文学对于现实与历史的解释,容纳文学对于人性的体察;同时,长篇小说还将最大限度地汇聚种种艺术形式。这一切构成了长篇小说难以比拟的份量。

许多作家已经认可了一种传统观念：长篇小说是表明一个作家文学段位的有效证书。"

7日　以"关于'复杂性格'问题的讨论"为总题，陈晋的《"人物性格二重组合原理"异议》、杜书瀛的《"复杂性格"与典型创造》、俊人的《用动态的方法研究性格问题》发表于《文艺报》第10期。

陈晋认为："性格内部无论怎样复杂，都必须是自然圆浑的统一体。遗憾的是，正反两极二重组合这一命题却难以揭示出这个根本特征。……形式上的正反两极二重组合，必然导致内容上的'善恶并举'或'美丑泯绝'。"

杜书瀛提出："探讨复杂性格的问题，对典型创造是有益的，积极的……我们应该提倡塑造圆整的形象，而尽量避免那种单一的、静止的、贫乏的、扁平的人物形象。"

俊人说道："过去，我们研究性格主要采用静态的方法……但是仅有这种方法是不够的，特别是随着社会发展的日益复杂纷繁，一个静止的性格平面很难概括人物性格的全部内容。……在作品中要展示人物性格的全过程，就必须要把握性格的内在矛盾形式。"

崔道怡的《若非慷慨之士，怎唱燕赵悲歌！》发表于同期《文艺报》。崔道怡认为："'悲歌'之粗，是嫌它（蒋子龙的《燕赵悲歌》——编者注）未经'加工提炼'，太象报告文学了。而这，采用更能令人信以为真的形式和写法，恰是蒋子龙有意为之。""近时小说的纪实性、新闻性、抒情化、政论化有所增强，正以其逼真感、亲切感、感染力、思辨力缩短着与读者的距离，受到了相当的称誉。……手法介乎小说与报告文学之间的样式，切合时势，应运而生。蒋子龙敏锐地看到了这一点，巧妙地运用了这一手，不失为形式上的革新创举。"

王蒙的《且说〈棋王〉》发表于同期《文艺报》。王蒙认为："《棋王》不同，虽然这篇小说同样相当真实地反映了当年知青生活的若干画面，但它的人物和故事有大得多的独立性。在这篇小说里，'棋呆子'王一生的身世、性格、下棋故事是真正的主体，知青上山下乡事件是背景。我们也许可以说，这篇小说突出了人是自己的主人、人不会仅仅是被历史的狂风吹来卷去的沙砾的思想，表现了一种新的强力。这篇小说取材角度之特别，也会给人们以相当的启发。"

《对〈绿化树〉的种种看法（争鸣综述）》发表于同期《文艺报》。文章写道："还有不少同志称赞小说不仅严格遵循了现实主义的创作原则，而且显示了浪漫主义的魅力，'为现实主义与浪漫主义的结合提供了启示'。对于小说浓郁的地方特色和民族特色，它的'史诗式的优美笔法'，它的宏旷的气势，评介者都予以肯定。"

11日 张韧的《狂飙突进 蔚为大观——中篇小说创作的回顾与展望》发表于《光明日报》。张韧认为中篇小说崛起的重要标志之一是，"在发掘四化建设的新矛盾、描绘现实变革的新人新风貌方面，它站在文学的潮头而奔腾拓展着"。张韧指出："中篇创作面临一些不可忽视的亟须改变的问题。首先，应当继续加大当代性的深度、广度和力度，消除那些标榜为文学新潮的'面向自我、背向现实'、追求'永恒艺术'的思想影响。……其次，亟须警惕非中篇化的倾向。目前一些中篇铺张扬厉、粗制滥造，混淆中篇与长、短篇小说的界限。"

15日 《民族文学》评论员的《新中国的产儿——三十五年来的少数民族文学》发表于《民族文学》第10期。文章写道："少数民族作家在创作时，注意继承和吸收本民族文学传统，采用本民族人民喜闻乐见的形式。……少数民族民间故事的情节生动，故事曲折，饶有趣味的表现特点为少数民族小说创作所吸收，造成少数民族小说生动、活泼、故事性强的特点。少数民族文学创作，在继承民族民间文学传统的基础上，还注意了借鉴和吸收汉族文学以及外国文学的创作经验和表现形式与方法，从而丰富了自己，发展了特色。"

同日，李希凡的《一个农村开拓者的典型形象——读中篇小说〈燕赵悲歌〉》发表于《人民日报》。李希凡写道："《燕赵悲歌》在表现手段上，虽采用了报告文学的某些'形式'，但它又不是报告文学，而是小说，所以尽管它所描写的人和事，可能有真实生活中某些素材原型或影象，但作品的情节和形象，却是经过作家创作思维的充分典型化了的艺术真实。"

22日 王蒙的《"面向现代化"与文学》发表于《人民日报》。王蒙指出："面向现代化，首先是我们的文学作品要努力反映实现四个现代化的伟大进程，塑造在实现现代化、争取翻两番的伟大潮流中的带头人，革新者的形象，反映现代化在我们的生活中从理想变成现实的生动、丰富、深刻的进程,特别是这种进程对于人们的精神面貌、道德观念、审美观念的影响。""其次,现代化的科学技术,特别是信息科学、思维科学、电脑技术、心理学……的发展,对我们的文艺学研究工作与文艺创作会带来些什么影响呢?""但文艺的总的精神,都应该是高瞻远瞩、面向未来,努力汲取新思想、新知识、新事物的。当然,新的东西离不开传统,创新离不开继承,但同时继承又是为了创新,为了现在、也为了未来。""面向世界与注意发展民族形式、注意中国气派、注意满足中国人民的喜闻乐见的要求是不矛盾的。……我们的文艺工作者应该比过去更多地了解和关心'世界',从'世界'这个大天地汲取新的激发和新的信息。"

27日 秦力的《要重视当代民间文学》发表于《人民日报》。秦力提出:"谈到民间文学的搜集整理,人们往往只重视过去的英雄史诗、历史传说、山川掌故等方面,而很少想到活生生的当代民间传说和故事,以至造成一种错觉,好象民间文学只是历史的东西,与当代生活不相干。""其实,每个时代都会产生自己的民间文学,反映特定时代的民俗、民情。"

十一月

1日 谢明德的《小说中的时间》发表于《山花》第11期。谢明德认为:"小说中的时间,指示作品的纵向结构,体现情节的发展、典型性格的成长、环境的变化,乃至气氛的转换、节奏的运动。对时间不同的处理方式,是形成作品不同美学风貌的因素之一。"

谢明德指出:"小说的叙述时间,是对现实时间的概括和集中。它必然以现实时间为依据,更是一种复杂的审美心理活动,是客观再现因素与主观表现因素的辩证统一。短篇小说独特的审美属性,要求叙述时间高度集中,具有情节和时间的高度统一性。这正是有经验的短篇小说作家总是撷取生活的一个瞬间、片断,来反映大千世界的原因,于有限的时间表现中达到对时间无限性的追求。"

同日,吴亮的《自然·历史·人——评张承志晚近的小说》发表于《上海文学》第11期。吴亮谈道:"我注意到张承志的小说,特别是两年来那若干篇触及到自然的小说，几乎无一例外地都贯通着具有永久性的原素……我觉得这一切均暗示了无始无终的宏阔深邃的概念，它们都不因时代的递进和人世的剧变而显得另样。……它们（自然——编者注）不是一幕幕可以临时更换的舞台布景，而是这一舞台本身。甚至它们自身也加入进来参预了演出：以那种沉默有力的潜对话和巨大的动势。"

3日 石言的《〈魂归何处〉创作体会》发表于《小说选刊》第11期。石言表示："既要有生活积累，又要有对生活的艺术敏感……这是我写《魂归何处》的体会之一。……既要有生活积累，又要有对生活的认识和见解，这是我的体会之二。……在艺术方法上遵循现实主义，努力实现人物和环境的真实性，对革命历史题材创作的深入和出新是有好处的。这是我的体会之三。……我的初稿用的是三方的书信加上倒叙回忆的手法。……讲究表现手法……力求和谐，力求新颖。……是我写《魂归何处》的第四点体会。"

5日 李伏伽的《一篇超"微型小说"》发表于《当代文坛》第11期。李伏伽写道：

"《庄子·外物》篇有个故事：儒以诗礼发冢。大儒胪传曰：'东方作矣，事之若何？'小儒曰：'未解裙襦，口中有珠。''诗固有之曰："青青之麦，生于陵陂；生不布施，死何含珠为？"接其鬓，压其顪，而以金椎控其颐，徐别其颊，无伤口中珠！'

"整个故事只有七十四个字，简直可以说是一篇超'微型小说'。请看：

"它有故事情节：盗墓。它没有叙述整个盗墓的过程，只集中写了天明前两个儒者的对话。显然他们已经辛苦地干了一夜，看看天要亮了，大儒催问在墓里的小儒，从而向人们展示了故事。

"它有人物塑造：大儒和小儒。它虽没从正面描写这两人的外貌特征、心理活动，行为举止，但通过简短的对话，他们的声音容貌和各自的特点就跃然纸上。小儒在墓下出力仗笨，是个帮手；大儒才是儒者的具体化身。他只站在墓上指挥——君子劳心，劳心者治人嘛！他满嘴仁义道德，引古诗来讥讽死者，并证明他盗窃行为完全正当；他的态度从容不迫，具有君子之风；他指示小儒取珠的办法巧妙周详，表明了'盗亦有道'；而最后一句'无伤口中珠'，则使人们看出了他的灵魂是何等的贪鄙!

"这个故事很短,情节也简单,但却能即小以大:通过具有典型意义的一个生活片断,鲜明、生动地塑造出具有典型性的人物,形象地表现了庄子所要表达的思想。"

谢明德的《风俗画的审美魅力——短篇小说艺术探微之一》发表于同期《当代文坛》。谢明德谈道:

"文学风俗画,是形成小说艺术美的因素之一。列夫·托尔斯泰认为,'基于历史事件写成的风俗画面'是'小说家的诗'。因此,大凡高明的手笔,即使是有限的篇幅,写人叙事也总竭力避免直达主题,而能盘旋委曲,或点缀、或穿插,或浓墨重彩、或淡毫轻墨,绘风俗图画,写人情世态,泥香土热,趣远情深。风俗画面比曲折故事本身,别具一种引人流连、反复吟味的诗美。确实,叙述过分的直线性,于发抒臧否,传达题旨,固然痛快淋漓,却失去了许多生活固有的情趣和风致,损害了作品的美和力。

"文学风俗画是一个包蕴丰富的概念:民情、世态、风俗、习尚、礼仪、信仰,乃至衣饰、居室的形式、语言风格、神话、传说、民间艺术,等等,由此形成呈现独具风貌的民族、地方特征的生活画面。……具有民族、地方色彩的风俗画面,增强了叙述的生活实感和现实空间感,并且透露出'时代的生活和情绪',风云变幻、世态沧桑。

"风俗画的美学价值,还不只在于认识论、社会学以及民俗学方面。叙述的生活实感和现实空间感,是引起美感的重要契机。有着鲜明地方色泽的日常生活、风习画面,使亲历过的读者觉着亲切、真挚,未曾亲历过的读者感到新鲜别致、开拓眼界,意趣横生。

"同时,我们也不难看到,风俗描写打破了叙述过分的直线性,对短篇小说来讲,不但有益于篇幅虽短小却显出境界开广,舒卷自如,使读者兴味无穷,流连盘桓,深味妙悟社会、人生的真谛,领略生活的情致和韵味,而且有益于形成叙述本身不同节奏、气氛、速度错综变化的形式美。"

7日 以"关于'复杂性格'问题的讨论"为总题,贺兴安的《意识的两级转化与性格的多样统一》、洪永平的《复杂性格的审美价值及其它》发表于《文艺报》第 11 期。

贺兴安写道："要注意意识的两极转化与性格的多样统一之间的联系和区别。……这里很自然地提出了这样一个问题，哲学不等于文学，精神现象学、意识发展史也不等于人物性格学。……由于人物所处的历史条件不同，民族传统不同，加上具体的人物性格的多样性、丰富性、复杂性，并非在展示每一种性格和心理状态时，都能相应地展示出两极形式的排列组合。"

洪永平认为："典型人物性格需要展开丰富性和复杂性，归根结蒂是由社会生活决定的。因为人处于社会之中，处于种种错综复杂的关系之中，性格也必然会有种种复杂的层面。这些层面交织成许多矛盾、斗争、消长、运动，……构成了完整的性格。充分地揭示这些矛盾，正是社会生活对文学发展提出的要求。"

黄子平的《我读〈绿化树〉》发表于同期《文艺报》。黄子平认为："首先，作品是用章永璘的第一人称自叙的角度来展开的。……再次，《绿化树》是用正剧的抒情语气来展开的。这种语气不可能使用嘲讽、幽默、反语等艺术手段来拉开作品内容与作者与读者的心理距离。"

8 日 牛志强的《白与绿的交响诗——评中篇小说〈白与绿〉》发表于《光明日报》。牛志强认为："《白与绿》洋溢着人类改造自然、战胜自然的强大诗情。这不仅在于选取关东为叙事角度，以她驰骋荒原时的思绪流动为线索结构全篇，因而叙事中自然带有浓厚的感情色彩；也不仅在于以叙事长诗的笔调进行叙述、描写，造成一种诗的抒情韵致；更重要的是在于贯串着一个富于哲理性的高度诗化的意蕴。"

10 日 刘再复的《关于"人物性格二重组合原理"答问》发表于《读书》第 11 期。刘再复谈道：

"所谓人物性格的二重组合，从性格结构上说，指的是具有较高审美价值的艺术典型的性格二极性特征。也就是说，这种典型不是单一化的，而是包含着肯定性的性格因素和否定性的性格因素，它们的有机统一，构成真实、生动的性格形态。这种二极性与多重性并不矛盾。因为二极性的具体表现是无限多样的，例如美——丑，善——恶，悲——喜，崇高——滑稽，勇敢——怯懦，圣洁——鄙俗，高尚——卑下，忠厚——圆滑，温柔——刚烈等等。作为一个优秀的文学典型，其性格的构成因素是复杂多样的，它们往往以其二极性的特征交叉融合，构成一个多维多向的立体网络结构。

"我觉得小说这种文学形式，大体上经历了三个'美的历程'。……第三阶段，可以说是多元化的阶段，它写人的进一步深化，进一步由外到内，以描写人的内心图景为重心。可称为'内心世界审美化的展示阶段'。这个阶段比起第二阶段来，已彻底摆脱作家讲故事的格局。作家不直接去再现人物的环境、人物的行为、人物的性格以及人物之间的关系，而是由作品中的人物自身对自己的内心世界进行表现，或坦露。即通过描写人物自身对外部世界的主观感受、自由联想、感情冲突、心理冲突等等直接地展示人物的内心图景，在展示中，也看到人物的经历，人物所处的环境，人与人的关系，但主要的是使人们看到人物灵魂深处的矛盾内容。对这种作品的美学评价是看其人物内心图景展现的深广度，而不是象第二阶段那样考察其性格的典型化程度。第二阶段的作品，如《红楼梦》也表现人的内心世界，但是它还是由作家出面去再现、描摹和评价，而不是由人物本身去直接表现、坦露自己的内心世界。这个阶段小说作品的重心和手段与第二阶段有很大的不同。但是，如果把性格的概念广义化，把内在的心理活动看成性格的表现，那么，这个阶段也可以说是性格进入深层结构的表现阶段，而且是通过人物自身的意识活动来表现的阶段……"

同日，刘再复的《论人物性格的模糊性与明确性》发表于《中国社会科学》第6期。刘再复认为：

"具体说来，产生人物性格模糊性主要有两个原因：（1）构成人物性格整体的各种性格元素本身带有模糊性。（2）各种性格元素围绕性格核心的组合过程是一个模糊集合过程。

"性格元素模糊性包括两层意思：一是构成性格整体的各种性格元素之间往往是不同向的，甚至是彼此矛盾对立的。……这种种双向性，使一个人的性格表象变得纷纭复杂……

"性格元素模糊性的另一层意思，则是每一个性格元素内部都带有二重性，或者说，都包括着正反两极。同一性格元素，既是A，又不是A，既是这一点，又不是这一点,肯定中包含着否定,否定中包含着肯定。……因此,性格元素自身的性质不可能完全确定,它处在不同的关系中总是显示出不同的内容和形式,不断变化。

"由于组成性格整体的各种元素自身带有模糊性,由于人的性格的情感特征带有极大的不确定性与不稳定性,因此,人物性格的二重组合过程就表现为一种模糊集合过程,人物形象也是一种模糊集合体。一些具有较高审美价值的典型性格,就是这种模糊集合体,因此,人们就很难用'好人''坏人'等明确概念来规范他们,甚至也很难用'正面人物''反面人物''中间人物'这种现实语言来规范他们……正面人物、反面人物、中间人物,都是很大的集合概念。这些概念本来是政治性的普通集合概念。……用带模糊性的艺术形象(符号)表现无限的社会生活内容,恰恰是艺术最根本的特点。文艺界很久以来就谈论的'形象大于思想'的命题,基本原理就在于此。"

14日 何士光的《〈青砖的楼房〉琐谈》发表于《中篇小说选刊》第6期。何士光认为:"它(文学艺术作品——编者注)应该着重的是:主人公为什么是这样或会这样行动。正是在这之中,浸透着全部的历史的和现实的原因,不是用简单地赋予主人公某种品质就能代替的。正是在这之中透露出作品的深度和说服力,生发着时代的本质的特征。"

15日 蒋荫安的《慷慨悲歌撼人心——评中篇小说〈燕赵悲歌〉》发表于《光明日报》。蒋荫安认为:"《燕赵悲歌》的形式兼有小说和报告文学的特点。作者快速地切进生活,运用自己创造的灵便的文体,把刚获得的印象、感受和激情迅速地传达出来。这使读者感到真切和鲜灵。"

同日,温小钰的《是马就有三分龙气——评满族青年作家江浩的中篇小说创作》发表于《民族文学》第11期。温小钰认为:"它(江浩的作品——编者注)是一种在'再现'的基础上的'表现'……它并不采用非自然或超自然的现象,也不借助梦幻和畅想,它是强烈而不失其实的夸张,追求丰富的色彩与音响,渲染着对比的鲜明,个性的力度和猛烈,具有动人心魄的热情的浪漫主义色彩。""这充满色彩和音响的景物描写,确乎不是写实性的风景画,它渗透了作者主观的感受和愿望,传达了作者的激动与热情,它的艺术效果强烈……

江浩的浪漫主义倾向还表现在喜欢采用传奇性的情节和大起大落的故事结构上。……这些传奇性的情节由于同历史传说，民谣俗谚结合起来而更加富于色彩。"

同日，丁帆、徐兆淮的《新时期风俗画小说纵横谈》发表于《文学评论》第6期。丁帆、徐兆淮表示："综观近几年来的风俗画小说创作，我们认为大致可以把它们分为三种类型。""第一种是比较注重典型环境描写的。""第二种是注重以风俗描写来强化人物性格的类型……""第三种是把风俗描写渗透到环境描写和波澜起伏的情节描写中去，使之溶为一炉的交织型写法，既有诗情画意的风俗画面，又有悲壮慷慨的故事情节。""一部成功的风俗画小说，并不在于它在作品中所占的比重，而是要看它能否与作品所阐述的主题和人物性格的发展交融渗合，形成一种和谐贯通的气势。"

周政保的《走向开放的中篇小说的结构形态》发表于同期《文学评论》。周政保认为："从总体范围与历史角度考察，我国近年来的中篇小说的确打破了那种'从头道来'的、或赋于倒叙框架、或插入回忆内容的、但基本上以情节发展的自然时间序程为线索的传统结构方式（这种结构方式集成了十七年中篇小说的主要艺术特点），开始出现了各种新的、具有开放气息的结构概念……这是些富有创造性的，但又不离异现实主义土壤的结构方式，其形态大致有以下几种：A 结构目标的情绪化……B 结构内容的散文化……C 结构线索的象征化……D 结构层次的叠合化……""走向开放的中篇小说结构形态，首先酿成了作品容量的丰厚性（而且还省俭了笔墨，缩短了篇幅）。""新的结构形态的另一重要特点是：作品含蓄性的极大提高……""中篇小说这种变革性结构形态的出现，还向我们呈现了这样的创作追求：即作家自觉地寻觅着小说的诗化道路——这不仅仅是局部描写的诗化，更重要的是整体结构的诗化……""这些走向开放的结构形态告诉我们，中篇小说'写什么'与'怎样写'的拓进，既不是某种规范的指引结果，也不是现代主义手法的专利（就是本世纪初也不是），而是现实主义走向开放的胜利（就是卡夫卡、乔伊斯的小说结构方式也是从现实主义的土壤上派生出来而走向极端的）。就上述那些被革新了的中篇小说结构形态而言，它们的确没有离异现实主义的传统，而只是发展了现实主义的传统结构概念。"

同日,刘再复的《性格对照的三种方式和它们在我国文学中的命运》发表于《学习与思考》第6期。刘再复提到:

"性格对照有三种最基本的方式:(1)不同人物性格之间的对照;(2)同一人物的性格表象与性格本质的对照;(3)人物性格内部中两种对立性格因素的对照。

"性格的外部对照方式早已被广泛地应用。……这种对照可以使彼此的性格'区别得更加鲜明,相互起衬托作用。这种对照,在艺术容量较小的作品中,往往只能是一对人物的对照或几个次要人物与一个主要人物的对照,而在艺术容量巨大的作品中,则往往可以形成众多人物性格的对照系统'。

"典型性格内部的对照,很少只是单纯的一组对照关系,它往往形成多组对照关系,并形成性格内部的对照系统。在这个对照系统中,'杂多'的性格元素,通过一定的中介,分别形成一组一组的对立统一联系,这就是性格整体中的二重组合单元。这些二重组合单元,在性格内部积极运动,相互交叉,互相渗透,互相转化,形成丰富复杂的性格。具有较高审美价值的性格结构,总是以两极的对立统一为内在机制的性格网络结构。

"性格对照的第二种方式是性格的表里对照。这就是性格表象(外貌,性格的表面特征)与性格本体(性格核心)的对照,它有两种相反的形态:一是外丑与内美的对照;一是外美与内丑的对照。"

同日,黄毓璜的《文学表现"心灵美"浅识》发表于《钟山》第6期。黄毓璜认为:"艺术塑造典型就是要揭示形象的真,离开了真,便无性格可言,也就无美可言。……为了贯彻主观的意图而以牺牲性格的明确性为代价,这是一笔颇不合算的账。……表现性格间的联系和冲突,也必须从主观的个人好恶中超脱出来,严格地遵循真实的生活逻辑和性格逻辑,只有真实的性格的联系和碰撞,才能迸发出心灵的火花。"

贾平凹、丁帆的《关于〈九叶树〉的通信》发表于同期《钟山》。贾平凹、丁帆认为:"这部作品与《小月前本》和《鸡窝洼的人家》不同,后者是醇厚凝重、粗犷奔放,表现出一种山势的峻峭深沉;而前者却是清新隽永、秀气纤柔，似乎和你第一阶段创作的某些手法相近。《小月前本》和《鸡窝洼的人家》注重人物的写实性，个性非常突出；而《九叶树》似乎偏向于人物的写意，人物的性格有许多是在言外、象外，更耐人咀嚼。其画面更富有诗意。"

张韧的《民俗画与众生相——邓友梅论之三》发表于同期《钟山》。张韧认为："邓友梅很善于描写北京这无奇不有的大千世界的世态画和世俗画。在这一类的画面上，它很少用文物书画作媒介，也不过多地以礼仪风俗来渲染气氛，而是以北京人常常出没的茶肆酒楼、戏院书馆、街头巷尾、名胜古迹一类地方作为生活的场景，刻画出各色人物的、带有浓烈世俗味的人情世态。"

21日　刘再复的《论悲喜剧性格的二重组合——兼谈崇高与滑稽》发表于《文艺研究》第6期。刘再复认为：

"人物性格中悲剧因素与喜剧因素的二重组合，有两种不同性质的形态。一种是带崇高性质的悲喜组合，一种则是非崇高性质的悲喜组合。崇高性质的悲喜组合是人物性格中的悲剧性格因素与喜剧性格因素带有崇高的特性或英雄的色彩，例如堂·吉诃德的性格。非崇高性质的悲喜组合，则是人物性格中的悲喜因素都不带任何英雄的色彩或崇高的特性，例如阿Q的性格。

"崇高有两种，一是外在的崇高，这是指人身外的巨大存在物，拥有广大空间的、可见可触的伟大事物，如高山、大海、原野、森林、星空等。另一种是内在的崇高，这是指人身内的伟大和刚强，是人的身内之'物'，即人的思想、精神、品格、智慧等，也就是人的生命力，包括智慧力、道德力、意志力等。内在崇高不在于形式上的巨大，而在于精神的伟大。……滑稽也有两种不同性质的滑稽。即肯定性滑稽与否定性滑稽。所谓肯定性滑稽，是内在的真的、善的、美的内容，通过丑陋的、异常的、机械的、僵硬的形式表现出来的滑稽。……我们所说人物性格内部崇高性格因素与滑稽性格因素的二重组合，主要是指崇高因素与肯定性滑稽因素的组合。

"世界文学史上，第一个在理论上提出崇高和滑稽可以在同一人物性格内部进行组合的是法国的雨果。……雨果关于崇高与滑稽组合的思想包括两方面的意义：一是指在同一艺术作品中崇高人物与滑稽人物可以在同一舞台，构成性格的外部对照。……另一个更为重要的意义，则是在同一人物的性格世界中，同时包含着崇高的性格因素与滑稽的性格因素。在雨果看来，正如最可笑的东西也常常能达到崇高的境界一样，最高尚的事物也总免不了有凡俗和可笑的时候。

"和崇高——滑稽这种二重组合形态相近的组合形态，是崇高与怪诞的二重组合。这种形态的组合，在现实主义文学中是不存在的。现实主义美学体系中，一般地说，不允许怪诞性格因素的存在，因为怪诞性格总是带有超现实的特点。因此，同一人物性格内部崇高因素与怪诞因素的组合方式，主要是发生在浪漫主义艺术中。……'怪诞'因素可以与崇高因素组合，也可以与非崇高性质的一般的悲剧性格因素组合。"

25日 蔡翔的《在生活的表象之后——张承志近期小说概评》发表于《当代作家评论》第6期。蔡翔认为："张承志要完成的正是这样一种回归：即某种现代观念同历史文化的接壤。"

贺兴安的《章永璘的哲理摄取力及其他——〈绿化树〉读后》发表于同期《当代作家评论》。贺兴安认为："我们要继承中国古典小说以人物故事为中心、以比兴笔法描写自然景物的简洁手法，必要时，也可以采用鲁迅先生说的'中国旧戏上，没有背景'的略去风月以突出人物的方法，但我们不能绝对化，不应该排斥适当借鉴西方小说比较铺陈、比较独立描写自然景物的方法。……作者善于'用感情去感觉'周围的人物，他笔下的人物的性格内涵就显得是丰富的、多样的、各种对立因素的统一……"

何镇邦的《长篇小说反映现实生活的新突破和新问题——关于新时期长篇小说创作若干问题的探讨》发表于同期《当代作家评论》。何镇邦认为：

"近两年多来长篇小说的创作实践表明：近距离地反映现实生活，是完全可能的……我们所主张的反映时代、表现改革的同步文学，是从纷纭复杂、多彩多姿的现实生活出发并对它进行高度艺术概括，以创造改革者以及其他各种类型艺术典型为崇高任务的，而不是图解政治概念和政策，更不是报道农民买飞机和汽车之类的新闻。因此，我们在肯定近年来反映现实生活的长篇新作突破'距离论'，近距离地或者同步地反映生活所取得的成就时，也应看到由于对于变革中的现实生活把握得不够准确和对生活的艺术概括不够而产生的报告化和过于空灵的缺陷。

"我们在一些反映改革斗争的长篇新作中所看到的改革家形象，其最突出的特点就是他们的身上都有时代的投影，都折射出某种时代精神，其中某些具有典型意义比较成功的形象，还达到了人物的心灵同时代精神的交融，具有更鲜明的时代的印记。……我们还可以看到，一批反映现实生活的长篇新作中出现的各种人物形象，还具有丰富多样的特点。一些塑造得比较成功的人物形象，性格大都是丰富的复杂的，富于立体感的。……我们也发现，不少长篇新作，改革者的形象往往不如其他人物形象来得有艺术光彩。……究其原因，恐怕还是因为作家们在塑造改革者形象时头脑里总有一些无形的框框，而在描写其他各种类型的人物时思想则比较解放，因之，他们在塑造改革者形象时，笔墨总洒得不够开，而在描绘其他人物时则更能发挥其艺术创造力。这是一个值得注意的现象。"

季红真的《沉雄苍凉的崇高感——论张承志小说的美学风格》发表于同期《当代作家评论》。季红真认为："边疆和底层的劳动群众与动荡年代成长起来的青年知识分子，是张承志的艺术世界中两个基本的形象群。""张承志的小说，有现实主义的精神，有浪漫主义的激情，也有象征手法的大量运用带来的凝聚力，形成了艺术表现的宏阔结构。……这种诗化的高层建构的手法在张承志的艺术表现手法中稳定为基本的结构，抒情与象征生成了一个辩证的关系。随着他写实的注意力逐渐向人物心理深入，他小说的叙述角度发生了重要的变化，主观心理的时空形式越来越多地取代了自然的时空秩序。张承志似乎有意回避外在故事的完整性，或以一个简单的情节框架剪辑起丰富的意象，容纳大量非故事性的内容；或把完整的故事切割成若干碎块，以心理的现实撑起复杂的结构。""时空形式与叙述方式的变化带来了他小说结构无穷的变化，以适应多种节奏的情绪旋律。……这些致密繁多的结构，作为有意味的形式，是构成他小说崇高的美学风格重要的因素。"

李振鹏的《汪曾祺短篇小说创作风格探》发表于同期《当代作家评论》。李振鹏认为：

"民族性，是他短篇小说创作风格的最主要特征，是他努力追求的艺术发展方向……他的人物出场,几乎都是一个一个'牵'出来的。一个人物引出另一个人物,再由他引出第三人物,乃至第四、第五。……结构和表现手法得力于古典章回小说,可是小说的情节却没有传统小说的那种有头有尾,离奇曲折,故事性强的特色。读汪曾祺的小说,你感觉到的是清淡平和……作家散文式的小说结构,人们却不觉得拉杂芜蔓不联贯,就因为在表现人物的合乎生活逻辑发展的性格和心理变化时,他一直牢牢把握着自己'立言之本意',以其作穿珠,连起了所有有关材料……中国的传统小说,极少有直接的人物心理描写,多用人物的动作、语言和细节显示人物性格特征和内心活动。而人物的行动又重于自身的语言和对白。汪曾祺写小说与此同焉。……古代小说,尤其是一些历史演义小说,在人物塑造上常有一个特点:人物性格基本定型,鲜有发展变化。汪曾祺在对传统技巧、表现手法借鉴、继承时,似乎也承下了这个特点。他的小说除《八千岁》等极少几篇外,绝大多数人物性格也都是固定的。这是优点,也是缺点。

"汪曾祺短篇小说的'散',不仅见诸结构,而且见诸语言的散文化。作者曾经说起归有光散文和'桐城派'古文对他小说结构很有影响,这种影响也涉及他的语言风格。

"形成高潮不是传统小说的那种用情节的发展来推动,而是像戏曲那样由一定的背景出发,借人物情绪、篇中气氛的加强和表现,使意象一层一层泛漾而来,构成作者预期的鲜明生动、神形凸现的意境。而人物性格只是在这当中间接地得到展现,它似乎只是'副产品'而已。"

牛洪山的《从〈绿化树〉看张贤亮创作的一次转变》发表于同期《当代作家评论》。牛洪山认为:"揭示人物灵与肉、美与丑的冲突矛盾和统一,写出全面、丰富的人物性格,使自己笔下的人物具有较高的审美价值。……从这种生活本身中揭示改变这种生活的力量,是革命人道主义精神和客观历史精神的统一,这是作者现实主义的又一特征。"

易明善的《略论白先勇短篇小说的语言描写艺术》发表于同期《当代作家评论》。易明善认为:"白先勇小说语言的基本体式,是在经过选择提炼的口语、比较规范的普通话的基础上,把我国古典文学中富有生命力的传统文学语言和外国文学语言的有益养料,揉合进去,溶为一体,从而形成了一种具有民族特色的文笔和文体。……他的小说无论在题材选择、艺术处理,还是人物刻画、语言运用等等方面,都显然受到我国著名古典小说《红楼梦》的影响。……白先勇小说人物语言的个性化,得力于他对人物性格基本特征的准确把握和锤炼人物语言的深厚工力。……白先勇小说语言的绘画美,是他的语言艺术的又一重要特色。白先勇小说语言的绘画美的具体表现之一,是他的语言具有绘画的色彩美,他擅长用敷彩着色的语言描绘各种人物的肖像画。……白先勇小说语言的绘画美的具体表现之二,是他的语言具有绘画的构图美,他善于用精雕细刻的手法,绘制构图巧妙的工笔画。白先勇描绘的工笔画,用笔工整细腻,色彩浓淡相宜,布局层次分明,达到了'文中有画'的艺术境界。"

张长、谢永旺的《关于小说创作的通信》发表于同期《当代作家评论》。张长表示:"在当今小说日趋散文化时,两者确实没有一条截然的界线。……我习惯了散文,提起笔来学写小说时,便有意无意地把散文的这一特色带入我的小说中,这就使我的小说在叙述和抒发感情时有较浓的散文色彩。……但是,就现实主义的创作手法来说,一篇小说的成功,叙述的明达,感情的抒发似乎是次要的,很大程度上还取决于人物形象的塑造是否成功,以及这一形象有无典型意义。……小说写作技巧并非一套客观存在的工具,一种现成的格式,而是某种发自内心的东西,一种感受、观察和表达个人生活意识的方式。因此,它可以而且应该有着每一个作家自己独特的艺术印记。"

同日,董国柱的《论新技术革命与文学对策》发表于《文艺评论》第2期。董国柱认为:"新经济革命文学,不仅要求我们高度注意到文学主题的内涵性,更要求作家注意到形象的典型性,要求作家运用人质工程、价值工程的观念,创造出首先是真实,然后是具有典型性格的典型人物来。"

耕荒的《论新经济革命文学》发表于同期《文艺评论》。耕荒认为:"新经济革命文学不是要求作家们去探索虚构的'人',而是要求作家们去寻求新的经济变革中显示出来的最最值得珍视的特性,认识和把握这些特性,认识和把握这些特性形成的艰难的痛苦的过程,塑造出具有新的性格的新的人物形象。……要求文学作品强化节奏,加速时间的流动,打破空间结构的稳定性,以求得更大的跳跃、变化。……新经济革命文学崇尚现实主义精神下的创作方法多样化，而不是强求一律，更不是将某种创作方法奉为正宗，而将其他创作方法视为旁门左道，异端邪说。"

李佳的《她在走向成熟——读〈潮锋出现之前〉谈片》发表于同期《文艺评论》。李佳认为："她（张抗抗——编者注）爱探索生活的哲理，字里行间，时时跳出妙语警句，发人深思。她长于抒情，善于联想，开拓了小说时间和空间的容量，增添了立体感。她不回避生活的矛盾，总是严峻地提出问题，而且不喜欢以大团圆来结束。"

刘子成的《一方水土，一方情》发表于同期《文艺评论》的《北大荒文学风格探》专栏。刘子成认为："北大荒语言色彩明丽，句子成份鲜活，节奏感很强。粗犷，豪放，热情的北大荒人，其语言质料里含有浓重的感情色彩。……北大荒色彩凝重、鲜明……""然而，做为艺术氛围，光描摹出这些是不够的，在写足泥土气息、粮谷芬香的同时，还必须流注以感情。用感情的色彩描绘出北大荒的风景、风情、风俗才是北大荒独有的地方特色。"

栾昌大的《探索改革者典型的性格美——改革文艺漫议》发表于同期《文艺评论》。栾昌大认为："生活中的改革者典型，属于强者和英雄人物的性格类型，这样的典型具有崇高的美学品格，具有理想主义精神。塑造改革者典型形象，首先要准确把握、深入探索生活中改革者典型性格美的这些方面的内容。"

向阳红的《创作方法与创作原则》发表于同期《文艺评论》。向阳红认为："在新形式下的当代中国文学中，以为人民、为社会主义服务为其内容的社会主义文学的'创作原则'更应为'社会主义文学'艺术形式，表现方法与描写方式的丰富性、多样性，大开绿灯。""'意识流'作为现代主义文学中的一个流派，一般说来都是以唯心主义哲学作基础的反马克思主义的'创作方法'。但是，正因为整个现代主义文学都存在一个共同的'创作原则'：反传统、反理性、反现实，极力表现心理上内在的真实。所以有些现代主义作家的作品，在具体的反传统、反现实、反理性的描写里，还难免会道出某些历史的真实，表现出在一定程度上与人民要求相通的思想倾向。"

张景超的《着意写好人物的改革行动——兼论某些值得注意的创作倾向》

发表于同期《文艺评论》。张景超认为:"要刻画出一个光彩照人、充满艺术魅力的改革者形象,必须坚持写行动的美学原则,必须围绕他的改革行动组织全部材料,必须写出改革者行动的个人特点。为此,作家必须注意学习有关的自然科学知识,因为它们能帮助我们认识改革者,有认识才能有表现。这样我们就能克服以议论代替描写,以爱情补充改革行动不足及人云亦云的倾向。"

26日 张洁的《创作思想的新飞跃》发表于《人民日报》。张洁认为:"我们幸运地赶上了这样一个大变革的时代。这个变革,为我们的创作提供了广阔的前景。文学应该义不容辞地反映这个历史年代和这个年代里的重大历史事件,以及这个年代的主角。否则,我们将愧对于这个时代,以及我们的子孙后代。"

30日 舢人的《后现代主义概述》发表于《外国文学报道》第6期。舢人认为后现代主义作家仍然具有一些共同的创作手法,主要有事实和虚构交织、拼凑、荒诞、讽刺性模仿、自相矛盾、不连续性。

本月

蒋守谦的《对近几年短篇小说发展态势的思考——兼论短篇小说审美属性同发展创造性思维的关系》发表于《当代文学研究参考资料》第11期。蒋守谦认为:"短篇小说的审美属性决定了它的作者要从生活中撷取最精采的生活片断,进行深入开掘,造成较一般叙事性作品更为凝炼、含蓄、玲珑剔透的艺术结构。它使读者在阅读的时候,能够由小见大,'借一斑略知全豹,以一目尽传精神',从'一雕阑一画础'上'推及'生活大厦的'全体'。这种想象、'推及'、补充、再创造,是活跃人们的精神、启迪人们的灵智的一种十分重要的审美方式。"

邵殿生译的《陀思妥耶夫斯基文学书简选》发表于《小说界》第6期。陀思妥耶夫斯基表示:"在我身上看到一股新的、独特的气息(别林斯基等人),这也就是我用分析的方法,而不是用综合的方法,也就是说,我是向深处挖,一个原子一个原子地仔细挑选,以寻找整体;而果戈理呢,是直截了当地取其整体……"

十二月

1日 南帆的《人生的解剖与历史的解剖——韩少功小说漫评》发表于《上海文学》第12期。南帆认为:"韩少功的小说却更多地给人带来一种沉重之感……这些小说中时常显示出两方面的因素:一方面是现实的种种事实所由以产生的直接契机,一方面是农村生活中长期形成的人情世故——小说的情节往往是这两方面相互作用的结果。当韩少功在一些小说中尽可能地将这两方面的因素有机地统一起来时,他那平实的叙述中所展示的画面往往就会由于现实与历史的交汇而不同程度地产生实在感与纵深感。"

3日 杨志杰的《"写中心"与"写人心"》发表于《人民日报》。杨志杰强调:"对于反映改革的文学作品,也应作如是观:只要深入生活,写不写'中心'都可能打动'人心';如果脱离生活,专门写'中心'也不能打动'人心'。""当然,我们提倡写改革,决不是重复'写中心'的口号,不是要求大家都来写改革。写改革,也应该是百花齐放、多种多样的。……总之,只要你热爱生活,熟悉生活,写起改革来,就能'从心所欲,不逾矩'。这个'矩',就是'四项基本原则',就是我们党所指引的社会主义方向。"

5日 熊开国的《小说的第一个场面》发表于《长江文艺》第12期。熊开国指出:"任何场面实际上蕴含着小说的'三要素':人物、环境、情节。而'第一个场面'比其他场面负有特殊的艺术使命,要给'三要素'作好铺垫,暗示三者的发展方向即艺术的走向。这'三个走向'虽然相互交错,相与为一,但又各成系统,不可混淆,其基调都是"第一个场面"所'给与'的。……第一个场面里给小说确立基调,着重显示'三个走向'中的一个走向,暗示其他两个走向。"

熊开国将"第一个场面"的表现形式总结为四类:"叙述的场面。这是一种静态的场面,其特点是用叙述的方法,通过对人物性格的介绍来表现'某一时刻'的'人们彼此间的关系'。写好这种场面的关键在于确定'叙述人'。这又有两种情况,一是作家自己,二是文中之'我'。……描写的场面。这种场面不象静态的'叙述场面'那样简练率直,它是动态的,要求运用对话、行动等描写手段来渲染和烘托人物的性格,因此是相当丰富而含蓄的。……内心的场面。不取人物的外在特征,而以心理和意识的角度勾勒人物的内心世界,或虚或实地展示内在环境中的人物关系,借以确立人物的性格基调,便构成了'内心场面'。用这种深沉、细腻、多情的场面开篇,能产生直观灵魂的效果。……以上三种场面都是作品的天然组成部分,艺术的走向是由它所孕育和派生的。还有一种场面只能引诱触发,不能孕育派生,就象大桥的'引桥'一样,是'外接'上去的。此种场面可称之为'外接'场面,人们熟知的大故事中套小故事和从甲故事过渡到乙故事的作品大都是如此。……不仅要'接'得自然,使外接部分与主体部分浑然一体,而且要'接'得巧妙,从外接部分暗示主体故事的发展方向,这才算'接'出了艺术的高水平。然而,要做到这一步是不容易的,关键在于通过外接人物来制造悬念,并把主体人物的性格基调寓于其间。"

同日,李保均的《灰线蛇踪　眩其奇变——论小说伏笔》发表于《当代文坛》第12期。李保均指出:"不少小说,篇幅不长,内容涵量却较大。这与结构的简洁和谨严有着密切的关系,因为简洁和谨严的结构可以使作者在有限的篇幅之内,对材料作最恰当的处理。在这方面,一些小说经常使用的一种结构的方法和技巧就是伏笔与照应。""在小说中,对事件或人物的描写,后面的发展,前面必须有一个交待,否则故事的来龙去脉就不清楚了,结构上也就做不到谨严。这个交待,可以明写……有经验的作者往往采取暗写——即用伏笔的形式。所谓伏笔就是不把被照应的事明白地交待出来,而是在行文中,在不甚引人注目之处暗中将其埋伏下来,当后面用来照应的事件写出之后,则先前被埋伏下来的事立即显示出其结构上的意义。所以林纾说:'行文之伏笔,则备后来者之必应者也。'"

李保均认为:"伏笔的主要作用是使结构天衣无缝,严谨紧凑,无懈可击。……好的伏笔应该对于前面已叙之事'事事应',要文理相谐;对于后文未叙之事'语语伏',是后文的草蛇灰线,不使行文前后脱节。伏笔的作用,正在于使上下'关节'相通,使全文的结构穿榫谨密。"

谢明德的《小说中的"道具"——短篇小说艺术探微之二》发表于同期《当代文坛》。谢明德写道:"道具,时常被小说家作为戏剧性元素参予情节发展的过程，甚至成为矛盾产生的契机和矛盾解决的关键。它的应运而生，总是配合着巧合、偶然的风貌，出人意外又入乎情理之中，从而增添作品的艺术趣味。……设置道具与演示情节错综交织，随着情节的兔起鹘落，人物命运的升迁浮沉，道具时隐时现，或引发矛盾，或推波助澜，或横生枝节，或峰回路转，使叙述呈示蜿曲波折、荡人心神的美。……道具不仅可以作为戏剧性元素参予情节的发展过程，它还是小说家托物言志、因物寄情的手段。它不是作为纯粹的具体物件出现在作品中，而是某种象征物，或是'小说之眼'。道具作为实相和虚相结合体出现在小说中，有时还居高临下，左右局势，操纵着人物的命运。"

谢明德认为："短篇小说的审美特性，要求线条简洁，形象的结构关系比较单纯。突出某一道具（中心物件）在结构中的作用，使之上升到主要的地位，有助于实现作品结构形式的单纯美，间架谨严，浑然一体。突出中心道具以求结构形式的单纯，不只是为着消极地维持短篇小说的格局，更重要的还是要以经济的方式、短小的篇幅，追求尽可能大的容量，达到言约意丰、以少胜多。而突出中心道具正有利于叙述达到突出和强调、简洁与丰富的统一。正是在这个意义上，短篇小说中的道具在创造艺术美方面的独特作用，比在中、长篇小说中更显得耀眼夺目。"

7日 以"关于'复杂性格'问题的讨论"为总题，古华的《浅谈小说人物的立体认识》、郭志刚的《也谈性格的辩证法》、李国文的《小说在于"做"》发表于《文艺报》第12期。

古华说道："对于现实生活里的各种各类人物的认识，失之表面、平直、浅露，甚或津津乐道于这种表面、平直、浅露，导致了我们笔下的人物简单化、概念化、雷同化。人物往往沦落为作者思想的传声筒。这是一种文学痼疾……所喜的是，新时期文学在塑造复杂、丰富、多色块的人物形象方面，已经取得了值得文学史家写上一章一节的进步……而作为这种追求、探索、实践的开端，则必须解决：对于小说人物的立体认识，而不再是它的反面——平面认识，或称单面认识。"

郭志刚称："文学的生命是真实……对于以塑造性格和典型作为自己职业目标的作家来说，面对着'文学是人学'的这个'人'，无论其为简单或复杂，他们要做的事情都是很多的。"

李国文写道："我认为在小说创作的具体方法上，永远不存在一个固定的、大家必须仿效的蓝本；因而也不存在一部作文程式，让众人以此为准。全在于作家怎么去'做'，做成什么样，便是什么样。……小说中人物性格的复杂或是单纯，和生活中一个具体的人的性格的复杂或是单纯，决不是等同的一回事。""只要是真实的、可信的，是从生活出发的，应该允许作家在人物性格的塑造上，作各样的尝试。"

曾镇南的《〈神鞭〉》发表于同期《文艺报》的《新作短评》专栏。曾镇南认为："历史小说要写得有味儿，无非是两途：一是'叫真'，真正把古人写活，把历史的风俗、氛围写足；二是古今错综交融，在最古老的往事里，糅进去最现代的意识，有所烛照，鉴古知今。这两条，《神鞭》都干得不错。"

张德林的《小说创作时空观谈片》发表于同期《文艺报》。张德林表示："艺术想象中呈现出来的各种时空情境的交错和更迭现象，决定于想象本身的变幻性和跳跃性这一特点；而这种时空交错和时空更迭，貌似天马行空、无拘无束，实质上仍须受客观的时空规律的制约。这表现在：一、就被描写到的时空情境的交错、更迭现象的本身范围来说，他们仍得遵守时空整体序列的原则……二、艺术想象中的时空交错、时空更迭的情境，尽管跨度大、节奏快，它们之间仍得有一定的内在联系，这表现在因果关系上，表现在想象和感情的由此岸到达彼岸的逻辑层次上。……三、艺术想象中各种穿插性的时空情境，应该是主次分明、脉络清晰，表现出艺术整体的和谐美。以上三个方面，我认为是检验小说创作中时空情境描绘能否体现艺术美的主要标准，缺一不可。""脱离具体的时代、环境，按照所谓'心理时间'和'心理结构'来写'意念小说'，未必是一种成功的艺术方法。"

周政保的《他以自己的方式写着严肃的人生——读王蒙的系列小说〈在伊犁〉》发表于同期《文艺报》。周政保认为："王蒙是一位当代的语言高手。他具有独特的幽默感与幽默能力——他有他的幽默的人物形象（包括人物的语言、动作与思维方式等），他有他的幽默的叙述'表情'（幽默的表达方式、幽默的叙述语言及叙述调子等）。""《在伊犁》的抒写形态是随笔式的，因而被褒奖或讥讽为'散文化'。""作品的抒写不能不认为是散漫的，但这种'放得开'的写法，是以'收得拢'为前提的——作为小说，它们不仅具备着自己的总体美学目标，以及那种与'艺术直觉''形象大于思想'并不矛盾的整一性思情走向，并且有着自己的情节安排、冲突设置，特别是人物性格刻画方面的精心追求。可以说，《在伊犁》这些小说，是具备了最基本的小说因素的（但不是某种既定的程式）。不错，这些作品写得太随便、太轻松、太缺乏'章法'了。然而这种'无技巧'的自由状态，却始终没有离异人物与性格刻画及充满目的性地驾驭的轨道，没有违叛小说家族的文学精神。"

17日　冯牧的《在没有花环的高山下——读中篇小说〈山中，那十九座坟茔〉》发表于《人民日报》。冯牧谈道："《坟茔》用或繁或简的笔触，为我们刻画了八九个性格鲜明的人物形象。这是难能可贵的。在这些人物身上，大都闪耀着我国革命人民和革命战士所固有的那种英雄主义的光彩。""值得我们注意的是，这些被描绘得有声有色而又各具特色的人物形象，在作者的笔下，时刻都被置身于尖锐复杂的矛盾冲突之中。而这些被安排得既独特又合理的矛盾冲突，常常又是同一些富有典型意义和生活气息的细节和环境描写细密地交织在一起。这样，就使整个作品带有一种朴素而真挚的历史感和生活感。""我认为，作者在如何创作社会主义时代的悲剧这个新课题上，为我们做出了富有开创性和建设性的实践和探讨。"

24日　玛拉沁夫的《民族特色与时代精神》发表于《人民日报》。玛拉沁夫表示："我认为在创作实践中能否解决好民族特色与时代精神相结合这一课题，是关键所在。浓郁的民族特色与强烈的时代精神相结合，也可以理解为文学创作的民族性与时代性的统一，思想的共性与艺术的个性的统一。""我们不能把民族特色理解成为是停滞的、保守的、永不变化的、游离于时代与生活之外的一种东西，更不能把那些愚昧落后、早已被生活所淘汰了的东西充作民族特色。"

29日　国务院印发《关于对期刊出版实行自负盈亏的通知》。该通知要求各类经过批准、在出版行政管理部门正式登记的期刊提高质量，加强管理，改善经营，实行自负盈亏，以适应四化建设和经济改革的要求。该通知规定，中央一级各文学、艺术门类可各有一个作为创作园地的期刊，中国作家协会可有两个大型文学期刊,各省、自治区、直辖市可有一两个作为文艺创作园地的期刊,这些期刊也应做到保本经营,在未做到之前,仍可由主办单位给予定额补贴;省、自治区、直辖市以下的行署、市、县办的文艺期刊,一律不准用行政事业费给予补贴。

同日,中国作家协会第四次会员代表大会在北京举行。胡耀邦、万里、习仲勋、谷牧、乔石、薄一波、周谷城等出席祝贺。会上宣读了中国作协主席巴金的开幕词《我们的文学应该站在世界的前列》。胡启立代表中央书记处向大会致祝词。胡启立高度评价了在经济体制改革全面展开的形势下召开的这次代表大会的意义,指出现阶段的经济形势政治局面、思想任务使得党和人民对文学事业提出了更高的要求,同时文学也面临新的更大的发展。首先,胡启立指出,"文艺是时代精神的表现,是推动时代前进的力量",在新的历史时期,作家要"努力反映我们伟大的时代,反映工业、农业、国防、科技的现代化建设,反映人民群众在社会主义现代化建设中的劳动和斗争,理想和追求,成功和挫折,欢乐和痛苦,反映四化建设的沸腾生活,塑造勇于创新、积极改革、为四化献身的新人形象,鞭挞消极的、腐朽的思想和社会现象,以共产主义的远大理想教育人民。这是我们社会主义文学最光荣的任务"。接下来,胡启立总结了党领导文艺工作中的一些缺点,主要是:"第一,党对文艺工作的领导,存在着'左'的倾向,在一个相当长的时期,干涉太多,帽子太多,行政命令太多。第二,我们党派了一些干部到文艺部门和单位去,他们是好同志,但有的不大懂文艺,这也影响了党同作家和文艺工作者的关系。第三,文艺工作者之间,作家之间,包括党员之间,党员和非党员之间,地区之间,相互关系不够正常,过分敏感,相互议论和指责太多,伤感情的东西太多。"胡启立提出:"文学创作是一种精神劳动……创作必须是自由的,这就是说,作家必须用自己的头脑来思维,有选择题材、主题和艺术表现方法的充分自由,有抒发自己的感情、激情和表达自己的、思想的充分自由,这样才能写出真正有感染力的能够起教育作用的作品。""要坚持百花齐放、百家争鸣的方针。在文学创作中出现的失误和问题,只要不违犯法律,都只能经过文艺评论即批评、讨论和争论来解决,必须保证被批评的作家在政治上不受歧视,不因此受到处分或其他组织处理。"

31日 蒋子龙的《当代人和当代作家》发表于《人民日报》。蒋子龙谈道："作家要真正了解当代人，需把他们看做'社会人''经济人'和'知识人'。世界不论多么复杂，总有规律可循。当代人也观察作家，作家在塑造一个又一个人物形象的同时，也在塑造自己的形象。当代生活要求作家也要是个'社会人''经济人'和'知识人'。只做个'文人'，恐难以理解多元化的社会。""我相信，当今的'知识爆炸'，不会'炸'掉当代文学。也许反倒为当代文学的发展'炸'开一条通路。"

本月

李明泉的《实录直书与典型形象——论纪实文学》发表于《文学评论丛刊》第27辑。李明泉认为："中国古典纪实文学中的现实主义倾向是以朴素唯物主义为思想基础的。其中主要有两条：实录直书与典型形象。我们从当前纪实文学创作的实际出发来加以考察。……不虚美，不隐恶，实录直书，这是我国纪实文学中一条带根本性的现实主义创作原则，也是完成典型形象的根本保证。……'不虚美，不隐恶'的实录直书精神，表现在司马迁撰写史传能够'综其终始''原始察终''见盛观衰''承敝通变'，实事求是地考察、分析历史事件的起因、经过、结果，宏观人物在历史上的地位、作用，微观细节所体现出的人物性格，如实反映历史的真实。而且，在这种考察分析中'谨其终始，表其文，顾有所不尽本末，著其明，疑者阙之'。这种忠于史实，宁缺毋滥的信实精神，是我们应继承并发扬的优良传统。当代优秀纪实文学继承了这一传统，如实地反映了一些历史人物的本来面貌，展露了时代画卷的一隅。……我们有必要指出，这里所说的真实绝不是每事每物不分巨细地毫无意义的自然主义的重复。任何反映客观事物的意识形态，都不可能须发不差地反射现实。由于不同作者思想认识、艺术修养、观察角度、采访条件等的差异，即或对同一人同一事进行如实描述也会各呈异态，反映出来的'真实'哪里会是一个模子铸出来的呢？即使《史记》这样的'信史'，也因记事年代久、人事繁杂，一个人写作难免有失实之处。这里所说的'真实'是就作者的创作意图、表现方法与所纪实的客观对象相比较而言的。事实上，所有的文艺作品（包括纪实性的传记）从来没有不允许作者在不离事实的圈子内进行想象、剪裁、加工的。如钱锺书先生指出的那样：'追叙真人实事，每须遥体人情，悬想事势，设身局中，潜心腔内，忖之度之，以揣以摩，庶几入情合理。'如果做到了这一点，不但显示出作者的创作风格，重要的是通过这些必不可少的手段，更进一步加强了作品所反映的真实性。"

李明泉指出："'考信'，是我国古典纪实文学留给后人的又一优良传统，也是完成典型形象的一块基石。""'考信'的获得，应经过三个阶段：采访（知）——筛选（思）——表现（现）。采访需要作者不畏劳苦、实地考察，多信息、多渠道、多侧面、多角度地调查了解描叙对象，并放在广阔的社会背景里透视，对人物事件形成一个相对完整的系统认识和基本评价。在此基础上，作者通过感受、思考、消化、反刍、追忆、推想、筛选的艺术思维，选择那些最能表现人物性格的主要情节和最佳细节，用传真、传神的文学语言把它们表现出来。这里，从'知'到'现'是一个螺旋式地上升，应基本真实、一致，不能风马牛不相及，但也不是生活事实与艺术真实的机械重复。……在这方面，司马迁及其他古典纪实文学作家们有一条宝贵经验，就是：抓根逐末，以枝画叶，精选材料。……即是说，选材所围绕的轴心应是人物性格，建立的三维空间应是人物走过的历史道路及延伸的现实生活和将要走向的未来，交叉点是现实，这样，人物才具有真实感、鲜活感、立体感，揭示人物所体现出的社会思想意义。"

李明泉谈道："把笔触伸向普通人以表现典型形象，可以说是我国纪实文学的又一优良传统。这里说的普通人有两重含义：一是指要把在历史上起过进步作用的伟人当作普普通通的人来写，不能把他们描绘成不食人间烟火、没有七情六欲的'神'。……二是指写生活中各行各业对社会发展有所贡献、有所进取、有所追求的普通人，不仅写事业的成功者，而且写理想的失误者；不仅写正面人物，而且写反面角色，由这众多的'点'组成社会生活的'面'，以反映一定时代的历史风貌。清代明文规定，非一、二品大员不得立传，实在是扼杀了纪实文学。在题材上解放思想，广开门路，不拘一格，是丰富多彩的现实生活摆在我们面前的艰巨而光荣的任务。……写普通人，在纪实文学中是由于文、史分家，史书大多写历史名人、当朝显宦，而文学的笔墨却面向了现实生活；更主要的是众多的普通群众同历史伟人一样在各自的星座上发出应有的光芒，推动历史的进程，只有反映了普通群众，才可能真实地反映历史全貌。"

本季

张德林的《"自由联想"艺术规律探索——小说艺术谈》发表于《文艺理论研究》第4期。张德林认为，在小说创作中我们可以"汲取新的方法，开拓创作路子"。张德林谈道："人物描写的方法很多。心理描写无疑是人物描写中最重要的方法之一。……'自由联想'是小说创作中经常出现的一种刻画人物心理状态、表现人物主观情绪的艺术方法，它是属于直接的动态心理描写范畴之内的。这种艺术方法的特点是，常常采用频繁的内心映象、时空情境的交叉，直接切入人物的心理，使现实与回忆、内心世界的刻画与生活情境的烘托有机地融合起来，以加强时代的节奏感、生活的密度和容量。""'自由联想'这一概念原是从西方现代派'意识流'小说中借用过来的。现代派意识流小说，以刻画人物潜在、深层次意识活动为目标，主张对人物的意识流程（主要是潜意识）作纯内向的非理性的描绘，大量采用自由联想、时序倒置、时空交叉和蒙太奇剪辑等手法。这类小说无视人物的性格逻辑和故事情节的完整性，强调表现人物的主观情绪、主观感受，否定小说是客观生活的艺术再现。"

张德林指出，"'自由联想'中时空情境的跳跃，应以人物的内在情绪为基础"。张德林谈道："人物的'自由联想'，作为艺术想象的一个重要组成部分，它至少得遵循艺术想象本身的内在规律。人物'自由联想'中出现的时空情境，跨度很大，经常是大幅度跳跃。联想中的各种时空情境，如何由此岸达到彼岸，要是缺少一条情感的桥梁架通两岸之间，那就变成意象的堆砌，貌合而神离了。以情感为各种意象的纽带，牵动诸点，缘情而发，境随情变，虚实结合，掌握这一艺术方法的内核，作家便可放笔抒怀了，人物的'自由联想'便会咫尺天涯，神游万里，形散而神不散，入乎情又合乎理。"

张德林认为，"'自由联想'的艺术方法适用于题材独特、中心人物突出、情节淡化的小说"。张德林表示："那种人物众多、情节曲折、节奏甚快的小说是不适宜普遍采用这一艺术方法的，弄得不好，很容易造成内容的冗长拖沓，结构的松散紊乱。"

张毓书的《论性格的多重色彩与质的一元化》发表于同期《文艺理论研究》。张毓书认为："艺术的生命在于真实。而要获得真实的首要条件是深刻地表现人物性格的丰富性和复杂性。这种丰富性和复杂性表现了人物心理的、行为的矛盾运动过程，体现了环境决定人、人创造环境的交互作用，揭示了艺术思维的多重性色彩，是使人性格立体化、多侧面的必要前提。……人物性格的各个侧面也是这样，它并不是没有主从关系的'分庭抗礼''割据一方'，将'这一个'形象割裂成碎片，出现性格的断裂层，也不是简单地捏合在一起，成为外力作用下的勉强杂糅，而是在各个侧面之中有一种统御性格的主要因素……"张毓书指出这种主要因素"也可称为性格多侧面的定性"，"它是复杂性格种种因素交错运动方向的主导基因，一种决定性格始终保持一元化色彩的主光谱"。张毓书表示："只有作家不但意识到性格是复杂多侧面的组合，而且也意识到这种这组合必须是一元化的组合时，才能自觉地掌握性格美的和谐这个客观规律。"

1985年

一月

1日 王蒙的《关于小说的一些特性》发表于《草原》第1期。王蒙说道："首先，我想谈谈小说的真实性和虚拟性。""我们一般都讲真实性，很少讲小说的虚拟性。但小说所以是小说，不是科研报告，不是制图，不是交通规则，也不是档案材料，就在于小说这种虚拟性质。……小说是虚构的，但它又必须是真实的。因为它真实地反映了生活，真实地反映了人们的思想、情感，所以它才有感染力，所以它才能令读者信服，所以它才合乎情理，所以它才能够有认识的价值，帮助读者认识生活。……文学的真实性，特别是小说，大部分情况首先是指它符合生活的逻辑，符合人的思想、感情、行为的逻辑。……还有一种真实，就是感受的真实，感情的真实，这种真实和客观生活的真实又有一些距离。文学作品，它在很多描写中，既是客观的存在，又是主观的感受；这主观的感受可以和那客观的存在完全一致，也可以有某些不一致。……我说的虚拟的各种状况，有想象的，回忆的，无意识的。在小说创作当中，这种虚拟往往又和强烈的情感有关系，因为一个人的强烈情感能把自己一些想象放在事物上。"

其次，王蒙指出小说的规定性和假定性："越是好的小说，越难以改编成电影和戏剧。从形象性、规定性来说，电影、戏剧，比小说不知要强多少倍。你描写得再生动，你能有银幕上真出来一个人生动？""但是，好的小说，恰恰在于它有规定性的同时，它又有假定性和不确定性，使你有很多想象的余地。而往往在你搞成视觉形象以后，想象的余地就不多了。"

王蒙还指出小说的直观性和思辨性："一篇小说的直观性，往往能决定这篇小说有没有读者。所谓被小说吸引住了，被故事吸引住了，被人物吸引住了，往往就是由于这个小说的直观性，你一看这个小说，立刻使你的想象、感觉都活跃了起来。文学的语言往往直观色彩是非常浓的。……这种直观性不是一种单纯的纪录，它往往和作家的思想、他的世界观、他的人格、他的品质、他的知识、他的学问、他的修养有关系。因此，哪怕一个最简单的直观的形象，往往会包含着深刻的思想，往往能使读者获得深刻的思想触发，能提供思辨的对象。……我说的这种思辨性，往往是指艺术概括，讲典型性，用词的角度不一样，但某些意思是接近的。"

王蒙指出："小说还有一个微观性和宏观性。它描写得很具体、很细腻。……他不仅仅是写了一个故事，写了一个人，而且，在这一个故事、一个人物里头表达了他对生活，对人生，乃至对世界，对宇宙的感情。他有一种悠远感，有一种宏观感，这是我们今天的作品非常缺少的。"

同日，缪俊杰的《努力表现时代和民族的追求——评柯云路的长篇小说〈新星〉》发表于《山西文学》第1期。缪俊杰认为："这部作品在表现技巧上也有所创新，有新的探索。……首先，作品的整个结构和布局，仍然注意表现思想内容的鲜明性。……其次，对传统的表现手法进行了改造。……它所反映的是古陵县的全景式的图画。但它没有对古陵的过去、现在作详尽的描写，只是截取李向南到古陵一个多月的'改革生涯'的横断面，对古陵的过去作了适当的回顾。古陵县三十多年的变迁和人物之间的复杂关系，都组织穿插在其中。……第三，艺术表现上的寓意描写。……柯云路的《新星》继承和改造了我国文学创作中的寓意手法，进行了一些寓意性的描写。例如，作品的开头，李向南来到古陵参观千年古塔，其寓意是很深的。它告诉李向南，同时也告诉读者，我们是一个古老的国度，有值得我们骄傲的古代文明，也有使我们感到沉重的历史负担。"

同日，胡德培的《太实与过虚——艺术规律探微》发表于《上海文学》第1期。胡德培表示："当前，在革命历史题材的创作中，常出现两种趋向：一类是作者亲身经历，生活熟悉，掌握大量资料，往往写得太实。……一类是道听途说，调查访问，走马观花，任凭自己想当然地去编纂故事，安排情节，往往写得过虚；

他们认为,那是'艺术虚构'允许的'驰骋想象',而'没有虚构和想象就没有艺术'云云。……太实,则堆砌材料,人物拥塞,情节芜杂,枝蔓过多,琐碎材料未及整理和精选,未能结构有序,精心布局,愈是想忠实于某个模特儿和具体事件,便愈是陷入个别当中,概括不了当时那个时代和社会,作品必然显得乱而碎,艺术上大多还未成形。太虚,则海阔天空,南北东西,故事也许编得很圆全,气氛也许渲染得很象回事儿,愈是匠心构筑则离实事愈远,愈是想象联翩则愈与历史不符,作品脱离了当时现实生活环境,失去了具体时代特色。""两种情况,又往往殊途而同归;都欠真实,都与具体生活的那个革命历史时代和具体人物的思想、气质、性格有距离。""在具体的历史题材创作中,太实不行,过虚也不行。同时,任何创作又不能不实,亦不能不虚。关键在于实要适当,虚要相宜。事事有出处,是必须在大量实事的基础上,去粗取精,去伪存真,经过适当的改造制作和艺术加工,凝聚事件为具有时代特色的典型事件,概括人物为具有普遍意义的艺术典型。"

同日,李佳俊的《生活的描写和文学的思考——读〈拉萨河女神〉断想录》发表于《西藏文学》第1期。李佳俊指出:"十三位文学家和艺术家相约聚会在拉萨河的一个小岛上,野餐、洗衣、游泳、解小便、讲故事,还有种种恶作剧,尽兴地玩了一天。——这就是小说的全部内容。没有贯串始终的矛盾冲突,更谈不上什么故事情节;十三位文学家和艺术家没有名字,只有编号,当然也无中心人物;作品并不想给读者以教育,信笔腾飞,玩到哪里写到哪里,是没有主题的。这种无情节、无人物、无主题的创作主张,即西方现代派文艺理论家的反'巴尔扎克观念',再加上其他某些象征性的表现手法,在我国当代文学创作中早已有人尝试,但如此集中地体现在一个短篇小说中,还属罕见。它分明受到西方现代派文学的影响。""在《拉萨河女神》中,我们看到一堆'互无关系,全不连贯'的材料。拉萨的经纬度、透明度、海拔高度写得多么精确,似乎在编写地理教科书;野餐时吃的罐头一口气抄录了十八种名目,活象一张食品推销单;为沙滩上两头苍蝇密集的猪尸,耗费了近两千字;还有光屁股的'小天使',解小便的'大天使',穿着游泳裤跳迪斯科的文学家和艺术家……这些段落之间,有什么思想上或者故事上的逻辑联系呢?没有。难怪有的读者看了说：'莫知所云。'因为作者本来就不想突出什么主题，也无心去结构一则诱人的故事。既然用意在创作一篇'三无'小说，我们似不必对此过分苛求。如果能行云流水，写出一篇散文式的小说，怡心悦目，何尝不是一篇优秀之作。"

刘伟的《〈拉萨河女神〉别具一格》发表于同期《西藏文学》。刘伟表示："马原很看重艺术感觉，他曾对我谈起过，认识的规律是由感性上升到理性，艺术是用感性的形式来表现理性认识，但还应有一种超感觉，就是在感性认识上升到理性认识之后，对理性已有了深入骨髓的认识，然后产生一种更高级的感性认识，就是超感觉。进入到超感觉阶段，才能对艺术运用自如。马原的细节可感性很强，而且包容了深刻的理性思考，这是他敏锐独特的艺术观察结果。……马原不是在作品中告诉读者什么是美或不美，也不去以情动人，他的小说近乎纯客观地描写，变换着角度，让读者既是欣赏者，又自然而然进入小说，与作者一同去创造、去想象。于是读者从赤裸的儿童、沐浴的裸女到近乎赤裸的艺术家再到赤裸的'拉萨河女神'，悟出一些内在的联系，那正是马原无意识表露出来的'返朴归真'的美学追求。"

马原的《我的想法》发表于同期《西藏文学》。马原谈了两点关于《拉萨河女神》的想法："一、小说没有惯常意义上的主题。我知道自己，所以不试图去教育（教训）我的读者，我尽可能的客观，客观地叙述，客观地描写，客观地反映我的主题感受（包括观察）。这样就需要在具体的细节处理上抛弃心理及意识活动，把动作的实感表现出来，强调动作的延伸性，所谓动感。我把我的故事讲出来，但不把我的主旨直接告诉读者，我希望给读者的，仅仅是某种提示。我寄希望我的读者和我一起创造，我尽可能留下空白，留下读者再创作的余地。""二、结构和作品的文学性。当高庚和马蒂斯以分割色块和平涂来革新油画的时候，文学上的构成观念也在发生革命性变化。似乎不相关的事物（色彩）的拼合，造成心理机制新的感应程序，这很象化学化合过程。两种以上的化学元素合成，产生一种并不包含原合成元素的新物质。这种新的构成观念不需要过渡性阶段（绘画上称过渡色），但这些不相关事物其实有潜在的有机联系，所有细节（包括动作）趋于一个方向。"

同日，草云的《小说和诗歌结亲》发表于《小说导报》第1期。草云谈道："诗贵含蓄，没有含蓄就不会有凝炼美。小说也应当含不尽之意。一览无余是诗的败笔，也是小说的败笔。现在的有些小说，作者说得太多、太露，留给读者玩味思索的空间太小，借鉴一点诗的含蓄吧！""诗的音乐美和绘画美，常为人们称赏。小说难道不应当有绘声绘色的追求吗？好诗多能谱曲成唱，小说语言不也可以有如'珠落玉盘，流转自如'吗？""诗以小体积、大容量取胜者多。以一概万，缩龙成寸，造成'咫尺万里'。有些小说用墨如泼，却浮泛轻飘，缺乏厚重，容量太小。这不也该向诗取点经么？""同是语言艺术的小说和诗，各有所长。如何从诗之所长中汲取养料呢？诗的语言的容量，诗的语言的洗炼，诗的语言的色彩和普乐感，诗的语言的抒情性……""如果真能'拿着当诗一样写'，不用说短篇小说可以摘掉'长'的帽子，就是中篇小说、长篇小说也可以不患水肿病！果如是，善莫大焉！"

  5日 蒋守谦的《漫谈小说艺术结构的几个问题（上）》发表于《当代文坛》第1期。蒋守谦指出："讲小说的结构艺术，实际上也就是讲作家怎样巧妙地把作品中的人物、情节、细节、场景组织起来，以凸现作品主题思想的那种工作。""关于小说结构艺术的基本经验已经被总结出来了。……第一，作品结构的具体形态，从来就没有一定的模式，它随着作家的艺术个性和作品主题思想的不同而千变万化，但是这里面又有着共同的规律和要求，即一部作品无论它采取什么样的结构形态，都必须是完整的、紧凑的、匀称和谐的、新颖独特的；第二，艺术结构不只是个技巧问题，从某种意义上来说，作家对作品艺术结构的追求过程，实际上也就是对作品主题思想和人物形象的内涵进行深入开掘的过程；第三，由于小说分成了长、中、短篇三种样式，作家在安排这三种样式作品的艺术结构的时候，必须把握住它们各自的审美属性。关于小说结构艺术的这些理论观点，它的立足点是现实主义美学，是艺术上的能动的反映论。"

  7日 张光年的《新时期社会主义文学在阔步前进——在中国作家协会第四次会员代表大会上的报告（摘要）》发表于《人民日报》。张光年指出："党的十一届三中全会以来，我们的社会主义文学，出现了前所未有的蓬勃发展的崭新气象，在我国当代文学史上，写下了异彩纷呈的新篇章。""第一，文学和人民群众思想感情的血肉联系空前地加强了，出现了文学同人民休戚相关、同声相应、同气相求的动人局面。""第二，突破长期存在的教条主义束缚，呼唤了多年的题材多样化、主题多样化、人物多样化、风格多样化的多姿多彩的局面开始形成了。""第三，文学艺术的生产力获得解放，作家们的积极性和创造力空前提高。文学新人大批涌现，包括老、中、青作家的文学队伍日益壮大成长，开始形成了一支朝气蓬勃的文学大军。""第四，少数民族文学的繁荣促进了多民族的社会主义文学的发展；文学界爱国统一战线的发展；中外文学交流活动进一步开展；文学评论、研究、编辑、出版、翻译工作为繁荣创作、培养新人做出了新的贡献。"

张光年表示："我们对新时期社会主义文学发展进程中新的现象、新的事物作了描述。那么，促成这些新现象、新事物出现的原因或条件是什么？透过这些新现象、新事物，我们可以看到哪些反映新时期文学运动本质、关乎新时期文学全局的东西？""第一，关于解放思想。""第二，关于深入生活。""第三，关于创作自由。""第四，关于百花齐放、百家争鸣。"

张光年还表示："十二届三中全会越发拨亮了的社会改革的明灯，照亮了各行各业除旧布新的道路，也照亮了我们文学工作的努力方向：第一，随着全党工作重点的转移，文艺领导工作的重点也早该从搞不完的政治运动转移到为'四化'建设服务的轨道上来。那就要保护和发展社会主义的精神生产力，创造一切有利条件，促进文艺创作的繁荣和新生力量的涌现。""第二，我们一定要在为人民服务、为社会主义服务、为建设有中国特色的社会主义强国服务的过程中，加紧建设高质量的有中国特色的社会主义文学。""第三，党中央热望于文艺界的大鼓劲、大团结、大繁荣，我们坚决照办。"

10日 卢芦的《情真意切——读〈在东京的四个中国人〉》发表于《北京文学》第1期。卢芦认为："虽然作品的篇幅不长，事件也不复杂，甚至还带点散文色彩，但作品中的四个人物都刻画得鲜明生动、呼之欲出。邓友梅娴熟地运用我国古典文学的传统技法，又大胆地辅之以抒情和推理，把笔墨集中在人物的对话和行动上，以极其简洁的笔墨勾勒出人物的性格特征和丰富的内心。"

同日，楼肇明的《在中国当代文学审美理想的座标上……——张贤亮的〈绿化树〉谈片》发表于《当代文艺探索》创刊号。楼肇明认为："在《绿化树》中，张贤亮突出了崇高与粗鄙、圣洁与污秽之间的二重组合。马缨花、海喜喜、谢队长正是运用这两对范畴进行组合的，特别是马缨花和海喜喜是两个独一无二的艺术典型。……其实这还是他在人物性格二重因素组合中所使用的一个特点。他所写的正面人物不是性格单一化的人物，人物性格中的次要因素是作为陪衬和环境对人物的扭曲来处理的，次要因素干扰不了人物性格的内核，把性格中闪光的因素蚀掉，冷色和暗色的使用仅仅为了对衬暖色和亮色的华彩。其次，崇高和粗鄙，圣洁和污秽的二重组合，探取分别安置在人物性格的深层和表层，二者的界限并不完全模糊，粗鄙是粗鄙，崇高是崇高，不是污秽泯灭了圣洁，而是污秽诞生了圣洁。马缨花的天真浪漫可以说是从污秽到圣洁的中介，使得她'有时能把违反习俗的事也变得极有魅力，变得具有光彩'。最后须要点明的是，张贤亮运用二重组合的原理，始终不曾游离过现实主义创作的总体原则，是为了展示历史的因果关系，是特定历史条件下人物关系的反映，反映历史真实的需要和审美需要是统一的。"

张陵、李洁非的《我们从哪里来？我们是谁？我们到哪里去？——〈绿化树〉启示录》发表于同期《当代文艺探索》。张陵、李洁非认为："在《绿化树》诞生以前，小说创作哲理倾向的势头已经很明显，而《绿化树》则是这个势头发展到现阶段的一个高潮。从艺术方法论原则上说，这应是艺术实践的整体观念的诞生。""整体观念，在世界和我国的其他领域里已不新鲜，但在我们文艺理论领域里开始讨论则是最近的事；这一思维观念诉诸我们的创作实践，更是我们少数有探索精神的作家刚刚涉足的全新课题。目前，大部分作家的创作还是习惯于用思想与艺术割裂开的思维方式来掌握创作的方向，因而，其作品常出现所谓深刻的思想、单薄的形象的怪事。虽然，我们的创作出现了哲理化的积极倾向，但从整体观念的意义上看，由于侧重于哲学的思考，造成作品作为一个艺术系统的不尽合格。《绿化树》在这方面算是屈指可数的例外之一。它把作品作为一个艺术的整体（而不是作为思想观念的整体），从艺术规律出发来组织作品中的生活现实，而这个生活现实在艺术创作中的最集中的体现，就是人物性格。……章永璘做为小说艺术形象是一个开放型的艺术形象，就在于他超越了现实中实在的个体，富有哲理性；又扬弃了思辨的象征，成为典型的'这一个'章永璘踏踏实实地生活在充满民族和区域特色的西北高原上；作家从这个不可重复的生活环境里挖掘着这颗不可重复的心灵的生命历程。"

同日，张莜强的《略谈复杂性格与人物性格的复杂性》发表于《青年评论家》第1期。张莜强认为："人物性格的复杂性与复杂性格并不是同一概念。所谓人物性格的复杂性，是指人物性格的矛盾性，也即在现实生活影响下人物性格呈现出的各种各样的表现特征。复杂性格一般说来则是指那些不仅在外部表现形态存在着差异，而且性格本质上也存在着对立的人物形象。"

14日 孔捷生的《林莽和人》（关于《大林莽》）发表于《中篇小说选刊》第1期。孔捷生认为："中国人对三度空间从来有独特的感受，他们饱含东方智慧的学说从不论物质表象，而穷究超越现实的本质，当你如此去默念时，便会得到比真实还要真实的启示。"

流泉的《也登"大雅之堂"》（关于《金猊传奇》）发表于同期《中篇小说选刊》。流泉表示："继承传统戏曲小说中'无奇不传''有情则长无情则短''虚实相间'的艺术手法，同时融入现代文学注重人物心理刻画，注重细节描写，开掘人物多层内涵的特点，让内容与形式合谐统一，使之合于今天广大读者的审美趣味，是我创作中努力的方向。我一反传统写法，斗胆以反面人物的命运波折做为'书胆'，而以宋卫琦、金洛水两家五代人的生命和热血立下'书根'，串起'书魂'，'有情则长'时工笔细绘，"无情则短"的一晃而过，尽力富'情理之中'于'意料之外'，尽力把简洁与曲折、夸张与真实、实境与意境、传真与传神、雅与俗、张与弛、浓与淡、平与奇等等方面有机地统一在一起，使各种人物始终处在强烈的对比之下，互映出各自多姿的色彩，让读者从形象本身去体味形象之外更深广的东西。"

史铁生的《詹牧师及其它》（关于《詹牧师的报告文学》）发表于同期《中篇小说选刊》。史铁生表示："我相信所有真实的生活中都含着美感和深意。""我想，文学中的各种流派都不是胡来，万一有胡来的也绝不会长久。有什么生活便有什么思想，有什么内容才有什么形式。光追求形式的，就离胡来不远，不会长久。""我最喜欢的，是现实主义加象征意味的作品。但是，要表现生活的形形色色、人的形形色色，只备有一种主义或手法大约要吃亏。"

张炜的《为了葡萄园的明天》（关于《秋天的思索》）发表于同期《中篇小说选刊》。张炜表示："我很看重在一部作品中提出的问题。但我更看重人物。我想，一个作者似乎应该把主要的热情放到他的人物身上。除此之外，还应把热情放在美好的、让人留恋的土地自然上。我是这样分配热情的，不知对否。我十分尊重人的个性，我不想为让别人去喜欢老得，就把他的个性遮掩起来，然后若无其事地发问：看看，他象大家一样，大家还不夸他吗？……不！应该允许他有个性、有缺点。把一切都磨掉，把一切热情都放在'宏旨'上，常会适得其反——你知道哪些是'无关宏旨'的？"

赵丹涯的《梦·李凡·教训》（关于《我本该是一棵树》）发表于同期《中篇小说选刊》。赵丹涯认为："小说是回忆的艺术形式。它是记录，是反思。它应该面对自己的灵魂，而梦却是灵魂最无情的再现。正视梦吧，它会帮助自己认识自己。"

15日 徐芳的《人与大自然关系的艺术思考——兼评近年来小说创作的一种倾向》发表于《文学评论》第1期。徐芳写道："谁都注意到了这样一个现象，在近年来的小说创作中，那些反映人与自然多重关系的作品明显增多起来。大自然在这些作品中占有突出的地位。"

同日，马嘶的《乡土文学论》发表于《文艺评论》第1期。马嘶认为："做为社会主义时代文学流派的乡土文学，它是脱胎于传统的民族形式，具有为广大群众喜闻乐见的中国作风和中国气派，以反映一定地域里的一片乡土的生活为主，以小说为主要艺术形式的现实主义文学。它至少应该具备以下几个方面的特点：它的内容应是以反映一个特定时期里的农村和带着浓重的农村特色的小乡镇的生活为主；它应具有极其浓郁的地方色彩，描绘出一定地域里特殊色调的社会风俗画和自然风景画……它应该除去塑造多种多样的人物个性之外，还要形象而真实地塑造出特定地域里的人们具有共性的性格、心理特征和生活情趣；它应扎根于民族历史文化渊源和特定地域里各种民间艺术（民歌、民谣、民间故事传说、民间戏曲曲艺、民间美术和其他民间艺术形式）的深厚土壤上，创造出与当地民间艺术的格调、韵味、风格相近似的，为当地人民喜闻乐见从而也为更广大的人民所喜欢的艺术形式；它应该运用特定地域里活在人民口头的群众语言，并把这些方言俚语加工、提炼成为具有全民意义的文学语言。"

吴士余的《论系列形象——〈当代小说创作论稿〉之二》发表于同期《文艺评论》。吴士余认为："一般来说，短篇小说创作中，人物、生活事件及其活动环境都有一个相对稳定的范围，这就使人物性格对现实内容和历史内容的含纳和显现造成了某种限制。虽然，单篇小说中的文学形象也能概括、反映生活现实的某些本质特征，却难以描述和概括一个时期的时代和历史的发展脉络和轨迹。这样，文学形象的审美意义也就有了相对的局限性。为了突破这一现状，提高文学形象的审美价值，当代作家采取了两种途径。一是将'写人生'与'写社会'结合起来，在现有的思维结构中，将作品中所反映的生活场景与人物命运，与整个社会紧密联系起来，尽量灌注人物形象以较多的社会内涵和历史内涵。这在当代小说创作中是大量的。另一是，创造系列形象。作家在'写人生'与'写社会'相结合的基础上，有意识地将各单篇小说中人物形象贯联起来，通过他们某种性格、心理特征的有序联系，来延伸和扩展形象的性格内涵。这是个高难度的艺术创新。若作一比较，后一种艺术探索对性格形象审美意义的开拓，有着更为显著的效果。高晓声、蒋子龙在这方面的探索是成功的。"

张一的《时间将是最好的见证——〈丑妻〉与〈越过防线〉读后》发表于同期《文艺评论》。张一认为："这种把具有地域特点的风尚习俗引入作品去反映当代生活的作法，无疑会加深人物性格的历史纵向深度。由于这种引入使所描写的生活面更加广阔，因而也增加了人物性格揭示的生活横向广度。这种'双向'开掘，必然会使作品产生较高的审美价值和艺术感染力。"

20日 吕雷的《生活的积累与反刍》发表于《人民文学》第1期。吕雷表示："生活中往往缺乏现成的故事。即使有些乍一听来很有兴味的故事，如果不加以挖掘、提炼、和改造，使之更典型、更集中、更具有打动人心的力量和审美价值，那它仍仅仅是故事而已，成不了真正的艺术品。……于是我力图摆脱那种热衷于道听途说、单纯收集素材的方式，更注重自己对生活感受的'反刍'，不但注意在生活中素材的积累，而且注意感情的积累，在捕捉细节和个性的同时，更重视挖掘人们心灵上时代的印记和情愫，努力使自己的感情与之相通。"

同日，马丁的《文学创作方法的探求——兼论〈红旗谱〉一、二、三部的创作方法》发表于《文谈》第1、2期合刊。马丁指出："《红旗谱》运用典型化创作原则的另一成功经验是，作者善于从错综复杂的现实关系中，写出人物性格的多样性和复杂性。其方法：一是从历史变化中揭示人物性格的发展。……二是深入到人物的内心世界，通过细致地心理描绘，揭示出人物思想性格发展的动因。……《红旗谱》这部反映农民革命战争的部曲，给人连贯统一的完整感和艺术上的独创性，还归功于作者孜孜不倦地致力于民族风格的追求。作者善于从那些具有地方特点和民族风味的现实生活中提炼典型细节。"

汪宗元的《当代寓言小说的新探索——读冯骥才的中篇〈神鞭〉》发表于同期《文谈》。汪宗元谈道："但是，《神鞭》并非一篇通俗小说，而是作家有意识地吸取了通俗小说写法中许多特点和手法，精心创造的一种立意深邃、形式新颖的当代寓言小说。……寓言小说，古今中外均有之，大凡是取材于某个古代寓言、或民间故事、或荒诞传说，择其精义，演释成篇，借以阐发作家对现实生活独特的感受与理解。《神鞭》的写法，尽管多样而复杂，但我觉得核心是寓言小说的手法。它撷取的中心事件——那条神乎其神的辫子及其所向无敌的辫子功，是完全虚拟出来的，而作家假借'神鞭'所要发挥的思想寓意，却是既有历史的沉思，又有现代的感受，或显或隐，参差交融，映照出我们民族的过去和今天。"

汪宗元强调："《神鞭》在创作方法上也具有独创性：荒诞的内核，非常贴切地包容于极其逼真精致的现实主义描写之中，从而构成了这篇小说既神乎，又真切；既荒诞，又可信的特殊风格。另外，在描写手法上，冯骥才采用的是中国民间艺术的白描手法，常常淡淡几笔，一个动作，几句道白，就活脱脱地勾出每个人物的本相来，达到了绘声绘色、形神毕肖的地步。特别是作家娴熟地揉进了天津卫的风土人情，奇谈杂闻，民间传说，方言土语，更加浓化了整个作品的生活情调与地方特色。故事叙述，以'神鞭'贯串始终，颇似传统戏剧，一环紧扣一环，有起有伏，有张有弛，腾挪跌宕，出其不意，读来又流畅，又曲折，很有引人入胜的戏剧性。所以，难怪有的同志把它看成是一篇上品的通俗小说。其实，这是一种误解，冯骥才并不是把《神鞭》作为通俗小说来写的，它是作家面对深广的历史的和现实的生活现象，在宏观的总括与微观的解剖相结合的严肃思考中,所作的一次崭新的艺术探索,为我们的当代小说开创一个新品种——新寓言小说。"

同日,顾骧的《改革与文学》发表于《小说评论》第 1 期。顾骧提出:"文学要为改革呐喊。然而又不能满足于粗浅直露的呐喊。……要选择恰当的题材、体裁,寻找合适的结构、视点,运用独到的语言,提炼新颖的主题;这一切又必须投射进作家独特的审美体验和感受,展现作家独到的审美形式。……只是用生活素材、艺术形象去演绎、图解一般化的概念,不是将文学的教育作用深深纳入审美作用之中,到头来也难以达到文学为改革呐喊的目的。"

李小巴的《弗·莫里亚克的小说:浓缩的艺术——外国文学研究札记之一》发表于同期《小说评论》。李小巴认为:"在突出心理描写这一艺术特征时,这位作家又在自己的小说中创造了不少新形式。""一方面,他的小说具有托尔斯泰作品中人物内心世界的那种深刻的现实性、丰富性,人的命运、人的灵魂的苦痛同社会因素、社会背景、社会问题等客观基础的联系性,使人物的心理特征充分显露着一定的社会特征;另一方面,他的小说又不象托尔斯泰那样把人物的心理描写、内心世界的展示,以一种客观的再现手法,集中置于内在强烈的戏剧性场面中来表现,使人物的内心世界、心理活动呈现出鲜明的具体性和客观化的特点。"

林兴宅的《超越题材——关于题材问题的断想》发表于同期《小说评论》。林兴宅认为,从微观层次来看,"题材并不起决定的作用",而从宏观层次来看,"题材的地位是举足轻重的","题材的差异有时会成为不同时代、不同阶级文学的重要标志"。林兴宅指出,"从提高创作质量的目的性出发",更值得研究的问题是"超越题材","作家要善于超越题材的再现性,而追求题材的表现力,即揭示出题材表面意义之外的深层意蕴,使作品获得超越时空的象征性"。林兴宅注意到,从创作过程来看,题材是一种"感性的限制","优秀的作家的成功,正在于他冲破了这种'感性限制'的硬壳,使自己的灵智获得自由,从而创造出虚实相生的艺术境界",优秀作家所创造的艺术境界超越"题材的直接现实性""题材特定的时空意义","进入象征的层次,获得题材的自身意义之外的表现力"。

蒙万夫的《田野上庄重而深沉的希望之歌——评中篇小说〈初夏〉》发表于同期《小说评论》。蒙万夫指出:"人物内心活动和形体动作的过分细腻的描摹,会造成情节发展中的臃塞与板滞,有碍于艺术描写上的腾挪闪跃,故事演进中的跌宕起伏,逼人感情氛围的更有力的渲染。这种不利局面,在《初夏》的一些画面中,甚至在它的总体艺术描绘中,是多少有所显露的。"

缪俊杰的《改革题材创作的深化——〈燕赵悲歌〉与〈新星〉比较谈》发表于同期《小说评论》。缪俊杰认为,"《燕赵悲歌》把小说和报告文学的某些特点有机地结合起来","《新星》继承了现实主义小说重情节,重人物刻画的传统,但也进行了改造,减少了对生活氛围的过分铺写,减少了对人物历史的回叙,加快了生活节奏的表现……并没有照搬国外小说中的象征手法,却安排了一些寓意性的描写",使"作品的主题也得以进一步的深化"。

吴亮的《戛然而止后的余音——略评李杭育小说中的几个煞尾》发表于同期《小说评论》。吴亮对李杭育小说中的"煞尾"作了多方面的解释。第一,李杭育在《最后一个渔佬儿》中的煞尾,"既呈现了他不想完全驾驭福奎的情感,从而表明他对人物心灵真实的未定的把握,也展示了他对'艺术空白'的全新理解";"《沙灶遗风》的煞尾则是一小段精辟而冷静的、略带调侃和诙谐的评论,对画屋师爹耀鑫的孤独和后继无人表示出一种溢于言表的感慨和遗憾","以一种真挚的同情和善意的悲悯,直接陈述了对耀鑫的思辨见解","《沙灶遗风》的煞尾以那种明白无误的因素,既表明了思辨的威力,也显露了思辨的不足"。第二,《珊瑚沙的弄潮儿》中的煞尾则"思辨意识显得较为含糊","李杭育小说的煞尾,往往给人以顺向或逆向的启示,他自己仅在关键之处轻轻一收,然后便隐退了"。第三,"李杭育的独特煞尾无异标明了过去并不可能彻底终结——历史向今天的现实延伸过来了,现在还不忙做结论"。第四,李杭育的《船长》和《土地与神》"就非常明确地和当代性联系起来了","非常幽默地也是非常随意地停顿","富于未来感和乐观精神"。最后,李杭育小说的煞尾,"由于它是水到渠成的和自然生成的,因此,他惯用的休止符号式的最后一笔,和他所描写的'最后一个'及'最初一个'乃是统一的"。

张韧的《时代的变革与小说理论观念的拓展——近期中篇小说崛起之因的

新探索》发表于同期《小说评论》。张韧认为:"历经长期默然痛苦的中篇小说,之所以于一九七九年开始了崛起,因为它以长短适中、舒卷自如的审美属性找到了与时代的正确的结合点。……中篇小说由沉寂而兴盛的历史足迹,有力地说明了一种文学样式由低潮而高潮与时代之远近的关系成正比。……中篇小说的审美属性唯有展示了'时代的生活和情绪的历史'(《论文学》),它才复活了艺术的生命。"张韧提出:"文学的当代性,说到底,是文学的时代精神问题,是作品的审美价值与时代的脉搏两相溶解的问题。作家只要站在时代的制高点,以历史唯物主义去观照生活,不论写的是今天还是昨天,社会风云抑或是自然风光,它们都会给人以时代感。……具有当代感的审美观念,不但表现在小说艺术形象的内涵与时代精神的契合,而且要求中篇小说在艺术实践中继续探索和完美它的审美属性,在结构方式和艺术手法上给读者以当代感。"

周嘉向的《从〈燕赵悲歌〉之"悲"谈起》发表于同期《小说评论》。周嘉向认为,"喜中见悲,单纯中显示着复杂,兴奋中伴随着深刻的思考"是《燕赵悲歌》"深刻感人,不同凡响"的重要原因,而其悲壮之气具体体现在:"通过这种悲剧气氛的反复渲染,反映了当前农村改革中保守与改革、改革与反改革的矛盾斗争的尖锐性与严重性;改革中新的生活与旧的传统观念之间的不适应性。……作者通过他那'悲歌'式的思考揭露了这些人物的寄生性与对改革的危害性,从而提出了当前农村改革中面临的一个迫切而又严峻的问题:必须尽快在党内搬掉这样一些手眼通天,掌握实权的绊脚石,不搬掉他们,老百姓心有余悸,改革者心有余悸!"

21日 何镇邦的《改革的"新星"在闪烁——谈长篇小说〈新星〉》发表于《人民日报》。何镇邦指出:"方兴未艾的改革热潮正在吸引着作家们,反映以改革为中心的现实生活的新作迭出不穷。一个有趣的文学现象是:创作周期较长且向来被认为应与现实生活保持一定距离的长篇小说创作,在反映改革生活方面却走到了前列。""作品中的李向南,是我们所呼唤的、也正在现实的土地上萌发的一代新人,尽管在他身上还有某些理想化的色彩和观念化的倾向,但还是一个塑造得较为成功的有新意的创业者的形象。""文学艺术所反映的不应该只是局部的生活真实,而是全局性的更加本质的真实,应该允许一些描写新人形象的作品具有一定程度的理想化的色彩。"

同日，王安忆的《归去来兮》发表于《文艺研究》第1期。王安忆写道："写小说是情感、心灵的劳动，而我想，写小说也应是一桩科学、理性的劳动。我力图学会用一双非文学的眼睛看生活，因为我发现，科学、机器中却也包含着偌大的情感。当机器代替了繁重甚而残酷的体力劳动，当电脑终于将人从机器的附属地位解脱出来，科学显示出了多么深的人道和博爱啊！生活中有着偌多的缺憾，而我决不回过头去，到原始洪荒中去寻找乐土，乐土在彼岸。既然历史是这样的向前走，被偌多的人推动着而又带动着偌多的人，这样的向前去，终有它的理由。历史的前进，抑或会有悲剧，会有残忍的事情发生，可是它终是对的。我愿意我不是一个做小说的，我有坚强的神经，我能冷冷地看生活。""而我终究是个写小说的，我终究要回到我的情感中来，那情感渗透了我。那么，我希望我的小说是这样，人们看了之后，会说：'曾有过这样一段日子，曾有过这样一些人生。'"

25日 丁道希、肖立军的《意趣清奇一山溪——评王振武的小说创作》发表于《当代作家评论》第1期。丁道希、肖立军认为："他的几乎每一篇小说，一开场时，人物都处于激烈的戏剧性冲突之中。……这种冲突白热化的开场，很容易让人联想起中国传统艺术手法中，'人物的身份、品局，要打出场一个吊场就得让人感觉出来'（盖叫天《粉墨春秋》）之类的技法。同时，这也象易卜生的戏剧那种'封闭式'的结构：大幕拉开时，情节已发展到趋近高潮了。这种结构手法，是王振武小说的特点，也是它刻画人物的主要手法。……这种'白描'的手法，这种从情节与行动中刻画人物的技巧，可以说是王振武在作品中运用得自如了的。""当然，作为风俗画面的组成部分，王振武对于民俗民规，俚语山歌，都是非常熟悉的。象作品中对唱'花鼓子'场面的描写，山区景色的刻画，人物对话里语言的生动，充满乡土气，却又溢满诗意，这都是不得不提到的。……然而，作者精细入微之处，还不在于这些俚语俗言、生动场景，而是更多地体现在人物内心活动方面。"

方位的《思索的尖利与象征的深沉——评长篇小说〈铁床〉》发表于同期《当代作家评论》。方位认为："《铁床》的作者是严格地恪守着现实主义准则的，在推出人物及他们所处的环境的时候，尽量避免了主观色彩的流溢，用冷峻而客观的笔触去描摹和勾勒，即使是心理的刻画，也是一丝不苟地从人物特殊的规定情状出发，杜绝了作者主观色彩的渲染和泛滥。表面看作者沿袭了传统的设置悬念的手法，其实作者在运用这种传统手法的同时开出了新意，抹去了为吸引读者而巧设悬念的人为痕迹，用一种很朴拙的笔法从容地按照生活本来面目层层呈现开去，自然而然地获得了一种神秘而又质朴的艺术效果。"

费秉勋的《论贾平凹》发表于同期《当代作家评论》。费秉勋认为："贾平凹对于中外文学进行了广泛的吸收。首先他从中国古典文学艺术中继承到一笔丰厚的遗产。对于中国古典文艺的美学精神的把握，在当代青年作家中似乎还没有人超过他，这使他能够在非现实主义创作方法中创造出一种很独特的小说体系，这种小说体系接续了《世说新语》《唐人传奇》《浮生六记》《聊斋志异》这条文人小说的线。（参看《延河》84年4月号《贾平凹1981年小说创作一瞥》）在中国现代小说中贾平凹先是以由衷的喜爱研读过孙犁的全部小说，嗣后又对沈从文小说作过细心的体察和探讨。对于外国文学，他既读海明威的作品学他的简洁，也读福克纳的作品学他的繁散，而从日本川端康成的创作中则得到更多的启示。这种启示，最主要的就是如何在本民族文化基因和文化心理的基地上来表现现代人的思想、情绪和心理。"

胡德培的《学习孙犁〈读作品记〉拾零》发表于同期《当代作家评论》。胡德培认为："人物形象不光是要有鲜明的个性，而且还需要有强烈的共性，不仅是某一个个别人物的生动画像，而且还是某一类人物的共同社会本质的真实描绘，它应当是个性与共性的高度统一，个别与一般的具体显现，在它有声有色的性格里应当体现出深刻的思想意义，透视出丰富的时代特色。成功的艺术形象，这两者是相当完美地融合在一起的。"

李炳银的《达理——一个让读者欣喜和期待的作家——达理小说创作析论》发表于同期《当代作家评论》。李炳银认为："他在小说创作中，不再是仅仅从广角性方面思考了，已经明白了点和面的辩证关系，更着力对典型性强烈的题材人物的选择了。在具体的描写中，他尽管意有所托，可他的笔墨却绝不轻易地离开或超出具体的情节和人物。所以，这以后的小说，看起来反映的思想，人物较为浅显细小，可它的意蕴丰富，容量大，反而有以点识面，以小见大的作用。"

刘建军的《贾平凹小说散论》发表于同期《当代作家评论》。刘建军认为，贾平凹小说的特色是强烈的表现欲望，是浓重的主观色彩，是渲染着诗的意境和情绪的散文化的风格。刘建军指出："他尽量发挥自己的天性特长，把诗的感受和情绪纳入小说的形式之中，把点滴的思绪、片断的印象、动情的观察、童稚的幻想，都编织成散文诗的文字。这也就是他的短篇小说。"刘建军指出，贾平凹作品的动人之处"在于它的真切动人的主观抒情，在于抒发的主观感情有一定的客观社会基础，因之，也从特定的角度反映了现实"。

夏刚的《折射的历史之光——〈腊月·正月〉纵横谈》发表于同期《当代作家评论》。夏刚认为贾平凹已经不再满足于质朴地描绘世态人情的风俗画格调，夏刚指出："只要对照一年多前他满而立之年时发表的《商州初录》（从内容和语言上的相似之处看，这部速写式的系列短篇不妨称之为《腊月·正月》的采风笔记），便可看出他的观察方法的转变——由平面的散点透视过渡到立体的焦点透视。由于穿透力和纵深感的加强，过去那种散文化的叙情小品发展为正统的叙事小说。"夏刚还认为："受中国古典文章起承转结思路影响的贾平凹，显然很注重作品在思想和艺术两方面的内在联系和完整性，在大起大落的转折后的压轴戏中，他甩出了决不逊色于'凤头'（漂亮的呈示部）、'猪肚'（丰满的发展部）的'豹尾'（有力的尾声）。"

谢冕的《从失落开始寻找——论达理的创作》发表于同期《当代作家评论》。谢冕认为："《腾跃》是这样的作品：它以意识流动来结构小说而完全不以复杂的情节取胜。通篇小说除了开始时有一个表演技巧的莉莉跟在身后，有着两人间的极简单的若干对话之外，到后来，几乎是完全的内心的自语。《腾跃》严格地说并没有故事，只是一辆智慧而勇决的'亚马哈'，写她的放弃技巧表演而在越野练习中濒于绝路的奋争。这是一种摒弃了许多'小说教程'的指导，和周密细致的情节安排之类的艺术模式之后的、粗放的充满了男性美的艺术追求。""《腾跃》从名称到内容都具有象征意味。"

殷晋培的《沐浴着理想主义的光泽——达理小说漫评》发表于同期《当

作家评论》。殷晋培认为："在艺术表现上，达理亦相应作出变化。作者再不象先前那样，偏重那种富有戏剧色彩的紧张激烈的矛盾冲突，而是更接近于生活的自然状态，细细描绘貌似平淡实则经过了提炼的日常生活的潮汐和潜流，大起大落的事件变故和戏剧式的人物动作，为细腻丰富的情感冲突和心理历程所代替、心理画面的刻划这时已在小说中占据突出的位置。……达理他们越来越努力于把小说写得如同生活般自然，有意识地去避讳造作和卖弄。甚至在小说收口时，作者也不再欣赏那种让人物命运尽量获得一个理想结局，以激发读者快意的做法，而是打破封闭式的结构方法，让它象生活的自然流程那样，虽然出现了有节奏的停顿，但矛盾和事件并未了结，作者宁可动敞着口，用开放式的结尾去暗示人物心理可能有的发展趋势，以启迪读者作更多的思索。"

本月

徐文玉的《谈谈短篇小说》发表于《文学杂志》第1期。徐文玉认为："短篇小说是小说的一个种类，它具有长篇和中篇所不能替代的特征。它不仅从较狭小的空间和较短的时间内把握生活，展示人生的社会的一个侧面，而且通过这有限的空间和时间内的有限的艺术画面，表现丰富而深刻的社会内容，从而发挥它以小见大，见微知著的艺术教育作用和审美作用。"

郑万隆的《现代小说的语言意识》发表于《小说潮》第1期。郑万隆谈道：

"现代小说走向多样化，从形式上说，主要是叙述方式的变化。

"叙述方式决定了叙述语言。不同的叙述方式选择不同的叙述语言。这种叙述方式对叙述语言的选择性，是现代小说语言意识的一个重要特征。……现代小说的语言还有哪些特征呢？因为现代小说还在发展，很难做出一个系统的完整的回答。但有些特征已经看得很明显了，比如现代小说语言的弹性、张力和距离感。

"这里所说的距离感，是指作者和被描述对象的距离，也就是作者思想感情的参与程度和干涉程度。换而言之，就是语言的主观性和客观性，语言中作者的感情色彩多少的问题。议论在小说中固然是一种'直接'的干预，更多的干预却是表现在叙述中。在叙述中，使用诗一般的语言，或者抒胸臆，或歌吟咏叹，充满了浓烈的主观感情色彩，使读者时时刻刻都能感受作者的人生态度。这样的作品如《黑骏马》。但更多的现代小说是作者有意地抑制自己的情感，制造一种'距离'，使语言很少主观感情色彩，也很少使用概括性和规范性的语言，造成一种冷静，一种客观性，使读者仿佛是欣赏一幅画，一支乐曲，让读者去感受去体会，而不是把读者'拉'进情节中去，移情到读者身上，保持着一种微妙的'距离'，又不使读者'离开'。

"那么小说语言的张力是什么呢？它是隐藏在语言结构里的情绪，一种内在的力量，和舞蹈形式中的情绪因素，建筑形式中的情绪因素以及绘画构图的情绪因素是一样的。每个句式的结构，每个段落的结构以及段落与段落之间的结构，都有一种质和量，都有一定的方向性或者叫做矛盾情势。这种包含在内涵中具有一定方向性的矛盾情势的力量，我们把它叫做张力，因为这种张力可以产生一种动感（这是借助于物理学上的一个概念）。是深沉厚重还是自由飞扬的？是粗犷豪放还是柔润妩媚的？这就是语言的张力在读者心里产生的动感效果。这种情绪因素的力量，有一些是由作者的主观情感的参与造成的，更多的在于作者所使用的叙述语言本身，具不具有这种力度。

"小说语言的弹性，指的是语言所包孕的信息量。信息量越大，弹性就越大。王蒙同志在《蝴蝶》中所使用的叙述语言，就有极弹性，常常是一句话就是一个画面，一句话就是一个思想，多重暗示，层叠起伏。现代小说的叙述语言，首先是应该简洁。简洁也是时代特征。人们越来越讨厌那种读来让人发腻的、书卷气十足的、细碎冗长的叙述了。人们希望'动'起来，惧怕那种停滞的交待和描写。有时候，阅读所需时间和在这段时间中所收益的信息量的多少，读者要计算一下。如果你的小说中'水分'太大，他们就弃之不看了。他们要求在单元时间内获得更多的东西。这也是时间上的一种新的价值观念。这样就要求小说在简洁的基础上，给读者更多的信息，每句话都给人以一种'浓缩'的感觉，使它象'压缩饼干'一样。这当然很不容易做到，也就是说不可能使每一句话都是一块'压缩饼干'，绷得太紧，压得太满，又会走向反面。特别是人物的对话，如果这样反而失却真实，失却活力。"

毛时安的《"我总是要朝前走的"——王安忆及其近作的"新动向"》发

表于《小说界》第1期。毛时安认为："《大刘庄》在艺术上自有它的一些为王安忆其它作品所未有的特色。这就是：大胆而不动声色地将深远的哲理抽象性与细枝末节的生活具体性，将原始的与现代的，精神的与物质的，这些表面不相容的东西并置案头，让你被迫去思索、去理解。对于文学界的一些朋友们，这种艰涩的客观性，也许不失为一种滞重的美感，就象欣赏'屋漏痕'笔触一样。"

二月

1日 何士光的《小说也是一种综合性的艺术样式》发表于《小说林》第2期。何士光谈道："小说要一点理论，但就手边的好些作品来看，这理论似乎用不着多高深。小说里有议论，看上去常常类乎杂文，但更零星而分散，可以不象杂文那样集中缜密。小说里有叙述，那类乎散文，但仿佛也不必散文那样苛刻，相对地要方便得多。小说有情节，就仿佛戏剧性，但显然不象戏剧的结构那样磨人，它要散漫得多，有时候淡一些、松散一些，也不要紧。小说好象也要求诗意的，但是当然了，就完全不象诗那样要反复提炼，用不着那样高度地纯粹。……象这样：让理论帮助我从生活中获得主题，让戏剧帮助我进行结构，让杂文帮助我安排议论，让散文引导我完成叙述，并且让诗使作品获得灵魂。这样一来，似乎象我们通常所说的'扬长避短'，或者'坏事变好事'，仿佛能再试一试似的。"

4日 洪洋的《挑战与思考》发表于《人民日报》。洪洋谈道："仅从文学范畴看，至少可以悟出一个问题：面对新的现实、新的读者，我们的文学除了讲求思想性、艺术性外，还要特别强调一个可读性——情节的丰富和生动，形式的民族化和语言的生活化等等。""历史上许多艺术性强的作品，同时就具备了很强的吸引力，通常称之为艺术魅力。目前的状况是，有不少确实具有较高艺术性的作品，又确实未能畅销于读者群中。这就需要我们对广大读者的审美心理、审美要求，做深入细致的了解和探索，既要适应他们的口味，又要努力提高他们的欣赏水平。这已经是摆在当代文学面前的一个重大课题了！""偶尔翻阅二十年代的《小说月报》。在一篇《卷首语》里读到这样两句话：'小说之道，第一是有趣，第二是有益。'我十分赞赏这两句话！"

5日　蒋守谦的《漫谈小说艺术结构中的几个问题（下）》发表于《当代文坛》第2期。蒋守谦认为，完整、匀称、紧凑、新颖是长、中、短篇结构的共同要求。蒋守谦指出："完整、匀称、紧凑、新颖，关于结构艺术的这些要求，不可缺一，但完整的要求是第一位的。""结构的完整性，不仅是指它的外观，而且是指它的内涵。……我们讲的完整性，就是指这内部结构和外部结构的统一、和谐。作家安排作品结构，必须根据主题的需要，根据长、中、短篇小说各自的审美属性来裁剪生活、驾驭情节的发展（包括心理结构小说的意象组合、意识流动的推进等），同时又不能违反生活，特别是人物性格发展的逻辑，进行生拼硬凑，这是一个矛盾。这个矛盾解决得好，就可以使内部结构和外部结构统一起来，达到艺术上完整和谐。"

蒋守谦认为："紧凑与作品的松散是完全对立的。一篇作品的结构越是紧凑，它的内容就越会显得充实；反过来，同一内容，放在一个松散拖沓的结构里，就会显得暗然失色。"

蒋守谦还认为："匀称的对立面是疏密失度。讲结构的匀称，首先要看看整个作品的布局是不是合理和谐，有没有头重脚轻，或者脚重头轻的问题，单元与单元之间、章节与章节之间，是不是协调。除此之外，还有个节奏的快慢、笔墨的浓淡是否适度的问题。这既要有符合生活和艺术本身的辩证法，又要考虑读者的审美心理。……在笔墨浓淡的运用上也是如此。什么时候应该浓墨重彩，什么时候只能轻描淡写，都要有所考虑。一般来说，节奏比较紧张的地方笔墨比较浓密，节奏比较松缓的地方，笔墨比较轻淡。"

蒋守谦说道："最后谈谈艺术结构的新颖独创问题。要在作品中安排一个新颖独创的艺术结构，首先要有独具特点的主题和人物，但是有了独具特色的主题和人物还不等于就有了新颖独创的艺术结构。这中间，还需要作家在艺术表现上作更高的努力。要敢于创新，不但不能模仿别人，也不能重复自己。"

金宏达的《情节的紧张态势和典型的矛盾冲突》发表于同期《当代文坛》。金宏达认为："出现在这些作品中的情节的紧张态势，一般地说，还不是作品的矛盾冲突本身，对于作品表现的主要矛盾冲突而言，它们是一种必要的、体现着因果性和连贯性的条件，是矛盾冲破激发的动力，在这个意义上，也可以说，它们是参与和融入了矛盾冲突之中的。毫无疑义,这种态势的造成,对于这些作品中的矛盾冲突的发展,对于生活矛盾的本质的揭示,都有很重要的意义。"

孟伟哉、刘心武的《关于〈钟鼓楼〉的通信》发表于同期《当代文坛》。刘心武说道:"这是我的第一部长篇小说,其中不仅沉淀着我以往的生活积累,也凝聚着近两三年我深入生活的心得。小说中所出现的二三十个主要人物,几乎都是从具体的模特儿出发,加以变化、调整、丰富、再生,而塑造出来的。""在这部作品中,我主要是企图给读者提供一幅当代北京市民生活的社会生态群落图,或者叫作当代北京市民生活的社会生态景观……""这部长篇我整整写了一年多,在结构和叙述方式上,我也试图有新的尝试。……我这回采用的可以叫'花瓣式'、或'剥橘式'。即从一个花心出发,花瓣朝各个方向张开,一层又一层,或似乎是剥开橘皮,又一瓣瓣地将橘肉加以解剖——但合起来又是一个严密的整体。"

彭斯远的《虚笔》发表于同期《当代文坛》。彭斯远认为:"我国书法和绘画注重表现藏露辩证关系的这一见解,自然也深深地影响着从古至今的文学创作。因此古今作家在提炼写作素材、刻画艺术形象或抒写生活感受时,总是讲究指桑说槐、旁敲侧击,或用象征、隐喻、暗示手法去委曲宛转表情达意。"

王锡渭的《小说创作中的时间问题初探》发表于同期《当代文坛》。王锡渭认为:"小说中的人物活动是伴随着时间的,可时间是无形无影的。怎么把它交代出来呢?这无外乎三种方式:直接式、间接式和二者的结合式。""直接式:用叙述文字直接了当地写出时间。其优点是简单明了节省笔墨。……间接式:用叙述事件或描写物体的手法间接地表达时间。其好处是化无形为有形。……直接式和间接式的结合式:它一般先直笔交代出人物活动的时间,然后再写出只有在这个时间内才会有的景物。"

谢明德的《反常与奇趣——短篇小说艺术探微》发表于同期《当代文坛》。谢明德认为:"短篇小说应该写得富于情趣。情趣,不仅是指艺术形象所呈示的生活风貌的某种属性或特征,也不仅是指渗透艺术形象的作家的审美志趣和情调,它还包括饶有兴味的艺术表现形式。""社会生活的多样性,决定了艺术表现形式、手法的多样性。"

谢明德还认为："无理而妙的合理性，也是反常产生'奇趣'、引发美感的不可或缺的条件。反常描写往往使人感觉兴味无穷，正在于它奇以显正，无理而妙，看似反常、无理，却渊然而深，耐人寻味。它不合理却合情；寓真于诞，以荒诞离奇的形式反映更深层次的真实。"

周劭馨的《论中篇小说人物塑造的美学尺度》发表于同期《当代文坛》。关于中篇小说的"美的尺度"，周劭馨认为："'美就是量'，'美就是比率'。最明显的是中篇小说与长篇小说、短篇小说有一个长度上的区别，它有一个既不是'长'的，也不是'短'的，而是中型的长度，这个长度无疑要对中篇小说的人物塑造，起着带决定性意义的作用。"

关于人物的"性格内涵"描写重点，周劭馨提出："首先，关于人物的历史。中篇小说也可以写人物的遭遇和命运，可以描写人物从几个小时到几十年的生活历程，并且常常通过这样的描写，使人物获得动态感和纵深感。但只能对时空比较集中的生活内容才能展开描写，而对于时空跨度大、变化大的生活内容，却只能半展开。""其次，关于人物的关系。……中篇小说人物关系比较单纯，也并不意味着人物之间的关系就不复杂……中篇小说显然不能靠描写人物关系的错综纷繁取胜，而应把功夫下到人物和矛盾冲突的典型化上。""第三，关于人物个性表现的问题。……中篇小说当然也要写日常生活、个人情感、生活细节，以便把人物刻画得细致入微、曲尽其妙，富有鲜活感，但却不可能有长篇小说那样的'随意性'。"

关于如何发挥中篇小说这一形式的艺术特色来塑造人物，周劭馨指出："中篇小说抓住性格核心塑造人物，不仅区别于长篇，也区别于短篇。……中篇小说凸现的性格核心，应当具有较强的生活概括力，具有多种情致的凝聚力，具有较广阔较深刻的历史文化内容。""中篇小说的情节主线首先应该具有较大的典型性，即对反映现实生活的矛盾斗争有着较大的典型意义，能有力地牵动每个人物的灵魂，能有力地引起每个人物的灵魂的搏斗；其次还应该具有较强的吸附性，即能吸附足够的历史文化内容、日常生活内容和行为细节。""由于中篇小说不能象长篇小说那样，铺开来描写现实世界及其杂多现象，让人物在客观世界里自由浮沉，任意发展，而是需要收敛和浓缩，需要努力达到表现的深刻。"

同日，窦石的《短篇小说的画面与音响——读谢苗诺夫的〈小白船〉》发表于《飞天》第2期。窦石认为："作品不在情节上做文章，不遵循规范化了的'开端——发展——高潮——结局——尾声'的格式。这种戏剧格式人工痕迹太重，离生活的本来面貌过远，虽然以前为许多小说家所遵循，但到了五十年代，效法的人慢慢少了。越来越多的作家离开了这种戏剧模式（顺便说，连许多剧作家也在放弃他们格外熟悉的这种模式），而在创造一种新的散文风格，或者说小说的散文化吧。小说风格的'淡'化首先就表现在这一点上。""小说的'淡'化不仅表现在情节作用的弱化，还表现在描绘人物形象采用了新的方法，着重描绘普通人的心灵，描绘人们丰富的内心世界。所谓新的方法，其中之一就是采用电影化的方法，借助画面与音响来表现人的心理动态，渲染情绪气氛。这个特点《小白船》尤为突出。""比如写娜佳安葬丈夫后悲痛，怅惘的心绪，作者不用传统的心理描写方法，而是用可视的画面，可听的音响，创造一种可感的环境氛围来表现……"

同日，何满子的《最现代小说型的古代小说——古代小说研究肆言之五》发表于《光明日报》。何满子指出："《儒林外史》是和现代小说血缘关系最直接、最密切的作品。……它不靠可以构成情节的戏剧冲突抓住人，而是专靠人物和小说的生活的意蕴吸引读者，这更是超越了故事型的现代小说的特征。""《儒林外史》塑造人物的方法比起其他古代名著来也是更近于现代小说型的。它更多地依靠人物的自身的表现而不靠作家的从旁解说。包括曹雪芹在内的杰出作家大都将人物'介绍'给读者，吴敬梓却是提供给读者一个视角，让你自己去认识。吴敬梓已经蜕去了中国小说的说话人横亘在小说和读者之间的传统。和《红楼梦》对照，《儒林外史》的人物性格是流动的，发展型的，而《红楼梦》的人物性格是出场时就铸定的，'一次定型'的……吴敬梓的方法更容易在人物身上显示社会关系的投影，这是和他的艺术家的使命感和创作目的的明确、自觉分不开的。'秉持公心，指摘时弊'决定了他的艺术方法，这又和必须'干预生活'——其实岂能只限于'干预'，作家本来应该是战士而沉浸在生活之中——的现代文学更为一致。"

同日，罗守让的《论小说的意境创造》发表于《广西文学》第2期。罗守让认为："许多小说作家都在自己的创作中努力探寻开掘、创造艺术意境的手法、方法和途径。……常见的方法和途径之一是：在情与景的交融中，展开绚丽的生活画面，结晶出艺术的意境，在极富色彩、情调、特色的风景画和风俗画的描摹中，创造出一个美的艺术世界。……小说创造意境的常见方法和途径之二是：借助象征和寓意，托物言志，因物抒情。……中国的诗歌艺术，十分强调以真情感人，又很讲究附情意于物象，重视运用媒介借物抒怀，别有兴寄。叙事性的小说在创造意境美时，便将这种属于诗歌的艺术表现方法借鉴过来，生发开去。常常巧妙地运用眼前的、常见的，或者特别富有特征的景和物，独到而深刻地表现某种普遍的、深广的、复杂的思想蕴含和内在心灵的情绪，达到一种从平凡的具体图象暗示、烘托、渲染一种宏富的抽象的诗意的美。……小说创造意境的常见方法和途径之三是，利用情节的巧妙安置、腾挪变化生发意境。……小说既是一种叙事性的文学体裁，情节在小说创作中便有不容轻视的重要地位。情节之于小说，一方面是作品的内容，另一方面又是刻画人物性格、揭示主题思想的有力手段。因此，小说作家一般地说总是相当地重视情节的选择、组织和配置的。"

6日 侯琪、侯林的《人物创造多样化断想》发表于《当代小说》第2期。侯琪、侯林认为："没有对生活的真实描写，就没有人物的多样化；从概念而不是从生活出发，就会对生活中真实存在的人物视而不见，或加以歪曲。……作家的思想和他的作品中的人物的思想，是既相联系又相区别的。……其实，作者笔下的人物，人物的性格发展和命运变化，并不能由作家本人决定，它取决于社会生活和人物性格的逻辑发展。"

10日 浩然的《追赶者的几句话》（作家为自己的中篇小说集《傻丫头》所写的后记）发表于《北京文学》第2期。浩然表示："在艺术表现上，我谨慎地吸收'洋'东西，用自己的炉灶锅铲炒我自己的拿手菜，以保持自己曾经赢得一些读者的特点。同时在两个方面花了些功夫、取得些变化：一是作品里所描述的事件线索尽量单纯；一是事件的节奏、人物的脚步尽量快速。这两方面的'追赶'，是造成我这几年多写中篇和'小长篇'的主要根由。"

同日，斯濛的《漫话小说的开头与结尾》发表于《民族文艺报》第1期。斯濛提到："我国古代一些文论家和说唱艺人，对作品的艺术结构都很讲究开头与结尾，所谓'工于发端'就是要在开头下功夫，所谓'言尽意不尽'就是结尾要给人留有想象或回味的余地。……我国古代短篇白话小说话本里，有的作品开头开门见山，单刀直入，如《蒋兴哥重会珍珠衫》……但也有另一种形式开头，即用小故事作引子，引起一段大故事，简者在前，繁者在后，简者为次，繁者为正，以简者引出繁者，这简者称为'入话'或称'头回'；还有的古典小说开篇多用几句空场诗，如《三国演义》就是，这种开篇诗或'入话'的小故事开头，就是在写作伊创作情绪定下来，或者说是定调子……开头是正文的有机部分，它不仅为塑造人物服务，还能起到展开情节、突出主题的作用，不论何种的开头方式，目的是如何抓住读者，把他们的感情带进作品艺术、思想境界的深处。"

斯濛认为："作品的结尾并非'闲笔'，是整个作品的有机组成部分，不是无足轻重的枝节问题，它能直接关系到作品的成败。……好的结尾是多彩多姿的，有的戛然而止，恰到好处，有的含蓄蕴藉，言近旨远；有的出人意外，别具意趣；有的'卒章显其志'，作品主题在结尾表现出来。"

三月

1日 邓友梅的《谈创作》发表于《草原》第3期。邓友梅指出："我考虑到小说要存在，它靠什么抵抗视觉艺术？有什么视觉艺术不能代替的？这首先就是语言。小说要语言美，当你朗读一篇语言非常美的小说时，你就好象咀嚼一个很有味的橄榄一样，这种趣味是电视所没有的。语言的审美效果相当大的一部分是视觉艺术所无法代替的。……所以写小说不重视语言，就等于把很重要的一个有利条件放弃了。现在有些年青的作家写得很好，很出名，可是不太讲究语言。"

邓友梅说道："所以，我的变法，得改变我的语言，不能再用普通话写小说。从《话说陶然亭》开始，我的小说选择这类题材能发挥我的语言优势。因为比起来我在北京生活的时间最长。我发现北京的语言中可用的素材最多，其他地方的语言我比较生疏，没有使用北京语言那么美妙。其次，写这类东西在人物方面能发挥我的长处，所以我就作了一系列的试探，写了《话说陶然亭》《双猫图》《寻访'画儿韩'》《那五》《烟壶》《四海居轶话》《索七的后人》等八篇。"

邓友梅认为："人们读小说的过程是个审美过程。看小说，它叫你喜欢那个，厌恶那个，首先是叫你感情上发生作用，而不是叫你理智上发生作用，这是个感情教育的过程。小说通过语言、第二信号在读者的脑子里形成想象的形象，通过形象才引起你感情上的作用。所以，第一个要语言美，你的语言要读起来好听，看起来有味。第二个语言要能引起读者的形象感。第三这个形象要是读者爱看的。"

同日，周政保的《象征：小说艺术的诗化倾向》发表于《上海文学》第3期。周政保谈道：

"由于象征艺术的渗透与扩张，以致于使我们在小说这样的文学样式中，也感觉到了诗的某种特质的客观存在。……这些作者越来越不满足于那种小说以讲一个完整的故事便万事大吉的传统习惯，而热衷于试图在有限的形象材料中，包容与培育更加广阔、更加深刻、更加富有美学价值的意蕴。而诗所具备的那种主情性、含蓄性、凝炼性、与谋求言外之意的特质，尤其是最可能保证这种特质成为现实的象征方式，恰好迎合了小说创作的这一渴望与理想。于是，诗与象征在小说中获得了滋生蔓延的土壤。

"大致有以下三种象征方式给现阶段的小说艺术造成了诗化的效果——Ⅰ 整体性的象征方式。这种方式的特点是：小说的全部描写内容依仗自己的结构，融铸成一个定向而不定量的象征实体，或者说，作品的整体寓意是经由一个象征性的形象体系而获得实现的。……Ⅱ 贯穿性的象征方式。持这种方式的象征性描写，往往以叠合与扭结的形态贯穿于作品的始终，它象一条望不到尽头的、蒸腾着思索与寓意的河流，有机地牵织着小说的题旨与美学价值的实现。……Ⅲ 局部性的象征方式。……这里所指的局部性象征，是那种嵌在整体性与贯穿性象征体系中的、并对整体性象征与贯穿性象征的描写意义的凸现起到点醒作用的零星象征方式。

"而这些象征方式在现阶段小说中的熔铸,不能不认为是一种现实主义的开拓与深化、一种吸收了诗的营养的小说艺术的异军突起。……由象征带来的这种诗化倾向,无一例外地给小说造成了双重层次的艺术世界:一个是写实的具象世界,另一个是象征的诗的世界,前者是形象性的,后者是意会性的,而两者的复合与交织,再加上象征方式所具备的那种具象大于意念、意念超越具象的特性,就给作品的全部寓意带来了多义性,甚至是无限性的色彩。……经由象征的容含,那种本来应该是鲜明的时代感与历史感,已经转化为一种超越了具象描写的感悟、意蕴与精神,而感悟、意蕴与精神总是具备某种超时空的特质的。小说的这种时代感与历史感的传达方式,与某些象征气息浓厚的抒情诗在传达时代感与历史感的行程中所呈现的方式是一脉相承的。"

同日,段崇轩的《且谈小说的"情调构思"》发表于《小说导报》第3期。段崇轩认为:"所谓情调,是指作家融化在作品中的一种感情色调。由于每个作家思想感情的迥异和艺术追求的不同,使他们所描绘的人物、山水、花鸟、虫鱼都带上了各自的感情色彩。这种独特的情调,犹如音乐中的旋律,水墨画里的意境,雕塑作品透出的神韵,渗透在作品的每个角落,笼罩着整个作品。小说的情调,可以是严峻的,热烈的,深沉的,淡雅的,飘逸的,豪放的,轻松的,幽默的……""一篇小说情调的构思,总是'发于情性,由乎自然'的。小说家在构思主题、人物、情节、场面时,总要进入到感情体验之中,处于情绪激荡的感情状态之中。这时,小说家应捕捉住一种自己满意的、同整体构思相适应的情调。……艺术情调犹如作品中的主旋律,贯注在整个作品中。但是,这个主旋律并不是单调不变的,而是随着情节的推进而不断变化、发展的。这种变化和发展,造成一种引人入胜、柳暗花明的艺术氛围。是作家思想感情和艺术趣味——即作家艺术个性的充分显现。"

张春生的《关于通俗小说的"谐趣"效应》发表于同期《小说导报》。张春生认为:"新通俗小说在艺术上的追求,仍可以新传奇性释之。新传奇性,当然不是鸳鸯蝴蝶派艺术的翻版,也非三四十年代市井、茶肆文学的重现;它主要靠明快单纯的主题,链式的结构,奇、险、曲、变的情节造成一种趣境,让人们在视知中得到愉悦。艺术魅力,即综合效应,是分成不同的感受层次的。

如果说意趣与情趣效应，主要的是让读者的心灵得到震撼，那么谐趣效应，主要的是让读者在感受上得到振动。……通俗小说的'趣境'确不同于雅文学的'意境'，但随着对新传奇性的不断追求，对引起谐趣效应的手法不断丰富，它定能达到自己较高的境界。"

3日 刘兆林的《变化，但不失独自的风格——〈船的陆地〉题外话》发表于《小说选刊》第3期。刘兆林谈道："我写时尽量把笔放开些，写人的性格和命运时，更注意心理描写，同时大量描写人对自然景色的主观感觉以进一步反映心理。空灵不是在人物性格和作品情节之外说许多漂亮、华丽但无用的空话，而应是超越题材给人留下思索的余地和空间，或者说诗意。这种思索和诗意势必要求小说创作应注意主题的多义性、结构的散文化、意向的哲理性和象征性，以及人物性格的多层次即'一元二重'性等。……我尽管做各种努力想达到导师所指出的自如、空灵和含蓄的无技巧境界，可惜心有余而力不足。拘谨、实白的地方还是随处可见……只有一点可以让我心里稍踏实些，就是这篇小说的人物比我以前作品的人物更接近于真实了，即更象真人了。我故意写了点人的真实心理，甚至丑的真实也写了，因出于善意，所以自认为这种真实的丑也变为美了。"

5日 李运抟的《艺术活力寓于不拘一格的变化中——略谈蒋子龙两篇近作艺术形式的变异》发表于《当代文坛》第3期。李运抟指出："一般说，作者自己跑进小说去充个角色，这个角色就与小说情节一贯到底而非游离之物。《燕赵悲歌》的'相声结构'就不同。'采访者蒋子龙'只在小说的'引子'和每一章开头部份出现，而在小说自身的基本情节中则完全隐退消失。若抽去'采访者蒋子龙'所构成的描写内容，小说依然成立，对武耕新们及其事业的种种描写，不会因'采访者蒋子龙'的消失而使形象受损。"

李运抟表示："那么《燕赵悲歌》为什么要采用'相声结构'？采用这一艺术形式，主要有两个作用。第一个作用是造成了强烈的艺术真实感。诚如作者自己所说，他采用相声结构的目的就是意在使读者把他'虚构的人物当成真人真事'。……蒋子龙以采访者身份在小说中多次出现，客观上的艺术效果便是满足了读者的欣赏心理而造成强烈真实感。第二个作用便是作者能够艺术性地阐述自己的观点和抒发自己的情感。在小说中可以看到,凡是作者'跳进'小说去充当角色时,作者实际上是以评判者姿态在说话,或褒或贬,毫不掩饰。这种写法,本来有些'露'。但由于作者已成了小说中的角色,作者的议论也就不成其为'席勒式'的外加之物。"

10日 黄子平的《"若是真情,就经看"……——读韩蔼丽的小说集〈湮没〉》发表于《北京文学》第3期。黄子平认为:"韩蔼丽作品在形象、意境、思想主题等方面的'立体化',很大程度上得力于这种以'心理结构'为主的写法。'我'的性格心理的并不单一,使思绪里总渗透着激动不安的气氛。那思绪时时来去于现实与历史、描写与回叙之间,却又是为了向未来、向'新的一天'迈进……所有的往返回旋,最后都汇成一个'合力',那么急切地奔向明朗的'新的一天',奔向纯净化了的理想。韩蔼丽凭借这种追求美和善的急切愿望,来驾驭她笔下众多复杂的对比关系,来统率几个声部此起彼伏的旋律……这毕竟是使作品成为有机的整体的最重要因素……这却是散文化的小说创作中最是'说来容易做来难'的事情。注重情节发展的小说,已总结出一套规律,如何引出矛盾,如何发展冲突,如何推向高潮,如何制造悬念,如何使矛盾得到解决,相当完备。作者(因而,读者也借助这条情节线)把纷纭的事件加以组织、整理,终于形成一个牢固的、完整的有机体。散文化的小说创作却似乎无章可循,仿佛'最高的技巧'真的是'无技巧',只能得之于天。"

王宜山的《人物描写的映衬》发表于同期《北京文学》。王宜山认为:"对比是文学创作中经常运用的一种创作手法。这种手法,如果略加归纳,又大体有如下几种:一种是将明显相反的两种性格——譬如美与丑、善与恶——放在一起进行对比,从而收到美的更美、丑的更丑、善的更善、恶的更恶的效果。……第二种是将人物性格中的某一方面同另一个人物性格的一个方面——譬如勇敢与懦弱、单纯与世故——做对照。相互对照的这一性格特点不一定就是人物品德的本质反映,但是在小说的描写中它可能是一个主要的侧重方面。……第三种是处于一种特定状态中的人物与周围其它的人物性格比较。这个人物的性格与周围人物的性格并不一定有本质的差别,但是由于作者把他放在一种特定的状态中——譬如濒死——来描写,于是也产生了一种与周围人物的性格相互衬托的关系。……在上述三种方法之外，还有一种比较复杂的对比方法，就是几个人物的性格交互说明、纵横映衬。比如《红楼梦》中黛玉、晴雯、宝钗、袭人这四个人物的塑造，就运用了这种方法。……这种交互说明、纵横映衬的方法，不只使每个人物的性格特色更为鲜明，简直可以说是每个人物性格得以展现的某种基础。……很象是中国画技法中的'烘云托月'法……"

郑志强的《震惊之后的思考——评〈失落在小镇上的童话〉》发表于同期《北京文学》。郑志强认为："《失落在小镇上的童话》以那篇童话作为结构框架，以童话里的牧羊女作为现实生活中那位少女的反衬，以作品中的'我'和那位少女的几次接触作为情节线索，这些都显示出作者的艺术匠心。然而，那种'贴标签'式的背景交待，以及夹杂在具体描写中的抽象议论，又构成了小说形式上的明显缺憾。小说要写好人物，当然离不开对人物所处环境的描写……而《失落在小镇上的童话》第一部分里大段对小镇今昔作对比的文字，虽然起到了交待背景的作用，却给人以游离于情节展开和人物描写之外的感觉。"

同日，何镇邦的《走向繁荣的一年——一九八四年长篇小说创作漫评》发表于《当代文艺探索》第2期。何镇邦谈道："统观一九八四年的长篇小说创作，我以为以下几个方面的艺术探索是值得注意的。""关于人物形象的塑造。不少作家正在追求人物性格的复杂化和内向化，以期创造出更接近于生活的性格丰富的各种类型的人物形象，这是艺术上的长足进步。……关于结构艺术的创新。由于生活节奏的加快，人们也需要长篇小说的情节发展加快，并富于跳跃感，原来常见的那种时间跨度大、纵向展示的结构已不大能适应现代生活的节奏和读者的阅读口味。不少作家在长篇小说结构艺术的创新上下功夫，一种时空交错、横向展示的新的结构形式正在被创造出来。……关于风俗画的描写。长篇小说有足够的篇幅提供作家进行风俗画的描写，以便加强典型环境的创造和更好地再现特定历史时期、特定地区的社会生活风貌，使作品更富于地方色彩和生活实感。从这一点上来说，适当的风俗画描写是必要的，而且收到不错的艺术效果。"

刘再复的《关于〈性格组合论〉的总体构思——与魏世英同志的谈话记录》发表于同期《当代文艺探索》。刘再复说道："典型性格是包含着某种确定内涵的模糊集合体。正面人物、反面人物、中间人物，都是很大的集合概念。这些概念本来是政治性的普通集合概念。所谓普通集合，是指一事物要么属于此集合体，要么属于彼集合体，这里面没有模棱两可的情况。用符号学的角度来说，它是政治生活中使用的认识符号，或者说是表明一个人政治属性的认识符号。这种符号有确定的解释，确定的范畴，都是表达有限的现实属性，没有模糊界线。因此，在政治斗争与阶级斗争中可以作正面、反面、中间的明确划分，在现实的营垒分明的政治斗争与阶级斗争中，红与白总是分明的（当然，这也只是指一般情况）。但是，这些政治性的认识符号一旦搬入艺术领域，就会发生问题。因为艺术符号（以及其他审美符号）都带有很大的模糊性特征，它们没有确定的解释，确定的范畴，它表达的是无限的现实属性。用带模糊性的艺术形象（符号）表现无限的社会生活内容，恰恰是艺术最根本的特点。文艺界很久以来就谈论的'形象大于思想'的命题，基本原理就在于此。我觉得这个问题是需要我们的文艺界注意探讨。"

11日 滕云的《通俗文学需要提高》发表于《人民日报》。滕云指出："一、关于通俗文学的普及与提高。""通俗文学不是不可分的一团一块，它是可分的，有高低之分的。认识这种区分，对通俗文学作者选择自己的坐标不无意义——作者们是甘居于低、野、粗、俗一流呢，还是争取列入高、文、细、雅之格呢？""二、关于变通俗文学之'三旧'为'三新'。""题材要出新。……我以为题材的出新、开拓不当偏于搜奇猎异，应更多地向着新的人物和当代生活开拓、发掘。通俗文学不是讲古、讲旧的文学，不是讲鬼讲怪，超乎自然、超乎现实人生的文学，也不是专讲秘事轶闻而与时代生活的中心、与现实生活的进程脱节的文学。……通俗文学在努力反映时代、开掘现实社会性题材上，与一般文学应无二致。现在许多通俗文学作品缺乏现实性，或现实性不鲜明，给人以与时代现实隔一层之感，甚至有隔世之感，这是应该改变的。""立意要出新。……对现实生活作出通俗文学式的艺术概括，这应该是新时期通俗文学立意的新高度。在这样的高度上立意，我们的通俗文学就能区别于一切旧式的和外来的通俗文学，不必求新而自新。""写法要出新。……这些作者或者蹈袭旧时代的和外来的通俗文学的格局、程式，或者是当代流行样式的转相仿效。传统通俗文学的遗产需要批判继承，外来通俗文学的艺术表现形式、技巧也需要借鉴吸收，但如果把它们当作自缚的茧子和模式，那就没有创造没有发展了。"

14日 李陀的《突破规范的成功尝试》（关于《神鞭》致冯骥才的书信）发表于《光明日报》。李陀认为，冯骥才成功地在《神鞭》中恢复我国古典文学中早已有之的荒诞因素。李陀说道："《神鞭》读来饶有兴味……我虽然不由得不笑，却在心里感到一阵阵痛楚。傻二练就的那套出神入化的'辫子功'，自然是一种极度的夸张，是一种荒诞，从傻二的辫子引发出来的那些荒唐可笑的故事也同样荒诞不经，但它们使人深思。……以下我想说说《神鞭》的不足。其一是《神鞭》中的语言，时而是'津味儿'很浓、具有市井色彩的口语，时而又是知识分子气十足的书面语，两者又不能调和。……其二是小说的艺术形象构成的主要成分不够突出和清晰。……《神鞭》的艺术追求先天地决定它在艺术形象构成上，不是以人物和人物的性格刻画为中心，而是以一种夸张的、变形的、荒诞的'风俗画'为中心。然而你对此似乎不很自觉，因而也不够坚决。其结果是小说中的几个人物的性格刻画不够成功……而荒诞风俗画又着力不够，笔墨中少'骨法'，故是画于'气韵生动'上颇显不足。"

同日，楚良的创作谈《用生活酿成的思考》（关于《家政》）发表于《中篇小说选刊》第2期。楚良表示："我的小说命题在'家'字后面加了一个'政'字，也就是'政治'，写了处在八十年代初中国一个典型的农村家庭。'一个农村支部书记的家庭'。写它的存在，它的意义和它的变化。我是用生活来说话，企图说政治。我可不怕说图解政治。……怕图解政治而不写政治，远离政治未必就是大艺术家。……我就剖析了一个现代中国社会中较典型的农村家庭，试图用形象来说明它。"

15日 杉沐的《论传奇热》发表于《当代文艺思潮》第2期。杉沐认为："这种传奇文学或具有传奇性的文学，最根本的特征是它的鲜明的民族性、群众性和娱乐性。具体体现在艺术上是：奇——即题材上侧重写奇人异事，具有传奇性。……巧——即布局巧妙、情节生动，具有故事性。……幻——即构思上热情奔放、大胆想象，具有浪漫性。……奇、巧、幻，这是属于艺术美学规律的东西，更是传奇文学万不可少的维生素。加上传奇文学的通俗性，即讲究文学上通俗晓畅、优美上口，可读性强，适应我们民族的欣赏习惯和审美心理，能给人以亲切感、愉悦感，因而为人民群众喜闻乐见。"

杉沐还认为："优秀传奇之作所追求的这种奇正、真幻、庄谐、雅俗相结合的艺术境界，正是传奇文学美的境界。""所谓以正驭奇，即以正确的思想观点贯注传奇故事情节，使之在一个较高的思想境界中展开，而不致于堕入浮诡、妄诞。……以正驭奇，还表现在离奇曲折的故事情节总是围绕并服从于人物传奇性格，因而有深刻的社会内容。……真幻结合，也就是现实与浪漫的结合。特别对其情节发展的关键环节'巧合'，不是故弄悬虚，而是蕴含着情与理的必然性因子。这样，既有艺术浪漫性，又有生活真实性。……至于寓教于乐、寓庄于谐，这是每一个严肃地对待传奇创作的作者都不会违背的宗旨。优秀传奇总是有作者的思想感情寄托。"

同日，金健人的《小说的时间观念》发表于《文学评论》第2期。金健人谈时间的叙事意义："'艺术并不要求把它的作品当作现实'，但成功的小说总是根基于现实，力求构造一个与读者的经验世界相符的幻觉世界。……这就要求小说家先得有明确的时空意识与分配、调整时空的高度技巧。……时间，可以说在一切小说中都或露面或隐匿地扮演着一个必不可少的角色。"

金健人谈时间的处理方式："时序的处理。……最初的小说，无论中外，全都谨遵自然，顺着时针的走动直线式地叙述。……小说的叙事时序，当然不能老被捆绑在步履匆匆、只进不退的时针上，时序从自然状态中的解放，是小说家能动地处理现实内容的需要。""小说的时序实际上有两种：一种是叙事时序，一种是事态时序。""时差的处理。……时差变异比起时序更动来，在突出时间段之间的差距、对立或关联方面更显得强烈。""时值的处理。时值就是时间的长短。正如人们对任何事物都可作客观的分析与主观的感知一样，对时间的长短也如此。……法国哲学家柏格森和构造主义心理学家铁钦纳，一个从哲学角度提出'空间时间'和'心理时间'，一个从心理学角度提出'物理时间'与'心理时间'。柏格森的空间时间和铁钦纳的物理时间就是前文提到过的牛顿的相对时间，也就是我们通常所说的，在古人可以用日出日落，在现代可以用针头在钟盘上转动来说明的时间，是可以用客观的方法进行量度的。而'心理时间'却是从人的主观方面，通过人的感官来感知的一种强度和变动，即爱因斯坦所说的对相同时间的因人而异。在文学创作中,显然后者更为重要。测量它的标尺,就是人们对某一顷刻或某一时间段的延续或停顿的感觉。"

金健人谈时间的多种层次:"根据时间与情节的关系,小说时间可以分为内部时间与外部时间。……内部时间就是作品中情节运动的顺序性与连贯性,它以心理时间为基础。而外部时间却以物理时间为基础。""与西方小说不同的是,中国的古典小说几乎向来不注重外部时间,有的甚至可以这么说:故意模糊小说的外部时间。这不但与各自的文学传统有关,还与各自的文禁松严有关。"

李本深的《说小说》发表于同期《文学评论》。李本深谈道:"好的小说当然不一定非得有一个完整的故事,也不一定非得有一个贯穿的人物,但却不能没有一个完整的结构,不能没有一个贯穿的意念或一种气韵。所谓结构,并不是通常所说的'启、承、转、合',而是这第二个世界中的生活的导演和铺排,是河流创造的河床。所谓贯穿的意念,也绝不是僵硬的说教,干巴巴,面目可憎;而且流动于血管中的血液,你只能从肌体的表面隐隐约约地看到几纹'青筋',看不到它鲜红的颜色,但它又确实是殷红的。"

徐志祥的《小说节奏试论》发表于同期《文学评论》。徐志祥表示:"在研究影响节奏韵律的情节或情绪的运动变化时,发现它们呈现出两种运动变化的状态:一是速度,运动的快与慢;一是力度,变化的强弱高低。……节奏的速度,在文学作品中是指时间与空间两个因素所导致的情节或情绪的运动变化状态。对小说创作而言,它所表现的情节和情绪(显然是为表现人物、性格服务的)首先要取决于时间因素。……其次还要取决于空间因素。""在文学中,时间与空间因素紧密关联,时间的推移与空间的转换,都是运动,会产生节奏。过去传统艺术手法,基本都是直线型静态叙述,即使纷繁复杂的长篇,在章回体中都仍是'花开两朵,先表一支',因而多以时间事件的推移为主,而较少地考虑空间因素的迅速转换;或者是静态移换空间,又较少地考虑这之中的时间因素。所以节奏的速度一般都比较舒缓。""今天,为了适应新的生活节奏,叙事抒情的速度都加快了,这速度的加快,是辩证地处理时间与空间的因素所造成的,也便是根据各种手法打破时间与空间的静态推移,而促成二者的迅速转换。……节奏的力度：指对情节（事件）描绘的浓墨淡彩和对情绪抒发的抑扬强弱，它是对作品整体基调的把握。""除上所述，在小说创作中速度与力度、快慢与刚柔种种因素往往是互相交织在一起，互相作用着的，而小说的节奏正是在速度与力度的座标交叉轨迹中形成。"

徐志祥认为："同音乐、舞蹈、绘画、电影等艺术节奏一样，小说节奏也给人一种美感。作为美感形态之一的节奏感过去曾被注意到，它将影响到作品的情绪、气氛、情趣。不同的节奏，有不同的美学效果；一般说来，急促的节奏会给人以强烈或悲壮的感受；舒缓的节奏会给人以宁静悠美或压抑冷漠的感受；杂乱的节奏会给人以刺激或警醒的感受……'每种情绪都有它的特殊节奏。'唯此，各种特殊的节奏反映了纷繁丰富的社会生活，也适应着人们众多的审美需要。""节奏感首先从小说作品的整体把握中反映出来。它从作品的完整和谐统一中来，显现出一个比较单一的美感特点，这是对小说节奏中情节运动、情绪变化基调的规律性的把握所致。对此，一般可用迟缓、急促、和谐、杂乱等等来标示。……其次、节奏感还可以从作品的内部辩证关系中显现出来。即从运动变化中体会节奏，在艺术中，虚实、明暗、远近、大小、高低、起伏、动静和强弱、快慢一样，都会显现出节奏感来。""小说作品的情节应象一曲连续的旋律，讲究紧凑，但有时也不妨中断一下，停顿一下，却可以显现出一种别致的节奏感来。……同样，情节要剪裁，不可事无巨细，全盘罗列，描写的浓墨淡彩，虚实藏露的转换，也能够造成节奏感。……至于情绪，相互矛盾、对立的因素的辩证统一互相转换，那就更富有波澜和节奏了。……还有美学境界的刚柔转换、悲喜对比，也有着强烈的节奏感。"

章仲锷的《长篇小说创作的新探索——评〈钟鼓楼〉》发表于同期《文学评论》。章仲锷认为："它不完全是结构和叙述方式上的某些探索，而是在小说艺术观念上的更新或某种新的倾向的出现。""首先，全书没有一条明显的、单一的情节线索，而是如同生活本身那样，让许多流动的、偶然的、片断的事件，或相互交织或自行发展地呈现着。""但在人物对话上则'京味'十足，大量采用市民的口语俚词，传神摹态，地道如实，并强调其当代感，读起来有着如临其境而聆其音的效果。这种叙述用书面语和对话口语化的截然区别，别具特色，或可于'京味'小说中另辟蹊径,自有情致。"

朱向前的《小说"写意"手法枝谈》发表于同期《文学评论》。朱向前指出:"文学史上有不少人用一支饱蘸作家感情浓汁和主观色彩的笔,去描绘出一个经过作家心灵溶铸的脱胎于客观世界的艺术世界,描绘出那个世界中人物的心理、情感、潜意识等等。我把这种手法,称之为'写意'。""它(艺术中的'写意'手法——编者注)通过写出主观情境,充分表达经过抽象与概括的作家的认识。使用变形的方法,目的在于使对象的某一主要特征,显得突出、动人。""'写意',是源远流长的中国传统艺术的特征之一。雕塑、绘画、书法、戏曲、曲艺等艺术门类,一向都讲究'神似''韵味',诗词更是具有悠久的'写意'传统,是后人取之不尽的可资借鉴的宝库。"

同日,胡宗健的《美的结构——读近年来几个获奖短篇小说笔札》发表于《文艺评论》第2期。胡宗健认为:"《哦,香雪》和乌热尔图的《七岔犄角的公鹿》有着共同的东西,那就是对诗情和意境的追求。它们都有诗有画,有意境有韵味,共同采用了散文诗式的笔法。然而前者更倾向于散文,后者更倾向于诗。""两篇小说的结构方式都服从于意境的创造。虽然,散文和诗的意境都体现了意和境的统一,虚和实的统一,思想和形象的统一,但散文的意境并不就等于诗歌。散文往往要求通过更为广阔的艺术画面,更加复杂的内容层次来展开;而诗歌则更为强调作家将自己的情感与作品所描绘的客观物境交融在一起,构成作品中主客观合一的审美意象。它在表达方式上特别要求作者将主观之意熔铸于客观具体之物境,这就决定了结构的起承转合,画面的开阖变化,一方面,因情而相互联系,另方面,联系的内容又常常是寄托之物。从这些出发,我们来品味《七岔犄角的公鹿》这篇小说,是完全可以把它称为'诗小说'的。"

蒋逢轩的《悬念·新意——读张侍民的三篇小说》发表于同期《文艺评论》。蒋逢轩认为:"侍民这三篇作品说得上是善于撷取了易于提出问题、易于引起个个问号的起笔口、编织线,为悬念设置创造了条件。……此外,作品中人物塑造意味风生,颇有写意画般的点化之功;语言上不乏新颖俏趣之句;还有起着思想、道德情操折光镜作用的爱情描写,都是悬念之下的胜境之笔。"

林为进的《时代召唤"男性文学"》发表于同期《文艺评论》。林为进认为:"从他们（蒋子龙、张贤亮、张承志、邓刚等——编者注）的选材及切入生活的角度，人物的塑造及表述的感情，手法的运用等，都明显有别于以微观细腻缜密见长，注意描写家庭伦理道德、内心感受的'女性文学'，与那种两性心理模糊的文学极不相同。故此，称之为'男性文学'。""'男性文学'擅长以理性去看待世界，从宏观的角度入手，去把握、研究和剖析生活。关注社会人生的大问题，不回避现实和矛盾，描绘、刻画一定民族文化氛围下产生的，或刚毅果敢、或深沉坚韧，自尊自强自信，不屈不挠追求理想与信仰的真正的男子汉形象。富有厚实的内容，情感浓烈激越，气势豪迈宏伟，语言粗砺矫夭，节奏明快、威势撼人。形成雄健犀利，锋芒外露的风格。"

彭放的《现实主义与现代派》发表于同期《文艺评论》。彭放认为："从亚里斯多德的'摹仿说'，发展起来的现实主义写实手法，经过了文艺复兴时期、古典主义时期、批判现实主义时期、社会主义现实主义时期，虽然在不同的阶段上，现实主义有明显的区分，但现实主义的基本特征仍然在不断完善和发展中承继了下来。今天世界文学由批判现实主义，社会主义现实主义，现代主义组成三足鼎立的局面。现实主义并没有因为现代主义的出现而消亡。相反，现实主义许多常用的艺术手法，比如陪衬、夸张、虚构、比喻、对比、渲染、抒情等，现代主义各派也都常常使用。说明表现方法，可以跨越流派的界限，互相渗透、互相影响，互补不足。"

吴亮的《语言与模糊——一个沉湎于思考的艺术家和他友人的对话（二）》发表于同期《文艺评论》。吴亮谈道："对语言的表达来说，意识、情绪、感觉和种种微妙体验永远是言不尽意的，也就是模糊不清的。……模糊为人们进一步想象提供了空间。……文学中通常被公认为极精确的描写，也无法把读者在脑视觉屏幕上出现的幻相以及一系列想象写出来。只要人们各有各的感受，精确的说法就令人置疑。而精确的对面正是无所不在的模糊。……无论是人的认识范畴、人的视角、人的观察条件、感官知觉的限度，都决定了准确把握世界的不可能。……只要人们愿意看到语言描述并不能明确表现世上的一切，他们必然会考虑到模糊语言的实际用途。"

映白的《论灵魂矛盾辩证法的审美掌握》发表于同期《文艺评论》。映白认为：

"所谓性格矛盾组合的最优状态，不是人为地追求似乎复杂实质简单的二重极端元素的混合，生造'美即丑恶丑即美'的空中楼阁；而是这样审美真实地个性化向共性化转化，共性化向个性化转化，始终辩证地统一于个性化的焦点进行艺术典型化的结晶，创造出矛盾着的多重要素多样元素，复杂、丰满而又经纬分明、深刻地组合的具有整体审美特质的艺术典型，从不同的方面和角度上推动历史和人心使真善美素质向更高更加丰满深刻的境界发展，而不是降低到类似尼罗河花蛇和罗马狼那样的水平。"

同日，包忠文、裴显生的《时代·阅历·艺术——茹志鹃与王安忆创作风格比较》发表于《钟山》第2期。包忠文、裴显生认为："茹志鹃和王安忆都重视环境描写，力图把自己笔下的人物置于特定的氛围之中。茹志鹃善于用比兴、象征的手法，淡淡几笔给作品涂上一层迷人的氛围气，使作品充满诗情哲理，具有深远的意境……王安忆似乎更醉心于社会风俗画面的描写了，作品展现的更多是人生世相、社会风貌了。""茹志鹃和王安忆作品的语言，都追求朴素清新、细腻淡雅。……茹志鹃的语言凝炼含蓄，功夫很深，而王安忆的语言则较为率直，显得稚嫩，而有时由于功力不足会出现繁冗、生硬之处。……茹志鹃、王安忆的作品，虽有种种差异，但从总体感受来看，都属于阴柔之美，即属于优美的范畴，正如我们前面说过的是柔中有刚。"

丁柏铨、周晓阳的《试论近年来小说创作中的散文化倾向》发表于同期《钟山》。丁柏铨、周晓阳指出："如果我们将新时期的散文化的小说，同现代抒情小说相比较，就不难看到两者之间的异同。应当说，它们在侧重于抒情、散文化的结构以及散文化的语言等等方面，是颇多相通之处。正因为如此，我们才说新时期的散文化小说，是继承了现代抒情小说的某些传统的。然而，相同之中又有差异。差异，即是对传统的突破和发展。""同样是散文式的结构，新时期的散文化小说，为了适应表现新的生活内容的需要，由散变得更散，使本来就较松散的结构显得更有弹性，更有跳跃性，更显出外观的随意性。然而，这只是事情的一个方面。另一方面……'散'的结果是更加富于艺术魅力。'散'是故意为之，是为了使小说更贴近于生活。因此，散文化小说的散，其实是作家们对自己的创造性劳动提出的一种更高的要求。"

17日 陈为民的《别具一格的小说》发表于《作品与争鸣》第3期。陈为民认为:"《那边有个"快活林"》是篇别具一格的小说,它在情节的安排、叙述的角度和语言的运用等方面都有独到之处。""从表面上看,小说的故事情节不仅很淡,而且很散。它是许多片断的缀集,这些片断并不是完全为了最后的高潮而集合在一起的。它们既不'激动人心',又不'感人肺腑',完全没有戏剧效果。但是仔细读后你就会发现这些片断似乎有着什么牵联,这也许就是主人公德儿情感发展、变化的丝缕。……作品的结尾,作者着意'净化情欲',落笔含蓄,淡中蕴浓,细节让位于意境,让人感到有着诗一般的隽永。……小说虽是平铺直叙,但平铺中有波澜,直叙中见多姿,丝毫不给人以平淡呆板之感。……这是由于作者选择狭窄的叙述角度所获得的审美效果。作者虽然用的是第三人称,但却是以德儿的观察角度来叙述故事的。作者把现实生活倒映在德儿简单、朴素、原始心灵的镜面上。由于德儿没有文化,也没有更高的洞察能力,所以事物能以没有加工,没有矫饰的真实面貌呈现在读者面前。"

18日 张志民的《文学笔记》发表于《人民日报》。张志民认为写长篇很容易顾此失彼,他指出:"或是该展开的未展开,该从简的未从简,或是这枝写得津津有味,另一枝却很干瘪,整体看来,是棵'歪脖松'。这种结构,是失败的!""人是立体的,多侧面的。只有多侧面,才能立体。"

20日 刘白羽的《酝酿·构思·剪裁——关于〈我们的小四合院〉的通信》发表于《人民文学》第3期。刘白羽认为:"一篇作品的结构,就如一座大厦的钢铁的骨架,你可以从复杂的生活中尽情地采撷、你可以浮想联翩加工塑造,但如果这一切不按在一个合适的结构之上,你的思想效果,艺术效果,就不能淋漓尽致,充分发挥。结构,一方面是概括,从庞杂生活深处提炼出一个单纯的结构,才能完善生活的主题;一方面,通过结构,把握住了主题,才能在描写上伸展自如、多姿多彩。拿《我们的小四合院》来说,比如有些不可正面描叙,只需穿插几句便可交代,那样就可以得到洗炼,总之,务须抓住主旋律,而后逐步展开、深入,抓住读者的心……"

同日,何镇邦的《通俗长篇小说创作的兴起与提高——新时期长篇小说创作若干问题的探索之二》发表于《小说评论》第2期。何镇邦认为:"通俗长篇小说以至整个通俗文学的创作提高，需要解决这么两个问题：一是通俗文学如何做到俗中有雅，雅俗共赏；一是通俗文学在继承传统的同时，如何吸取外国文学新鲜的艺术养料，以提高自己。"对于通俗长篇小说创作的提高，何镇邦指出，需要做到"传奇性与真实性的结合"，并保持和发扬其"民俗性、知识性、趣味性和通俗性的特色"。

刘再复的《关于小说进化历史轮廓的一般描述》发表于同期《小说评论》。刘再复呼吁"综合性的审美理想"，看到"文学多元化发展时代"的大趋势，希望避免"两种片面性"，他谈道："一种是把传统叙述性小说看成小说唯一可行的道路，把传统叙述体小说已创造出来的业绩看成文学永远不可企及的高峰，把传统的现实主义创作方法看成唯一合法的创作方法，把十九世纪批判现实主义文学看成唯一的审美理想，从而完全排斥小说进入内心审美化的尝试，那种以为传统叙事方法够用几辈子而不准变化的思想，不利于我国文学的发展。另一种片面性，则是忽略我国的具体实际。"

乐黛云的《现代西方文艺思潮与小说分析》发表于同期《小说评论》。乐黛云认为，新批评派"给我们提供了一个更科学、更周密的理论系统"，"如果用新批评派的'细读方法'来分析《红楼梦》，我们就会发现一个暗喻和象征的宝库"，并且她也身体力行地运用"语义分析"和"细读方法"对《红楼梦》中的"水""群芳髓""千红一窟""万艳同杯"等进行了研究与阐释。乐黛云指出："例如'髓'自古就有两种意思，一种是骨髓，如《史记·扁鹊仓公列传》：'酒醪醴所及也，其在骨髓。'另一种是精华，如'笔头点点文章髓'。在《红楼梦》的具体环境中，'群芳髓'的髓显然是指'初生异卉'和'各种宝林珠树'的精华，但读者不免想到珍贵的宝林珠树被熬成油，含苞正放的美丽鲜花被榨成髓，于是有一种骷髅骸骨之感。再如'千红一窟'，'窟'字在古书中常指动物潜藏的巢穴，如'狡兔三窟'，它所引起的联想往往是带有一定恐怖或神秘色彩的'仙窟''盗窟''鬼窟'之类，如'西山一窟鬼'，同时'窟'与'哭'同音，这是脂砚斋早就指出的。……'群芳髓''千红一窟''万艳同杯'的一香一茶一酒也同样构造着巨大的象征之网，在那虚幻之境，这三者都呈现着世态的虚无。"

赵祖武的《试论"十七年"长篇小说人物塑造中的几个"常见病"》发表于同期《小说评论》。赵祖武将"十七年"长篇小说在人物塑造方面的问题归纳为"五个常见病",并将其主要原因归咎于"'左'倾思潮的侵袭"。第一个"常见病"在于"委屈求全","'十七年'有些作家正是存在'过分欣赏自己的主人公'的毛病而导致英雄人物个性的消融、减色";第二个则是按照"原则"来塑造"个性"的缘木求鱼,"'典型'几乎成了一种政治标准,成了一根否定那些性格复杂、个性突出的艺术形象的棍子";第三个是"喧宾夺主","十七年文学""片面地将'典型环境'的革命化宣传到似乎可以成为创造伟大英雄的聚宝盆的地步","似乎只要描写出富有时代精神的'典型环境',出类拔萃的典型英雄便水到渠成";第四个是"泾渭分明","在当代某些作品中,人物的'世界观转变'则不仅来得比较突兀,而且往往导致人物个性、脾气等各方面的彻底改观,人物在前、后期有时竟判若两人";第五个是"越俎代庖",主要表现为"在作品中加入过多的'抒情性政论'""借人物之口表明作家对政策的理解和贯彻""过分强调把人物放到重大事件、'风口浪尖'中去""对人物的主观评价过多"。

25 日 何镇邦的《为同代人作传——读韶华的长篇小说〈过渡年代〉》发表于《当代作家评论》第 2 期。何镇邦认为:"《过渡年代》大致上采用一种传统的叙事性的结构方法。它以高峡水库建设经过为主线,尤其以大坝建设的矛盾为中心,把水库内外,从建设工地到省城再到中央水电部,从建设中的两种思想、两种作风的矛盾到交错在一起的各种爱情纠葛,多种矛盾和多条线索交错并进,以反映出那个时代的错综复杂的矛盾和斑斓的色彩,并为众多的人物提供相当广阔的活动舞台。"

李国涛的《很有光彩的〈新星〉》发表于同期《当代作家评论》。李国涛认为《新星》有三个特点:大密度、快节奏、多浪头。李国涛指出:"关于大密度。'密度'是什么?指的是情节时间长短和叙述粗细的比值。……大密度要求聚光的才能,把涉及到的人物每缕发丝、手指关节的每个动作、对话中的每一个停顿都强调出来。……它需要的内容量是大的,精密度是高的。""关于快节奏。小说使用大密度的叙事,但是不能允许事件停滞不前。……《新星》

的密度大，但节奏仍然也快。打开小说，矛盾立即呈现出来。……节奏的快慢，主要表现在人物的行动和矛盾的展开之间的关系。人物要有所行动，而人物的行动又直接或间接地影响到矛盾的显示、展开、激化。这就有了快节奏。""关于多浪头。在大密度的长篇小说里，较快的节奏是必要的，而在情节的发展上，多浪头也是必要的。……浪头与浪头之间是有关系的，它们都要共同推动情节的发展，或者说它们就是情节的一个个突出的部分。长篇小说有基本的矛盾和主要的情节，它们的发展是有阶段的，每个阶段要能激起读者感情上的波动。这样才能称得起作品的浪头。"

王福湘的《"迎着暴风雨走进去"——论雷暴的思想和艺术》发表于同期《当代作家评论》。王福湘认为："在整体构思上运用象征手法，是这部小说（《雷暴》——编者注）艺术上的显著特点。……比较《祸起萧墙》和《雷暴》。可以发现，跟作品总的气氛一致，水运宪总是把事件推向极端，让矛盾步步激化；情节发展到高潮，就是人物形象的完成，小说也就到此结束。……设置副线，配合主线，张弛有致，浓淡相宜，是《雷暴》在情节结构上的又一进步。……心理描写是《雷暴》塑造人物的重要手段，也是它艺术描写比较精采的部分。从《祸起萧墙》到《雷暴》，情节的浓厚戏剧性虽也引人入胜，但心理描写的加强，才是水运宪小说艺术的一大进步。描写外部世界和内心世界并重，深入探讨并真实再现人的心理活动，是现代小说艺术发展的必然。……小说就是主要从心理角度，深刻反映了这场革命雷暴的伟大震力，通过人物的内心冲突反映社会的矛盾冲突。……作者善于把心理描写和细节描写结合起来，和人物的外部言行结合起来，使之不流于空泛和静止……他主要采用内心独白和心理分析的写法，常常把二者杂糅在一起，以避免单一、零乱和冗长，不过这方面还未能尽如人意。"

魏威的《俞天白中长篇小说思想艺术探胜》发表于同期《当代作家评论》。魏威表示："他选择了鞭辟入里的心理分析和象征手法的运用。俞天白对于人物心理的剖析，不仅从人物性格本身、从客观环境的变化和情节发展的角度予以辩证地把握，同时也从人类某些本质情愫的一般意义上去洞察幽微。在具体手法上，常常以气势磅礴的哲理议论和不能自已的直抒胸臆，以及有意识地将人物分割为两个'小我'、然后互相盘诘来揭示人物内心世界的矛盾冲突……为了加深作品的主旨,俞天白有意识地运用了象征手法。……但是必须指出,为了使抽象的概念或哲理能够获得较为完满的象征意义,最好选择那些不是十分确凿的、而是似有若无、若即若离抑或近乎抽象模糊的象征物。唯其如此,象征才有可能彻底摆脱比喻的狭隘束缚,象征的内涵也有可能因了象征物所具有的不确定的多义性而无限地扩大。……小说艺术对于象征手法的运用还有其特殊的要求。要求象征物能与小说情节以及人物性格行为紧密地扭结起来,而且扭结得越紧密,象征意义就越隐藏,就越能显示出作品的深层次主旨,因而也就越有力量。"

叶公觉的《江苏"探求者"小说流派在形成中》发表于同期《当代作家评论》。叶公觉认为:"从小说创作的艺术倾向看,几位作家(陆文夫、高晓声、方之等——编者注)有个共同的特点,就是表现主题的含蓄,造成作品主题的立体感。……从创作方法的角度看,这几位作家都运用现实主义创作方法。……从艺术风格方面看,几位作家的风格也有相同相近之处。他们的小说都带有火,他们的小说又带有刺。火是对美好未来热烈的希望;刺是对现实弊端愤慨的不满。……而且,几位作家的小说都具有民族风格。陆文夫的小说很象苏州评弹,无论是'卖关子'(悬念)、'穿插'(插叙),'砌嚯'(引人发笑,有张有弛)和叙述角(人称的自由变换)都可以从评弹中找到相应的表现手法。……高晓声、方之的小说善于在情节上下功夫,使之有强烈的故事性,这也是和中国文学的民族形式一脉相承的。……还有,几位作家的小说中基本没有'洋玩意儿',都是以'土'为主,甚至在方言的运用上也颇为接近,都是运用的吴地方言。……因此可以说,江苏'探求者'小说流派正在形成中,它是以陆文夫、高晓声为代表,以'火'与'刺'为风格特点,以含蓄隽永为基调的一种具有江南糖醋酸辣风味的小说流派。"

同日,金健人的《小说的时值处理》发表于《清明》第 2 期。金健人谈道:"应该承认,对时值的缩短也是一种才能,它能使作品干净。但对于小说的成功,将特定时间段拉长的技能更具有重要意义,几个被拉长的时间段往往构成支撑全篇的基石。深入一步还可发现,拉长的时间段总是被当作刚发生的'现在'

来进行描写，哪怕事实上是几百年前；而缩短的时间段总被当作已远逝的'过去'来叙述，哪怕事实上是才发生。可见时值的长短与'现在''过去''将来'这三个时式还大有关系。""对时值作这样的处理，固然是以心理时间为基础，而心理时间又属于主观的范畴，但并不等于说因此就可以由着作者的性子任意妄为，它仍然得受许多客观因素的制约。且不说创作材料的来源和创作方法的继承，单以作者和读者的心理、意识的产生来说，就离不开人脑这一特殊物质。'心理的东西、意识等等是物质（即物理的东西）的最高产物，是叫作人脑的这样一块特别复杂的物质的机能。'（《列宁选集》第2卷第232页）共同的物质基础当然要产生许多相似的心理要求，如果在时值处理上违背这些普遍要求，该放大的地方偏缩小了，或者反之，读者就会把这部莫名其妙的作品象扔一张焦距不清的照片一样扔在一边。"

本月

刘再复的《个性之谜与人物性格的双向逆反运动——论人物性格二重组合原理的哲学依据》发表于《评论选刊》第3期。刘再复认为："典型塑造的目标是追求个性的丰富性。但是，过去流行的典型理论总是把个性看作是共性的具体形态，把现象看作本质的直接表现，把偶然看作未知（尚未认识到的）必然。这样一来，个性与共性、现象与本质、偶然与必然就只有同一性，而不成其为对立统一的范畴，这在实际上就取消了个性、现象和偶然，一切丰富生动的事物形态都被说成是某种必然性的注解，在这种哲学思想指导下，不可能有真正的个性描写。"

刘再复强调："二重组合决不是机械拼凑的平面双色板，决不是善恶的线性机械排列，决不是优缺点的机械相加，而是双向的可能性和由此派生的无限可能性，而且是生气勃勃的生命运动——双向逆反运动，平衡态与非平衡态交织转化的曲线运动，必然性与偶然性通过双向可能性而构成的对立统一运动。哪一个活生生的艺术个性，哪一个具有较高审美价值的人物性格，能够离开这种运动形态呢？我们所说的二重，正是这种双向；我们所说的二重组合，正是双向逆反运动；我们所说的一元化，正是双向可能各种性格元素在某种性格核心规定下的美与丑、善与恶、灵与肉等双向可能性的统一。正是这种双向逆反运动,它象一个巨大的发动机一样,使人的性格放射出七彩光波,放射出赤橙黄绿青蓝紫的杂多颜色,放射出丰富性与复杂性的霞光云彩。二重组合,就是人物性格丰富性与复杂性的内在机制;双向逆反运动,就是人物形象获得个性丰富性的动因。如果说,个性是个谜,那么,性格的双向逆反运动就是我对这个谜的初步探讨的结果,我认为这种性格的双向逆反运动即二重组合原理展示的人的生命现象具有无限可能性。人物性格的二重组合原理,在自身抽象的思辩中,所寄托的正是对这种无限可能性的追求。如果认为这种追求和呼唤,也将造成公式化,那么,任何抽象的理论将永远处于地狱之中,但我不承认这种地狱。"

陈思和的《同写妓女题材,两者视点有别——〈海上花列传〉与〈亚玛〉的比较》发表于《小说界》第2期。陈思和表示:"以写实主义的手法,老老实实地写下了中国半殖民地初期的社会现状'平淡而近自然',是晚清那些黑幕小说、言情小说所不可比拟的。它的'穿插藏闪'结构技巧和白描技术,也是值得借鉴的。"

贾植芳的《中外小说比较之我见》发表于同期《小说界》。贾植芳认为:"我国的小说,从古代神话传说,魏晋志怪笔记开始发源,经过唐宋传奇、宋元话本,终于达到明清小说的全盛时期,随后又经过清末民初的通俗小说潮流,以及在外国小说的影响下所进行的对民族传统的革新,逐渐形成了现代小说。这与欧洲小说自十四世纪的文艺复兴开始成形,并发展和发达的历史过程相比,虽然起源略早一些,但两者都具有共同的规律和特点。那就是:现代小说的成形和得到广阔多样的发展,都是从十四世纪开始成形,并且在以后那几个世纪逐渐接近完成。这一文学现象有其经济和社会的背景为依据,即由于生产技术的提高,生产力的发展,出现了以工商业为主体的城市生活,出现了市民阶层,产生出社会化的职业作家和艺术家。而从十四世纪以来,世界历史的进程基本上都达到了这个新的历史发展水平。"

李小巴的《小说类型应该多样化》发表于《延河》第3期。李小巴谈道:"《延河》自本期起,开辟《中国新小说》栏目,这无疑是个好主意。

"在谈及《中国新小说》这个栏目之前，我认为有必要做点'预防'工作：请不要对这一不成其概念的概念作任何理论上的联想和误解，这就是把'中国新小说'同法国的'新小说'划一等号。'中国新小说'绝对没有反传统和主张创作思想非理性化之意。

"目前还很难说这个'中国新小说'的提法，就是对当今中国某些小说创作以及与此有关的文学现象所特有的属性的确切的概括。'中国新小说'也可以换成别的语词来表述，如'新类型小说''新手法小说''非叙事体小说'等等。总之，我们可以看出，'新中国小说'这个概念同语词之间的不对应关系是比较明显的。因此，我希望文学界暂不要去纠缠这个概念的定义，而先让小说家们在这个'新'字上多做些实验和探索。

"应该承认，近年来，我国的中短篇小说创作已开始出现了一些新的因素和特征，诸如增强了小说艺术中的心理成分，抒情成分，哲理成分等；在艺术表现形式和艺术手法上也开始运用了心理的多层次的结构，以及意识流、内心独白、寓意与象征等手法。一些小说作家也开始注重对小说叙述体态与叙事语式的研究与掌握。这些都是应该予以肯定的。

"但从小说创作的总体状况来看，我国当代小说在类型上依然趋于单一化。就是说，仍然以'叙事类型'为主，数量上更是占绝大的比重。在小说的艺术表现形式上，我们不少作家和文学评论家还囿于旧有的小说观念；对于世界小说创作中出现的类型多样化特点尚未予以注意。

"如果我们粗略地考察一下，当代世界小说类型可大致分为：叙事类型小说；散文体的叙事与抒情类型小说；社会心理小说和心理抒情小说；思想小说；哲理和政论式小说；政治小说；纪实小说；主观感受性的小说等等。

"上述小说类型的多样化表明了世界各国小说的多元化发展以及作家创作个性的丰富和强烈。

"不少国家的文学事实还证明：所有这些多样化类型的小说，恰恰可以同属于现实主义或社会主义现实主义范围之内。这种类型的多样性，只是小说艺术特质上的表现，而不涉及作品的社会内容、作家的哲学思想，创作思想及作家的流派归属等。譬如：我们完全可以把现代与当代众多的心理小说（如弗·莫里亚克、斯·茨威格、乔·卡·奥茨、普鲁斯库林等人的小说)、'精神图画'小说(如伊利亚斯·维内奇斯的作品)、抒情小说(如潘诺娃、索洛乌欣、别尔戈丽茨、卡扎科夫等人的作品)、政治小说(如恰科夫斯基的作品)、纪实小说(如格拉宁的某些作品)、主观感受性小说(如圣埃克絮佩里的作品)统统归属为现实主义的或社会主义现实主义的。

"因此,我们提倡小说类型的多样化,丝毫不意味着要把作家引向对文学传统的反叛的歧途上去。不久之前,那些在现代派文学面前多少有点恐惧和忧虑的同志,对于小说类型的多样化就大可不必再忧心忡忡了。

"我们还应该确认这一点:小说类型的多样化,不仅仅是作家主观意向的结果,而主要是现代社会生活以及当代人的内心世界的丰富性、复杂性、内向性对于文学形式的要求。

"当今的小说作家应不断地提高自己把握世界感知世界的多种能力,注重研究自己观察社会生活的独特的视角和再现外部生活与人物内心活动的新颖的艺术手段和途径;而不应轻视小说艺术形式的更新和艺术表现能力的提高。因为小说艺术形式的创新、类型的多样性、作家个性的成长与凸现,是整个小说艺术健康发展的必不可少的部分。

"当然,某些新类型的小说,表面上看,在当前很可能缺少通俗性,很可能不符合大多数社会读者的欣赏习惯。不过这是暂时的现象。在这点上,作家负有两种使命:一方面,作家的作品应该尽可能的适应当前读者的欣赏习惯和审美意识;另一方面,作家也应该逐步地去培养整个社会的较高较新的审美意识和艺术趣味。作家对这两方面都不应忽视。

"据我所知,《延河》开辟《中国新小说》这个栏目,正是基于上述的观点。

"这个栏目将成为中国作家在小说新类型以及丰富艺术表现形式和方法的一个实验和探索的场地。它一定会得到全国有创新愿望的作家们的支持,也一定会引起文学界和社会读者的广泛关注和兴趣。"

四月

1日　黄毓璜的《各领风骚　色彩纷呈——中篇小说创作风格多样化漫议》

发表于《人民日报》。黄毓璜提出："中篇小说从它的崛起到形成一股旋风和热流，在很大程度上靠它提供的人物形象的新鲜感及其典型化程度取胜。""近两年来，中篇佳作又对小说家族的形象系列作出了醒目的丰富和增添。一批作为时代骄子的开拓者的形象，从中篇走进读者的心田，各种各样的普通人的形象，带着特定时代的意识、欲望、理想、需求进入人物画廊。形象系列的丰富性和作家塑造形象手段的多样性相得益彰。"

黄毓璜认为："近两年来中篇佳作的情节处理，也显示着作家们在努力追求独具一格的个性。前几年那种所谓'非情节'化的'创新'，已经不那么时兴；传统的故事式的封闭状况也得到极大的突破和发展。在有助于扩展生活容量和思想张力的总的目标之下，情节结构的手段异彩纷呈。《迷人的海》情节淡化而不失强烈的动作性；《康巴阿公》取传统章法而颇具'推理'色彩；《走通大渡河》如缝缀百衲衣而不失完美的整体性；《钢锉将军》在矛盾设置上'虚化'了'对立面'，揭示出于冥冥中主宰主人公命运的'左'的空气。……不少作品以大量篇幅人格化、精神化地表现动物和自然，强化了情节结构的弹性和拉力，使温馨人性和奋进精神表现得摇人心旌。总之，中篇佳作艺术手段的多样化，使人感受到：由于创作思想摆脱了'左'的羁绊，由于对民族文化传统创造性的继承和发展，由于多元化的文化潮流的影响和推动，作家的生活感受力跟与之相应的艺术表现力正在经历着一种爆发型的裂变。"

人民日报评论员的《作家要同四化大业息息相通——祝贺中国作协三项优秀作品评奖活动》发表于同期《人民日报》。文章指出："创作自由与作家的责任是统一的。我们强调作家的责任就是希望作家的创作能和现实生活同步前进，努力反映伟大的时代，塑造时代的新人形象，以激励人们奋发图强的精神，激发全国人民的爱国热情，树立坚定的共产主义信念，不断提高人们的精神境界。党向作家严肃地提出这样的要求，当然不是限制作家的创作自由，干涉作家的创作计划；也不是鼓励搞公式化概念化的东西；更不是要回到旧的轨道上搞'左'的一套；而是希望作家以高度的时代责任感来对待我们的社会主义文学事业。""我们以为，作为人类灵魂工程师的作家，当前更为迫切的，是要注意加强同人民群众的联系，深入四化建设的斗争中，同四化大业息息相通，努力提高自己的作品的思想和艺术质量,写出更多更好的无愧于我们伟大时代的作品,用更精美的精神食粮,满足广大人民群众的审美需要。"

同日,陈金堂的《小说创新说——主题、技巧、语言三重奏》发表于《西藏文学》第4期。陈金堂谈道:"小说的创新,重要的是内容的创新。新时期的每一篇重要作品,几乎都是在主题思想上有所创新。因为有所创新,它们在文学史上才获得重要地位。内容创新在小说创新这个总体范围内的重要性,取决于小说的基本属性。何为基本属性?简而言之,小说的基本属性是它与读者的关系。小说与读者的关系,是一个依存的关系。小说如果失去读者,它就失去存在的价值。读者的存在,是它存在的先决条件。是什么使读者与小说紧紧联系在一起呢?最重要的是主题思想。人们生活在这个世界上,当把生活推到人们的面前,人们就自觉或不自觉地、主动或不主动地去考虑问题思索生活。这种考虑和思索在人的精神活动总体中,占着首要的地位。当小说出现新的内容,读者就会为之激动,为之掀起情感的波涛。因为这种新的内容,或是读者尚未思索的,或是读者正在思索的,或是读者刚刚思索的。读者心中的空白得到了填补,读者心中的问号得到了解答,读者心中初步形成的意念得到了证明,这就激动,这就痛快,这就兴奋!""小说内容的创新,除对生活的新发现之外,它的第二个内涵是:对主题的深入开掘。详细一点说就是:对已经发掘出来的新的主题进行深入性的再开掘,这也是内容方面的创新。""小说创新,关键在于艺术技巧的创新。原因何在?取决于艺术技巧与主题思想的关系……小说艺术技巧的创新,一方面表现在对传统艺术技巧的继承发展,一方面表现在对传统艺术技巧的冲击突破。""继承发展与传统艺术技巧有千丝万缕的联系,但又有许多本质性的不同。这种'不同',标志着它的创新。""试以作品的构思立意为例,来看对传统艺术技巧的继承发展。""作品构思立意深刻化,复杂化,辩证化……"

同日,韩少功的《文学的"根"》发表于《作家》第4期。韩少功谈道:

"文学有根,文学之根应深植于民族传统文化的土壤里,根不深,则叶难茂。……近来,一个值得欣喜的现象是:青年作者们开始投出眼光,重新审视脚下的国土,回顾民族的昨天,有了新的文学觉悟。贾平凹的'商州'系列小说,带上了浓郁的秦汉文化色彩，体现了他对商州细心的地理、历史及民性的考察，自成格局，拓展新境。李杭育的'葛川江'系列小说，则颇得吴越文化的气韵。……远居大草原的乌热尔图，也用他的作品连接了鄂温克族文化源流的过去和未来，以不同凡响的篝火、马嘶与暴风雪，与关内的文学探索遥相呼应。……他们都在寻'根'，都开始找到了'根'。这大概不是出于一种廉价的恋旧情绪和地方观念，不是对歇后语之类浅薄地爱好，而是一种对民族的重新认识，一种审美意识中潜在历史因素的苏醒，一种追求和把握人世无限感和永恒感的对象化表现。

"一些表现城市生活的青年作家，如王安忆、陈建功、叶之蓁等等，想写出这种或那种'味'，便常常让笔触越过这表层文化，深入到胡同、里弄、四合院或小阁楼里。有人说这是'写城市里的乡村'，我们不必要说这是最好的办法，但我们至少可以指出这是凝集城市和农村、历史和现实的手段之一。

"更为重要的是，乡土中所凝结的传统文化，更多地属于不规范之列。俚语，野史，传说，笑料，民歌，神怪故事，习惯风俗，性爱方式等等，其中大部分鲜见于经典，不入正宗。它仍有时可以被纳入规范，被经典加以肯定……反过来，有些规范的文化也可能由于某种原因，从经典上消逝而流入乡野，默默潜藏，默默演化。……在一定的时候，规范的东西总是绝处逢生，依靠对不规范的东西进行批判地吸收，来获得营养，获得更新再生的契机。宋词、元曲、明清小说，都是前鉴。因此，从某种意义上说，不是地壳而是地下的岩浆，更值得作家们注意。

"这丝毫不意味着闭关自锁，相反，只有找到异己的参照系，吸收和消化异己的因素，才能认清和充实自己。但有一点似应指出：我们读外国文学，多是读翻译作品，而被译的多是外国的经典作品、流行作品或获奖作品，即已入规范的东西。……从人家的规范中来寻找自己的规范，是局限十分浅薄的层次。如果模仿翻译作品来建立一个中国的'外国文学流派'，就更加前景黯淡了。……'五四'以后，中国文学向外国学习……结果带来民族文化的毁灭，还有民族自信心的低落……万端变化中，中国还是中国，尤其是在文学艺术方面，在民族的深层精神和文化物质方面，我们有民族的自我。我们的责任是释放现代观念的热能，来重铸和镀亮这种自我。"

3日　《小说选刊》第4期以"短篇小说创作笔谈"为总题,刊有:苗振亚的《小说,要避免模式》、李广萧的《一点想法》、李健民的《改革生活的动人画卷》、潘照坤的《文学与改革小议》、沈绍初的《谈作家的真诚》、宋学孟《"光明尾巴"问题》、王以平的《长和短》、薛炎文的《"改革题材"小议》、张忠慧的《时代的呼唤》、赵洪峰的《不可过分地强调》。

李健民谈道:"在较深的层次上展开了一幅幅改革生活的动人画卷,应该说,这是八四年短篇小说创作一个值得注意的新特点。……八四年反映改革生活的短篇小说不仅为我们提供了许多领域改革生活的画面,触及到一些新矛盾、新问题,而且作家们在表现这些时,还努力探求不同人的心理、思想和感情历程,着力揭示改革浪潮给人们的感情、心理和道德观念带来的深刻影响,这就使得这些作品在相当程度上克服了以往创作中存在的单纯描写改革过程或改革方案之争的弊病,具有思想和艺术感染力。如周克芹同志的《晚霞》……作者正是通过对人物这些细微的心理、感情的变化的把握,展现了变革的浪潮在不同人的思想感情上搅起微波细澜,从这波澜中,我们感受到改革的冲击力。"

潘照坤谈道:"近年来,人们对改革文学似有烦言,问题不在文学反映了改革,而在于文学如何反映改革,读者如何看待写改革的作品。创作要自由,作品反映、表现生活要出新意,周克芹写《晚霞》,将他'熟悉的一切农村人物'揉入改革中的农村正在发生着的深刻的变化中来,这种手法值得借鉴。"

薛炎文谈道:"问题的关键在于如何提高'改革题材'短篇小说的艺术质量,以求更好地反映改革的时代。……这篇小说(《晚霞》——编者注)打破了'改革题材'短篇小说的窠臼:改革派新人一好百好,'高大全',保守派人物一无是处,不可救药。……起码有一点是应该肯定的:对于这场改革,作家有自己的思索,自己的认识,自己的见解,而不是象有些头脑懒惰的作家那样,把'遵命文学'庸俗化,让写合作化便写合作化,让写……便写……进而捕风捉影,时刻揣摩政治动向,追求所谓'突破题材''尖端题材',毫不顾及作品的艺术质量。"

5日　谢明德的《叙述语言的美感机制——短篇小说艺术探微之五》发表于《当代文坛》第4期。谢明德认为:"分寸感,是小说叙述语言引发美感的一个重要因素。……真实感，同样是小说叙述语言引发美感的一个不可缺少的因素。……增加语言的乡土风味和地域色彩，则是构成语言的色彩美、产生生活实感的重要途径之一。……真正短篇小说的语言，还应该体现出或强或弱、或浓或淡的幽默感。"

10日 海欢的《中篇小说的新探索——评〈广西文学〉几个中篇小说》发表于《广西文艺评论》第1期。海欢认为："中篇小说由于篇幅上具有的优势，能够在更为广阔的生活背景上，表现更为复杂的社会矛盾和人物关系，揭示更加深刻的思想主题。《广西文学》去年上半年的中篇作品，给人的一个首先的印象是，作者们的追求，已经远远不满足于对某个生活断面的感受，某个局部矛盾问题的揭示，而是要在广阔的范围，去对生活作深入的探讨，要从一个个完整的历史时期历史阶段，去思考整个国家民族的命运、前途。"

同日，曾镇南的《柯云路论》发表于《批评家》第1期。曾镇南谈道："《新星》对现实关系的深刻理解，我觉得主要表现在对人物之间的一定的心理关系的深透的刻画上。这部小说塑造人物的主要方法有两个：一是善于在人物与人物之间构筑起一环套一环的相互关系，并揭示这种关系内含的政治色彩，利益基础，文化结构，展开社会生活的丰富层次，二是善于烛幽抉微地显现人物由于长期处于这种关系中形成的心理特征以及被这种关系的变动所牵动的心理变化。它是在人物的横向联系中而不是在人物的纵向的命运发展中来刻画人物的，它常常展开令人惊叹的人物心理横剖面，但却不善于藉人物起伏跌宕、生死聚散的命运变化来激动读者的喜怒哀乐。它的人物性格是鲜明而强烈，但缺乏深厚和蕴藉。"

11日 冯骥才的《小说观念要变——关于〈神鞭〉的复信》（回复《光明日报》1985年3月14日发表的李陀的《突破规范的成功尝试》）发表于《光明日报》。冯骥才表示："我有意把荒诞手法与写实主义的社会风情画糅合一起；把通俗文学和严肃文学融在一起。想方设法弄出一些既写实又荒诞，既通俗又脱俗的小说来。我用荒诞，因为荒诞是个橡皮口袋，可以装进写实的故事装不进去的东西；我又用写实，因为我国读者习惯不管多么荒诞的故事……也必须合乎人情事理，方能被读者接受。我用通俗文学，因为它更适于传奇性，更具有广泛的可读性；我用严肃文学，因为那些严肃深沉的思索才是这小说的'内核'……我还在这杂拌汤里加进去过去文学中很少写过的'天津味'，把地方特色升华为具有审美价值的艺术内容。……你肯定不会反对，小说观念的变革是文学发展的必然。……文学的当代性，首先是观念的当代性。""在新旧观念上，往往看上去难以分辨，实际上有本质的区分。……拿我的《神鞭》来说，对待艺术真实的观念就与以前的作品全然不同。虽然我着力'再现'晚清天津社会风俗的面貌。但这里的真实，不是目的，而是一种手段。……在《神鞭》中，我花很大力气去写当时的风土人情、规矩讲究、吃喝穿戴、摆饰物件、方言土语，为了让读者在仿佛如实的在历史环境里，就不去疑惑本来不可信的傻二的神鞭，不知不觉地接受蕴含于这荒诞故事中的寓意。我原先对艺术真实的观念，就完全不适合这部小说。"

18日　吴宗蕙的《远人村的幽情——读〈远村〉》发表于《光明日报》。吴宗蕙认为："《远村》在艺术上有许多独到的成功之处。它的景物描写细致、逼真，象一幅幅细笔精工的工笔画，线条清晰、精密、准确、传神；又象一首首情真意漫的抒情诗，讴歌大自然的宏阔、峭拔、瞬息万变、壮丽多姿以及对村民的慷慨多情。这些描写，对悲剧主人公淳厚的品性和善美的灵魂起了渲染和衬托作用。作品结构也很讲究，回忆、穿插、对比，细针密线，浑然天成，见出作家的功力和匠心。作者还熟练地运用太行山区的方言俚语，给作品增添了一种特有的情趣和神韵，冲淡了一些悲剧所加之于读者心头的沉重的压迫感。"

张韧的《传统文化与民族心理结构的观照——全国第三届获奖的部分中篇小说琐议》发表于同期《光明日报》。张韧谈道："《美食家》《烟壶》《神鞭》的艺术色彩，无疑是出自于它那不同的地域色调和风俗画，所以不少论者把它们归入风俗画小说。可是这毕竟是小说外部形态的相似点，不是它们内部的意象与意蕴的共性。《烟壶》和天津卫的土产《神鞭》、古城姑苏味很浓的《美食家》，在空间与时间方面虽相距甚远，却有某些共同的素质。这共同点主要不在于地方风味，而是在选材、氛围和探索的艺术目标上，它们有着不谋而合的东西。你看，朱自冶与美食佳肴，乌世保与烟壶，傻二与辫子，这一食、一器、一辫，从狭义或广义上说它们与民族的传统文化习俗有着相当密切的联系。

这说明作家的目光不约而同地投向了传统文化的历史观照,从人物与传统文化关系的纠葛中探索民族的素质和心理结构,展示他们的个人命运与民族命运的沉浮,给人以历史的反思和哲理的启示。"

20日 李准的《文学的黄金时代到来了吗?》发表于《文艺报》试刊号。李准谈道:"从中篇这个角度看,我感觉中国文学创作正在进入黄金时期。谈到《棋王》,人们多喜欢把它与茨威格的《象棋的故事》比较……《棋王》的奇崛,基于作者的生活经验和审美感受,它的表现手法可以从古代小说惯用的白描手法中找到渊源。从这个意义上,我认为《棋王》不亚于《象棋的故事》,它以表现中国传统文化的独特的'这一个'的面目,自立于我们民族的文学之林……"

21日 宗坤明的《"心理时间"浅说》发表于《文艺研究》第2期。宗坤明认为:"'心理时间'突破了自然时间序列和空间序列,好象是作家信笔写来,随意发挥,变化无常。……打破自然时序,打破形式逻辑的限制,而按照'心理时间'的逻辑,把过去、现在发生的事和将来可能发生的事串在一起,也就形成了人物的心理意识流。然而这种不受自然时序限制以表达人物内心世界的功能,只是'心理时间'功能之一。'心理时间'的另一个功能,是在正确估计读者欣赏作品的心理状况的基础上,宣泄人物的内心感情,最大限度地发挥感染读者的作用。……'心理时间'是一种意识流动的轨迹。但是'心理时间'总要依赖于客观时间。任何作品都不能纯粹用'心理时间'来写成,都要遵循人们的思维规律。这也就涉及到'心理时间'的深层结构。这个更深的层次的主要表现形式就是'心理时间'和'客观时间'的充分协调。"

29日 洁泯的《清新·深沉·时代感》发表于《人民日报》。洁泯强调:"并非说在作品中贴上带有时代气息的现实图画就可以了,那是一种应该排斥的赝品;不消说,民族素质同时代精神的溶合,是作品应该具有沁人心脾的时代感。作家在开掘这种民族心理和民族气质的土壤中,能在时代的声息和气浪中去感受,那么它的特色将具有更高层次的价值。"

韦君宜的《短篇创作气象新》发表于同期《人民日报》。韦君宜指出:"象从前出现过的'化装讲演'式的小说,在这里面已经找不出来了。没有公式化、概念化,没有'听风就是雨'的简单化宣传,没有赶浪头的作品。经过好几年的奋斗和探索，我们终归把这个缠绕多年的顽症在短篇小说方面克服了，而作品仍保有我国新文学的共同特点——诚挚热烈地爱人民的传统。"

五月

1日 李杭育的《小说自白》发表于《上海文学》第5期。李杭育表示："我学做小说，学成不多，好歹会点剪裁。……依我看，现代小说的剪裁、结构是最容易、最犯不着费神的。这是个个性至上的时代，这个时代的小说最藐视章法，而最崇尚随意。自从詹姆士、乔伊斯他们革了巴尔扎克、左拉的命，事到如今，小说这东西真是五花八门，意识流呀，新小说呀，象征呀，魔幻呀，黑色幽默呀，等等，听说还流行录音机小说，将古老的文学与现代科技揉和在一起，一副电子时代的气派。这种种新花样，大约国内都有人搞了，成功与否且不论，我想至少是体现了现代小说个性至上、锐意创新这样一个现代精神。""本着这个精神，有意无意地，我也尽量不看剪裁书了，希望能歪打正着，做出点自己的东西来。《沙灶遗风》看起来就很缺乏剪裁，结构也松散，合理性很值得怀疑。换句话说，要照章法做，我完全有能力在剪裁上、结构上把它搞得合理些、精巧些。事实上我起初也是照着合理、精巧的要求构思谋篇的。但头一刀就剪歪了。小说一起头，我就被带着走了，结果是走到哪里算哪里，做出这样一篇东西来。从章法上看，《沙灶遗风》的开头很犯忌，一个短篇戴了这么大的帽子，历史、地理、风俗，扯了一大堆，叫读者有些不耐烦，我自己也大有笨重感。这无疑是个损失。但我又以为这个忌犯得值。写'遗风'，我要的就是这笨重感。笔调把握得好，从结构上的笨重到情绪上的沉重，感觉上可以沟通。"

林文山的《小说的"人称"》发表于同期《上海文学》。林文山认为："'人称'这个玩意儿，似乎是洋货。中国古典小说的作者，大都是作家而不是评论家。他们只知道如此这般地写，问他这是第几人称，他答不出来。但是，答不出来不等于没有。第一人称，第二人称，第三人称，在我们中国的古典小说里，都不难找到先例。……中国的小说，一般来说，都是以第三人称为主，作者站在说故事的地位，告诉读者，张三如何做，李四如何说，王五如何想。在这种情况下，作者理应对故事的各个方面都了如指掌，换句话说，作者是'全知'的。

中国的讲史小说,大体上就是这个写法。但是,小说的作者(说书人)在长期的反复实践中总结出一种以第三人称为主,兼以第一人称(有时还兼有第二人称)的写法。他们可能发现,讲故事的时候,在适当的地方采用这种讲法,会更吸引人,更耐听,更生动。《水浒》中就有不少这样的描写。《鲁智深大闹野猪林》的描写就是比较熟悉的一例……曹雪芹继承了我国古典小说的这种手法。《红楼梦》在第三人称的写法中,同样插入了第一人称、第二人称的写法。"

张炜的《最终有人识文章——关于〈土地与神〉的一封信》(写给李杭育的一封信)发表于同期《上海文学》。张炜在信中写道:"我还想谈谈你文章中的幽默。一个艺术型的人不会欣赏幽默、没有幽默感,我总觉得是一个了不得的缺憾。……我读你的这部作品,常为你的幽默叫好。炳焕的举手投足间,留给人无限的滋味,读者往往在品味中现出笑意。你不是那些小手笔,一抓到笑料就大肆添加,最终弄到失于油滑。……无所拘束,感觉良好,慢慢道来……一个作家有没有自省自悟的能力,作品中完全看得出来。我觉得勤奋的学习、先进的世界观,有时都不能取代自悟的天性。悟性差,也许会造成一部作品难以弥补的缺陷。……群众是艺术最好的鉴定者,这句话很对;艺术毕竟高深,真正懂艺术的人并非随处可见,这句话也不错。心灵上的隔膜、感觉上的不能沟通,是真正让人叹息的。"

郑万隆的创作谈《我的根》发表于同期《上海文学》。郑万隆表示:"在这个世界中,我企图表现一种生与死、人性和非人性、欲望与机会、爱与性、痛苦和期待以及一种来自自然的神秘力量。更重要的是我企图利用神话、传说、梦幻以及风俗为小说的架构,建立一种自己的理想观念、价值观念、伦理道德观念和文化观念;并在描述人类行为和人类历史时,在我的小说中体现出一种普遍的关于人的本质的观念。或许这些只是一种行为模式,人类在这种行为模式中创造了文化,同时也创造了自己。当然,它做为一种文化体系或文化形态来说,必然受到历史和自然环境的局限,但因为人类依靠大脑的想象力和创造性,凡能够想象任何可能想象的行为方式,一旦被生活于其中的民族和社会所接受,就成为独特的文化行为。这也就是我在小说中所追求的那种独特性。如若把小说在内涵构成上一般分为三层的话,一层是社会生活的形态,再一层是人物的人生意识和历史意识,更深的一层则是文化背景,或曰文化结构。所以,我想,每一个作家都应该开凿自己脚下的'文化岩层'。"

2日 韦君宜的《我喜欢长篇新作〈钟鼓楼〉》发表于《光明日报》。韦君宜认为:"这本书里也有不少的心理描写,但不令人感到冗长,讲每个故事每个人物,用笔都很简洁,语言又流畅,北京话,北京味,叙家常式的写法,这是这本结构新异的作品竟能为广大群众所接受的原因。"

5日 胡宗健的《何立伟小说漫谈》发表于《当代文坛》第5期。胡宗健指出:"何立伟的小说,大都具有某种意义上的'不完整'。也正因了这种'不完整',才使他的作品保持着单纯秀逸的风格,浓郁的诗的气氛。……他善于点染成章,见微知著,造成凝炼、精致、美妙的意境。他的小说所提供的,往往是一个镜头,一幅剪影,甚至是一个感觉,一个意念,或一个稍纵即逝的印象。既是感觉、意念、印象,又在艺术上进行了大胆的'省略',那还有什么生活内容呢?但是,它偏偏富于容量。这当然靠意境在起作用,也靠风俗旨趣、不同的生活色彩起作用。"

李运抟的《小说细节真实性之一辨》发表于同期《当代文坛》。李运抟认为:"在具体描写生活上,小说细节的真实实际上存在两种层次的真实。而层次的划分,是由小说细节的类别不同而定,可分为两大类型。一类可称为'技术性细节'。这类细节,必须严格按照'生活原型'的本来面目如实道出,必须一丝不苟地遵循事物自身的科学的时空观,它不允许夸张。一旦选择某个'生活原型'为描写对象,这个'生活原型'从现象到属性,都不能随意改变。另一类小说细节可谓之'情理性细节'。这类细节,只要吻合'生活原型'的本质特征,细节的描写既可以尽量夸张又可以于情理之中进行大幅度改变。""当我们把小说细节分为'技术性'的和'情理性'的两类,在谈论小说细节的真实性时,恐怕就要清晰一些。能够从两个不同的艺术表现层次来分析,小说细节的真实性也就不会混淆一团。"

同日,丁劳的《中篇小说结构初探》发表于《莽原》第3期。丁劳认为:"中篇小说的结构特点是:它具有一定的空间广延性和时间连续性,截取的是整个人生中的某一方面或生活总体中的某一片断。它与短篇相比,结构上的最大特点是容量大。短篇只取生活中的一个'点'或一个'面',而中篇截取的是生活、人生的一个完整段落，与短篇相比，中篇作品具有纵深感。""与长篇小说相比，中篇小说在结构上也有自己的特点。中篇的结构是单一的，它容纳不了太复杂的生活过程。如果在一部作品中展开多种关系、多条线索的描写；刻画众多的人物，构成多种复杂的关系；即使没有超出一般中篇所达到的字数，也不过是压缩的长篇而不是中篇。而一部压缩的长篇，就会显得头绪繁多，张驰不当，以至于影响艺术效果。""综上所述，可以看出：中篇小说在结构上确有不同于短、长篇小说之处。中篇小说是一种独立于长、短篇小说之外的艺术门类。但是，强调差异的时候，我们又不能不同时看到，中篇小说的结构特征是在吸收和借鉴短、长篇小说结构之长的基础上形成的。在体裁上，中篇同时接近短篇和长篇小说，它同时兼承两者的影响，可以这样认为，中篇小说在结构上具有开放性。"

丁劳写道："中篇小说在结构上呈各种不同的类型，这本身是由于中篇结构的开放性决定的，但反过来又对多样有序平衡态作了说明。中篇小说的结构有很多类型，仅举几例加以剖析：其一，横切式结构。其特点是选取生活的一个横切面，通过一件或几件事情，表现社会风貌。""其二，网络式结构，即用某个人物或器物作为网络，把多个事件、多组情节连缀起来。""其三，直缀式结构。它往往以一个或几个人物的经历为线索，沿着时间或事件发展的秩序铺写下去。这种结构方式脉络清晰，具有较强的历史感。""其四，交错穿插式结构。这种结构围绕中心人物展开多种表现形式：既有特写镜头式的近景描绘，又有回溯式的远距离刻画；或把内心活动的摹写和正面记事交替衔接起来，使作品不但避免了单调，而且在人物身上浸润着一层观察者的浓烈的感情色彩，使人物格外真实可信，亲切感人。""其五，放射性结构。这种结构表面上看起来支离破碎，但通篇看却具整体感，它以心里活动为贯穿线，与传统的回述倒叙有很大的不同。回述倒叙是单线发展的，而这种结构所表现的意识流程是复线的，有跳跃、有往返、有交叉，过去、现在、未来常常交织在一起，表现出生活的多重结构、多重关系来。这种结构与现代化快节奏相吻合。""其六，书信体结构。这种结构行文随意、自由。""由于中篇小说的结构是一种具有特定性的开放结构，因此给中篇小说的形式带来极大的灵活性，中篇小说的结构可以是单线的，可以是平行的，也可以是网状结构，小说的叙事角度可以是全知的、有限全知的，也可以是客观的，可以有多种人物变法，由此带来了中篇小说风格上的多样性。中篇小说艺术上的可容性与多样化是利于它发展的重要内在条件，一旦与有利的外部因素结合在一起，它们发展和突破便更是势不可挡的。"

10日　牛玉秋的《从主题思维方式看近两年中篇小说的发展》发表于《当代文艺探索》第3期。牛玉秋认为："这五种主题思维方式是：社会政治型、历史分析型、现实反思型、哲理型、心理型。主题思维方式的不同是艺术风格各异的核心与主导，多种主题思维方式的同时存在，使中篇小说创作出现了各具风彩、琳琅满目的繁盛景象，过去单一的表明，现行政策型的主题思维方式已经被取代，说明作家在艺术地掌握世界时开始形成各自独立的途径和方法，这是形成多样化的社会主义文学的基础和条件。各种主题思维方式都有其独特的审美价值和社会效果，决不应厚此薄彼、扬此抑彼。文学事业的发展不仅需要多种主题思维方式的同时存在，而且需要作家同时掌握多种主题思维方式。"

薛炎文的《一九八四年短篇小说创作漫评》发表于同期《当代文艺探索》。薛炎文认为："1984年短篇小说创作在艺术手法上也有一个突出的特点：偏重于对我国传统文学技巧的发掘和探求。前几年，短篇小说作家偏重于借鉴西方文学流派中的各种艺术手法，诸如意识流的写法，注重心理描写，讲究结构复杂化、多样化，强调结构本身具有表现力，加快小说的叙述节奏，注意作品中视角的变化等等。最近，通俗小说空前兴盛，民族固有的欣赏习惯促使短篇小说作家开始注重从中国古典文学作品中学习传统的艺术手法。从推荐上来的二百多篇小说看，采用现代主义创作方法的短篇小说几乎没有见到，相反，大部分作品都具有我国传统小说的艺术特征，诸如情节曲折，故事性强，细节简略，叙述为主，白描为辅，人物的动作性强，语言口语化，讲究悬念等等。大家特别提到孙犁同志的《芸斋小说两篇》，用笔记小说的方法描摹现代社会的人情世态，既保留了笔记小说短小精练，意味隽永，玄远冷峻，文词典雅的艺术特点，又具有老作家感情真挚，爱憎分明的一贯的艺术风格，并且包含了深刻的社会内容，篇篇作品好似处世的警钟，人生的格言，使这种早已被人遗忘的文学形式重新焕发出艺术光彩。芸斋小说的出现不仅说明文坛这位独具风格的老作家小说艺术已臻炉火纯青，而且也为中青年作家学习运用我们民族传统的小说技巧做出典范。"

同日，蒋守谦的《对近几年短篇小说发展态势的思考——兼论短篇小说审美属性同发展创作性思维的关系》发表于《江海学刊》第3期。蒋守谦认为："短篇小说的审美属性决定了它的作者要从生活中撷取最精采的生活片断，进行深入开掘，造成较一般叙事性作品更为凝炼、含蓄、玲珑别透的艺术结构。它使读者在阅读的时候，能够由小见大，'借一斑略知全豹，以一目尽传精神'，从'一雕闲一画础'上'推及'生活大厦的'全体'。这种想象、'推及'、补充、再创造，是活跃人们的精神、启迪人们的灵智的一种十分重要的审美方式。……中篇小说'得短篇小说之便利而较其体大'，能够较为充分地反映生活，这是它的长处；但有一利必有一弊，正因为它用来构成故事的生活材料比短篇丰富，因而也就难以象短篇那样取宏用精，造成更加凝炼、含蓄、玲珑别透的艺术结构，充分、有力地调动读者想象、补充、再创造的审美能力。可惜，这个问题，至今还没有引起人们足够的注意！"

13日 罗强烈的《水珠映出的世界——评一批获奖的青年"千字小说"》发表于《人民日报》。罗强烈认为："千字小说从生活中蹦出来，犹如简洁有力的时代速写。""千字小说的成功与否，在于构思。它是最能体现作者的巧思和机智的一种文学样式。文学的发展，早已越过了由作家——作品所形成的二维空间，而进入了作家——作品——读者共同构成的审美系统的三维空间。千字小说给读者留下广阔的联想天地，让他们用自己的生活、知识、联想和想象等，去参与创造。""千字小说的构思又主要靠结构来体现。在这次的获奖作品中，有'双线蒙太奇式结构'，如《故乡的泥土》《决裂》；有'欧·亨利式结构'，如《最后一张照片是莲花》；还有'聚焦式结构'，如《回忆录第一节》《湖那边是山》。以上三种结构形式，都包含着一种内在的转折，产生出思想感情的落差，在结构中体现出一种'动态因素'。这一点似乎可以说是千字小说的结构规律。否则，千字左右的篇幅，就易平而直，体现不出作者的巧思和机智来。"

张韧的《多样性·历史感·风格化——简评第三届全国优秀中篇小说评奖获奖作品》发表于同期《人民日报》。张韧指出："自觉追求风格的意识,这是这届获奖中篇小说所反映的审美理想的另一特征。……作家们的强烈的风格意识,首先表现于对古典的与现代的、民族的与外来的各种各样艺术手法的大胆尝试,表现于中篇小说文体的大解放。首尾相顾的传统叙事体仍然没有失去生命力,但不少作者在中篇的框架里溶入了心态体、散文体、报告体和传记体。特别是中篇小说与电影结为亲缘,改编之后的中篇走上了银幕,而中篇也吸收了电影的结构方式、场景特写和闪回的手法。习惯性的眼光认为,小说与诗是绝缘的,可是近年来某些中篇出现了诗化的倾向。在这些作品中,传统小说的情节价值在作品中淡化了,作家的主观抒情色彩,化为富于耐人咀嚼的诗味。强烈的风格意识还表现在,近年来中篇小说不但要求真实地写出生活的本来面目,而且越来越注意写出生活的色彩和情调来,涌现了不少独具地方色彩的风俗画式的小说。"

14日 贾平凹的创作谈《〈远山野情〉外语》(关于《远山野情》)发表于《中篇小说选刊》第3期。贾平凹表示:"我之所以要这么'扑腾',是我在写作中深深感到我认识生活的浅薄和艺术功力的软弱,我很小,人、道、艺三者不通,生活写不透,我渴望寻到我自己,我只有这么'扑腾'才有出路。文学是不安分的,弄文的人更要不安分。"

李準的创作谈《从"老王卖瓜"说起》(关于《瓜棚风月》)发表于同期《中篇小说选刊》。李準表示:"我虽然这些年来坚决反对'文艺为政治服务',赞成文艺为人民服务,为社会主义服务,但我也同意文艺不能脱离政治。中国是几千年提倡'文以载道'的国家,特别是近百年来,一些仁人志士,耻于文明古国落后于世界,'文以载道'就更载的多了。我自己则主张苏轼说的'文与道俱'为佳,也就是耀邦同志提倡的'思想与艺术完美的统一'。因为道载的太多了,艺术的船只就会沉没的。艺术是一只小船,'深恐双溪舴艋舟,载不动许多愁'。"

张健行的创作谈《我响往那纯洁的、高尚的白云》(关于《蓝天下一朵白云》)发表于同期《中篇小说选刊》。张健行表示:"在悲剧事件中,具有悲剧色彩的人物，并不一定就是悲剧人物（我要写的这个飞行员，就不是个悲剧人物）！我应该用悲剧的力量，去表现一个强者的精神面貌。……在写作过程中，我着重去写人物之间心灵上的矛盾和斗争，防止面谱化。"

15日 徐斐的《"模糊"的微型小说》发表于《当代文艺思潮》第3期。谢徐斐认为："诗体小说，是用诗的语言写的小说；散文体小说，是用散文的格调写的小说，这是文学体裁最早的有意识的'模糊'。……微型小说创作的基本特点，是通过塑造人物形象，反映社会生活的真实面貌，不能因其'微'而排斥于小说家族之外，正如不能因麻雀小而否认它是鸟一样。微型小说是小说，这一点不能'模糊'。……微型小说，是小说，也是散文、诗歌、寓言、新闻、故事、特写、小品、论文……究竟是什么，谁也说不清。模糊，正是其鲜明的时代特色，正是其得宠于当代的独特的个性。"

同日，晓钟的《微型小说刍议》发表于《文学评论》第3期。晓钟认为："有人以为微型小说乃舶来之品，倘谈中国之微型小说创作，似乎很难。此论错矣！中国魏晋的志怪、志人小说，单就篇幅言，大多是'微型'，而清人蒲松龄《聊斋志异》中竟有少至几百字甚至几十字即成篇者，三十年代鲁迅、王任叔等前辈大师亦曾创作过为数不少的'超短篇'。——难道不足称'源远流长'么？"

晓钟提出："中国传统艺术的表现不求全而求'粹'。……空白、空灵形成的'粹'在美学上构成了更高层次的'全'：由艺术样式本身和观（读）者的想象、补充结合起来的全，又由于观（读）者的想象、补充各异，故而这些样式审美境界就带有了一定的随意性，使观（读）者获取上乘的净化的审美快感。粹在于简练，更在于简练背后无限的容量。这和匈牙利作家厄尔凯尼·依斯特万所说微型小说'在作者方面使用最少量的信息，在读者方面产生最大的想象'是一个意思。微型小说的美学生命就在于此！问题是作者如何刻画形象的'一眉一眼'，使读者获取形象的整体感。"

晓钟指出："稍微研究一下我国传统的艺术表现形式对创作富有中国特色的微型小说作品将会大有裨益。如前所述，中国传统的戏剧表演讲究程式化的'空白'运用……微型小说创作果能借鉴这种虚拟化的手法便不会感到困惑了。……中国传统的审美理论还讲求'妙悟'。'妙悟'者悟妙也，依据艺术样式本身所提供的少量内容，经过入乎情、合乎理的补充、想象来悟出'妙谛'。古人很善于抓住这种观（读）者的妙悟心理，诗歌如此，绘画亦然。唐人的绝句，或写景，或叙事，或述怀，总能给读者提供完整而丰满的审美境界。……微型小说正是要雕绘好这'一鳞一爪'，使读者获得'全龙'的美感，换言之，作者必须抓取最有特征性的故事'点'加以精雕细琢，再通过读者的'妙悟'连点成线。"

张德林的《"变形"艺术规律探索——小说艺术谈》发表于同期《文学评论》。张德林认为："有人把'变形'仅仅看作是西方现代派文学艺术的独特创造和发明，这种说法并不完全符合事实。其实，'变形'是个属于美学范畴的相当宽泛的概念，它有特定的内涵。'变形'是相对而言的，离开与生活原形的比较也就说不上什么'变形'。所谓变'形'，就是指：作品中出现的艺术形象，改变了对象原形的自然形态。经过'变形'的艺术形象，那把按照生活本来面貌'再现生活'的通常标尺是无法衡量它的价值的。艺术的'变形'，是对'常格'的艺术方法的一种突破，它是作家在一定的审美思想、审美情趣的观照下，根据作品内容的特点和创作主体内在情绪的需要，对人物、事件、环境、景色所作的'破格'描写。对生活中的各种情景、形形色色，作如实的精细的刻画，这是种'常格'的艺术方法，运用的范围颇广，但不能说这种艺术方法是唯一的、万能的。'常格'的艺术方法不足以表达特定情境和势态下的人物的特殊的情绪和思想感情，这就需要采用'变形'的'破格'艺术方法来加以丰富和发展。"

张德林认为中国文学有着悠久的变形艺术使用历史与成熟的艺术经验，他谈道："鲁迅对《西游记》这部小说'变形'描写的艺术特色作了极为精当的概括：'变化施为，皆极奇恣'，'虽述变幻恍忽之事，亦每杂解颐之言，使神魔皆有人情，精魅亦通世故，而玩世不恭之意寓焉。'蒲松龄的《聊斋志异》，大多以花妖狐魅、畸人异行作为描写对象，同属狐狸幻化的婴宁、小翠、青凤，作者一方面既写出了原物的'狐性'特征，另一方面又赋予了她们作为现实的'人'的不同个性风貌。婴宁的爱笑、直率、纯洁得几乎一尘不染，小翠的'善谑'、调皮捣蛋、天真烂漫，青凤的端庄矜持、情深意切，这又都是对那一时代不同女性的个性特点在艺术上所作的提炼。'狐性'中寓以人性，花木禽兽的幻化中折射出社会的世态人情，正是《聊斋志异》这部优秀小说'变形'描写取得成功的最为显著的艺术特色。"

同日，李国涛的《小说内容诸要素》发表于《文艺评论》第3期。李国涛谈小说的构成要素：

"第一，关于时间和地点的要素。……小说里的时间和地点是艺术整体的构成要素，它们要同艺术整体协调，同整个的气氛协调，它们要为小说里的人物的行动提供可能的和可信的环境。……当小说所反映的生活还比较单纯时，情节一般是按时间的顺序前进，单线单向，一叙到底。但繁复的生活使'一叙到底'难以贯彻，因此有'花开两朵，各表一枝'的分头叙述，也就是双线平行而进，或三线四线平行而进……后世的小说家和读者，对各种形式的顺叙、倒叙、分叙、合叙、插叙，都已经十分熟悉了。这就是对时间因素的处理，也就是把时间的流程适当打乱，分切，进行艺术的编排，使不同时间里发生的时间，产生某些对应、对比的效果，使脉络更为清晰，使情绪表达得充分，使之对艺术起到'增效剂'的作用。

"第二，关于情节的要素。……情节是小说构成的要素。……当然，现实主义的小说家也不必都十分强调事件的完整性；尤其是短篇小说，到十九世纪以后，讲究写生活的横断面。所谓'横断面'就是切断了纵的联系。……这种不完整的情节在短篇小说里并不少，作家以一个场面、几句话，可以相当深刻地表现一个主题，刻划一个人物……但是本世纪的现代主义作家、理论家中有许多人全面反对这样的情节。他们或者只承认人的内心现实，以流动不定的意识流为描写的对象和叙事的顺序，或者不承认叙事过程的时空线性，只相信生活的片段。

"第三，关于人物要素。……在小说里，人物是不能取消的。人物永远居于小说的中心。没有人物，也就不可能有情节的存在，因而时间、空间的变化也就是没有意义的了。……在这种观念上，我们同现代主义的小说理论是不同的。……这一派理论家、作家从根本上否定人物在小说里的意义，而只赞成独立于人物之外的心理活动。我们认为，这样是不能产生优秀的文学作品的，因为它违反了艺术的规律。

"第四，关于主题的要素。……在小说里，所有的因素都是可以看到的、可以具体指出的，如小说时间发生的时间和地点，什么样的人物经历了什么样的遭遇。只有主题因素是不能从小说中具体摘引指明的。主题隐藏在小说的背后，或者说是潜伏在每一章节之中。读完小说才能感到主题的完整存在，感到它的各个层次和几种意义。"

李佳的《一篇成功的寓言式小说——评〈野狼出没的山谷〉》发表于同期《文艺评论》。李佳谈道："《野狼出没的山谷》是一篇写情感的小说。借人、狼、狗的生活情状写忠诚，写友谊，写恩与怨，写善与恶、爱与憎、人性与兽性……这人兽之间的故事和《荒野的呼唤》、《雪虎》、电影《狐狸的故事》是否有些相似？不能否认作者是受到上述作品的影响的，我们应该允许青年作者借鉴名著，取法乎上。值得注意的是《野狼出没的山谷》并没有停留于模仿。任何作家都生活于现实生活的土壤，任何成功的作品都是作家思想感情的结晶，因此也都不可能不打上时代的烙印，即使写人与狼，人与狗这类纯属虚构的作品也不例外。"

王畅的《人物的理想化与理想化的人物——改革者形象塑造问题随想》发表于同期《文艺评论》。王畅认为："所谓'人物的理想化'，是指文艺创作中，作家在进行人物形象塑造时，从生活真实的基础出发，即从现实生活中真实人物的真实性格及其发展逻辑出发，按照作家的主观意图（包括作家的政治、思想倾向与审美理想），对自己笔下的人物加以理想化。在文学作品中，这样塑造出来的人物形象，虽然带有明显的理想化色彩，但却令人感到真实、可信，人们承认他们，甚至喜欢他们。这种带有理想化色彩的人物形象的产生，一方面决定于作家根据客观的现实生活所赋予的主观的政治、思想倾向与审美理想，一方面也受到人民群众的审美理想与爱憎感情的制约。""实际上，问题不在于人物形象身上有无理想化色彩，而在于符合不符合艺术创作规律。写'人物的理想化'符合艺术创作规律，所以能够获得成功；写'理想化的人物'不符合艺术创作规律，所以最后只有失败。遵从艺术创作规律，作家在他所塑造出来的人物形象身上，或正或反、或显或隐、或强或弱地都会具有形式不同的理想化色彩。"

朱国庆的《试论艺术情感》发表于同期《文艺评论》。朱国庆认为："艺术情感反映人类情感本质这一个根本特征，使它在存在状态上呈现为一种结构化。""任何一种抽象都表现为一种结构化，艺术情感是从自然情感抽象出来的，是形象思维的产物，因而它与整个艺术作品一样，也是一种'有意味的形式'，也就是说它舍弃了自然情感的偶然、个别的体实，从中抽象概括出了某种结构关系，因而就更带有典型性和普遍性，所以艺术情感实质上是一种本质化和典型化的情感结构。……与艺术情感的结构性生而俱来的是它的有序性。艺术情感不象自然情感那样是机体内部没有固定结构的骚动，而是一种有序的结构……艺术情感也赋予人类自然情感的一种优美而有序的结构。"

同日，陈骏涛的《不凝固的艺术追求——读孔捷生作品札记》发表于《钟山》第3期。陈骏涛表示："他在艺术表现手段上越来越不以先前已有者为满足，越来越倾心于丰富和多样。他把现实主义的艺术描写和超现实主义的象征、隐喻、梦境、幻觉、荒诞等熔于一炉，追求一种奇幻、超拔的艺术境界；越来越把作品所要表现的思想隐蔽起来，企图造成一种意蕴，或者赋予作品某种寓意。"

黄毓璜、刘静生的《"思想"和"形象"之间——拾得奖小说〈拂晓前的葬礼〉艺术之失》发表于同期《钟山》。黄毓璜、刘静生认为："《拂晓前的葬礼》的成就，有不少是靠'意'取得的，它的一些失误，也是被'意'造成的。意，作为观察力和思考力作用于作品，体现为发掘情节深处的蕴籍和形象内在的藏量。当它作为干涉力作用于作品，则体现为对人物性格统一性的破坏和情节真实性的削弱。"

孔捷生的《格子与模子》发表于同期《钟山》。孔捷生认为："寓言也好，神话也好，杂文也好，都可以自由出入文学圣殿，将其与小说嫁接，主意虽未必高妙，总是可以一试的。"

20日 冯立三的《阳光下中国人的力量——评邓刚小说的思想艺术特色》发表于《小说评论》第3期。冯立三认为："邓刚表现人的精神和力量的作品，很注意将人的外在形象、行为与内在感受、心理尽量统一起来。"冯立三引用卢那察尔斯基的观点来评价在作品中使用象征主义手法的邓刚——努力通过不论什么形象来抓住一种巨大的东西，从而以比较轻巧的艺术形式使人掌握大量感受的象征主义者。冯立三指出:"总体上的象征与细节描写上的刻意求真、求实,相为表里地铸成了老海碰子这个闪着异彩的特殊的艺术形象。这是邓刚对中国当代文学的一个贡献。"

季红真的《探索与收获——一九八四年短篇小说年鉴序》发于同期《小说评论》。季红真认为,"作家们对发挥短篇独特的审美性质有了普遍的自觉,他们力图更蕴藉地表现自己对世界人生的多种看法,并且探索各种美的表现形式","作家们越来越多地摆脱既成的有限概念和陈旧的风格范式,努力从各自独特的视角观察复杂的社会生活,活泼泼的世相人情带着作家独特的感觉方式"。季红真指出:"总的说来,面对严峻的现实人生是作家们共同的倾向。写实仍然是他们基本的手法。""白描的传统手法,写意的手法,象征的手法,以及文体的自由与情节的灵活多样,都把一般的写实向两个层次上拓展。向内,不动声色的客观写实达到了心理的深度;向外,主观性较强的气氛渲染又达到形而上的高度。人物的载体性质越来越突出,主题的心灵性内容越来越丰盈。在这些作品中很难再看到套子与一览无余的主题。"季红真还指出,在1984年的短篇小说创作中越来越多的作家开始讲究小说的语言,"特别是对发挥民族语言的文化特征日益自觉","对民族语言文化特征的自觉,不仅意味着娴熟地运用活的口语,也是形成民族美学风格的关键"。

雷达的《当前小说中的农村"多余人"形象》发表于同期《小说评论》。雷达提出一个设想:"能否从精神现象的意义和批评方法的意义,'转借'一下'多余人'的概括方式,用它来观察我们某一类农村人物的精神特征,分析他们的精神特征所折射的社会历史内容,思考新时期文学走向深化的某些新的特点呢?"雷达指出:"没有中国农村自七十年代末开始的巨大经济变革,也就不会有这些'多余人'浮现出来;没有这种变革的激烈矛盾,也就不会使这些'多余人'的精神矛盾日益加剧;没有这种变革的深刻性,也就不可能使这些'多余人'得以展露出蛰伏在灵魂深层的那些历史积垢。""这些'多余人'的不断出现对我们的文学意味着什么?它意味着,那种机械的、黑白分明的、要么'正面'要么'反面'的人物分类程式的结束;他意味着,我们的作家越来越接近历史运动的'腹心'地带,在民族心理最隐秘的角隅,传来了生活向前移动的响声；它还意味着，我们的作家增生着一种新的素质——历史意识，懂得了历史的前进是一种错综交叉的'合力'。一句话，意味着向成熟的迈进。"

吴士余的《艺术形象的象征化——〈当代小说创作论稿〉之一章》发表于同期《小说评论》。吴士余谈道："艺术形象的象征化，如同典型化一样，它也是一种思维过程和模式。它在融铸和表现某一艺术形象的过程中，同样渗透着作家理性的认识，以及他对生活的激情。所不同的是，典型化是通过人物形象的性格特征的熔炼和表现来完成形象塑造的；而象征化则是借助象征这一特殊艺术表现方式，将艺术形象的思想涵义与作家的感情融汇于一体来体现的。在象征化的思维模式中，人物形象的性格特征被淡化了，但它的主观感情色彩却加浓了。""如果说，典型化的形象创造主要是通过环境，情节的典型化来孕育和揭示人物心理性格的典型特征和思想意义的话；那末，这一艺术表述形式就会因为环境、情节构成的时、空间局限，而对人物形象的心理、性格描述带来某些限制。在生活现实进入现代化时期，人们精神生活的丰富和层次的复杂化，迫切要求作家对艺术形象的创造能渗透到人的主观世界的诸多领域中去。为此，作家将面临着'既要使精神生活的流动客观化，又要维护读者认为这种精神生活具有绝对隐蔽性的感觉'。就这个审美要求出发，我以为艺术形象的象征化就是一种新的思维模式，它能丰富现实主义文学的表现力。"

乐黛云的《当代西方文艺思潮与中国小说分析（二）》发表于同期《小说评论》。乐黛云引入了将"结构主义与小说分析"相结合的系统，"结构主义的文学分析方法就是要透过具体复杂的现象去找出作品在形式和内容方面的最深层的结构"。乐黛云指出，"这种从宏观的角度找出内在联系的分析方法也可以在一定程度上用来分析中国小说"。乐黛云表示，"只有把结构主义的分析方法与具体社会历史内容联系起来，这种方法才能对文学研究有所启发"。

21日 王蒙的《一九八四年部分短篇小说一瞥》发表于《文艺研究》第3期。王蒙谈道："短篇小说总是最最关注着当代生活，关注着改革、开放、实现'四化'的新的生活信息。于是出现了一系列引起兴趣的小说，象张炜的《一潭清水》与《海边的雪》，陈冲的《小厂来了个大学生》，吕雷的《眩目的海区》，邵振国的《麦客》，李杭育的《国营蛤蟆油厂的邻居》，周克芹的《晚霞》，林斤澜的《矮凳桥纪事》等。……他（张炜——编者注）的上述两篇小说是流露着浓郁的生活气息和一种浓烈的对于乡土、对于人民的爱，还有生活本身所固有的而非外贴的哲理与诗情画意。他写农村的新气象，绝无政策条文图解的痕迹。他忠于生活，更忠于自己的富有人情味的理想，既是人生理想也是审美理想。……《麦客》写得极富西北地方特色，读之令人动情。……除了继续贯彻他一贯讲究谋篇布局炼字炼句的'怪味'外，难能可贵的是此四篇（林斤澜的《矮凳桥纪事》《矮凳桥小品》等——编者注）中新生活的清新空气扑面而来，刁钻古怪之中洋溢着作家对于农村、乡镇新面貌、新进展的由衷喜悦之情……"

25日 陈景春的《性格的三维立体化》发表于《青年评论家》第10期。陈景春认为："作家对于人物性格的纵向发展，除了在长篇或中篇结构中有某种程度的直接表现外，大都体现在作家的历史纵深感或历史意识中，即他笔下的人物性格会带有鲜明的社会、历史和阶级的烙印，这些烙印'年轮'展示着性格的纵向发展过程。但作家主要的是向生活的横向拓展开去。所谓生活的横向，从大的方面讲，就是一定的社会历史环境，从小的方面讲，就是一定的情节、场面和细节。比如，阿Q这个性格，其历史纵深感主要表现在带有从几千年旧中国农民因袭而来的种种性格烙印中，而鲁迅先生主要是从辛亥革命前后这个特定的历史环境，向横向展开。这样，才使得这些由历史纵向发展而来的种种因袭，又具体地表现为特殊的'阿Q精神'。而这一'阿Q精神'又在'优胜记略''生计问题''恋爱的悲剧''大团圆'等一系列情节、场面和细节中，表现得更加生动、更加具体。"

27日 仲呈祥的《宝贵的艺术发现——读1984年全国获奖优秀短篇小说札记》发表于《人民日报》。仲呈祥认为："迅速谱写当今变革的生活，反映八十年代的伟大时代精神，是素有文学'轻骑兵'之称的短篇小说的一种优势和一项任务。人们希冀从短篇小说中迅捷地感受时代的脉搏，清晰地照见各种人物的心灵，从而把握生活本身的矛盾运动，自觉调整自己的精神格局，以适应变革的需要。""把握人的心灵世界的丰富性和变动性，追求心理刻画的历史感和思索感，是1984年短篇小说艺术发现的另一特色。""努力拓展人物心灵描写的广袤天地，执着讴歌美好圣洁的灵魂，鞭笞丑恶卑污的心境，是1984

年短篇小说艺术发现的又一特色。""另一些作品以传统的表现方式为主,兼收现代艺术的某些表现方式化而用之,它们往往不仅注重人物的性格和心理刻画,也注重结构的情节安排,尽可能地把艺术表现形式同我国广大读者在长期历史发展中积淀形成的审美心理、鉴赏习惯和想象层次的丰富性结合起来,从而使作品改变了主题过于单一和显露的情况,带来了题旨的多义性、含蓄性和容量的丰厚性。"

本月

王蒙的《微型小说是一种……》(《全国微型小说精选评讲集》代序)发表于《小说界》第3期。王蒙谈道:"尽管人们可以对'微型小说'这一名称提出不同的意见,微型小说的存在却是一个事实。""它是一种机智,一种敏感,一种对生活中的某个场景、某个瞬间、某个侧面的忽然抓住,抓住了就表现出来的本领。""因而,它是一种眼光,一种艺术神经。一种一眼望到底的穿透力,一种一针见血、一语中的叙述能力。""它是一种情绪、怅惘、惊叹、留连、幽默,只此一点。""它是一种智慧。……微型小说应该是小说中的警句。含蓄甚至还代表了一种品格,不想强加于人,不想当教师爷,充分地信任读者。""它是一种语言,举一反三,一以当十,字字千斤重。""它又是自成体系的一个世界,并不窘迫,并不寒伧,肝胆俱全。""它是谦虚的,它自称微型,自称小小。它又是困难的,几百字,赤裸裸地摆在严明的读者面前,无法搭配,无法藏头露尾,无法搞障眼法。"

六月

1日 林草思的《小说和诗情》发表于《解放军文艺》第6期。林草思认为:"把短篇小说当做诗来写,当然不是指在艺术形式上向诗歌靠拢,写成分行的有韵的文字。而是从小说创作的艺术规律出发,在塑造典型形象、铺排故事情节时,要讲究诗的激情、诗的意境、诗的含蓄、诗的凝炼。……意境,达于主客观的统一,把哲理和诗情熔于一炉,加深了小说的思想深度。含蓄,从情节和场面中自然地流露出鲜明的倾向来,含而不露,言有尽而意无穷,余音绕梁,不绝于耳。

凝炼，情节单纯，文字简约，结构精巧，在尽可能短小的篇幅里表现尽可能大的生活容量和思想容量，所谓'尺幅天涯'即是。这才是真正的短篇小说。"

刘锡诚的《谈短篇小说的艺术构思》发表于同期《解放军文艺》。刘锡诚表示："艺术构思的任务是什么呢？概括地说，就是通过形象思维和抽象思维的共同参与，深入地发掘和认识实际生活的每一个平凡的现象所蕴藏的深刻的社会意义，用典型化的方法通过对各种人物及其现实关系的描绘，揭示出一定的生活真理。""短篇小说主要是抓住一个富有典型意义的生活片断来说明一个问题或表现比它本身广阔得多、也复杂得多的社会现象的。长篇小说则不同，它的反映生活的手段不是截取生活的一片断，而是有头有尾地描绘了生活的长河。短篇小说的人物不一定有性格的发展，长篇小说的人物却大都有性格的发展。……作家在进行短篇小说的构思时，应当从这些特点出发，紧密地结合这些特点，而不是抛开这些特点。认为短篇小说的特点是截取生活的片断以小见大，也并不是不能写人物的一生。"

3日 何立伟的《关于〈白色鸟〉》发表于《小说选刊》第6期。何立伟说道："我以为短篇小说很值得借镜它（古典诗词——编者注）那瞬间的刺激而博取广阔意境且余响不绝的表现方式。……我一直就想尝试着写一种'绝句'式的短篇小说，不特在精短方面做文章，且更须在有限里追索无限。……故《白色鸟》于这种借镜与尝试中若有小小一点'成功'的话，无外乎是它的结尾留了些让读者观止而神不止的空白……"

黄子平的《刘索拉的〈你别无选择〉》发表于同期《小说选刊》。黄子平认为："一切都已安排就绪：一个人物引出另一个人物，一件事情转到另一件事情，人物变形得厉害，事情夸张得离谱，节奏进行得飞快……人物几乎没有历史和过去……这里永远是现在时，永远象银幕的映像用一束光把'当前'呈示在你面前。马力死了而铺盖还在，因而马力并没有死。小个子走了而功能圈还在，因而小个子并没有走。小个子不停地擦功能圈因而动作被抽象化，便具有了某种'形而上'的意味。……我们的理论至今无法对这种形象化的抽象作出令人满意的解释，而正是这种形象化的抽象使小说通向嘲讽、通向诗和哲学。"

5日 李运抟的《当代文学中艺术方式的跃进——关于〈北京人〉"口述

实录文学"的初探》发表于《当代文坛》第6期。李运抟认为："首先，《北京人》口述实录文学艺术方式的跃进，显著地表现在它与其他所有文学艺术方式相比所显出的独异性上。……其特点就在于全盘的'口述'化。……《北京人》口述实录文学艺术方式的跃进，又表现在它反映生活的迅捷性上。这是它显著的艺术功能之一。……《北京人》口述实录的艺术方式的跃进，还表现在它反映生活时，呈现出一种自然的毫无矫情的真实。"

6日 朱寨的《关于"报告小说"的求教》发表于《光明日报》。朱寨认为："'报告小说'就是报告文学加小说，既是报告文学，又是小说。……'报告小说'主要属于小说品类，不再是'报告'，又何必保留报告的空名呢？……'报告小说'消溶了报告文学的特点，实际上取消了报告文学。如果'报告小说'可以成立通行，那么报告文学就不必受事实真实的约束；关于报告文学应该遵守的真实原则的讨论也就没有必要，没有任何实际意义。对于小说来说，虚构中加杂上真人真事，反而不伦不类，对于艺术的典型化并没有帮助。因此，从两者的任何一方来说都没有给文学体裁增加什么新品种，倒是无形中减少了不应该缺少的原有品种。"

15日 何镇邦的《从一个"小窗口"看农村现实生活深刻的变革——读长篇小说〈醉乡〉札记》发表于《民族文学》第6期。何镇邦认为："《醉乡》不象有些写改革题材的作品那样，从某一理念出发，编造故事，叙述改革与反改革的斗争，从而阐明改革的必要性和复杂性；孙健忠摆脱这种'证明文学'的新模式，而坚持从生活出发来反映农村现实生活的深刻变革。因此，我们所看到的《醉乡》，写的是土家族村寨色彩绚丽、纷纭复杂的生活画面……"

17日 陈骏涛的《一个新高度——我看〈钟鼓楼〉》发表于《人民日报》。陈骏涛提出："刘心武的近作《钟鼓楼》，是一部很有特色的长篇小说。它没有通常的长篇那种完整的、大起大落的情节，作品旨在揭示北京'市民'社会斑斓图画的比较单纯、平和、生活化的情节。它也不同于时下许多长篇的结构，有点象中国画的'散点透视'，整个笔墨泼洒开了，看来好象没有什么章法，实际上追求内在的联系，这内在的联系就是生活自身的流动感。作者是按照生活自身的流动——从早晨五时到傍晚五时这一段时间——来结构故事，但又努力突破十二小时狭小的时空限制,而从更开阔的历史和人生的联系中来展开故事。在叙述方式上,它改变了作者以往多数小说的那种主观感情色彩较强烈的叙述方式,而采用了与生活的自然流动的结构相吻合的叙述方式,即叙述者(也就是作者)与小说中的故事和人物保持一定的距离,进行冷静的、客观的描写和叙述。这在目前的长篇创作中不算什么新鲜的现象,但在作者的创作中却是一个值得注意的变化。从人物描写上说,这部小说出场的人物有四十来个,但作者并不着力突出一个或几个通常长篇的那种'主要人物',而是着力于描写一些最普通、最平凡的'芸芸众生'。作者所刻意追求的是全景式的人物扫瞄,是一幅鸟瞰式的社会人生图画。""上面的这些特点和变化,是服从于作者企图通过《钟鼓楼》来表现北京'市民'社会的风俗画,或说表现北京'市民'社会的生态景观这一总体构思的。这是一个很高的目标。《钟鼓楼》没有给我们再现民族腾飞时期的波澜壮阔的生活画面,没有表现此伏彼起、惊心动魄的斗争场景,没有编织曲折复杂、扣人心弦的故事情节,没有塑造高瞻远瞩、咤叱风云的英雄人物。但是,在这部小说中,八十年代中国社会生活的脉动是鲜明的(尽管还可以再加强点笔墨)。"

21日 王蒙的《一九八四年部分短篇小说一瞥》发表于《文艺研究》第3期。提到《白色鸟》时,王蒙认为,"作者写情节是多么地惜墨如金!含蓄到了吝啬的程度。相形之下,那些表面的闲笔,什么地球自转造成河岸两边的不平衡,什么蛇胆可以有益目力,以至白色鸟本身,作者写得多么从容潇洒乃至闲散啊!细一琢磨,恰恰是这些'闲笔'造成了气氛,造成了强烈的对比,表达了主题,事实上成了对于动乱年代的'左'的批判。细细研究一下这个小短篇,不是有助于丰富我们的小说观念、艺术观念吗?"

周凡、朱持的《人与自然——关于张贤亮、张承志创作的美学思考》发表于同期《文艺研究》。周凡、朱持认为:"艺术对人与自然联系的反映,一般还采取所谓'人格化'的方法,即赋予客观自然以人的素质、意义,把自然作为人的一个'象征'。……'人格化'地描绘自然,也是张贤亮、张承志创作特色之一。……更值得注意的是,在这些作品里我们不仅从自然中发现了人,而且也在人的身上看到了自然。有许多形象,极富西部自然的风骨、气韵。人与自然的这种联系,不妨称之为人的'自然化'。自然的人格化和人的'自然化',实际上是人与自然的两种不同联系的反映:前者是把人的属性赋予自然,体现了人对自然的'精神改造';后者是自然对人发生影响,表现为自然对人性、人情的渗透。……张贤亮、张承志以着力发掘自然美质和人性美质为契机,达到主体(人物)与外在界(自然物)'隐秘的和谐'。"

23日　孙犁的《小说与色情》发表于《光明日报》。孙犁认为:"我们习惯上把淫秽的文字,叫做色情。其实色也好,情也好,小说总是避免不了的,有时是重要的题材。问题是作者对待色情的态度,和描写时的艺术手法。旧小说中的汉杂事秘辛,是明朝杨慎的伪作,可以说是赤裸裸地写了一个少女的体态,但令人看来,还是一个艺术形象。所以说,作家的创作用心和艺术修养,是非常重要的。而这两点,在色情描写上,最容易显示高低。"

24日　徐士杰的《丁玲谈文艺创作自由等问题》发表于《人民日报》。徐士杰指出:"著名作家丁玲最近在西安就当前我国文艺界一些问题,对记者谈了她的看法,归纳起来有以下几点:……作家要注意继承、发扬民族传统和中国气派。从体裁上说,章回小说就是中国小说的传统……只要你真正掌握了生活,能以传统的民族形式写出中国气派,那你写什么题材都可以,写战争、四化、恋爱都可以。外国人喜爱我们的艺术,视为珍宝,而我们有些人自己反倒瞧不起自己,丢掉自己的珍宝,去拣别人的东西。中国小说是讲故事的,典型人物、典型性格、典型环境、典型语言,尽在故事中表现。……中国小说的这种传统手法接近中国人的习惯;西方的蒙太奇手法,跳动式的东西,用滥了,不合中国人口味。"

25日　费振钟、王干的《论王蒙的小说观念》发表于《当代作家评论》第3期。费振钟、王干认为:"王蒙提出文学(小说创作)对心灵发生作用,实际上就是通过对人物内心世界、精神领域的挖掘、展示,与读者产生共鸣,产生某种对理想生活的通悟,进而追求、创造理想的世界。……于是,王蒙理解的'真实性',就包含有广阔的领域,甚至扩大了现实主义艺术的疆土,而为现实主义小说的创作在吸收其它流派的长处上找到了宽阔的缺口。……同样,王蒙强调把小说的艺术触角探入人们的内心,又带来了他对当前小说主题多义性追求的肯定。"

金燕玉的《论高晓声的创作个性》发表于同期《当代作家评论》。金燕玉认为:"独特的叙述风格是体现高晓声创作个性的一个重要方面。他的写作以叙述为主,很少让人物直接说话和行动,全部运用第三人称的叙述方法,一律出之于作者本人的叙述角度;他的叙述带着经济的因素和政论的风格,具有日常生活的现实感,能够十分巧妙自如地再现人物的内心世界;叙述语言幽默、犀利、富有情绪感和节奏感——这一切构成了他独特的叙述方法。""高晓声的叙述方法是对传统继承和突破的统一物。他采用传统的讲故事语气,但又并不讲故事,不围绕着一个具体事件结构故事,不组织矛盾冲突步步发展的戏剧情节。"

李星的《深沉宏大的艺术世界——论路遥的审美追求》发表于同期《当代作家评论》。李星认为:"文学作品中宏大的时代声音,强烈的时代精神,深沉的历史感,激荡人心的理想之光,涵纳丰富的社会生活内容,归根结蒂要通过典型的人物形象表现出来。一个作家的全部工作就在于要把生活中的一般的事件,一般的人物,变成具有巨大社会意义的事件和典型意义的人物。而提高事件的社会意义的办法和途径,不是去详尽表现事件的过程,而是要受重大社会冲突和社会背景制约的人与人之间的关系,写人物的意志、欲望以及他们的命运。一个作家的艺术才能的主要标志就是他通过具体的人物形象而不是通过抽象的说明来把握生活。"

彭放的《张抗抗和她的"多边形"人物》发表于同期《当代作家评论》。彭放认为:"在艺术上努力追求的是要突出表现自己的人格和个性,她笔下许多人物,都有自己心灵的影子……在人物形象塑造上,重视人物'怎么想'更重于'怎么做'。在小说《北极光》和《塔》中成功地运用内心独白和叙述相结合的方法,把心里描写的手段加以丰富。……这些多种手段的处理描写,是抗抗为表现当代青年对人生理想思索追求的一种创造,有助于刻画人物复杂的内心活动及其'多边形'性格。""张抗抗所写的是青年题材。"

苏丁、仲呈祥的《〈棋王〉与道家美学》发表于同期《当代作家评论》。苏丁、仲呈祥认为:"这种'物各自然',在'忘我''心斋''齐物顺性'中保存天机完整,把客体作为自身自足的物象加以纯真描绘,是道家美学影响下中国传统艺术家审美意识的基本特征之一,是中国传统的'以物观物'的思维方式的产物。""在讲究'美言不信,信言不美'、追求'自然''天放'的道家美学影响下,中国传统艺术家对'错采镂金'式的铺陈夸张持否定态度,而往往追求'清水出芙蓉,天然去雕饰'的审美理想。由是,不少艺术家就追求更高一个层次的'智'——'熟智',即'生拙',而且常常'自云守拙'。《棋王》的语言就缘接了道家美学'淡极始知花更艳'的审美传统,多平实的白描,少华丽的修饰;多人物外部动作的具体细致的刻画,少深入人物内心去作感情世界的探微渲染。阿城的文笔好,其语法构成相当精炼,语言成份大都是干干净净的主语、谓语、宾语,极少浓艳的形容词参预,更没有以形容词结尾的矫揉。他用笔细致入微,却又惜墨如金;是工笔画,却又没有'画工味'和'庙堂气'。他象是故意抹弃了一切轻丽、花梢的词语,用字'拙、俗、苦'。"

苏丁、仲呈祥指出:"它(《棋王》——编者注)缺乏鲜明的结构形式的痕迹,也没有贯穿始终的动作。……正是此类'闲笔',构成了《棋王》艺术世界特有的氛围。阿城象是随手拈来,涉笔成趣,画面保持着生活中那种未加人为分解的交叉网络关系,一切现象和内涵都含孕在融汇不分的原生原态里。……《棋王》这种从容不迫、散而不乱的'闲笔',使形象进入到天真未凿、浑然不分的自然情状之中,捕捉到事物生动立体,未加分解的原始关系和真实氛围,因而'闲笔'不闲。"

张啸虎的《王蒙与庄子》发表于同期《当代作家评论》。张啸虎表示:"王蒙的小说创作的重要特色之一,是他往往极其广泛地采用各种各样的表现方式和写作技巧,其中包括政治、杂文、诗歌、戏剧、曲艺、相声之类手法;甚至还间或出现辞赋、骈文、诗、词、曲、楹联之类的句式、用语或修辞方法;大体说来,颇有水乳交融,得心应手之妙,而给我印象最深刻的,则是王蒙近年来的作品中,多少带有庄周式的浪漫主义色彩。从艺术构思,文章气派,到表现手法,遣词造句,颇有庄文之风。一般认为王蒙的创作方法,显示着当代浪漫主义的某些动向。这是有根据的。我看他在批判继承和适当借鉴庄子的浪漫主义传统上,有其独到之处。"

同日,刘欣中的《金圣叹关于小说视点变化的见解》发表于《青年评论家》

第12期。刘欣中认为:"金圣叹认为观点变换处理得恰当,有助于写好场面,增强情节的真实感。由作品中某一人去听、去看、去感触他周围不同的人物、动作、对话、景物、声响;或者让许多人去听、去看、去感触他们周围的同一个对象,使作品中纷然出现的各种人物、事件维系在一个由视线联结起来的中心点上,就可以写得集中统一,它可以帮助读者从人物同周围环境的关系中把握所描写的生活的场景,而不是某一个孤立的人物和景物。"

刘欣中指出:"视点变换的写法,有助于用极简练的笔墨写好人物的思想性格。由作品中的一人去观察另一个人物,实际上是对被观者的侧写,对观察者的正写,这当然是一种极经济的笔墨,它可以一箭双雕,一笔写活两个人物。……视点变换的写法,对于情节的转换过渡也是一种极方便的方法。"

27日 张炯的《画出历史蜕变中的民族魂——评李準的长篇小说〈黄河东流去〉》发表于《光明日报》。张炯认为:"富于地方色调的朴素、简洁而又优美的语言,于历史风习人情的真实描写中,将深刻的历史感和道德感结合起来,从而使民族魂的艺术表现形神兼备,更具历史的内涵和善美的魅力,这是《黄河东流去》给予我们的又一突出印象。……《黄河东流去》的语言是相当讲究的。它饱含激情,擅长民间口语的生动活泼而又避免粗俗芜杂,具备书面语言的细腻微妙却又见汩汩潺潺,明亮清澈。……行文用笔也多用白描,略有含蓄也充盈诗情画意。"

本月

郑万隆的《立体构思和开放性结构》发表于《福建文学》第6期。郑万隆认为:"现代小说从传统的戏剧性故事情节中解放出来,是由于在结构上冲破了封闭型的故事结构,情节结构不讲究完整性,而强调情节的纪实性或意向性作用,它有自己的独特的美学要求。这种结构方式,叫做开放性结构。""开放性结构的主要特征是:小说的开头不一定是事物的起始,小说的重点场面也不一定是小说的高潮,小说结尾更不是事物的结论,它从来不那么简单化的解决问题,只表现为一种独特的截取方式而已。这样,它就不是以单一的矛盾冲突线为小说的结构线索了,也可能是用几条线平行、交错或者明暗重叠的方法,也可能是用一种气氛或一种情绪为中心线索的办法；它不主张强化冲突，而倾向于对真实的切近，象生活本身一样平淡朴实；它不要一个故事框架局限住自己，而是如同行云流水一般自然天成；它更不主张将生活素材高度'浓缩'，把生活中许多被称为'水份'的材料挤掉，而是有选择性地来点'闲笔'，或造成一点'空白'，给读者一点暗示和感染；它不主张只把环境做背景来表现，而是作为一种形象因素或感情因素来处理；对于小说中的人物，它也不把他们作为一个闭锁系统，而是把他们放在与外界密不可分的大系统中去表现，表现与他人、与社会、与历史、与民族、与未来、与自然的相互联系和相互作用，表现人物个性、气质、情感、独特心灵历程与外界和文化历史的关系。"

本季

郑宗培的《关于微型小说的思考》发表于《文艺理论研究》第 2 期。郑宗培谈道："微型小说俗称'千字文'，选材精当与否，是尤为重要的。……简言之，即要求在有限的信息范围内，表现出超时空的无限内涵。""其次着重谈谈谋篇布局，即构思问题。微型小说由于'微小''狭窄'，不可能容纳很多的情节，不可能详尽地写人状景、大段地叙事述情，因而必须突破一般小说创作的展现矛盾——发展矛盾——解决矛盾的三段式情节结构，以新颖的构思另辟蹊径，寻找相应的表现形式。……微型小说难以容纳过多的人物，人物形象的刻划又往往集中在性格的一个侧面，容易造成单一和刻板，而图式结构的逐步成熟，却能增添它的美感。""再次谈谈语言。微型小说由于受到字数的限制，有的作者难免会觉得在'尺幅'之间动弹不畅。……微型小说的斟字酌句，不仅要让读者从那些有字的地方发现出形象来，揣摩出人物的心绪，并且要能让读者参与其中的故事情节，领悟出更多的景外之景……"

刘再复的《两级心理对位效应和文学的人性深度——关于"人物性格二重组合原理"心理依据的探讨》发表于同期《文艺理论研究》。刘再复认为："近年来我国新时期的文学艺术所以要接近人民，赢得更强烈的社会效应，从根本上说，就是人性的重新发现，从伤痕文学开始，就是如此。伤痕文学的根本优点，就在于它开始接触到人性深处的矛盾内容，在一定程度上展示了人性的深度。……我们所说的人性的深度包括两层意思：（1）写出人性深处形而上和形而下双重欲求的拼搏和由此引起的'人情'的波澜和各种心理图景。这不是一种灵魂的呻吟，而是直接把灵魂深处的善恶矛盾，双重欲求而产生的内心情感颤动作为审美对象，作为分析、鉴赏、表现的对象。……（2）写出人性世界中潜意识层次的情感内容。……所谓写出潜意识层，也就是要写出人性更深更广的世界。思想艺术容量更大的小说，更要表现出人性深处的颤动。"

张抗抗著《小说创作与艺术感觉》由百花文艺出版社出版。张抗抗谈道："感觉这个词，在我们日常生活中使用得很多。耳、眼、鼻、舌、身等感觉器官接触外界事物后的反映称之为感觉。……在文学作品中，无论是中国古典文学还是外国文学，都充满了由普通感觉上升而成的艺术感觉。由于我在少年时期接受的文艺理论，对艺术感觉的作用注意不够，因此我对艺术感觉的了解一直是很肤浅的。……艺术感觉在文学作品中占有如此重要和特殊的位置，这是我在写过许多小说之后，才逐渐领悟到的。"

七月

1日　陈思和的《中国文学发展中的现代主义——兼论现代意识与民族文化的融汇》发表于《上海文学》第7期。陈思和表示："二十世纪的现代意识，不但在文学观念和理论上给中国文坛带来了新的气息，它还直接推动了新文学开创之初的文学创作。……象鲁迅、郭沫若、郁达夫等既能整体上把握现代世界的意识形态精华，又能对民族文化作科学的扬新与继承的作家在五四时期为数很少，但他们的创作向我们揭示了这样一个趋向：中国的新文学创作，完全有可能出现现代意识与民族文化的融汇，这也许能成为我国文学成熟的标志之一。"

4日　刘茵的《为报告小说鼓吹——兼与朱寨同志商榷》发表于《光明日报》。刘茵认为："报告小说是小说，属小说范畴。如同自传体小说、推理小说、科幻小说、历史小说一样，是小说家族中的一个分支，它与报告文学各具特点，并行不悖。因此，无须忧虑会减少了报告文学这一'原有品种'。""报告小说不是'报告加小说'，而是报告性的小说。便于近距离地快速反映生活。

它从报告文学脱胎而出,又汲取了小说的艺术表现手法,兼有报告文学与小说之所长,是报告文学与小说联姻出现的新品种。其报告性的特点是:它保持了报告文学真实的力量,它所描写的事件是现实中确曾发生过的事,它塑造的人物是生活中确实存在的人,而不允许凭空杜撰,向壁虚构。比之一般小说,它更真一些,更实一些,并非如朱寨同志所说仅仅'保留报告的空名'。……报告小说的虚构只是为了摆脱如实照写某种生活的诸多不便,而在基本事件、情节真实的基础上,对一些次要情节、细节的虚构和某些变通;它塑造人物是在真人的基础上运用一些小说化的艺术手法,使之更生动、更富感染力,这是报告小说与一般小说的不同之处。"

5日 谢明德的《情节的构思——短篇小说艺术探微之六》发表于《当代文坛》第7期。谢明德认为:

"短篇小说一般是把时代的风云变幻、道德风尚的变迁浮沉作为背景'化入'人物生活、命运的描写之中。虽然描写的不过是一段插曲、一场波折,却能以真实生动的人物、深刻的历史透视和使人思考、回味而得到启迪的思想和主题,强烈地震撼读者的心灵。……这种快捷而又可能深刻地反映时代生活的特点,正是短篇小说所应发挥的优势。

"短篇小说创作不但要求情节少而精,而且短篇小说家对所有情节的描写不可能平均使用力量,而须抓住情节发展线索上的关节点写深写透,这关节点往往是一篇小说之'眼'。当略写处,惜墨如金;当详写处,用墨如泼。一切为着凸现人物,揭示题旨,成就艺术美的创造。

"单纯朗畅和曲折有致。短篇小说的情节既要单纯朗畅,又须生动曲折。生活事件本身的复杂性、曲折性,为情节的曲折性提供了现实依据。短篇小说情节的这种曲折美,虽不似长篇巨制的纵横错综,大开大阖,却能于单纯中见绚烂,严谨中有变化。而生动、曲折,故事性强,是中国古典小说的优秀传统。如'三言二拍'中不少作品,就每每以它生动曲折的故事吸引着读者。

"情节曲折美的具体表现形态也是多种多样的。其共同性特征之一,即在于借助情事演示的起伏转折,叙述速度、节奏、情绪和气氛的转换,造成读者审美感受和趣味的转换,从而增加阅读的兴致和情趣。"

6日　李陀的《"妙在似与不似之间"——评中篇小说〈透明的红萝卜〉》发表于《文艺报》。李陀认为："非现实的童话因素在《透明的胡萝卜》中只是其艺术形象构成的一种成分。与这种童话式的非现实因素相交织，小说中又有很多十分现实的农村生活描写。……读这些地方的时候，我们几乎会忘记小说中的那些童话式的非现实的因素，以为自己在品味一篇风格上非常'写实'的小说。……小说这种独特的艺术形象和艺术效果，使我们获得一种新鲜的、陌生的审美体验。""我国古典小说中的皇皇巨作《红楼梦》，从大的情节架构至小的生活细节，都有现实因素和非现实因素的交织，其遵循的原则恐怕也正是'妙在似与不似之间'。倘再研究其他小说，如六朝志怪。唐宋传奇乃至'三言''二拍'等等，就更可看出这是我国小说艺术的独有传统。说起来，《透明的红萝卜》还应算做是恢复这个传统的一个很有成效的努力呢。"

朱晖的《〈从前〉》发表于同期《文艺报》的《新作信息》专栏。推介语写道："用'我'做贯串人物，或许导致这部长篇存在描写的'死角'和整体结构的某些随意性。主人公却以其为'知青'的转蓬般生涯，聚拢了'浩劫'中的吴楚城乡场景与诸多生灵。与众不同的是：作者没有授予主人公一干人超越'芸芸众生'的天赋，而是让他们同他们的平凡的族人一道，在冷峻凝滞的情境中，演出如痴地求生、如痴地求索的一幕幕悲喜剧，展示各自酿就的情愫心态。"

10日　王学仲的《陈建功小说的悲喜剧色彩》发表于《北京文学》第7期。王学仲认为："悲喜剧在于引导观众和读者从喜剧的荒诞、离奇中体味到悲剧的内涵。陈建功汲取先辈的经验，在小说创作中进行了探索，取得了寓悲于喜，'笑中带泪'的艺术效果。""把一些严肃的社会问题和深刻的人生哲理，放在轻松、诙谐、幽默的气氛中加以表现，通过那些充满喜剧色彩的'谈天说地'，表现悲剧主题，是陈建功经常采用的一种艺术手法。"

许振强的《艺术手法创新种种》发表于同期《北京文学》。许振强表示："近年来，伴随着我国文学创作的发展与繁荣，文坛上出现了一种颇为新奇的现象：一些有创造性的文学作品，往往在艺术手法的使用上突破模式，不循常规……它强调时空观、节奏感，让情节大幅度地跳跃，大面积地转换，把其间的空间留给读者，让读者的想象和联想去占有，避免一览无余，满足人们由于生活节奏的加快而导致的审美情趣的变化。有的作品以作者的主观意识流动构成情节，或者有的作品干脆就是作者下意识、潜意识的反映，它以此谋篇，写出扎扎实实的情感、氛围。作品不再是封闭式的结构，承转起合的痕迹淡化了，代之以意象、情感、画面。"

同日，李国涛的《小说里的时间》发表于《当代文艺探索》第4期。李国涛认为："当代小说的叙事技巧却是要把'故事'变为'完全现在的'。现代派小说的叙事，以及当代许多非现代派小说的叙事，常常要在时间上进行某种调整，试图从艺术上'征服'时间。于是，过去的事件便以'完全现在的'姿态出现，而现在和过去又在心理上或现实中结合。""但是，如果小说里有较为复杂的情节，无论如何它必须有一个构架，有一个时间的构架，否则，片断的生活，杂沓的意识流不能构成整体的艺术之美。"

李昕的《关于"小说味"的若干思考——漫谈短篇小说审美规律问题》发表于同期《当代文艺探索》。李昕谈道：

"要作品有'味'，不能单从形式技巧上去追求。小说能否耐人寻味，常常与它对题材的把握与开掘有直接的关系。

"由于不善于择取艺术角度，一些短篇作品缺乏意味……至于怎样择取艺术角度，才能使小说蕴蓄深厚的意味，许多作品都提供了经验。一般来说，即是对生活场景、生活片断和事件的截取宜求其'小'和平易，从侧面入手；而以此概括的生活内容，则是愈深邃、宽广、完整愈好。在这方面，好作品是不乏其例的。

"艺术描写的分寸感的强弱也会影响到小说的'味'。这里所谓分寸感，主要是就作者的意旨在具体描写中的隐匿程度而言。《红楼梦》里宝钗论画，认为绘画时该藏的要藏，该露的要露。其实，这是一个适用于各艺术门类的普遍规律；而小说艺术描写的分寸感，就体现在这'藏'与'露'之间。

"小说的'味'，归根结蒂来源于生活。生活是色彩斑斓、气象万千的，有着纷然杂陈而又变幻莫测的现象，有着无处不在而又相互交织、扭结的矛盾，这使它在人们面前，总是充满深意的，吸引着人们去探索，去思考和体味。从这一意义上讲，优秀的小说能够有'味'，也由于它能在再现生活的本来面目的同时，带来生活固有的韵味。

"小说的味是以生活细节的丰富性、多样性为基础的，而作品描写了疏远于主题的生活现象，也未必就是节外生枝，只要这些笔墨不致伤害作品的艺术整体性；相反，仅仅拘泥在主题的概念下描写生活的作法，对于想要写出小说味的作者，却是不足为训的。"

14日 阿城的《又是一些话》（关于《孩子王》）发表于《中篇小说选刊》第4期。阿城谈道："艺术是人类的一种生命形式，生命作为一种自然，所该有的，艺术都该有。生命又非语言逻辑所能尽述，艺术所能显现的，即人的心态。人类的心态何以形成？我认为是文化积淀的结果。""文化所涵，博大精微。……仅以主题来牵扯，常就单薄的令人不服气，因此就主题而论，也需要多元来串织成篇。心态的丰富不能简单地翻译为模糊。单元主题也要处于一个关联域的关联点上，才有可能成为丰富。……我们现在的文化，杂乱得很。……从文化论，东西方是有本质区别的，它们的发生，就是不同的。……就民族文化而论，所有文化在世界上是平等的，不以民生问题为前提。目前国家的改革，是解决民生问题，有识者，应该同时在文化上下功夫。中国的小说，若想与世界文化进行对话，非能体现自己的文化不可，光有社会主题的深刻是远远不够的。对话的结果可能有副产品，如诺贝尔奖。文化辉煌，奖是无可无不可的事。"

苏晨的《〈祖母绿〉的光采》发表于同期《中篇小说选刊》。苏晨认为："我们这个民族，很喜欢在比较中鉴别真理，认识真理。……看来张洁是很重视这种民族民间的欣赏习惯的。她在通篇小说中拿着曾令儿和卢北河做了极其强烈的艺术对比之后，使读者读来感到特别亲切。"

15日 钟本康的《小说的艺术"综合"》发表于《当代文艺思潮》第4期。钟本康认为："小说是一种运用文学语言的叙事性的文学样式，显然不是'综合艺术'，但可以'艺术综合'，即能把各种艺术的一些因素吸收到小说中来。……小说的'艺术综合'，大致表现为三种情形。""能使人一目了然的是借用其他文体的形式。……第二种'艺术综合'的层次较深，主要是融化其他艺术的内在特征。……各种艺术的内在艺术要素——包括结构方法、表现手法，均可被小说所用。难怪在评价小说时常出现诸如雕塑般的性格，油画般的色彩，音乐般的节奏和旋律,散文化的小说,诗化的小说等等。这些评语决不是对小说的贬抑,恰恰相反,往往是对小说的褒扬。……第三种'艺术综合'是对各种艺术流派、各种创作方法的吸收和融化。……'艺术综合'与作品的思想、艺术价值有一定的关系,而且,在一定的历史时代中,小说'艺术综合'越广泛、层次越深,往往标志着它的艺术发展越迅速、越丰富。""小说的'艺术综合',将给小说带来哪些新变化。其变化主要有:一、扩充了小说的艺术表现力。……二、造成小说品种的多样化。……三、带来了读者审美观的变化。"

同日,陈美兰的《期待着更强的突破力》发表于《文学评论》第 4 期。陈美兰指出:"从这几年的创作实际来看,我想,要使长篇的发展有一个大幅度的跨越,要使它在我们社会生活中产生更广泛的影响,有两个问题恐怕是需要着力去解决的,一个是现代意识的强化,一个是艺术典型的浇铸。"

何镇邦的《文学观念的开拓与艺术手法的创新》发表于同期《文学评论》。何镇邦认为,近年来长篇小说创作在结构艺术上都有一些创新,体现了某些新的审美特征。何镇邦谈道:"首先,有些作品虽然还保持叙事性结构的某些方法,但已从纵向展示转为横向切入,或截取生活长河中某一横断面加以展示,或利用时空交错的意识流的方法来展示时空跨度。……其次,有相当一部分作品已改变传统的结构方法,从叙事结构转为心理结构。这类作品,不以事件的发展作为作品结构的依据,而是以人物心理活动为结构的依据。……再次,近几年的长篇小说新作中,还有这么一种作品,象《铁床》和《天堂之门》等,它们并不单纯采用一种结构方法,而是多种结构方法的交错使用。"

何镇邦指出:"近年来的长篇小说创作,在典型形象的创造上也取得了不可忽视的成绩,但是,引人注目的主要还不是这些形象的本身,而是作家们创造这些形象时所体现出来的新的文学观念和艺术手法上的创新精神。……首先,有些作家打破了作品中所谓主要人物与陪衬人物的某些固定模式,把注意力转向对普通的不起眼的小人物形象的塑造,让芸芸众生的形象发出了新的艺术光彩。……其次,在刻画人物形象的手法上,由比较注意写人物的动作语言以及细节描写的外在化转移到比较注意开掘人物心灵空间的内向化。……一些作家在坚持现实主义这种传统的创作方法的同时,对浪漫主义以至现代主义的艺术手法的吸取和运用也是相当大胆、相当广泛的。""我们首先看到的是象征手法的广泛运用。"

胡宗健的《现代生活节奏下的情绪世界——评何立伟、聂鑫森的短篇小说》发表于同期《文学评论》。胡宗健表示:"我愿把两位新人的小说称为心境小说。即说,他们在描绘民情,世态和环境景物之时,用一种渗透激情的有机结构和'截取方式'加以关拢和'化合',迅速崭露出对象的最突出的特征,而使其跳荡着奔腾的诗心,形成一种特有的心境。""这新,主要在于以纷呈杂出的环境因素大胆地取代情节的职能。……运用诗和散文的结构程式而使小说获得诗的冲击力,并强劲地走向人们的心灵,这是何立伟小说特有的素质。""我赞赏他们在短篇小说领域内的这种创新与开拓的勇气,赞赏他们为此而引进那么多别的体系的诗学成分,进行了那么多美学的、结构的、实体的艺术探索,而初步形成了一种压缩型的文学新品种:绵里藏针般的文体在玲珑剔透的结构中运行,象气功动臂似的造出雄放的气势,于不动声色中实现出绚烂的色彩。这样一种文学新品种,对'正统'的短篇小说艺术哲学无疑是一个创造性的变革。"

李兆忠的《长篇小说结构的艺术整体性》发表于同期《文学评论》。李兆忠指出:"倘若我们对长篇小说的结构形态作一个大体的甚至有点牵强的分类,就可以分出这样四种基本类型:第一种,传统的情节结构;第二种,以情绪为主体的心态结构;第三种,以思辨为主体的理念结构;第四种,交叉性结构。这四种基本结构类型经过作家创作主体的孵化,呈现出千姿百态的景象。"

李兆忠认为:"不管长篇小说发生多大的变异,只要它还存在,就不能违反这样两条基本原则:第一,它必须构成一个艺术整体;第二,它必须具备自身的特性。""许多长篇小说,在结构形态上均呈现出新的态势,它们正从过去的封闭走向开放。这个变化标志着艺术结构的整体性将进入到一个更高的层次。""结构的开放性与整体性的完美统一,是现代长篇小说成熟的标志。由此我们应当得到这样的启示:长篇小说创作目前面临的问题除了生活积累艺术积累之外,关键更在于作家创作主体的更新和张扬。……只有当作家的思想充满现代意识并且渗透进他的血肉之躯,他才可能找到一条与现代生活相契合的艺术通道。"

刘齐的《长篇小说艺术探索新趋势》发表于同期《文学评论》。刘齐表示：

"总的感觉：现在的长篇比前些年的更有味道了。我就挑印象最深的说几条。

"一，感觉。注重感觉，尤其是注重书中人物的感觉，这是长篇小说艺术上的一个新特点。……艺术离不开感觉。按传统格式写作的小说当然也不例外。但这些小说往往注重作者本人的感觉，不太注重把这种感觉外化为书中人物的感觉。有的小说即使注重了，注重的往往也是视觉，听觉等少数感觉。传统小说强调的是画面，是可视性，日久年深，沿袭成习，以至连理论家都习惯于应用'时代画卷''历史群像''英雄浮雕'等字样来概括作品了。……与传统小说手法相比，新的艺术的追求者们不但不鄙薄画面，反而更加重视画面。除了画面，他们还提供了许多为今天的科学手段所无法复制的感觉形象。然而更重要的还不在于比传统小说多出了哪些感觉形象，而在于如何处理这些形象。……新的小说手法不但要顾及这些，还要认真琢磨人物对环境的各种主观感觉，作者要对这些感觉负责，要使这些感觉与环境——对位，恰如其分。

"二，心理。有些研究者指出，现代长篇小说正在经历由外向转为内向、由行动转为心理活动的演变过程。将来的长篇是否统统转为心理小说，我不敢相信，但现在的长篇比以往更加重视心理描写，则是事实。……勇于开拓的小说家们……采用时空交错、意识流动、自由联想、内心独白、心灵交流等方式，淋漓尽致地展示各类人物隐秘的、微妙的、摇曳多姿的心理活动。

"三，象征。……象征又回到了长篇小说的天地。但象征在不同的作品中却有不同的表演。一种是总体性的象征，通常用一个寓意深长的书名、一个余味无穷的事物或具象，来暗示一种哲理，一种特殊的生活意义。总体性象征要求全书各部分尽可能与它协调起来，具有隐喻作品题旨的括概功能，从中我们可以窥测小说的内核与作者的用心。……还有一类作品，既有总体性的象征，也有局部的象征，这两种象征连在一起，构成一个和谐的象征系统。其中，总体象征起着统率作用，局部象征则以自己的独立存在，不断补充、丰富总体象征。

"四，语言。注意语言的跳跃性和隐蔽性，也是长篇小说艺术上的一个新特点。……为了调动读者，使读者不知不觉地进入艺术世界，不少作者在小说叙述和描写的语言过程中，千方百计地把自己隐蔽起来，尽量用书中人物的口吻、视点或感觉去推进作品的发展。"

盛英的《长篇小说现实主义的开放与深化》发表于同期《文学评论》。盛英认为:"近几年来,长篇小说同其他文学样式一样,终于从狭窄庸俗的死胡同里走将出来。现实主义摒弃了将生活净化的种种公式、定义,注重了全面地整体地反映生活;克服了对生活廉价的乐观主义,注重了反映隐藏在历史深处的社会矛盾。更为可喜的是,长篇小说已经同时代获取了同一步伐。不少改革题材作品,及时将生活中新生的、代表历史前进方向的力量呈现出来,使现实主义在新的层次上得到深化。……现实主义对于人物形象的探索,也沿着开放和深化的路子进行着。近几年来长篇小说里的人物形象,类别多,新鲜感强,命运感重,他们已经难以挤在'画廊'里,似乎须要开设'大厅'来接待、容纳他们了。……当然,人物类型上的开放,代替不了人物塑造上的深化,然而,开放却从特有的角度,要求作家对各类人物进行'全灵魂'的剖示,以帮助人们对于人——这个社会关系的总和,有个真切的认识和理解。""所谓'全灵魂'的剖示,从某种意义上说,也是一种开放型方法,它要把人物内在的精神因素,尽可能真实地呈现在外;然而,它在本质上却是一种深化方法,因为它强调的是,其一,内在精神因素之间的差异、矛盾乃至冲突,其二,内在精神因素与社会之间的诸多联系。通过人物内心世界微妙复杂的斗争,通过人物精神道德世界与其生活的社会环境、条件之间的相互关系,深刻地把握与突现人物的真实性格。"

同日,柯云路的《构思的角度、流程及意念——〈一个系统工程学家的遭遇〉创作札记》发表于《文艺评论》第4期。柯云路谈道:

"'时空交叉'和顺时叙述的传统手法完全对立吗?

"人们对复杂过程的叙述(无论是文学的、还是科学的),有哪一个不包含有'时空交叉'呢?从更深刻的哲学角度讲,人们对复杂运动的观察,又有哪一次不包含'时空交叉'呢?

"另一方面,人的哪一次直接观察、间接观察(听叙述),在综合完成整体印象时,不在头脑中尽力复原出过程本来的顺时发展的图画呢?

"'时空交叉'记录着原始的观察、感受,它有着观察者心理的跳跃;顺时叙述则记录着综合的观察感受,它复原着过程的原本图画,大概永远是人类最有效、最普遍的叙述方式。

"不是前者高级,倒是后者高级。

"如何使小说具有惊心动魄的力量呢?

"结论只有一个:要在揭示人物性格的深度、广度、复杂性上追求惊人之笔。

"小说家只有在揭示人物性格中开掘出新的深度,表现出惊人之笔,才能以其文学的特有魅力打动人。一部作品引起读者赞叹、佩服,一个作者在人们心目中产生魅力(这往往带有某种神秘性),首先是他在人物性格的揭示上表现出非凡之处。

"小说原本是生活的一种特殊的灵感光彩的模拟,所以,我们也便有了故事情节的概念。

"单情节线,双情节线,多情节线;主线,副线,次副线;始终情节线,局部情节线;竖向线,横向线;实线,虚线;直线,曲线;情节线分岔,交叉,分股,合流;放射,集中;起伏,强弱。

"如果,用电子计算机来处理数据分析描绘,我们便可以得到一部部小说的情节线结构图,就象我们可以用同样办法得到历史发展线结构图一样。

"有意思的是,有相当一部分小说,它的情节线网络图与大江的水系图相似,整个小说中的生活面恰似大江的流域,上面蓄收的'降雨量'都通过'水系'逐步汇入'大江主脉',流向归宿。

"要展开小说情节,就要从人物性格的内在冲突出发。性格的内在冲突消逝了,小说就失去了情节推动力。人物的性格愈深刻,其冲突就愈深刻,情节也愈惊心动魄。"

牛玉秋的《生活的立体化和人物的立体化——小议改革作品的人物塑造》发表于同期《文艺评论》。牛玉秋认为:"一方面,改革使社会生活在横向和纵向上同时展开,表现为立体化的生活,为塑造具有典型意义的人物形象提供了广阔而丰富的生活基础;另一方面,只有塑造出具有典型意义的人物形象,才能更好地反映丰富多彩的改革生活。这种人物应该具有时代的新鲜感、现实的深刻性和历史的丰厚感,可以多方面流露他的性格,适应各种各样的关系,以丰富多彩的表现形式表现出内心世界的丰富多彩。这样的人物就是立体化的人物。立体化的生活和立体化的人物,这正是一个问题不可分割的两个方面。……只有让生活的立体化为人物的立体化服务,才能塑造出具有典型意义的人物形象来。"

吴黛英的《从新时期女作家的创作看"女性文学"的若干特征》发表于同期《文艺评论》。吴黛英认为:"女性作家一般来说比较喜欢并擅长于写'小题材''小人物'和'小事件'。……'女性文学'的另一个鲜明的特点就是'情'胜于'理'。……女作家作品呈现出来的这种纯净的美,固然体现了她们对美的执着追求和向往,但另一方面也可以看作是女作家们对于假、恶、丑的事物的某种逃避。……'女性文学'还有一个不容忽视的特征,那就是评论家们既表示欣赏又感到美中不足的纤细柔和。"

吴士余的《小说意境的开拓与人物形象美感的诗化——〈当代小说创作论稿〉之三》发表于同期《文艺评论》。吴士余认为:"小说意境的构筑与开拓,不会把小说创作引向脱离社会生活和纯景美上去的,而是进一步发扬小说创作的现实主义传统,促使作家积极深入生活,在情真风谆的生活情景中叙人情之妙,绘人物之肖,让人物思想感情的表现与生活情景的真实保持一致,从而使人物形象创造尽量包含着更多的生活气息和现实性,向读书举起风俗习惯和生活的真实镜子。""当代小说对意境的构筑,往往借鉴了诗歌和绘画艺术的某些经验。"

18日 李炳银的《我也谈"报告小说"——兼与刘茵同志商榷》发表于《光明日报》。李炳银说道:"被有的同志认为是'文学新品种'的'报告小说',在其理论和实际上都是不能成立的。""必须真实和可以虚构,把报告文学与小说从实质上区别开来。因之,要把在这两种带有质的区别的文学品种牵强地焊接到一起,必然会搞得面目不清,使人无法辨识。……为'报告小说'欢呼和鼓吹的同志,在谈到'报告小说'这'文学新品种'的出现的时候,都谈到有两方面的原因是'报告小说'出生的催生剂。一个是因为报告文学的真实性要求,限制了作家的自由,束缚了作家的手脚;二是因为怕'有些人对一些细节的差异、个别事实的出入纠缠不休',或者轻易地'对号入座'。为了避免这些限制、束缚和纠缠的发生,所以,'敏感'的作家和'机智'的编辑,就顺应了时代发展和文学新潮流，适时地'创造'了'报告小说'这个'新的文学品种'。然而，在我看来，这种'创造'的发生，并非来自生活及文学艺术的本身需要，其实是一些作家、编辑同志对文学创作中的一些困难、矛盾的回避。"

20日　畅广元的《小说理论研究中的"人学"——〈小说面面观〉给人的启示》发表于《小说评论》第4期。畅广元认为，福斯特小说理论引人注意的地方在于他将小说的"故事、人物、情节、幻想、预言、图式和节奏"这七个面"当作一般小说相对稳定的构成因素去考察，而且把它们当作人的一种实践活动来思考"，"这实际上就是把'现实的人'放在小说创作和欣赏的实践活动中研究，而这恰是作为特殊'人学'的小说理论的特点。……小说家必须是一个能够即时建构自己新的认识图式的人。只有这样，他才可能对生活中的新事物，保持一种敏锐的感受和理解的能力"。

洁泯的《被撕裂的历史悲剧——关于〈绿化树〉》发表于同期《小说评论》。洁泯认为："文学不是象历史教科书那样对历史人物和事件逐一给以分析评判，文学只是以写出历史的真实内容为贵，作品中人物的思想感情，一点也不能超越人物所处历史环境的制约；尽管作家在艺术表现中可以显示出自己的爱憎等等的思想倾向来，但是不能代替作品的历史内容和人物思想感情去作出某种超越的干预。"

洁泯指出，《绿化树》"所宣示的情态和思维结构，都力图保持着彼时彼地的现实状态，保持着生动的历史真实感，作品正是以此种真挚的、动人的历史真实去揭示生活的底蕴，也正是通过这一艺术思维所达到的思考力，揭示着'左'的思潮的危害，对一个知识分子包括一代的知识分子所造就的悲剧性的命运，人们足以从这样的艺术构筑中去拨动对历史和现实的思考"。

李劼的《观念—文学，自然—人——〈黑骏马〉〈北方的河〉之我见》发表于同期《小说评论》。李劼认可这两部作品景物描写的新意，认为其与通常的小说"陪衬性的气氛烘托或背景渲染"全然不同，"这位作家已经把他所描绘的大自然完全个性化了。也即是说，在《黑骏马》中的草原和在《北方的河》中的黄河，已全然成了张承志的草原或张承志的黄河了"。李劼谈道："它的新意不仅在于把文学从对历史的反思的种种观念中上升到了对大自然对人的生命感悟，而且在于将启发人们进一步走向人——自然这样大幅度的更为深入的文学表现。而且，照我的看法，这种表现还可以更进一步地走向人的内心，开辟一条从人的内心到达自然从而包容社会和时代的表现途径。"

吴秀明的《一部很难组织的"教授小说"——略论长篇历史小说〈金瓯缺〉》发表于同期《小说评论》。吴秀明认为，《金瓯缺》最大的长处在于"它的忠于历史的真实，它的很强的真实性，它的真实的力量"。

吴秀明指出，《金瓯缺》在人物的思想性格和精神面貌的塑造上"还未能达到写世态习俗那样洒脱自如、左右逢源的境地，某些地方甚至还有不无可议之处"。吴秀明还指出，"就总体成就和主要方面来考察，应当说，小说的写人审事是分寸合度令人信服的"，他认为这是这部小说"取得较强真实性的最根本的原因"。

张钟的《京华市民生活的交响乐章——读长篇小说〈钟鼓楼〉》发表于同期《小说评论》。张钟认为，刘心武小说"京味"的独特性在于其"把历史内容溶进当代生活中，着意表现现代生活方式与历史文化的冲突和交融的过程中，当代市民特有的生活风貌与心理情态"。张钟指出，"小说的立体性和交响效果，主要还在于对每个家庭的历史和不同人物的命运的纵深开掘。这一纵向开掘扩大了四合院的空间和时间幅度，使一九八二年十二月十二日这一天，与逝去的年代相联接，在历史的终端上显示出历史运转的轨迹"，其历史感表现为"现实是历史的凝聚，是未来的起点"。

张钟指出，"文学情境是小说的魅力'场'，吸引力和感染力从这个'场'中发出，并且从这里与读者之间产生感应效果"，而"当代市民心理情态与京华生活风貌的交融，构筑成了这部小说的总体的文学情境"。张钟认为，刘心武创作意识的中心点是"在表现现代生活方式与历史文化的冲突和交融，在京华市民的生活风貌与心理情态上的反射"，京华市民生活风貌和心理情态的这种演化，"一方面是现代生活方式正在取代古老的传统，另一方面历史文化正在融为现代人深层意识中的历史感"。

周政保的《〈在伊犁〉：王蒙的幽默感与思情》发表于同期《小说评论》。周政保认为，"人物性格本身所辐射的幽默气息，是造成《在伊犁》这些小说的幽默氛围的基础性因素",这种幽默氛围的产生"还在于这些人物及围绕这些人物所展开的情节的喜剧性特点与滑稽色彩","主观的描绘、议论、评价、感慨,的确构成了王蒙传达自己的幽默感与印证自己幽默才能的最直接的方式,同时也最直接地浓厚与强化了作品的幽默氛围"。周政保提出,"王蒙在这些小说中所表现的幽默,既不是一种讽刺,也不是一种嘲弄,更不是一种辛辣刻薄的挖苦,而是一种充满了深情与厚爱的诙谐","除了深情与厚爱之外,实际上还潜伏着一种淡淡的悲哀与忧伤——这是一种历史的悲哀、一种时代的忧伤,一种人生的肃穆感,它们虽以轻松自如、诙谐戏谑的形式出现在作品中,而实质上是从那一片埋藏着深情的心灵土地上,蒸腾起来的","这种深情,还十分明显地表现在作者对于自己幽默才能运用的节制上"。周政保指出,"他的作品的幽默氛围中总是荡漾着浓郁的新疆色彩及维吾尔族民族特性","穆罕默德·阿麦德的滑稽色彩,既是他的一部分富有民族特色的个性心理的折射,又是另一部分个性心理与传统习俗相碰相撞的结果"。

25日 韩瑞亭的《变革时期的军事文学》发表于《当代作家评论》第4期。韩瑞亭认为:"虽然从总体上说,现实主义艺术方法仍然是军事文学所依循的主要东西,不过对西方现代艺术方法的摄取和借鉴,以之充实、改造传统艺术方法,却是相当一部分作者的艺术更新之道。"

黄国柱的《襟怀宽阔风自雄——试论"青年军人首都笔会"的美学追求》发表于同期《当代作家评论》。黄国柱认为:"由于那种要拥抱生活的澎湃激情的需要,那种对当代军人生活哲理性思考的需要,他们在寻求一种有较大的凝聚力和内涵量的方法,那就是象征。这些作品整体的象征气息的产生,大体上是通过三种途径来实现的:一是象征物的充份人格化。……二是象征情绪的整体化。……三是象征物的暗示性。……'笔会'的小说,基本上离开了过去那种一元的、客观陈述的、封闭的结构方式,而采用主观抒情色彩较浓的开放的结构方式,其根本点在于把世界作为多维的空间来理解,生活内容客观性的充分内在化、内心化。因此它往往是多元的,富有弹性的,情绪化的,比较松散的,呈多层次、放射和意识流动状的。"

陆文虎的《热之歌者——徐怀中、石言创作片论》发表于同期《当代作家评论》。陆文虎认为:"徐怀中、石言塑造人物,表现人性,有一个共同点,就是对正面人物不'净化',对反面人物不'丑化',主体式地表现人物性格。"

王炳根的《"三点"成"一线"——朱春雨笔下的导弹兵生活》发表于同期《当代作家评论》。王炳根认为:"朱春雨的作品,首先给人一种空阔的气势,时间、空间大幅度地变换,地域、景物、风貌都是不定性的,笔触撒得相当开,颇有一种大手笔的风度。……在结构上,朱春雨的作品是各个不相同的,呈现不定性。……在语言上,尤其是叙述语言和描写语言是颇见功力的。他的整个作品的语言特色飘洒自如,行云流水,写景写物,写人写情,层次有致,娓娓叙来,虽然有时难免有繁缛之感,但并不给人以乏味。……空阔的气势、不定性的结构、多变的语言,构成了朱春雨艺术上的表达点。"

西南的《追求更高的美学层次——朱苏进和他的中篇小说创作》发表于同期《当代作家评论》。西南认为,朱苏进小说创作风格发展演变有着清晰的轨迹,"正在走向一个新的、更高的美学层次"。西南指出:"首先表现在作品的主人公由'英雄人物'转为'普通人',逐渐形成了一个自己的'军人——新人'的'两点一线'式的人物座标系,显现出作者对当代军人个性的独特感受和深刻理解。……其次是作品的主题由比较单一的'定向'而转为多目标,开始形成一种多角度、多侧面、多层次的艺术构筑,折射出富于历史纵深感的重大矛盾。……再就是作品的表现手法由传统的写实叙事而转为虚实相衬,开始形成一种若隐若见,欲露不露的富有暗示性的象征借代的方法,从而对丰富复杂的生活内容进行了高度的概括。"

辛漠夫的《历史感笼罩下的整体把握——评李存葆的中篇小说:从〈花环〉到〈坟茔〉》发表于同期《当代作家评论》。辛漠夫认为:"他的小说是富有现实主义战斗精神的,但这是一种笼罩着历史感与深沉的史诗色泽的现实主义(决不是十七年军事文学中的那类'现实主义')。……尽管《花环》与《坟茔》的表现方式及传达形态是充满了传统色彩的,但作品的那种富有历史感的整体把握途径,却十分有效地弥补了或使人忘却了形式上的传统承袭性。"

徐怀中的《无须等待托尔斯泰——关于战争文学的自言自语》发表于同期《当代作家评论》。徐怀中谈道:"最近读到部队作者描写当代军人生活的几部中、长篇小说,和对越还击作战题材的几个短篇新作,很有启发。他们一扫直奔主题概念的那种僵死气味,写得空灵而悠远。或着力开掘军人性格美和军营风情美,或面向对战争中人性和道德的探索。或充溢着概括历史的纵深感和哲学思辨的力度,或在对现实生活描绘中自然沁入了数千年传统的中国文化。……军事文学决不等于当兵打仗的行伍文学。要超越营区和战场的具象描写,有所寄托,寓以深意。要善于在并非永恒的军人生活中发现永恒的因素,力求有限的篇章具有无限生命力。"

27日 季红真的《艺术的自觉与风格的多元化——上半年短篇小说创作水平明显发展》发表于《文艺报》。季红真谈道:"阿城的《遍地风流》和郑万隆的《异乡异闻录》系列作品,则以各自独特的文化氛围,完成主体心灵对分散故事的融铸。前者以对民族语言的深入开掘,以表现力极为丰富的叙事散文式文体,在各民族丰富多彩的文化现象中,寄托对世界人生整体的感情与博大自然的生命意识。后者则以东北移民和各民族生活为载体,表现在动荡的人生、野蛮的活力、古朴的生活观念中,包括性意识在内的整体文化心理氛围,寄托在时代际遇中对民族命运与个体人生价值的思考。"

季红真注意到:"张承志的《残月》(《中国作家》1985年第2期)《晚潮》(《上海文学》1985年第2期)以深入特定文化心理的客观叙事角度,有别于他以往主观抒情性很强的叙事方式。……韩少功的《归去来》(上海文学1985年第6期),一反他以往作品的情绪明朗的风格,借助荒诞的手法,把他对世界人生停顿而又不确定的感受,抽象为自我在因袭中的巨大压抑感。对现实的严峻思考,对变革的急切期待,都在冷冷的叙述语调中传达出来。……在这些作品中,又可以看到共通的倾向,这就是对社会生活整体性的把握与对艺术表现主体心灵性的重视。"

本月

老戈的《路遥谈创作》发表于《文学评论家》第2期。路遥谈道:"柳青的作品以《创业史》为代表,是我国文学发展中的一个重大收获。可以说,柳青在我国小说的革新方面作了比较早的、开创性的工作,打破了中国小说比较落后的、传统的表现手法,大量引进了外国以及古典和现代小说中比较先进的小说观念。……柳青的主要贡献就在于对传统的小说观念的改革。这主要是通过他的作品实现的。他把人放在最重要的位置上,不象过去的小说只写一个故事。小说的一切手段都是为了人物,这是柳青最重要的一个成就。……比如心理描写,在他的小说中很突出。这在中国过去的小说中比较少。但他写的是纯粹的中国和中国人的生活;他并没有因为小说观念的改革而使小说中的生活和人物成为一种不伦不类的东西。他写人,而不是故事,他的魅力都是因为他的人物而不是故事或其它东西。不能小看这一点。我以为在他之前很少有人有意识地做这一方面的工作。我们应考虑到中国小说的传统并不象欧洲、俄罗斯那样深厚,《红楼梦》之前的小说并不能满足现代小说艺术的要求。当然,中国的现代小说是从鲁迅开始的,许多作家做了大量工作,为后来者奠定了基础。"

任孚先的《张炜论》发表于同期《文学评论家》。任孚先认为:"张炜的小说,是诗化的小说,或小说的诗化。他似乎把作为时间艺术的诗歌和作为空间艺术的绘画以及诉诸听觉的音乐都熔化在自己的小说中,使他的小说具有深邃的意境、完美画面,和谐的韵律。……我们细细品味张炜的小说,就会感到他对中国传统艺术的融会和继承。《一潭清水》所创造的瓜园里的那个幽雅的环境,那明镜般的潭水,正和徐宝册、瓜魔的透明的灵魂相映照渗透,达到出神入化的艺术境界。《拉拉谷》也是将诗、画、音乐熔化在小说中的范例。我们不仅看到了画面,体察到了感情,而且确实听到了优美的声音。"

郑万隆的《现实主义小说中的"现实"》发表于同期《文学评论家》。郑万隆认为:"由于美学思维的变革带来的小说艺术观念的变化……在小说创作实践中,更多地强调作家的个性、个人的认识和思考,强调创作主体和客体的统一和主体对于被描绘客体的主观态度,不再那么单纯地注重作品的社会规定性和历史规定性,追求对整个人类生存在历史发展中和文化结构中新的认识世界意识。……小说作为一种文学运动是表现社会运动的性质和过程,是作家参与社会现实和表现'现实'形象过程。在这个过程中,主要表现的是作家的想象能力和虚构能力。这种在作品显示出来的作家'主观真实性',被有些人称作为'现代小说的第四维空间'。在这'第四维空间'中,许多作家从梦幻、潜意识和超意识中找材料，变革小说传统的认知和意向，建立新的认知意向架构。"

郑万隆的《现代小说中的历史意识》发表于《小说潮》第7期。郑万隆认为："在艺术创造中，历史感的体现总是闪耀着作家智慧的光辉的，就象我们登上长城，或走进一座古寺，或面对一块墓碑，或从沙砾中捡起一枚箭簇，不仅体察到这些古迹和古物形态的美，而且体验到蕴藏在它们身上的自然的悠久的生命，感受到一种诗情，联想到人类历史生活的变迁，也就是说在它们的身上具有一种'时间的立体性'，即空间是永恒的，时间——昨天和今天、过去和现在、历史和现实——是并存的。一个具有历史意识的现代小说家十分明确又十分严肃地注重这种'时间的立体性'，注重表面生活现象和表面历史现象底下的多元因素结构体——深层的传统的文化结构和心理结构，注重过去的经历、生活的经验对于人物性格形成的重要作用，亦是在寻找他们在历史和社会规定下面的特殊的社会联系及特殊的行为方式。溶社会于个体之中，溶历史于人物心理之中，表现在多元合成的历史结构中积淀着的'人的本性'。"

刘锡诚的《泛论新兴通俗小说》发表于《小说界》第4期。刘锡诚认为，通俗性和民族性是通俗文学的两个根本性的特点。刘锡诚谈道："所谓通俗性，一是指运用通俗易懂的、经过提炼的口头语言表现作者所获得的题材和人物；二是指适应不同读者的心理结构和审美层次而采用相应的叙述方式。……通俗的俗并不是庸俗的俗。通俗是指叙述方式要适应村哥里妇以至上层衣冠各种人的心理结构和审美层次，而不是只为满足一种层次的读者的心理结构和审美要求而写作的。……通俗文学中不乏巧奇的情节和构思，但通俗文学的通俗性并不等于巧奇性，巧奇的情节和构思，必须服从于'言虽俗而不失其正，义虽浅而不乖于理'的原则。""通俗文学的民族性，表现为思想和形式两个方面。过去讨论文学的民族化问题，仅仅局限于民族形式上，是有欠全面的。人物的社会关系与思想方式，特别是心理气质，其民族特点是非常鲜明的，是别的民族无法混同的。""通俗文学相对来说，重结构、重故事性，而轻人物性格刻画。在人物性格的刻画方面，是否可以借鉴'纯文学'的一些长处，来弥补模式化、套语化、漫画化的弊病？在这方面，通俗文学与'纯文学'各有短长，但不是不可相通的。"

八月

1日 胡德培的《报告小说将在探索中发展——兼与朱寨及李炳银同志研讨》发表于《光明日报》。胡德培谈道:"报告小说之可以存在,在我们文学体裁中早有类似的先例。比如,风行已久的便有历史小说、自传体小说、传记小说等等。'历史'当然要符合史实,'自传'或'传记'皆必须实有其人,实有其事。它们皆可以既符合客观事实,而又能够成为小说,那么,'报告'与'小说'为何不可以联姻,由此形成一种新的文学体裁呢?""仅仅以反映生活的时间远近为理由来肯定或否定一种文学体裁,显然是没有说服力的。……关于报告小说的理论探讨,我认为应该从今日文学创作的实际状况和时代、社会的客观环境去归纳和概括。它的名字就叫做报告小说,既不是报告文学,也不是其他小说。它是以一种全新的面目呈现在我们面前,我们自然也应该以新的观念去看待和分析才对,而不宜拘于是'报告'还是'小说'的一般理论的诠释。它的出现,既不是取消报告文学,更不会妨碍其他小说的自然发展。"

李书磊的《文学更新与人格进化——也谈新时期小说的形象转换》发表于同期《光明日报》。李书磊谈道:"一种十分突出的文学现象是新时期小说人物性格出现了越来越明显的强化趋势,小说中弱者的形象越来越被强者的形象所替代。这种文学现象被称为'男性文学''西部文学'的兴起。……把小说创作中强者形象的大量出现看作是对弱者形象的简单否定,根本忽视了两种形象在文学意义上的贯通性与一致性。我不能同意这种评价生活和艺术的反历史倾向。……新时期小说形象由卑微人格到强健人格的转换,不仅仅是文学在浅层次的审美意义上向壮美风格的趋近,更重要的是表现出了中华民族在走过一段恶魔般的历程之后对生活美与人格美的崭新理想。……毫无疑问,小说形象的这种转换体现着极为深刻的历史内容,而仅仅以'男性文学'的概念来分析就显得浅而俗了。"

5日 杉沐的《微雕之美——浅谈微型小说》发表于《当代文坛》第8期。杉沐认为:"微型小说之微雕美,美在其精微之中。""精,——首先是微型小说取材精细。""微型小说一般取材于现实日常生活中正在发生的事。但它不反映生活全景,而是精心截取生活大树上的一枝一叶,摄取生活中的一个小镜头、小插曲,捕捉人物性格的一点特质、一个侧面、一种情绪、一点感受;或者表现作者对生活的一点思索、一点情趣、一点人生哲理……。当然,这些小小的'一点',都具有一定的特征性和典型性,是精心的抽样。""精,——还表现为结构精密。精密,指故事既要完整,又要有曲折多姿的情节,做到前后呼应,错落有致。特别是小说结局要出奇制胜,使之余味无穷。""精,——还表现在人物精当。""一般来说,微型小说中只出现一、二或二、三人物。而写这一、二人物也只是突出他性格中的传神之点。"

杉沐指出:"精,——还表现为语言的精炼。可以说,微型小说的语言是惜墨如金的,往往精炼到一句话就可以表现出人物的性格。"

杉沐强调:"精雕细刻,产生微雕之美,这才称得上是一篇好的微型小说。但是,真正能感染人的微雕美,不是形式上的雕镂,而是其内容上所具有的极大的浓缩性和高度的暗示性,能诱发人们的思索和想象,使之具有短中见深、小中见大、一以当十的含蓄美。"

钟本康的《漫话小说的音乐感》发表于同期《当代文坛》。钟本康认为:"节奏、旋律是音乐的核心、音乐的生命,音乐的节奏、旋律是乐音周期性的运动流程,它们是由各种不同性质的差异、矛盾、对立的因素交替、谐和地出现而产生出来的。强与弱,刚与柔,缓与急,抑与扬,高昂与低沉,豪放与婉约,典雅与粗俗,欢愉与悲壮,恬静与热烈……交错融汇,反复更迭,象有机体本身所具有的机能性的作用那样,使有些小说形成一种音乐般的节奏美、旋律美。……小说不是音乐,但完全有必要和可能吸取音乐的某些东西。对于缺乏节奏感、旋律感的小说,恰似一串杂乱的噪音充塞于耳,还谈得上什么美的感受呢?……当然我们并不主张所有小说都来音乐化,但如能不同程度地汲取这方面的经验,那么,对于克服当前某些作品太露、太直、太板、太满、太浅等弊端,避免被一系列的表面的笨重的生活事件拖累得精疲力竭,让读者有更多的思索、咀嚼、再创造的余地,无疑是有好处的。"

同日,宋梧刚的《关于通俗小说的人物塑造方法》发表于《广西文学》第

8期。宋梧刚认为："塑造人物的第一步，应是准备足够的素材。这里所说的素材，不仅仅是指足够的能表现这个人物的风貌性格的故事、情节、细节等，还包括生活、事业乃至风习环境方面的知识。……通俗小说，除少数短制外，稍长的短篇、中篇、长篇，均有几个甚至几十个人物，于是，对群体与个体，对一般与特殊，对重点与非重点人物塑造，自应有一个总体的设计与安排。""这个总体的设计安排，当然应从作品的主题思想，内容需要出发，而不是别的。……还应从形体、面部及内在气质、性格嗜好等方面进行人物设计……"

宋梧刚谈了几种塑造人物的方法："在未正式出场前，主要人物，多数用'先声夺人法'予以渲染，进行认真铺垫……对其他多数人物，则作一简单介绍。有的小说，采取'绰号介绍法'，这可能是中国通俗小说的独特而且出色的技法。""出场以后，塑造的方法就应该是百花齐放了。它因时而异，因事而异。"宋梧刚指出人物出场以后的塑造方法有两种。其一，一般塑造法：放在传奇的环境中塑造人物，这包括"放在激烈的斗争中写""放在生死关头着力写""放在最能显示性格（包括能力、功力、学识、品德等等）的环境中突出写""在超绝的环境中进行浪漫主义的描写""放在日月同光，鸾凤齐鸣的高度和谐中，相得益彰地进行塑造""放在心灵的追求与现实的存在充满激烈矛盾之中，相反相成的进行描写""努力用人物自己的言行，准确地塑造人物……充分运用生动的细节，精心地塑造人物"。其二，特殊塑造法，这种方法都是用在书中最重要的人物身上。它又可分为两种，一是"集中塑造，即集中精力，在连续的回目中完成形象塑造"。二是层层增色法，"根据历史和现实中的伟人事迹，精心选择，组成若干回目，每一回目，均能显示人物的一个特色，一个方面，或一个层次，层层增色后，这个闪光的人物便全托出来了！"

10日 胡德培的《当代长篇小说的结构艺术——小说发展趋势探索之一》发表于《批评家》第3期。胡德培谈道：

"长篇小说的结构布局问题对于一部创作往往具有决定性的意义。生活基础好，结构艺术美，是建造长篇小说现实主义艺术大厦的一个必要条件和可靠保证。

"首先，一定的结构形式与一定的生活内容是密切有关的。内容借助于形式，形式亦依赖于内容,两者是相辅相成、互为依存。犹如孪生弟兄,他们是同时受孕、同时怀胎,又是同时诞生的;孰先孰后,孰轻孰重,常常都很难区分。什么样的生活内容采用什么样的结构形式或者什么样的结构形式适合于什么样的生活内容,是与作家的艺术构思及创作过程同时存在、同时发生的。

"同时,一定的结构形式与一定的人物、情节是紧密相连的。柳青在一九七三年一次业余作者创作座谈会上说过:'人物是你小说构思的中心,也是结构的轴承。'孙犁在《关于中篇小说》一文中说:'情节就是主要人物的思想行为的发展','情节是前进的车所留下的辙,是人物行进的脚印。'可见,人物与情节在结构艺术上的中心作用和特殊意义,是不容忽视的。

"再有,一定的结构形式与一定的表现艺术总是结为一体的。小说表现艺术中一个十分重要的内容就是结构的艺术。而结构的艺术则是整个表现艺术的骨干和支架。骨干和支架的完整、匀称,符合艺术美学原则的独创,有利于表现艺术的内在力量的发挥;表现艺术的丰富多采和独特变化,又会使结构艺术为之生辉,从而更臻完美。福楼拜在给波德莱尔的信中说:'独创来自新颖的构思。'

"总而言之,长篇小说的结构形式,是关系到全局的,具有整体意义的一个重要艺术课题。它不仅与作品的思想内容和社会意义关系密切,同时与作品的主要人物和主要情节紧密相连,而且与整部作品的诸种艺术表现形式,以及是否能够形成作家独特的艺术风格和创作个性都是融为一体的。在一定意义上来说,长篇小说结构艺术的完美程度及表现优劣,对于一部创作的思想、艺术质量常常是起着决定作用、具有关键意义的。牵一发而动全身,一部长篇小说如何结构布局,其整体艺术构思如何,其美学价值和完善程度如何,往往直接关系着并决定着这部作品艺术魅力的大小和艺术成就的高低。因此,凡是有抱负、有成就的作家,对于结构艺术的有关问题,都是非常重视、非常严肃并且认真对待的。"

曾镇南的《〈你别无选择〉二题——与友人一夕谈》发表于同期《批评家》。曾镇南说道:"对于我来说,这篇小说不仅仅是小说,而是一篇有力的艺术宣言。它似乎在小说领域宣告:现代派作为一个艺术的流派,也有它无可争辩的生存、发展的权利。……要说中国式的现代派小说,这篇东西才真正够格呢!它的现代味,不仅仅在于它的艺术形式的大胆、狂放、特别,而且在于它在观念上,在创作思想上,压根儿就是现代派的。我不知道现代派的小说该是个什么模样。那似乎是一个莫测高深、需要专门学问,而且越说越让人起疑的问题。但我凭一个读者的艺术感觉,打心眼里欢迎刘索拉这样的小说。"

同日,《文艺报》以"关于文学寻'根'问题的讨论"为总题,刊有:贾平凹的《世界需要我睁大眼睛》、刘火的《我不敢苟同》、周克芹的《我很兴奋》、周政保的《小说创作的新趋势——民族文化意识的强化》。

贾平凹说道:"多年来读大家的作品,确实在苦心研习着他们的技艺,诚然技艺是一个作家其所以为作家的基本原因,遗憾的是仅仅在技艺上研习,却终未能知晓大作的精髓,被不知所以然的茫然围拢。""'成熟'的标准是什么,各人都在竭尽解数地为寻找文学的灵魂,文学的根而努力和完成;文坛的浩浩之列中,我总在企图挤进一只脚,也总在企图抬头往前边看……我得蜕变,冲破自己多年来构造给自己的那个还'感觉良好'的硬壳。世界需要我睁大一双眼睛,重新去认识,重新去在认识中认识到我。"

周克芹谈道:"李陀在评《透明的红萝卜》的文章中,对他一贯的独到的见解作了很好的说明,并指出这种现实与非现实交织的表现手法,不是'舶来品',而是对传统的继承,这就对了,我倒是觉得我们的传统小说创作有许多至今不被人注意的东西。"

周政保表示:"不难看到,作为小说创作观念的更新现象,这种民族文化意识的强化,已经促使许多富有战略眼光的小说家开始自觉地寻找自己的文学面貌与文学魂魄了(有的作家称之谓'寻根')。尽管这种文学的'寻找'仍然存在着相对的模糊性,但不能不认为是一种小说审美意识的深化与觉醒。""民族文化意识对于小说创作的贯注与渗融,实际上是一个自然而然的过程,它不是点缀、标贴与其他外加形式,更不是恋旧、复古或对传统的特殊怀念,而是一种对于充满了民族性的周围生活的深刻开掘、剖析与表现——它可能活跃于在描写画面、人物个性与不乏目的性的风俗展现之中,也可能呈示于一种表现风格,一种审美眼光,或者一种哲学思想的渗透,一种气魄与风度的熔铸,一种结构方式的实现过程，一种语言表述的独特性，甚至是一种韵律，一种氛围……正是从这里出发，我们应该对小说的'根'——它的文化土壤的体现，赋之予一个清醒的认识。"

15日 何志云的《生活经验与审美意识的蝉蜕——〈小鲍庄〉读后致王安忆》发表于《光明日报》。何志云写道："在《小鲍庄》里，人们熟识的带有鲜明'王记'印迹的眼光和心态彻底褪隐了，代之而来的是对小鲍庄世态生相的不动声色的描摹……你第一次显现了在人生经验与审美意识上的复杂化趋向。……生活经验与审美意识上的这一突变，连带引起了《小鲍庄》在创作方式与手法上的变异。你在叙事体态上果断地以结构方式代替了情节方式。单一的故事和情节线索，固定的叙述角度，都只会限制和妨碍你去传达繁复的感受和认识，于是你把小鲍庄分解为若干个面，若干个面包容着若干个人物，带出若干个故事，它们错综交织，齐头并进。"

17日 何镇邦的《长篇小说创作趋向多样——上半年长篇小说创作掠影》发表于《文艺报》。何镇邦谈道："今年上半年长篇小说创作在艺术表现手法上出现了两个值得注意的趋向：一是人物形象创造的内向化，相当多的作家把他们的笔触伸向人物的内心世界，注重心灵的描写，朝着'内心世界审美化'的较高审美层次发展。……这些作品也往往表现出相当浓厚的抒情性，有一种诗化的倾向，有的作品，简直可以当作一首长篇叙事诗来读。……另一值得注意的趋向是：'浓缩型'的长篇小说正在发展，并更臻成熟定型。我们前面所列举的一些长篇小说新作，大都刊载于各种大型期刊或长篇小说专辑，它们的篇幅大都在15万字至20万字之间。不少作家在这种'浓缩型'的长篇小说中尝试着各种新的写法。"例如陈村的《从前》，显然是以散文的章法和笔调来试着写长篇小说……祖慰的《冬春夏的复调》，试验着用巴赫的复调音乐的结构形式来结构他的长篇小说，人物关系相当简单，情节提炼得相当单纯，把三个主要人物交错起来，成为三个主题的'呈示'，中间又间以某些'间插段'，作为过渡，把三个主题串连起来，显得颇为新颖别致。叶辛的《轰鸣的电机》，则尝试着一种新的结构方法，'运用多方铺叙、改换场景的方法，描写不同的人物，不同的地点在同一时间里作用于主线的起、承、转、合……'对于这些艺术上的试验，我们不必过早对它们的成败得失下结论，但他们的创新精神却是值得鼓励的。"

29日 袁良骏的《"报告小说"——一个文学怪胎》发表于《光明日报》。袁良骏认为："报告文学和小说根本不存在'联姻'的条件——正如新闻报道与小说不能'联姻'一样。如果硬要'联姻'，则势必两败俱伤，既束缚了'小说'，也糟踏了报告文学，弄成一种非真非假、非假非真、真真假假、假假真真的'四不象'，既失去了报告文学的生活的真实性，也失去了小说的艺术的真实性。"

本月

明白的《摄影小说形式探索——一次社会调查统计的分析》发表于《福建文学》第8期。明白表示："摄影小说的这个排布也会对最后的效果产生影响。在这里，最简单的方法是摹仿连环画，先放一幅图片，再加一段文字，这是一种一条龙似的一节一节有规律的排布方法；第二种方法是将这条龙的环节打乱，需要的时候，在一段文字前面、中间或后面可以分别放上多幅图片，也可以在一幅图片的上面、旁边或下面放上多段文字。第三种方法，是一种更为自由的方式，它把第二种方法产生的'杂环龙'交错盘节布于版面上，以其形式上的相交，如喜怒图片并放一起形成对比等等，互相影响，产生新的效果。"

高尔纯著《短篇小说结构理论与技巧》由西北大学出版社出版。高尔纯谈道："探讨短篇小说的艺术规律，固然可以通过不同的渠道，从不同的角度入手，但我认为，结构理论与技巧的研究，是其中最重要最基本的途径之一。""结构是事物的'骨骼'，是构成事物的各种要素按一定的地位相互作用、相互联系的形式。从宏观世界到微观世界，从无机界到有机界，从大自然到人类社会，任何事物都不可能脱离一定的结构形式独立存在。从'结构—功能'的角度看，一个特定的结构总是规定着一个特定事物的性质及功能。组成事物内部结构的基本要素不同，事物的性质和功能就不一样；组成事物内部结构的基本要素相同，但要素间相互作用和联系的方式（结构关系）不同，事物的性质和功能也迥然有别。""短篇小说就其内容而言，不外主题和题材两个方面，但作为形象结构的内容主要是指题材而言的。短篇小说的结构，就是作家依据主题表达的需要，对题材三要素，即人物、事件（情节）和环境进行有机组织和安排的形式。较之其它文艺样式，短篇小说的结构要素和结构方式都有它的特殊性，这是形成短篇小说特性和特殊艺术表现功能的内在依据；短篇小说自身的发展规律和创作规律，都和三要素在结构中所处地位和相互关系的变动紧密联系着；短篇小说创作中需要解决的种种复杂关系，诸如人物同情节、环境的关系，情节同人物、环境的关系，环境同人物、情节的关系，还有人物、情节、环境自身的关系，如主要人物与次要人物、主要情节与次要情节、环境的真实性、典型性与集中性的关系等等，都是结构论研究的内容和范畴。所以结构学就是关系学，结构论也就是关系论。"

九月

1日 王干、费振钟的《对客观世界的主观意识渗透——新时期小说艺术漫谈之一》发表于《山花》第9期。王干、费振钟认为："近年来的小说创作，不少作家把艺术的触角探向心灵，展现一个比客观的外在的世界更为丰富复杂的精神世界，因而带来了他们对作品主观色彩表现更加积极主动的追求。……作家创作中主观意识的渗透发展到了极致，就产生了纯主观化的小说。纯主观化的小说，人物的主观情绪覆盖了整个小说面积，一切都导源于人物的主观意识之泉，而与我们前面所说的小说的主观色彩相比，则明显地有局部和整体的区别，有'量'和'质'的区别。王蒙的'意识流'小说便是这类纯主观小说的突出代表。其特征，可以概括为：主观意识表现代替了客观世界的再现，客观世界只是作为主观意识的表现物而存在。对此，过去已经有很多人作了探讨分析，无须赘述。值得注意的是，这种纯主观化的小说，已经由一元走向多元。即，很多小说往往不是由单一的主观意识流向为结构，而是由多人、多种主观情绪交叉映照，而呈现立体性、放射性。"

王干、费振钟表示："纯主观化的小说对传统的小说观念是一种冲击，它大大地拓阔了小说艺术的内涵。传统的小说是讲戏剧化的情节的，而纯主观化的小说首先就打破了这种束缚，摒弃了小说讲故事的方法，以主观意识网络生活细节，构成艺术整体。而在人物塑造上，纯主观化小说也敢于用'典型情绪'

代替静态的雕塑式的典型性格。而这些突破又进一步打破小说与其它体裁如散文、诗歌的界限,出现了'诗化的小说''散文化的小说';还打通了作为语言艺术的小说与其他艺术的关系,在小说中引进了绘画的技巧、音乐、舞蹈的旋律、节奏。纯主观小说以崭新的艺术面貌向读者展示了新的美学特质。尤其重要的是,纯主观化小说的出现,具有方法论上的意义,过去我们讲现实主义,是走着一条相当狭窄单一、锁闭性的道路,排斥现实主义方法以外的其他表现方法,纯主观化小说则廓开了现实主义的领域,吸收了心理现实主义、魔幻现实主义等西方小说流派的创作技巧,这就带来了创作方法上一定程度的变更,丰富了现实主义的艺术。"

同日,陈村、王安忆的《关于〈小鲍庄〉的对话》发表于《上海文学》第9期。陈村对王安忆说道:"回过头看你的《小鲍庄》……既得之于《百年孤独》的启迪,更得之于中国的土气。与阿城不同的是,你用现代语言来写你对人生的感受。"

王安忆对陈村说道:"有时,我站到一个高处,俯瞰街景:马路纵横交错,楼房鳞次栉比,车辆走通了马路,灯光照亮了楼房,不由得看愣了。我发现这也是一个自然,一个新的自然,一个更集中,更凝练,因而更复杂的自然,那确不是能够用一笔一划来构完的。不知从什么时候起,我开始在寻找一种与过去所看惯也写惯的绝然不同的结构方法,寻找我们自己的叙述方法。并且常常会生出狂想,倘若寻找到了,也许我们上海作者便不容忽视了。""写《小鲍庄》的时候,最明确的念头便是这一点了。"

同日,仲呈祥的《小说审美观嬗变断想》发表于《现代作家》第9期。仲呈祥认为:"不要把本来极其纷繁复杂的历史活动纯净化、单一化,这既是小说创作的美学要求,也是马克思主义历史观的要求。……过去,不少小说创作在对生活进行审美反映时,往往习惯于单向思维,不是把历史活动看成是'无数互相交错的力量'的'合成力'的复杂运动,而是把历史活动剥裂成种种单向的孤力的线性运动。于是,鲜活、立体的实际生活形态被'过滤''净化'了,被人为地纳入了抽象思维归纳出的理论框架上的社会矛盾模式中去,作品自然也就很难具有厚重的历史感和现实感了。""荣获第七届(1984)全国优秀短篇小说奖的《麦客》(作者邵振国)在审美化地把握生活的整体性上,令人耳目一新。……这篇小说提供给读者的，是一个具有纵向的历史感（时间生活），横向的地域感（空间生活），以及由这种历史感和地域感交错作用而产生的现实感（价值生活）所构成的三维艺术世界。它形象地昭示人们：那与迅猛变革的生产方式极不适应的一切落后的生活方式和道德伦理观念，是多么急须变革啊！"

同日，李杭育的《理一理我们的"根"》发表于《作家》第9期。李杭育谈道："假如中国文学不是沿《诗经》所体现的中原规范发展，而能以老庄的深邃，吴越的幽默，去揉合绚丽的楚文化，将歌舞剧形式的《离骚》《九歌》发扬光大，作为中国文学的主流发展到今天，将是个什么局面？""恐怕是很不得了的呢！还有上古的神话假如也能充分地发育。还有汉民族文化假如能更多地汲取各少数民族文化的精华，象在汉唐时代那样……""总而言之，我以为我们民族文化之精华，更多地保留在中原规范之外。规范的、传统的'根'，大都枯死了。'五四'以来我们不断地在清除着这些枯根，绝不让它复活。规范之外的，才是我们需要的'根'，因为它们分布在广阔的大地，深植于民间的沃土。"

2日 陈美兰的《寻求生活的"反射和回声"——评长篇小说〈天堂之门〉》发表于《人民日报》。陈美兰强调："作品穿插的考古探险的故事，就其情节、环境以至人物的身影，都带有明显的抽象性、朦胧性，但它与大型汽车企业改革的进程扭结在一起时，不仅没有损害其生活实感，相反却使现实的描写得到了诗意的升华，使作品的思想内涵得到了宽广的延伸。这是因为作者在采用多种表现手法时，注意到使它们服从于作品现实主义创作的总原则。他运用的象征手法，不是建立在主观幻觉而是建立在生活真实的摇篮中，虽然奇特怪异，令人神摇晃荡，却又总离不开现实的根基。另方面，他又注意在真实生活的客观描写中腾越起高度的诗意，并寻找出写实与象征的思想契合点，使象征成为写实的升华，从而形成作品高昂、激越的主旋律：要建设人间天堂，先要有下地狱的勇气……传奇的象征寓意与生活中的诗意终于在这个契合点上获得了高度的融合。"

9日 项小米的《战场内外活生生的群像——读长篇小说〈最后一个冬天〉》发表于《人民日报》。项小米表示："小说以战争为经线，以几组人物的悲欢离合为纬线,通过战争将众多人物的身世、关系、心理、行动以及他们的命运自然而然地展现出来,同时,又设置下种种悬念,引起读者追索结局的兴趣。这种多角度的全景描写,加上其朴实、凝重的风格,使整部小说具有一种再现那场战争的庄严气氛。"

10日 罗强烈的《评1984年全国获奖短篇小说的不足》发表于《北京文学》第9期。罗强烈表示:"在艺术结构和构思上缺乏精深的镕裁和设计,是1984年获奖短篇小说又一明显不足。这种'短篇不短'的问题,又因内容的逊色而显得更加突出。有的作品明显地可以'短',却没能短,暴露了作者在结构功力方面的问题。……史铁生的《奶奶的星星》则是一任感情流淌,枝蔓较多,说得太尽,而远不及他的《我的遥远的清平湾》和《午餐半小时》凝练精粹。《同船共渡》则有茅盾所批评的毛病:环境描写和细节描写太多,缺乏空灵感。""1984年的获奖短篇小说中,文学语言真正有个性的还不多。……《小厂来了个大学生》《打鱼的和钓鱼的》,语言就缺乏鲜明的个性(《小厂来了个大学生》的语言还显得比较粗糙),它们的语言甚至还不如林斤澜的《矮凳桥传奇》和阿城的《会餐》有个性。……张炜的《一潭清水》,其语言个性与特色,就不及他以前关于'芦青河'和'拉拉谷'的两篇获奖作品——那种情调、气氛和色彩,与作品的生活内容浑然一体,而又显示出一定的独特性。"

同日,钟本康的《论人物的性格结构——兼评刘再复的"性格二重组合原理"》发表于《当代文艺探索》第5期。钟本康认为:"从各种性格因素的内涵看,人物的性格是一个横向结构和纵向结构交叉的综合体。它的横向结构是多种社会关系总和的反映,它的纵向结构是过去、现在、未来(不是'超前生活',而是'提前量')的生活的反映。这种反映当然不是客观生活的消极、被动的堆积,而是受着主观的生理、心理的复杂因素的选择、控制调节、改造。……对于一个活生生的形象说来,人物性格结构中所包容、所概括的社会内容越丰富、越深广、越典型,人物的社会意义和审美价值就越大。""性格结构既然是一个有机的构造,其内部的各个性格特征都处在互相联系、互相制约、互相调节、互相渗透,甚至互相转化的关系之中。这种一定关系的排列组合是极其多样、极其复杂的,既可以是对立的,也可以是相近的,既可以是交错的,也可以是并列的,既可以是因果的,也可以是递进的,如此等等。尤其是当有三个以上的性格特征组合时,更不可完全以两两相对的方式去分析、去考察、去处理,因为它们可能表现为多体并列或多体交错,单因多果或多因单果或多因多果等等。"

同日,柳鸣九的《"新小说"派说明了什么!》发表于《读书》第9期。柳鸣九认为:"它(新小说派作品——编者注)确实展览出了好些小说创作的新技巧。它的意义就在这里。这些技巧,如对物的细致与准确的描写(《橡皮》),通过对同一事物的重复描写中的局部变化以折射出人物内心的变化与生活场景的精换(《嫉妒》),心理描写与外界描写的重叠(《在迷宫里》),对某一事物或某一事件多用度与多重性的描写(《度》),对同一时空条件下不同事件的多头描写(《米兰巷》),对内心独白之流的描写(《行星仪》),对原始感觉的描写(《向性》),对人物之间敏感的感应关系与潜对话的描写(《陌生人的肖像》),以及在作品中运用造型艺术手段、借用符号与图像的方法(《运动体》《航空网》),等等,这些技巧虽然肯定不都是符合艺术创作规律的,但也肯定不都是违反艺术规律的,其中总有一部分合理的成分,可供研究、参考、借鉴。"

14日 李国涛的《幽默色调的寻求》(评《一个系统工程学家的遭遇》)发表于《文艺报》的《新作短评》专栏。李国涛认为:"这部中篇小说表现了对幽默色调的寻求。……从主要情节上讲,它似乎近于'黑色幽默'。……作品还带有强烈的讽刺意味。但不'陷入太具体的讽刺',只保持题材、情节本身的幽默意味,而在人物的具体行动、细节上,不用夸张手法,不引起笑声。也许,这是一种使人笑不出来的幽默。""这篇小说也仍以他(柯云路——编者注)一贯的文体,大力开掘人物的内心世界,探寻人物性格的力量。"

晓江的《引人注目的〈盲流〉》发表于同期《文艺报》。晓江认为:"《盲流》在艺术构思上,匠心独运地将主人公史岱年塑造为受'四人帮'迫害的'逃犯',他到新疆后仍一再被追捕,从而使这部小说具有西方追捕小说的紧张节奏。全文悬念迭起,引人入胜。然而,这还并非作者的追求目标。作者写'逃犯',是要跟着史岱年的'逃'踪,展示新疆各地的奇异风光:雪山、戈壁、沙漠、草滩、荒原、市尘，以及那些富有浪漫情调的冒险营生与维吾尔族、哈萨克族的好客古风……它很好地发挥了长篇小说容量大的优势，为我们勾勒了一幅气势宏伟而又色彩斑斓的新疆风物图。"

《杨沫赞誉〈科尔沁春秋〉》发表于同期《文艺报》。文章指出："她（杨沫——编者注）写道，这部小说'真实地再现了解放前夕科尔沁大草原阶级斗争的风云变幻，深刻地反映出内蒙古东部区尖锐复杂的社会矛盾'。作者凭借厚实的生活基础，'将周围世界的人塑造成了众多的艺术典型'；对反面形象的塑造，则'摒弃了单调乏味的模式，赋予了鲜明的艺术色彩'。作者对科尔沁大草原自然风光和当地蒙古族特有的生活习俗作了亦景亦情、清丽鲜活的描绘。此外，小说的语言特点，还见诸'大量运用了内蒙古东部区的方言土语和蒙古族谚语、俗语，并穿插了动人的蒙古族神话传说及流传在这片土地上的优美民歌'。因而，杨沫称这部小说为'一部构思精巧、内容厚实、情节跌宕、风格高峻而又具有深刻社会性的作品，的确是不乏鲜明的民族特点与浓郁的地方色彩的优秀之作'。"

同日，贾平凹的《说〈天狗〉》发表于《中篇小说选刊》第5期。贾平凹认为："诗人固然须要写诗，但弄文学的人心中也需要充溢诗意；诗意流动于作品之中，是不应提取的，它无迹可寻，这是不是一种所谓的'气'呢？文之神妙是在于能飞，善断之，善续之，断续之间，气血流通，则生精神。"

江曾培的《论〈棋王〉的一鸣惊人》发表于同期《中篇小说选刊》。江曾培认为："他（阿城——编者注）要口语化而不流俗，古典美而不迂腐，民族化而不过'土'，白描而又含蓄，是既赖他读了不少中外古今的书，又靠他认真读了生活这本大书。比较丰富的文化、生活积累，才能使他较好地实践了'脑袋在肩上，文章靠自己'的抱负。"

鲁彦周的《关于〈苦竹溪，苦竹林〉的几句话》发表于同期《中篇小说选刊》。鲁彦周表示："既然都已经写成小说了，有没有原型是没有什么关系的，它所能达到的真实程度，只能从作品中去看，没有原型，并不能说是不真实。反之，有原型，表现不好，同样会有不真实的感觉。至于作者的影子，那要从什么角度去看，一个作家的作品，总有作者自己在内，但这也不能从事实上去理解。否则,就有许多说不清的事了。……尽量想让我的笔,服从于自己的感受,服从于自然流露,不让形式和结构束缚我,而让我按所表现的内容,冲破习惯的结构方法,就象那苦竹溪的水,它是沿着它所开辟的河道前进的。"

晓江的《值得反复玩味的〈烟壶〉》发表于同期《中篇小说选刊》。晓江认为:"《烟壶》充溢着一种民俗美。这种民俗美,来自对北京的民风、习俗、人情、世相的过细而精当的描写,而构成这种描写的重要因素,就是知识。……《烟壶》中的那些方志学,民俗学,以及道德法律、典章制度等各方面的知识,也都是用来为塑造它的人物服务的。……其独特标记,在《烟壶》这类民俗的小说中,就是他不象一般小说作者那样,从政治学、社会学的角度观察人、表现人,而是从民俗学的角度楔入,在风俗世态中刻画出人的灵魂。"

张兴春的《读〈绿化树〉随想》发表于同期《中篇小说选刊》。张兴春谈道:"我国文学传统中,有一种颇具影响的指导思想,就是儒家的'文以载道'。用今天的话来说,就是强调文艺的教育作用,这固然有一定的正确性。但如果强调得不适当,就会在一定程度上忽视文艺的认识作用、审美作用和娱乐作用。前些年的写中心,唱中心,演中心,就是这种指导思想发展到了极端的一种表现。结果出现了'假大空'的文学、'瞒和骗'的文学,文艺不但没有起到人们所期望的教育作用,反而败坏了群众的胃口。因此,我想《绿化树》严酷真实地反映了我国困难时期的情景,是有很高认识价值的。……《绿化树》还有不少特色,比如,写客观环境具有站在历史的高度的宏观剖析,写人物和人的心理时又站在现实的角度,从微观的细度进行剖析,深入纹理。宏观与微观,高与低,细与粗的有机结合使这部小说显得雄浑、深刻、细腻。"

张一弓的创作谈《莫名其胡涂》(关于《流星在寻找失去的轨迹》)发表于同期《中篇小说选刊》。张一弓表示:"我还自认为在以下两点上保持了头脑的清醒:一是要严格地要求自己再现生活给我的直接感受上的多色调和复杂性,而不要象我过去那样,常常按照个人的过于强烈、也过于直露的,在生活推给我的一些性格色调相当复杂的人物身上,只选取我所喜爱或我所憎恶的颜色。二是尽我所能地在历史的宏观感和社会心理学的角度上,对微观感上的'摸不透'和'说不清'把握到还不至于使人完全不知所云的程度。"

15日 耿予方的《藏族当代文学的春天》发表于《民族文学》第9期。耿予方认为降边嘉措的《格桑梅朵》在艺术上有许多特色。他谈道："第一，作者发挥了自己熟悉藏族社会历史、熟悉藏族精神世界的专长，以细腻的笔法，对高原风貌、藏族本色和宗教内情作了准确、风趣的描绘……第二，小说特意选取了极为动人的神话传说和优美的民间故事写进书中，加强了作品的艺术魅力。……第三，小说还特意采用了藏胞常唱常说的大量民歌和谚语。"

同日，李书磊的《历史与未来的精神产儿——论新时期"青年文学体"》发表于《文学评论》第5期。李书磊认为："在小说创作中，这一代人的基本特征——他们独特的社会观、人生观与美学观不仅得到了全面的表现，而且得到了充分发展。""'文学体'是在把一些有内在关联的文学现象当作整体来研究时所采用的概念。""它的形态发展也就是它和生活的不同关系的变换。这种发展呈现为一个完整的逻辑过程：它经历了否定、寻求和肯定三种形态。""在青年文学体中，人物形象显露了强烈的类型对称性。""由于历史的感应与青年作家自身的素质，青年文学体的主题结构较之以往的作家发生了深刻的变化：由上几代作家一直沿袭的社会揭示的单一主题变成了社会揭示与人生探索平行的复线主题。这是青年文学体对当代文学的重大发展。""最有代表性的美学特征存在于青年文学体把握现实生活的主观态度和由此产生的客观效果上。它表现为这样一种结构：对现实生活不定把握与确定把握的交叉。这样一种结构的形成尤其是对生活不定把握的出现，充分体现了青年文学体思索与探求的时代特征，充分体现了它在艺术上的优点与特点。"

宋永毅的《当代小说中的性心理学》发表于同期《文学评论》。宋永毅表示："在当代小说中，性心理常常作为人物动作、情绪的内驱力存在。如果我们变换一下视角，不是从当代小说的个别情节中剔析出性心理的意蕴，而是以性心理学的某些原理来观照一些爱情悲剧，我们还会发觉：它的作用远不止制约着某一串人物动作或驱动起某一种人物情绪，还常常作为整个人物命运和爱情悲剧的最初潜因存在。""如果在精神的地层上稍作开掘，更不难理解它本质上是一种伦理与美学的情感——就象人类早已历史地摆脱了动物的远祖一样，进入审美领域的性心理也应当艺术地控制住原始情欲的泛滥。……从这一高点极目，我们便不难掌握好创作中运用好性心理描写的关键：它必须臣服于美的规律，它必须有利于典型性格——小说灵魂的铸造。"

同日，黄力元的《略论典型的性格概括与人性》发表于《文艺评论》第5期。黄力元认为："通过论证典型的性格概括印证了马克思主义的人性观，可以在以下两个问题上得到启示：一、由于成功的典型首先是生活的正确反映，这说明马克思主义的人性观是来自于客观现实并得到了检验的；二、不要因为'人性论'而讳言典型的性格概括，我们就是要在变与不变的统一之中，既揭示形象的时代意义，又揭示丰富的内心世界。而性格刻划尤为重要，因为它是典型能否得到广泛的承认的前提。"

李铁燊的《从信息的本质看艺术形象的本质特征》发表于同期《文艺评论》。李铁燊认为："艺术形象做为信息，它的可扩充性，取决于艺术家和读者的开放系统。……艺术信息的可传输性告诉我们要研究各种各样的载体形式。……不论是音乐还是文学，在形式上都是具体的，但是在内容上又都有模糊性，在音乐中是这样，在文学中也有这样的例子，最能体现信息的模糊性的是近几年来流行的朦胧诗。朦胧诗的艺术形象就是模糊信息。"

肖维的《"突破自己"的活力》发表于同期《文艺评论》。肖维认为："这篇小说（屈兴岐《血管里流的……》——编者注）以情感为主线的写法，并不同于一般的描写感情（或是意识）流动的小说，那些小说往往不注意故事情节的生动和连贯，而这篇小说却仍是'屈兴岐式'的，它仍保留了生动的故事情节。而与一般的以故事情节为主的小说不同的又是作品所描写的故事情节又紧紧围绕那条情感的主线。……与以情感为主线的结构方式相联系，屈兴岐同志还在艺术处理上作了另外一些追求，叙事角度的转换是比较明显的一种。小说除了几个交待、过渡的章节外，基本上是现实和过去相交织。"

同日，龚平的《乔雪竹小说构思中哲理意识的渗透》发表于《钟山》第5期。龚平认为乔雪竹的作品具有非情节化倾向："不具有环环相扣的情节链条，不展现一脉相承的情节流程。只突出链条中的一个或几个环节，流程中的一个或几个高潮，这些环节和高潮作为生活的片段得到强化，形成了从一个丰满的片断支撑全篇或者几个类似片断串联成章的结构样式。"龚平谈道："乔雪竹小说在结构上这种定型化倾向是值得注意的,它足以启示我们在她的作品里看到一种共同的内容要素。我想,只有在受到哲理意识渗透的艺术构思的自身要求,从哲学把握作为小说构思中一个环节的习惯性上,或者说从对题材内含的'人生本质'的始终一贯的追求上,才能令人信服地解释这种结构样式的定型性。"

金燕玉的《啊,西部的人,西部的人生——读〈桑树坪记事〉》发表于同期《钟山》。金燕玉认为:"这篇小说以知青回忆插队生活的方式,采用扇面结构,去展开广阔的人生画面,活动在其间的主人公是土生土长的庄稼人。"

南帆的《小说的哲理化:超越寓言模式》发表于同期《钟山》。南帆认为:"对于小说寓言模式的理论探讨呈现了这样的局势:如果使哲理内容从一种素材状态上升为具有高度审美价值的小说哲理,寓言模式那种低层次的形象与观念拼合将无法承担与实现;小说中的形象与这些哲理内容之间内在而有机地相互蕴含和统一,将依赖于小说艺术艰苦的调整变革,直至达到一个新的美学境界。""小说的哲理化趋势使小说艺术跨出性格——事件模式继而超越了寓言模式。于是,哲理的内容不再以一段段冗长的议论徽章一般地点缀在小说中,也不是以生硬地拼合哲理与形象的方式出现。相反,小说中的哲理内容仿佛消失了。它安宁地驯服在形象之中,内在而和谐地成为形象体系的一部分。另一方面,小说艺术的编制也由此得到了一次长足的补充,尤其重要的是得到了一种开放的观念。这一切不能不意味着小说艺术的一次成功的飞跃。"

17日 成洛的《概念化的人物和情节》发表于《作品与争鸣》第9期。成洛认为:"《青年布尔什维克》作者涉足了一个敏感的'雷区',尤其在政治工作被一些人忽视之际,然而,'青年布尔什维克'的形象并不是意念的任意雕琢所能创造的。作品的不足,恰恰在于用先行的观念修饰一个贫血的人物:学生党支部书记方旋……但,观念毕竟是抽象的。抽象的观念是替代不了文学形象的创造的。""'青年布尔什维克'的形象,就笼罩着一层依赖'救世主'的色彩。这正是作者忽视现实生活逻辑、只是为了表现某种观念而铺排情节所必然表现的败笔。"

何镇邦的《现实主义的深化和丰富——1982—1984长篇小说创作一瞥》发表于同期《作品与争鸣》。何镇邦认为,1982—1984年长篇小说中所创造的艺术典型是多种多样的,首先表现为改革者形象的多样化,例如《花园街五号》中的刘钊、《男人的风格》中的陈抱怡、《新星》中的县委书记李向南等形象。何镇邦指出:"近年来从事长篇小说创作的作家们不仅注意使他们笔下的形象多样化,又着意刻画一些性格复杂,内蕴丰富的人物形象,并且在艺术手法上从注意写人物的言语行动转向人物心灵空间的开掘,追求一种人物形象的主体化,也取得了若干引人注目的艺术成就。但尽管如此,纵观近年来长篇小说新作所塑造的人物形象,我们可以发现,他们虽然不乏艺术新鲜感,却大都显得不够厚实,能够称的上是成功的艺术典型的形象还是寥若晨星。究其原因,虽然有作家的主观原因,诸如注意写人物内心世界却忽视写人物的社会生活,因而过分空灵,注意运用新的艺术手法却同传统结合得不够协调等等。"

何镇邦表示:"不少作家在文学观念的开拓和艺术手法的创新上表现出极大的兴趣和勇于探索的艺术朝气……在情节结构上,有些作家正在打破过去某些文学概论教科书所做的'人物众多、情节丰富、卷帙浩繁'的关于长篇小说定义性阐述的框框,除了一些老作家还在那儿辛勤地耕耘多卷本的史诗式的作品外(应该说,史诗式的长篇巨制仍是需要的,而且是长篇小说中的'重武器'),相当一部分中青年作家开始转向一种浓缩形的'小长篇'的创作。……其结构特点往往是从纵向的展示转向横向的切入,从叙事结构转为心理结构,具有跳跃性和浓缩型等特点,虽然篇幅不长,人物关系也不那么复杂,但作品的容量并不小,而且更能适应生活节奏加快的当今读者的需要,也更能近距离地反映变革中的现实生活。荣获首届'茅盾文学奖'的《芙蓉镇》是这方面的开路之作,近年来,又有《两代风流》《铁床》《河魂》等一批作品相继出现。这些作品,与结构浓缩相应的是情节淡化和主观抒情色彩的强化,因而出现一种诗化的倾向。"

20日 陈望衡的《人和自然关系的美学思考——兼评〈迷人的海〉〈北方的河〉》发表于《小说评论》第5期。陈望衡用"人化了的自然"来评价《迷人的海》和《北方的河》里的自然。陈望衡认为,"邓刚《迷人的海》没有那种孤寂忧郁的气氛,没有那种悲观绝望的情怀,他笔下的海是属于新中国社会主义事业建设者心目中的海,是充满瑰丽色彩和雄浑生命力的海","努力写出新型的人与大海的关系,写出新的大海的美,正是《迷人的海》的成功之处";而张承志《北方的河》,"作者更多地运用比拟、象征的手法,写出北方的河在主人公'我'心目中的社会意义。这种社会化了的河流不仅以它本身独具天然风姿,而且以真深刻的社会美的内蕴实现了它的美的自然属性和社会属性的统一,而焕发出奇异的光辉"。对比两部作品的美学风格,陈望衡指出:"《迷人的海》是以正面表现人与自然的抗争为主,中间交织着人与人的矛盾冲突,揭示的意蕴是对生活的追求;《北方的河》表现的是人与自然的统一,主要展示主人公内心深处的自我交锋,揭示的意蕴也是对生活的追求。就写'追求'而言,它们是一致的。但由于处理人与自然的关系不一样,一个(《迷人的海》)显示的崇高美更多的是外在的气势、力量,给人的总体感受是尖锐、强猛、刚劲;一个(《北方的河》)显示的崇高美更多的是内在的哲理、韵味,而给人的总体感受是雄浑、沉著、悠远。前者是崇高美中间以秀雅美;后者是崇高美在更高层次上化成秀雅美。"

程德培的《诗意的光亮　叙事的河床——评何立伟短篇创作的艺术》发表于同期《小说评论》。程德培引用法国作家安德烈·莫洛亚的观点评价了何立伟小说的诗意,"他的小说,与其说善于抒情,还莫如说他善于将人的内心激情与大自然的景物结合在一起","立伟的'苦涩'正是在这种憧憬和追求中美的表现,它不以用色轻浮、情致浅、意味淡而使人物初喜而终厌;而是美在其中蕴藉多致,画尽意在而使初看平平而终见妙境","何立伟的语言是重音响和色彩,他最好的小说中是从不出现连续性没有音响和色彩的段落的,极少出现的也是如同任何音乐弦律所必不可少的休止符号一样。他的语言艺术表现了一种与人的视觉、听觉的亲近性,表现了作者对于光色和音韵感的锐敏"。

高洪波的《又是一年春草绿——八四年儿童小说漫谈》发表于同期《小说评论》。高洪波谈道:"首先值得欣慰的,是儿童小说在题材的开拓上没有固步自封……辛勤的《在嘎玛大森林前沿》文笔细腻……乔传藻的《阿塔斯的小熊》以饶有民族特色的边地风情取胜……除了动物小说之外,载于《儿童文学》七月号上的小说《孤独的时候》(刘建屏)、载于《少年文艺》1月号上的《今夜月儿明》(丁阿虎)都属题材独特、开掘较深并体现作者思考的锋芒的作品。""综观八四年的儿童小说，我们还可以看到一批情节淡化的诗体小说，这些作品无疑是小说观念更新后的产物，它们不以惊心动魄的情节取胜，反而以情见长，内中蕴含着淡淡的诗意……谷应的《阿薇》、程玮的《傍晚时的雨》、白冰的《洁白的茉莉花》都属于这类作品。它们的共同特点是恬淡中见优美，素雅中显深沉，十分适合好静的女孩子阅读。"

胡宗健的《也谈何士光的创作变化得失——与雷达同志商榷》发表于同期《小说评论》。对于雷达指出的《种包谷的老人》轻视了对生活进行思想的、社会的、道德的审美评价，因而部分地离开了现实主义典型化原则，胡宗健提出了不同的看法："文艺是审美的领域。从认识论看，审美认识既然是感性认识，它就不是以概念形式出现的思维。……在审美意识的多种心理因素中，情感是第一要素。这就说明，文艺的本质主要的不是认识，而是审美。即从认识的一方面看，由于审美意识的显现主要是感性形态和渗透着感情色彩，它就必然具有不确定性和不可限定性。陆机说的'意不称物'，指的就是这一状况。曹雪芹、莎士比亚、歌德程序中形象的丰富意蕴，就是这种'意不称物'的典型境界。"胡宗健认为："主题和思想，应当是具有无限特性的审美感受，而不是某种固定单一的数学公式。如果变成了这样的数学公式，纵令你写出了'改革的迫切性'和'整党整风的必要性'，你的作品终将会导致概念化的流俗，甚至归之于'趋时'之作的。"

李健民的《赋予题材和人物丰富的内蕴——评贾平凹的中篇新作〈远山野情〉》发表于同期《小说评论》。李健民指出，"如果说，他的《小月前本》系列中篇意在近距离的反映变革时代的生活浪潮以及在人们心理、感情和思想观念上所引起的变化的话，那么，《远山野情》这一组中篇则从比较宏观的视点上反映了生活的多种色彩，展现了斑烂的社会风貌和人物的不同命运"，这些作品"不沾滞于现实的某种具体事件，不拘泥于改革题材的结构框架，但从题材升腾起的思想内涵和容纳的社会内容来说，具有着较大的概括力和思想启迪的力量"。

理睛的《小说典型问题的几点思考》发表于同期《小说评论》。理睛认为："关于典型问题的讨论，我们似应更多地关注我国新时期的小说的典型创造中典型观念的变化，更多地关注典型化手法的多样性。""典型正同时朝着两个方向发展、延伸着。一方面是以性格化的典型人物为主导，另一方面是以非性格化典型——典型情绪、典型体验、典型心理为主导。"她认可王蒙的观点并加以阐释，"人物不等同于性格。人物这一概念所包含的实质性内容并不是单一的，假如性格一词不同义于共性的话，那么，人物不仅包含性格，也还包括诸如阶级、阶层的属性、心理、情绪的倾向以及生理现象等等内容。相反，如果把人物简单地看成是性格，那么，我们就难以解释那些非性格化的作品中的典型了"。

林焱的《论纪实小说》发表于同期《小说评论》。林焱指出："纪实小说削弱艺术假定性而增强客观真实性，可以说这是报告文学和小说'杂交'而成的文学新品种。……王蒙《在伊犁——淡灰色的眼珠》把作者摆进去，用自己的眼光观察他们的生活，用自己的心感受他们的情感。《北京人》的作者则完全跳出来，让采访对象自己表露社会生活中许多不为人所知的侧面。两种表达方式都达到记实的效果。"

林焱认为，"这些纪实小说的形式与传记、报告文学或一般意义的小说有根本的不同，它具有独特的审美价值"，"生活的天真、生活的质朴、生活的丰富构成纪实小说美学价值的基因"，"纪实小说在形式上有创新的价值，在题材上也有开拓的意义"，"情节非闭合结构是《在伊犁——淡灰色的眼珠》和《北京人》的共同特点。纪实小说对艺术进行一次回归生活的还原趋动，也对传统的创作理论进行一次还原——借用数学用语叫做验算"，"在纪实小说中，作者汇聚大量生动的社会信息，用人物群体形象反映时代的民族性格。无使命、无评价，并非无目的创作。作者希望尽量减少主观情绪、直觉、心理定势对现实素材的影响"。

林焱认为，纪实小说对"小说和报告文学的审美经验进行全面的扬弃，实现一种新的审美理想"，"用新的方法来把握世界，形成新的观察方式、反映方式和作品构成方式"，"纪实小说强调生活的天真、质朴，摆脱题材类型和人物行档的约束，排除闭合结构和作者主观评价。这些特点综合成为作品的总体形态——未完成形态。从小说观念上看，未完成形态的小说具有实验性质和现代色彩"。

孙绍振的《论对话中的"心口误差"》发表于同期《小说评论》。孙绍振认为："在对话中人物直接出面表达自己的思想和感情，但是，实际上，人物很少把自己的思想感情全部倾泻出来。……在对话中径情直遂地把心中所讲的一切都倾吐出来，一定为了表现非常特殊的性格，象小孩子，或《红楼梦》那个傻大姐之类的人物，才有生动的可信性。一般的情况下，有什么说什么，不但生活中少有，而且与对话要求有潜在启发性相矛盾。""这种潜在的启发性主要表现为对生活中所说与人物心中的所想的总有或大或小的'误差'，对话艺术的魅力就在于不管这种误差有多大，读者恰恰能从这种误差中获得对人物内心的秘密的准确理解。""对话准确性可以说是一种心口误差的准确性。对话艺术在一定意义上可以说是一种准确地把握心口误差的艺术。……我们说的'心口误差'，主要就是外在的语言和内在心理动作的误差。正是这种误差让读者透过文字的空白洞察了人物的心理奥秘。这种'误差'就是口头的台词和内心的潜台词的矛盾。不善于写对话的作家往往把这两种台词当成一回事，其实忽略了这二者的误差，就是忽略了对话的根本特点，对话就没有内在的动作性了。如果没有内在动作性，就不值得用对话，用叙述就可以交代过去了。对话分行写，留下那么多的空白，就是为了让读者把想象中两种台词的误差给补充出来。"

乐黛云的《现代西方文艺思潮与小说分析（三）》发表于同期《小说评论》。乐黛云介绍了弗洛伊德的"精神分析学"与小说分析之间的联系，她指出："弗洛依德的精神分析学说对于我们分析作品仍然有实际的借鉴意义，这种意义表现为两个层次：一个层次是对于作品所创造的小说世界的分析，另一个层次是对于这个小说世界的隐含的作者潜意识的分析。"乐黛云认为，"用精神分析学来研究小说中的人物，往往可以帮助我们发掘出一些被忽略或不易理解的层面"，她以《子夜》中对吴荪甫的性欲观的一段描写为例，指出"作者引导我们窥见主人公的内在的潜意识，揭示了'自我'在'原欲'和'超我'以及客观世界的挤压中挣扎，描写了意识和潜意识的交织，外部活动与内心活动的关联，这样，人物就不再是一个平面的、单一的英雄人物，而是非英雄化了的，复杂的、立体的经验结构的整体"。此外，乐黛云以沈从文的《生》、鲁迅的《药》和冯宗璞的《红豆》《弦上的梦》等作品为例，指出："除了这种对于作品文本中，人物潜意识的分析而外，另一层次则是对并非明确表现于作品文本中的'潜文本'的分析。这种分析着重研究作者的潜意识如何转移（或升华）为作品的虚构世界。"

曾镇南的《伊犁，失去诗的诗人心中的诗——读王蒙〈在伊犁〉系列小说》发表于同期《小说评论》。曾镇南指出，王蒙"不仅是伊犁人物风情的目击者、叙述者、评说者，而且是与小说中的人、事、物发生交流、纠葛、离合的一个人物，一个具有独立个性、独特命运的人物。这个人物的存在，不仅具有王蒙自己说的那种着意追求'非小说的记实感'的形式上的意义，而且具有显示、揭示、联结小说所创造的人物、事件、画面的内容上的意义。由于这个人物的存在，《在伊犁》系列小说虽然在外观上呈现出一种特殊的散漫和萦绕，但透视其内面，却能感受到一种统一的、凝重的、清明的情绪"。

钟本康的《成一小说的艺术追求》发表于同期《小说评论》。钟本康认为："文艺反映生活，可以有两条路子，一是按照生活自己的结构，一是按照生活在人们心灵中的投影，从所消化、组合的心理的结构。成一的小说采用后一条路子。……他的小说，几乎没有动听的故事，曲折的情节，尖锐的冲突，重大的场面，他总是把笔触直接伸进人物的内心世界，描绘出丰富复杂的心理状态及其流动变化，努力发掘有一定社会意义的灵魂的奥秘。""成一根据自己的生活体验，把创作重点放在各种农民的内心世界的新变化上，力图通过他们历史地发生了变化的心灵历程，来反映当前这个新旧交替、除旧布新和大变革、大改革时代特征。"

钟本康指出，成一追求含蓄的意境。他谈道："从艺术手法上看，成一小说有以下几点值得注意：一、口小洞大的题材处理。……把小事件放在大背景中，用一个人的心情骤变来反映重大事件的发生，写小而见大，言近而旨远，这就构成了想象的空间、含蓄的境界。二、以一当十的人物组合。《跟着生活探索》写了两个人物，但作品的作用却足能'以一当十'，因为当他们组合成一体时，已经远远超过单个人相加所具有的意义。……三、多层多面的心灵结构。……成一笔下的人物心灵结构总是多面、多层的。我们可以从两个方面来看：（1）一瞬间的心理、意识、感情的流动往往通过多侧面、多层次的转换进行的。……

（2）人物整个心灵结构和流动形态也是多侧面多层次的。"

21日 王东明的《文化意识的强化与当代意识的弱化》发表于《文艺报》的《关于文学寻"根"问题的讨论》专栏。王东明谈道：

"将浓厚的民族文化意识灌注于小说创作，在韵致独特、情境超拔的艺术世界中发掘民族文化的底蕴——作为一个生气勃勃的文学运动，一种色彩斑斓的文学现象，正为越来越多的读者所注目。

"这场文学运动无疑将对小说观念的变革产生广泛而深刻的影响。读了阿城的《遍地风流》、郑万隆的《异乡异闻三题》、李杭育的《最后一个渔佬儿》，人们便会感受到，传统的小说观念受到了有力的冲击和挑战，一种生机盎然、诗意洋溢的小说观念正在崛起。民族文化意识的灌注与强化，标志着作家在审视民族生活时寻找到了一个新的基点，审美情趣和审美体验升腾到了新的境界，主体对客体的把握获得了更加深沉阔大的背景。

"我认为有必要提醒这场文学运动的倡导者和实践者们注意：在民族文化意识强化的同时，是否可能出现当代意识弱化的倾向？这种担忧乃是基于下列现象：一些作品弥漫着一种崇古慕俗情绪，似乎越古越俗才越足称得上'文化'，才有审美价值和永恒魅力。……显然，这里所说的当代意识的弱化，不仅指少数作家中存在的厚古薄今，贵远贱近、忽略当代文化的苗头，而且表现在少数作家在触及民族传统文化时，只是满足于文化形态、文化现象的照相式反映，缺乏主体观照客体时须臾不可分离的当代意识的熔铸，缺乏富有当代性的审美理想的烛照。在我看来，吸取传统文化，目的在于丰富我们自己。因而，在传统文化面前，只有融汇了当代意识，艺术地观照、思考，才能使我们站在更高的高度上俯察它，也才能使对于传统文化所做的一切具有现实意义。"

仲呈祥的《寻'根'：与世界文化发展同步》发表于同期《文艺报》的《关于文学寻"根"问题的讨论》专栏。仲呈祥谈道："时下出现的文学创作自觉强化民族文化意识的趋向，我认为是与当今整个世界文化的发展走向同步的。……中国文学倘要同世界对话……就必须渗融鲜明的中华民族文化的意识。""在我看来，如今在创作中强化民族文化意识，要紧的至少有两条：其一，是取开放态度，对民族文化传统中的积极的、消极的两方面因素进行高屋建瓴的哲学观照和审美观照，透析文化折光与传统意蕴，展示'国民性'现状，为提高民族的思想素质和文化修养竭尽薄力。……其二，作者应具备深厚的中国文化修养，善于在其积极的本质上再生，化为自己的一种审美眼光，一种哲学意识，一种表现风格，一种结构方式，一种语言技巧，并自然而然地渗融到创作的全过程中去。"

23日 韩瑞亭的《朱春雨和他的〈山魂〉》发表于《人民日报》。韩瑞亭认为："这种带着地区风情画与民俗画意味的乡土色彩，不仅使小说创造的艺术环境具有很强的真实感和典型性，而且为小说塑造的众多栩栩如生的人物注入一股鲜灵灵的泥土气息。""朱春雨的创作对外来艺术多所师承，尤其受俄罗斯文学的影响较为明显。不过，他并不赞成艺术借鉴的偏废，而主张'土洋并举'，兼收并蓄。他的《山魂》就是地道的'土特产'，体现了鲜明的民族作风和民族气魄。无论情节结构、人物刻画或文学语言，他都努力追求充分的民族化，使形式和内容谐调一致。特别是人物性格、人物关系的描写，常常渗透了民族性特征……以东北地区口语、方言为基础的文学语言，运用纯熟、流畅，叙事、状物、写人颇见神韵，也是小说在民族化追求上的一个成就。自然，小说的篇幅过长而又枝蔓庞杂，结构上不够匀称，时有笔墨恣肆放纵而失去控制之处，是美中不足。"

25日 白长青的《李惠文小说的特色》发表于《当代作家评论》第5期。白长青认为："他的作品，令人体验到一种浓郁的农村生活气息和东北地方色彩，时代感鲜明；他善于运用白描的手法，通过对话和行动，刻画人物的性格。他以自己农村题材的短篇小说，为辽宁文坛增添了一组辽宁农民的人物画廊，而尤以农村妇女和农村基层干部的形象令人难忘；李惠文的语言诙谐风趣，具有口语化和大众化的特色，他善于运用东北农民的语言……他的小说，情节曲折巧妙，善于构思，并经常具有一种风趣含蓄的讽刺效果。他努力追求着一种民族化的艺术特色和表现形式，反映着一种东北地方的色彩。"

方顺景的《有希望，便是光明——论母国政的短篇小说创作》发表于同期《当代作家评论》。方顺景认为："母国政的短篇小说在选材、立意和描写对象方面有鲜明的特色，在艺术表现上也很有自己的追求。概括地说是：注意情节的生动性，但不过分地去追求，重在人物形象的塑造；尖锐地触及时弊，抨击丑恶的事物，但更着力于揭示人物美好的心灵；入题迅捷，作品一开始常常便是人物在行动中，结尾又往往出其不意地逆转，如此等等。"

郭银星的《阿城小说初论》发表于同期《当代作家评论》。郭银星认为："阿城小说的整体创作意识，以特定方式与作品的形式结构相联系，反映着作者艺术感受、创作心理与表现对象间的全面关系。正是在这一点上，阿城小说以背景化，距离化而至象征化的综合艺术面貌，实现了颇具深度的艺术观念内涵，显示出新的文学式样。……背景化、距离化的形式结构，取决于作家对艺术表现对象的站位关系以及积极性、自为性和具象性的艺术把握方式，而由上述，作品获得了独特的时空境界，最终形成民族化的象征色彩。而这些形式特征又互为映衬，互为张大，实现了作者的整体创作意识。"

黄书泉的《爱的哲学与哲学的爱——评张洁的〈祖母绿〉》发表于同期《当代作家评论》。黄书泉认为："《祖母绿》中这种爱的哲学与哲学的爱的矛盾不能简单地归结为思想大于形象的问题，而是作家在处理这类题材时如何把握观念与现实的问题。……因此，我们有理由要求作家将对爱情哲理深刻的发掘置于坚实的生活之上，将理想的爱情从哲学的人还给现实的人。"

金辉的《横看成岭侧成峰——〈绿化树〉之我见》发表于同期《当代作家评论》。金辉表示："在展示人物的内心世界时，不断地诉诸生理感受，这是《绿化树》的一大特点。生理感受常常是张贤亮描写心理活动的起点。……《绿化树》由于运用第一人称，很便于人物直接表述各种感受。人的生理感受，按最古老的说法有五种，即视觉、听觉、味觉、嗅觉、触觉，而现代心理学则以为多达二十种。章永璘的感觉就不少，除了这五种，还有饥饿感、疲劳感、冷感、痛感、平衡感、震动感，等等。感觉的层次多、类型多、渠道多，这本身就有一种立体效应。感觉细微敏捷，才会使心理丰富多彩，精神才能广阔自由。结果，章永璘的内心世界在我们面前就有了一种全息性质，从灵魂的强烈震颤到神经末梢的微微抖动，从感情的波涛到情绪的涟漪，宛如置身一座精神迷宫。""一般地说，文学作品中都有矛盾。好的作品，里边的矛盾往往是自相矛盾，并且是一种不可解脱的矛盾。把人物置于一系列不可解脱的矛盾之中——人和外界、人和自我、人的心理和行动、人的过去经验和现在、人的意识和下意识、人的选择和命运等等——这几乎是许多名著的一条定则。世界上没有孤立的事物，而矛盾正是事物的一种广泛联系的方式。一个人物典型之所以丰富，因为它处于许多矛盾的交汇点上。这些盘根错节的矛盾相互作用，在运动中进一步发展和加强各种联系，矛盾也就更加复杂和尖锐。因此，从本质上讲，它必然是不可解脱的。所以，忠实于生活的作家，都把不可解脱性带进了作品，并且，常常在作品中强化这种不可解脱性。"

宋丹的《"意识流"手法与短篇小说的艺术创新》发表于同期《当代作家评论》。宋丹认为："纵观王蒙等人的这类作品，我们便会发现，作者借鉴的主要是其形式，在内容上则剔除了那种占有相当比重的性意识，以及非理性主义，因此在本质上同西方的'意识流'小说是有严格区别的。……为了直接表现人的意识，王蒙的'意识流'小说大量地采用了人物的内心独白。……王蒙等人带有'意识流'手法的小说，更多的是采用第三人称。作者往往渲染人物意识的主观性以冲淡描述的客观性。即使是纯客观的景物和场面，也依附于人物的意识，带有浓烈的主观感觉色彩，从而有力地突出了人物意识在作品中的主导地位。……'意识流'手法的又一特征，是展示人物丰富的自由联想。……王蒙等人带有'意识流'手法的小说，还不同程度地采用了象征。他不象传统小说那样，人物和人物活动的社会背景直观化、讲求故事情节的完整性，而是含蓄化、复杂化，需要读者认真、反复地思考，给他们留有充分想象和玩味的余地。""王蒙等人带有'意识流'手法的小说结构，往往颠倒时间和空间顺序，不重情节，甚至没什么情节可言，只有松散地连接全篇的所谓的'事'。作者笔触的中心，放在人物的意识上，因此如何表现意识的自然流动，便成为'意识流'手法的结构内容。……小说的结构（形式范畴），与作品的情节（内容范畴）密切关联。传统短篇小说的情节线索，往往是单一的，亦称单线条的，使人易读易晓。王蒙等人带有'意识流'手法的小说则不然，往往采用了复线甚至'放射线'的结构。"

王绯的《探寻自己的路——航鹰的伦理道德系列篇评析》发表于同期《当代作家评论》。王绯认为："作者善于在狭窄的家庭生活范畴中，精选富有特征的个别、偶然的事件作构思题材的基础,并且在题材的处理中重视开掘的角度,使得作者娓娓道来的琐细、微妙的人情世故,所触及的却是伦理道德这样一个深广的大题目。……航鹰在系列篇的人物塑造上,重视对人物的性格和思想感情的丰富性、复杂性作真实的描写,注意对人物精神世界与内心矛盾进行冷峻的剖析和细腻刻画,努力创造富有生活实感的立体的人,表现被老托尔斯泰交口称赞的那种'人的流动性'。""航鹰在伦理道德系列篇中,根据题材的不同特点,大胆进行各种艺术手法的选择、尝试和运用,为传达一定的艺术内容,找到了较为完善的艺术形式。……航鹰的语言也颇具特色。她的叙述语言柔润、舒徐、细腻,在平易晓畅之中时时溢露出作者感情的冲击波,使人感到作者那被深邃的情愫牵绕的心怦然跳动。她的某些议论外柔内刚,略显几分巾帼豪气,富有穿透力,抒情之中飘洒着诗意的美,也乏不思辩色彩和哲理意味。她也善于用富有个性的语言塑造人物形象,常常是唇吻毕肖,闻其声如见其人,如悉其心,给人很深的印象。但是作者也爱发些直露的告白,浮泛的议论;有的语言少简洁、少蕴藉,显得琐碎;也有个别的心理刻画失之过于纤细,有自然主义的味道。"

吴海的《着力展现时代之魂——评从维熙长篇小说〈北国草〉》发表于同期《当代作家评论》。吴海认为:"从维熙对时代精神的开掘和表现,是有着比较广阔的艺术视野的。他力求使笔触向纵横伸展,对特定时代作整体反映,没有孤立地单一地去描写垦荒青年的理想、信念和追求,而是把他们的思想和行动置于美好的社会环境中,着力揭示社会环境的诸多积极因素对青年们的作用和影响,从而使作品的时代精神尤为强烈。……强烈的现实主义精神,鲜活的垦荒生活气息,细腻的抒情笔调,行云流水的文字,以及深沉感情与瑰丽景色的交融,构成了这部小说的艺术特色。"

辛晓征的《读阿城小说散记》发表于同期《当代作家评论》。辛晓征认为:"阿城小说在整体的形式结构上,是稳定式和全息式的统一。所谓稳定式,体现在下述两个方面:一、不以变幻的角度改变读者的情绪节奏,而是将读者阅读前既定的情绪状态自然地过渡到阅读过程。……二、不追求情节波澜显示结构关系的多变。……单凭稳定式结构,可能会使小说陷于呆板滞涩。在此,阿城小说通过另一独特方式,将困境点化为妙处。这便是所谓全息式结构特征。它反映着作者对形式结构的根本追求。阿城小说,不轻视一词一句,不放过每一细部。作者的创作意识疏密有致地分解和溶化在作品的每一角落。这样,作品的每一处细节都是艺术表现的目的,都作为相对独立的形象成分而活动,以诸多艺术因素的自由组合关系要求读者对作品的全面感受。""对于阿城小说而言,结构的稳定式是作家民族传统艺术气质的自然印证,全息式则是作家对现代艺术精义的深刻感悟。从纯理论意义上说,艺术创作过程,是历史本质向个人的转化,逻辑认识向感觉心理的转化过程。依作家自身与现实生活关系的不同,这一转化的客观性,决定了个性的经验生活内容向创作心理范围的自然进入,并成为作家创作意识的感性实体。当多数作品仍以作家对感性实体的理性认识过程为表现对象时,阿城小说恰是将感性实体的形成过程作为艺术追求的目的。全息式结构面貌便是这一追求的直接效果。"

许振强、马原的《关于〈冈底斯的诱惑〉的对话》发表于同期《当代作家评论》。马原谈道:"说到情节和细节,最好不要受现成观念的制约。非戏剧化情节也是二十世纪以来的陈词滥调了。我喜欢纯粹意义上的偶然性,生活的不可逆料就属于这种偶然。……这种偶然事件我称之为地道的情节,而戏剧性的冲突的铺陈、展开、高潮包括结束我只称之为情节性;这二者之间有质的不同。""人称手法完全由需要而取舍,没有一定之规,全凭即时反应,需要什么就用什么。第一人称'我'与第三人称'他',作家用得多,好象难度不那么大,其实不然。全知全能角度的错误,相信二十世纪以后的作家们不会重犯了。从格里耶开始,'我'和'他'的运用也成了作家们的难题。我认为,海明威是少数几个能娴熟运用'我'的作家,杜拉运用'他'则可能是无与伦比的。至于'你',我想并不比'我'和'他'用起来困难;虽然比托尔的名著《变化》中用这个所谓第二人称并不成功。用人称的全部技巧在于:视你的需要而决定。"

张炯的《"走出地狱就是天堂"——关于长篇小说〈天堂之门〉的对话》发表于同期《当代作家评论》。张炯认为:"《天堂之门》的作者(邓贤——编者注)是有才华的,对现实生活有很好的艺术感受力和活跃的想象力和幻想力,而且还有一种难能可贵的艺术概括力。他善于把现实与理想转化为栩栩如生的形象，并用富于色彩、音响和时代节奏感的语言，简洁有力地抒情地描写出来。就如他的思想视野开阔，他的艺术视野也是开阔的。他没有局囿于现实主义的传统，明显地从浪漫主义、从现代主义吸取和借鉴了有用的技法。"

28日 黎皓智的《苏联的微型小说》发表于《文艺报》。黎皓智认为："文学大师写微型小说，是俄国和苏联微型小说的一个显著特点。……综观苏联微型小说的创作实践。大体有这三种风格流派。一是写实型的……他们的作品，大抵取材于现实社会的种种矛盾。……在艺术上多采用缩龙成寸的手法，讲究立意新颖，取材角度奇特。作家的艺术思维，要选准一个焦点。叙述时一般不作铺垫。象一出独幕剧，帷幕一拉开，聚光灯就照射在中心人物身上。在结构上讲究精致凝炼，反对平铺直叙和巨细平分；特别是主张开篇不凡，结尾出乎意料。在人物塑造上，则是写意式的，精选某个细节，某种心理因素，某处近景小照，三言两语，就使人物跃然纸上。……另一种是理念式的，邦达列夫的《瞬间录》（1978）即其滥觞。作者撷取人类生活中的许许多多瞬间，编织成哲理性很强的故事，表现某种抽象的主观理念，探讨社会、人生、爱情、道德、幸福以及文学、艺术等问题。这类作品风格殊异，作者似乎不甚追求结构的新奇，而常用虚拟的手法，给个一鳞半爪的情节，有意使作品显得扑朔迷离，却在有效的空间里留下了无穷的回味余地。……再一种是寓言体的。作品采用寓言的写法，或隐喻象征，或讽刺揶揄，折射现实生活。苏联报刊这类作品很多，不过有些不能归入微型小说的范畴。"

王汶石的《播种在中国的土地上》（写给陈军的信）发表于同期《文艺报》。王汶石在信中谈道："我认为您的《古栈道》在艺术上走的是近年来一些作家所崇尚的多少有点儿现代派和意识流的路子，但却更多一点中国风味，新手法运用得更加成熟，这也正是我所喜欢它的原因。有一些这类的手法的小说，包括一些从国外翻译过来的这类小说，读起来谈不上多大的享受，而只有精神上受苦受难，备受折磨，而您的《古栈道》虽也免不了让读者吃一点苦头，但总的说来，却是一种美的享受，而且是厚味的美的享受，这正是我特别推崇它的原因。""您在艺术手法上，更多地运用了海明威和其他西方现代小说家的手法。这种手法由于完全摒弃了作者对读者的直接叙述、介绍，再加上时空交错的章法，再添上一点意识流的流动的意识作为贯穿线索,因而,读起来是相当艰涩的。……而文学的艰涩,在某种情况下,也是一种美,也是一种艺术上的有赖于咀嚼的美的享受。"

本月

陈骏涛的《微型小说的兴盛及其他——读"千字小说有奖征文"的联想》发表于《文学评论家》第3期。陈骏涛谈道:

"微型小说在我国的历史十分悠久。历代笔记小说就是它的先驱。据专家研究,笔记小说导源于先秦两汉,兴盛于魏晋南北朝,到唐宋已趋成熟,而明清两代则为极盛时期。这描述是否准确姑当别论,但笔记小说在我国文学史上始终是一股不息的潮流,却是确凿无疑的事实。古代的笔记小说分志怪和志人两大类,短小精悍,长则千言,短则数十言,不乏精品。许多笔记小说迄今已数百年、千余年,仍流传不衰,证明了它的生命力,也说明了这是一种不可轻视的文学短制。如今人们所熟知的蒲松龄的《聊斋志异》,就是我国古代(清代)的一部最杰出的文言笔记小说,它属于笔记中的志怪类,所写多花狐鬼魅,但仍立意于(当然是曲折地)反映社会现实。

"我同意这样的看法,即:微型小说是短篇小说的一个分支,因而在界定微型小说的一般特点时,应该考虑到短篇小说的特点。关于短篇小说的特点,除了篇幅短小、情节单纯、人物集中之外,茅盾同志在一九六一年的一种看法是值得特别注意的。他说:'在我看来,所谓截取生活片断,从小见大,举一隅而三反,这些说法,还是不能抹杀的。'(《茅盾文艺评论集·一九六〇年短篇小说漫评》)微型小说也就是这样一种'截取生活片断,从小见大,举一隅而三反'的艺术,但又比短篇小说更短小、更精悍、更单纯、更凝练、更含蕴。比起短篇小说来,它可以更自由、更迅速地反映生活、描画人物,以至于抒发自己的一点感触、一种情绪、一番议论、一派憧憬……,但由于对它的凝练、含蕴的高要求,在某种意义上,它又是一种更需要眼光,更需要智慧,因而也更难驾驭的艺术。无怪乎王蒙同志发出这样幽默的感慨:'它也许是一种命运吧!命运啊,这一生,你能给我几篇象样的"微型"呢?'(《微型小说是一种……》,

《小说界》一九八五年第三期）现在有些微型小说的作者只看到它是一种便于驾驭的艺术，而忽视了它又是一种困难的艺术，以至于有些微型小说存在着渗了过多的水分，平淡无味，一览无余等弊病。这是值得注意的。"

岳甲的《王润滋印象记》发表于同期《文学评论家》。岳甲谈道："《卖蟹》是一篇精心结撰的艺术品，它简炼、精湛、纯净，充满着浓郁的诗意，是一首美的赞歌。如果把它看作一首诗的话，它不是排律，更不是洋洋洒洒的大赋，而是'水净沙明'、简洁明快、优美精致的一首绝句。后来，与润滋谈起来，方知道，他对诗歌创作也是有很深的迷恋的。在开初业余创作时，他写过很多诗。开始小说创作之后，他有意'追求小说诗的意境，诗的情'。讲到小说《卖蟹》的创作情况时，他说先写了一首诗——即《浪花赋》，在刊物上发表了。但是，他意犹未尽，就以那首诗的立意为基点，调动了另外的生活、设计了人物关系、编织了故事情节、塑造了一个聪明机智、纯洁善美的卖蟹小姑娘。在艺术形式上、在艺术格调上、他则'追求一种清淡的风格，象煮蟹，打开锅，应该是清汤白脑儿'。（《要有自己的艺术追求——〈卖蟹〉创作断想》）从生活在下层的'小人物'、主要是农民中寻求诗意，挖掘并加以赞美那'美好的人性、高尚的情操'，是他在小说创作中所追求的诗意、诗情的基调。在这样的基调上，我们感到有较为浓重的古朴之美的气味。"

方克强的《文化背景与地域特色——读〈这条小街〉等一组短篇小说》发表于《小说界》第5期。方克强表示："它（地域特色——编者注）首先是扎扎实实的内容所表现出的地方风尚和人物心理特征，是作家对创作对象性质和独特性的深切理解和把握。地方生活现象的特点，是作家作品的推动因素，显著影响着作家选择怎样掌握和揭示它的艺术方法。……同时，地域特色又与特定文化背景相联系。后者不仅制约着体现人与人关系的民俗，积淀为人们的心理状态和精神素质，而且，还过滤着文学风格，在它的躯体上打上自己的印痕。任何文学作品既是文化环境的产物，又是某种文化的一部分。……当然，作家的心理结构也是民族和地域文化的产物。这使作家在创作上有一种心理定势，他总是专注于观察和擅长于表现与他有同构关系的人物心理，多为家乡人和同阶层的人。然而，同构并非等值。较高的文化素养和认识能力使他高出一等，故能'入乎其内,出乎其外',既写出地域文化心理,又对此作出主观价值判断。"

十月

1日 孟悦、季红真的《叙事方法——形式化了的小说审美特性》发表于《上海文学》第10期。孟悦、季红真指出:"随着人类理知、认识能力的提高……小说对于讲故事行动——人类交流活动的一种特殊方式——的摹拟因此而摆脱了初级阶段而进入自觉的、成熟的阶段。这是两个关乎小说性质的根本变化,具体体现为:①情节与故事分离②叙事方式——深入到小说结构内部的、对叙事行为的摹仿。""时间顺序,指的是事件发生发展的时间秩序,当人们为了达到某种认知的目的,打破事件的时间秩序,把各种事件材料重新排列组织的时候,就形成了情节。这是小说多于其他叙事门类的要素。因为情节的重点放在因果关系上,因而比故事更多地承担着理知与认识功能。体现小说主题(即意义)的不是故事,而是情节。""在各种小说中又存在着各式各样的叙事人,各种叙事角度、各种演述方式和叙事语调。它们以各种关系形式完成小说情节的组织功能、实现小说理知和认识方面的内涵意义。同时,这些关系又是小说的审美特性的重要体现者,我们称它们为叙事方式。如果说情节是对人类叙事行动中深层的心智思维方式的模仿,那么叙事方式则是对人类叙事行动中交流与表达方式的摹仿。上述两者是统一过程的二方面,它们之间有这样一种关系:情节——据因果逻辑排列的事件——是叙事方式所传达的全部信息中最具稳定性的信息,而叙事方式使情节得到实现和传达,而且是美的、艺术的、小说的传达……因此叙事方式是小说文本中有意味的形式,是高度形式化了的小说审美特性。"

南帆的《论小说的情节模式》发表于同期《上海文学》。南帆表示:"情节曾经在小说艺术中占有显赫位置。小说艺术的古老历史支持了这么一种观念:在相当的程度上,小说的美学意义取决于它的情节。经过无数小说的积累,人们逐渐舍弃表层现象而抽象出一种形而上的情节模式。这种模式规范着作家摄取素材,赋予重新组织生活现象的艺术秩序。这一方面使小说沿着情节化的方向趋于成熟,另一方面则征兆着小说的单一化和固定化。面对着丰富的客观世界和主观感知,这种模式时常难免狭隘。……当小说艺术继而延伸到19世纪末20世纪初之后,传统的小说观念终于遇到了现代审美意识的反抗。小说的情节模式不得不在小说领域中缩小了自己适应的区域。一些作家有意无意地抛开小说的习见构造而以奇异的方式重新组织素材,因之形成小说情节的'淡化'。……这鼓励了一批敏感——甚至过敏——的批评家,以至他们跃跃欲试地希图直接从理论上结束情节模式在小说艺术中的使命。于是情节的权威遭到了前所未有的冷落,进而小说价值的衡量准则也遭到了侵犯。……小说的情节模式以自身明晰的框架和井然的秩序纯净了阔大复杂、交叉错综的世界。但是,归根到底,这只是为人们审视世界提供了一个特殊的角度、方式和立足点。世界并未真的因此而简化了。……情节的模式并非小说艺术神圣的唯一模式。当作家的不同感受与认识方式改变了他艺术把握方式时,小说领域中不同的艺术模式出现在所必然。"

王富荣的《小说的传统和开放》发表于同期《上海文学》。王富荣认为:"对于西方现代小说,既要敢于借鉴和利用,又要跳出它的局限;对于传统的小说艺术既要忍痛割爱,跳出框框,又要对原有的有益的东西注意继承和发扬。不'开放',无以谈创新和开拓;而全盘'西化'也不利于我们的小说创作形成自己独特的艺术风貌。只有'融贯中外',把传统和开放紧密结合起来,补偏救弊,取长补短,才能创造出'新鲜活泼,为中国老百姓所喜闻乐见的中国作风和中国气派'的传世之作。"

同日,金健人的《视点方位与视点人物》发表于《小说导报》第10期。金健人认为:"小说家在创作的时候,用他那双'上穷碧落下黄泉'的内视眼,观察的是心灵中的物象——那些活跃在记忆、联想和想象中的人物、事件、场景、氛围……作者要看清这些心灵的物象,也必得象看现实生活中的事物一样随机调节观察方位。而作者创作时所取的观察方位,同时也大致地确定了读者欣赏时的观察方位。作者将自己的内视与各块材料之间的观察方位调节得如何,直接关系到作者对笔下感觉的真切程度;关系到心中物象被表现得丰富程度;亦同时影响着读者从作品所获得的形象的鲜明程度,犹如摄影机的焦距调节。……要获得较为自由的观察角度,可以通过两种途径:一是视点方位的选择;一是视点人物的选择。""视点方位的选择可有三种类型：定点换景、定景换点与点动景移。……为了更有效地调节观察位点，视点人物的选择较之视点方位的选择更富实质意义。""所谓视点人物，就是作者在写作时，本人很难直接出面，他总要找一个'替身'，这'替身'有时是个很象作者的叙述者，有时是作品中的某个人物，有时又会直接面对读者侃侃而谈……而根据叙述者是否介入作品，是否充当一个人物去观察、或借用一个人物的眼睛之观察，可以有局外视点与局内视点之分。在叙述者介入作品的情况下，根据所叙说的是他的视线直接所及还是转述旁人的视线所及，又有直接视点与间接视点之别。"

李哲良的《闲与不闲》发表于同期《小说导报》。李哲良指出："清代文艺理论家刘熙载说，叙事'既患旁生枝，又患如琴瑟之专一'。这就是说，节外生枝，东拉西扯，容易使主干淹没，意脉中断；但如果象洪水一样，一泄无余，又如孤桐劲竹，直来直去，势必又单调、乏味。因此，他认为最好是把二者统一起来，'融贯变化，兼之斯善'。所以，他要求：'诗要处处打得通，又要处处跳得起。草蛇灰线，生龙活虎，两般能事，当以一手兼之。'又说：'词要放得开，最忌步步相连；又要收得回，最忌行行愈远。必如天上人间，去来无迹，斯为入妙。'刘熙载还说'文如云龙雾豹，出没隐见，变化无方'，并讲了许多具体的办法。如：'"石有三面，树有四枝。"盖笔法兼阴阳向背也'；'以鸟鸣春，以虫鸣秋，此造物之借端托寓也。绝句之小中见大似之'；'正面不写写反面，本面不写写对面、旁面，须如靓影知竿乃妙'。诸如此类，妙法不少。其中要点在于：'主意拿得定，则开合变化，惟我所为。'其奥秘在于明断暗续，似断实连，不即不离，似花非花，从而收到'没要紧语正是要紧语，乱道语正是不乱道语'的奇效，即看去无关却有关，道是闲话却不闲，'明断，正取暗续也'。"

同日，纪众的《非性格小说与非性格人物》发表于《作家》第10期。纪众认为："塑造性格是小说创作的重要课题，但不是唯一目的；是小说创作的重要审美特性，但不是唯一的审美特性。……文学是'人学'。'人学'的广阔内涵就更非一个性格所能概括。在小说中，自然景物形象，社会氛围形象，概念与现象统一的理念形象及纯内心世界的心理形象，实际都未尝不可成为掌握世界的形式。……将自然景物形象从单纯表现性格中解放出来，使其在与人的相互作用中更充分地实现出它们的一切价值可能，同时成为标志社会进步、评价历史倾向的自在自为的艺术形象，目前已为许多作家所注意和追求。在《北方的河》《迷人的海》这两篇作品中，'河'与'海'尽管同时仍还是实现性格的对象，可已远不象在其它性格小说中那样，仅仅是性格对象。在这里，它们既是对象，又是主体，是有着自己独立存在的深邃灵魂和强烈个性的。"

纪众说道："谈到社会氛围形象，鲁迅的《示众》可堪称最能让人首先想到的杰作。男的、女的、老的、少的、胖的、瘦的、示众的、围观的，尽管这些人物也不是没有行为、动作及语言、外观上特征，不过很显然，所有这些都并非作为性格标志而出现，倒正恰是作为'示众'的场景特征而出现。那一个个形象生动的人物，在此仅只是社会氛围的构成因素，因而单个人是没有多少认识价值的，有认识价值的是由这许多单个人所组合成的耐人寻味的社会场面。"

纪众指出："既然人与人的差异及人对其本质的实现都已明显地从人的外在转入人的内在，那么，小说家自然也就有了探及人物内心世界的充足理由。将对人物内心世界的展示从性格塑造中分解出来，曾有人表示'不可思议'，其实，这原是用不着大惊小怪的。'横看成岭侧成峰，远近高低各不同；不识庐山真面目，只缘身在此山中。'同样道理，当小说家将其关注和笔触集中到人物内心世界时，人的或'岭'或'峰'的性格特征自然就很难再具有它直接感性的鲜明轮廓，从而自然也就失掉了人们对其性格认识有确切判断的可能。"

纪众认为："理念形象在传统小说中更为罕见。照过去的看法，理念形象提法本身似乎就有问题，因为在经验中，理性概念并不具有感性形式。可现代小说的观念却纠正了这一认识误差，实现了先前所难以设想的事。卡夫卡早已被我们接受，《审判》中的法官和法律大厦就是明显的理念形象。"

5日 饶德江的《小说诗化与审美趣味》发表于《长江文艺》第10期。饶德江谈道："小说诗化的倾向和评论家为之赞颂的情况，不但是当前引人注目的一种文学现象，而且似有方兴未艾的趋势。作家锐意创新，吸收诗歌的长处，使小说的主情性的象征味更浓，并因此而创作出精品。……问题之一，就是有较多的小说，包括被某些评论家大唱赞歌之作，都程度不同地呈现出忽视读者审美趣味的弊病。阅读那些缺乏小说特征,所谓'诗化'而情节淡薄,形象模糊或语言晦涩的小说,使读者既无品味中外名诗的欢乐,也无探究人生哲理的喜悦,只留下嚼蜡般的失望感。""总的说来,小说诗化的倾向中固然出现了审美信息丰富的佳作,而忽视读者审美趣味的作品却似不少。有志于小说诗化的作者,似应充分重视我国诗歌根植民众,时代感强,雅俗共赏的显著特征,重视当代读者的审美心理,创作出真正符合读者审美趣味的佳作。《红楼梦》的诗意美,大约很少人会加以否认。'都云作者痴,谁解其中味!'曹雪芹为了雅俗共赏,使尽可能多的读者领悟《红楼梦》之味,'披阅十载,增删五次',堪称呕心沥血。这同'老妪解诗'的传说,颇有殊途同归之妙,这,可否作为今天追求诗化的小说参考?"

同日,何镇邦的《短篇小说艺术的新蹊径——读李国文的系列短篇小说〈危楼记事〉》发表于《当代文坛》第10期。何镇邦认为:"《危楼记事》的艺术创新除了艺术构思上所表现出来的散点透视和结构上的组合式之外,主要表现在幽默感的创造上。……李国文在《危楼记事》中较多地采用夸张、变形以至怪诞的手法,以达到描述'文革'中的荒唐事、创造幽默感的目的。……李国文在《危楼记事》中还常常采用插科打诨或挂脚一将的写法,以增强其作品的幽默感。……象征与拟人是李国文在《危楼记事》中采用的另一种手法。……李国文小说的语言一向老辣,充满机趣,《危楼记事》的语言又增添了点幽默感。"

谢明德的《语言的类型和调子——短篇小说艺术探微之七》发表于同期《当代文坛》。谢明德认为:"从小说语言和反映生活的现象与对象的关系,即主体和客体的关系上考察,也许可以将小说语言分为摹拟性、主体性和图绘性三种类型。""摹拟性语言,是以作家取'纯客观'(相对而言)的态度,逼真地再现生活现象和对象为特征的。……主体性语言,不同于摹拟性语言的地方,在于它不是对对象设身处地描写,而是作家本人叙述故事、介绍人物、点染背景,或者直抒胸臆,其中自然潜隐着主体的褒贬臧否等思想情愫。……图绘性语言是形与神的有机结合,抓住有特征的形,或凸出,或夸张,或工笔,或写意,或变形,达到绘形传神、情随境出、物我交融的效果。"

同日,张德林的《"说一人肖一人"》发表于《文艺报》。张德林谈道:"塑造人物形象，仅仅'正确'是很不够的，还需要个性化，活蹦鲜跳，有血有肉；作家要尊重人物的性格逻辑，不能把自己的主观意图强加于人物，让他说自己不能说的话，做自己不能做的事。那些虽然'正确'但'不活'的人物，在我们的小说创作中，难道出现得还少吗？""什么人说什么话。人物语言要适合人物自己的身份、经历、地位、性别、年龄特征、个性习惯……"

张德林认为，为了达到这一艺术效果，作家要"培养自己对语言的高度敏锐的感觉，提高文学语言的修养、素质和表现力。同时，也要充分发挥作家的艺术想象的才能，善于设身处地，推己及人，沿着人物自身的性格逻辑，钻到人物的心里去，摸透他的思想感情和表达内心愿望的个人的思维方式，让人物说自己的话。在创作时，要多问几个为什么；要问什么人说的；为什么说的；怎么说的；在什么环境中怎么说的。只有从各个侧面，各种角度，'立体'地去思考，去探索，去表现，人物语言才能真正写'活'"。

8日 蹇先艾的《〈山里人〉序》发表于《人民日报》。蹇先艾提出："仁琮的小说一般都富有民族色采、绮丽风光，抒情的气味较浓，景物写得历历如绘，引人入胜。这是我们兄弟民族共同的特点。但也有不同之处，他很注意人物的刻画。虽然塑造的勇于创新、积极投身到改革洪流中，为社会主义现代化的侗族新人形象还不多，但能向这个方面努力，就是难能可贵的。"

10日 滕云的《阿城的"半文化小说"》发表于《批评家》第4期。滕云谈道：

"哦，原来阿城对自己的小说创作，有这么一种标格，一种'中国小说'的标格。他意在使小说完全浸入中国文化。……中国小说有自己的叙事描写技巧的体系，它是以白描为基础形成的。中国小说的演述式或说话式的叙述方式、结构方式，与白描笔法是相适应的。中国小说的文学语言具写照传神的韵味，也与白描有关。白描就是素描，不带陪衬也不介入主观分析评议，而以线画勾勒客体对象。白描的基本功能确在于再现。但艺术的再现中永远有表现。中国小说的白描，运用上乘者，所创造的并不是事物形象的摹写，而是再现性与表现性统一的艺术形象。白描与重主体、重心灵、重表现的中国艺术精神非但不相斥，反而相成。

"我看阿城小说的艺术，也正属于以白描为基础的再现与表现的二性同体。

在这里我主要指他的小说语言。

"阿城小说语言很有文学味道。在当今青年小说家中，阿城是自觉地追求小说语言的独立审美价值并取得了突出成就的一个。读他的小说，单看那叙述语言、描写语言、人物语言，就让人产生艺术欣赏的愉悦。阿城为自己创造了一种'有意味的白描'的小说语言。他在中国传统白描写照传神的基础上，更加强调作者（以及作品中的人物）对物象的感觉和印象。于是在塑形、写照中包含了情味、意味；不但是肖物传神的情味、意味，而且是超以象外的情味、意味。

"近年来大家在议论小说观念的变化，我认为阿城的说法，在小说观念变化的议论中，创了一家之言。小说不仅仅是小说，探讨小说观念的更新，不必只在小说概念中探讨生活。小说不但是一种文化现象，而且就是文化本身的凝聚：既是作者文化心理的凝聚，也是一个时期、一个时代、一个社会、一个民族的文化以及文化心理的凝聚。探讨小说观念，进到探讨文化观念的层次；探讨作家的创作心理，进到探讨作家的文化心理的层次；探讨小说作品的创作和小说作品的思想艺术内涵，进到探讨小说作品所发掘、所包含的社会文化、历史文化、民族文化丰赡与否，以及相对应的社会文化心理、历史文化心理、民族文化心理丰赡与否的层次——这样的小说学，我以为是更深刻的。'中国文化小说'的概念，也比'小说民族化'的提法，有更接近本体的好处。"

14日 人民日报评论员的《保持党的文艺政策的稳定性》发表于《人民日报》。文章指出："最近召开的党的全国代表会议号召我们：要认真重视把有理想、有道德、有文化、有纪律的精神文明建设，同体制改革和四化建设的实际工作密切结合起来，使我们党的思想政治工作得到发展和创新。作为社会主义精神文明建设组成部分的新时期的文艺工作，同样要适应时代的需要、人民的需要，做得更加有声有色，使我们的文艺有更大的发展与创新。我们要发展文艺战线的大好形势，使社会主义的文艺事业更加繁荣，很重要的一条，就是要坚定不移地贯彻执行党的十一届三中全会以来的一系列方针政策，保持党的文艺政策的稳定性。""要保持党的文艺政策的稳定性，首先要求对文艺形势有正确的估计。""保持党的文艺政策的稳定性，还要求我们鼓励文艺工作者不断做出新成绩、新贡献。""保持党的文艺政策的稳定性,是推动文艺创作繁荣和文艺工作前进的根本保证。""保持党的文艺政策的稳定性,还要求我们坚定不移地执行党的十一届三中全会以来所形成的党对文艺工作的一系列马克思主义的方针政策,避免摇来摆去。"

17日 冯川的《中篇小说学术讨论会召开》发表于《光明日报》。文中写道:"关于中篇小说近年来的发展,与会者倾向于这种估计:非文学的因素在逐渐减少,中篇作为一种文学样式开始了自己的独立发展的阶段;不再单纯倚重于重大题材的重大和涉及问题的尖锐性,而更加注重文学作为人学反映人的精神世界变迁的独特功能,加强了历史意识、文化意识、哲学意识;主题从单一走向多元,人物由单纯走向复杂,色调由明朗走向模糊,结构由封闭走向开放;创作主体和创作客体的关系也有大幅度的调整,反映论和表现论的交融的趋势开始出现,在加强作品内容对于所反映的生活的逼真性的同时,作家社会理想、审美理想、性格和气质的渗透也愈来愈强烈,创作个性愈来愈鲜明,主题思维愈来愈多样化;传统的现实主义写法仍在发挥它的威力,抽象性,象征、意象、魔幻等非现实主义手法也在独立地或交融式地被采用。"

李建鲁的《为"报告小说"正名》发表于同期《光明日报》。李建鲁表示:"首要的问题是给'报告小说'下一个明确的定义。所谓报告小说,应当说它属于小说范畴,正如历史小说、传记小说、推理小说首先是小说一样。但是,它又因为自身所具备的独特的新闻性、报告性而有别于其他小说,故而称之为报告小说。……尽管报告文学在表现生活方面较之消息和通讯有自身的长处,但它终究同消息和通讯一样,只能程度不同地回答好三个W(What Where When,是何事、在何处、当何时)。但对于某些人物和时间,读者往往还希望知道第四个W(Why,为什么),而报告文学由于严格的真人真事的局限,多半只能以主观议论和抒情去回答。……于是报告小说应运而生。这是因为要回答现实生活中第四个W,作者就必须象小说家一样,对所采访报导的人物、事件进行由表及里、去芜存精的分析、概括,从中开掘人物和事件更广的外延与更深的内涵,并以小说形式表达出来,以满足读者的需求。"

19日 金宏达的《寻找属于自己的空间——谈祖慰的小说》发表于《文艺

报》。金宏达认为："祖慰的小说是蹊径独辟，自成一格的。他不满足于老老实实地写实，而追求在重笔浓彩中加以夸张的强烈效果。在这一点上，他似是一个和写实派对峙的写意派，但是，仅仅说他的小说艺术表现的特点是夸张，写意，还是不够的。他从前辈那里更多的是要继承那种独立不羁地进行艺术探索的精神。在他的探索中，诚然还不太稳定，但我们毕竟还可以约略看到他的一些主要特征，如它尚奇矜异，又不同于《聊斋志异》。不是状写荒诞不经的狐仙花妖的传说，而是着意于一些极富现代科学色彩的故事，力求'文奇而理正'；虽多写此类故事，又非科普或科幻读物，他是在现代科学知识的基础上进行大胆、合理的想象和夸张，并探首于人们的内心世界，既有新奇的知识，又有俊美的文思；他不断扩大自己的知识结构，作品中有多学科知识的交汇，有缤纷多彩的现代语汇，讲究信息量，力图追赶知识与信息爆炸的现代社会发展趋势；在小说形式上推行'杂交'，不断翻新，既不落人家的套子，又不落自己的窠臼；'创意造言，两不相师'，在语言上也力求于哲理性、知识性和幽默感的'杂交'中，形成自己的特色，等等。"

同日《文艺报》推介《黄梅雨》。紫许在推介语中写道："例如《黄梅雨》，便是今年历史题材长篇创作的一颗硕果。这部作品，与《风萧萧》珠联璧合，实现了作者勾勒唐末农民革命历史画卷的总体构想。……将《风萧萧》中的历史脉络、情节线索和人物命运纠葛，作了进一步的拓展。广阔的背景与相应的审美视野、忠实于历史的人物事件和细节的描述，鲜明地体现了现实主义小说的美学特色。同许多历史小说相比，《黄梅雨》的过人之处，还在于它既含有翔实的史料，又绝少堆砌乃至图解史实的痕迹；既准确复呈历史事件的演进过程，又根据揭示事件同特定的时代氛围和人物性格心态内在联系的需要，将纷纭杂沓的事件巧妙地组织在匀称严谨的结构布局中，从而增强了作品的整体性和节奏感。"

20日 郭风的《屏南随笔——文艺札记》发表于《人民文学》第10期。郭风表示："有论者称，近来在国际范围内，小说有走向散文化的某种倾向。我想是吧？但是，我以为不如说是散文诗业已渗透入小说的创作领域——不如如是说，比较合适。……散文诗具备一种独特的素质，这便是它把人生和世界的变化,提高到哲理或寓言的高度来认识和加以处理,以致诗意盎然。……近代小说要取得思想的深刻性和揭示人生世态的透彻性,以显示诗意,必然要把散文诗之卓越的素质引到自己的创造世界中间去。"郭风认为,卡夫卡的《变形记》的开头,具有"散文诗的素质","或曰它吸收散文诗表达客观事物实质的本领。似乎自然、幻想和现实,沉痛和讥讽揉合于一处,写出了在资本主义社会制度下人所处的困境和异化,有如寓言。本质上是真实,寄托作家的同情和愤懑。……这使小说步入散文诗的领域"。

26日 潘凯雄的《从思索走向行动——关于张炜新作〈秋天的愤怒〉的联想》发表于《文艺报》。潘凯雄认为:"《秋天的愤怒》不仅反映了作家个人在创作上不断追求、不断突破和不断深化,而作家个人的每一次有意义的探索及其变化,无疑对整个文学创作特别是关于农村题材的创作提出一些启人思索的问题,同时又提供了一些可资借鉴的经验。"潘凯雄指出这种经验至少有两方面值得注意:"首先,即使是描写现实生活的作品,也必须保持作家对生活的独立思考和独特发现。唯有这样,才能发掘生活深层的底蕴,从而加强作品的纵深感。……其次,即使是描写现实生活的作品,也必须以人物形象的独特性和个性化为思维中心,唯有这样,才能破除农村题材创作中的公式化和理念化。"

十一月

1日 贾平凹的《四月二十七日寄友人书》发表于《上海文学》第11期。贾平凹认为:"前一个时期,对于所谓'意识流小说''朦胧诗'的争论,热闹是热闹,但并未抓住根本,故愈争论愈胡涂。可以不可以说,中国文化的积淀,是以此形成了中国国民的精神,而推广之扩大之,渗透于这个民族的性格上,政治上,经济上。……如果能进一步到民间去,从山川河流、节气时令、婚娶丧嫁、庆生送终、饮食起用、山歌俗俚、五行八卦、巫神奠祀、美术舞蹈等等等等作考察,获得的印象将更是丰富和深刻。事情都是相辅相承的,这种文化培养了民族的性格,民族的性格又反过来制约和扩张了这种文化。"

同日,程德培的《结构:作为一种现实的态度——评王安忆小说近作的结构艺术》发表于《作家》第11期。程德培谈道:"王安忆的创作发生了这样的一个变化，概括地说就是从'主观'走向了'客观'。""她的创作想象力从受制于个人的内心生活的激发，转向了对外在生活的感受和记录；她的小说世界从局限于个别形象的典型命运，转向了描写'芸芸众生'相。……《大刘庄》摆脱了显然是由读小说时的单靠听觉制约下来的直线条叙事方式，摆脱了情节发展的因果逻辑的制约性。因此，适应于旧小说模式的阅读习惯自然受到了挑战。《大刘庄》作为一部结构小说，也就是说，它是以结构的方式作为作品的骨架和支撑力。"

程德培指出："说王安忆的近作是一种艺术追求上的'自我否定'，重要的是指作者在结构手法上的一系列特色。""首先，她的小说开始了没有统一的情节线索、事件和故事，即便是有松散的情节……也不互相交织，形成戏剧性的纠葛或冲突。……其二是客观的观察记录和冷静的分析。王安忆的近作不仅叙述的语调是平静、不动声色的，就是笔下的人物也不轻易地流露自己的感情。……其三是运用拼贴法，交叉组合，在小说中不时地插入带时代鲜明特征的记录镜头，诸如武斗、分配、外调等。……其四，由于作品不是围绕着一个或几个主要人物，而是着意写芸芸众生的普通生活，所以小说记录的是大量朴实无华的日常生活的环境，普通人的生活原状，采用是一种类似电影镜头流动的大交叉大换位；现实的外在客观和内心虚幻；时间和空间的大幅度跳跃；音响和构图的交织；在恬静的、原始的、既有历史又有自然力的农村和喧闹、烦躁、拥挤的城市之间，整整一代人之生理、心理、理想、情感的需求、追求和现实的混沌之状；一连串的，跳跃的镜头转换，既一闪而过，深远的背后又有偌大的文化背景……其五，重复手法的运用。……重复手法的运用还会和王安忆近作中的跳动节奏，简洁的对话，随意的叙述章法，产生一种平衡互补的效果。"

2日 白崇人的《读〈系在皮绳扣上的魂〉断想》发表于《文艺报》。白崇人表示："为了揭示西藏现实生活中独特的内涵和矛盾，扎西达娃做了认真的思索。他不但细心观察西藏的现实生活，而且回顾西藏历史，研究西藏佛教，分析藏族人民的心理结构层次，同时寻找表现上述这些方面的恰当方法。""这时，他发现并吸取了拉美魔幻现实主义的表现方法。他认为这种表现方法能较好地抒写他对西藏生活的理解、认识，符合他本人的创作风格和审美情趣，而且和古老的西藏文化，如藏戏、史诗、神话传说以及佛教文学的表现形式和手法有很多相通之处。于是扎西达娃在《魂》中大胆地借鉴、使用了魔幻现实主义的某些手法，以期更深刻、更妥贴、更自由地反映西藏现实生活的独特矛盾及其根源，表达自己对这些问题的主体感受。因此，《魂》在'魔幻'的外衣下包裹的却是现实主义的真实性，在荒唐离奇的情节中渗透着的却是作者对现实生活的深刻认识。"

吴秀明的《认识的深化和审美意识的觉醒——谈近年历史小说创作的两个新走向》发表于同期《文艺报》。吴秀明认为，近两年历史小说在审美意识上也开始有所觉醒，刘斯奋的《白门柳》第一部《夕阳芳草》是"这两年历史小说创作中颇能体现审美意识觉醒特点的一个作品"。吴秀明指出："作者严循历史真实，对历史采用一种客观、冷静乃至超脱的'如实'态度，但他并不主张真实就是一切。而是将历史的真和艺术美有机统一起来，在创作过程中始终坚持用审美的眼光观照历史，从情节、细节的选择到人物、语言的处理，都十分注意是否具有审美价值，书中出现的各种各样人物，均按历史小说的审美规格予以造型，而不是以其抽象的阶级本质进行臧否褒贬。"

3日 雷达的《他们没有错——读〈阴错阳差〉所想到的》发表于《小说选刊》第11期。雷达认为："这部小说带有明显的纪实色彩；而目前纪实性倾向的发展是值得重视的。早在王蒙的《在伊犁》八章中，继而在《燕赵悲歌》和张辛欣的口述实录文学，以至最近的《519长镜头》中，都在把纪实性植入小说，这似乎是一种对艺术虚构的挑战，与日益发达的表现性小说形成了对应的两极。事实证明，纪实与虚构是如同'二律背反'可以并存于小说艺术中的，它是对小说观念的延伸和扩充，也是今天社会和读者所需要的。同样地，审美追求与干预功能也是在'二律背反'中并行的，并不是只有在粉碎四人帮的初期才需要所谓大胆揭露尖锐矛盾的'问题小说'的。它的生命没有也不可能结束——如果它真的刺中了一根敏感的社会神经的话。"

5日 徐岱的《小说与故事》发表于《当代文坛》第11期。徐岱认为："传统小说中的故事以物理时间为组织者，现代小说中的故事以心理时间为枢纽。通过这种改变，现代小说实现了创作重心的转移，即将以往小说中的以故事为中心代之以现代小说中以情感表现为中心。而故事虽成了真正的框架和链条，但它依然在小说中扮演着不可忽视的角色。"

同日，钟本康的《漫话小说的艺术氛围》发表于《广西文学》第11期。钟本康认为："氛围在小说中的运用是多种多样的，大致说来，可以有三个层次：场面的气氛渲染，整个形象的氛围渗透，人物、事件、环境的氛围化。……这里说的三个层次的氛围，在鲁迅小说中全都具备。……近几年的小说在此同时，更注重于小说艺术的探求。自觉地创造氛围就是这种艺术探求的一个富有成效的实践。……氛围浓郁的小说显著的特点之一是情节的淡化、性格的泛化。……这里的情节和性格描写都被控制在某种氛围的效果之下，或互相对应的效果之中。……背景的完整性、象征性，是氛围浓郁的小说另一个显著的特征。……背景是自然的、历史的、现实的、时代的环境的总和。背景是心灵的机缘，一个孤立的心灵、个性是不成其为心灵、个性的，正象离开空气一切生物都失去了生命一样。……氛围是一种无形的、潜在的、巨大的冲击力，小说中所描写的一切都多多少少受到它的冲刷，它把实的东西化虚了。……创造氛围的基本途径一般是：作家对特定的地域的历史沿革、人事变迁、风土情貌等等有尽可能清楚的把握，深切的感受，构成综合印象，并在自己的心灵熔炉中熔化，包容万象，超越万象，通过顿悟，升华为一种意象、情致、情绪，然后在创作时倾吐出来、外射出来，使笔下的环境、人物、情节都渗透、交融着这种意象、情致、情绪。"

同日，穆木的《真假难辨　虚实相间——读张宇的中篇小说〈活鬼〉》发表于《莽原》第5期。穆木谈道："'多年来的教训，使我们在一个地方开窍了，这就是写人物，一定要写出人物的复杂性。'……侯七的问世，再次打破了以往将人刻板地分为'好人'或'坏人'的划类法。诚然，侯七不是英雄好汉，甚至算不上正人君子，但他是一个血肉丰满、有情有感的鲜活的人，'是一个完满的有生气的人，而不是某种孤立的性格特征的寓言式的抽象品'（黑格尔语），他所生活过的两个截然相反的时代，他所表现出的异于常人的性格，他所走过的曲折坎坷的道路，构成了他独特的命运。别林斯基说：'中篇小说是人类命运无穷的长诗中的一个插曲。'《活鬼》这支'插曲'，别有韵味。"

向祝的《到心灵世界里去探险——读顾潇的〈梦追南楼〉》发表于同期《莽原》。向祝指出："除了那些低级、平庸的'艳史'之外，凡属认真严肃的以爱情为题材的作品，总是透出社会历史的消息，并在此背景上探索着人的灵魂的奥秘。我以为，顾潇的中篇新作《梦追南楼》（载《莽原》一九八五年第五期）就是属于这一类作品的。……她善于把'情'的雾波与社会生活的变动联系起来，但她往往是把时代、社会推到背景上去，而把'情'放在描绘的重点上，她攀登着'情'的梯子到心灵世界里去探险，每篇都有新的发现。"

同日，李洁非、张陵的《"小鲍庄"与我们的"理论"》发表于《文学自由谈》创刊号。李洁非、张陵表示："作为一种'理论'，'典型化原则'曾经是上个时代的文艺实践的成功概括。在那个时代，悲剧精神曾被认为是艺术的理想；艺术的使命就是塑造具有崇高感和有明确的自我责任感的理性人物形象，并赞美某种永恒的力量和普遍的秩序。'典型化原则'其实就是悲剧精神的中国当代文艺理论范式，它要求对生活进行'加工，集中，提炼和提高'，以发现生活的所谓'本质'，塑造能够体现悲剧崇高感的各类'英雄'形象。……世界性的现实表明，文学的进程始终是与人对人性的认识进程保持一致。……在现代，人性越来越向着世俗的生活复归，既非神性亦非英雄性，而就是某一个普通人的世俗性，或叫实在性。在被发现的平凡的新生活面前，悲剧精神、'崇高'的概念和'典型化原则'已被认为是虚构的、做作的、浪漫蒂克的，并且远离普通人的现实。……王安忆也对'典型化原则'发生了重大怀疑，把它归于纯属人为的'理论'虚构。其实不仅如此，在《棋王》和《你别无选择》这些新近的小说中，我们也能够感到它们对我们的'理论'的怀疑，尽管《小鲍庄》的矛头所向更要直截了当一些。"

王绯的《当今荒诞品格小说探微》发表于同期《文学自由谈》。王绯谈道："在人们的审美经验积淀稀薄的瘠壤上，一种具有荒诞品格的现代小说悄然出土了。而且，不是一两篇作品，一两位作家所为。《小说家》仅今年第二期就连发了两篇荒诞品格小说，《西藏文学》今年第六期还编了'魔幻小说特辑'，其中发表的一个中篇、四个短篇，不愧为'西藏的魔幻'。这类作品为文学提供了新的观察世界的视角、认识事物的方式和把握生活的手段。深入到当今荒诞品格小说中去寻求其艺术奥秘,将是一次很有趣味的美学探察。"

王绯认为,荒诞品格小说"通过象征和对比的传导方式,被人领悟、把握,引导人从反常的特殊界回归正常的普遍界,显示出作品独特的思想认识价值"。王绯指出:"象征的传导效率是直接取决于作品荒诞性的程度的。背离真实世界的程度浅,荒诞程度不高的作品,其象征性不复杂,暗寓意亦容易捕获,因此传导的速度快,负载的信息量单纯,过程明快。……相反,如果作品背离真实的程度大,主观性强、荒诞程度高,其象征性越复杂、暧昧,暗寓意越难以捕捉,因而传导所负载的信息量也多,过程繁复,速度亦缓慢。这类作品所含的多义性的思想内涵往往需要经过几番周折,方可被确认,其具体意义一般都很难清晰地把握住,只能界定出作品的象征极限,从中悟出作者多重的思想意向。"

张兴劲的《当代短篇小说观念:从开放走向放大》发表于同期《文学自由谈》。张兴劲认为:"短篇小说观念自身在宏观层次上的放大,成为了近几年来短篇小说创作中富于实践意义的命题——""标志之一:从单一的现实政治功利观念向比较宽泛的社会人生观念的放大。""标志之二:在艺术形式的内在结构—功能特征上,从客观的叙述故事向深邃地、立体化地表现人的主观、心灵世界的放大,从'外部'向'内部'的放大。……把'从外部'和'从内部'两方面融合起来,从而能够立体化地表现出真实的'人'和'人生'的内容,也从而能够充实和扩大短篇小说的艺术表现容量。"

张兴劲还认为传统小说中的情节观念很早就被放大了,他谈道:"放大的特征是:情节不一定是由充满戏剧性(故事性)的矛盾冲突所构成,而是可以把平淡琐细而又自然有趣的生活本身的某些片断撷取到情节里,辅以较多的细节描写以及场景、氛围的铺染。""现在我们再来看当代短篇小说关于主题的观念是如何放大的。……在我这里是指当代短篇小说中主题观念的放大,它具有三个层次的标志:(1)主题的多重性;(2)主题的多义性;(3)主题形态的多元性。""当代短篇小说主题多重性的出现,表明它的主题容量的增大。在失去单纯性(单一性)而获得丰富性(多重性)的同时,有些短篇小说的主题显得不那么鲜明凸现,不那么一目了然,而是带着较多的模糊性、随机性、不确定性，归结起来，就是出现了主题的多义性。……当代短篇小说主题观念的放大，不仅指量的特征，而且还可以有质的特征。主题形态在质的特征意义上表现出多元性。……关于当代短篇小说中的主题，可以在质的特征、质的层次、质的关系上还分为三种形态。我这里尝试名之曰主题思想——主题意念——主题情绪。"

9日 钱念孙的《文学之"根"的多向伸展和寻"根"眼光的扩大》发表于《文艺报》的《关于文学寻"根"问题的讨论》专栏。钱念孙谈道："我们在讨论寻'根'问题时，与其寻根者带有作家洒脱、随意性的某些说法过于认真，不如检视一下被他们目为文学之'根'的民族传统文化究竟是怎样形成发展的，进而看我们究竟应该怎样寻根。……被看作文学之'根'的我们民族的传统文化是一个开放的机制——是一种在自己的历史发展中既保持、承接了自己的传统，又开放地吸收、溶化、积淀了多种文化因素的合成文化。它虽然在自己的不同地域具有不同的地方色彩，甚至可以形成以地方色彩为特征的文学流派，但真正能够在文学史上彪炳中华并闪耀世界的地方色彩及文学流派，其所创造的艺术作品决不只是纯粹地域固有色的简单涂抹，而必然是在自己的固有色上又揉进、调合了其它文学色调的丰富世界。"

孙荪的《从清浅到浑厚——读张宇的〈活鬼〉等近作》发表于同期《文艺报》。孙荪认为："《活鬼》的作者是聪明的，他在写法上杂取诸家杂糅诸法，通篇几经变化。开头从介绍何谓三教九流入手，好象游戏文学，这种'神聊'式的叙述方法，亦庄亦谐，亦雅亦俗，贯穿到底，如农村喷空，又有中国话本的遗风；中间基本上是写实手法；写到后来，特别是十年动乱中，则是黑色幽默式的笔墨，在近乎荒诞的故事中写出特定时期世态人生相和社会心理流。小说的这种变化显然是适应于并统一于表现对象——人物性格发展的需要，并无刻意玩弄手法以眩人耳目之感。"

张韧的《超越前的裂变与调整》发表于同期《文艺报》。张韧认为："探求历史文化与民族心理结构的文学突起，无疑是当前创作首先值得注意的现象。……一些颇具现代派特点的、耐人咀嚼的作品的出现，是当前创作中又一个值得注意的现象。西方现代主义对新时期文学的冲击，可以说时起时落，时隐时现。它的第一次冲击波如果说主要表现为有关'现代化'与'现代派'问题的理论形态上的论争的话，那么这一次冲击波的主要特点则是不谈理论而用创作实绩敲开了当代文坛的门扉。……今天，现代派的作品与'民族文化派'小说各属不同的艺术派别，自有千差万别。然而，成熟的文学不能没有民族的文化背景作基础，在这一点上，恰恰是它值得特殊注意解决的一个弱点，从而逐步在中国沃土和读者接受性上安营扎寨，以焕发它自己的艺术魅力与威力。""写实与写意的小说分庭而立，同存共荣，彼此竞赛，此乃是目前创作值得注意的另一现象。"

10日 张德林的《"视角"的艺术——小说艺术谈》发表于《当代文艺探索》第6期。张德林认为："视角，原出于绘画透视学中的一个术语。画家写生，要善于选择'最佳视角'。所谓'最佳视角'，它就是指画家观察生活、描绘人物、揭示人物的精神特征、掌握人物与景物的准确对比度和调整光线明暗关系的一个最恰当的角度。视角选择不当，便会影响画稿的艺术质量。""小说是'叙事文学'的一种。作家进行创作，如何选择最佳的叙述视角，同样至关重要。叙述视角的选择和确定，不单是个技巧问题，艺术形式问题，它与作品的内容，作家为表现这一内容所采取的整体艺术构思，都有密切的关系。""小说中的叙述视角，一般说来，有两个。一曰外视角，即由作家以叙事人的身份作叙述。这个叙事人是非情节因素，并不包孕在故事情节之内，但他是创作小说的主体，犹如万能的'上帝'，对作品中的每个人物的命运了如指掌，对作品中发生的每件事一清二楚。我们通常所说的'全知全能'的外视角叙述方式，就是指作者以叙事人的身份，从外部把小说的内容描述给读者看。二曰内视角。作者不出面，让作品中的某个人物或某几个人物充当事件、生活场景、故事情节的目击者和叙述者。叙事者本身并不游离于情节之外，而是溶化在情节之中，成为构筑情节的不可缺少的因素之一，用作家笔下的人物的眼光来观察世界，透视生活，这便是内视角的叙述方式。"

14日 冯骥才的《关于〈感谢生活〉与苏联汉学家鲍里斯·弗里京（李福清）的通信》发表于《中篇小说选刊》第6期。冯骥才指出："比喻是各民族语言文学中共有的要素之一。中国古诗中讲'赋、比、兴'。比就指比喻。但由于语言结构不一样，看上去用法不相同。五四新文化运动后，中国新文学的语言结构，在向大众语言结构（白话文）转化过程中，渗入外来结构方式，包括比喻的用法在内，也都发生变化。我的一些作品，受俄罗斯文学影响是明显的，大概与我少年到青年时期，大量读过俄罗斯文学作品有关。不单比喻，有时句式、结构方式，乃至调子，都会不自觉显出曾经喜爱的某位俄罗斯作家的影响来。这篇《感谢生活》也是一样。"

蒋子龙的《著书不为丹铅误》（关于《阴错阳差》）发表于同期《中篇小说选刊》。蒋子龙谈道："只能用美学和道德这两只眼来审视社会心理，尽可能沉入到历史意识和现实意识的深层结构中去。这里最难的是超过自己的精神局限和感情局限，超脱到'写意'的地步。却又不能全部丢掉'写实'……我重视艺术的凝聚力，却不想否认艺术的社会调节作用。每当我拿起笔来，总感到稿纸上有两条路：一条通向人生的舞台，一条进入自己的主观世界。前者要透视生活的真蕴，把握人生的哲理，处理各种纷繁的事物，安排人物在社会结构中的位置。浅了不行，邪了不行，假了不行。还容易陷入传统手法的老套。后者则可以让想象自由驰骋，把自身当做工具，通向人物的心灵。……所以我想借助于自己对生活的实践经验和内心体验，尽量在小说中体现人生境界和精神境界的结合。我不相信文字真的能复制生活。但相信小说表现社会生活的巨大潜力还远远没有都开发出来。"

15日 盛子潮、朱水涌的《新时期小说中象征的破译和审美意义》发表于《当代文艺思潮》第6期。盛子潮、朱水涌认为："从总体上走向象征性，这是新时期小说创作一个极鲜明的趋势。……一篇优秀小说，就是一个有机的整体，每一部分都不是多余的，但各部分之间还是有重要和次要之分。做为小说的开头部分，无可厚非是个重要的位置，故有'凤头'之称。……一旦小说开头出现作者着力描绘、渲染的物象时，它就要受到读者的注意，而引起读者对物象意蕴的探究。""同样，小说的结尾也是一个异常重要的位置，它是一个艺术整体的终结。它可以不是事件的结束但却不能以缺少'美'终，即使情节变幻莫定、富于神秘感的小说，作家都必须保持清醒的头脑，让一切神秘之物在终结时解决清楚。因此，善于运用象征方式的小说家，往往在小说结尾部分，推出象征体,暗示作家的主观意向,增强美感力量。""新时期小说的象征体,更多是以复用的形式出现,即反复出现在小说中,并且成为小说情节的扭结物,贯穿于作品始终。……在新时期小说中,显然有两类不同的象征:即所谓公用象征和私立象征。……从新时期小说的象征看,公用象征和私立象征有以下三点不同:其一、公用象征其象征体与象征意义之间有一种必然的、约定俗成的关系,可以溯源。……其二、公用象征的象征意义是明了的,直接显现的。而私立象征的象征意义是隐蔽的、间接的、暗示的。……其三、公用象征一般是一对一的象征,意义比较固定,有确指性;而私立象征往往是多义的,具有朦胧、暧昧的不确指性。"

吴秉杰的《新时期小说艺术的多样化趋势初探》发表于同期《当代文艺思潮》。吴秉杰谈道:"在小说创作中存在着'写实'和'写意'两股不同的艺术潮流,它们代表着作家不同的美学追求与不同的艺术方法,那么,我们便理应再前进一步,作出尝试,寻找这两种不同的艺术方法在审美上的特征。""我觉得,基本的区别在于写实的方法突出了艺术表现中的客观倾向,写意的方法则突出了艺术表现中的主观倾向。这不仅反映在艺术形象的选择、孕育、构造上;也反映在形象的联系——情节的铺衍上;反映在对艺术形象、事件的评价——作者情感渗透、介入的方式上。……写实的方法普遍采用生活本身的形式来反映生活,构筑自己的艺术世界,细节、材料、社会生活过程的真实性、可检验性,是这种方法本身的合乎逻辑的延伸。它也幻想,夸张,但是是有限度的;想象,只是为了把客观生活中获得的材料组织起来,使其集中,统一,完整,因而更富于真实感。……与此相对,写意的作品却并不拘于以生活本身的形态、本身的样式来反映生活,而采取了更适宜于表现主观精神、思想、情感的艺术形式。……除了小说创作的抒情形式,写意方法采用的另一种主要艺术形式,不妨称之为'假定——虚拟的形式'。……它往往是为了表达一种哲理的认识或讽喻的意义,而在实际生活中又难以找到恰当而又具体的材料时,才采用了这一虚拟的形式。它不重写实而务求传神,突出了小说夸张、变形、嘲讽、象征等特点,并驱遣读者,透过这种虚拟,进入理性的沉思。"

同日,苏丁、仲呈祥的《论阿城的美学追求》发表于《文学评论》第6期。苏丁、仲呈祥表示："阿城小说里寂寞的背景和淡泊的人物所构成的冲澹宁静的风格，就更多地同含蓄、阴柔的自然美、朴素美相联系。""阿城小说的结构是非亚里斯多德式的：缺乏鲜明的结构形式痕迹，也没有贯穿始终的动作。阿城把生活中磕磕绊绊的事情带入了文学，把通常小说中那种紧密相联的情节挤得松动了。他描写的细节很难说直奔一个既定的主题。""阿城小说在总体上的静穆、严和，还得力于他精心安排的一种封闭性结构形态。""阿城小说的结尾，也是典型的中国式的。那种不涉语之境，含蓄蕴藉，意义丰厚，给人'欲说还休，欲说还休'之感。"苏丁、仲呈祥认为："由于阿城对传统文化并非食古不化，更非怀旧式地把已经发霉的东西重新拿出来展览一番，而是以开放的眼光，含英咀华，弃其糟粕，故能入而复出，善于在其积极意义的本质上再生，化为观照生活的一种哲学意识，一种审美特征，一种表现风格，一种结构方式，乃至一种语言技巧，并不露痕迹地渗融到创作的全过程中去。"

云千的《中篇小说学术讨论会记略》发表于同期《文学评论》。云千指出："有的同志认为，从艺术结构说，中篇小说既近似长篇小说那样可以较为宽广地概括生活，又有短篇小说比较迅速而敏捷地反映瞬息万变生活的特点。这种长、短适中的艺术形式易于适应时代的要求、生活的节奏和读者的欣赏心理。""对于怎样认识和掌握中篇小说的审美属性，与会代表的意见不一。有的同志认为，除了要从体裁分类学的角度讨论中篇小说的体制形式、结构间架以及字数篇幅，还应该从小说美学的角度，将中篇小说不同于长、短篇小说的诸形式因素综合起来，阐述中篇小说特殊的审美属性。……中篇截取的则是生活、人生中的一个完整的段落，带着这一段落空间的广延性与时间的连续性，这方面中篇近似长篇。但中篇也不是长篇与短篇的合体，而是长篇的审美特性与短篇的审美特性的对立统一体，是长、短篇之外具有独立审美价值的第三体。有的同志认为，中篇小说这种艺术形式既是独立的，但又不自成一统。……有的同志指出，必须从结构，从审美属性方面探索中篇小说创作的艺术规律，否则，完全有可能使中篇小说丧失自身存在的价值，消溶于长篇或短篇之中。"

同日，滕云的《大文学的时代——当今文学总体结构的十点变化》发表于《文学探索》创刊号。滕云称："据一位著名的美学家的判断，'真正的中国现代派的文学作品'已经出现。这是李泽厚就小说《你别无选择》说的。这种说法恐不是只一位理论家的意见。与此同时,有相当一些作家,包括曾经向西方现代派寻求借鉴的中青年作家,现在力图向民族文化回归,在民族传统文化中寻'根',并以创造浸润中国文化意识的中国小说文化为奋斗目标。中国当代小说、当代文学中的'现代派'与'民族文化派'几乎同时产生,彼此有别而并不相斥,不但不相斥而且相容,这一事实展示出当今文学总体结构的又一种新格局。"

同日,杨桂欣的《简论〈沉重的翅膀〉的艺术性》发表于《文艺评论》第6期。杨桂欣认为:"《沉重的翅膀》在艺术结构上既吸取了我国古典长篇小说在艺术结构上的某些优长之处,也借鉴了外国优秀长篇小说的某种结构处理的方法,形成了自己所独有的新颖而又容量较大的艺术结构……其次,全靠对生活和人物的灵敏而准确的艺术感应力和生动、鲜明而又细腻的艺术描写,以抓住和提高作者的阅读兴趣。……第三,善于开拓和发掘人物心灵世界的空间及其荫蔽之所。……第四,主要通过对人物的描写和对生活进程的叙述,表达了作家鲜明而强烈的革命热情和判断是非的革命胆识。"

张德祥的《论中篇小说艺术形态的特征》发表于同期《文艺评论》。张德祥谈道:"本文试图从量和质的关系的角度来考察中篇小说艺术形态的特征。一、量的分析。……A. 篇幅量。这是最明显的量的显现。……决定能否构成中篇小说的不是文字和篇幅,而是生活画面,文字真正构成了生活画面才能显示出它的量的意义。……B. 生活画面……小说的生活画面不是凝铸为视觉可见可感的实物,而是通过文字符号形成想象中的生活画面,是主观化了的客观现实。并且它不仅有空间因素,而且有时间因素。所以这种生活画面是主观与客观、时间与空间有机组合的幻象、意象。一定的这种幻象的量构成一定小说形态的质,一种小说形态必然有一定的这种幻象的量的限度,这就是不同小说形态把握生活内容的要求不同。但这种幻象的主观因素常常隐匿而以客观形象、生活图景表现出来,这样,客观图景、生活画面的量便集中体现为时间和空间的量,时间和空间是生活画面最基本的量的因素。……C. 中篇小说的量与质……对中篇小说量的把握,必须通过对它的量所形成的质的感受来把握,就是对它所形成的特有的审美氛围的美感度的体味来衡量它的量。这就需要寻求中篇小说的量体现在质上的结构特征、塑造人物的特征、审美属性和把握生活的方式来说明中篇小说形态最一般的、基本的特征,从而显示它和生活画面的量的关系。"

张景超的《一个值得重新探讨的问题——论普通人在文学中的地位》发表于同期《文艺评论》。张景超认为:"我们赞同写英雄、写新人,也反对以种种借口来压制普通人形象的创造。普通人是生活的主体,以人民为服务对象的社会主义文学理应在他们身上多花费笔墨。见着普通人形象多起来便惊惶,便以各式各样的'英雄文学'来挤压,绝不是对社会主义文学的维护。"

同日,曾华鹏的《论石言的小说》发表于《钟山》第6期。曾华鹏认为:"努力变换描写生活的角度,采用多样的反映现实的方式,这是石言小说近作留给读者的一个深刻印象。……情节的生动性是石言小说创作的一个突出的特色。他的小说有很强的可读性,这既得益于他曾从事过剧本创作和革命故事的写作,同时和他本人的美学追求也是分不开的。"

16日 王愚的《文学在较深层次上的开拓》发表于《文艺报》。王愚认为:"一些新发表的小说创作,特别是一些长篇,在这个方面有不少新的开拓。这些小说,不仅不同于那种直接描绘政治事件和传达政治概念的小说,也逐步摆脱了简单摹写生活现象和一般勾勒现实矛盾冲突的模式,它们在历史与背景上,深入探索民族文化心理结构的历史性衍变,从较深的层次上把握现实社会的历史走向。……这些作品给读者的感受,就不仅是生活的画面,风俗的描绘,人物的举止,当然更不是故事的曲折和细节的生动,而是我们这个民族的过去、现在和将来文化积淀和心理结构历史演变的过程,使读者在审美意识上有了更为丰富的拓展,在情操品德上受到潜移默化的感染,既不会无视于民族文化长期形成的较为稳定的心理结构,也不会固步自封,在民族传统的闭塞系统内停滞不前。"

《西安市讨论贾平凹新作》发表于同期《文艺报》。文章提到:"与会同志指出,《天狗》等系列中篇不借助叙述完整的故事,而是着眼于描写一定历史条件下人的思想、感情、揭示美与丑的斗争,挖掘人物内心深处美好的东西。""贾平凹借助其在商州的生活积累,对商州风俗、民情的熟悉,在艺术表现上不过分雕琢,通过客观地、冷静地叙述,以接近生活的原貌、富有情趣的细节，来感染读者。过去他的作品是这样，《天狗》似乎更突出，在整个作品中流动着一种朴实、亲切的艺术美感。""大家普遍认为，贾平凹在《天狗》等系列中篇中的探索是有意义的。希望他在更高的层次上，从民族传统和时代精神方面，更准确、更深刻地揭示人的本体；进一步开阔生活领域，力求避免作品的雷同与重复，努力攀登新的艺术高峰。"

20日 李星的《大山的沟回——读阿城的〈棋王〉〈孩子王〉〈树王〉》发表于《小说评论》第6期。李星认为，"一般写感觉只到心理为止，他却深入到生理的层次，写了从心理到生理的复合感觉"，"阿城艺术思维方式将纵向的深和横向的广结合起来，将历史和现实结合起来，将局部的人生与整个的人生交融在一起，达到了对生活本身的超越。……他作品中充盈着的民族尊严感、稳定感、自信力，不仅仅是民族传统心理的延续，而且有世界的时代的自觉，有着极强的现实感"。

徐岱的《小说与诗》发表于同期《小说评论》。徐岱指出，小说与诗之间"已经出现了一种互相融合的趋势，更确切地说，是小说在迅速地向诗靠拢"，"现代小说创作已经呈现出一种世界性的诗化倾向"。徐岱认为，"以往小说家们的情绪感受主要是为塑造典型性格、展现客观风貌服务的；在现代诗化小说里作者塑造人物、描述事件则是为表现自己的情感所支配的。这种重心的不同，正是传统小说与诗化小说的一大根本区别，并由此决定了诗化小说在艺术表现手法上的一系列变异"，其变异具体体现为"景物描写的象征化""语言的节奏化""人物心理描写的表现化"等。

徐岱具体分析了小说呈现出诗化倾向的原因，"就小说内部的发展规律而言，这是由于传统小说自身的'增熵'所引起的一种'负反馈'"，"其中一个突出的原因是内容的过多重复"，"另一个原因表现为叙述手法的陈旧"；"就小说外在的广泛联系而言，小说的诗化与近代心理学对'意识流'的发现有密切联系"；"导致小说诗化的最根本原因还在于小说与诗有其作为艺术的两种样式的共性"。

徐岱认为诗化为小说开创了一条新途径，为其注入了活力，"诗化有助于拓展小说反映生活的广度和深度"，"诗化小说对诗的象征技巧的借鉴也使它比起传统小说来显得更为含蓄隽永","诗化加强了小说的美感,增添了小说的艺术魅力","诗化为小说创作更为重要的意义还在于它强化了小说作为一门艺术所必不可少的审美品性"。徐岱指出,"如果说以往的小说已经为世界文学宝库提供了一大批具有鲜明性格特点的艺术典型,那么我们完全有理由期待着今天的诗化小说在生动而有力地刻画艺术形象的基础上,奉献给我们一曲'典型性格'与'典型情绪'的二重奏,而这也应该是现代小说通过诗化而革新的真正价值所在"。

周政保的《军事题材小说的审美价值》发表于同期《小说评论》。周政保认为,较好的军事题材小说其本体价值应有三个方面:一是"以其独特的形象、色彩、韵律,真实地展现军人的生活画面,军营的、战场的……";二是"经由军人生活的描写,进一步揭示军人的气质、品格、精神及其丰富多彩的内心世界";三是"一般意义上的主题揭示界域"。周政保认为"深层寓意的价值体现"的一个重要的艺术方式就是"跨越本体描写","经由充满了军事性色彩的生活画面或现实情绪的具体描写,去追寻一种既属于军人的、但又属于整个时代的、可能引起全社会共鸣的思情境界","这种境界,的确是一种容量空间的扩大,一种从有限向无限的转化,一种审美价值的升华与飞跃,因此也是一种军事题材小说走向成熟的标志"。

23日 孔凡青、刘思谦的《多样化:小说发展之大趋势》发表于《文艺报》。孔凡青、刘思谦认为:"新时期小说终于实现了从单一到多样的巨变。……无论从哪个角度去看,小说都是各式各样的了。在题材的多种选择面前,出现了以题材类别为标志的小说品种的横向增殖。""从小说的结构形态来看,现代小说技巧对当代小说的冲击,带来了小说结构形态的开放,情节结构作为小说结构形态的正宗,它的一统局面被打破了,心理结构小说出现了并且发展了,成为与情节结构并存的两大结构形态。此外,又有一些新鲜的小说结构形态脱颖而出。刘索拉的《你别无选择》《蓝天绿海》,是天马行空式的自由结构,或曰象生活的自然形态一样自然的生活结构。刘心武的《钟鼓楼》、王安忆的《小鲍庄》,运用了定点共时的方法组织结构,但前者作家的主观强烈介入小说结构,以夹叙夹议的方式解剖了一个北京四合院,作家的议论、剖析成为不可或缺的小说要素。而后者作家的'自我'仿佛退出了小说，通篇以各种人物的感觉相支撑，结构散淡自然而又有聚合力。"

25日　蔡翔的《对确实性的寻求——梁晓声部分知青小说概评》发表于《当代作家评论》第6期。蔡翔谈道："这种多层次交错组合的二元对立的内在组织形式（人和自然的对立以及人与人之间的对立，等等）构成了梁晓声作品的均衡对称的外在艺术形式。我觉得，在这些两两相对的关系中，同样渗透着作者的确定的追求，他几乎总是循着同一的角度去观察对象，而很少同时从相反的角度来考虑这些对象的存在。"

陈力强的《风情·性格·命运——葛川江系列小说随感》发表于同期《当代作家评论》。陈力强认为："因为题材的别致和作者的'远景态度'，读李杭育小说，追随他的远距离的散点透视，一幅葛川江溯江两岸的生活扇开在你面前。作者不露声色，不断地给予你机智的描叙，或硬朗、粗犷，或朴拙、诙谐，浑朴的格调中渗透着野性的风俗感，这是系列小说艺术观照的总体风貌。……葛川江系列中，风俗是诗的，更是哲理的、历史的，在风俗画的深化中，把握着历史的必然的走向。""李杭育在对人物性格的锻打中，发现一种粗坯的自然质的真实和丰富性，在对个性的多角度、多侧面的探测，对个体和个体精神的发掘中，抛弃了印上理想色彩的净化的人，塑造出系列更为本色的、战胜自己的人物。……作者以情节中大量空白的运筹，以自然的原色和情节的逻辑性暗示，以它的风俗和哲理的联合，以新与旧交织的双面背景，以外层性质与内心反差的丰富形态，从而表现出思想力度、文化意义和人物的精神气质。"

陈思和的《挑战：从形式到内容——读〈北京人〉随想》发表于同期《当代作家评论》。陈思和谈道："现在《北京人》发表，公开打出了'口述实录文学'的旗号，这无疑是一个解放文体的标志。对于一种新文学样式的理解，我以为切莫先用'小说'的框子去套用，去规范，使其小说化。应该改变的是我们自身所持的旧标准，以及由这些标准所构起的文学幻象。……'口述实录文学'在形式上保障了它的内容与主旨，这样的艺术形式与它所要表达的内容，浑成一体。"

程德培的《"葛川江风光"——李杭育作品印象》发表于同期《当代作家

评论》。程德培认为:"用杭育自己的话讲,他追求表现的是宽泛意义的葛川江'文化'。……他笔下的葛川江自然风光和这一流域的民俗民风、打渔佬的生产方式和处世方式,都体现了醇醇如酒的地区风味。因此,作者笔下的'世界'没有停留在用风光之秀丽去简单地映衬,甚至淹没这里人民生活的历史长河和当今世态。"

董大中的《论成一的心态小说》发表于同期《当代作家评论》。董大中认为:"成一的小说不靠情节取胜,他的这篇小说就没有情节,只有人物的心理活动。作者把'外面的世界'当作人物心理活动的触发器,让人物'触''外面的世界'之'景',而'生'自己内心之'情'。……成一这种切入生活法,就使他的小说的开头,经常使用那些表现事件正在进行、重复、递进、转折或表现某种情况所达到的范围、程度等等的字眼。""成一小说中人物的意念活动虽然总是围绕着一个中心展开,但它在时间和空间上常常会扩展到很远,这就产生了一种现象:人物的意念过程(心理过程)远远超过现实过程。……把心理过程作为小说的结构线,这是成一小说的一个显著特色,也是他对小说艺术所作的重要贡献。……要表现人物的心理过程,不外乎人物自己的内心独白和作者站在客观立场上所作的心理分析(描写)两种,而如果这两种方法交叉起来使用,又必然会引起人称的变换。所以,内心独白、心理分析与人称的变换,在成一小说中随处可见。"

何锐的《他在乡土的沃壤中耕耘——论李宽定的小说创作》发表于同期《当代作家评论》。何锐认为:"作家十分注意语言的民族化和地方色彩。他的语言质朴、淡雅而有韵味,用这样的语言描摹风俗民情,往往富有诗意。……在叙述语言中他还汲取了民间文学的营养。""在李宽定有的作品中,主要是通过主人公感情的自我抒发,以表现和揭示人物灵魂的真实。……李宽定在刻画人物的时候,还善于通过对比的方式,将人物性格的不同之点鲜明地区分开来。……李宽定往往是从女性的角度去进行伦理道德的探索的。"

李作祥的《读张涛的〈斗牛人〉》发表于同期《当代作家评论》。李作祥认为:"张涛这篇小说写得好,还好在他在处理主人公现在与过去时,能在叙事中找到一种自然而不露痕迹的过渡,换一句话说,就是作者在回叙过去与描写现在时衔接得很自然，用一句电影术语，就是'蒙太奇'组合得好，也转换得好。"

梁旭东的《论李杭育的艺术光点——对当代小说审美特点的思考》发表于同期《当代作家评论》。梁旭东认为："李杭育的美学发现就在于此：在错综复杂的历史现象里，看到令人眼花缭乱的新事物所包孕的旧因素，看到行将消亡的旧内容里所凝聚的新趋向。这种整体性的艺术思维特点，使作品具有艺术的张力，在更高的哲学层次里获得广阔的延伸性和涵盖面，因而具有普遍的象征意义。""再次回顾反思葛川江的系列小说，我们看到在寻求'人心与风俗相为表里'的总体美学表现中，小说粗疏散乱的结构，随意性极强的生动细节，都浸透着一种诗化了的目标感。"

王东明的《〈北京人〉与张辛欣的心理小说》发表于同期《当代作家评论》。王东明认为："口述实录文学，顾名思义，强调的是'实'，这与心理小说尚'虚'的特质似乎刚好相反。前者'能够使文字与读者，文字所表达的内容与现实之间的空间缩小'；所表明后者以有意识、含目的的契入，使这个空间拉开一段距离。前者在所表现的客体面前，往往采取直接的方式，通过主人公之口，把一切都表达得那样明白；后者则极力使之虚化、心理化，通过人物的内心活动折射式地予以反映。这两种文学样式在美学特征上的差异，恰恰提供了一种互补的可能，为富有创造精神的作家驰骋才能开辟了天地。当然，互补并不是要消弥两种文学样式各自的特性，而是旨在经过含茹吐纳，进一步丰富所择取的文学样式的艺术表现力。"

汪宗元的《不要小看了滑志明——读纪实小说〈5·19长镜头〉》发表于同期《当代作家评论》。汪宗元认为："纪实文学必须真实，但这种真实不应是新闻报道式的真实，更不是符合某种实传口径的真实，甚至也不仅是5·19事件本身的生活真实，而应是作家敏锐地感受到的体现着历史纵深感的本质真实。"

吴亮的《孤独与合群——李杭育印象》发表于同期《当代作家评论》。吴亮认为："讨厌程式，不在乎规矩法则，在他的小说制作中清楚不过地体现出来。他故意不讲究章法，不讲究比例，故意弄得不对称，把某一部分搞得很臃肿，又把另一部分略去不说。他反其道而行之，不讲匀称，不讲和谐，不讲呼应。他一切随心所欲，放性而为。""他的美学法则正是'无法则'。"

吴秀明的《关于〈庚子风云〉的通信》发表于同期《当代作家评论》。吴秀明在信中对鲍昌写道："你的诗情，从形式上看也是较为显见的。你着意于手法的多变，力求通过形象描写的局部的美，但也十分讲究整体的严谨和谐，讲究艺术结构的统一性。""史实比例的多少对历史小说来说是重要的，但决不是唯一的决定因素；六成实、七成实的作品不一定比虚实参半的作品来得真实。真实与不真实，还要看作者如何处理史料。我觉得这一点不能忽视。因为历史小说毕竟属于艺术；而艺术是不能排斥作者的主观创造性的。……历史小说为高雅艺术，主旨为再现历史生活之本质。"

曾镇南的《海波论》发表于同期《当代作家评论》。曾镇南认为："海波的小说，在艺术形式上，有四个相当触目的特征。第一、小说结构的多变。……这种小说结构的多变，反映了海波在小说艺术中追求的，不是那种风行水面、自成涟漪的自然之美，而是那种雕镂刻划、意匠经营的人工之美。……第二，象征手法的屡见。海波小说中，最常见的是某种象征物的设置……第三，奇异情节的大胆使用。海波的小说，是很重视情节因素的。他也研究行文的洒脱自如，描写心理、感觉的倏忽多变，他也追求一点现代小说的技巧，但他很少采用情节淡化的写法。相反，他常常把人物置于一种为奇特，甚至有时不免做作的情节链中，运用巧合、悬念、奇人、异事，使作品产生一种怪味。……第四，文学语言的灵气。"

张奥列的《知青题材的超越——对孔捷生〈大林莽〉的思考》发表于同期《当代作家评论》。张奥列认为："小说采用了象征手法，这大林莽既是实体，又是超现实的。它是万千具象的浓缩，又是高度抽象的境界。的确，阴森森，黑苍苍，潮湿恶浊的林莽，既是自然形态，更是人格化的社会形态。""作品的环境氛围是象征的，人物则是写实的。他们虽然活动在富于象征意味的林莽中，但他们具体的行为，现实的意识，把社会背景明确地揭示出来。作品既有多义性，也有明确性，不会使读者不着边际。""不过，作者无意塑造某种典型人物，而是通过类型化的人物来概括，暗示我们这代人，这个民族的思想意识，性格特征。"

28日 李书磊的《乡土观念的弱化与强化——评从〈人生〉到〈老井〉的

主题变迁》发表于《光明日报》。李书磊谈道:"读《人生》,你会感觉出弥漫于作品中的浓郁的乡土之情以及建立在这种乡土之情上的强烈的乡土观念:从作者对乡土自然美的描绘和人情美的赞颂直到对乡土的哲理升华。……作品流露的这是一个典型的农民式的乡土观念。……在《老井》中,这种农民式的乡土观念简直弱化到了零的程度……然而另一种乡土观念却得到了高度的强化——知识分子式的乡土观念。……这种乡土观念之所以有别于那种蒙昧的农民式的乡土观念,是因为它毕竟同中华民族的知识分子世代相传的悲剧性的使命感连在一起,同知识分子对自己地位与责任的清醒的自我意识连在一起,所以我称之为知识分子式的乡土观念。"

同日,李辉、张辛欣的《典型、荒诞及其他——关于〈北京人〉〈封·片·连〉的通信》发表于《外国文学》第11期。李辉在信中写道:"如果我没猜错的话,你们一定受到西方,特别是美国六十年代前后所兴起的口头文学的影响,其主要作家是斯特兹·特克尔(Studs Terkel)。……他的这种作品,无疑是采用一种新的手法。他将形形色色的人汇聚一书,靠他们各自的叙说,构成每本书的整体形象。他们这种形式作品,大概可归属到报告文学之列,但我又感到有些区别。这区别,不在于他是采用人物自述的形式,因为以往曾有过以主人公第一人称叙说的作品,而在于他力求用每一个人物的逼真的语气叙述,造成逼真的效果,让你感到事实上就如此。""它(《北京人》——编者注)自然是真实的,用白一点儿的话说,是真实得不能再真实了。因为所找的人,是生活中实实在在的人,所录的话呢,也是实实在在讲出来的。然而,这每一个人典型吗?作家的虚构性哪里去了? ……在这些《北京人》里,我觉得虚构性已经消失了。人物,是你在社会中选择的,话是他说的。一个小说家的你,在这里的任务就是组织、启发和记录,准确地把握住每一个人的特点,而这一切却必须得依赖对象的配合。"

张辛欣在回信中写道:"我不能代表口述实录文学《北京人》的合著者桑晔,不过,我最先的确是从斯·特克尔的《美国梦寻》受的启发。那是81年。我一向是从美国作家的小说中,通过理解他或她的主观视角、心态,去理解他们折射的美国当代人的各种感觉和思维点……录音机、摄影机时代产生这种纪实文体，是一个方面；还有更主要的一面，我以为，是适应读者审美心理的变化和要求，借助新的工具甚至读者对这种新工具的知识和信任，模拟了一种真实。所谓模拟，是'记录者'造成一种逼真的叙述氛围，以寻求和达到和当代读者的最大交流的可能。我对记录者打了引号，你一定注意到了，因为我不认为有纯客观和'忠实'的纪录。只不过，在口述实录体这类文体中，作者的情感和观念藏得更深些，藏在总体的布局、结构和对叙述者不同职业、不同阶层以及不同心理层次的总取舍中。……即使在这种真实性最强的文体中，真实性也是相对的。本质上说，每个人站的角度不同，身高不一样，（这带有一点玩笑了），个性气质和文化背景的不同，真实地存在和发展着的世界，在每一个人眼中，都有不同的认识。那么，典型化的形象放在哪儿呢？还有不可回避关于典型化的正名问题。何谓'典型'？它在我们这儿不仅是一个概念，而且是一种印象，是鲜明的，突出的，集大成的；然而，我以为，生活的主体是由不超群的意向和生活规迹都带有不确定性的人们组成的。是不是这更构成典型呢？"

30日 黄修己的《漫谈我国现代小说形态的变化》发表于《文艺报》。黄修己认为："无论何种艺术形态的变化，都不是凭空发生的，而是受社会生产、生活和人们的思维习惯、审美心理制约的。""在小说观念的变革中，胡适做了一些开拓性的工作。……此文（《白话短篇小说》——编者注）虽显粗疏，却抓住了小说形态革故鼎新的关键问题，那就是首先要冲破章回体的束缚。我国现代小说形态的建立，正是由短篇小说开始的，然后影响到长篇。当时对于新小说形态的要求，最突出的有两点：第一是要求'经济'。……其次是要求自由。……这样，'五四'后短篇小说很快繁荣起来，随后经过许多作家的创造，出现了多样的小说形态。截取生活片断以塑造人物、反映现实的，所谓'截取型'的小说，成为现代小说最主要的形态。一般说来，这类小说仍然有情节，重视描写人物形象。同时出现了非情节化的倾向。有的小说与其文体溶合产生的日记体小说、书信体小说。有的小说与其他文学形式溶合，出现了小说的散文化、诗化，如随笔小说、感想小说，甚至有戏剧化的小说。有的由于使用新的手法而影响了小说的面貌。从'五四'时期的象征小说，以及少数使用意识流手法的小说，到三十年代受日本新感觉主义影响出现的现代派小说，便因吸收国外现代主义文学的手法而影响作品的结构布局,使形态一新。在突破传统以求创新的大潮过后,也出现了向传统回归,着力于使传统现代化的另一种潮流,出现了评书体小说。此外还有其他一些形态,如报告小说等。"

本月

刘今秀的《试论新时期中短篇小说的主题多义性》发表于《文学评论家》第4期。刘今秀认为:"文学作品的主题要求鲜明、突出、集中,这一文艺理论中无可非议的定论,近年来却遭到了耐人寻味的挑战。小说界出现这样一种文学现象,即一大批中短篇小说的主题很难用一两句社会学或政治学语言来简单地加以概括,其内涵呈现某种程度的复杂性、丰富性和不确定性,显示出多寓意、多层次的发展态势。这类被称为主题具有多义性的中短篇小说俨然已构成对固有的主题观念的一种冲击力。""多义性特质的主题显然不同于以往那种单一狭窄的传统主题,其组成方式不是单层次,而是一种双层式的立体结构,即这类主题结构可以分解为如下两个层次:外显的、写实性的、被有意无意点化的表层义和内隐的、寄寓性的、潜含的深层义。这两层意蕴的有机融合,就使得多义性主题与仅具有表层写实意义的传统主题之间有了明显的分界线:前者丰厚,后者单纯;前者隐秘,后者直露;前者深刻,后者浅薄;前者耐人咀嚼,后者一览无余。由此而孕生的主题的四个特性——立体性、隐蔽性、深邃性、启迪性的彼此交织渗透,便酿成了主题多义的综合的、整体的效果和风格。"

朱向前的《小说"写意"初探(节选)》发表于同期《文学评论家》。朱向前谈道:"简言之,所谓小说写意,就是用一支饱蘸作家强烈情感和主观色彩的画笔,去描绘出一个经过作家心灵浸泡的脱胎于客观世界的艺术世界,描绘出这个世界中人的心理、意绪、潜意识等等。""小说发展到了写意的今天,已是无法之法了。因为小说所写之意,本来就是游移在人的理性与感情,情绪与理智之间,大脑第一信号系统与第二信号系统之间的一种不确定物。而'意'的这种不确定性,又是源于人本身的某些不确定性,和生活本身的二律背反。""面对当今世界波涌浪迭的艺术流派,有同志认为我们的现实主义也要不断完善、发展、丰富、充实,来强化其地位。并提出要搞一种开放、开阔的现实主义。

笔者深以为然。既然一百年来的文学长河推出了魔幻现实主义、心理现实主义、结构现实主义等新潮，为什么不能再出一个写意现实主义？它不过是通过写意的手法，照样可以表达现实主义主题。""那么，中国小说的写意，究竟向何处师承？如果向西方现代派借鉴，会不会导致全盘欧化，乃至丧失民族性？回答是否定的。首先，笔者认为：写意并非舶来品，而是真正的国粹，是源远流长的中国传统艺术的精髓。甚至可以说，在很大程度上，写意和写实，正是中西方传统艺术根本特质的分水岭。"

金健人的《小说基调的各种制约因素》发表于《小说家》第4期。金健人认为："基调是在内容上和表现形式上使作品的所有部分相通的特点的某种总和，也就是一个作品中最富特征的、最共同的、最稳定的因素的总和。它是构成作品特色、作者风格的最重要因素，是以作品材料的客观性为基础，以作者的主观评价为主导，以作者的创作心境为范围所圈定的一种情绪色彩。""如果一个小说家能够把现实存在的客观材料，当作他自己的主观经历来加以体验，并通过自己最主观的个人方法将其表现出来，那就是说作品已经找准了基调。基调是由形式对内容的适应所表现出来的一种总的倾向。如果作者找到了恰好能充分表达自己心中的意思的基调，写作就成为意想不到的快意事。"

《小说界》第6期以"别开生面、耐人玩味的《虬龙爪》"为总题，刊有：吴亮的《读〈虬龙爪〉断想》、郦国义的《世态纷呈的社会写生》、程德培的《"鸟如其主"的审美投影》、王安忆的《两点感想》、钱谷融的《我读〈虬龙爪〉》、江曾培的《让养鸟真正进入审美、娱乐境界》、曾文渊的《耐人咀嚼》、冯苓植的《笼子里的鸟和笼子外的人》。

程德培写道："《虬龙爪》的叙事体态，它的结构形态还是线性的，讲究一种叙述过程中的连续性。但它又很有自己的特色，在整个线性的叙述过程中，作者不断地运用漂亮的绕弯来吸引读者，小说虽没有不断的精彩'射门镜头'，但却以不断的'过人镜头'令人神往。小说的另一个显著特色是融知识性、情趣、理趣于一炉……"

钱谷融写道："一个作品的价值的高下，主要该看人和人的关系写得怎么样。这种关系不但应该写得真实、具体，象生活一样的多姿多采，而且更重要的要能通过对现实生活中人与人的关系的生动描写，在人们心头激发起一种对美好理想的由衷的渴望与追求，同时，对一切丑恶和黑暗的东西的无法容忍的憎恶，并产生出要起而铲除它的决心和勇气。这当然是对文学作品的一种最高的要求，不能以此来要求所有的作品。"

王安忆写道："《虬龙爪》对我们很有启发，我们要魔幻现实主义，要变形，要荒诞，但我们不能脱离我们民族的传统，要在我们民族文化的基础上发展。"

十二月

1日 罗强烈的《简化——一种由繁到简和由简到繁的艺术运动——读郑万隆的短篇近作随想》发表于《上海文学》第12期。罗强烈表示："这里要说的是艺术表现中的'简化'手段，一种在生活和艺术之间，由繁到简（由生活的繁上升到艺术的简）和由简到繁（用艺术的简去涵盖生活的繁）的反方向运动。"罗强烈指出，简化"是对再现形象进行'充分变换'的手法，实际上，就是按照内在情感的自身原则，对现象生活（即再现对象）进行选择和删除"。罗强烈认为："简化的过程，包含了两种相逆的反方向运动：从外部形象看，它是从繁到简，即由模仿到再现，再到抽象；而从观照作用和象征意义上看，它却是由简到繁，简化的艺术形态中，包含着超越作品本体的丰厚的思想内容。这种简化虽然貌似简约，实质上却是要用简约的笔墨传达出极其深沉而含蓄的东西。这正是艺术从自身的局限中得到的突破。"

罗强烈认为郑万隆对传统小说繁复的表现方法进行了艺术简化："他注重横向截取，一方面追求这个横断面的典型性和凝聚性，一方面又更注意这个横断面的放射性，对社会、历史、心理、道德等各个方面的放射作用，给我们带来了更深广的回忆、联想、推断和想象。这种艺术简化的理论基础，便是开放性和系统性的审美心理过程。它把生活、作家、作品和读者组成一个多维的审美空间，一切审美活动都要在这一审美过程中来完成。""艺术的省略是不容易做到的，它要求作家对表现对象具有深刻的整体把握。而郑万隆的艺术省略，是运用了一种反射手法，或者说是水中写月、镜中写花。……经过艺术简化，使单纯和丰厚辩证地统一了起来。……情节的弱化，是现代小说的新趋向。实际上这也是一种艺术简化。……弱化的主旨在于把我们常常在小说中戏剧化了的情节，浓缩了的情节，还原到更接近生活的本来面目。……情节的弱化是郑万隆短篇近作的总体追求。"

王斌的《陈世旭小说漫谈——从〈小镇上的将军〉到〈小说两题〉》发表于同期《上海文学》。王斌认为："他以往所熟悉的'闭合式'的结构形态在《小说两题》中被代之于一种'开放式'结构。……这种'开放式'的结构形态，与其它作品相比较，几乎无所谓高潮、低潮，更谈不上'大起大落'，情节节奏自始至终一直处于同一高度。叙事似乎也不太注重于结构的严谨协调，而有点散漫随意，就象我们置身于其间的生活本身一样。陈世旭的视角尾随着人物的行踪，捕捉他们每一微妙的变化，以及潜藏在这一微妙变化中的心理活动，而不是把人物自始至终封闭在自己戏剧性的情节框架中。同时，作品的主题也开始趋于多义。这样一来，作家不再象以往那样给读者一个他已分析完毕的现实，而是充分信任并依靠读者，让读者自己去承担分析现实的任务。读者在这里是主动的。于是，我们不再遥望那个属于小说世界的生活，而是跟随着作家探寻的足迹共同观照发生在我们身边或发生在我们自己心灵世界一隅的经验生活。"

同日，胡宗健的《小说中的哲理思考》发表于《小说林》第12期。胡宗健谈道："小说要达到认识生活和概括生活的目的，总要借助于刻划人物来实现，这就决定了小说创作，往往要通过人物的命运来诉说作家对生活的哲理思考。""有的小说既通过人物命运又通过作品意境来孕育哲理之果，常常更能显示出一种耐人寻味的魅力。""我们所说的小说中的意境，一般说来，是有别于诗歌的意境的。它应该有十分典型的富有美的启示力的境象，同时又蕴蓄着内涵丰富和耐人寻索的意象，以及包括作家品格、气度、信念、理想等在内的精神境界，和他熔铸生活捕捉形象的想象和意向。从这些方面来看，去年的获奖短篇《哦，香雪》《三角梅》和《七岔犄角的公鹿》，都是不同凡响的。它们都有一种特有的格调和韵味，有一种别开生面、情意绵邈的诗情和意境。有一种看法，似乎卷入矛盾旋涡的题材，才算是题旨厚重。这是一种误解。意境遥深，有时更耐咀嚼。虽然是一滴水珠，但如能映现出时代身影，也不可小看。""一般来说，小说通过创造意境来渗透和暗示哲理，比较易于注入深邃的思想和炽热的感情。

但是，哲理的表述，不必定于一尊，不可强求一律。有的小说往往借助一段叙述语言或者人物语言，一个隐喻形象或者一个典型细节来暗示哲理，也可以收到摄人心魄的艺术效力。"

2日 以"加强社会责任感 提高创作质量 促进精神文明建设——本报编辑部召开在京部文艺家座谈会发言选登"为总题，王蒙的《创作自由、社会责任感与建设精神文明》发表于《光明日报》。王蒙提出了关于创作自由和社会责任感、社会主义方向的问题。王蒙谈道："我们的创作自由，是为了把社会主义搞好……我觉得应该把创作自由和作家的社会责任感、文学的社会主义方向作为常识性的问题接受下来，或者说把它明确下来，不要整天在这上面作文章。"

4日 以"加强社会责任感 提高创作质量 促进精神文明建设——本报编辑部召开在京部文艺家座谈会发言选登"为总题，李存葆的《我的一点思考》发表于《光明日报》。李存葆认为："当我们试图把传统艺术形式与国外某些现代艺术形式进行有机结合时，可能会有些不伦不类，显得牵强和幼稚；当我们去追求空灵飘逸的美学风格时，也许又会忽视了深广的社会内容；当我们试图从我国博大丰厚的民族文化中寻找根基时，也许又会对当前火热的社会生活关注不够；当我们努力表现作家的个性和人物复杂的内心世界时，也许又会冲淡了作家的社会责任感，如此等等。……对于这种现象，我们作家队伍应该进行更深层次的思考。"

5日 晓华、汪政的《〈小鲍庄〉的艺术世界》发表于《当代文坛》第12期。晓华、汪政认为："这一切终于在《小鲍庄》中得到了改变，完全是客观的叙述，尽量避免着主观介入，王安忆仿佛端坐在小鲍庄的上空，把小鲍庄忙忙碌碌的人们尽收眼底，这样就无需中心情节、故事线索和主人公，只要哪里有动静，便会立即映入她的眼帘。于是，如同生活中一样，事情不断被打断，被别的事态所代替，但又会在某一个时候突然窜出来继续它的行程，而一旦它进入了王安忆的视角，就会被严厉地审视，把每个细节、过程看得透透彻彻，如实地摆在我们面前，这样，不同的人在不同的场合完成了自己的生活进程，并以此组成了完整的生活画面。这比王安忆早先构思的一两个人物的一段生活片断，不知要厚实多少。""更要提及的是这样的叙述方式所带来的美学效果。那就是韵味悠长的象征意义。在众多的女作家当中,王安忆是善于做'诗'的一个。在她的小说里,你总能领悟到一种纯静的美。她固执地在纷纭复杂的社会里寻找美的人物和情感,即使是一声叹息,也让人觉得美丽。"

远浩一的《关于拉美魔幻现实主义小说》发表于同期《当代文坛》。远浩一认为:"第一、魔幻现实主义本质是现实主义的,它的许多似乎怪诞的手法恰是为写实服务的。第二、它在写实之上又加了超现实主义的成份,其作用是象征。如果说前者是客观地反映现实,后者便是以幻化的形象概括作者对客观世界的认识。"

10日 《在探索中前进——本刊第九期作品讨论会发言摘要》发表于《北京文学》第12期。白烨谈道:"通观这期小说,我感觉有两点值得注意:首先是美学观念上的悲剧意识的加强,而这种意识在我们过去的文学创作中是比较薄弱的;其二是创作上淡化文学性或者叫淡化技巧性,追求生活化、天然化,进而更本色更坦率地表现作家本人的真实感受。"

林斤澜谈道:"最近韩少功、李杭育、阿城、郑义等一些青年作家都发表文章,探寻关于中国文化之根的问题,这很好。我觉得小说中的'虚实'就象中医看病中的'气血'一样重要。小说发展的趋势有时往实里走,走得太实了就回过来往虚里走,走得太虚又回到实。《借笑》是属于实类的,而《现在的启示》则属于虚类,两者都好,目前的新小说倾向于虚,但我主张实中有虚,虚中有实,虚实结合。"

同日,张祥的《对近年长篇小说创作的理念倾向的思考》发表于《批评家》第5期。张祥认为:"长篇小说创作呈现的人物言辞理性化,情节曲折离奇的外在缀连,细节描写的浓烈的政治色彩和矛盾冲突化,对生活缺乏仔细凝视和感受致使作品呈现出理念化的倾向,是长篇小说创作所面临的亟待解决的问题。本文并非全面论及这些长篇小说的得失,更不是否定这些长篇小说的成就和应有的地位,它们的优点和'及时'是全社会有目共睹的,许多评论家已经作出了公正的论断,本文只是谈及存在的这一共性倾向。究其根源,这一现象有其不可避免的历史和社会原因。当代是一个理性觉醒的时代,整个时代都带有理性思辨的色彩,人人都在思考。作家被时代的理性熏染和包含又极力想用自己思考的结晶晓醒时代。把自己对生活的认识、被生活激起的热情和理想、把自己推动改革的责任感及时地凝铸于作品,这些作家身上更多的是改革家的细胞,甚至有些作家本身就是改革家,这是作家的骄傲。但是,近距离反映生活是艰难的,这就需要作家以更大的勇气作多方面的探索、借鉴、尝试和创新,使自己改革家的气质和艺术家的气质统一起来,创造出真正能够深沉广阔反映时代风貌的史诗巨著,长篇小说的希望就在这里,它的高峰在向作家召唤!"

《长篇小说创作纵横谈——记一次就近年来长篇小说创作若干问题展开学术讨论的座谈会》(霄峰整理)发表于同期《批评家》。在座谈会上,何镇邦谈道:"由于在坚持现实主义写实手法的同时,大胆地吸取和运用浪漫主义以至现代主义的各种艺术手法,使现实主义更趋开放和丰富多样,也更有活力。这恰好体现了文学观念上的开拓。从结构上来看,不仅有追求史诗规模的宏伟的结构,也有一种由叙事性的纵向展示转入心理性的横向切入的浓缩型的结构形式;从人物刻画手法上看,由注意写人物语言行动的外在化转向注意描写人物内心世界的内向化,是一个值得注意的趋势,有些作家重视人物群体的描写而不大用心于刻画个体的形象,热心于为陪衬人物而不大在主要人物上花费笔墨,也体现了一种文学观念的变化,至少可以说是一种新的艺术探索;从其他表现手法上来看,象征、暗示以至怪诞变形手法的运用,也体现了一种创新的努力;尽管还存着新旧手法不够谐调的问题,这种创新的努力不应受到苛责,而应受到鼓励。"

刘齐谈道:"近年来在长篇小说创作中有不少作家尤其是中青年作家在进行艺术创新,重视感觉描写就是一例。传统小说强调的是可观性,是画面,到了八十年代,有了较好的保存视觉形象的条件,如果用传统手法去描写视觉形象的话,那就要令人腻烦了。例如《钟鼓楼》,不考虑读者的主观感受,大段描写四合院等北京风俗画,有些地方就令人读来感到腻烦。于是,不少中青年作家在他们的作品开创了一条艺术新路——重视感觉描写。他们注意的不是人物的感受,也不象传统小说那样,把客厅、花园的视觉形象细致地写出来,而是只需把握住事物的客观属性就是了。《天堂之门》在感觉描写上很有自己的特点，例如写苏炬的红色的摩托车和他那红色的头盔，就很重视感觉描写，而不做细致的视觉描写。感觉描写对于心理描写非常有帮助，可以把读者不知不觉地带进去。由于注意到感觉描写，小说作为一种艺术体裁，其独立性就更强了。这是一个值得研究的艺术问题。"

张炯谈道："近年来对人作为文学中心的地位逐渐明确起来；一是在表现上，主要是表现人物的内心世界和内心奥秘，影视艺术的发展，促使文学发挥它善于揭示人物内心世界这一长处。上述几点，是文学观念变化比较突出的方面，当然也给长篇小说的发展带来了影响。长篇小说是'重型武器'，什么都可以包括在长篇小说里，它在表现文学新观念方面应该是比较充分的。我近来读的一些长篇小说，就体现了文学的新观念。……这部小说（《河魂》——编者注）可以说是情节淡化，主要是把人物的内心世界同时代紧密地联系起来写，通过三个支部书记写了三个时代，比起一些写改革进程的作品来要高明得多。不管它存在多少缺点，它是走在文学的正路上，也是走在文学发展的大趋向上。"

14日　秦瘦鸥的《也谈武侠小说》发表于《文艺报》。秦瘦鸥谈道：

"要说我国武侠小说的历史，用源远流长、年深月久八个字来形容一点不过分。有些研究者追溯得特别远，主张以司马迁的《游侠列传》作为鼻祖，似还值得商榷。即使从唐代传奇中的《红线》《聂隐娘》诸篇算起，也已达一千年以上。总的来看，解放前流行的武侠小说，除有一部分与公案小说合流，如《七侠五义》《彭公案》《施公案》等明清两代人的作品另成一派以外，其它的所谓武侠小说什九流于荒诞不经。神怪色彩多而武侠成分少，今天还值得一读的，恐怕只有向恺然先生（平江不肖生）的《近代侠义英雄传》一书了（霍元甲的故事最早即见于此书）。

"至于今天被称为新派武侠小说的香港作家的那些著作，我以为其新在于：一、改用现代的语言来写，也很注重人物性格的刻划，有一定的文学性；二、故事的发展每与历史上的重大事件相结合，已不仅仅以供读者遣兴消闲为目的；三、突破了旧武侠小说信守的善有善报、恶有恶报的准则，书中的好人既可能一败涂地，恶人也往往所向无敌，比较符合于封建时代的历史真实；四、恋爱情节占的比重相当大，写得颇为缠绵悱恻，足以迎合青年读者所好。

"然而不管怎样，武侠小说的创作毕竟不以真实的社会生活为依据，主要是通过作者的主观想象，进行虚构编造；至多只从历史和古旧书中借用一些资料而已。至于作者的创作意图，则几乎无例外地在于使用紧张刺激的手法，以抓住读者。并因他们所处的社会条件的限制……自然少不了还有一些漏洞和败笔。

"即以书中大量出现的武打场面而论，由于作者既非武术行家，自己又从来未认真练过……因而只能依据那些残存的拳经剑谱，乃至《老子》《庄子》等书的片段和武侠小说惯用的'套路'、京剧中的武打场面等等来发挥'灵感'，大肆渲染夸张，终于写出了所谓'体外神功''天魔解体大法'等等根本违反科学常识的'功夫'，依然踏上了旧武侠小说已走过的荒诞不经的道路。自然，要问这类描写对读者的危害性有多大，那只能让大家来议论了。"

16日 蒋原伦的《厂长的故事与作家程树榛》发表于《人民日报》。蒋原伦指出："厂长的故事各有各的写法。蒋子龙的《乔厂长上任记》如悬河泻水，气魄宏大；陈冲的《厂长今年二十六》则意味隽永。程树榛的特点是情怀沉挚、笔意跌宕。他不旁骛远涉，而是深掘自己脚下的那一口井。……他的小说读来有一种特别的厚实感与反映基层生活的整体感。""厚实感是指他的厂长故事在传达有关基层改革的信息与认识价值上更深一步。"

21日 刘心武、李準、张洁的《第二届茅盾文学奖获奖者的话》发表于《文艺报》。刘心武以"面对着期望的目光"为题谈道："我一面继续写着短篇小说和中篇小说，一面开始扩大视野，深入生活、积累素材、查阅资料、反复构思、调整提纲……现在，我感到茅公所期望于我们的，不仅是致力于去开拓与发展我们中国文学本身，更是去开拓与发展我们的社会生活。当然，这二者是有联系的，但我们往往容易把前者孤立地抽出来考虑。……为人生，为社会进步，这样的文学宗旨是我自愿皈依的。我拥抱每一刻生活。我热爱每一片绿叶。我渴求美，但我不搞唯美。"

李準以"抒写民族之魂"为题谈道："我们这一代作家，从'文学为政治、政策服务'起步，一路披枷戴锁，走过的路很艰苦。粉碎'四人帮'以后，我们甩掉了束缚我们手脚的说教，文学终于回到健康发展的道路。从为政治服务到不为什么而实际大为什么,即为全人类服务,为国家和民族的进步服务,我们前进了一大步。这算作'回归自然'吧,或者说,真正站到历史的高度,这是我十分明确的和毫不动摇的追求,中国作家就要有这种气概!至于我,比起我的同辈,只是觉悟得比较快、步子迈得大一点而已。……我感受到我们民族的智慧、道德和团聚力量,也想到了造成这些劫数的根源:即我们这个古老民族的伟大生命力和她因袭的沉重包袱。所以,我把我的人物,放到那个极端险恶的环境中,写他们变的和不变的东西,写我们民族的'魂',我不敢说,我真正写出了这一切,例如现在看来,褒得多了些,下集才见出批判的火花等等,这也许是因为我太热爱他们了!""《黄河东流去》是部中国式的小说,虽说,我也尽量汲取现代欧美文学创作的长处。"

张洁以"感谢大家"为题谈道:"我始终认为,我不过是《沉重的翅膀》一书的执笔者。写出这本书的不是我,而是我们这个社会里,千千万万个为中华民族的振兴,而努力奋争的人。……众所周知,围绕这本书所发生的一切,远远超出了文学创作的本身。"

施咸荣的《谈谈当代英美通俗小说》发表于同期《文艺报》。施咸荣认为:"一些优秀的通俗小说家在致力提高作品格调,以冀获得学术荣誉和社会地位;与此同时,一些严肃文学作家为了获得更广泛的读者,也在求助于通俗文学……他们用丰富的想象和近于荒诞的黑色幽默笔法模拟通俗小说的形式——例如库特·冯尼格模拟科幻小说,约翰·巴思模拟西部小说,特里·萨森模拟色情小说——对今天美国资本主义畸形社会里的种种荒诞现象进行黑色幽默式的冷嘲热讽。"

同日,罗强烈的《关于阿城小说的三点思考》发表于《文艺研究》第6期。罗强烈谈道:"《树桩》的写法很奇特,表现在艺术形象上,就是把人物降到次要的地位,而把对一种文化形态及其嬗变的再现,上升为艺术形象的中心。这与阿城对文学的理解分不开。他认为文学的更高一级的命题是表现文化,从中看出时代和生活的变化。""阿城的小说,绝大部分都是用第一人称写出来的,第一人称也直接影响了他的语言风格的形成。……阿城的语言,从根本上说是形成于他对生活的感应过程中。他对生活的独到感受,他的人生态度和个性气质,都直接影响到他的语言风格。比如不动声色的风格,就与他深沉冷峻的人生态度是一脉相通的。他的语言，往往都是他对生活感受的直接外化，这大概也决定了他为什么更多地采用第一人称，因为这种叙述方式，能更为切近自然、得心应手地传达出他所感受到的生活。"

吴方的《〈冈底斯的诱惑〉与复调世界的展开》发表于同期《文艺研究》。吴方认为：

"所谓'复调'，是说有若干独立的旋律线结合着，即差异的结合，由此而发展出丰富的统一性。显然，复调的形成，关键不在多声部、多主题，而在非平行非单向的旋律复合。由复调音乐到复调小说，首先可在结构上建立对应关系。

"《诱惑》的复调小说特性，使其获得较多的表现自由，一方面它试图打破传统的习惯，不用某种主观思辨去注解生活，也不以浪漫激情和心理活动的折射去改造客体，另一方面它呈现了与表现对象的新关系、新态度：他不想控制一切。……《诱惑》也许还算不上典型的复调小说，但全篇流动的意识虽然也夹杂着作者'我'的声音，可又并非控制一切的哲学和心理独白，由此又确实体现着复调性。

"《诱惑》的复调品格使它远离了戏剧性。这表现在远离事件发生的具体因果解释，没有集中的冲突、动作贯串，人物的动机斗争也淡化了。……《诱惑》正是要回避这种戏剧式的眼光，不使全部事件按通常的单调独白式客体化，使小说书页成为舞台型的'第四堵墙'，它强调的是最终整体的对白。通观全篇的叙事方式和时态变化，确实能感到这种效果。与此相联系的另一问题是为了突出特征和效果，加强复调中旋律的同时共存性，即强调同一时间范围的比较对照，在同一时刻的横剖面上推测它们的相互关系。"

吴亮的《〈小鲍庄〉的形式与涵义——答友人问》发表于同期《文艺研究》。吴亮表示："《小鲍庄》对我难以抵挡的影响恐怕正来自这么一种超然风格——那不偏不倚的、冷峻而不动情的客观主义描述，在记叙农村平淡无奇的生活面貌和偶尔因劫难而引起的心理微澜方面，在刻画农民的忍耐力、亲善感、寡欲、个性压抑、麻木和健忘方面，以及在忠实地记载那些通过日常生活的缓慢流速而体现出来的文化潜意识方面，都取得了还其本来面目的效果。我认为这一效果首先源于它的客观主义立场,当然同时还源于它时松时紧的并置型结构。……客观主义在克服了一己的狭隘,体现了某种博识、睿智和超脱的同时,也因为对生活持不介入立场,就在无意之间心安理得、无所作为地静观着这一存在,并不想施加什么影响。……使那些'片断'凝结起来的是贯穿于小说中的纪实风格和时间观念。……它不但频频更换视角,把分散状的生活仍然按照分散状的原样依次描绘出来,而且也常常不动声色地深入了生活和人性的实质,让我们极为冷静地审视那里发生的一切。"

张志忠的《贾平凹的创作:渐进与跳跃》发表于同期《文艺研究》。张志忠认为:"在跳跃式的探索中,贾平凹注意选取富有民族特性的生活细节,也刻意向中国古代文学作品汲取养分。天狗吞月的传说和禳祝的仪式,富有地方风味的秦腔,斗社火,佩香囊,唱皮影戏,办送嫁席,乃至《鸡窝洼的人家》中的'换老婆'和《天狗》中的'招夫养夫',构成作品浓重的民俗学风味。同时,他也从笔记小说中学简洁,从说唱文学中学繁复,从传奇故事中学奇崛而不失真,从古典诗词中学词近而旨远。"

赵园的《论张天翼小说》发表于同期《文艺研究》。赵园认为:"张天翼作为短篇小说家他的自觉意识的证明之一,即他对于结构与叙述方式(包括叙事角度)的强烈兴趣。……张天翼小说给予你的第一印象,也许正是结构与叙述方式极度的灵活多变。……他的几乎每一个短篇都在寻求一种新的布置:开头,结尾,叙述方式。""他以'情绪'为主要元素结构他的小说,无关乎情绪的一般过程的,全部略去。他酝酿、积累的,是'情绪',以及与此相关的'气氛'。除极少的例外,张天翼不再注重故事因素。在不同的作品中,他分别注重情绪、气氛、心理内容、性格内容,等等。他极力去省略的,恰恰是故事成分,即构成中国古典小说内容连续性的成分。……事件的进程仅仅作为小说的外部结构,而小说的统一更在于它的内部结构,——人物的情绪的心理的过程。这也是现代小说的一般特征,中国小说'现代化'的形式体现之一。"

28日 鲍昌的《1985:全方位、多样化文学的繁荣》发表于《文艺报》。鲍昌认为:"今年又有许多新收获,而且有新特色。……一种是心理分析的强调。……另一个角度是失败的英雄感。……另外一种角度是人物的多面体化。……

今年的军事文学是有强音的,但乐曲的吹奏各有风采。仿佛有个不约而同的趋向:审美视角由战场的直接描绘转移到军人——特别是普通战士的心理世界。……近年来繁生不已的问题小说和讽刺小说,今年的趋向是开掘的深度和讽喻的象征化。""关于对文学形式、手法、风格的多样化探求,那要比上述的问题更为复杂。……形式、手法、风格的多样化,几年以前便出现了,但在今年蔚为大观。今年,我们看到了《从前》《小鸟听不懂大树的歌》那种小说散文诗化,或者叫抒情独白化。我们看到了《天堂之门》《冬夏春复调》那种从音乐中借鉴的对位式、复调式结构。我们看到了《北京人》《5·19长镜头》那种返璞归真的纪实性手法。"

韦君宜的《一本畅销书引起的思考》发表于同期《文艺报》。韦君宜认为,《男人的一半是女人》"对于两性关系的自然主义的描写实在太多了一些"。韦君宜谈道:"尤其在后半部,脱离劳改集中营对于人性要求的压抑这一原本是庄严的主题,而集中去细写环绕章永璘的性功能盛衰所引起的思想波澜和家庭纠葛。这样写,与大的社会背景就看不出原来的关系,至少是大大冲淡了那关系。"

张辛欣的《我看〈男人的一半是女人〉的性心理描写》发表于同期《文艺报》。张辛欣认为:"这部作品通过对个体性心理经历的描述,试图达到对把人性中最基本也最重要的部分扭曲、改变掉的一个生存在其间的环境的本质,做一种分析。这可能既是一种艺术的,同时又是非常深刻的分析手段。……在这部作品里,人性中最基本的性心理的扭曲正揭示、控诉和剖析了那个特定时代的氛围。"

本月

孙钘的《论超短篇小说艺术》发表于《文学评论丛刊》第28辑。孙钘谈道:"我们看到,比短篇小说更短的小说形式,目前是由小小说、微型小说、超短篇小说、极短篇小说、微信息小说、袖珍小说、一分钟小说、一袋烟小说……所集合在一起的一个群体。如此繁杂的名称,一方面标示了它们与短篇小说的完全不同,同时又意味着它们彼此间也有差异。这是从名称的字面上、概念上给人的印象。但当我们把它们分类研究之后,发现实际并非如此。这个群体就其实质来说，可以说只有两种类型，小小说为一类，其余为另一类，姑且叫做微型类。结论是，小小说的一部分应当归并到短篇中去，另一部分则应当归并到微型类中，而微型类名目虽多，内质一样，应当统一概念叫超短篇小说为当。……超短篇只能描述瞬息发生的事件的断片，这个断片包括绕在一条矛盾兴味线上的一个情节和场景，或者是一个细节和场景。人物的性格表现，则仅限于一次摩擦的性格点，甚至这个点在作品里是朦胧的。即：单一的情景，单一的线条，单一的性格的'三一性'，再加篇幅的大致界限——二千字以下，失去这些条件中的任何一个，就不能算作超短篇。……超短篇正在向它的极盛时期发展，突出的现实性显示着它的生命的新鲜活力，这也是它青春年少式的形式的一个重要特征，是任何别的小说形式所无可比拟的——就因为它和现实的关系是如此地胶着不可分。换而言之，它的时代现实性，比短篇小说来得更强烈，更凸出，所以放在各种体制的小说中，说它是唯超短篇所有也似可成立。

"突出的现实性集中表现在它的题材的微量性和思想内容的广阔性的有趣统一上。超短篇无论其写实写意都是以现实的社会生活为内容的，内容与形式的统一规律对它同样适用。它的有限的表现体制决定着它的题材对象，什么题材可以入篇，什么题材不好入篇，形成了一个不能跨越的区限。这就是，从大的历史范畴来说，超短篇能表现现实题材而不能表现历史题材；从现实生活的远近来说，超短篇更便于表现今天的生活，时距愈短愈好，这一特定的时代性接着也便规定了它的题材的另一局限，就是题材内容的重量问题。超短篇适宜反映微量题材，不可能反映重大题材，可以从人人熟悉的日常生活中撷取有题材价值的小事件，从中提炼、融化成富有一定社会意义的主题。不可小视这些微量题材和小问题，它正是中、长篇、短篇所难以企及的。生活中这类看上去细小却无处不在的题材对象，在文学形式中，使超短篇自然而然地填弥了长、中、短篇的题材空隙。至此，超短篇的出现才使得小说这一大门最终占领了现实题材的一切空间。

"这些不易被人注意的生活中数不清的闪光即使容纳在短篇小说中也不过获得一个细节效果而已，其现实力量早被几十倍于此的文字所淹没，被远为复杂得多的情节线条，远为众多的人物关系所淹没。如同一朵浪涛上的水花放大以后和埋没在大海中的两样效果一个道理。微量题材独立地表现出来，就使人们感觉和注意到它的社会价值。好比把小小花放大，透视出它的内质。从另一个角度看，则说明的还是形式与题材的关系：长篇小说和现实生活拉大了距离，中篇小说开始缩短这个距离，短篇小说力求接近现实，企图把这个距离缩短至零。但始终差着一截。理想化的预见，虽走到了时代的前面，那却不过是表现手段而已。只有超短篇小说才达到了这个目的，它和现实保持着零距离。在生活的起跑线上，和生活一道前进，形影不离，似乎表现着一点新闻性。这就在现实性上获得相对的自由，今天生活中一切思想内容可以作为镜头（仅是镜头而已）摄入篇中，奇妙地与有限的文字天地啮合为一，简直没有什么现今的人类思想不可纳入其中。

"尽管超短篇容量微小，可它仍然是小说，小说是以人物为基本着眼点的，所以超短篇也不可能脱离人物中心，人物是超短篇现实之光、思想之光的附丽之所，是一切效果的总体现，寻找人物的光点，依赖于人物的光点，是区别于短篇小说的又一特点。短篇小说完全可以编织一个曲折有致、起伏跌宕的故事，而不讲求人物，如传统小说那样。人物只在连环套迭的情节中匆忙活动，被情节牵制、驱使，人物和情节究竟谁居于主导，谁支配谁，谁驾驭谁，常如以水投水，难以分辨。而超短篇绝无时空去摆弄情节，让情节扣人心弦。一般是靠人物（即使未出场人物）攫住读者的视线，震颤读者的心。

"超短篇创作实践证明，其人物形象是指收缩到最小范围的意义而言的，是指集中到最中心的所在来理解的。人物表现在超短篇中既不是完整形象，也不是形象的完整侧面，而只是人物性格因素的一次瞬间聚焦，是聚焦之后获得的一个发着光亮的点。这个光点照亮人物性格，同时照耀着读者，攫获读者之心。这个光点越凝聚，就越可以爆发出聚能效应，产生强光。一般短篇小说的人物性格多次磨擦，多次放光，使人得到一个综合印象，有一种自然的丰富感、充实感，激起读者感情共鸣的是复合感染力。而超短篇的揭示人物则是指写好人物性格这个细小而强烈、神秘而富有魅力的光点……

"人物性格的闪光点，在超短篇中有时表现在一个人物身上，有时可以同时表现在两个人身上，这时候会发生奇妙的光点聚合，即两个光点射出的光线之汇合。在超短篇中一般说三条光线汇合的情况是少见的。

"凝聚不是抽取，也不是脱胎，而是提纯。超短篇不是故事，是从故事中提纯的小小细部，一个短暂阶段，高度提纯的结果，化为最有表现力、最有审美价值、最夺人眼目的那一瞬间。从量的比重上看它是一个情节或者细节的单元，从质的比重上看，它有独立价值，它是被长、中、短篇淹没在底下的珍珠，从艺术效应上看，一以当十，高效率，高能量，给人留下小而完整的审美印象。

"长短篇给人的感染教化作用、审美作用，是渐进的，是在长长的时间流线上每一单位时间多次产生的。每一次的效应相加，其总和才组成全篇的感染力量，理性力量。超短篇却与之判然不同，它是凝聚之后在顷刻时间和狭小空间造成突发效应，也就是一次表现一次效应。突发一次效应产生的是爆发力，微量级的超短篇只有爆发力才能击倒读者的感情的屏障。爆发力一要储备、积攒，二要瞬间发作。至于凝聚性大小，力量积攒的久暂，这是由具体内容所规定的，这不难理解，毋庸赘述。

"时空凝聚性是超短篇结构的原则要求，掌握这个原则有助于解决以下两个问题：兴味线和框架。

"超短篇凝聚的时间线和空间面上，有一条无形的兴味线在急速流淌，其长度极短，然而从始至终紧紧萦绕在时间线上。兴味线的终端甚至超出时间线的终端——所谓余音绕梁三日不绝。其内在力即意外——悬疑的获释。短篇的从容篇章有多次创造审美兴味的机会，超短篇的凝聚原则决定其只有一次兴味感机会。要求是在兴味线始端引发一个小小的悬疑，疑案不大，而要牵制读者好奇心，在终端发生一个大大的意外，这个意外要使情节转折发生逆变，要使悬疑的答案令读者惊奇不止。兴味线不等于意外，兴味线的终端藏匿着意外。意外之于超短篇至关重要。在一般短篇小说中，特别是上万字的大容量，纵横捭阖，曲折蜿蜒，可以设置意外的机会很多，并非必须设在兴味线终端，同时，短篇小说意外效应种类也是很多的，一个短篇可以同时具备多方面的意外美，超短篇则绝不可能，只能出现终端意外，它和兴味线始端的悬疑遥相照应，互为映衬，悬疑感愈强，意外效果就愈强，意外效果的强烈度也反证了悬疑感的强烈度。兴味线失去始端和终端这两个因素就不能完成对读者好奇欲的满足。

为了这条兴味线，就须建立一个相应的框架。

"超短篇虽然微小、简约，不存在结构的复杂性，但总要在文章上妥善编织，先让看到什么，次让看到什么，最后让看到什么，自然也要有表述顺序。

"同短篇小说结构因素的效果一样，超短篇也有巧与拙，精与粗，丰富与单调，起伏与平板的不同。凝聚性原则迫使超短篇框架必须起码做到开端明朗、进展快速、结尾响亮（意外）。

"由以上分析可以肯定，强调时间的纵向的延伸而力避空间横向的扩展，再一次把超短篇和短篇区别开来。

"另一种图式是虚线型，由非连续性动作组成。动作时间线的中断、停顿、转移而被切割为若干时段，因动作轨迹如虚线状，故称。

"艺术是相通的，超短篇是小说的血统，这种追求和试验的风气不可能不波及它的创作中来。事实也是如此。下面就是几种新体式、新方法的分析。

"（1）心理体式和方法的运用。它有如下两个显著特点。第一，从司空见惯的琐细处捕捉一个心灵真谛在作品里集中复现。因为它从人们熟知的日常生活里来，更显得亲切。第二，描写瞬间心理的一次转折，而不是一个复杂的变化过程……

"（2）对话体式。完全用对话代替情节叙述和人物描绘。可以预见这在超短篇创作中，也是一种有发展前途的形体，因为它特别能简省文字，洗炼笔墨，很可以适应超短篇的凝聚性原则。应用得好，情节、神态、情绪、性格、时代印记、地域环境、风俗人情尽可溶于对话之中，读者可以凭借对话感知和体味这一切。孟伟哉的超短篇就似乎喜爱这样的表现方法。如他的《三四一十二》《爹妈的心》几无一句旁笔。

"（3）写意体式。这种方法既不同于短篇小说的意识流，它没有足够的时间流动，只能有刹那间的闪念；也不同于新诗中的朦胧诗，它没有艰涩需要读者开通。它只是道地的单纯描写一个意象，一次心境，一种意境，一点情绪，所以我们借用一个美术名词，姑且叫做写意方法。"

本年

魏丁的《小说结构形态的变异》发表于《当代创作艺术》试刊号。魏丁指出：

"这些富有创造性的小说结构形态，归纳起来主要有以下几种：

"一、情绪化的结构形态。这种形态一般的说并不排斥作品对人物形象的塑造和有关个性的描写，但主要的却是为了传达一种从特定环境中升腾起来的特定情绪，因而在作品的结构上往往并不存在一个完整的贯穿于小说始终的中心故事。

"二、散文化的结构形态。这种结构形态跟情绪化的形态有近似的地方，但又有原则的不同，它可以是特定的情绪，更多的却是对生活的感性认识和哲理思索，它虽然也着意于人物个性的展现，但展现的途径，主要的是通过一些细节的组合，向读者呈示的常常是一幅幅表面上看起来没有多大联系、其实思想意蕴都会有递进性质的画面。

"三、象征化的结构形态。象征化的小说结构形态，也是新时期小说在结构上变化的一种形态。从创作实际来看，作品整体性的象征，大致有两种，一种是象征线索明显的，贯穿在整部小说中，如《杂色》《北方的河》，另一种却是潜伏在作品内部的，实际上可说是精神气质的象征线索。

"四、层次叠合的结构形态。层次叠合的结构形态在近几年的小说中出现得非常普遍，而且形式也各种各样，象不同时空内容的叠合，现实的活动与意识活动的叠合，写实性描绘与象征性抒写的叠合，等等……"

殷国明的《现代小说创作中的立体思维》发表同期《当代创作艺术》。殷国明认为："现代小说的变革首先是表现在小说的立意上，在表现人的心理活动上，突出人物的多层次的复合体的结构。因此，如果说现代小说同现代哲学和心理学有不解之缘的话，那只是一种偶然的巧合。现代小说走向立体思维的方式是小说自身发展的结果。……象征，本身就体现着一种多层次的思维活动。象征主义诗歌最早体现了现代诗歌的特点。在鲁迅的小说中，象征恰好体现了鲁迅小说创作立体思维的特征。当然，这种立体思维并不仅仅表现在象征意味上。……可以看出，用立体思维的方式来展示生活，鲁迅是表现小说变革的开创者之一。……多层次地展现人物的心理活动,描写人物的意识和潜意识,被认为是现代小说最显著的特征。"殷国明指出:"这种立体思维并不意味着小说家可以毫无根据地把不同层次的生活、心理活动随意剪接,拼凑在一起,一些拘泥于传统小说写法的人常常这样以为。它要求艺术具有的整体性原则丝毫不和传统的小说冲突,现代小说在创造一个多层次的立体结构的时候,同样要求内在各个部份的高度统一、和谐,形成一个有机的艺术整体,因此不管它所能涉及的时空多么广阔、跳跃,多么突兀,角度多么不同,总是处在一种统一的美学关系之中的,符合一定的形象发展的逻辑。"

曲沐的《论小说和历史》发表于《今日文坛》创刊号。曲沐谈道:

"从文体本身看,小说和历史的关系更为密切。我国古代史籍繁富。刘知几《史通》在总结我国历史著作经验时,提出'六家''二体'。'二体'即指编年和纪传两种体例。南宋时袁枢《通鉴纪事本末》出现后,于是又有以事件为中心的'纪事本末体'。这三种体例对小说都有影响。……在体式上,特别是文言短篇小说,受纪传体史著的影响甚大。不管是结构或是笔法都极为相似。……这种影响是多方面的:

"第一,就是以史笔写小说。'史笔'即写实,直述其事,不需要转弯抹角,以纪实叙事为主,很少描写。……这种笔法对早期小说的影响很大。

"第二,以故事为主的小说结构。我国小说总是有头有尾,故事性很强。在古代人的眼里,仿佛有故事就称其为小说。所谓故事,主要是讲事实,一件事情比较曲折和离奇,就构成了故事,也即构成了小说。

"第三,在体式上,史传文学对小说的影响更为明显。文言短篇小说的开头,总是以'某生者,某地人也'之类起笔,先交代人物时间地点,接着进入叙事。六朝志怪小说,唐宋传奇,直至清人蒲松龄《聊斋志异》,均属史传体式。这种体式几乎成了文言短篇小说的一种通例。

"以上所说主要指的是文言短篇小说的问题。至于长篇小说是否也与历史有关系呢?

"从我国第一部长篇章回小说《三国志演义》开始,到《水浒传》《西游记》莫不如此。《三国志演义》是历史小说,与历史的关系至为密切。《水浒传》

虽属英雄传奇，《西游记》虽属神魔小说，也都与历史有关。直到《金瓶梅》的出现，长篇白话小说才开拓了新的局面：打破了历史题材的局限，不拘泥于历史故事传说，而以活生生的现实生活为题材，使小说创作向着纵深方向发展，而且摆脱了史家笔法。"

李希凡的《1984年短篇小说获奖作品阅读琐记》发表于《文学评论家》创刊号。李希凡谈道："历来认为，小说与散文是两种不同的体裁，小说的特征是注重塑造人物形象，必须有相对完整的情节。人物、环境、情节，是小说不可缺少的构成因素；典型人物的性格，要在典型环境中得到展现，情节又是典型性格形成、发展的链条。我想，这基本的特点，在今后的大型叙事作品中，也还是不大可能改变。但我又觉得，这也并不排斥在小说创作中可以有对散文美的追求，可以运用散文以至诗的某些艺术手段。即使在古典作品中也不乏这样的先例，如我国古典小说杰作《红楼梦》，则可以称得起是把诗情、画意、哲理融为一体的艺术结晶品。这大概因为小说毕竟也还是归属广义的散文范围。不过，近年来引起'小说的散文化倾向'议论的，主要是短篇小说，从王蒙的《春之声》开始，就已有人谈过当代小说的情节淡化问题。此后，小说的抒情成分的增加，对诗意美与意境的追求，显得尤为突出，如铁凝，特别是贾平凹的作品。尽管我并不认为，这散文化倾向种种，就可以完全取代小说创作的特点，但是，这种现象出现在历史新时期的文坛上，确实也反映了作家们表现生活的多样化的追求，广大读者审美情趣的多样化的需要。"

花建的《小说与音乐的联姻》发表于《艺术世界》第2期。花建指出："小说的王国与音乐的王国风格迥异，却有动人的联姻，音乐性的小说是它们美的宠儿。音乐的特征是有节奏的声音在时间中流动，人的感情也是在时间中延续的。音乐在时间的进程中，以节奏和旋律来表现人的感情生活和周围世界的律动，把生活中广阔多样的数的结构与深刻的感情内容和谐地融合起来，成为黑格尔所说的'透入人心与主体合而为一的最情感的艺术'，而小说是以叙述故事为首要因素的再现艺术，更倾于对现实的客观把握。但在小说中，同样要有活生生的感情流动。很多小说家便吸收借鉴了音乐的各种表现手法，创造出类似音乐的抒情效果，来表现人类复杂微妙的感情，给人以独特的美的享受。""音乐性的小说形式多样，仪态万方，它们把音乐之花接种在小说的肢体上，成为小说艺术园地中的一丛奇葩。法国艺术大师罗丹说：'绘画、雕塑、文学、音乐，彼此的关系比常人设想的更要接近。它们都是表现站在自然前面的人的感觉。'它们据有独特的材料和方法，又互相借鉴、取长补短，不断萌发出新的生命之花。"